HEYNE <

Das Buch

Seit Menschengedenken gibt es die sogenannten »Anderen«: Vampire, Gestaltwandler, Hexen, Schwarzmagier. Unerkannt leben sie in unserer Mitte und sorgen dafür, dass das Gleichgewicht zwischen den Dunklen Anderen und den Hellen Anderen gewahrt bleibt. Zwei Organisationen, den »Wächtern der Nacht« und den »Wächtern des Tages«, obliegt es, den vor langer Zeit geschlossenen Waffenstillstand – den »Großen Vertrag« – zu überwachen und jegliche Verstöße zu ahnden. Doch plötzlich tauchen anonyme Hinweise auf, dass jemand einen Anderen durch Erpressung zwingen will, ihn in einen Anderen zu verwandeln – was als unmöglich gilt. Die Nachtwache wird mit der Untersuchung beauftragt und findet heraus, dass der Erpresser ein Sohn Gesers und Olgas ist, von dessen Existenz sie erst vor kurzem erfahren haben. Wer aber ist der Andere, der ihm die Verwandlung versprochen hat? Ein Wettlauf gegen die Zeit beginnt ...

In Russland die Fantasy-Kultreihe schlechthin: Sergej Lukianenkos *Wächter*-Romane, auf deren Grundlage die erfolgreichsten russischen Filme aller Zeiten entstanden.

Der Autor

Sergej Lukianenko, 1968 in Kasachstan geboren, studierte in Alma-Ata Medizin, war als Psychiater tätig und lebt nun als freier Schriftsteller in Moskau. Er ist der populärste russische Autor der Gegenwart, seine Romane und Erzählungen wurden mehrfach preisgekrönt. Mit seiner WÄCHTER-Serie landete er einen internationalen Bestseller.

Ein Verzeichnis aller von Sergej Lukianenko im WILHELM HEYNE VERLAG erschienenen Bücher finden Sie am Ende dieses Bandes.

SERGEJ
LUKIANENKO

WÄCHTER DES ZWIELICHTS

ROMAN

Aus dem Russischen
von Christiane Pöhlmann

WILHELM HEYNE VERLAG
MÜNCHEN

Titel der russischen Originalausgabe
СУМЕРЕЧНЫЙ ДОЗОР
Deutsche Übersetzung von Christiane Pöhlmann

In »Wächter des Zwielichts« werden Auszüge aus Liedern der Gruppen *Simowje swerej, Belomors, Belaja gwardija* und *Piknik* sowie von Alexander Uljanow (Lass), Soja Jaschtschenko und Kirill Komarow verwendet.

Die Nachdichtungen der Liedtexte und der Zauberverse besorgten Christiane Pöhlmann und Erik Simon (Seite 245), Erik Simon (Seiten 45, 48, 151 f., 154, 195, 231–233, 293, 313–315, 382) sowie Christiane Pöhlmann (alle übrigen Verse).

MIX
Papier aus verantwortungsvollen Quellen
FSC® C014496

Verlagsgruppe Random House FSC® N001967
Das für dieses Buch verwendete
FSC®-zertifizierte Papier *Holmen Book Cream*
liefert Holmen Paper, Hallstavik, Schweden.

Taschenbuchausgabe 10/2015

Printed in Germany 2015
Umschlaggestaltung: DAS ILLUSTRAT, München
Satz: Schaber Datentechnik, Wels
Druck und Bindung: GGP Media GmbH, Pößneck

ISBN: 978-3-453-31620-1

www.heyne.de

Der vorliegende Text ist für die
Sache des Lichts belanglos.

Die Nachtwache

Der vorliegende Text ist für die
Sache des Dunkels belanglos.

Die Tagwache

Erste Geschichte
Niemandszeit

Prolog

Irgendwann zwischen Wyssozki und Okudshawa sind in Moskau die echten Höfe verschwunden.

Seltsam. Selbst nach der Revolution, als man der Küchenfron den Kampf ansagte und zu diesem Zwecke in den Häusern die Küchen abschaffte, tastete man die Höfe nicht an. Zu jedem stolzen Stalinbau, der seine Potjomkin'sche Fassade dem nächstgelegenen Prospekt zuwandte, gehörte unbedingt ein Hof. Ein großer grüner Hof mit kleinen Tischen und Bänken und mit einem Hausmeister, der morgens den Asphalt fegte. Dann brach die Zeit der vierstöckigen Plattenbauten an – und die Höfe schrumpften in sich zusammen, wurden kahl, die einst so gemütlichen Hausmeister wechselten das Geschlecht und verwandelten sich in Hauswartinnen, die es für ihre Pflicht hielten, übermütigen Jungs die Ohren lang zu ziehen und die Mieter zu tadeln, die betrunken nach Hause kamen. Trotzdem gab es noch Höfe.

Doch dann – als habe jemand aufs Gaspedal gedrückt – schossen die Häuser in die Höhe. Erst neun, dann sechzehn und schließlich vierundzwanzig Etagen. Als werde jedem Haus mehr Raum, aber nicht mehr Fläche zugebilligt. Die Höfe verkümmerten bis auf den Platz direkt vor dem Hauseingang, die Türen gingen jetzt direkt auf die Straße hinaus, Hausmeister und Hauswartinnen verschwanden, an ihre Stelle traten die Angestellten der Wohnungsverwaltung.

Freilich, später kehrten die Höfe zurück. Jedoch – als nähmen sie es krumm, derart vernachlässigt worden zu sein – nicht zu allen Häusern. Die neuen Höfe säumte eine hohe Mauer, in der Pförtnerloge saßen geschniegelte junge Männer, unter englischem Rasen versteckte sich eine Tiefgarage. In diesen Höfen spielten die Kinder unter Aufsicht ihrer Kindermädchen, durch nichts zu erschütternde Bodyguards zogen betrunkene Mieter aus BMW und Mercedes, und die neuen Hausmeister beseitigten mit kleinen deutschen Fahrzeugen den Müll vom englischen Rasen.

Das hier war einer jener neuen Höfe.

Die Hochhaustürme am Ufer der Moskwa kannte ganz Russland. Sie galten als das neue Symbol der Hauptstadt – anstelle des alten Kremls, der seinen Glanz eingebüßt hatte, und des ZUM, das nun vom ›zentralen‹ zu einem ganz normalen Kaufhaus geworden war. Die Uferstraße aus Granit, eine eigene Anlegestelle, Hauseingänge mit venezianischem Stuck, Cafés und Restaurants, Schönheitssalons und Supermärkte und natürlich Wohnungen mit zwei-, dreihundert Quadratmetern. Wahrscheinlich brauchte das neue Russland ein solches Symbol, ein pompöses und kitschiges Symbol wie eine dieser dicken Goldketten, die all diejenigen um den Hals trugen, die gerade zu Geld gekommen waren. Und es spielte keine Rolle, dass ein Großteil der bereits vor einiger Zeit verkauften Wohnungen leer stand, die Cafés und Restaurants geschlossen waren und auf bessere Zeiten warteten und schmutzige Wellen die Anlegestelle aus Beton umspülten.

Der Mann, der an diesem warmen Sommerabend die Uferstraße entlangflanierte, hatte noch nie eine Goldkette getragen. Denn er verfügte über ein gutes Gespür, das ihm guten Geschmack vollauf ersetzte. Rechtzeitig hatte er den Adidas-Trainingsanzug aus China gegen ein himbeerfarbenes Jackett getauscht, um dann als Erster das himbeerfarbene Jackett zugunsten eines Anzugs von Versace wieder abzulegen. Selbst beim Sport war er anderen immer eine Nasenlänge voraus. Einen Monat vor sämtlichen Kremlbeamten warf er den Tennisschläger in die Ecke, um alpinen Skilauf zu betreiben – obgleich er in seinem Alter Bergskiern nur noch dann etwas abgewann, wenn er sich nicht auf ihnen fortbewegte.

Außerdem zog er es vor, in einer Villa im moskaunahen Datschenviertel Gorki-9 zu leben und die Wohnung mit den Fenstern zum Fluss nur mit einer Geliebten aufzusuchen.

Von seiner Dauergeliebten wollte er sich übrigens auch trennen. Schließlich würde kein Viagra der Welt sein Alter besiegen, und eheliche Treue kam langsam wieder in Mode.

Der Chauffeur und der Bodyguard hielten recht großen Abstand zu ihm, damit sie die Stimme ihres Chefs nicht hören konnten. Und selbst wenn der Wind Bruchstücke seiner Worte zu ihnen hinübertrüge – was wäre schon so schlimm daran? Warum sollte ein Mensch nach einem Arbeitstag nicht mit sich selbst reden, wenn er in absoluter Einsamkeit über den plätschernden Wellen stand? Schließlich gibt es keinen verständnisvolleren Gesprächspartner als das eigene Ich.

»Und trotzdem wiederhole ich meinen Antrag ...«, sagte der Mann. »Noch einmal.«

Matt leuchteten die Sterne, die den städtischen Smog durchdrangen. Am anderen Ufer des Flusses schimmerten die winzigen Fenster der hoflosen Hochhäuser. Von den hübschen Laternen, die sich die Anlegestelle entlangzogen, brannte jede fünfte – auch das nur, weil es dem großen Mann eingefallen war, am Fluss spazieren zu gehen.

»Ich wiederhole es noch einmal«, sagte der Mann leise.

Die Wellen klatschten an den Kai – und mit ihnen die Antwort. »Das ist unmöglich. Absolut unmöglich.«

Den Mann am Ufer verwunderte die Stimme aus der Leere nicht im Geringsten. Er nickte. »Was ist mit den Vampiren?«, fragte er dann.

»Stimmt, das wäre eine Möglichkeit«, räumte der unsichtbare Gesprächspartner ein. »Die Vampire könnten Sie initiieren. Wenn Sie sich mit einer Existenz als Untoter abfinden ... Nein, ich werde Sie nicht anlügen. Das Sonnenlicht ist ihnen unangenehm, tötet sie aber nicht, und auch auf Risotto mit Knoblauch müssen sie nicht verzichten ...«

»Was ist es dann?«, erkundigte sich der Mann, der unwillkürlich die Hand auf die Brust legte. »Die Seele? Die Notwendigkeit, Blut zu trinken?«

Die Leere lachte leise. »Sie würden nur noch Hunger kennen. Ewigen Hunger. Und innere Leere. Das würde Ihnen nicht gefallen, das weiß ich.«

»Was käme sonst in Frage?«, bohrte der Mann weiter.

»Tiermenschen«, erwiderte der Unsichtbare fast amüsiert. »Sie sind ebenfalls in der Lage, einen Menschen zu initiieren. Aber auch bei Tiermenschen handelt es sich um eine niedere Form der Dunklen. Die meiste Zeit ist alles wunderbar ... Doch wenn ein Anfall naht, verlören Sie die Kontrolle über sich. Drei, vier Nächte im Monat. Manchmal seltener, manchmal öfter.«

»Bei Neumond«, meinte der Mann mit einem verständnisvollen Nicken.

Die Leere lachte erneut. »Nein. Die Anfälle der Tiermenschen sind nicht mit dem Mondzyklus verbunden. Sie werden das Nahen des Wahnsinns zehn bis zwölf Stunden vor der Verwandlung spüren. Aber einen genauen Zeitplan wird Ihnen niemand vorlegen können.«

»Kommt nicht in Frage«, sagte der Mensch kalt. »Ich wiederhole ... meine Bitte. Ich möchte ein Anderer werden. Und zwar kein niederer Anderer, den Anfälle tierischen Wahnsinns packen. Aber auch kein großer Magier, der große Taten vollbringt. Sondern ein ganz gewöhnlicher, einfacher Anderer ... Was ist das in Ihrer Klassifikation? Siebter Grad?«

»Das ist unmöglich«, antwortete die Nacht. »Ihnen fehlt jede Anlage zum Anderen. Wirklich jede. Ein Mensch kann Geige spielen lernen, selbst wenn er kein musikalisches Gehör hat. Er kann ohne die geringste Veranlagung Sportler werden. Aber Sie können kein Anderer werden. Sie gehören einfach einer anderen Gattung an. Es tut mir sehr leid.«

Der Mann am Ufer lachte. »Nichts ist unmöglich. Wenn die niederen Anderen in der Lage sind, einen Menschen zu initiieren, dann muss es auch eine Möglichkeit geben, mich in einen Magier zu verwandeln.«

Die Dunkelheit schwieg.

»Außerdem habe ich nicht gesagt, dass ich ein Dunkler werden möchte. Ich verspüre nicht den geringsten Wunsch, unschuldiges Blut zu trinken, Jungfrauen über Felder nachzujagen oder mit ekelhaftem Gelächter Schadzauber zu wirken«, sagte der Mann verärgert. »Ich würde viel lieber Gutes tun ... Kurzum, Ihre internen Streitigkeiten sind mir völlig einerlei.«

»Das ...«, sagte die Nacht müde.

»Das ist Ihr Problem«, erwiderte der Mann. »Ich gebe Ihnen eine Woche. Danach möchte ich eine Antwort auf meine Bitte bekommen.«

»Bitte?«, hakte die Nacht nach.

Der Mann auf der Uferstraße lächelte. »Ja. Noch bitte ich bloß.«

Er drehte sich um und ging zu seinem Auto, einem Wolga, der etwa in einem halben Jahr wieder in Mode kommen würde.

Eins

Selbst wenn du deine Arbeit liebst: Am letzten Urlaubstag packt dich die Schwermut. Noch vor einer Woche hatte ich am sauberen Strand in Spanien geschmort, Paella gegessen (der usbekische Pilow schmeckt mir, wenn ich ehrlich sein soll, besser), in einem kleinen chinesischen Restaurant eisgekühlte Sangria getrunken (woran es wohl liegen mag, dass die Chinesen das spanische Nationalgetränk viel besser hinbekommen als die Eingeborenen?) und in Souvenirläden allerlei Quatsch für Touristen gekauft.

Jetzt hatte mich das sommerliche Moskau wieder, das zwar gar nicht so heiß, dafür jedoch drückend und schwül war. Mein letzter Urlaubstag. Der Kopf kann schon nicht mehr abschalten, will aber auf gar keinen Fall an Arbeit denken.

Vielleicht freute ich mich deshalb über Gesers Anruf.

»Guten Morgen, Anton«, meinte der Chef, ohne sich zu melden. »Willkommen daheim. Wusstest du, dass ich es bin?«

Seit einiger Zeit konnte ich spüren, wenn Geser anrief. Als ob sich das Klingeln des Telefons änderte, fordernder, machtvoller erscholl.

Dem Chef hatte ich davon aber nichts gesagt.

»Ja, Boris Ignatjewitsch.«

»Bist du allein?«, erkundigte sich Geser.

Eine überflüssige Frage. Ich war mir sicher, dass Geser genau wusste, wo Swetlana sich gerade aufhielt.

»Ja. Meine Mädels sind auf der Datscha.«

»Eine schöne Sache.« Am anderen Ende seufzte der Chef. In seine Stimme schlich sich ein durchaus menschlicher Unterton. »Olga ist heute Morgen auch in den Urlaub geflogen ... Die Hälfte aller Leute brät im Süden ... Könntest du nicht mal kurz ins Büro kommen?«

Bevor ich etwas antworten konnte, fuhr Geser munter fort: »Prima! Dann also in vierzig Minuten.«

Zu gern wollte ich Geser als billigen Aufschneider beschimpfen – aber natürlich legte ich erst einmal auf. Doch auch danach schwieg ich. Zum einen könnte der Chef meine Worte auch ohne jedes Telefon hören. Zum anderen: Was auch immer der Chef sein mochte, ein billiger Aufschneider war er nicht. Er vergeudete bloß nicht gern Zeit. Wenn mir sowieso auf der Zunge lag zu sagen, dass ich in vierzig Minuten da wäre – wofür hätte er dann noch auf meine Antwort warten sollen?

Außerdem hatte ich mich wirklich sehr über den Anruf gefreut. Der Tag war sowieso im Eimer. Ich würde erst in einer Woche auf die Datscha fahren. Für einen Wohnungsputz war es noch zu früh. Wie jeder Mann, der was auf sich hält, tat ich das in Abwesenheit meiner Familie nur einmal: am letzten Tag meines Strohwitwerdaseins. Danach jemanden zu besuchen oder einzuladen, stand mir absolut nicht der Sinn. Deshalb war es viel vernünftiger, den Urlaub einen Tag früher zu beenden, um zu gegebener Zeit reinen Gewissens meine Überstunden abbummeln zu können.

Selbst wenn das bei uns nicht üblich ist.

»Danke, Chef«, höhnte ich sarkastisch. Wohl oder übel stemmte ich mich aus dem Sessel hoch und legte das Buch, das ich gerade las, weg. Reckte mich.

Dann klingelte das Telefon noch einmal.

Klar, jetzt würde Geser anrufen und »Keine Ursache« sagen. Selbst wenn das nun wirklich kindisch war!

»Hallo!«, meldete ich mich mit sehr sachlicher Stimme.

»Anton, ich bin's.«

»Swetka«, begrüßte ich sie, während ich mich wieder hinsetzte. Und mich anspannte: Swetas Stimme klang alarmierend. Besorgt. »Swetka, ist was mit Nadja?«

»Es ist alles in Ordnung«, antwortete sie rasch. »Mach dir keine Sorgen. Sag mir lieber, wie es bei dir aussieht.«

Einen Moment lang dachte ich nach. Ich hatte mich nicht besoffen, keine Frauen ins Haus geschleppt, die Wohnung nicht im Chaos versinken lassen, sogar das Geschirr abgewaschen ...

Dann kam ich drauf.

»Geser hat angerufen. Gerade eben.«

»Was wollte er?«, hakte Swetlana sofort nach.

»Nichts Besonderes. Ich soll gleich mal ins Büro kommen.«

»Anton, irgendwas spüre ich. Etwas stimmt nicht. Hast du eingewilligt? Fährst du in die Wache?«

»Warum nicht? Mir fällt hier die Decke auf den Kopf.«

Am anderen Ende der Leitung (obwohl: was haben Handys für eine Leitung?) schwieg Swetlana sich aus. Nach einer Weile brachte sie dann unwillig hervor: »Es war wie ein Stich ins Herz. Glaubst du, dass ich Unheil wittern kann?«

»Ja, o Große«, meinte ich schmunzelnd.

»Das ist kein Witz, Anton!« Swetlana explodierte sofort. Wie immer, wenn ich sie Große nannte. »Tu mir den Gefallen ... Wenn Geser dich um etwas bittet, dann lehne ab.«

»Sweta, wenn Geser mich ruft, dann hat er einen Auftrag für mich. Dann heißt das, er braucht Leute. Er hat gesagt, sonst seien alle im Urlaub ...«

»Er braucht Kanonenfutter«, fiel Swetlana mir ins Wort. »Gut ... Anton, du hörst sowieso nicht auf mich. Sei einfach vorsichtig.«

»Swetka, du glaubst doch nicht ernsthaft, dass Geser vorhat, mich ans Messer zu liefern«, gab ich zu bedenken. »Ich versteh ja, was du von ihm hältst ...«

»Sei vorsichtig. Unseretwegen. In Ordnung?«

»Gut«, versprach ich. »Ich bin immer sehr vorsichtig.«

»Ich rufe wieder an, wenn ich was spüre«, sagte Swetlana. Anscheinend hatte sie sich etwas beruhigt. »Und du ruf auch an, ja? Sobald etwas Ungewöhnliches passiert, ruf an. Abgemacht?«

»Mach ich.«

Swetlana schwieg einen Moment. Dann, bevor sie die Verbindung unterbrach, sagte sie: »Du solltest die Wache verlassen, Lichter Magier dritten Grades ...«

Irgendwie gab sie verdächtig leicht nach. Nur diese kleine Spitze ... Sicher, wir hatten vereinbart, nicht über dieses Thema zu sprechen. Schon vor langer Zeit, schon seit Swetlana vor drei Jahren aus der Nachtwache ausgetreten war. Und nicht einmal hatten wir das Versprechen gebrochen. Natürlich erzählte ich meiner Frau von meiner Arbeit. Von außergewöhnlichen Fällen. Und sie hörte immer interessiert zu. Und jetzt das: Sie brachte das Thema von sich aus zur Sprache.

Ob sie wirklich eine Gefahr spürte?

Auf alle Fälle fing ich erst mal an zu trödeln, wollte nicht los. Erst zog ich mir einen Anzug an, dann Jeans und ein kariertes Hemd, danach konnten mich alle mal, und ich schlüpfte in Shorts und ein schwarzes T-Shirt mit dem Aufdruck »Mein Freund war klinisch tot, aber alles, was er mir aus dem Jenseits mitgebracht hat, ist dieses T-Shirt!« Wie ein deutscher Tourist, der sich des Lebens freut. Immerhin wahrte ich so wenigstens den Anschein von Urlaubsstimmung, wenn ich Geser gegenübertrat ...

Schließlich verließ ich das Haus erst zwanzig Minuten, bevor ich beim Chef zu sein hatte. Ich musste ein Auto anhalten, die Wahrscheinlichkeitslinien überprüfen, um dem Fahrer dann eine Strecke nennen zu können, bei der uns kein Stau erwartete.

Der Fahrer akzeptierte die Tipps nur ungern und voller Skepsis.

Dafür schafften wir es noch rechtzeitig.

Auf den Fahrstuhl musste ich verzichten: Ein paar Jungs in Blaumännern beluden die Aufzüge eifrig mit Papiersäcken, die eine Zementmischung enthielten. Also nahm ich die Treppe. Im ersten Stock unseres Hauses entdeckte ich Handwerker. Sie verkleideten die Wände mit Gipskartonplatten. Außerdem wuselten Verputzer herum, die die Dinger gleich verfugten. Parallel dazu zogen wieder andere eine Zwischendecke ein, über der bereits Röhren von einer Klimaanlage verliefen.

Hatte sich der Leiter unserer Wirtschaftsabteilung am Ende doch noch durchgesetzt! Und den Chef dazu bekommen, eine umfassende Modernisierung zu bewilligen. Und sogar Geld dafür aufgetrieben.

Ich blieb kurz stehen, um mir die Arbeiter durchs *Zwielicht* anzusehen. Menschen. Keine Anderen. Was schließlich auch zu erwarten gewesen war. Bloß ein Verputzer, ein völlig unscheinbarer Mann, hatte eine etwas verdächtige Aura. Doch schon im nächsten Moment begriff ich, dass er lediglich verliebt war. In die eigene Frau! Ha! Gab es also doch noch anständige Menschen!

Der zweite und dritte Stock waren bereits fertig, was auch die letzten Reste meiner schlechten Laune vertrieb. Endlich würde es im Rechenzentrum kühler sein. Sicher, ich würde da jetzt nicht mehr jeden Tag auftauchen. Aber trotzdem ... Im Vorbeigehen begrüßte ich die Wachleute, die hier offensichtlich für die Zeit der Bauarbeiten Dienst schoben. Dann stürmte ich auf Gesers Zimmer zu. Und stieß erst mal mit Semjon zusammen. Der erklärte Julja gerade etwas mit ernster Miene und eindringlicher Stimme.

Wie die Zeit vergeht ... Vor drei Jahren war Julja noch ein kleines Mädchen gewesen. Inzwischen hatte sie sich zu einer jungen hübschen Frau gemausert. Da sie eine tüchtige Zauberin zu werden versprach, hatte man sie bereits ins Europabüro der Nachtwache holen wollen. Zu gern sicherte man sich dort die talentierte Jugend – unter dem Deckmäntelchen vielsprachiger Losungen über die große und gemeinsame Sache.

Diesmal war ihre Rechnung jedoch nicht aufgegangen. Geser hatte ihnen Julka verweigert und damit gedroht, er selbst könne auch anfangen, die europäische Jugend zu rekrutieren.

Was wohl Julja selbst gewollt hatte?

Semjon unterbrach sein Gespräch, sobald er mich sah. »Hat er dich herbestellt?«, fragte er verständnisvoll. »Oder ist dein Urlaub schon vorbei?«

»Sowohl als auch«, antwortete ich. »Ist irgendwas passiert? Hallo, Julka.«

Semjon und ich begrüßten uns aus irgendeinem Grund nie. Als ob wir uns schon kurz zuvor begegnet wären. Er sah ja auch immer gleich aus: höchst schlicht und unachtsam angezogen, mit dem faltigen Gesicht eines Bauern, den es in die Stadt verschlagen hat.

Heute sah Semjon sogar noch schlampiger aus als sonst.

»Hallo, Anton«, meinte Julja lächelnd. Ihr Miene war ernst. Anscheinend ging Semjon gerade seiner pädagogischen Tätigkeit nach, eine Sache, auf die er sich meisterlich verstand.

»Nichts ist passiert.« Semjon schüttelte den Kopf. »Alles ist ruhig und friedlich. Letzte Woche haben wir zwei Hexen festgenommen, aber auch nur wegen Kleinigkeiten.«

»Dann ist es ja gut«, meinte ich und gab mir alle Mühe, Julkas wehleidigem Blick auszuweichen. »Ich geh mal zum Chef.«

Semjon nickte und wandte sich wieder Julja zu. Auf dem Weg ins Vorzimmer schnappte ich noch auf: »Also, Julja, ich mache das jetzt schon seit sechzig Jahren, aber ein derartig verantwortungsloses ...«

Streng ist er. Doch wenn er schimpft, dann immer zu Recht. Daher hatte ich nicht die Absicht, Julka vor diesem Gespräch zu bewahren.

Im Vorzimmer, wo jetzt leise eine Klimaanlage surrte und an

der Decke winzige Halogenstrahler prangten, saß Larissa. Anscheinend war auch Galotschka, Gesers Sekretärin, im Urlaub, und die Leute vom Fuhrpark haben wirklich wenig zu tun.

»Hallo, Anton«, begrüßte mich Larissa. »Du siehst gut aus.«

»Zwei Wochen am Strand«, antwortete ich stolz.

Larissa linste auf ihre Uhr. »Ich soll dich gleich reinschicken. Aber der Chef hat noch Besuch. Willst du trotzdem rein?«

»Ja«, beschloss ich. »Wozu habe ich mich denn sonst so beeilt?«

»Gorodezki für Sie, Boris Ignatjewitsch«, meinte Larissa in die Sprechanlage. Sie nickte mir zu. »Geh rein ... aber mach dich auf was gefasst, da ist es verdammt heiß ...«

In Gesers Zimmer war es in der Tat heiß. Vor seinem Tisch duckmäuserten zwei mir unbekannte Männer in mittleren Jahren in den Sesseln, die ich insgeheim gleich Dick und Dünn taufte. Schwitzen taten sie allerdings beide.

»Und was haben wir hier?«, fragte Geser sie tadelnd. Er schielte zu mir herüber. »Komm rein, Anton. Setz dich, ich bin gleich fertig.«

Dick und Dünn fassten ein wenig Mut.

»Eine durch und durch unfähige Hausfrau ..., die alle Fakten verdreht ... banalisiert und vereinfacht ... und euch verarscht! Nach Strich und Faden!«

»Weshalb wohl? Weil sie eben alles banalisiert und vereinfacht!«, blaffte Dick finster.

»Sie haben befohlen, dass *alles seine Ordnung haben soll*«, sprang Dünn ihm bei. »Und das ist halt das Ergebnis, Helllichter Geser!«

Ich betrachtete Gesers Besucher durchs *Zwielicht*. Natürlich! Schon wieder Menschen! Die noch dazu Gesers richtigen Namen und Titel kannten! Den sie obendrein mit offenem Sarkasmus aussprachen! Gewiss, es gibt die merkwürdigsten Situationen, aber dass Geser selber Menschen seine Identität enthüllt ...

»Gut.« Geser nickte. »Ich gebe euch noch eine Chance. Diesmal arbeitet ihr getrennt.«

Dick und Dünn sahen sich an.

»Wir werden uns alle Mühe geben«, meinte Dick mit gutmütigem Lächeln. »Sie müssen das doch verstehen, wir haben bestimmte Erfolge erzielt ...«

Geser schnaubte. Als hätten sie ein unsichtbares Signal bekommen, dass das Gespräch beendet sei, erhoben sich die beiden Besucher, verabschiedeten sich per Handschlag vom Chef und gingen hinaus. Im Vorzimmer machte Dünn eine lustige, scherzhafte Bemerkung zu Larissa, die daraufhin loslachte.

»Menschen?«, fragte ich vorsichtig.

Geser nickte und blickte grimmig zur Tür. »Menschen«, seufzte er. »Menschen ... Gut, Gorodezki. Setz dich.«

Obwohl ich Platz nahm, fing Geser das Gespräch nicht an. Sondern hantierte mit Papieren herum, sortierte ein paar farbige, glatte beschliffene Glasscherben, die in einer grob gearbeiteten Tonschale lagen. Zu gern hätte ich gewusst, ob es sich um Amulette oder einfach um Scherben handelte, aber wenn ich Geser gegenübersaß, traute ich mich nicht, mir allzu viel herauszunehmen.

»Wie war der Urlaub?«, fragte Geser, als wolle er jede Möglichkeit ausschöpfen, das Gespräch hinauszuzögern.

»Gut«, erwiderte ich. »Natürlich habe ich mich ohne Sweta gelangweilt. Aber wir wollten Nadjuschka nicht in die spanische Glut mitschleppen. Das ist noch nichts für sie ...«

»Stimmt«, pflichtete Geser mir bei. Ich wusste nicht, ob der große Magier Kinder hatte, derlei Informationen vertraut man nicht mal den eigenen Leuten an. Vermutlich schon. Und wahrscheinlich ist er in der Lage, so etwas wie Vatergefühle zu empfinden. »Anton, hast du Swetlana angerufen?«

»Nein.« Ich schüttelte den Kopf. »Hat sie sich mit Ihnen in Verbindung gesetzt?«

Geser nickte. Und plötzlich explodierte er. Schlug mit der Faust auf den Tisch. »Was bildet sie sich eigentlich ein?«, brüllte er. »Erst desertiert sie ...«

»Geser, wir alle haben das Recht, die Wache zu verlassen«, korrigierte ich ihn. Aber Geser dachte gar nicht daran, sich zu entschuldigen.

»Sie ist desertiert! Eine Zauberin von ihrem Niveau kann nicht einfach machen, was ihr gefällt! Dazu hat sie kein Recht! Sie ... nennt sich eine Lichte ... und dann zieht sie ihre Tochter wie einen Menschen auf!«

»Noch ist Nadja ein Mensch«, entgegnete ich und spürte, wie Wut in mir hochkochte. »Wenn sie eine Andere wird, muss sie sich selbst für eine Seite entscheiden ... Helllichter Geser!«

Der Chef begriff, dass auch mit mir jetzt nicht mehr zu spaßen war. Und änderte seinen Ton. »Gut. Das ist euer Recht. Haltet euch aus dem Kampf raus, verbaut dem Mädchen das Leben ... Alles schön und gut! Aber woher kommt dieser Hass?«

»Was hat Sweta denn gesagt?«, fragte ich.

»Deine Frau hat mich angerufen«, meinte Geser seufzend. »Auf einem Apparat, dessen Nummer sie gar nicht wissen dürfte ...«

»Dann wusste sie sie auch nicht«, stellte ich klar.

»Und sie hat mir vorgeworfen, ich würde dich umbringen! Dass ich irgendeinen langfristigen Plan umsetzen will, der auf deine physische Vernichtung hinausläuft!«

Eine Sekunde lang sah ich Geser in die Augen. Dann lachte ich los.

»Was ist daran so komisch?«, wollte Geser mit gequälter Stimme wissen. »Na?«

»Geser ...« Mit Mühe unterdrückte ich das Lachen. »Entschuldigung. Kann ich ganz offen sprechen?«

»Das will ich doch hoffen ...«

»Sie sind der größte Intrigant, den ich kenne. Noch ausgekochter als Sebulon. Gegen Sie war Machiavelli ein Waisenknabe ...«

»Machiavelli solltest du nicht unterschätzen«, knurrte Geser. »Gut, ich bin also ein Intrigant. Und weiter?«

»Weiter bin ich davon überzeugt, dass Sie nicht vorhaben, mich umzubringen. In einer kritischen Situation würden Sie mich unter Umständen opfern. Um eine wer weiß wie viel größere Zahl an Menschen oder Lichten zu retten. Aber dass Sie planen ... aushecken ... mich ... Das glaube ich nicht.«

»Vielen Dank, das freut mich.« Geser nickte. Ob ich ihn gekränkt hatte oder nicht, war mir schleierhaft. »Was hat Swetlana sich da in den Kopf gesetzt? Entschuldige, Anton ...« Geser verstummte und blickte sogar zur Seite. »Ihr erwartet doch kein Kind?«, fuhr er schließlich fort. »Ein Geschwisterchen?«

Ich verschluckte mich. »Nein ...« Ich schüttelte den Kopf. »Eigentlich nicht ... Das hätte sie mir gesagt!«

»Frauen drehen manchmal durch, wenn sie ein Kind bekommen«, schnaubte Geser und machte sich wieder daran, seine Glasscherben zu sortieren. »Sie fangen an, überall Gefahren zu sehen, die dem Kind drohen, dem Mann, ihnen selbst ... Oder vielleicht hat sie ...« Doch jetzt wurde der große Magier vollends verlegen und unterbrach sich selbst. »Quatsch ... vergiss es. Du solltest zu deiner Frau aufs Dorf fahren, mit deiner Tochter spielen, frisch gemolkene Milch trinken ...«

»Mein Urlaub ist ja morgen zu Ende«, erinnerte ich ihn. Irgendwas stimmte hier doch nicht! »Außerdem hatte ich gedacht, ich sollte schon heute wieder mit der Arbeit anfangen.«

Geser sah mich mit großen Augen an. »Anton! Wie kannst du jetzt an Arbeit denken? Swetlana hat mich geschlagene fünfzehn Minuten angeschrien! Wenn sie eine Dunkle wäre, würde über mir jetzt ein Höllenstrudel hängen! Vergiss die Arbeit! Ich verlängere deinen Urlaub um eine Woche. Und du fährst jetzt zu deiner Frau ins Dorf!«

Bei uns in der Moskauer Abteilung heißt es, drei Dinge seien für einen Lichten unmöglich: sich ein Privatleben aufzubauen, Glück und Frieden für die ganze Welt zu erreichen und von Geser die Erlaubnis zu bekommen, die Überstunden abzubummeln.

Mein Privatleben stellte mich, ehrlich gesagt, zufrieden. Und jetzt hatte ich noch eine Woche Urlaub bekommen.

Ob nun auch Glück und Frieden für die ganze Welt vor der Tür standen?

»Freust du dich denn nicht?«, fragte Geser.

»Doch«, gab ich zu. Nun ja, die Aussicht, unter dem gestrengen Blick meiner Schwiegermutter in den Beeten Unkraut zu jäten, begeisterte mich nicht gerade. Aber Sweta und Nadja zu sehen, das ja. Nadja, Nadenka, Nadjuschka. Mein zweijähriges Wunder. Ein Mensch, ein kleines Menschlein ... Mit der Aussicht, eine Andere von großer Kraft zu werden. Eine Große, die mit Riesenschritten davoneilen und selbst Geser abhängen würde ... Prompt stellte ich mir Nadenkas kleine Sandalen vor, mit denen sie davontrippelte, während der große Lichte Magier Geser mit lechzender Zunge hinter ihr herhastete, und musste grinsen.

»Geh in die Buchhaltung, die sollen dir eine Prämie auszahlen ...«, schlug Geser vor, ohne den geringsten Verdacht zu haben, wie ich ihn in Gedanken gerade verspottete. »Denk dir selbst aus, wofür. Irgendwas wie ... für langjährige gewissenhafte Arbeit ...«

»Geser, weshalb haben Sie mich angerufen?«, fragte ich.

Geser schwieg und durchbohrte mich mit seinem Blick. Was ihm nichts brachte. »Wenn ich dir alles erzählt habe, wirst du Swetlana anrufen«, sagte er dann. »Und zwar gleich von hier aus. Du wirst sie fragen, ob du einwilligen sollst. In Ordnung? Vom Urlaub erzählst du ihr auch.«

»Was ist denn passiert?«

Statt zu antworten zog Geser eine Schublade in seinem Schreibtisch auf, holte eine schwarze Ledermappe heraus und reichte sie mir. Die Mappe verströmte einen deutlichen Geruch nach Magie. Nach schwerer Kampfmagie.

»Öffne sie ruhig, du darfst das ...«, brummte Geser.

Ich öffnete die Mappe. Ein Anderer, der kein Recht dazu hatte, oder ein Mensch würde sich nach einem solchen Versuch in eine Hand voll Asche verwandeln. In der Mappe lag ein Brief. Ein einzelner Umschlag.

Die Adresse unseres Büros war mit aus der Zeitung ausgeschnittenen Buchstaben akkurat aufgeklebt.

Ein Absender fehlte natürlich.

»Die Buchstaben stammen aus drei Zeitungen«, erklärte Geser. »Aus der *Prawda,* dem *Kommersant* und *Argumenty i fakty.*«

»Wie originell«, räumte ich ein. »Darf ich ihn aufmachen?«

»Nur zu. Die Kriminalisten haben schon alles Mögliche mit dem Briefumschlag angestellt. Es gibt keine Fingerabdrücke, der Kleber kommt aus China und wird an jedem Zeitungskiosk verkauft ...«

»Und bei dem Papier handelt es sich um Klopapier!«, rief ich begeistert aus, als ich dem Umschlag ein paar Seiten entnahm. »Es ist doch wohl sauber?«

»Leider ja«, meinte Geser. »Nicht die geringste Spur von organischen Stoffen. Gewöhnlicher billiger Pipifax. Marke *Vierundfünfzig Meter.*«

Das Blatt Klopapier, achtlos an der Perforation abgerissen, war ebenfalls mit Buchstaben aus besagten drei Zeitungen beklebt. Genauer: mit ganzen Wörtern, nur die Endungen waren ab und an ohne Berücksichtigung der Schriftart verbessert worden.

ES sollte DIE NACHTWACHE INTERESSIERen, dass EIN AndereR einem MenschEN die ganze Wahrheit über die AndereN enthüllt hat und aus DIESEm MENSCHen jetzt einen ANDEREN machen will. Ein FREUND.

Beinahe hätte ich losgelacht. Doch dann blieb mir das Lachen im Hals stecken. »Wo hat er denn die Nachtwache her?«, fragte ich stattdessen. »Sieht fast so aus, als sei das Wort im Ganzen ausgeschnitten worden.«

»Es gab einen Artikel in *Argumenty i fakty*«, erklärte Geser. »Über den Brand im Fernsehturm. Er war mit *DIE NACHTWACHE AM FERNSEHTURM IN OSTANKINO* getitelt.«

»Wirklich originell«, stimmte ich zu. Die Erwähnung des Fernsehturms ließ mich leicht erschaudern. Das war nicht gerade die spaßigste Zeit gewesen. Und nicht gerade das spaßigste Abenteuer. Mein ganzes Leben lang würde mich das Gesicht des Dunklen verfolgen, den ich im *Zwielicht* vom Fernsehturm gestürzt hatte ...

»Zerbrich dir darüber nicht den Kopf, Anton. Du hast alles richtig gemacht«, sagte Geser. »Kommen wir zur Sache.«

»Gut, Boris Ignatjewitsch.« Ich sprach den Chef mit seinem alten »zivilen« Namen an. »Müssen wir das etwa ernst nehmen?«

»Der Brief riecht nicht im Geringsten nach Magie«, meinte Geser schulterzuckend. »Entweder hat ihn also ein Mensch geschrieben oder ein fähiger Anderer, der seine Spuren verwischen kann. Wenn es ein Mensch war ..., heißt das, dass wir irgendwo eine undichte Stelle haben. Wenn es ein Anderer war ..., handelt es sich um eine absolut verantwortungslose Provokation.«

»Keine Spuren?«, hakte ich noch mal nach.

»Keine. Der einzige Anhaltspunkt ist der Poststempel.« Geser runzelte die Stirn. »Und an dem ist garantiert was faul ...«

»Was heißt das? Ist der Brief aus dem Kreml abgeschickt worden?«, feixte ich.

»Fast. Der Kasten, in den der Brief gesteckt wurde, befindet sich auf dem Gelände des Wohnkomplexes Assol.«

Die endlos hohen Häuser mit roten Dächern – Genosse Stalin hätte ohne Zweifel seine Freude an ihnen gehabt – kannte ich. Jedoch nur von außen.

»Da kommt man nicht so einfach rein, oder?«

»Richtig.« Geser nickte. »Nachdem unser Unbekannter einen solchen Aufwand mit dem Papier, dem Kleber und den Buchstaben getrieben hat, schickt er den Brief also aus dem Assol ab. Damit begeht er entweder eine Riesendummheit ...«

Ich schüttelte den Kopf.

»... oder lockt uns auf eine falsche Fährte.« An dieser Stelle legte Geser eine Kunstpause ein und beobachtete aufmerksam, wie ich reagierte.

Ich dachte nach. Und schüttelte abermals den Kopf. »Das ist sehr naiv. Nein.«

»Oder unser ›Freund‹« – das letzte Wort sprach Geser mit offenem Sarkasmus aus – »will uns in der Tat einen Hinweis geben.«

»Wozu?«, fragte ich.

»Den Brief hat er ja zu einem bestimmten Zweck abgeschickt«, erinnerte mich Geser. »Wir müssen auf solche Briefe reagieren, Anton, das wirst du einsehen. Nehmen wir einmal das Schlimmste an, nämlich dass ein Verräter unter den Anderen existiert, der Menschen das Geheimnis unserer Existenz enthüllt.«

»Aber wer würde ihm denn glauben?«

»Einem Menschen würde man natürlich nicht glauben. Aber ein Anderer könnte seine Fähigkeiten unter Beweis stellen.«

Da hatte Geser natürlich Recht. Was mir jedoch nicht in den Kopf wollte: Wer würde so etwas tun? Und weshalb? Selbst der dümmste und fieseste Dunkle müsste sich im Klaren darüber sein, was er in Gang setzt, wenn er die Wahrheit preisgibt.

Eine neue Hexenjagd nämlich.

Dabei dürften die Menschen keine Schwierigkeiten haben, sowohl in den Dunklen wie auch in den Lichten die Hexen zu sehen. In allen, die Anlagen zum Anderen haben ...

Auch in Sweta. Auch in Nadjuschka.

»Wie kann man denn aus einem Menschen einen Anderen machen?«, fragte ich. »Über den Vampirismus?«

»Durch Vampire, Tiermenschen ...« Geser breitete die Arme aus. »Das ist wohl ein Weg. Die Initiierung erfolgt dann auf dem allergröbsten, primitivsten Niveau dunkler Kraft. Bezahlen muss man dafür mit dem Verlust der menschlichen Existenz. Einen Menschen zum Magier zu initiieren ist dagegen unmöglich.«

»Nadjuschka ...«, flüsterte ich. »Schließlich haben Sie doch auch Swetlanas Schicksalsbuch umgeschrieben!«

»Nein, Anton«, entgegnete Geser kopfschüttelnd. »Deiner Tochter war es bestimmt, als Große auf die Welt zu kommen. Wir haben nur für das richtige Vorzeichen gesorgt. Das Element des Zufalls ausgeschaltet ...«

»Jegor«, erinnerte ich ihn. »Der Junge war schon ein Dunkler geworden ...«

»Bei ihm haben wir bloß das Zeichen der Initiierung gelöscht. Wir haben ihm die Chance gegeben, noch einmal zu wählen«, bestätigte Geser. »Alle Interventionen, zu denen wir in der Lage sind, hängen mit der Wahl zwischen Licht und Dunkel zusammen, Anton. Aber zu wählen, ob wir ein Mensch oder ein Anderer sein wollen, ist uns nicht gegeben. Das ist niemandem auf dieser Welt gegeben.«

»Also geht es um Vampire«, sagte ich. »Nehmen wir an, bei den Dunklen ist mal wieder ein verliebter Vampir aufgetaucht ...«

»Das ist möglich.« Geser breitete die Arme aus. »Dann wäre das Ganze relativ einfach. Die Dunklen überprüfen ihre Untoten, denn sie haben das gleiche Interesse wie wir ... Ach ja. Sie haben übrigens auch so einen Brief bekommen. Haargenau den gleichen. Der ebenfalls aus dem Assol abgeschickt wurde.«

»Und die Inquisition hat keinen bekommen?«

»Du begreifst immer schneller«, lachte Geser. »Die auch. Per Post. Aus dem Assol.«

Ganz offensichtlich spielte Geser auf etwas an. Ich dachte kurz nach und kam dann auf eine weitere fulminante Schlussfolgerung. »Damit untersuchen beide Wachen und die Inquisition den Fall, nicht wahr?«

In Gesers Blick flackerte Enttäuschung auf. »Sieht ganz danach aus. Privat kann man sich schon einem Menschen zu erkennen geben, wenn es unbedingt sein muss. Du weißt, was ich meine ...« Er nickte zur Tür, durch die die beiden Besucher hinausgegangen waren. »Aber eben nur privat. Wobei entsprechende magische Einschränkungen zum Tragen kommen. Diese Sache ist aber viel schlimmer. Offenbar plant ein Anderer, einen Handel mit Initiierungen aufzuziehen.«

Als ich mir einen Vampir vorstellte, der einem neureichen Russen seine Dienste anbot, musste ich lächeln. »Wollen Sie nicht mal ein bisschen richtiges Blut aus dem Volk saugen, mein lieber Herr?« Obwohl – es geht ja nicht ums Blut. Selbst der schwächste Vampir oder Tiermensch verfügt über Kraft. Sie brauchen keine Angst vor Krankheiten zu haben und leben sehr, sehr lange. Auch die Körperkräfte sollte man nicht vergessen. Ein Tiermensch steckt einen Karelin in die Tasche, poliert einem Tyson die Fresse. Und auch jener ›Tiermagnetismus‹ selbst, jener ›Ruf‹, den sie vollendet beherrschen, ist nicht zu verachten. Ein Wink – und dir gehört jede Frau.

Natürlich haben sowohl Vampire wie auch Tiermenschen in der Realität mit etlichen Einschränkungen zu kämpfen. Die sogar noch gravierender sind als für Magier, ihre Unausgeglichenheit verlangt das. Aber ob das einem frisch gebackenen Vampir klar ist?

»Worüber lachst du?«, fragte Geser.

»Ich habe mir gerade ein Zeitungsinserat vorgestellt. *Verwandle Sie in einen Vampir. Zuverlässig, einwandfrei, 100 Jahre Garantie. Preis nach Vereinbarung.*«

»Ein kluger Gedanke.« Geser nickte. »Ich werde jemanden beauftragen, die Zeitungen und Websites auf entsprechende Anzeigen durchzukämmen.«

Ich starrte Geser an, verstand aber nicht, ob er sich einen Scherz erlaubte oder das völlig ernst meinte.

»Ich glaube nicht, dass wir es mit einer realen Gefahr zu tun haben«, sagte ich. »Vermutlich hat nur ein kreuzdämlicher Vampir beschlossen, sich etwas dazuzuverdienen. Er führt einem reichen Menschen ein paar Tricks vor und bietet ihm … äh … einen Biss an.«

»Beißen lassen, Glück abfassen«, stieß Geser ins gleiche Horn.

»Irgendjemand …«, fuhr ich munter fort, »… zum Beispiel die Frau des Mannes, hat dann von diesem wahnsinnigen Vorschlag erfahren! Während der holde Gatte noch zögert, beschließt sie, uns zu schreiben. In der Hoffnung, dass wir den Vampir ausschalten und ihr Mann ein Mensch bleibt. Daher auch diese Kombination: die aus der Zeitung ausgeschnittenen Buchstaben und der Briefkasten im Assol. Das ist ein Hilfeschrei! Sie kann sich nicht direkt mit uns in Verbindung setzen, fleht aber förmlich: Rettet meinen Mann!«

»Du Romantiker«, höhnte Geser missbilligend. »*Wenn Ihnen Leben und Verstand teuer sind, so halten Sie sich vom Moor fern* … Und dann, ritsch, ratsch, werden mit der Nagelschere aus der neuesten *Prawda* die Buchstaben ausgeschnitten … Hat sie die Adresse eigentlich auch aus der Zeitung?«

»Die Adresse der Inquisition!«, fiel es mir wie Schuppen von den Augen.

»Diesmal liegst du richtig. Könntest du der Inquisition einen Brief schicken?«

Ich schwieg. Vorgeführt. Dabei hatte Geser nicht mal ein Geheimnis aus dem Brief an die Inquisition gemacht!

»Bei uns in der Wache kenne nur ich die Postadresse. In der Tagwache dürfte es nur Sebulon sein. Was folgt daraus, Gorodezki?«

»Den Brief haben Sie abgeschickt. Oder Sebulon.«

Geser schnaubte bloß.

»Nimmt die Inquisition die Sache ernst?«, wollte ich wissen.

»Das ist noch gelinde ausgedrückt. Der Versuch, mit Initiierungen zu handeln, beunruhigt sie im Grunde nicht weiter. Ein normaler Fall für die Wachen, die denjenigen finden müssen, der den Großen Vertrag verletzt hat, ihn bestrafen und das Informationsleck stopfen sollen. Und da wir und die Dunklen gleichermaßen über diese Angelegenheit empört sind ... Aber ein Brief an die Inquisition ... das ist eine andere Frage. Bei ihnen arbeiten nicht viele, das weißt du selbst. Wenn eine Seite den Vertrag verletzt, ergreift die Inquisition Partei für die andere Seite, um das Gleichgewicht wiederherzustellen. Das ... diszipliniert uns alle. Aber gehen wir einmal davon aus, in einer der Wachen hätte eine kleine Gruppe einen Plan entwickelt, mit dem sie den endgültigen Sieg erlangen wollten. Ein paar Kampfmagier, die sich zusammenschließen, wären in der Lage, in einer Nacht alle Inquisitoren zu erschlagen – natürlich nur, falls sie alles über die Inquisition wüssten. Wer für sie arbeitet, wo die Inquisitoren wohnen, wo die Unterlagen aufbewahrt werden ...«

»Ist der Brief ans Hauptbüro gegangen?«, hakte ich nach.

»Ja. Und wenn man bedenkt, dass sechs Stunden später das Büro leer war und im Gebäude ein Feuer ausgebrochen ist ... und zwar genau in dem Teil, wo die Archive der Inquisition liegen ... Wo das ist, weiß selbst ich nicht genau. Indem der Mensch ... oder der Andere ... der Inquisition einen Brief geschickt hat, hat er ihr förmlich den Fehdehandschuh hingeworfen. Jetzt wird die Inquisition ihn jagen. Die offizielle Version wird lauten, weil er die Vertraulichkeit verletzt und versucht hat, einen Menschen zu initiieren. Aber im Grunde, weil sie ihre eigene Haut retten wollen.«

»Ich hätte nie gedacht, dass es ihrer Natur entspricht, um sich selbst Angst zu haben«, meinte ich.

»Und wie, Anton«, meinte Geser mit einem Nicken. »Denk doch mal über folgende Frage nach: Warum gibt es in der Inquisition eigentlich keine Verräter? Ihr gehören Dunkle und Lichte an. Sie durchlaufen ihre Ausbildung. Danach verfolgen die Dunklen unerbittlich die Dunklen und die Lichten die Lichten, sobald einer von ihnen den Vertrag verletzt.«

»Man braucht dafür eine besondere charakterliche Veranlagung«, vermutete ich. »Entsprechend werden die Anderen dann ausgewählt.«

»Und da macht man nie einen Fehler?«, fragte Geser skeptisch. »Das gibt es nicht. Trotzdem ist in unserer Geschichte kein Fall bekannt, wo ein Inquisitor den Großen Vertrag verletzt hätte ...«

»Vermutlich kennen sie die Folgen einer Vertragsverletzung nur allzu genau. Ein Inquisitor in Prag hat mir mal gesagt: ›Uns leitet das Entsetzen.‹«

»Vítěszlav ...« Geser runzelte die Stirn. »Er liebt eloquente Formulierungen ... Gut, zerbrich dir darüber nicht weiter den Kopf. Die Situation ist einfach. Es gibt einen Anderen, der entweder den Großen Vertrag verletzt oder die Wachen und die Inquisition zum Besten hält. Die Inquisition wird eine Fahndung einleiten, dito die Dunklen. Von uns verlangt man ebenfalls einen Mitarbeiter.«

»Darf ich eine Frage stellen? Warum ausgerechnet ich?«

»Aus mehreren Gründen.« Geser breitete die Arme aus. »Erstens wird es im Zuge der Fahndung wohl zu einer Konfrontation mit Vampiren kommen. Und du bist unser Spezialist für die niederen Dunklen.«

Nein, ich hatte nicht den Eindruck, dass er lachte ...

»Zweitens«, fuhr Geser fort, wobei er wie ein Deutscher die Finger der geschlossenen Faust nacheinander ausstreckte. »Seitens der Inquisition wurden mit der Untersuchung offiziell deine beiden Bekannten betraut. Vítěszlav und Edgar.«

»Edgar ist in Moskau?«, fragte ich erstaunt. Ich konnte nicht gerade behaupten, dass ich den Dunklen Magier, der vor drei Jahren der Inquisition beigetreten war, sonderlich mochte. Aber ... aber ich konnte immerhin sagen, dass er mir nicht unsympathisch war.

»Ja. Vor vier Monaten hat er seine Ausbildung abgeschlossen und ist zu uns gekommen. Da du dich während der Arbeit mit den Inquisitoren in Verbindung setzen musst, ist jede persönliche Beziehung von Vorteil.«

»Unsere persönlichen Begegnungen zählen aber nicht zu meinen angenehmsten Erinnerungen«, gab ich zu bedenken.

»Habe ich dir vielleicht eine Thai-Massage während der Arbeitszeit versprochen?«, fragte Geser hämisch. »Der dritte Grund, weshalb ich ausgerechnet dich auf diese Sache ansetzen möchte ...« Er verstummte.

Ich wartete.

»Auf Seiten der Dunklen leitet die Untersuchung ebenfalls ein alter Bekannter von dir.«

Den Namen brauchte Geser gar nicht erst zu nennen. Trotzdem fuhr er fort: »Konstantin. Der junge Vampir ... dein ehemaliger Nachbar. Ich meine mich zu erinnern, dass ihr recht gut miteinander ausgekommen seid.«

»Ja, stimmt«, räumte ich bitter ein. »Solange er noch ein Kind war, nur Schweineblut getrunken und davon geträumt hat, seinem ›Fluch‹ zu entgehen ... Solange er noch nicht verstanden hatte, dass sein Bekannter, der Lichte Magier, solche wie ihn mit Haut und Haar verbrennt.«

»So ist das Leben«, konstatierte Geser.

»Er hat ja schon Menschenblut getrunken«, sagte ich. »Bestimmt! Wenn er sich in der Tagwache hochgedient hat.«

»Er ist ein Hoher Vampir geworden«, informierte mich Geser. »Der jüngste Hohe Vampir in ganz Europa. Wenn du das auf uns überträgst, ist er ...«

»Zweite oder dritte Kraftstufe«, flüsterte ich. »Fünf oder sechs zerstörte Leben.«

Kostja, Kostja ... Damals war ich ein junger und unerfahrener Magier. In der Nachtwache konnte ich keine Freunde finden, die Beziehungen zu meinen alten Bekannten gingen alle ziemlich schnell den Berg runter ... Andere und Menschen können nicht miteinander befreundet sein ... Und dann fand ich heraus, dass meine Nachbarn Dunkle waren. Eine Vampirfamilie. Mutter und Vater waren Vampire und hatten ihr Kind initiiert. Was wirklich nicht schlimm war. Sie gingen nachts nicht auf Jagd, beantragten keine Lizenzen. Gesetzestreu tranken sie nur Schweine- und Spenderblut. Mich Idioten hat das beruhigt. Ich habe mich mit ihnen angefreundet. Sie sogar besucht. Sie sogar eingeladen! Sie aßen das Essen, das ich für sie gekocht hatte, und lobten es ... Und ich Hohlkopf begriff nicht, dass das Essen der Menschen für sie nach nichts schmeckt, dass sie ein alter, ewiger Hunger quält. Der kleine Vampir wollte sogar Biologe werden und herausfinden, wie man Vampirismus heilt ...

Dann tötete ich meinen ersten Vampir.

Danach trat Kostja in die Tagwache ein. Ich weiß nicht, ob er sein Biologiestudium abgeschlossen hat, aber von seinen Kinderträumen ist er mit Sicherheit kuriert ...

Und er hat Lizenzen zum Töten bekommen. Wie sonst hätte er es geschafft, in nur drei Jahren zum Hohen Vampir aufzusteigen? Jemand muss ihm geholfen haben. Muss alle Möglichkeiten der Tagwache genutzt haben, damit Kostja, einst ein prima Kerl, wieder und wieder das Recht bekam, seine Eckzähne in den Hals eines Menschen zu schlagen ...

Und ich ahne sogar, wer ihm da geholfen hat.

»Was meinst du, Anton?«, fragte Geser. »Wer sollte in dieser Situation von unserer Seite mit der Untersuchung betraut werden?«

Ich zog das Handy aus meiner Tasche und wählte Swetlanas Nummer.

Zwei

Wir arbeiten nur selten verdeckt.

Erstens müssen wir unsere Natur als Andere dann vollständig verbergen. Damit deine Aura, die Kraftströme, die Erschütterung im *Zwielicht* dich nicht verraten. Diesbezüglich hast du es mit einer recht einfachen Konstellation zu tun. Wenn du ein Magier fünften Grades bist, bemerken dich schwächere Magier, also die mit dem sechsten oder siebten Grad, nicht. Als Magier ersten Grades bist du vor allen vom zweiten Grad abwärts geschützt. Wenn du ein Magier außerhalb jeder Kategorie bist ... kannst du darauf hoffen, dass dir niemand auf die Schliche kommt.

Geser selbst sorgte für meine Tarnung. Sofort nach dem Gespräch mit Swetlana. Diesem kurzen, aber beklemmenden Gespräch. Wir stritten nicht, das nicht. Sie war nur *sehr* enttäuscht.

Zweitens brauchst du eine Legende. Am besten sicherst du die Legende auf magische Weise ab. Unbekannte Menschen sind dann schnell bereit, in dir einen Bruder zu sehen, einen Schwiegervater oder Freund aus der Armeezeit, mit dem sie sich von ihrer Truppe davongestohlen haben, um irgendwo was zu picheln. Aber jede magische Deckung hinterlässt Spuren, die ein mehr oder weniger starker Anderer erkennen kann.

Deshalb verzichteten wir bei meiner Legende auf jede Magie. Geser drückte mir die Schlüssel von einer Wohnung im Assol in die Hand. Hundertfünfzig Quadratmeter im siebten Stock. Die

Wohnung lief auf meinen Namen, gekauft hatte ich sie vor einem halben Jahr. Als ich große Augen machte, erklärte Geser mir, dass die Papiere heute Morgen ausgestellt, dabei aber zurückdatiert worden waren. Für eine hübsche Stange Geld. Und dass wir die Wohnung später zurückgeben müssten.

Als Dreingabe bekam ich den Schlüssel für einen BMW. Das Auto war nicht neu, auch nicht besonders luxuriös – aber meine Wohnung war ja auch klein.

Dann betrat ein Schneider das Zimmer, ein trauriger alter Jude, ein Anderer siebten Grades. Er nahm meine Maße und versprach, bis zum Abend würde der Anzug fertig sein, in dem »dieser Junge endlich wie ein Mensch« aussehen werde. Geser behandelte den Schneider mit ausgesuchter Höflichkeit, öffnete ihm die Tür, begleitete ihn ins Vorzimmer und fragte beim Abschied schüchtern, was denn sein »Mäntelchen« mache. Worauf der Schneider erwiderte, der Chef brauche sich keine Sorgen zu machen, denn bis die Kälte einsetze, sei der Mantel, der dem Helllichten Geser zur Ehre gereiche, fertig.

Nach diesen Worten behagte mir die Entscheidung, mir einen ganzen Anzug anfertigen zu lassen, nicht mehr so wahnsinnig. Richtig grandiose Sachen nähte der Schneider offenbar nicht an einem halben Tag.

Um meine Krawatten kümmerte sich Geser persönlich. Er brachte mir sogar bei, wie ich einen besonders modischen Knoten hinbekam. Danach drückte er mir ein Bündel Geldscheine in die Hand, nannte mir die Adresse eines bestimmten Geschäfts und befahl mir, alles zu kaufen, was sonst noch nötig war, inklusive Unterwäsche, Taschentücher und Socken. Als Berater schlug er mir Ignat vor, unseren Magier, der in der Tagwache garantiert als Inkubus durchgegangen wäre. Oder Sukkubus. Ihm war das mehr oder weniger egal.

Der Streifzug durch die Boutiquen, in denen sich Ignat wie ein Fisch im Wasser fühlte, machte mir Spaß. Der Besuch beim

Friseur, genauer gesagt, in einem Schönheitssalon, raubte mir dagegen den letzten Nerv. Nacheinander taxierten mich zwei Frauen und ein Mann, der einen auf Tunte machte, aber nicht schwul war. Die drei seufzten lange und wünschten meinem Friseur sonst was an den Hals. Sollten diese Flüche wahr werden, müsste mein armer Coiffeur während der ihm noch verbleibenden Jahre glatzköpfige Hammel scheren. Und zwar irgendwo in Tadschikistan. Anscheinend gehörte das zum Schlimmsten, was man einem Friseur wünschen konnte ... Ich nahm mir vor, nachher bei meinem zweitrangigen Friseur vorbeizuschauen, der mir das letzte Jahr die Haare geschnitten hatte, und zu prüfen, ob sie dem Mann nicht doch einen Höllenstrudel angehängt hatten.

Der Kollektivverstand dieser Schönheitsspezialisten gelangte zu der Überzeugung, nur ein streichholzkurzer Schnitt könne mich noch retten. So einer, wie ihn kleine Mafiosi tragen, die die Händler auf dem Markt ausnehmen. Zum Trost versicherten sie mir, der Sommer solle heiß werden, weshalb ein Kurzhaarschnitt ausgesprochen bequem sei.

Nach dem Schneiden, das mehr als eine Stunde dauerte, folgten Mani- und Pediküre. Danach brachte mich ein zufriedener Ignat zum Zahnarzt, der mit einem speziellen Bohrer den Zahnstein entfernte und mir riet, die Prozedur jedes halbe Jahr zu wiederholen. Meine Zähne fühlten sich danach irgendwie nackt an, es war sogar unangenehm, sie mit der Zunge zu berühren. Auf Ignats doppeldeutige Aussage »Anton, du siehst direkt zum Verlieben aus!« fand ich keine passende Antwort, sondern murmelte nur etwas Unverständliches und ärgerte mich innerlich auf dem gesamten Weg zurück ins Büro über seinen plumpen Humor.

Der Anzug war bereits fertig. Der Schneider brummte unzufrieden, wenn man ein Stück nähe, ohne ein zweites Mal Maß zu nehmen, könne man auch blindlings heiraten.

Hm. Wenn alle Eheleute, die überstürzt geheiratet hatten, so gut zueinander passten wie dieser Anzug zu mir, sollte die Zahl der Scheidungen eigentlich gegen Null tendieren.

Geser sprach mit dem Schneider noch über seinen Mantel. Die beiden stritten lange und heftig über die Knöpfe, bis der Helllichte Magier schließlich nachgab. Ich stand am Fenster, schaute auf die abendliche Straße und das blinkende Lämpchen der Alarmanlage an »meinem« Auto hinaus.

Wenn sie nur die Karre nicht klauten ... Einen magischen Schutz, der sämtliche Diebe abschreckte, durfte ich nicht wirken. Er hätte mich schneller verraten als in dem Witz vom Spion Stirlitz jener Fallschirm, den er hinter sich herschleppte.

Schlafen musste ich heute bereits in der neuen Wohnung. Dabei sollte ich so tun, als täte ich das nicht das erste Mal. Nur gut, dass zu Hause niemand auf mich wartete. Weder meine Frau noch meine Tochter, kein Hund und keine Katze ... Noch nicht mal Fische im Aquarium hielten wir. Und das war auch gut so.

»Hast du deine Aufgabe verstanden, Gorodezki?«, fragte Geser. Während ich am Fenster meinen Gedanken nachhing, war der Schneider gegangen. In dem neuen Anzug fühlte ich mich überraschend wohl. Selbst mit dem Kurzhaarschnitt kam ich mir nicht wie ein Erpresser von Schwarzhändlern, sondern wie jemand Wichtigeres vor. Zum Beispiel wie jemand, der in kleinen Geschäften Schutzgelder eintrieb.

»Ich ziehe ins Assol. Lerne die Nachbarn kennen. Suche nach Spuren des abtrünnigen Anderen und seines eventuellen Auftraggebers. Wenn mir was auffällt, mache ich Meldung. Wenn ich mich mit den anderen Parteien, die an dieser Untersuchung beteiligt sind, treffe, verhalte ich mich korrekt, tausche Informationen aus und lasse mich auf eine Zusammenarbeit ein.«

Geser trat neben mich ans Fenster. Er nickte. »Richtig, Anton. Richtig. Das Wichtigste hast du jedoch vergessen.«

»Ja?«, fragte ich.

»Du darfst keine der Versionen bevorzugen. Selbst die nicht, die dir am wahrscheinlichsten vorkommen. Gerade weil sie am wahrscheinlichsten sind! Der Andere kann ein Vampir oder ein Tiermensch sein, muss es aber nicht.«

Ich nickte.

»Er kann ein Dunkler sein«, fuhr Geser fort, »aber auch ein Lichter.«

Ich sagte kein Wort. Dieser Gedanke war mir auch schon in den Sinn gekommen.

»Und das Allerwichtigste«, fügte Geser hinzu. »Dass er ›aus einem Menschen einen Anderen machen‹ will – das könnte auch ein Bluff sein.«

»Aber das muss es nicht?«, hakte ich nach. »Gibt es denn nun die Möglichkeit, aus einem Menschen einen Anderen zu machen, Geser, oder nicht?«

»Du glaubst doch nicht etwa, ich würde so etwas geheim halten?«, antwortete Geser mit einer Frage. »Wie viele Schicksale von Anderen, die verloren sind ... Wie viele wundervolle Menschen, die gezwungen sind, nur ihr kurzes Leben zu leben ... Dergleichen ist bisher niemals vorgekommen. Aber für alles gibt es ein erstes Mal.«

»Dann werde ich davon ausgehen, dass es möglich ist«, meinte ich.

»Ich kann dir keine Amulette geben«, bedauerte Geser. »Du musst das verstehen. Auch Magie solltest du besser nicht einsetzen. Das Einzige, was du darfst, ist, durchs *Zwielicht* zu schauen. Aber im Notfall sind wir schnell da. Du brauchst uns bloß zu rufen.« Er verstummte kurz. »Ich gehe nicht von irgendwelchen Kämpfen aus«, fügte er dann noch hinzu. »Aber du solltest genau das tun.«

Noch nie hatte ich in einer Tiefgarage parken müssen. Nur gut, dass hier wenig Autos standen, die Betonauffahrt in grelles Licht getaucht war und der Security-Mann, der an einem Bildschirm die Vorgänge im Innern beobachtete, mir freundlich erklärte, wo sich meine Garagen befanden.

Man ging also davon aus, dass ich mindestens zwei Autos hätte.

Ich stellte den Wagen ab, holte aus dem Kofferraum eine Tasche mit Sachen und schaltete die Alarmanlage ein. Dann wandte ich mich zum Ausgang. Und bekam die erstaunte Frage des Security-Menschen zu hören: Ob die Fahrstühle wirklich nicht funktionierten? Ich musste die Stirn runzeln, mit der Hand abwinken und erklären, dass ich ein Jahr lang nicht mehr hier gewesen sei.

Der Mann fragte nach meinem Block und dem Stockwerk, in dem ich wohnte, um mich dann zum Aufzug zu bringen.

Umgeben von Chrom, Glas und klimatisierter Luft fuhr ich in den siebten Stock hinauf. Es war nahezu beschämend, dass ich so weit unten wohnte. Nicht dass ich nach einer Penthousewohnung verlangt hätte, aber trotzdem ...

Im Treppenhaus – falls dieser schnöde Ausdruck überhaupt zu jener Halle mit einer Fläche von dreißig Quadratmetern passte – irrte ich eine Zeit lang zwischen den Türen hin und her. Ein überraschendes Ende des Märchens. Bei einer Wohnung fehlte die Tür völlig. Hinter dem leeren Durchbruch schimmerte ein gigantischer dunkler Raum: Betonwände, Betonboden, keine weiteren Unterteilungen. Leises Tropfen von Wasser.

Es dauerte lange, bis ich mich zwischen den drei bereits eingesetzten Türen entschieden hatte. Nummern hatten sie keine. Nach einer Weile entdeckte ich an einer Tür dann doch eine eckige Nummer, die jemand eingeritzt hatte, an einer anderen die Überreste einer Kreideaufschrift. Also konnte meine Tür nur die dritte sein. Die unscheinbarste von allen. Bei Geser hätte ich allerdings auch damit rechnen müssen, dass er mich in der Wohnung untergebracht hätte, deren Tür fehlte. Dann wäre jedoch meine Legende zum Teufel gewesen ...

Ich kramte den Schlüsselbund hervor und schloss die Tür relativ leicht auf. Suchte den Lichtschalter – und stieß auf eine ganze Palette von Schaltern.

Ich machte mich daran, sie nacheinander zu betätigen.

Sobald die Wohnung beleuchtet war, schloss ich die Tür und sah mich nachdenklich um.

Hm. Das Ganze hatte was. Könnte man meinen.

Der bisherige Besitzer ... Ja, schon gut, laut Legende bin ich das. Ich hatte also mit der Modernisierung angefangen. Offenbar trug ich mich mit napoleonischen Plänen. Wie sonst ließen sich das handgefertigte, kunstvolle Parkett, die Eichenfenster, die Klimaanlage Daikin und andere Attribute des schöneren Wohnens erklären?

Im weiteren Verlauf war mir dann vermutlich das Geld ausgegangen. Denn das riesige Apartmentstudio – ohne jede Wände im Innern – bestach durch jungfräuliche Leere. In der Ecke, in der die Küche hätte liegen sollen, stand ein schiefer Gasherd der Marke Brest, auf dem man durchaus schon Grießbrei gekocht haben konnte, als ich noch in den Windeln lag. Direkt auf dem Herdring thronte – als wolle sie mich warnen: »Benutze bloß nicht den Herd!« – eine einfache Mikrowelle. Über dem schrottreifen Herd hing übrigens ein Luxusabzug. Neben ihm fristeten zwei Hocker und ein niedriger Teewagen ihr Dasein.

Aus alter Gewohnheit zog ich mir die Schuhe aus und ging in die Küchenecke. Einen Kühlschrank gab es nicht, genauso wenig wie Möbel, aber auf dem Fußboden stand ein großer Pappkarton voll Proviant: Flaschen mit Mineralwasser und Alkohol, Konserven, Tütensuppen, Päckchen mit Zwieback. Vielen Dank auch, Geser. Wenn Sie vielleicht auch noch an einen Topf hätten denken können ...

Aus der »Küche« steuerte ich auf die Badezimmertür zu. Offensichtlich hatte ich genug Verstand besessen, Klo und

Wanne nicht auch noch dem Blick der Allgemeinheit preiszugeben …

Ich öffnete die Tür und sah mir das Bad an. Ganz passabel. Ein zehn, zwölf Quadratmeter großer Raum, hübsche türkisfarbene Kacheln, eine futuristisch anmutende Duschkabine. Allein bei dem Gedanken, was sie gekostet haben musste, wurde mir mulmig. Und womit sie wohl aufgemotzt sein mochte.

Einen Jacuzzi gab es allerdings nicht. Es gab überhaupt keine Badewanne. In einer Ecke hingen lediglich ein paar abgedichtete Wasserleitungen heraus. Und dann …

Während ich das Bad weiter inspizierte, bestätigte sich mein schrecklicher Verdacht.

Das Klo fehlte ebenfalls!

Es gab nur ein Fallrohr, in das ein Holzverschluss gerammt worden war.

Wirklich, vielen Dank auch, Geser!

Aber Stopp. Nur keine Panik. In Wohnungen wie diesen gibt es mehr als eine Toilette. Es musste noch ein Klo vorhanden sein. Für Gäste. Kinder. Angestellte …

Ich stürzte ins Studio zurück und entdeckte in einer Ecke tatsächlich eine weitere Tür. Direkt neben dem Eingang. Mein Instinkt hatte mich nicht getäuscht: das Gästeklo. Eine Wanne war hier sowieso nicht zu erwarten, die Duschkabine schlichter.

Anstelle des Klos entdeckte ich jedoch nur ein weiteres abgedichtetes Rohr.

Mist.

Scheiße!

Sicher, mir ist klar, dass echte Profis auf diese Kleinigkeiten nicht achten. Wenn James Bond mal aufs Klo geht, dann bloß, um ein Gespräch zu belauschen oder einen Gangster zu erledigen, der sich im Spülkasten versteckt hat.

Aber ich sollte hier wohnen!

Ein paar Sekunden lang spielte ich mit dem Gedanken, Geser anzurufen und einen Klempner samt kompletter Ausstattung anzufordern. Dann stellte ich mir seine Reaktion vor.

Aus irgendeinem Grund lächelte Geser in meiner Phantasie. Dann seufzte er und gab einen Befehl: Danach kam der Oberinstallateur Moskaus ins Assol und baute höchstpersönlich ein Klosett ein. Während Geser immer noch lächelte und den Kopf schüttelte.

Magiern seines Niveaus unterlaufen in Details keine Fehler. Ihre Fehler, das sind brennende Städte, blutige Kriege und Impeachments von Präsidenten. Aber nicht ein fehlendes Klo.

Wenn es in meiner Wohnung keine Toilette gab, sollte das so sein.

Abermals durchstreifte ich meinen Wohnraum. Fand eine aufgerollte Matratze und eine Garnitur fröhlich bunt bedruckter Bettwäsche. Ich entrollte die Matratze, packte die Tasche mit meinen Sachen aus. Zog Jeans und das T-Shirt mit dem optimistischen Aufdruck zum klinischen Tod an. Schließlich brauchte ich in meiner eigenen Wohnung nicht in Schlips und Kragen rumzulaufen! Dann holte ich den Laptop heraus. Übrigens, wie sollte ich hier ins Internet kommen – übers Handy?

Ich musste noch einen Streifzug durch die Wohnung machen. Eine Steckdose fand sich in der Wand des großen Badezimmers – glücklicherweise sogar auf der Seite zum Studio. Das konnte kein Zufall sein. Deshalb schaute ich ins Bad. In der Tat: Neben dem nicht funktionierenden Klo prangte eine weitere Steckdose.

Was hatte ich bloß für einen seltsamen Geschmack, als ich mit der Modernisierung begonnen habe ...

Strom war da. Wenigstens etwas, aber schließlich war ich nicht deswegen hierher gekommen.

Um die lastende Stille wenigstens ein bisschen zu vertreiben, öffnete ich das Fenster. Warmer Wind strömte ins Zimmer. Über dem Fluss leuchteten die Fenster der Häuser. Gewöhnlicher Häuser von Menschen. Und immer noch diese Stille. Kein Wunder, um ein Uhr nachts.

Ich kramte den MD-Player heraus. Wühlte in den Scheiben und entschied mich für *Belaja gwardija*, eine Gruppe, die niemals die Charts auf MTV anführen oder Stadien füllen würde. Mit eingestöpselten Kopfhörern streckte ich mich auf der Matratze aus.

Wenn dieser Kampf zu Ende geht
Und du noch lebst am nächsten Tage,
Dann wird dir klar, es riecht der Sieg
Genauso streng wie Niederlage.

Du bist allein, hast keine Feinde mehr
Und stehst verloren in den Trümmern nun.
Der Himmel drückt dir auf die Schultern schwer;
Was bleibt in dieser Wüste noch zu tun?

Doch du wartest ab,
Was sie bringt,
Die Zeit,
Du wartest ab ...

Und Honig scheint dir bitterer als Salz,
Die Träne süßer nicht als Wermut – nein,
Ich kenne keine größ're Schmerzen, als
lebendig unter lauter Schläfern sein.

Doch du wartest ab,
Was sie bringt,
Die Zeit,
Du wartest ab ...

Als ich mich dabei erwischte, wie ich die leise Frauenstimme mit unmelodischem Gesang begleitete, stöpselte ich die Kopfhörer aus und stellte den Player ab. Nein. Ich war nicht hier, um rumzuhängen.

Was hätte James Bond an meiner Stelle getan? Den geheimnisvollen Anderen, diesen Verräter, gefunden, seinen menschlichen Auftraggeber und den Verfasser des anonymen Briefes!

Und was tue ich?

Ich suche etwas, das für mich schlicht und ergreifend lebensnotwendig ist. Da unten, bei dem Security-Menschen, wird es doch wohl ein Klo geben!

Irgendwo draußen – nein, ganz in der Nähe – dröhnte mit voller Wucht eine Bassgitarre. Ich sprang auf, aber in der Wohnung entdeckte ich niemanden.

»Und jetzt los, Kumpel!«, drang es von draußen herein. Ich beugte mich zum Fenster hinaus und ließ den Blick über die Fassade des Assol wandern. Zwei Stockwerke weiter oben bemerkte ich die offenen Fenster, aus denen diese grauenvollen, erstaunlicherweise für eine Bassgitarre arrangierten Akkorde kamen.

Früher, was habe ich da für Geschäfte gemacht!
Galt als scharfer Hecht, als großer Geschäftemacher.
Doch neulich, da ist mir aufgefallen –
  und wer hätte das gedacht
Verdammt lang her, dass ich mein letztes Geschäft gemacht.

Doch anno dunnemals, was habe ich da für
  Geschäftchen gemacht!
Hab Druck ausgeübt, denn drücken konnt ich
  wie kein Zweiter.
Deshalb hab ja auch ich allein für alle die Geschäfte gemacht.
Die haben sich gedrückt – und das Drücken blieb mir,
  dem Goldenen Reiter!

Unmöglich, sich einen größeren Kontrast vorzustellen, als die leise Stimme von Soja Jaschtschenko, der Sängerin von *Belaja gwardija*, und diesem unvorstellbaren Chanson zur Bassgitarre. Trotzdem gefiel mir das Lied irgendwie. Der Sänger, der nur drei Akkorde hinbekam, streute sich weiter aufs Haupt:

Aber noch habe ich mein letztes Geschäftchen nicht gemacht,
Selbst wenn wohl kein Geschäft mehr die Größe von einst erreicht.
Weil heute ja jeder über große Geschäfte bloß lacht,
Weil es zum Druckmachen, zum Drücken nicht mehr reicht ...

Ich lachte los. Ein echter Underdog-Song. Alle Attribute stimmten: Der lyrische Held erinnert sich an die Tage seines vergangenen Ruhmes, beschreibt seine jetzige Misere und klagt darüber, dass er nie wieder etwas Großes vollbringen werde.

Ich hatte den starken Verdacht, dass, wenn dieses Lied im *Schlagerradio* gespielt werden würde, neunzig Prozent der Hörer die Anspielungen nicht einmal mitbekämen.

Die Gitarre stieß ein paar Seufzer aus. Dann stimmte der Sänger ein neues Lied an.

Bin noch nie im Irrenhaus gewesen,
Also frag mich bitte nicht danach ...

Die Musik brach ab. Jemand seufzte jämmerlich und strich noch etwas über die Saiten.

Ich zögerte nicht länger. Tauchte in den Pappkarton ab, holte eine Flasche Wodka und ein Stück Räucherwurst heraus. Stürmte ins Treppenhaus hinaus, knallte die Tür hinter mir zu und rannte hinauf.

Die Wohnung des Mitternachtsbarden zu finden war nicht schwerer, als einen im Gebüsch versteckten Presslufthammer auszumachen.

Einen Presslufthammer in Betrieb.

Vögel singen hier nicht mehr,
Nirgends scheint die liebe Sonne,
Kinder toben nicht umher
böse bei der Abfalltonne.

Ich klingelte, fragte mich aber, ob er das überhaupt hören würde. Doch die Musik verstummte, und eine halbe Minute später öffnete sich die Tür.

In der Türfüllung stand, freundlich lächelnd, ein kleinerer, gedrungener Mann von etwa dreißig Jahren. In seinen Händen hielt er die Tatwaffe, eine Bassgitarre. Mit finsterer Genugtuung bemerkte ich, dass der Barde ebenfalls einen »Mafiososchnitt« trug. Außerdem verwaschene Jeans und ein recht kurioses T-Shirt, auf dem ein Soldat in russischer Uniform mit einem riesigen Messer einem Schwarzen in amerikanischer Uniform den Hals durchschnitt. Darunter prangte der stolze Aufdruck: »Wir können euch auch daran erinnern, wer den Zweiten Weltkrieg gewonnen hat.«

»Auch nicht schlecht«, kommentierte der Gitarrist mein T-Shirt. »Komm rein.«

Er nahm den Wodka und die Wurst an sich und verschwand in den Untiefen seiner Wohnung.

Ich sah ihn mir durchs *Zwielicht* an.

Ein Mensch.

Mit einer derart wirren Aura, dass ich gar nicht erst versuchte, seinen Charakter zu verstehen. Mit grauen, rosafarbenen, roten und blauen Tönen. Ein erstaunlicher Cocktail.

Ich folgte dem Gitarristen.

Seine Wohnung war doppelt so groß wie meine. Mit seinem Gitarrenspiel hatte er sich die bestimmt nicht verdient ... Aber das ging mich nichts an. Viel komischer war, dass die Wohnung, von der Größe abgesehen, eine genaue Kopie meiner eigenen darstellte. Die Anfänge einer ambitionierten Modernisierung, die überstürzt abgebrochen und nur teilweise ausgeführt worden war.

Mitten in dem enormen Wohnzimmer – fünfzehn mal fünfzehn Meter, mindestens – standen ein Stuhl, davor ein Mikroständer, ein guter Verstärker, wie ihn Profis benutzen, und zwei gigantische Boxen.

An der Wand reihten sich drei riesige Kühlschränke von Bosch. Der Gitarrist öffnete den größten – in dem gähnende Leere herrschte – und legte den Wodka ins Eisfach. »Zu warm«, erklärte er.

»Ich hab keinen Kühlschrank«, erklärte ich.

»Kommt vor«, meinte er. »Lass.«

»Was soll ich lassen?« Ich verstand nicht, was er meinte.

»So heiße ich. Lass. Steht natürlich nicht im Pass.«

»Anton«, stellte ich mich vor. »Laut Pass.«

»Kommt vor«, räumte der Barde ein. »Wo wohnst du?«

»Im siebten Stock«, antwortete ich.

Nachdenklich kratzte sich Lass den Nacken. Blickte zu den offenen Fenstern hinüber. »Ich hab sie aufgemacht, damit es nicht so laut ist«, erklärte er. »Das halten meine Ohren nicht aus. Ich wollte eine Schallisolierung einbauen lassen, aber mir ist das Geld ausgegangen.«

»Anscheinend ein verbreitetes Übel«, tastete ich mich vor. »Ich habe nicht einmal ein Klo.«

Lass grinste triumphierend. »Ich schon. Seit einer Woche! Da, hinter der Tür.«

Als ich wiederkam, schnitt Lass gerade mit wehmütigem Blick die Wurst.

»Warum ein englisches?«, konnte ich meine Neugier nicht unterdrücken. »Noch dazu ein so großes?«

»Hast du die Firmenlogos an dem Ding gesehen?«, fragte Lass. »›Wir haben das erste Klosett erfunden.‹ Wie hätte ich das Ding nicht kaufen können – mit dem Slogan? Ich habe vor, den Aufkleber einzuscannen und ein wenig zu korrigieren. Es sollte heißen. ›Wir haben als Erste verstanden, wozu Menschen ...‹«

»Alles klar«, kam ich ihm zuvor. »Dafür hab ich eine Dusche.«

»Echt?« Der Barde stand auf. »Seit drei Tagen träume ich davon, mich mal zu waschen ...«

Ich hielt ihm den Schlüssel hin.

»Kümmer dich inzwischen darum, dass wir zum Wodka was zu essen haben«, meinte Lass froh. »Der Wodka ist garantiert in zehn Minuten eiskalt. Und bei mir dauert's nicht lange.«

Die Tür schlug zu, und ich blieb allein in der fremden Wohnung zurück – in trauter Einsamkeit mit angeschlossenen Verstärkern, bereits geschnittener Wurst und einem riesigen, leeren Kühlschrank.

Ach ja!

Niemals hätte ich gedacht, dass in solchen Häusern die ungezwungene, freundschaftliche Atmosphäre einer Wohngemeinschaft herrschen könnte. Oder eines Wohnheims für Studenten.

Geh du ruhig auf mein Klo, dann nehm ich ein Bad in deinem Jacuzzi ... Pjotr Petrowitsch hat einen Kühlschrank, Iwan Iwanowitsch hat versprochen, Wodka mitzubringen, er handelt schließlich damit, und Semjon Semjonitsch schneidet die Zuspeisen sorgsam, akkurat in kleine Stücke ...

Vermutlich haben die meisten Mieter hier die Wohnung »für die Ewigkeit« gekauft. Mit all dem Geld, das sie sich erarbeitet, zusammengeklaut und geliehen haben.

Erst danach ging den glücklichen Wohnungseigentümern auf, was in einer Wohnung dieser Größe noch alles gemacht werden muss. Und jemanden, der sich hier eine Wohnung gekauft hatte, nahm jede Firma bis aufs letzte Hemd aus. Dann galt es, monatlich auch noch etwas für die sonstige Unmenge an Quadratmetern, die Tiefgarage, die Grünanlage und die Uferstraße zu berappen.

So stand das riesige Haus halb leer, wirkte fast aufgegeben.

Natürlich ist es keine Tragödie, wenn jemand nur eine kleine Perle besitzt. Aber zum ersten Mal konnte ich mich mit eigenen Augen davon überzeugen, dass es mindestens eine Tragikomödie war.

Wie viele Menschen wohl tatsächlich im Assol lebten? Wenn auf das nächtliche Geheule der Bassgitarre hin nur ein Mieter erschienen ist? Und wenn dieser seltsame Barde bisher völlig ungestört rumlärmen konnte?

Ein Mieter pro Stockwerk? Wohl eher noch weniger ...

Wer hat dann den Brief abgeschickt?

Ich versuchte mir vorzustellen, wie Lass mit einer Nagelschere Buchstaben aus der *Prawda* ausschnitt. Es klappte nicht. Einer wie er hätte sich etwas Originelleres ausgedacht.

Ich schloss die Augen. Stellte mir vor, wie sich der graue Schatten von meinen Lidern auf meine Pupillen legte. Dann öffnete ich die Augen und sah mich durchs *Zwielicht* in der Wohnung um.

Nicht die geringste Spur von Magie. Selbst an der Gitarre nicht, die, auch wenn sie ein dankbares Instrument ist, nur einmal in den Händen eines Anderen oder eines potenziellen Anderen gelegen haben muss, um sich noch Jahre an diese Berührung zu erinnern.

Und das blaue Moos, dieser Parasit des *Zwielichts*, der von negativen Gefühlen lebt, ließ sich auch nicht entdecken. Wenn der Hausherr in eine Depression gefallen sein sollte, dann nicht innerhalb seiner eigenen vier Wände. Oder er hat sich offen und von ganzem Herzen amüsiert – und damit das blaue Moos verbrannt.

Schließlich setzte ich mich hin und schnitt die Wurst bis auf das letzte Zipfelchen in Scheiben. Auf alle Fälle würde ich durchs *Zwielicht* prüfen, ob ich sie essen konnte.

Die Wurst war in Ordnung. Geser beabsichtigte nicht, seinen Agenten mit einer Vergiftung auszuschalten.

»Jetzt stimmt die Temperatur«, meinte Lass, während er aus der offenen Flasche ein Weinthermometer zog. »Wir haben es nicht übertrieben. Sonst verwässerst du den Wodka, bis er die Konsistenz von Glyzerin hat. Da kannst du auch gleich flüssigen Stickstoff trinken ... Auf unsere Bekanntschaft!«

Wir tranken auf ex und aßen Wurst und Zwieback dazu. Den Zwieback hatte Lass aus meiner Wohnung mitgebracht. Mit der Erklärung, er habe sich heute überhaupt nicht um Essen gekümmert.

»Alle im Haus leben so«, setzte er mir auseinander. »Sicher, es gibt natürlich auch diejenigen, bei denen das Geld sowohl für die Handwerker wie auch für die Ausstattung reicht. Aber mach dir doch mal klar, was es für ein Vergnügen ist, in einem leeren Haus zu wohnen. Man wartet darauf, bis solche Deppen wie du und ich fertig mit den Umbauten sind und das Haus voll wird. Das Café ist geschlossen, das Casino leer, die Security-Leute werden vor Langeweile verrückt ... Gestern sind zwei von denen geflogen. Die haben sich in den Büschen hier im Hof eine Schießerei geliefert. Angeblich haben sie was ganz Schreckliches beobachtet. Na ja ... sie wurden gleich zum Arzt gebracht. Wie sich herausstellte, waren die beiden total zugekifft.«

Bei diesen Worten holte Lass ein Päckchen Belomor aus seiner Tasche. »Willst du?«, fragte er mit viel sagendem Blick.

Ich hatte nicht damit gerechnet, dass ein Mensch, der so begeistert Wodka trank, sich mit Marihuana abgab.

Ich schüttelte den Kopf. »Rauchst du viel?«, fragte ich.

»Das ist heute schon die zweite Schachtel«, seufzte Lass. In dem Moment begriff er mich. »Echt, Anton! Das sind Belomor! Kein Gras! Früher habe ich Gitane geraucht, doch dann ist mir klar geworden, dass die auch nicht anders schmecken als unsere Belomor!«

»Wie originell«, meinte ich.

»Was hat das damit zu tun?«, blaffte Lass. »Es geht mir nicht darum, originell zu sein. Sobald ein Mensch aus seiner Haut raus will, ein anderer sein will ...«

Ich erschauerte, doch Lass fuhr gelassen fort. »... nicht so sein will wie alle, heißt es gleich: Der hält sich für was Besonderes. Mir schmecken die Belomor einfach. In einer Woche habe ich vielleicht die Schnauze voll, dann höre ich damit auf.«

»Ist doch nicht schlimm, wenn man mal ein Anderer sein will«, ließ ich einen Probeballon los.

»Wirklich ein anderer zu sein ist schwer«, erwiderte Lass. »Vor ein paar Tagen habe ich gedacht ...«

Abermals merkte ich auf. Der Brief war vor zwei Tagen abgeschickt worden. So glatt konnte sich doch nicht alles auflösen?

»Ich war im Krankenhaus, während der Sprechstunde dort. Da habe ich alle Preislisten studiert«, fuhr Lass fort, nichts Böses ahnend. »Bei denen ist alles ganz seriös. Titanprothesen als Ersatz für verlorene Extremitäten. Schenkelknochen, Kniegelenke, Hüftgelenke, Kiefer ... Der Preis für einen Schädel anstelle der eingebüßten Knochen, der Zähne und anderer Kleinigkeiten ... Ich hab meinen Taschenrechner rausgeholt und berechnet, wie viel es kostet, sich sämtliche Knochen ersetzen zu lassen. Eine Million siebenhunderttausend Dollar. Allerdings vermute ich, dass man bei einem derartigen Großauftrag einen hübschen Rabatt bekommt. Zwanzig, dreißig Prozent. Und wenn du die Ärzte noch überzeugen kannst, dass das gute Reklame ist, brauchst du nicht mehr als eine halbe Million hinzublättern!«

»Wozu?«, fragte ich. Dank dem Friseur konnten sich mir die Haare nicht mehr sträuben – es war einfach nichts mehr da.

»Das ist doch interessant!«, erklärte Lass. »Stell dir vor, du musst einen Nagel einhauen! Du holst aus und schlägst mit der

Faust auf den Nagel! Der dringt in den Beton ein! Titanknochen! Oder jemand versucht, dich zu verprügeln ... Sicher, es gibt noch einige Mängel. Auch mit den künstlichen Organen sieht es nicht gut aus. Aber die Richtung, in die der Fortschritt geht, freut mich.«

Er goss uns noch einmal ein.

»Ich glaube, der Fortschritt geht in eine andere Richtung«, versuchte ich meine Taktik zu ändern. »Man müsste die Möglichkeiten des Organismus besser nutzen. Was in uns steckt, ist doch ganz erstaunlich! Telekinese, Telepathie ...«

Lass setzte eine bedripste Miene auf. So gucke ich auch aus der Wäsche – wenn ich es mit einem Idioten zu tun habe.

»Kannst du meine Gedanken lesen?«, fragte er.

»Jetzt nicht«, gab ich zu.

»Ich glaube, wir brauchen hier keine neuen Fähigkeiten zu ersinnen«, erklärte Lass. »Alles, was der Mensch kann, ist seit langem bekannt. Wenn die Menschen Gedanken lesen, levitieren und ähnlichen Unsinn vollbringen könnten, wäre das längst bewiesen.«

»Wenn ein Mensch plötzlich solche Fähigkeiten besitzt, wird er sie vor seiner Umwelt verbergen«, entgegnete ich und beobachtete Lass durchs *Zwielicht.* »Wenn er wirklich so etwas wie ein Anderer wäre, würde er den Neid und die Furcht seiner Umwelt heraufbeschwören.«

Lass ließ nicht die geringste Nervosität erkennen. Nur Skepsis.

»Aber würde dieser Wunderknabe nicht dafür sorgen wollen, dass seine geliebte Frau und die Kinder die gleichen Fähigkeiten hätten? Mit der Zeit würden sie uns als biologische Art verdrängen.«

»Und wenn diese besonderen Fähigkeiten nicht vererbt werden könnten?«, fragte ich. »Oder nicht unbedingt. Oder wenn es unmöglich wäre, sie einem anderen zu vermitteln? Dann würden die Menschen und die Anderen unabhängig voneinander existieren. Wenn es nicht viele dieser Anderen gibt, würden sie sich vor ihrer Umwelt verstecken ...«

»Ich glaube, du meinst eine zufällige Mutation, die zu übersinnlichen Fähigkeiten führt«, vermutete Lass. »Doch wenn diese Mutation zufällig und rezessiv ist, braucht sie uns nicht zu interessieren. Aber die Titanknochen kann man sich schon heute einsetzen lassen!«

»Na toll!«, schnaubte ich.

Wir tranken auf ex. »Trotz allem hat unsere Situation was!«, meinte Lass verträumt. »Ein riesiges leeres Haus! Hundert Wohnungen, und nur neun Leute, die hier wohnen ... wenn du dich dazurechnest. Was könnte man hier nicht alles machen! Da bleibt dir die Spucke weg! Was für einen Film könnte man hier drehen! Oder stell dir mal einen Videoclip vor: ein luxuriöses Interieur, leere Restaurants, tote Waschsalons, rostende Fitnessgeräte und kalte Saunen, leere Schwimmbecken und unter einer Decke dahinvegetierende Tische im Casino. Durch all diese Pracht schlendert eine junge Frau. Schlendert und singt. Egal was.«

»Drehst du Clips?«, hakte ich nach.

»Nö ...« Lass runzelte die Stirn. »Na ja ... einmal habe ich einer bekannten Punkgruppe geholfen, ein Video zu machen. Erst wurde es auf MTV gezeigt, dann aber verboten.«

»Was war denn an dem so schrecklich?«

»Nichts weiter«, sagte Lass. »Ein stinknormales Lied, nichts, was zensiert werden müsste. Es ging sogar um Liebe. Das Video war komisch. Wir haben es in einem Krankenhaus für Personen mit Störungen im Bewegungsapparat gedreht. Haben Stroboskope in einem Saal aufgestellt, das Volkslied *He, Kosak, he, Kosak, wo ist dein Pferd geblieben?* angestellt und die Patienten gebeten zu tanzen. Das haben sie dann gemacht. Unter den Stroboskopen. So gut sie konnten. Dann haben wir auf diese Bilder eine neue Tonspur gelegt. War wirklich sehr stilvoll. Aber zeigen durften wir das nicht. War irgendwie nicht angesagt.«

Ich stellte mir die Videospur vor und erschauerte.

»Clips sind nicht meine Stärke«, gab Lass zu. »Auch als Musiker tauge ich nicht viel ... Einmal wurde ein Song von mir im Radio gespielt, spät nachts, in einer Sendung für alle möglichen Looser. Was glaubst du, was da passiert ist? Ein bekannter Komponist rief beim Radio an, um zu sagen, dass er sein ganzes Leben lang versucht habe, den Menschen mit seinen Liedern das Gute und Ewige nahe zu bringen, aber dieser eine Song mache sein ganzes Lebenswerk zunichte ... Du hast doch schon ein Lied von mir gehört. Bist du danach ein schlechter Kerl geworden?«

»Meiner Meinung nach hat das Lied sich lustig gemacht«, sagte ich. »Über die schlechten Kerle.«

»Danke«, meinte Lass traurig. »Aber das ist die Krux: dass viele das gar nicht kapieren. Die glauben, das ist alles ernst.«

»Dann sind sie Idioten«, versuchte ich den verkannten Barden zu trösten.

»Aber sie sind in der Mehrheit«, rief Lass aus. »Und die Kopfprothesen sind noch nicht ausgereift ...«

Er griff nach der Flasche, goss Wodka ein. »Komm vorbei, wenn du wieder pinkeln musst«, forderte er mich auf. »Nur keine falsche Scham. Außerdem werde ich dir noch den Schlüssel von einer Wohnung im vierzehnten Stock geben. Die ist leer, hat aber Klos.«

»Hat denn der Besitzer nichts dagegen?«, grinste ich.

»Dem ist jetzt alles egal. Und die Erben kriegen's nicht fertig, die Bude unter sich aufzuteilen.«

Drei

Um vier Uhr morgens kehrte ich in meine Wohnung zurück. Leicht betrunken, aber erstaunlich entspannt. Derart andere *Menschen* trifft man schließlich selten. Die Arbeit in der Wache erzieht dich in gewisser Weise dazu, pauschal zu denken. Der raucht nicht, der trinkt nicht, also ist er ein guter Junge. Aber der flucht, also ist er schlecht. Und wie man es auch dreht und wendet, uns interessieren nun mal in erster Linie die guten, unsere Stütze, während die schlechten eine potenzielle Basis für die Dunklen darstellen.

Darüber vergessen wir dann gern, wie unterschiedlich Menschen sein können.

Der Barde wusste nichts von den Anderen. Da war ich mir absolut sicher. Und wenn es mir gelingen würde, mit jedem Mieter im Assol so die halbe Nacht lang zusammenzuhocken, dann könnte ich mir von jedem einzelnen ein genaues Bild machen.

Allerdings gab ich mich dieser Illusion gar nicht erst hin. Nicht jeder würde mich reinbitten, nicht jeder würde über Gott und die Welt plaudern. Von den zehn Mietern abgesehen, gab es noch Hunderte von Menschen, die hier arbeiteten: Security-Leute, Installateure, Handwerker, Buchhalter. Niemals könnte ich die in absehbarer Zeit alle überprüfen!

Nachdem ich geduscht hatte – in der Duschkabine hing ein komischer Schlauch, aus dem Wasser plätscherte –, kam ich in mein einziges Zimmer. Ich musste schlafen ... Morgen früh würde ich mir dann einen neuen Plan überlegen.

»Hallo, Anton«, klang es vom Fenster herein.

Ich erkannte die Stimme. Sofort fühlte ich mich beklommen.

»Guten Abend, Kostja«, erwiderte ich. *Guten Abend*, das klang irgendwie unangemessen. Aber einem Vampir einen »Schlechten Abend« zu wünschen wäre noch dümmer gewesen.

»Kann ich reinkommen?«, fragte Kostja.

Ich trat ans Fenster. Kostja saß, mit dem Rücken zu mir, auf dem Fensterbrett und baumelte mit den Beinen. Er war splitterfasernackt. Als wolle er mir beweisen: Ich bin nicht die Fassade hochgeklettert, sondern als riesige Fledermaus an dein Fenster geflogen gekommen.

Ein Hoher Vampir. Mit Anfang zwanzig.

Ein fähiger Junge ...

»Lieber nicht«, lehnte ich ab.

Kostja nickte, fing keinen Streit an. »Anscheinend sind wir auf denselben Fall angesetzt.«

»Ja.«

»Gut.« Kostja drehte sich zu mir um. Lächelte mit weißen Zähnen. »Ich freu mich, dass wir zusammenarbeiten. Aber du hast Angst vor mir, oder?«

»Nein.«

»Ich habe jede Menge gelernt«, prahlte Kostja. Genau wie damals, als er noch ein Kind gewesen war und verkündet hatte: »Ich bin ein schrecklicher Vampir! Ich werde lernen, mich in eine Fledermaus zu verwandeln! Ich werde fliegen lernen!«

»Du hast gar nichts gelernt«, korrigierte ich ihn. »Du hast bloß jede Menge gestohlen.«

»Das sind Wortklaubereien.« Kostja runzelte die Stirn. »Das ist nur eines der üblichen Wortspiele von euch Lichten. Ihr habt mir etwas angeboten, und ich habe es genommen. Irgendwas dagegen?«

»Wir wollen uns doch nicht streiten, oder?«, fragte ich. Und hob die Hand, wobei ich mit den Fingern das Zeichen des Aton andeutete, das gegen alle Untoten feien soll. Schon lange wollte ich mal ausprobieren, ob die alten nordafrikanischen Zauber bei den russischen Dämonen von heute wirken.

Ängstlich starrte Kostja auf das unvollendete Zeichen. Entweder wusste er davon, oder Kraft stürmte auf ihn ein. »Darfst du denn deine Tarnung aufgeben?«, fragte er.

Wütend senkte ich die Hand. »Nein. Aber ich kann doch wohl ein Risiko eingehen.«

»Das ist nicht nötig. Du brauchst nur ein Wort zu sagen, dann geh ich. Aber wo wir schon denselben Fall bearbeiten ..., sollten wir miteinander reden.«

»Dann rede«, forderte ich ihn auf und zog einen der Hocker ans Fenster.

»Du lässt mich also nicht rein?«

»Ich möchte nachts nicht allein mit einem nackten Mann erwischt werden«, erklärte ich grinsend. »Wer weiß, was die Leute dann denken. Schieß los.«

»Wie gefällt dir der T-Shirt-Sammler?«

Fragend sah ich Kostja an.

»Der aus dem neunten Stock. Er sammelt T-Shirts mit albernen Slogans.«

»Der hat keine Ahnung«, versicherte ich.

»Glaub ich auch.« Kostja nickte. »Acht Wohnungen sind belegt. Bei weiteren sechs tauchen die Mieter ab und an auf. In den übrigen nur äußerst selten. Alle Dauermieter habe ich schon überprüft.«

»Und?«

»Null. Sie wissen nichts von uns.«

Ich erkundigte mich nicht, woher Kostja diese Gewissheit nahm. Immerhin war er ein Hoher Vampir. Die können einem mit der Leichtigkeit eines erfahrenen Magiers ins Bewusstsein eindringen.

»Die übrigen sechs knöpfe ich mir morgen vor«, kündigte Kostja an. »Besondere Hoffnungen mache ich mir aber nicht.«

»Hast du jemanden in Verdacht?«, fragte ich.

Kostja zuckte mit den Schultern. »Jeder, der hier wohnt, hat genug Geld und Einfluss, um für einen Vampir oder einen Tiermenschen von Interesse zu sein. Für einen schwachen, gierigen ... frisch gebackenen Vertreter dieser Spezies. Auf diese Weise können wir den Kreis der Verdächtigen also nicht eingrenzen.«

»Wie viele frisch gebackene niedere Dunkle gibt es zurzeit in Moskau?«, wollte ich wissen. Und wunderte mich selbst darüber, wie leicht mir die »niederen Dunklen« über die Lippen gingen.

Früher hatte ich nie so von ihnen gesprochen.

Da hatten sie mir leid getan.

Kostja reagierte gelassen auf meine Äußerung. In der Tat: ein Hoher Vampir. Konzentriert. Selbstsicher.

»Nicht sehr viele«, wich er aus. »Aber die werden wir überprüfen, da kannst du ganz beruhigt sein. Alle werden überprüft. Die niederen Anderen, aber auch die Magier.«

»Bringt der Fall Sebulon auf die Palme?«, fragte ich.

»Geser ist auch nicht gerade die Ruhe in Person«, höhnte Kostja. »Das Ganze ist für alle unangenehm. Nur du nimmst die Sache auf die leichte Schulter.«

»Mir ist nicht klar, was daran so schlimm sein soll«, gestand ich. »Es gibt Menschen, die bereits von unserer Existenz wissen. Nur wenige, aber immerhin. Ein Mensch mehr oder weniger – das ändert doch nichts. Wenn er anfängt, Lärm zu schlagen, finden wir ihn im Handumdrehen und erklären ihn für psychisch krank. So was hat es ...«

»Und wenn er ein Anderer wird?«, fragte Kostja scharf.

»Dann gibt es einen Anderen mehr.« Ich zuckte mit den Achseln.

»Wenn er aber weder ein Vampir noch ein Tiermensch, sondern ein richtiger Anderer wird?« Kostja bleckte die Zähne zu einem Lächeln. »Ein echter? Egal, ob nun ein Lichter oder ein Dunkler …«

»Dann gibt es einen Magier mehr«, wiederholte ich nur.

»Hör mir mal zu, Anton«, sagte Kostja kopfschüttelnd. »Ich mag dich. Immer noch. Aber manchmal kann ich mich nur wundern, wie naiv du bist …«

Er streckte sich. An seinen Armen wuchs ein kurzhaariges Fell, seine Haut dunkelte ein und verlor ihre Glätte.

»Nimm dir die Angestellten der Mieter vor«, riet er mit feiner, durchdringender Stimme. »Wenn du etwas witterst, ruf mich.«

Er wandte mir das in der Transformation verzerrte Gesicht zu. »Weißt du, Anton«, meinte er und lächelte abermals. »Nur wenn ein Lichter so naiv ist, kann ein Dunkler mit ihm befreundet sein …«

Daraufhin sprang er nach unten. Schwer schlugen seine ledernen Flügel. Eine etwas unbeholfene, aber dennoch schnelle, gigantische Fledermaus flog in die Nacht davon.

Auf dem Fensterbrett schimmerte das weiße Rechteck einer Visitenkarte. Ich nahm sie auf. »Konstantin. Wissenschaftliches Forschungsinstitut für Blutprobleme. Wissenschaftlicher Mitarbeiter« las ich.

Dann folgten die Telefonnummern: dienstlich, privat, Handy. Die Nummer zu Hause kannte ich, denn Kostja lebte immer noch bei seinen Eltern. Die Familienbande von Vampiren sind allgemein sehr eng.

Woran hatte er gedacht?

Warum diese Panik?

Ich schaltete das Licht aus, streckte mich auf der Matratze aus und starrte auf die grau schimmernden Quadrate der Fenster.

»Wenn er ein richtiger Anderer wird …«

Wie entstehen Andere? Niemand weiß das. Eine zufällige Mutation, wie Lass es ausgedrückt hat. Das traf es genau. Du wirst als Mensch geboren, lebst ein ganz normales Leben ... bis dann ein Anderer in dir die Fähigkeit erspürt, ins *Zwielicht* einzutreten und dort Kraft zu schöpfen. Danach »lenken« sie dich dann. Behutsam, mit Bedacht bringen sie dich in die nötige Geistesverfassung, damit du in einem Moment starker emotionaler Erregung deinen Schatten ansiehst – diesmal mit anderen Augen. Sodass du siehst, wie er gleich einem schwarzen Fetzen vor dir liegt, wie ein Vorhang ... den du zu dir heranziehen und beiseite schieben kannst, um in eine andere Welt einzutreten.

In die Welt der Anderen.

Ins *Zwielicht*.

Und davon, wie du das erste Mal ins *Zwielicht* eintrittst – fröhlich und gut oder unglücklich und böse – hängt ab, was du wirst. Welche Kraft du zukünftig aus dem *Zwielicht* schöpfst – das wiederum die Kraft aus den gewöhnlichen Menschen heraussaugt.

»Wenn er ein richtiger Anderer wird ...«

Es gibt immer die Möglichkeit, jemandem die Initiierung aufzuzwingen. Jedoch um den Preis des Lebens, indem man ihn in eine lebendige Leiche auf zwei Beinen verwandelt. Ein Mensch kann ein Vampir oder ein Tiermensch werden – und wäre gezwungen, seine Existenz durch Menschenleben aufrechtzuerhalten. Daher können nur Dunkle diesen Weg gehen ... Und selbst sie lieben ihn nicht besonders.

Aber wenn man tatsächlich zum Magier werden konnte?

Wenn es für jeden x-beliebigen Menschen die Möglichkeit gab, sich in einen Anderen zu verwandeln? Ein langes, ein sehr langes Leben zu erhalten, in dem ihnen die ungewöhnlichsten Wege offen standen? Das würden viele wollen, ohne Zweifel.

Wir selbst hätten ja auch gar nichts dagegen. Es gäbe so viele Menschen, die es wert wären, Lichte zu werden!

Nur würden dann auch die Dunklen anfangen, ihre Reihen aufzustocken ...

Plötzlich fiel es mir wie Schuppen von den Augen. Das Unglück bestand nicht darin, dass jemand den Menschen unser Geheimnis enthüllte. Das Unglück bestand nicht in der Lücke im System. Nicht darin, dass der Verräter die Adresse der Inquisition kannte.

Sondern darin, dass dies eine neue Phase in einem ewigen Krieg einleitete!

Seit Jahrhunderten sind die Lichten und die Dunklen nun durch den Großen Vertrag gebunden. Wir dürfen unter den Menschen die Anderen suchen, dürfen sie auf die jeweilige Seite ziehen, die Seite, die wir für die richtige halten. Aber wir sind gezwungen, Tonnen von Sand zu sieben, um ein Goldkorn zu finden. Auf diese Weise wird das Gleichgewicht gewahrt.

Und plötzlich tut sich die Möglichkeit auf, Tausende, Millionen von Menschen auf einen Schlag in Andere zu verwandeln.

Eine Fußballmannschaft holt sich den Pokal – und Zehntausende jubelnder Fans bekommen einen magischen Schlag, der sie in Lichte verwandelt.

Parallel dazu gibt die Tagwache den Anhängern der besiegten Mannschaft einen Befehl – und diese verwandeln sich in Dunkle.

Das schwirrte Kostja im Hinterkopf. Die gewaltige Versuchung, mit einem Mal das Gleichgewicht zugunsten der eigenen Seite zu verschieben. Natürlich können sowohl die Dunklen als auch wir die Folgen eines solchen Schritts abschätzen. Natürlich würden beide Seiten neue Bestimmungen in den Vertrag aufnehmen und für die Initiierung von Menschen akzeptable Grenzen abstecken. So wie die USA und die UdSSR das Wettrüsten bei Atomwaffen einschränken konnten ...

Ich schloss die Augen und schüttelte den Kopf. Semjon hatte mir mal erzählt, das Wettrüsten sei gestoppt worden, als eine ultimative Waffe gefunden worden war. Zwei – mehr waren dazu nicht nötig – thermonukleare Sprengkörper, die eine selbstständig weiterlaufende Kettenreaktion der Kernfusion hervorrufen würden. Die amerikanische Bombe war in Texas stationiert, die russische in Sibirien. Es brauchte nur eine gezündet zu werden, und der ganze Planet würde sich in einen Feuerball verwandeln.

Dass uns ein solches Vorgehen nicht gefällt, steht hier nicht zur Debatte. Allerdings wird eine Waffe, die nie eingesetzt werden darf, auch nie funktionieren. Die Präsidenten müssen das nicht unbedingt wissen, schließlich sind sie nur Menschen ...

Ob die Chefs der Wachen vergleichbare »magische Bomben« haben? Und die Inquisition, in das Geheimnis eingeweiht, deshalb so grimmig auf die Einhaltung des Vertrags achtet?

Vielleicht.

Trotzdem wäre es besser, wenn man normale Menschen nicht initiieren könnte ...

Selbst im Halbschlaf zuckte ich schmerzlich vor meinen eigenen Gedanken zurück. Sollte das heißen, dass ich anfing, wie ein echter Anderer zu denken? Es gibt die Anderen, und es gibt Menschen. Letztere sind zweitrangig. Nie werden sie ins *Zwielicht* eintreten können, nie werden sie länger als hundert Jahre leben. Da ist nichts zu machen ...

Ja, genau so dachte ich allmählich. Einen guten Menschen mit Anlagen zum Anderen zu finden, ihn auf unsere Seite zu ziehen, das ist ein pures Vergnügen. Aber durchweg aus allen Andere zu machen wäre kindisch, gefährlich und verantwortungslos.

Ich hatte Grund, stolz zu sein. Keine zehn Jahre hatte ich gebraucht, um endgültig aufzuhören, ein Mensch zu sein.

Mein Morgen begann mit der Erkundung der Geheimnisse der Dusche. Mein Verstand trug den Sieg über das seelenlose Metall davon, ich duschte, sogar bei Musik, und stellte mir dann ein Frühstück aus Zwieback, Wurst und Joghurt zusammen. Durch den Sonnenschein stieg meine Laune gleich, ich setzte mich aufs Fensterbrett und frühstückte mit Blick auf die Moskwa. Aus irgendeinem Grund fiel mir ein, dass Kostja zugegeben hatte, Vampire könnten nicht in die Sonne gucken. Sonnenlicht verbrannte sie nicht, sie mochten es einfach nicht.

Allerdings hatte ich keine Zeit, lange über das traurige Schicksal meiner alten Bekannten nachzugrübeln. Ich musste jemanden suchen. Aber wen? Einen Anderen, der zum Verräter geworden war? Da befand ich mich nicht gerade in der besten Ausgangsposition. Seinen menschlichen Auftraggeber? Eine lange und mühevolle Angelegenheit.

Gut, beschloss ich, gehen wir nach den strengen Gesetzen des klassischen Kriminalromans vor. Was haben wir in der Hand? Einen Hinweis. Einen Brief, der aus dem Assol abgeschickt worden ist. Was bringt uns das? Nichts! Es sei denn, jemand hat gesehen, wer den Brief vor drei Tagen eingesteckt hat. Die Chancen, dass er sich daran erinnerte, standen natürlich nicht gerade gut ...

Ich Idiot! Ich schlug mir sogar gegen die Stirn. Natürlich denkt ein Anderer nicht an die moderne Technik, denn die Anderen lieben komplizierte Technik nicht. Aber ich bin immerhin ein Computerfreak!

Das gesamte Territorium des Assol wird durch Videokameras überwacht!

Ich zog meinen Anzug an und band mir die Krawatte um. Bespritzte mich mit dem Eau de Cologne, das Ignat gestern für mich ausgesucht hatte. Steckte das Handy in die Innentasche ... »Nur kleine Jungs und Verkäufer tragen das Handy am Gürtel!« So hatte Geser es mir beigebracht.

Das Handy war auch neu, ungewohnt. Mit irgendwelchen Spielen, eingebautem Player, einem Diktiergerät und weiterem in einem Telefon absolut überflüssigem Kram.

In der angenehm kühlen Stille des funkelnagelneuen Otis fuhr ich ins Vestibül hinunter. Und stieß als Erstes auf meinen nächtlichen Bekannten. Der jetzt noch seltsamer aussah ...

Lass, in einem neuen Blaumann mit dem stolzen Aufdruck »Assol« auf dem Rücken, erklärte einem bedripsten älteren Mann, der genau so einen Overall trug, etwas. »Das ist kein Besen, verstehst du das denn nicht?«, klang es zu mir herüber. »Da ist ein Computer, der dir das Niveau der Verschmutzung des Asphalts anzeigt und dir sagt, welchen Druck das Spülwasser haben muss ... Ich zeig's dir einfach ...«

Meine Beine trugen mich den beiden von selbst hinterher.

Vor dem Hauseingang standen zwei grell orangefarbene Kehrfahrzeuge. Mit Wasserbehälter, Tellerbürsten und kleiner Glaskabine für den Fahrer. Die Wagen beschworen die Erinnerung an ein Spielzeug herauf, als kämen sie direkt aus einem Märchenland, wo kleine Jungen und Mädchen fröhlich ihre Miniaturboulevards säuberten.

Geschickt kroch Lass in das Fahrerhäuschen eines der Wagen, der ältere Mann zwängte sich ebenfalls halb hinein. Er ließ sich von Lass etwas erklären, nickte und ging zu dem zweiten orangefarbenen Fahrzeug.

»Wenn du eine ruhige Kugel schieben willst, solltest du dein Leben lang irgendwo schwarz als Hausmeister arbeiten!«, vernahm ich Lass' Worte. Sein Fahrzeug setzte sich in Bewegung, die Bürsten kreisten munter, und er drehte seine Runden über den Asphalt. Der Hof, ohnehin sauber, nahm im Handumdrehen ein steriles Aussehen an.

Hast du Töne!

Was bedeutete das? Arbeitete Lass als Hausmeister im Assol?

Ich versuchte, mich leise davonzustehlen, um ihn nicht in Verlegenheit zu bringen. Doch Lass hatte mich bereits entdeckt, winkte mir fröhlich zu und fuhr mir entgegen. Die Bürsten brummten jetzt leiser.

»Einen wunderschönen Morgen!«, rief Lass und steckte den Kopf zum Fenster des Fahrerhäuschens raus. »Willst du's mal probieren?«

»Du arbeitest hier?«, fragte ich. Urplötzlich malte ich mir die phantastischsten Bilder aus: Lass wohnte überhaupt nicht im Assol, sondern hatte sich nur in einer der vorübergehend leeren Wohnungen eingenistet. Schließlich würde jemand, dem in einem solchen Luxusschuppen eine Wohnung gehörte, nicht den Hof kehren!

»Ich verdien mir was zu«, erklärte Lass ruhig. »Das ist ziemlich cool, musst du wissen! Morgens fährst du ein Stündchen über den Hof, als Frühsport sozusagen – und dafür bekommst du auch noch Geld. Und zwar nicht zu wenig!«

Ich hüllte mich in Schweigen.

»Gefallen dir die Sachen beim Rummel?«, fragte Lass. »Diese Skooter, bei denen du für drei Minuten zehn Dollar zahlst? Und hier kriegst du sogar noch was dafür. Für dein eigenes Vergnügen. Oder nehmen wir mal die Computerspiele ... Du sitzt da, fuhrwerkst mit dem Joystick herum ...«

»Alles hängt davon ab, ob sie dich zwingen, den Zaun zu streichen ...«, murmelte ich.

»Eben!«, triumphierte Lass. »Mich zwingt niemand. Mir macht es Spaß, den Hof zu fegen. Genau wie damals Lew Tolstoi das Heumähen. Nur muss mir niemand hinterherfegen, im Unterschied zum Grafen, bei dem die Bauern immer noch mal nachschneiden mussten ... Ich bin hier eh gut angesehen und bekomme regelmäßig eine Prämie. Was ist nun, willst du 'ne Runde drehen? Ich kann dir übrigens auch was organisieren, wenn du willst. Professionelle Hausmeister kommen mit dieser Technik einfach nicht klar.«

»Ich denk drüber nach«, antwortete ich und beäugte die Bürsten, die sich munter drehten, das Wasser, das aus vernickelten Düsen spritzte, das funkelnde Fahrerhäuschen. Wer von uns wollte als kleiner Junge nicht den Wagen fahren, mit dem der Rasen gesprengt wurde? Damals, in der frühen Kindheit, als wir noch nicht davon träumten, Banker oder Killer zu werden ...

»Überleg's dir, ich muss mich jetzt wieder an die Arbeit machen«, meinte Lass aufgeräumt. Der Wagen fuhr über den Hof, fegend, waschend, Dreck aufsaugend. Aus dem Fahrerhäuschen schallte es herüber:

Von Hausmeistern und Aufpassern eine ganze Generation
In den Weiten eines endlosen Winters ging einander
verlor'n ...
Ein jeder stürmte davon, zurück in sein Haus.

In unsrer Zeit, wo jeder Dritte wird zum Held erkor'n
Lassen sie die Finger vom Feuilleton
Schicken sie keine Telegramme in die Welt hinaus ...

Leicht perplex kehrte ich zurück ins Vestibül. Von den Security-Leuten erfuhr ich, wo sich die Postabteilung des Assol befand. Dorthin ging ich. Die Post war offen. In einem gemütlichen Saal langweilten sich drei junge Frauen, hier stand auch ebenjener Kasten, in den besagter Brief gesteckt worden war.

Unter der Decke flimmerten die Augen der Videokameras.

Alles in allem könnten auch wir ein paar professionelle Ermittler gut gebrauchen. Die wären sofort auf diesen Gedanken gekommen.

Ich kaufte eine Ansichtskarte mit einem hüpfenden Küken im Brutkasten und dem Aufdruck: »Ich vermisse meine Familie!«Nicht gerade lustig, aber ich wusste die Adresse von dem Dorf, in dem meine Familie Urlaub machte, sowieso nicht auswendig. Deshalb schickte ich die Karte mit einem hämischen Grinsen Geser nach Hause: seine Adresse kannte ich.

Ich unterhielt mich ein bisschen mit den Frauen. In einem derart elitären Haus zu arbeiten verlangte ohnehin, dass sie freundlich auftraten. Außerdem langweilten sie sich. Danach verließ ich die Post.

Und ging in die Sicherheitsabteilung im Parterre.

Hätte ich das Recht gehabt, auf meine Fähigkeiten als Anderer zurückzugreifen, hätte ich dem Security-Mann einfach Sympathie für mich eingeflößt und mir damit Zugang zu allen Videocassetten verschafft. Aber ich durfte meine Tarnung nicht aufgeben. Weshalb ich beschloss, den universellsten aller Sympathieheraufbeschwörer einzusetzen: Geld.

Von dem mir ausgehändigten Geld nahm ich hundert Dollar in Rubeln – mehr brauchte ich doch wohl nicht, oder? Damit ging ich ins Zimmer der Security-Leute, wo sich ein junger Mann in streng geschnittener Uniform langweilte.

»Guten Tag!«, begrüßte ich ihn mit freudestrahlendem Lächeln.

Mit seiner ganzen Miene drückte der Security-Mann seine uneingeschränkte Zustimmung zu meiner Einschätzung des heutigen Tages aus. Ich schielte zu den Monitoren vor ihm hinüber, mindestens ein Dutzend Videokameras übermittelten hier ihre Bilder. Vermutlich könnte er jeden x-beliebigen Moment wiederholen. Wenn das Ganze auf einer OAW gespeichert wurde (und wo sonst?), brauchten die Aufzeichnungen der letzten drei Tage noch nicht ins Archiv gewandert zu sein.

»Ich habe ein Problem«, erklärte ich. »Gestern habe ich einen komischen Brief bekommen …« Ich zwinkerte. »Von einer Frau. Soweit ich es verstanden habe, wohnt sie auch hier.«

»Einen Drohbrief?«, hakte der Mann nach.

»Nein, nein«, beschwichtigte ich ihn. »Ganz im Gegenteil … Aber die geheimnisvolle Unbekannte möchte ihr Inkognito wahren. Ob ich wohl mal sehen könnte, wer hier vor drei Tagen einen Brief abgeschickt hat?«

Der Security-Mann dachte nach.

Und dann verdarb ich alles. Indem ich das Geld auf den Tisch legte. Und lächelnd »Ich wäre Ihnen sehr dankbar …« sagte.

Sofort erstarrte der Mann. Dann musste er mit dem Fuß auf einen Knopf gedrückt haben.

Zehn Sekunden später kamen zwei seiner Kollegen herein – ausgesprochen höfliche Männer, was sich bei ihrer massiven Statur recht komisch ausnahm –, die mich aufforderten, sie zu ihrem Chef zu begleiten.

Es gibt eben doch einen Unterschied – einen gewaltigen sogar – zwischen Staatsbeamten und einem privaten Security-Service ...

Ob sie mich auch mit Gewalt zu ihrem Chef bringen würden? Wäre interessant, das einmal herauszukriegen. Schließlich handelt es sich bei ihnen nicht um die Miliz. Am Ende zog ich es aber doch vor, die Situation nicht noch weiter eskalieren zu lassen, und schloss mich dem Zivilkonvoi an.

Der Chef der Security-Leute, ein älterer Mann, der ganz klar aus dem KGB oder der Miliz hervorgegangen war, schaute mich vorwurfsvoll an.

»Was haben Sie sich denn dabei gedacht, Herr Gorodezki ...«, meinte er, während er den Ausweis, der mich berechtigte, das Gelände des Assol zu betreten, in den Fingern hin und her drehte. »Wir sind doch keine staatliche Institution ...«

Ich konnte mich des Eindrucks nicht erwehren, dass er nur zu gern meinen Assol-Ausweis zerrissen, einen seiner Männer gerufen und befohlen hätte, mich vom Gelände des elitären Wohnkomplexes zu jagen.

Zu gern hätte ich mich entschuldigt und ihm versichert, dass ich dergleichen nie wieder tun würde. Vor allem, weil es mir in der Tat peinlich war.

Nur war dies der Wunsch des Lichten Magiers Anton Gorodezki, aber nicht der des A. Gorodezki, Besitzer einer kleinen Firma, die mit Milchprodukten handelte.

»Was ist denn eigentlich passiert?«, fragte ich. »Wenn Sie

meine Bitte nicht erfüllen können, dann sagen Sie es doch einfach.«

»Und wozu das Geld?«, antwortete der Chef der Security-Leute mit einer Gegenfrage.

»Was für Geld?«, wunderte ich mich. »Ach ... hat Ihr Mitarbeiter etwa geglaubt, ich biete ihm Geld an?«

Der Security-Chef grinste.

»Ausgeschlossen!«, beteuerte ich. »Ich habe in meiner Tasche nach einem neuen Taschentuch gesucht. Meine Allergie macht mir heute zu schaffen. In meiner Tasche sammelt sich immer allerlei Kleinkram an, den ich erst rausholen musste ... Dann konnte ich mir nicht mal mehr die Nase putzen.«

Anscheinend war das übertrieben.

Der Chef hielt mir mit steinerner Miene meinen Assol-Ausweis hin. »Vergessen wir den Zwischenfall«, schlug er ausgesprochen höflich vor. »Wie Sie verstehen, Herr Gorodezki, ist es Privatpersonen untersagt, die Aufzeichnungen unserer Überwachungskameras einzusehen.«

Ich spürte, dass den Mann hauptsächlich der Ausdruck »allerlei Kleinkram« pikierte. Natürlich nagte hier niemand am Hungertuch. Aber sie schwammen auch nicht dermaßen im Geld, um hundert Dollar »Kleinkram« zu nennen.

»Verzeihen Sie einem alten Dummkopf«, bat ich seufzend und senkte den Kopf. »Ich habe wirklich ... eine Belohnung anbieten wollen. Die ganze Woche bin ich zu Behörden gerannt, um meine Firma neu registrieren zu lassen ... da muss das eine Art Reflex gewesen sein.«

Mit forschendem Blick sah mich der Chef der Security-Leute an. Schien ein wenig einzulenken.

»Meine Schuld«, bekannte ich. »Aber die Neugier hat mich einfach gepackt. Glauben Sie mir, ich habe die halbe Nacht nicht geschlafen, weil ich darüber nachgegrübelt habe ...«

»Dass Sie nicht geschlafen haben, sehe ich«, versicherte der

Mann mit einem Blick auf mich. Und dann hielt er es nicht mehr aus. Die Neugier im Menschen ist einfach nicht totzukriegen. »Was wollen Sie denn nun eigentlich wissen?«

»Meine Frau ist mit meiner kleinen Tochter auf der Datscha«, berichtete ich. »Ich bin verdonnert worden, mich hier um tausenderlei Dinge zu kümmern und aufzupassen, dass die Handwerker endlich fertig werden ... Und dann bekomme ich plötzlich diesen Brief. Einen anonymen Brief. Geschrieben von einer Frau. Und in dem Brief ... nun, wie soll ich Ihnen das erklären ... ein Kilo Koketterie und ein halbes Kilo Versprechungen. Stellen Sie sich das doch mal vor: Eine schöne Unbekannte träumt davon, Sie kennen zu lernen, wagt es aber nicht, den ersten Schritt zu machen. Wenn ich die Augen offen halte und rausbekommen würde, von wem der Brief ist, dann bräuchte ich nur noch auf sie zuzugehen ...«

In den Augen meines Gegenübers funkelte ein belustigtes Feuerchen auf. »Und Ihre Frau ist auf der Datscha?«, wollte er wissen.

»Ja«, nickte ich. »Sie dürfen nicht glauben ... ich habe keine ernsthaften Absichten. Ich will nur wissen, wer die Unbekannte ist.«

»Haben Sie den Brief dabei?«, wollte der Security-Chef wissen.

»Den habe ich gleich weggeworfen«, gestand ich. »Nachher sieht meine Frau ihn noch ... Und dann soll mal einer beweisen, dass da absolut nichts gewesen ist.«

»Wann ist er abgeschickt worden?«

»Vor drei Tagen. Von hier, von unserer Postfiliale aus.«

Der Mann dachte nach.

»Der Kasten dort wird einmal am Tag geleert. Abends«, erklärte ich. »Ich glaube nicht, dass viele Leute die Post benutzen. Vielleicht fünf, sechs pro Tag ... Wenn ich mir nur mal anschauen könnte ...«

Der Mann schüttelte den Kopf. Grinste.

»Ich verstehe ja, dass es nicht geht«, räumte ich traurig ein. »Aber vielleicht könnten Sie sich dann einmal alles ansehen? Vielleicht war da ja gar keine Frau. Möglicherweise erlaubt sich mein Nachbar einen Scherz mit mir. Er ist ... ein sehr alberner Mensch.«

»Etwa der aus dem neunten Stock?« Der Security-Chef verzog das Gesicht.

Ich nickte. »Schauen Sie sich doch mal alles an ... Sagen Sie mir einfach, ob da eine Frau war oder nicht ...«

»Dieser Brief kompromittiert Sie doch, oder?«, wollte der Mann wissen.

»In gewisser Weise schon«, bestätigte ich. »Gegenüber meiner Frau.«

»Damit haben Sie einen triftigen Grund, die Aufzeichnung anzusehen«, beschloss der Security-Chef.

»Vielen Dank!«, rief ich. »Vielen herzlichen Dank!«

»Sehen Sie, so einfach kann das gehen«, entgegnete der Mann, nachdem er nach einer Kunstpause auf einen Knopf an der Tastatur für seinen Computer gedrückt hatte. »Und Sie wedeln mit Geld ... Damit sind Sie zu Sowjetzeiten durchgekommen ... aber jetzt ...«

Ich konnte mich nicht mehr beherrschen, erhob mich und stellte mich hinter ihn. Der Mann hatte nichts dagegen. Das Jagdfieber hatte ihn gepackt – anscheinend brachte er sich auf dem Gelände des Assol nicht gerade um vor Arbeit.

Auf dem Bildschirm erschien das Bild der Postfiliale. Zunächst aus einer Ecke, sodass hervorragend zu erkennen war, was die Angestellten gerade taten. Dann aus einer anderen, mit Blick auf den Eingang und den Briefkasten.

»Montag. Acht Uhr«, verkündete der Security-Chef feierlich. »Wie jetzt weiter? Wollen Sie zwölf Stunden auf den Bildschirm starren?«

»Ach ja ...« Ich spielte den Enttäuschten. »Daran habe ich gar nicht gedacht.«

»Dann drücken wir doch mal auf diesen Knopf ... nein, auf diesen hier ... Und was sehen wir dann?«

Das Bild wackelte leicht.

»Was denn?«, fragte ich, als hätte ich für unser Büro nicht ein analoges System durchgesetzt.

»Der Bewegungssucher!«, rief der Security-Chef triumphierend aus.

Zum ersten Mal tat sich etwas um halb zehn. Ein orientalisch aussehender Arbeiter betrat die Post. Und gab einen ganzen Stapel Briefe auf.

»Das ist wohl nicht Ihre Unbekannte?«, stichelte der Security-Mensch. »Er gehört zu den Bauarbeitern im zweiten Block«, erklärte er mir dann. »Die schicken dauernd Briefe nach Taschkent ...«

Ich nickte.

Der zweite Besucher kam um Viertel nach eins. Ein mir unbekannter Mann, der höchst solide wirkte. Ihm folgte ein Bodyguard.

Der Mann steckte keinen Brief ein. Überhaupt verstand ich nicht, was er auf der Post wollte: vielleicht die jungen Frauen beglotzen oder das Territorium des Assol erkunden.

Beim Dritten handelte es sich um Lass!

»Ach nee!«, rief der Security-Mann. »Ist das nicht Ihr Spaßvogel von Nachbar? Der nachts seine Liedchen schmettert?«

Was bin ich bloß für ein miserabler Ermittler ...

»Ja!«, flüsterte ich. »Sollte er wirklich ...«

»Gut, sehen wir mal weiter«, erbarmte sich mein Gegenüber.

Danach, nach einer zweistündigen Mittagspause, strömten etliche Leute herein.

Drei weitere Mieter steckten Briefe ein. Alles Männer, die sehr seriös wirkten.

Dann eine Frau. Von etwa siebzig Jahren. Kurz vor Feierabend. Eine dicke Alte in prachtvollem Kleid und mit riesigen, geschmacklosen Perlen. Dünnes silbergraues dauergewelltes Haar.

»Die doch wohl nicht?«, feixte der Mann. Er stand auf und klopfte mir auf die Schulter. »Und? Ob es noch etwas bringt, weiter nach der geheimnisvollen Flirterin zu suchen?«

»Ist schon alles klar«, entgegnete ich. »Da hat sich jemand einen Spaß erlaubt!«

»Halb so wild, ein Späßchen hat noch niemandem geschadet«, philosophierte der Mann. »Aber eine Bitte habe ich noch an Sie ... Sehen Sie doch zukünftig bitte von zweideutigen Gesten ab. Legen Sie kein Geld auf den Tisch, wenn Sie nicht vorhaben, jemanden zu bestechen.«

Ich ließ den Kopf hängen.

»Wir selbst sind es, die die Menschen verderben«, meinte der Security-Mann bitter. »Verstehen Sie das? Wir selbst! Wir bieten einmal Geld an, zweimal ... und beim dritten Mal verlangt man es von uns. Dann geht das Lamento los: Was bloß aus den Menschen geworden ist ... Sie sind doch ein guter Mensch! Ein Licht in der Dunkelheit!«

Erstaunt blickte ich den Mann an.

»Doch, doch, ein guter Mensch«, versicherte der Mann. »Dafür habe ich ein Gespür. In zwanzig Jahren bei der Kripo habe ich manches gesehen ... Machen Sie das einfach nicht wieder, ja? Säen Sie um sich herum nicht das Böse aus.«

Es war lange her, dass ich mich das letzte Mal so geschämt hatte.

Einen Lichten Magier darauf hinzuweisen, nichts Böses anzurichten!

»Ich werde mir Mühe geben«, versprach ich. Schuldbewusst schaute ich dem Security-Mann in die Augen. »Vielen Dank für Ihre Hilfe ...«

Der Mann antwortete mit keinem Wort. Seine Augen wurden glasig, rein und leer wie bei einem Baby. Der Mund stand ihm leicht offen. Die Finger hielten die Armlehnen des Sessels gepackt, die Knöchel traten weiß hervor.

Der Gefrierzauber. Nicht schwer, absolut üblich.

Hinter mir stand jemand. Am Fenster. Ich sah ihn nicht, spürte ihn nur mit dem Rücken ...

So schnell ich konnte, sprang ich zur Seite. Dennoch bekam ich den eisigen Atem der Kraft mit, die auf mich gerichtet war. Nein, das war kein Gefrierzauber. Aber etwas Vergleichbares aus dem Repertoire der Vampire. Einer ihrer kleinen Späße.

Die Kraft glitt über mich hinweg. Und entlud sich in dem unglückseligen Security-Mann. Der von Geser gefertigte Schild tarnte mich nicht nur, sondern schützte mich auch!

Ich prallte mit der Schulter gegen die Wand. Gleichzeitig riss ich die Arme nach vorn, hielt aber in letzter Sekunde inne und schlug nicht zu. Blinzelte. Und zog den Schatten meiner Lider vor meine Augen.

Am Fenster stand ein Vampir mit vor Anspannung gebleckten Zähnen. Ein hochgewachsener, mit den Gesichtszügen eines vornehmen Europäers. Ein Hoher Vampir, da gab's keinen Zweifel. Nicht so ein frühreifer wie Kostja. Mindestens dreihundert Jahre alt war er. Und seine Kraft hätte meine ganz bestimmt überstiegen.

Aber nicht Gesers! Dass ich ein Anderer war, konnte der Vampir nicht erkennen. Jetzt brachen all die unterdrückten Instinkte eines Untoten, die Hohe Vampire normalerweise im Zaum halten, aus ihm heraus. Keine Ahnung, was er in mir sah: einen besonderen Menschen, dessen Reaktionsvermögen sich mit dem eines Vampirs messen kann, ein mythisches »Halbblut«, das Kind einer Menschenfrau und eines Vampirmannes, einen nicht weniger phantastischen »Hexer«, der Jagd auf niedere Andere machte. Auf alle Fälle würde der Vampir keine Sekunde zögern, die Zügel schießen zu lassen und alles um sich herum kurz und klein zu schlagen. Sein Gesicht zerfloss – wie Knete, die über die Stirn eines Tierkopfs modelliert ist. Aus dem Oberkiefer ragten nun Eckzähne hervor, an den Fingern wuchsen ihm rasiermesserscharfe Krallen.

Ein rasender Vampir ist etwas Schreckliches.

Schlimmer ist nur noch ein abgeklärter Vampir.

Vor einem Duell mit unklarem Ausgang bewahrten mich meine Reflexe. Ich hielt mich zurück und schlug nicht zu, sondern schrie die traditionelle Formel bei einer Verhaftung heraus: »Nachtwache! Treten Sie aus dem *Zwielicht*!«

»Stopp!«, erklang in diesem Moment eine Stimme von der Tür her. »Das ist einer von uns!«

Erstaunlich, wie schnell sich der Vampir wieder im Griff hatte. Krallen und Eckzähne schrumpften ein, sein Gesicht schwabbelte, als sei es Sülze, während er nach und nach wieder den gefassten, vornehmen Ausdruck eines durch und durch erfolgreichen Europäers annahm. Und an diesen Europäer erinnerte ich mich noch gut: von der ruhmreichen Stadt Prag her, wo es das weltweit beste Bier und die weltweit schönste Gotik der Welt gibt.

»Vítěszlav?«, rief ich. »Was erlauben Sie sich denn?«

An der Tür stand natürlich Edgar. Der Dunkle Magier, der nach nur kurzer Arbeit in der Moskauer Tagwache zur Inquisition gewechselt war.

»Anton, das tut mir leid!« Der gelassene Balte wirkte in der Tat verunsichert. »Uns ist da ein kleiner Fehler unterlaufen. Das kann im Eifer des Gefechts schon mal vorkommen ...«

Vítěszlav war nun die Freundlichkeit in Person. »Nehmen Sie unsere Entschuldigungen an, Wächter. Wir haben Sie einfach nicht erkannt ...« Sein Blick huschte rasch über mich hinweg, in seiner Stimme schwang Anerkennung mit. »Was für eine Tarnung ... Meinen Glückwunsch, Wächter. Wenn das Ihre Arbeit ist, kann ich nur ehrfürchtig das Haupt neigen.«

Auf wen mein Schutzschild zurückging, erklärte ich nicht. Nur selten gelingt es einem Lichten Magier (und einem Dunklen übrigens auch, da braucht man kein Geheimnis draus zu machen), einen Inquisitor so befriedigend runterzuputzen.

»Was haben Sie dem Mann angetan?«, brüllte ich. »Er steht unter meinem Schutz!«

»Wie mein Kollege schon gesagt hat, dergleichen kann bei der Arbeit vorkommen«, erwiderte Vítěszlav schulterzuckend. »Uns interessieren die Aufzeichnungen dieser Videokameras.«

Edgar schob den Sessel mit dem eingefrorenen Security-Mann kurzerhand zur Seite und kam auf mich zu. Lächelnd. »Es ist alles in Ordnung, Gorodezki. Wir bearbeiten doch denselben Fall, oder?«

»Habt ihr eine Genehmigung für ... diese Art des Vorgehens?«, fragte ich.

»Wir haben jede Menge Genehmigungen«, presste Vítěszlav kalt hervor. »Sie können sich gar nicht vorstellen, wie viele.«

Vorbei. Er hatte seine Fassung zurückgewonnen. Und wollte es jetzt auf einen Streit ankommen lassen. Kein Wunder – schließlich hätte er sich beinahe seinen Instinkten überlassen, hätte seine Selbstbeherrschung verloren – für einen Hohen Vampir ein unverzeihbarer Fehler. »Wollen Sie sich davon überzeugen, Wächter?« In Vítěszlavs Stimme schwang echte, ruhige Wut mit.

Natürlich darf sich ein Inquisitor anschreien lassen. Doch auch ich konnte jetzt nicht mehr zurück!

Es war Edgar, der die Situation rettete. Er hob die Hände und deklamierte theatralisch: »Das ist alles meine Schuld! Ich hätte Herrn Gorodezki erkennen müssen! Vítěszlav, das ist mein persönliches Versäumnis! Verzeihen Sie!«

Ich streckte dem Vampir als Erster die Hand hin. »Richtig, wir bearbeiten denselben Fall. Ich habe einfach nicht erwartet, Sie hier zu sehen.«

Das stimmte. Vítěszlav blickte kurz zur Seite. Dann ergriff er mit einem ausgesprochen freundlichen Lächeln meine Hand. Die Hand des Vampirs war warm ... Ich wusste, was das hieß.

»Der Kollege Vítěszlav ist gerade erst aus dem Flugzeug gestiegen«, erklärte Edgar.

»Und hat es noch nicht geschafft, eine temporäre Registrierung vornehmen zu lassen?«, hakte ich nach.

Wie mächtig Vítěszlav auch sein, welchen Posten er auch innerhalb der Inquisition bekleiden mochte, er blieb doch ein Vampir. Und musste die erniedrigende Prozedur der Registrierung über sich ergehen lassen.

Doch ich ritt nicht weiter auf der Sache herum. Im Gegenteil. »Wir können die notwendigen Formalitäten gleich hier hinter uns bringen«, schlug ich vor. »Ich habe das Recht dazu.«

»Vielen Dank«, meinte der Vampir nickend. »Aber ich schaue nachher in Ihrem Büro vorbei. Ordnung muss sein.«

Der brüchige Friede war wiederhergestellt.

»Ich habe mir die Aufzeichnungen schon angesehen«, informierte ich sie. »Vor drei Tagen haben vier Männer und eine Frau Briefe abgeschickt. Und ein Bauarbeiter hat einen ganzen Stapel Briefe aufgegeben. Hier sind Leute aus Usbekistan beschäftigt.«

»Ein gutes Zeichen für Ihr Land«, meinte Vítěszlav ausgesprochen höflich. »Wenn als Arbeitskräfte Menschen aus den Nachbarstaaten angeworben werden, deutet das auf wirtschaftlichen Aufschwung hin.«

Ich hätte ihm erklären können, was ich diesbezüglich dachte, ließ es aber bleiben.

»Wollen Sie sich die Aufzeichnungen ansehen?«, fragte ich.

»Wenn es möglich ist, ja«, bekundete der Vampir sein Interesse.

Edgar stand bescheiden abseits.

Ich brachte das Bild der Postfiliale auf den Bildschirm. Schaltete den »Bewegungssucher« ein, und wir schauten uns noch einmal die Liebhaber des epistolarischen Genres an.

»Den kenn ich.« Ich wies mit dem Finger auf Lass. »Ich kriege heute noch raus, was genau er abgeschickt hat.«

»Haben Sie ihn in Verdacht?«, hakte Vítěszlav nach.

»Nein.« Ich schüttelte den Kopf.

Der Vampir ließ die Aufzeichnung noch einmal durchlaufen. Diesmal wurde der arme eingefrorene Security-Mensch ebenfalls vor den Computer gesetzt.

»Wer ist das?«, fragte Vítěszlav.

»Ein Mieter«, antwortete der Mann, der teilnahmslos auf den Bildschirm sah. »Erster Block, fünfzehnter Stock ...«

Er hatte ein gutes Gedächtnis. Kannte die Namen aller Verdächtigen, nur bei dem Arbeiter mit dem Stapel Briefen musste er passen. Außer Lass, dem Mieter aus dem fünfzehnten Stock und der Alten aus dem zehnten hatten noch zwei Manager Briefe aus dem Assol abgeschickt.

»Wir nehmen uns die Männer vor«, entschied Vítěszlav. »Fürs Erste. Überprüfen Sie die Alte, Gorodezki. In Ordnung?«

Ich zuckte die Achseln. Zusammenarbeit war ja schön und gut, aber herumkommandieren würde ich mich nicht lassen.

Schon gar nicht von einem Dunklen. Einem Vampir.

»Für Sie ist das einfacher«, erklärte Vítěszlav. »Ich ... ich habe Probleme, mich mit alten Menschen zu unterhalten.«

Das Geständnis war offen und überraschend. Ich murmelte etwas, bestand aber nicht auf weiteren Erklärungen.

»Ich spüre bei ihnen das, was mir fehlt«, fuhr der Vampir trotzdem fort. »Die Sterblichkeit.«

»Sind Sie neidisch?«, platzte es aus mir heraus.

»Mir graut vor ihnen.« Vítěszlav beugte sich zu dem Security-Mann hinunter. »Wir gehen jetzt«, informierte er ihn. »Du wirst noch fünf Minuten schlafen und süße Träume haben. Wenn du aufwachst, hast du unseren Besuch vergessen. Du wirst dich nur an Anton erinnern ... den du in dein Herz schließen wirst. Wann immer Anton etwas von dir will, wirst du ihm behilflich sein.«

»Das geht doch ...«, protestierte ich schwach.

»Wir arbeiten am selben Fall«, erinnerte mich der Vampir. »Ich weiß, wie schwer es ist, verdeckt zu arbeiten. Leben Sie wohl.«

Im nächsten Augenblick war er verschwunden. Edgar lächelte schuldbewusst. Und ging zur Tür hinaus.

Ohne darauf zu warten, dass der Security-Mann aufwachte, verließ auch ich sein Büro.

Vier

Das Schicksal, das nach Überzeugung unserer Magier nicht existierte, war mir wohlgesonnen.

Im Foyer des Assol (dieser Raum sollte nicht Treppenhaus genannt werden!) erblickte ich die Alte, mit der ein Gespräch anzufangen der Vampir sich fürchtete. Sie stand am Fahrstuhl und schaute nachdenklich auf die Knöpfe.

Ich betrachtete sie durchs *Zwielicht* – und konnte mich davon überzeugen, dass die Alte total verzweifelt war. Fast schon panisch. Die professionellen Security-Leute würden ihr nicht zu Hilfe eilen, denn äußerlich wirkte die Alte absolut gelassen.

Entschlossen trat ich an die ältere Dame heran. In der Tat: eine »ältere Dame«. Das bescheidene, gute russische Wort »Alte« traf es überhaupt nicht.

»Entschuldigen Sie, aber kann ich Ihnen vielleicht behilflich sein?«, fragte ich.

Die ältere Dame schielte zu mir hinüber. Ohne den üblichen Argwohn alter Menschen, eher beschämt.

»Ich habe vergessen, wo ich wohne«, gestand sie. »Wissen Sie es zufällig?«

»Im zehnten Stock«, antwortete ich. »Darf ich Sie vielleicht hinbringen?«

Die silbergrauen Locken, zwischen denen zarte rosafarbene

Haut hindurchschimmerte, gerieten kaum merklich in Bewegung.

»Achtzig Jahre«, erklärte die Alte. »Das weiß ich noch ... Wenn es mir auch schwer fällt. Aber das habe ich nicht vergessen.«

Ich hakte mich bei der Dame ein und führte sie zum Aufzug. Einer der Security-Männer kam auf uns zu, doch meine Begleiterin älteren Semesters schüttelte den Kopf. »Der Herr bringt mich ...«

Der Herr brachte sie. Ihre Tür erkannte die alte Dame wieder, sie beschleunigte sogar fröhlich den Schritt. Die Wohnung war nicht abgeschlossen und aufs Prachtvollste modernisiert und eingerichtet. Durch die Diele tigerte eine energische junge Frau um die zwanzig. »Und unten habe ich auch schon alles abgesucht!«, jammerte sie ins Handy. »Sie ist schon wieder entwischt ...«

Unser Erscheinen begeisterte die Frau. Nur fürchtete ich, dass sowohl das freundliche Lächeln wie auch die rührende Sorge in erster Linie für mich bestimmt waren.

Sieh her, junge sympathische Frauen wie wir arbeiten in solchen Häusern nicht um des Geldes willen als Angestellte.

»Maschenka, bring uns einen Tee«, unterbrach die Alte ihr Gegacker. Vermutlich hegte auch sie keine Illusionen. »Ins große Zimmer.«

Die junge Frau stürmte beflissen in die Küche, nicht ohne mir vorher noch einmal zuzulächeln. »Es wird immer schlimmer mit ihr ...«, flüsterte sie mir ins Ohr, wobei sie voller Bedacht ihren drallen Busen gegen mich presste. »Ich bin Tamara.«

Ich selbst wollte mich nicht vorstellen, warum auch immer. Stattdessen folgte ich der Alten einfach ins »große Zimmer«. In ein sehr großes Zimmer. Mit alten Möbeln aus der Stalinzeit und unübersehbar das Werk eines teuren Innenarchitekten. An den Wänden hingen Schwarzweißfotografien, die ich auf den ersten Blick ebenfalls für Details der Einrichtung hielt. Dann begriff ich jedoch, dass es sich bei der jungen, betörenden Schönheit mit den weißen Zähnen und der Pilotenmütze um keine Geringere als meine Dame handelte.

»Ich habe Bomben auf die Fritzen geworfen«, erklärte die Dame bescheiden, während sie an dem runden Tisch Platz nahm, auf dem eine bordeauxfarbene Samtdecke mit Fransen lag. »Kalinin selbst hat mir einen Orden überreicht …«

Völlig perplex setzte ich mich der einstigen Fliegerin gegenüber.

Frauen wie sie beschließen ihr Leben im besten Fall auf einer Staatsdatscha oder in einem dieser riesigen baufälligen Stalinbauten. Aber auf gar keinen Fall in einem elitären Wohnkomplex! Sie hat Bomben auf die Faschisten abgeworfen, nicht die Goldvorräte aus dem Reichstag geklaut!

»Mein Enkel hat mir die Wohnung gekauft«, erklärte die Alte, als habe sie meine Gedanken gelesen. »Eine große Wohnung. Aber ich kann mir einfach nichts merken … Ist mir zwar alles irgendwie nicht fremd, aber ich kann mich nicht mehr daran erinnern …«

Ich nickte. Ein guter Enkel, ohne Frage. Natürlich besorgt er der ordengeschmückten Oma eine teure Wohnung – die er später erben würde. Ein vernünftiger Zug. Und auf alle Fälle eine sehr gutmütige Geste. Nur das Hausmädchen hätte er sorgfältiger aussuchen sollen. Keine zwanzigjährige Frau, die sich um den Kapitalwert ihres jungen Gesichtchens und ihre gute Figur sorgte, sondern eine ältere, gestandene Krankenschwester …

Die Alte blickte nachdenklich zum Fenster hinaus. »Besser hätte ich es in diesen anderen Häusern, diesen kleinen …«, meinte sie. »Das würde besser zu mir passen …«

Ich hörte jedoch nicht zu. Sondern blickte auf den Tisch, der mit zerknitterten Briefen mit dem Stempel »Unbekannt verzogen« übersät war. Kein Wunder: Bei den Adressaten handelte es sich sowohl um den Allunionsvorsteher Kalinin wie auch um den Generalissimus Jossif Stalin, den Genossen Chruschtschow und sogar den »lieben Leonid Iljitsch Breschnew«.

Die letzten Staatsoberhäupter hatte das Gedächtnis der Alten offenbar nicht mehr behalten können.

Man brauchte nicht die Fähigkeiten eines Anderen, um zu schlussfolgern, was für einen Brief die Alte vor drei Tagen abgeschickt hatte.

»Ich kann die Hände nicht in den Schoß legen«, jammerte die Alte, als sie meinen Blick auffing. »Ich bitte alle, mich in eine Schule zu schicken, eine Fliegerschule ... Um der Jugend zu erzählen, wie wir damals gelebt haben ...«

Trotzdem sah ich sie mir noch einmal durchs *Zwielicht* an. Und hätte beinah aufgeschrien.

Die alte Pilotin war eine potenzielle Andere. Freilich, ihre Kraft war nicht besonders groß, aber nicht zu übersehen!

Nur, sie in diesem Alter zu initiieren, das konnte ich mir nicht vorstellen. Mit sechzig Jahren, mit siebzig – aber mit achtzig?

Die Belastung würde sie umbringen. Sie würde als körperloser, wahnsinniger Schatten ins *Zwielicht* eingehen ...

Alle kannst du nicht aufspüren. Selbst in Moskau nicht, wo es so viele Wächter gibt.

Mitunter erkennen wir unsere Brüder und Schwestern zu spät!

Tamara trat ein, mit einem Tablett, auf dem Schälchen mit Gebäck und Pralinen, eine Teekanne und wunderschöne alte Tassen standen. Lautlos stellte sie die Schalen auf den Tisch.

Die Alte döste bereits, obwohl sie nach wie vor gerade und sicher auf dem Stuhl saß.

Leise stand ich auf. »Ich gehe dann«, meinte ich mit einem Nicken zu Tamara. »Passen Sie ein bisschen besser auf sie auf, sie vergisst schon mal, wo sie wohnt.«

»Ich lasse sie nicht aus den Augen!«, entgegnete Tamara, wobei sie mit den Wimpern klimperte. »Wie können Sie so was nur denken ...«

Ich überprüfte auch sie. Keine Anlagen zur Anderen.

Eine normale junge Frau. Auf ihre Art sogar gut.

»Schreibt sie viele Briefe?«, fragte ich sie und deutete ein Lächeln an.

Mein Lächeln fasste Tamara als Einladung auf, ebenfalls zu lächeln. »Die ganze Zeit! An Stalin, Breschnew ... Komischer Humor, nicht wahr?«

Kein Widerspruch meinerseits.

Von allen Cafés und Restaurants, mit denen das Assol gespickt war, hatte nur das Café im Supermarkt auf. Eine sehr sympathische Lokalität, die eine Ebene über den Kassen lag. Mit einem einzigartigen Blick auf den gesamten Supermarkt. Vermutlich machte es Spaß, dort einen Kaffee zu trinken, bevor man durch die Warenregale schlenderte, und sich die Route fürs Shopping zurechtlegte. Was für ein grauenvolles Wort, ein schrecklicher Anglizismus, der über das Russische hergefallen ist wie eine Zecke über wehrlose Beute!

Dort aß ich zu Mittag und gab mir alle Mühe, mich von den Preisen nicht einschüchtern zu lassen. Danach bestellte ich mir einen doppelten Espresso, kaufte mir ein Päckchen Zigaretten – ich rauche nicht oft – und versuchte, wie ein Detektiv zu denken.

Wer hatte den Brief abgeschickt?

Ein abtrünniger Anderer oder ein Mensch, der Auftraggeber des Anderen?

Irgendwie schien das beiden nicht sonderlich viel zu bringen. Es war sogar völlig blödsinnig! Und die Version mit einem weiteren Menschen, der versuchte, eine Initiierung zu verhindern, schien mir reichlich melodramatisch.

Denke, Kopf, denke! Du hast es schon mit vertrackteren Problemen zu tun gehabt. Es gibt einen Anderen, der zum Verräter geworden ist. Er hat einen Auftraggeber. Jeweils ein Brief ist an die Wachen und die Inquisition geschickt worden. Also stammen diese Briefe vermutlich von einem Anderen. Einem starken, klugen Anderen, der viel weiß.

Bleibt die Frage, wozu.

Vermutlich gab es darauf eine Antwort. Nämlich um diese Initiierung zu verhindern. Um uns den Auftraggeber auszuliefern und von der Pflicht entbunden zu sein, das gegebene Versprechen einzuhalten.

Folglich ging es nicht um Geld. Der Auftraggeber musste – wie auch immer! – Macht über den Anderen bekommen haben. Eine schreckliche, absolute Macht, die es ihm erlaubte, jede denkbare Forderung zu stellen. Zugeben, dass ein Mensch solche Gewalt über ihn erlangt hatte, konnte der Andere nicht. Weshalb er einen Rösselsprung wagte ...

Ha!

Ich zündete mir eine Zigarette an, nippte an meinem Kaffee. Wie ein Dandy lümmelte ich mich in den weichen Sessel.

Allmählich kristallisierte sich ein Bild heraus. Wie kann ein Anderer zum Sklaven eines Menschen werden? Eines gewöhnlichen Menschen, mochte er noch so wohlhabend, einflussreich und klug sein ...

Es gab nur eine Möglichkeit, und die gefiel mir überhaupt nicht. Unser geheimnisvoller Verräter musste sich in die gleiche Lage gebracht haben wie der goldene Fisch im Märchen. Er hatte dem Menschen sein Ehrenwort gegeben, ihm jeden Wunsch zu erfüllen. Auch der Fisch hatte nicht damit gerechnet, dass die meschuggene Alte – apropos Alte: Ich musste Geser mitteilen, das ich eine potenzielle Andere entdeckt hatte –, dass die meschuggene Alte Herrscherin über das Meer werden wollte.

Und genau hier lag der Hund begraben.

Sowohl ein Vampir wie auch ein Tiermensch oder ein Dunkler Magier hätten auf das Versprechen gepfiffen.

Sie geben ihr Wort – und nehmen es wieder zurück. Fängt ein Mensch dann noch an, auf seinem Recht zu bestehen, gibt's einen Biss in den Hals.

Also musste ein Lichter Magier das unbedachte Versprechen gegeben haben!

Konnte das sein?

Ja.

Ohne weiteres. Wir alle sind leicht naiv, da hatte Kostja Recht. Man kriegt uns bei unseren menschlichen Schwächen, bei unserem Schuldgefühl, bei allerlei romantischem Kram ...

Also mussten wir den Verräter in unseren Reihen suchen. Er hat sein Wort gegeben, wir wissen bloß noch nicht, warum. Er sitzt in der Falle. Wenn ein Lichter Magier sein Versprechen nicht hält, muss er sich dematerialisieren ...

Stopp! Auch das war nicht uninteressant. Ich kann einem Menschen versprechen, »alles Mögliche« für ihn zu tun. Doch wenn er mich um etwas Unmögliches bittet – keine Ahnung, worum genau, nichts, was schwierig, eklig oder verboten ist, sondern in der Tat um etwas, das sich nicht erfüllen lässt, zum Beispiel die Sonne auszulöschen oder einen Menschen in einen Anderen zu verwandeln –, was würde ich dann antworten? Dass das nicht geht. Unter gar keinen Umständen. Und es stimmt ja, weshalb ich mich auch nicht zu dematerialisieren bräuchte. Mein Herr, mein Mensch müsste sich damit abfinden. Müsste etwas Neues verlangen: Geld, Gesundheit, eine umwerfende sexuelle Anziehungskraft, Erfolg bei Börsenspekulationen und ein Gespür für Gefahr – kurzum, die üblichen menschlichen Freuden, die ein starker Anderer ihm problemlos garantieren kann.

Aber der Verräter gerät in Panik! Und zwar so heftig, dass er seinen »Herrn« gleich beiden Wachen und der Inquisition ausliefert. Er steht mit dem Rücken zur Wand, fürchtet, für immer ins *Zwielicht* einzugehen.

Das heißt, es musste tatsächlich eine Möglichkeit geben, einen Menschen in einen Anderen zu verwandeln!

Das heißt, das Unmögliche war möglich. Es gab einen Weg. Der nur wenigen offen stand, aber es gab ihn.

Mir wurde unheimlich zumute.

Der Verräter musste einer von unseren ältesten und kundigsten Magiern sein. Nicht unbedingt ein Magier außerhalb jeder Kategorie, nicht unbedingt einer, der einen wichtigen Posten bekleidete. Aber einer, den das Leben Manches gelehrt hatte, einer, der die großen Geheimnisse kannte ...

Aus irgendeinem Grund fiel mir sofort Semjon ein.

Semjon, der mitunter Dinge weiß, deretwegen ihm, dem Lichten Magier, das Zeichen des Straffeuers an den Körper geheftet wird.

»Ich bin schon mehr als ein Jahrhundert alt ...«

Kann sein.

Er weiß sehr viel.

Wer noch?

Es gibt eine ganze Reihe alter, erfahrener Magier, die nicht in der Wache arbeiten. Sie leben in Moskau, sehen fern, trinken Bier, gehen zum Fußball ...

Ich kannte sie nicht, das war mein Problem. Diese weisen Magier, die sich aus unseren Angelegenheiten heraushalten, wollen nicht in den endlosen Krieg der Wachen verwickelt werden.

Wen sollte ich jetzt um Rat fragen? Wem konnte ich meine fürchterlichen Ahnungen darlegen? Geser? Olga? Letzten Endes zählten auch sie zum Kreis der potenziell Verdächtigen.

Selbst wenn ich nicht an ihre Leichtfertigkeit glauben konnte. Nach allem, was Olga durchgemacht hatte – über den durchtriebenen Geser brauchte man in diesem Zusammenhang kein Wort zu verlieren –, würde ihr ein solcher Lapsus nicht unterlaufen. Beide würden einem Menschen keine unerfüllbaren Versprechungen machen. Was auch für Semjon zutraf! Ich konnte nicht glauben, dass der weise, im ursprünglichen, allgemein gebräuchlichen Sinne weise Semjon in eine solche Falle laufen würde ...

Also musste ein anderer unserer Meister den Fehler begangen haben.

Wie stünde ich da, wenn ich eine solche Beschuldigung vorbrächte? »Also, meines Erachtens ist einer von uns der Schuldige. Ein Lichter. Vermutlich Semjon. Oder Olga. Oder Sie selbst, Geser ...«

Wie sollte ich danach noch zur Arbeit gehen? Wie meinen Kollegen ins Gesicht schauen?

Nein, einen solchen Verdacht konnte ich nicht aussprechen. Ich brauchte Gewissheit.

Irgendwie schien es nicht angemessen, die Kellnerin zu rufen. Daher ging ich zum Tresen und bat, mir noch einen Kaffee zu machen. Auf das Geländer gestützt, starrte ich nach unten.

Und entdeckte dort meinen nächtlichen Bekannten. Der Gitarrist und Sammler von albernen T-Shirts, der glückliche Besitzer eines großen englischen Klosetts, stand neben einem offenen Becken, in dem lebende Hummer krabbelten. Auf dem Gesicht von Lass spiegelte sich angestrengte Denkarbeit wider. Dann grinste er und schob seinen Wagen zur Kasse.

Ich merkte auf.

Lass legte gemächlich seine bescheidenen Einkäufe aufs Fließband, unter denen eine Flasche tschechischer Absinth herausragte. »Wissen Sie«, meinte er beim Bezahlen, »da bei Ihrem Hummerbecken ...«

Die Kassiererin lächelte und brachte mit ihrer ganzen Miene zum Ausdruck, dass es in der Tat ein solches Becken gebe, dass in ihm Hummer schwämmen und ein Paar dieser Gliederfüßer ganz ausgezeichnet zu Absinth, Kefir und Tiefkühlpelmenis passe.

»Also da«, fuhr Lass ungerührt fort, »habe ich gerade gesehen, wie ein Hummer auf den Rücken eines anderen geklettert ist, dann den Beckenrand erklommen hat und unter den Tiefkühltruhen verschwunden ist ...«

Die Frau blinzelte ein paar Mal. Kurz darauf erschienen zwei Security-Leute und eine kräftige Putzfrau an der Kasse. Sobald sie die schreckliche Nachricht von der Flucht hörten, stürzten sie auf die Tiefkühltruhen zu.

Lass sah sich noch einmal im Supermarkt um und bezahlte.

Die Jagd nach dem nicht existierenden Hummer erreichte ihren Höhepunkt. Die Putzfrau fuchtelte mit ihrem Schrubber unter den Truhen herum, die Security-Männer wuselten um sie herum. »Zu mir«, schnappte ich auf, »treib ihn zu mir! Gleich hab ich ihn.«

Mit einem Ausdruck stiller Freude im Gesicht wandte sich Lass dem Ausgang zu.

»Schlag nicht so doll zu, sonst verbeulst du den Panzer, dann können wir das Ding nicht mehr verkaufen«, warnte einer der Security-Leute.

Während ich versuchte, das einem Lichten Magier unwürdige Lächeln von meinen Lippen zu scheuchen, nahm ich von der Barfrau meinen Kaffee entgegen. Nein, so einer würde bestimmt nicht mit einer Schere Buchstaben aus einer Zeitung ausschneiden. Das war viel zu langweilig.

Mein Handy klingelte.

»Hallo, Sweta«, sagte ich.

»Wie geht's dir, Anton?«

Diesmal lag weniger Sorge in ihrer Stimme.

»Ich trinke gerade einen Kaffee. Mit den Kollegen habe ich bereits gesprochen. Mit denen von den Konkurrenzfirmen.«

»Aha«, erwiderte Swetlana. »Gut gemacht. Brauchst du meine Hilfe, Anton?«

»Du gehörst doch nicht ... zum Personal«, meinte ich verdutzt.

»Ja und?!«, blaffte Swetlana prompt. »Ich mach mir um dich Sorgen, nicht um die Wache!«

»Bislang ist das nicht nötig«, beruhigte ich sie. »Was macht Nadjuschka?«

»Sie hilft Mama Borschtsch kochen«, amüsierte sich Swetlana. »Wird wohl noch ein Weilchen dauern mit dem Mittagessen. Soll ich sie rufen?«

»Hm«, meinte ich entspannt und setzte mich ans Fenster.

Nadja kam jedoch nicht, denn sie wollte nicht mit ihrem Papa telefonieren.

Mit zwei Jahren kommt solche Direktheit vor.

Ein Weilchen unterhielt ich mich noch mit Swetlana. Eigentlich wollte ich sie fragen, ob sie noch immer ihre dummen Vorahnungen hatte, ließ es dann aber doch bleiben. Ihre Stimme sagte mir bereits, dass dem nicht so war.

Schließlich beendete ich das Gespräch, legte das Handy jedoch nicht beiseite. Im Büro rief ich besser nicht an. Aber wenn ich nun mit jemandem privat sprechen wollte?

Außerdem musste ich doch wohl in die Stadt fahren, jemanden treffen, mich um meine Handelsgeschäfte kümmern und neue Verträge abschließen?

Ich wählte Semjons Nummer.

Genug des Detektivspiels. Lichte lügen einander nicht an.

Für Treffen, die nicht ganz beruflich, aber auch nicht völlig privat sind, gibt es nichts Besseres als kleine Kneipen mit maximal fünf, sechs Tischen. Kneipen fand man früher in Moskau gar nicht. Wenn schon öffentliche Verköstigung, dann in einem Raum, in dem man wunderbar große Partys geben konnte.

Jetzt haben wir auch Kneipen.

Eine solche völlig unauffällige Lokalität lag im Zentrum, in der Soljanka. Die Haustür führte direkt auf die Straße hinaus, drinnen gab es fünf Tische, eine kleine Bar – im Assol sind selbst die Bartresen in den Wohnungen beeindruckender.

Auch das Publikum wirkte absolut durchschnittlich. Kein Club für Verfechter bestimmter Interessen, wie Geser sie so gern sammelt: Hier treffen sich die Taucher, hier die Profidiebe.

Die Küche konnte schon gar keine Extravaganz für sich beanspruchen. Zwei Sorten Bier vom Fass, diverse Alkoholika, Würstchen aus der Mikrowelle und Pommes. Fastfood.

Ob Semjon deshalb vorgeschlagen hatte, dass wir uns hier treffen? Er passte nämlich hundertprozentig in diese Kneipe. Auch ich fiel übrigens nicht sonderlich aus dem Rahmen …

Nachdem Semjon den Schaum geräuschvoll an den Glasrand gepustet hatte – nur in alten Filmen hatte ich dergleichen schon gesehen –, trank er den ersten Schluck von seinem *Klinsker Goldbräu* und sah mich friedfertig an. »Erzähl mal.«

»Hast du schon von der Krise gehört?«, packte ich den Stier gleich bei den Hörnern.

»Von welcher genau?«, wollte Semjon wissen.

»Von der Krise mit den anonymen Briefen.«

Semjon nickte. »Ich habe gerade die zeitweilige Registrierung für unseren Gast aus Prag vorgenommen«, erzählte er mir sogar.

»Weißt du, was ich glaube«, sagte ich, wobei ich das Bierglas auf dem sauberen Tischtuch drehte. »Der Absender ist ein Anderer.«

»Ohne Zweifel!«, erwiderte Semjon. »Trink ruhig dein Bier. Wenn du willst, mach ich dich nachher wieder nüchtern.«

»Da wirst du keinen Erfolg haben, ich bin versiegelt.«

Mit zusammengekniffenen Augen sah Semjon mich an. Und musste erkennen, dass es stimmte und dass es über seine Kräfte ging, die für jede Magie undurchdringliche Schale aufzubrechen, die von keinem Geringeren als Geser um mich gelegt worden war.

»Also«, fuhr ich fort. »Wenn der Absender ein Anderer ist, was will er dann damit erreichen?«

»Die Isolierung oder Eliminierung des Menschen, der sein Auftraggeber ist«, antwortete Semjon gelassen. »Offenbar hat er ihm das leichtfertige Versprechen gegeben, aus ihm einen Anderen zu machen. Und jetzt kriegt er Muffensausen.«

Meine gesamten heroischen geistigen Mühen hätte ich mir sparen können. Semjon, der nicht direkt mit dem Fall befasst war, kam mit seinem eigenen Verstand problemlos genauso weit.

»Es ist ein Lichter Anderer«, sagte ich.

»Warum?«, wunderte sich Semjon.

»Ein Dunkler hätte jede Menge Möglichkeiten, ein Versprechen nicht einzuhalten.«

Semjon dachte nach, kaute auf einem Stück Pommes herum und meinte dann, dass dem wohl so sei. Aber hundertprozentig wollte er die Verwicklung eines Dunklen in die Sache nicht ausschließen. Denn auch Dunkle könnten unüberlegt etwas schwören, woran sie dann gebunden seien. Sie könnten zum Beispiel etwas beim Dunkel schwören, die Urkraft als Zeuge anrufen. Danach kämen sie nicht so ohne weiteres davon los.

»Stimmt«, pflichtete ich ihm bei. »Trotzdem sind die Chancen größer, dass einer von unseren Leuten Mist gebaut hat.«

Semjon nickte. »Ich war's nicht«, sagte er dann.

Ich wich seinem Blick aus.

»Mach dir keinen Kopf«, beruhigte mich Semjon mit gelassener Stimme. »Du hast alles richtig analysiert und richtig gemacht. Auch wir können Mist bauen. Auch ich kann unbedacht handeln. Danke, dass du mit mir reden wolltest und nicht zum Chef gerannt bist ... Ich gebe dir mein Wort, Lichter Magier Anton Gorodezki, dass ich die dir bekannten Briefe nicht abgeschickt habe und ihren Absender nicht kenne.«

»Weißt du, da bin ich sehr froh«, gab ich ehrlich zu.

»Und ich erst«, grinste Semjon. »Ich sage dir eins: Der Andere, der diesen Fehler gemacht hat, ist ein echter Dreckskerl. Nicht nur, dass er die Wachen mit in die Sache zieht, nein, auch noch die Inquisition. Entweder hat er nur Stroh im Kopf, oder er hat alles bestens kalkuliert. Im ersten Fall ist er erledigt, im zweiten wird er seine Haut retten können. Ich wette zwei zu eins, dass er ungeschoren davonkommt.«

»Kann man einen normalen Menschen also doch in einen Anderen verwandeln, Semjon?«, fragte ich. Ehrlichkeit ist die beste Politik.

»Ich weiß es nicht.« Semjon schüttelte den Kopf. »Früher habe ich gedacht, es sei unmöglich. Doch die letzten Ereignisse legen nahe, dass es irgendein Schlupfloch geben muss. Ein sehr enges, sehr unbequemes. Aber es muss da sein.«

»Warum unbequem?«, griff ich dieses Wort auf.

»Ansonsten würden wir diesen Weg gehen. Was für ein Plus, wenn wir beispielsweise aus dem Präsidenten einen von uns machen könnten! Ach, nicht nur aus dem Präsidenten, sondern aus allen mehr oder weniger einflussreichen Leuten. Es müsste einen Anhang zum Vertrag geben, der die Initiierung regelt, es gäbe die gleichen Konflikte, aber auf neuem Niveau.«

»Und ich dachte, das sei absolut verboten«, gab ich zu. »Die Mächtigen haben sich doch getroffen und vereinbart, dass Gleichgewicht nicht zu zerstören ... und sich gegenseitig mit einer ultimativen Waffe gedroht ...«

»Womit?« Semjon erstarrte.

»Mit einer ultimativen Waffe. Erinnerst du dich noch, wie du mir von Wasserstoffbomben mit gewaltiger Sprengkraft erzählt hast? Eine für uns, eine für die Amis ... Vermutlich gibt es in der Magie doch etwas Ähnliches ...«

»Was redest du denn da, Anton!« Semjon lachte. »Solche Bomben gibt es nicht, das ist reine Phantasie, hat sich jemand ausgedacht! Beschäftige dich mal mit Physik! In den Ozeanen gibt es zu wenig schweres Wasser, als dass es zu einer permanenten thermonuklearen Reaktion kommen könnte!«

»Weshalb hast du mir das dann erzählt?«, fragte ich fassungslos.

»Wir haben damals allerlei dummes Zeug zusammengeredet. Ich habe nicht geglaubt, dass du das für bare Münze nehmen würdest …«

»Hohlkopf«, murmelte ich, während ich an meinem Bier nippte. »Danach habe ich übrigens nächtelang schlecht geschlafen …«

»Es gibt keine ultimative Waffe, du kannst beruhigt schlafen«, grinste Semjon. »Keine echte, keine magische. Und selbst wenn wir davon ausgehen, dass es möglich ist, gewöhnliche Menschen zu initiieren, muss die Prozedur wohl ausgesprochen schwierig sein, widerwärtig und mit Nebeneffekten. Mit einem Wort, alle lassen die Finger davon. Sowohl wir als auch die Dunklen.«

»Weißt du was von einer solchen Prozedur?«, hakte ich noch mal nach.

»Nein.« Semjon dachte nach. »Nein, ganz bestimmt nicht. Sich den Menschen gegenüber zu erkennen geben, ihnen entsprechende Befehle zu erteilen oder, sagen wir es mal so, sie als Freiwillige zu rekrutieren – all das ist schon vorgekommen. Aber dass man einen Menschen, den man braucht, in einen Anderen verwandelt hat, das ist mir noch nie zu Ohren gekommen.«

Schon wieder eine Sackgasse.

Ich nickte. Blickte düster in mein Bierglas.

»Verbeiß dich nicht in die Sache«, riet Semjon mir. »Es gibt nur zwei Möglichkeiten: Entweder ist der Andere ein Idiot oder ein absolut ausgebuffter Kerl. Im ersten Fall finden ihn die Dunklen oder die Inquisitoren. Im zweiten findet ihn niemand, aber man wird dem Menschen auf die Spur kommen und ihn von seinem seltsamen Wunsch abbringen. Solche Fälle hat es bereits gegeben …«

»Und was soll ich jetzt machen?«, fragte ich. »Ich beklag mich ja nicht, es ist schon interessant, an so einem komischen Ort zu leben. Vor allem auf Firmenkosten …«

»Dann genieß es«, riet Semjon gelassen. »Oder lässt dein Stolz das nicht zu? Möchtest du es allen zeigen und den Verräter finden?«

»Ich bringe Sachen nun mal gerne zu Ende«, gab ich zu.

Semjon lachte los. »Ich mache nun schon ein Jahrhundert lang nichts anderes, als Sachen auf halber Strecke hinzuwerfen … Es hat da zum Beispiel mal einen hübschen kleinen Fall gegeben, wo das Vieh des reichen Bauern Besputnow im Gouvernement Kostroma vergiftet worden ist. Ein Fall, der es in sich hatte, Anton! Ein Rätsel! Eine verworrene Intrige! Eine magische Vergiftung, aber so raffiniert ausgeführt … das Gift war im Hanf!«

»Fressen Tiere denn Hanf?« Meine Neugier war geweckt.

»Wer würde ihnen denn welchen geben? Aus diesem Hanf hat der Bauer Besputnow seine Leinen gedreht. An diesen Schnüren hat er das Vieh geführt. Durch sie ist dann der Schaden angerichtet worden. Ein heimtückisches Gift, das langsam wirkte und absolut verheerend war. Und im Umkreis von hundert Werst gab es keinen einzigen registrierten Anderen! Ich habe mich dann in diesem Dorf eingenistet, um den Halunken zu suchen …«

»Habt ihr früher wirklich so ordentliche Arbeit geleistet?«, wunderte ich mich. »Wurde tatsächlich wegen Vieh, wegen irgendeines Bauern ein Wächter hinzugezogen?«

»Auch früher hat man mal so, mal so gearbeitet«, lächelte Semjon. »Der Sohn des Bauern war ein Anderer, er hat darum gebeten, dass wir uns um seinen Vater kümmern, der sich schon beinah aus dieser Schnur seinen Strick gedreht hätte … Also bin ich da hingefahren, ganz der einsame Wolf, habe einen Haushalt gegründet, hab sogar bei einer Witwe landen können. Nebenbei habe ich den Täter gesucht. Und verstanden, dass ich auf die

Spur einer alten Hexe gestoßen bin, die sich sehr gut getarnt hatte, bei keiner Wache arbeitete und in keiner Liste geführt wurde. Kannst du dir vorstellen, was für eine Intrige sie angezettelt hat? Die Hexe war zwei-, dreihundert Jahre alt! Sie hatte so viel Kraft gesammelt, dass sie es mit einem Magier ersten Grades aufnehmen konnte! Wie ein Detektiv von Pinkerton habe ich ... nach ihr gefahndet ... Die Hohen Magier wollte ich nicht um Hilfe bitten, das war mir peinlich. Nach und nach habe ich dann einige Anhaltspunkte herausbekommen, den Kreis der Verdächtigen eingegrenzt. Zu ihnen gehörte übrigens auch jene Witwe, die mir so gewogen war ...«

»Und weiter?«, fragte ich begeistert. Auch wenn Semjon gern aufschnitt, diese Geschichte schien zu stimmen.

»Nichts weiter«, seufzte Semjon. »In Petrograd ist es zum Aufstand gekommen. Die Revolution. Da konnte mir eine abgebrühte Hexe echt egal sein, das wirst du verstehen. Dort floss Menschenblut in Strömen. Ich wurde abbeordert. Ich wollte noch einmal zurück, habe aber nie die Zeit dazu gefunden. Dann ist das Dorf überflutet worden, alle wurden evakuiert. Vielleicht lebt die Hexe gar nicht mehr.«

»Schade«, sagte ich.

Semjon nickte. »Das ist meine Geschichte. Und von der Sorte habe ich noch Unmengen auf Lager. Also nimm's nicht so schwer und mach dich nicht verrückt!«

»Wenn du ein Dunkler wärst«, meinte ich, »wäre ich mir sicher, dass du den Verdacht nur von dir ablenken willst.«

Semjon grinste. »Ich bin kein Dunkler, Anton. Das weißt du genau.«

»Und du weißt nichts über die Initiierung von Menschen ...«, seufzte ich. »Ich hatte so gehofft ...«

Semjon wurde wieder ernst. »Anton, ich sage dir noch etwas. Die Frau, die ich mehr als alles auf der Welt geliebt habe, ist 1921 gestorben. An Altersschwäche.«

Ich sah ihn an – und wagte es nicht zu lächeln. Semjon machte keinen Spaß.

»Wenn ich gewusst hätte, wie ich aus ihr eine Andere machen kann ...«, flüsterte Semjon, wobei er ins Nichts starrte. »Wenn ich es doch bloß gewusst hätte ... Ich habe ihr meine Identität enthüllt. Habe alles für sie getan. Sie ist nie krank gewesen. Mit dreiundsiebzig sah sie mal gerade wie dreißig aus. Selbst in Petersburg während der Blockade hat es ihr an nichts gefehlt. Als die Rotarmisten ihren Schutzbrief gesehen haben, hat es ihnen die Sprache verschlagen. Ich hatte mir eine Vollmacht von Lenin besorgt ... Aber mein Leben konnte ich ihr nicht geben. So etwas geht über unsere Kraft.« Er sah mir finster in die Augen. »Wenn ich gewusst hätte, wie ich Ljubow Petrowna hätte initiieren können ..., hätte ich niemanden um Erlaubnis gebeten. Alles hätte ich auf mich genommen. Ich hätte mich dematerialisiert, wenn ich nur aus ihr eine Andere hätte machen können ...«

Semjon stand auf. Seufzte. »Jetzt ist mir ehrlich gesagt alles egal. Ob es verboten ist, aus Menschen Andere zu machen, interessiert mich nicht im Geringsten. Und dich sollte es auch nicht um deinen Schlaf bringen. Deine Frau ist eine Andere. Deine Tochter ist eine Andere. Reicht dir dieses Glück nicht? Selbst Geser kann davon nur träumen.«

Er ging, während ich noch ein Weilchen am Tisch sitzen blieb und mein Bier austrank. Der Wirt – der auch Kellner, Koch und Barkeeper war – sah nicht einmal zu mir herüber. Als Semjon hinausgegangen war, hatte er vor den Tisch einen magischen Vorhang gezogen.

Was bildete ich mir eigentlich ein?

Drei Inquisitoren waren hinter der Sache her. Der talentierte Vampir Kostja flatterte als Fledermaus ums Assol herum. Sie würden herausbekommen, wer ein Anderer werden möchte. Ganz bestimmt. Und den Absender würden sie finden – oder auch nicht.

Warum gab ich keine Ruhe?

Die Frau, die ich liebte, war eine Andere. Die außerdem freiwillig auf die Arbeit in der Wache, auf eine glänzende Karriere als Große Zauberin verzichtet hatte. All das wegen mir, diesem Idioten. Damit ich, der ich auf der zweiten Kraftstufe versauern würde, keine Komplexe bekam ...

Und Nadjuschka war eine Andere! Nie würde ich den Horror eines Anderen durchmachen, dessen Kind heranwächst, altert und stirbt. Früher oder später würden wir Nadenka erzählen, was sie war. Dann würde sie eine Große werden wollen, ohne Zweifel. Und sie würde eine Große werden. Vielleicht würde sie diese unvollendete Welt sogar etwas besser machen.

Und ich spielte irgendwelche kindlichen Agentenspiele! Machte mir Sorgen, dass ich meinen Auftrag nicht erfüllte, statt mich abends mit meinem lustigen Nachbarn zu amüsieren oder – natürlich nur um meine Tarnung aufrechtzuerhalten – ins Casino zu gehen.

Ich stand auf, legte das Geld auf den Tisch und ging. In ein, zwei Stunden würde sich der Vorhang auflösen, der Wirt das Geld sowie die leeren Gläser sehen und sich daran erinnern, dass irgendwelche unscheinbaren Männer hier ihr Bier getrunken hatten.

Fünf

Den halben Tag verbrachte ich mit absolut nebensächlichen Dingen, die niemandem etwas nutzten. Vermutlich hätte der Vampir Kostja seinen weißlippigen Mund verzogen und mir einen Vortrag darüber gehalten, was er von meiner Naivität hielt …

Als Erstes fuhr ich ins Assol, zog mir Jeans und ein einfaches Hemd an, danach ging ich in den nächsten normalen Hof, der zu einem tristen achtstöckigen Plattenbau gehörte. Zu meiner uneingeschränkten Genugtuung entdeckte ich dort einen Fußballplatz, auf dem die Schule schwänzende ältere Jungen einem abgewetzten Ball hinterherjagten. Auch ein paar jüngere Männer waren dabei. Trotz allem machte sich die gerade zu Ende gegangene Fußballweltmeisterschaft, bei der sich unsere Mannschaft nicht gerade mit Ruhm bekleckert hatte, positiv bemerkbar. In einige der noch erhaltenen Höfe kehrte der Hofgeist zurück, der völlig verloren gegangen schien.

Man nahm mich in eine Mannschaft auf. In die, in der nur ein erwachsener Mann spielte – der eine beeindruckende Wampe vor sich hertrug, aber dennoch ausgesprochen agil und draufgängerisch war. Ich selbst spiele nicht gut, aber hier hatten sich auch nicht gerade Weltmeister versammelt.

Etwa eine Stunde rannte ich über die staubige, fest gestampfte Erde, schrie, schoss auf das Tor aus durchlöchertem Maschendraht und traf sogar ein paar Mal. Einmal schaffte es ein baumlanger kräftiger Zehntklässler, mich geschickt auszutrippeln. Er lächelte mich großmütig an.

Ich nahm's nicht krumm, ärgerte mich nicht.

Als das Spiel dem Ende zuging – irgendwie ganz von selbst –, steuerte ich das nächste Geschäft an, kaufte Mineralwasser und Bier sowie für die jüngsten Fußballer Limo der Marke Baikal. Natürlich hätten sie Coca-Cola bevorzugt, doch allmählich sollte man anfangen, ihnen das transatlantische Gift wieder ...

Was mich enttäuschte: Mein großzügiges Verhalten – das entging mir nicht – beschwor die unterschiedlichsten Mutmaßungen herauf. Gute Taten muss man also in Maßen vollbringen.

Nachdem ich mich von den »eigenen« und den »gegnerischen« Spielern verabschiedet hatte, ging ich zum Ufer hinunter, wo ich begeistert ins dreckige, aber erfrischende Wasser stieg. Ganz in der Nähe erhob sich das Assol mit seinem pompösen Hof.

Soll es doch ...

Irgendwann ging mir etwas auf, das urkomisch war: Ein Dunkler Magier an meiner Stelle könnte genauso handeln. Nicht einer der ganz jungen, der sich noch auf alle zuvor unerreichbaren Vergnügen wie frische Austern und teure Prostituierte stürzt, sondern ein älterer Dunkler, der bereits hinter das Prinzip dieser Welt gekommen war: Vanitas vanitatum (et omnia vanitas) – alles ist nichtig.

Auch er wäre über den kleinen Bolzplatz gejagt, hätte geschrien, den Ball getreten und die ungeschickt fluchenden Jugendlichen angeschnauzt: »Halt deine Zunge im Zaum, du Knallkopf!« Dann wäre er an den Strand gegangen, hätte im trüben Wasser geplanscht, im Gras gelegen, in den Himmel geschaut ...

Wo verläuft sie, die Grenze? Gut, bei den niederen Dunklen ist alles klar. Sie sind die Untoten. Sie müssen töten, um existieren zu können. Hier hilft auch kein sprachlicher Eiertanz. Sie sind das Böse.

Aber wo verläuft die eigentliche Grenze?

Und warum verschwindet sie mitunter? In Momenten, wenn es darum geht, dass ein einzelner Mensch ein Anderer werden will? Ein einziger! Wen setzt man da gleich an, um ihn zu suchen! Dunkle, Lichte, die Inquisition ... Denn nicht nur ich befasse mich mit diesem Fall, ich bin schließlich nur ein vorgeschobener Bauer, der für Ordnung vor Ort sorgt. Nein, Geser runzelt die Stirn, Sebulon blickt finster drein, Vítěszlav bleckt die Zähne. Ein Mensch möchte ein Anderer werden! Packt ihn, fasst ihn!

Doch wer würde das schließlich nicht wollen?

Nicht den ewigen Hunger der Vampire, nicht die Anfälle von Wahnsinn der Tiermenschen, sondern ein befriedigendes Leben als Magier. Wo alles wie bei einem Menschen ist.

Nur besser.

Du brauchst keine Angst mehr zu haben, dass aus deinem Auto die teure Musikanlage gestohlen wird, wenn du es auf einem unbewachten Parkplatz abgestellt hast.

Du kriegst nie wieder Grippe, und wenn du an einer unheilbaren Schweinerei erkrankst, stehen Dunkle Hexenmeister oder Lichte Heiler zu deinen Diensten.

Du brauchst dir nicht länger den Kopf darüber zu zerbrechen, wie du bis Ultimo überleben sollst.

Du hast nachts unterwegs keine Angst mehr und fürchtest dich nicht vor besoffenen Halbstarken.

Selbst die Miliz lässt dich kalt.

Du brauchst dir keine Gedanken darüber zu machen, ob dein Kind sicher von der Schule nach Hause kommt und nicht im Hauseingang einem wahnsinnigen Psycho in die Arme läuft ...

Andererseits liegt gerade hier der Hund begraben. Deine Familie ist in Sicherheit, sie werden sogar aus der Vampirlotterie herausgenommen. Dennoch rettest du sie nicht vor Alter und Tod.

Sicher, noch ist das alles weit weg. Ganz weit weg.

Und insgesamt ist es schon weitaus angenehmer, ein Anderer zu sein.

Außerdem würdest du nichts gewinnen, wenn du dich nicht initiieren lässt. Im Gegenteil, selbst Verwandte dürften dich dann als Idioten beschimpfen. Denn als Anderer könntest du dich für sie einsetzen. So wie Semjon es erzählt hat ... Jemand vergiftet einem Bauern das Vieh, und der Sohn, ein Anderer, sorgt dafür, dass ein Anderer die Sache untersucht. Die Blutsbande machen sich eben doch bemerkbar. Sie sind dicker als Wasser ...

Ich erschauerte, als hätte ich einen Stromschlag bekommen. Sprang auf und starrte zum Assol hinüber.

Aus welchem Grund gab ein Lichter einem Menschen das leichtsinnige Verspechen, für ihn alles nur denkbar Mögliche zu tun?

Aus einem einzigen!

Das war sie, die Spur!

»Ist dir eine Idee gekommen, Anton?«, erklang in meinem Rücken eine Stimme.

Ich drehte mich und erblickte Kostja. Er hatte, wie am Strand nicht anders zu erwarten, lediglich eine Badehose an, trug allerdings noch eine Sonnenbrille sowie einen weißen Kinderhut, der ihm wie ein orientalisches Käppchen auf dem Kopf thronte (bestimmt hatte er ihn ohne Gewissensbisse einem Kind weggenommen).

»Brennt die Sonne?«, fragte ich höhnisch.

Kostja verzog das Gesicht. »Total. Hängt da im Himmel wie ein Bügeleisen ... Ist dir etwa nicht heiß?«

»Doch«, gab ich zu. »Aber das ist eine andere Hitze.«

»Wollen wir die Sticheleien nicht lassen?«, fragte Kostja. Er setzte sich in den Sand und warf angeekelt eine Kippe beiseite.

»Ich bade jetzt nur nachts. Aber ich bin gekommen ... um mit dir zu reden.«

Ich fühlte mich nicht wohl in meiner Haut. Vor mir saß ein missmutiger junger Mann, der obendrein ein Untoter war. Aber ich erinnerte mich noch an den verschlossenen Jugendlichen, der verlegen vor meiner Tür stand. »Sie dürfen mich nicht einladen. Ich bin doch ein Vampir, ich könnte sonst eines Nachts wiederkommen und Sie beißen ...«

Relativ lange hatte dieser Junge sich beherrschen können. Hatte nur Schweine- und Spenderblut getrunken. Davon geträumt, ein Lebender zu werden. »Wie Pinocchio«, brachte er irgendwann als Vergleich an, nachdem er Collodi gelesen oder den Film *A. I. – Künstliche Intelligenz* gesehen hatte.

Wenn Geser mich nicht losgeschickt hätte, um Vampire zu jagen ...

Nein, Quatsch. Die Natur hätte so oder so das Ihre verlangt. Und Kostja seine Lizenz bekommen.

Trotzdem durfte ich mich nicht über ihn lustig machen. Ich hatte einen ungeheuren Vorteil – ich war ein Lebender.

Ich konnte mich mit alten Menschen unterhalten, ohne mich zu schämen. Denn darum ging es: um Scham. Vítěszlav hatte sich um die Wahrheit herumgedrückt. Weder Angst noch Ekel hielten ihn von den Alten fern.

Sondern Scham.

»Tut mir leid, Kostja«, sagte ich und legte mich neben ihn in den Sand. »Lass uns reden.«

»Ich glaube, die ständigen Bewohner des Assol haben mit dem Fall nichts zu tun«, begann Kostja finster. »Der Auftraggeber ist unter denjenigen zu suchen, die sich nur ab und an dort aufhalten.«

»Wir müssen alle überprüfen ...«, seufzte ich theatralisch.

»Und dann haben wir noch eine kleine Aufgabe. Wir müssen den Verräter finden.«

»Dann müssen wir ihn suchen.«

»Ich seh schon, wie du ihn suchst ... Dir ist doch klar, dass es einer von euch ist?«

»Wie kommst du denn darauf!«, empörte ich mich. »Es kann durchaus sein, dass ein Dunkler Mist gebaut hat ...«

Eine Zeit lang diskutierten wir über die Situation. Offenbar waren wir zur selben Zeit zum selben Schluss gekommen.

Nur dass ich Kostja jetzt einen halben Schritt voraus war. Und nicht die Absicht hatte, ihm zu helfen.

»Der Brief befand sich in dem Stapel, den der Bauarbeiter zur Post gebracht hat«, meinte Kostja, der nicht ahnte, wie ich ihn auflaufen ließ. »Nichts leichter als das. Alle diese Gastarbeiter sind in einer alten Schule untergebracht, die jetzt eine Art Wohnheim ist. Im Parterre werden auf dem Tisch des Wachtposten die Briefe gesammelt. Morgens geht dann jemand zur Post und gibt sie auf. Einem Anderen dürfte es keine Mühe bereiten, ins Wohnheim zu gehen, den Blick des Wachtposten abzulenken ... oder einfach abzuwarten, bis der seinen Platz einmal verlässt, um zur Toilette zu gehen. Dann steckt er den Brief in den großen Stapel. Das war's! Ohne jede Spur.«

»Einfach und sicher«, stimmte ich zu.

»Und typisch für die Lichten«, meinte Kostja stirnrunzelnd. »Lasst andere für euch die Kastanien aus dem Feuer holen.«

Aus irgendeinem Grund nahm ich ihm das nicht krumm. Sondern grinste nur amüsiert und drehte mich auf den Rücken, um in den Himmel zu gucken, in die zärtliche gelbe Sonne.

»Gut, wir machen das ganz genauso ...«, brummte Kostja.

Ich schwieg.

»Was ist? Willst du mir etwa weismachen, ihr würdet niemals Menschen bei euren Operationen einsetzen?«, blaffte Kostja.

»Das kommt schon vor. Das haben wir schon getan. Aber wir verraten sie nicht.«

»Aber hier hat ein Anderer einen Menschen ja auch nur gebraucht und nicht verraten«, erklärte Kostja, sich selbst widersprechend und die »Kastanien« vergessend. »Also, ich glaube ... Sollten wir diese Spur nicht weiterverfolgen? Bisher hat der Verräter alle Spuren sehr gut verwischt. Wir jagen einem Gespenst hinterher ...«

»Angeblich haben vor ein paar Tagen zwei Security-Männer im Assol in den Büschen etwas Schreckliches beobachtet«, sagte ich. »Sie haben sogar angefangen zu schießen.«

In Kostjas Augen loderte es auf. »Hast du das schon überprüft?«

»Nein«, sagte ich. »Ich arbeite undercover und habe dazu keine Möglichkeit.«

»Soll ich das vielleicht machen?«, fragte Kostja eifrig. »Ich sag auch, dass du das ...«

»Mach das«, beschloss ich.

»Danke, Anton!« Kostjas Gesicht erstrahlte in einem Lächeln, und er stieß mir recht schmerzhaft mit der Faust gegen die Schulter. »Trotz allem bist du ein prima Kerl! Danke!«

»Mach es ordentlich«, konnte ich mir nicht verkneifen, »vielleicht bekommst du dann ja eine Extralizenz.«

Sofort verstummte Kostja. Sein Blick verfinsterte sich. Er starrte zum Fluss hinunter.

»Wie viele Menschen hast du umgebracht, um ein Hoher Vampir zu werden?«, wollte ich wissen.

»Spielt das für dich eine Rolle?«

»Es ... interessiert mich.«

»Geh halt irgendwann in eure Archive und guck nach«, meinte Kostja mit schiefem Lächeln. »Das dürfte doch nicht so schwer sein, oder?«

Natürlich war das nicht schwer. Trotzdem hatte ich nie einen Blick in Kostjas Dossier geworfen. Ich wollte das nicht wissen ...

»Onkel Kostja, gib mir meinen Hut wieder!«, fiepte jemand in unserer Nähe mit fordernder Stimme.

Ich schielte zu einem kleinen, etwa vierjährigen Mädchen hinüber, das auf Kostja zugerannt kam. Also doch, hatte er tatsächlich ein Kind ausgeschaltet und ihm den Hut geklaut …

Gehorsam zog Kostja jetzt den Hut vom Kopf und gab ihn dem Mädchen.

»Kommst du heute Abend wieder zu uns?«, fragte das Mädchen, während es mich anguckte und die Lippen spitzte. »Erzählst du mir ein Märchen?«

»Hm«, nickte Kostja.

Das Mädchen strahlte und lief zu einer jungen Frau, die in der Nähe ihre Sachen zusammenpackte. Ließ nur noch aufgewirbelten Sand erkennen …

»Hast du völlig den Verstand verloren?!«, brüllte ich und schnellte hoch. »Ich sollte dich gleich hier an Ort und Stelle zu Asche verbrennen!«

Vermutlich machte ich ein fürchterliches Gesicht. »Was glaubst du denn?«, rief Kostja sofort. »Was glaubst du bloß, Anton? Das ist meine Nichte! Ihre Mutter ist meine Schwester! Sie wohnen in Strogino, ich wohne vorübergehend bei ihnen, damit ich nicht durch die ganze Stadt fahren muss!«

Ich erstarrte.

»Hast du geglaubt, ich würde Blut aus ihr heraussaugen?«, fragte Kostja, der mich noch immer erschrocken anstarrte. »Dann geh hin und überzeug dich! Sie hat keine Bisswunden! Das ist meine kleine Nichte, verstehst du? Für sie würde ich alles tun.«

»Puh«, schnaubte ich. »Was hätte ich denn sonst denken sollen? ›Kommst du heute Abend wieder zu uns?‹, ›Erzählst du mir ein Märchen?‹ …«

»Typisch für einen Lichten …«, kommentierte Kostja schon etwas gelassener. »Wo ich schon ein Vampir bin, verhalte ich mich gleich wie ein Schwein. So ist es doch, oder?«

Noch war unser brüchiger Waffenstillstand zwar nicht aufgehoben, hatte sich aber in den üblichen kalten Krieg verwandelt.

Kostja saß da und kochte vor Wut, ich saß da und ärgerte mich über mich selbst und über meine voreiligen Schlussfolgerungen. Für Kinder unter zwölf Jahren werden keine Lizenzen ausgegeben, und Kostja ist kein Idiot und würde nicht ohne Lizenz auf Jagd gehen ...

Immer würde uns etwas trennen.

»Du hast doch eine Tochter«, meinte Kostja plötzlich. »Hast doch auch so ein kleines Mädchen, oder?«

»Jünger«, erwiderte ich. »Und besser.«

»Na klar, wo sie deine Tochter ist, muss sie auch besser sein«, grinste Kostja. »In Ordnung, Gorodezki. Ich hab's verstanden. Vergessen wir das. Und vielen Dank für den Tipp.«

»Keine Ursache«, wiegelte ich ab. »Vielleicht haben diese Security-Leute gar nichts gesehen. Sondern nur Wodka getrunken, gekifft ...«

»Wir werden das überprüfen«, meinte Kostja munter. »Wir überprüfen alles.«

Er strich sich mit der Hand über den Kopf und stand auf.

»Du gehst?«, fragte ich.

»Es ist heiß«, antwortete Kostja, während er in den Himmel hinaufschielte. »Ich verschwinde.«

Das tat er in der Tat. Nachdem er zuvor von allen Menschen um uns herum den Blick abgelenkt hatte. Nur ein diffuser Schatten hing noch eine Sekunde in der Luft.

»Angeber«, murmelte ich und drehte mich auf den Bauch.

Ehrlich gesagt war mir auch heiß. Aber ich hatte mich nun mal in die Entscheidung verbissen, nicht zusammen mit dem Dunklen aufzubrechen.

Außerdem musste ich noch über etwas nachdenken, bevor ich mich an die Security-Leute im Assol wandte.

Vítĕszlav hatte ordentliche Arbeit geleistet. Als ich das Büro des Chefs der Security-Firma betrat, begrüßte dieser mich mit einem freudestrahlenden Lachen. »Was für ein angenehmer Besuch!«, rief er, während er diverse Papiere zur Seite schob. »Tee? Kaffee?«

»Kaffee«, antwortete ich.

»Andrej, bring uns Kaffee«, ordnete der Mann an. »Und eine Zitrone.«

Dann machte er sich am Tresor zu schaffen und beförderte eine Flasche guten georgischen Kognak zu Tage.

Der Angestellte, der mich zum Büro des Security-Chefs gebracht hatte, wirkte leicht entgeistert. Sagte aber kein Wort.

»Was haben Sie denn für Fragen?«, erkundigte sich der Mann, während er mit raschen Schnitten die Zitrone zerteilte. »Wollen Sie einen Kognak, Anton? Der ist gut, Ehrenwort!«

Ich wusste noch nicht mal, wie er hieß ... Der alte Chef der Security-Leute hatte mir besser gefallen. Der war mir gegenüber wenigstens ehrlich gewesen.

Aber der alte Chef hätte mir nie die Information gegeben, die ich jetzt zu bekommen hoffen durfte.

»Ich muss mir die persönlichen Akten von allen Mietern ansehen«, meinte ich. Und fügte dann lächelnd hinzu: »In einem Haus wie diesem überprüfen Sie doch sicher alle, oder?«

»Natürlich«, pflichtete der Chef mir sofort bei. »Geld ist ja gut und schön, aber hier sollen anständige Leute wohnen, wir brauchen keine nichtsnutzigen Mafiosi ... Möchten Sie alle persönlichen Akten?«

»Ja«, sagte ich. »Von allen, die hier eine Wohnung gekauft haben, unabhängig davon, ob sie hier auch wohnen oder nicht.«

»Und möchten Sie die Dossiers zu den eigentlichen Wohnungsinhabern oder zu denen, auf deren Namen die Wohnungen laufen?«, hakte der Chef freundlich nach.

»Zu den eigentlichen Besitzern.«

Der Chef nickte und hantierte abermals am Safe herum.

Zehn Minuten später saß ich hinter seinem Schreibtisch und

blätterte die ordentlichen, nicht sehr dicken Mappen durch. Aus verständlicher Neugier fing ich bei mir selbst an.

»Brauchen Sie mich noch?«, wollte der Security-Chef wissen.

»Nein, vielen Dank.« Ich taxierte die Zahl der Mappen. »In einer Stunde bin ich fertig.«

Der Mann ging und zog leise die Tür hinter sich zu.

Ich vertiefte mich in die Lektüre.

Anton Gorodezki war, wie sich herausstellte, mit Swetlana Gorodezkaja verheiratet, mit der er die zweijährige Tochter Nadeshda hatte. Ihm gehörte ein kleines Unternehmen, das Milchprodukte vertrieb. Milch, Kefir, Quark, Joghurt ...

Die Firma kannte ich. Ein normales Tochterunternehmen der Nachtwache, das für uns Geld erwirtschaftete. Davon unterhielten wir rund zwanzig in Moskau, in ihnen arbeiteten normale Menschen, die nicht die geringste Ahnung hatten, an wen die Gewinne eigentlich flossen.

Kurzum, alles bescheiden, einfach und schlicht. Auf der Mauer, auf der Lauer, wer da wohl kauert? Eben, die Anderen. Da konnte ich ja wohl schlecht mit Wodka handeln ...

Ich legte mein Dossier zur Seite und nahm mir die übrigen Mieter vor.

Natürlich brachte das nichts – und es konnte ja kaum viele Informationen über die Menschen geben. Schließlich ist ein Security-Unternehmen – und sei es das eines noch so luxuriösen Wohnkomplexes – nicht das KGB.

Allerdings brauchte ich auch fast nichts. Bloß Informationen über Verwandte. Vor allem über die Eltern.

Als Erstes legte ich diejenigen zur Seite, deren Eltern gesund und munter waren. Auf einen zweiten Stapel packte ich die Mappen von denjenigen, deren Eltern gestorben waren.

Vor allem interessierten mich die einstigen Heimkinder – von ihnen gab es zwei – und diejenigen, bei denen in der Spalte von Vater oder Mutter ein Strich gezogen war.

Von Letzteren gab es acht.

Diese Fälle legte ich vor mich, um sie genauer zu studieren.

Ein Heimkind sortierte ich sofort aus, das laut Dossier Kontakte zu Verbrecherkreisen unterhielt. Im letzten Jahr war der Mann nicht in Russland gewesen und hatte ungeachtet der Bitte der Justizbehörden nicht die Absicht zurückzukehren.

Dann schied ich zwei Kinder mit nur einem Elternteil aus.

Der eine Mann stellte sich als schwacher Dunkler Magier heraus, den ich von einem belangslosen Fall her kannte. Den würden sich jetzt vermutlich die Dunklen vorknöpfen. Wenn sie nichts rauskriegen sollten, hatte der Mann mit der Sache nichts zu tun.

Der zweite Mann war ein recht bekannter Schlagersänger, von dem ich absolut zufällig wusste, dass er seit drei Monaten auf einer Auslandstournee weilte, in den USA, Deutschland und Israel. Vermutlich verdiente er sich das Geld für die Modernisierung zusammen.

Es blieben noch sieben. Eine gute Zahl. Auf sie konnte ich mich jetzt konzentrieren.

Ich öffnete die Mappe und las sie gründlich. Zwei Frauen, fünf Männer ... Wer kam für mich in Frage?

Chlopow, Roman Lwowitsch, 42 Jahre, Geschäftsmann ... Das Gesicht rief keine Assoziationen hervor. Ob er es war? Vielleicht ...

Komarenko, Andrej Iwanowitsch, 31 Jahre, Geschäftsmann ... Was für ein entschlossenes Gesicht! Und noch relativ jung ... Er? Möglicherweise ... Nein, unmöglich! Ich legte die Akte des Unternehmers Komarenko zur Seite. Ein Mann, der mit dreißig Jahren eine hübsche Stange Geld für den Bau von Kirchen opfert und sich durch seine »überdurchschnittliche Religiosität« auszeichnet, hegt nicht den Wunsch, sich in einen Anderen zu verwandeln.

Rawenbach, Timur Borissowitsch, 61 Jahre, Geschäftsmann ... Er wirkte relativ jung für sein Alter. Der entschlossene junge Andrej Iwanowitsch hätte bei einer Begegnung mit Timur Borissowitsch respektvoll den Blick abgewandt. Mir selbst kam das Gesicht bekannt vor, sei es vom Fernsehen, sei es ...

Ich legte die Mappe weg. Bekam feuchte Hände. Über meinen Rücken lief ein Kälteschauder.

Nein, nicht aus dem Fernseher, genauer: Nicht nur aus dem Fernseher kannte ich dieses Gesicht ...

Das konnte nicht sein!

»Das kann nicht sein!«, wiederholte ich meinen Gedanken laut. Ich goss mir einen Kognak ein und trank ihn auf ex. Dann sah ich mir das Gesicht von Timur Borissowitsch noch einmal an. Ein ruhiges, intelligentes Gesicht mit leicht asiatischem Einschlag.

Das konnte nicht sein.

Ich öffnete die Mappe und begann zu lesen. Er wurde in Taschkent geboren. Der Vater ... war nicht bekannt. Die Mutter ... starb bei Kriegsende, als der kleine Timur noch keine fünf Jahre alt war. Danach wuchs er in einem Kinderheim auf. Er absolvierte zunächst eine Ausbildung zum Bauzeichner, danach ein Studium als Ingenieur. Karriere im Komsomol. Irgendwie gelang es ihm, um einen Parteibeitritt herumzukommen. Er hatte eine der ersten Baukooperativen der UdSSR gegründet, die sich übrigens weit stärker mit dem Handel importierter Herde und sanitärer Einrichtungen beschäftigte, als tatsächlich etwas baute. Er zog nach Moskau ... gründete eine Firma ... ging in die Politik ... Ehe? Nein. Straffälligkeit? Nein. Zweite Ehe? Nein.

Ich hatte den Auftraggeber aus den Reihen der Menschen gefunden.

Aber was das Schrecklichste war: Ich hatte damit auch den abtrünnigen Anderen gefunden.

Und dieser Fund kam so überraschend, als sei das Universum eingestürzt.

»Wie konnten Sie nur«, meinte ich tadelnd. »Wie konnten Sie nur ... Chef ...«

Wenn man Timur Borissowitsch um zehn, fünfzehn Jahre verjüngen würde, dann wäre er Geser – mit zivilem Namen Boris Ignatjewitsch – wie aus dem Gesicht geschnitten, der vor sechzig Jahren in ebendieser Gegend gelebt hatte ... Taschkent, Samarkand und andere Orte in Zentralasien ...

Am stärksten erschütterte mich noch nicht mal das Verhalten des Chefs. Geser ein Verbrecher? Das war so unwahrscheinlich, dass ich mich nicht mal darüber aufregte.

Mich erschütterte, wie leicht der Chef in eine Falle geraten war.

Geser war also vor sechzig Jahren im fernen Usbekistan Vater geworden. Danach hatte man ihm Arbeit in Moskau angeboten. Die Mutter des Jungen, eine gewöhnliche Frau, starb in den Kriegsjahren. Der kleine Mensch Timur, dessen Vater ein großer Magier war, kam ins Kinderheim ...

Möglich ist alles. Geser brauchte von der Existenz seines Kindes nichts gewusst zu haben. Oder er hatte etwas gewusst, konnte sich aber aus verschiedenen Gründen nicht um das Schicksal des Jungen kümmern. Jetzt musste in dem Alten ein Hebel umgelegt worden sein, er bekam Sehnsucht nach ihm, traf sich mit seinem in die Jahre gekommenen Sohn und gab ihm das leichtsinnige Versprechen ...

Und das war in der Tat erstaunlich!

Seit Hunderten, seit Tausenden von Jahren spann Geser seine Intrigen. Kein Wort sprach er unbedacht aus. Und dann lief er so in die Falle?

Kaum vorstellbar.

Aber Tatsache.

Man brauchte kein Experte für Physiognomie zu sein, um in Timur Borissowitsch und Boris Ignatjewitsch nahe Verwandte zu erkennen. Selbst wenn ich schwiege, würden die Dunklen dahinter kommen. Oder die Inquisitoren. Sie würden den älteren

Geschäftsmann in die Zange nehmen ... Oder nein, weshalb sollten sie ihn bedrängen? Wir sind keine üblen Erpresser. Wir sind die Anderen. Vítěszlav bräuchte ihm nur in die Augen zu sehen, Sebulon nur mit den Fingern zu schnippen, und schon würde Timur Borissowitsch alles so frei heraus erzählen, als sitze er im Beichtstuhl.

Was würde Geser dann tun?

Ich dachte nach. Nun ... Wenn er zugab, dass er selbst die Briefe abgeschickt hatte ... hieße das, er hatte keine schlimmen Hintergedanken gehegt ... Schließlich durfte er sich grundsätzlich einem Menschen gegenüber zu erkennen geben ...

Kurz ging ich in Gedanken die einzelnen Punkte des Vertrages, der Ergänzungen und Nachbesserungen, der Präzedenzfälle und Ausnahmen, Kommentare und Fußnoten durch.

Eine komische Situation.

Geser würde bestraft werden, aber nicht sehr streng. Im Höchstfall eine Rüge vom Europabüro der Nachtwache. Und irgendwas Aufsehenerregendes, aber wenig Sinnvolles von der Inquisition. Selbst seinen Posten könnte Geser behalten.

Nur ...

Ich stellte mir vor, was daraufhin in der Tagwache losbrechen würde. Wie Sebulon feixen würde. Mit welch unverhohlener Neugier die Dunklen über Gesers Familienangelegenheiten herfallen und seinem menschlichen Sohn einen Gruß zukommen lassen würden.

Sicher, in den Jahren, die Geser schon hinter sich hatte, hätte sich jeder ein dickes Fell zugelegt. Gelernt, Spott zu ertragen.

Trotzdem würde ich jetzt nicht mit ihm tauschen wollen!

Und auch unsere Leute neigten zur Ironie. Nein, niemand würde Geser einen Vorwurf machen. Oder hinter seinem Rücken über ihn tuscheln.

Ein Grinsen hier und da, das ja. Ein verständnisloses Kopfschütteln. Und Geflüster: »Er wird doch alt, der Große, ja, er wird alt ...«

Heute kannte ich Geser gegenüber keine hündische Unterwürfigkeit und keine Begeisterung mehr. Zu oft beurteilten wir die Dinge völlig unterschiedlich. Manches konnte ich ihm bis heute nicht verzeihen ...

Aber so in der Tinte zu sitzen!

»Was hast du da bloß gemacht, Großer?«, sagte ich. Dann legte ich die Mappen in den offenen Tresor zurück und goss mir ein weiteres Glas Kognak ein.

Konnte ich Geser helfen?

Wie?

Indem ich mich als Erster an Timur Borissowitsch wandte?

Wie dann weiter? Sollte ich ihn mit einem Schweigezauber belegen? Den nur wahre Meister aufheben könnten?

Und wenn der Geschäftsmann Russland verlassen musste? Fliehen musste, als seien sämtliche Gangsterbanden der Stadt und auch alle Justizorgane hinter ihm her?

Vielleicht würde er das sogar tun. Sich irgendwo in der Tundra oder in Polynesien verstecken.

Geschah ihm ganz recht. Sollte er doch für den Rest seines Lebens Robben jagen oder Kokosnüsse von den Palmen schlagen! Schließlich hatte er zur »Herrscherin über das Meer« werden wollen ...

Ich nahm den Telefonhörer, wählte die Nummer der Zentrale unseres Büros. Dann noch die Durchwahl für das Rechenzentrum.

»Ja?«, erklang im Hörer Toliks Stimme.

»Tolik, du musst einen Menschen für mich durchleuchten. Sofort.«

»Gib mir den Namen, dann durchleuchte ich ihn«, erwiderte Tolik unerschütterlich.

Ich gab ihm alles durch, was ich von Timur Borissowitsch hatte in Erfahrung bringen können.

»He, was brauchst du denn sonst noch?«, wunderte sich Tolik.

»Auf welcher Seite er schläft oder wann er das letzte Mal beim Zahnarzt gewesen ist?«

»Wo er jetzt ist«, meinte ich finster.

Tolik schnaubte, aber ich hörte, wie er am anderen Ende der Leitung munter auf die Tastatur einschlug.

»Er hat ein Handy«, sagte ich für alle Fälle.

»Versuch nicht, einen Weisen zu belehren. Er hat sogar zwei Handys ... beide befinden sich ... sind ... Gut, ich lade jetzt die Karte ...«

Ich wartete.

»Wohnanlage Assol. Genauer kann es dir der CIA auch nicht sagen. Präzisere Angaben sind nicht möglich.«

»Ich schulde dir ein Fläschchen«, meinte ich und legte auf. Sprang hoch. Doch wozu die Eile? Schließlich saß ich vor dem Bildschirm der Überwachungskameras.

Ich musste nicht lange suchen.

Timur Borissowitsch betrat gerade den Fahrstuhl. Ihm folgte ein Pärchen mit steinernen Mienen. Zwei Bodyguards. Oder ein Bodyguard und der Chauffeur, der obendrein den zweiten Leibwächter abgab.

Ich stellte den Bildschirm ab und stürmte los. Rannte in den Flur – gerade rechtzeitig, um den Chef der Security-Firma zu treffen.

»Hatten Sie Erfolg?«, fragte er freudestrahlend.

»Hm«, nickte ich ihm im Lauf zu.

»Brauchen Sie noch weitere Hilfe?«, rief mir der Mann fürsorglich hinterher.

Ich schüttelte nur den Kopf.

Sechs

Der Fahrstuhl kroch – so kam es mir vor – unerträglich langsam in den neunzehnten Stock hinauf. Inzwischen konnte ich verschiedene Pläne entwickeln und wieder verwerfen. Bodyguards – das machte die Sache erheblich schwieriger.

Ich würde improvisieren müssen. Und im Notfall ein wenig von meiner Tarnung aufgeben.

Ich klingelte lange an der Tür und blickte in die elektronische Pupille der Kamera. Schließlich rührte sich etwas, und aus der in die Wand eingebauten Sprechanlage fragte jemand: »Ja?«

»Sie setzen mich unter Wasser!«, echauffierte ich mich und versuchte, so aufgelöst wie möglich zu klingen. »Die Fresken an der Decke sind schon nass! Im Flügel stehen bereits zwei Eimer Wasser!«

Woher nahm ich bloß diese Fresken und den Konzertflügel?

»In was für einem Flügel?«, fragte eine misstrauische Stimme.

Woher sollte ich denn wissen, was die hier für Flügel haben? Schwarze und teure. Oder weiße und noch teurere ...

»In meinem Wiener Flügel! Mit geschwungenen Beinen!«, phantasierte ich weiter.

»Und wir dachten schon in dem Klavier, das da steht vor der Tür«, erwiderte jemand mit unverhohlener Ironie.

Ich sah zu Boden. Diese verfluchte allseitige Beleuchtung ... Nicht einmal einen ordentlichen Schatten gab es hier!

Als ich die Hand in Richtung Tür ausstreckte, schaffte ich es immerhin, einen schwachen Schatten auf dem rosafarbenen Holz, mit dem der Panzerstahl verkleidet war, zu erkennen.

Sofort zog ich ihn zu mir.

Meine Hand tauchte ins *Zwielicht* ein, der Hand hinterher ich selbst.

Die Welt gestaltete sich neu. Verlor ihre Farben, ergraute. Tiefe Stille senkte sich herab, nur das elektrische Innenleben der Kamera und der Sprechanlage surrten noch.

Ich stand im *Zwielicht*, in jener seltsamen Welt, wohin nur die Anderen einen Weg kennen. In jener Welt, aus der unsere Kraft stammt.

Die fahlen Schatten der aufgeschreckten Bodyguards. Über ihren Köpfen glomm eine alarmierte purpurrote Aura, die ich sogar durch die Tür hindurch sehen konnte. Ich könnte sie mit einem Gedanken berühren, ihnen einen Befehl geben – und sofort würden sie mir öffnen.

Doch ich zog es vor, durch die Tür hindurchzugehen.

Die Bodyguards waren wirklich auf der Hut. Einer hielt eine Pistole in der Hand, einer tastete sehr langsam nach seinem Halfter.

Ich berührte die Bodyguards, fuhr ihnen mit dem Daumen über die kräftige Stirn. Schlaft, schlaft, schlaft ... Ihr seid sehr müde. Ihr müsst euch hinlegen und sofort einschlafen. Mindestens eine Stunde lang. Tief und fest. Mit süßen Träumen.

Der eine Bodyguard fiel sofort in Ohnmacht, der zweite leistete den Bruchteil einer Sekunde Widerstand. Später würde ich prüfen müssen, ob er zu uns Anderen gehörte. Wer weiß ...

Dann trat ich aus dem *Zwielicht* heraus. Die Welt gewann ihre Farben und ihr Tempo zurück. Von irgendwoher erklang Musik.

Wie Säcke sanken die Bodyguards auf den teuren Perser, der unmittelbar hinter der Tür lag.

Es gelang mir, mit einem Griff gleich beide abzufangen und sie relativ sanft zu betten.

Dann folgte ich der Musik, dem friedlichen Geigenspiel.

Diese Wohnung war in der Tat gründlich renoviert worden! Alles glänzte, war durchdacht und harmonisch, offenkundig die Arbeit eines der besten Innenarchitekten. Hier schlug der Hausherr nicht einen Nagel selbst in die Wand. Vermutlich hegte er aber auch gar nicht den Wunsch. »Das«, brummte er billigend oder unzufrieden, während er die kolorierten Zeichnungen betrachtete, dann mit dem Finger auf einige Gemälde zeigte – und die Wohnung fürs nächste halbe Jahr vergaß.

Timur Borissowitsch war anscheinend ins Assol gekommen, um den Jacuzzi zu genießen. Und zwar einen echten Jacuzzi, keinen Whirlpool einer weniger renommierten Firma. Aus dem schaumbekrönten Wasser ragte nur das Gesicht heraus, das mich so schmerzhaft an Geser erinnerte. Der teure Anzug war achtlos über eine Sessellehne geworfen – in diesem Bad reichte der Platz für Sessel, einen Zeitungstisch, eine geräumige Sauna und eben den Jacuzzi, der an ein kleines Schwimmbecken erinnerte.

Gene sind doch trotz allem eine großartige Sache! Gesers Sohn konnte kein Anderer werden, aber in seinem menschlichen Dasein genoss er alle denkbaren Freuden.

Als ich eintrat, mich orientierte und auf die Wanne zuging, starrte Timur Borissowitsch mich an und runzelte die Stirn. Machte aber keine abrupten Bewegungen.

»Ihre Bodyguards schlafen«, setzte ich ihn in Kenntnis. »Ich vermute, Sie könnten jetzt den Knopf einer Alarmanlage drücken oder eine Pistole ziehen. Das brauchen Sie nicht, es würde Ihnen ohnehin nichts nützen.«

»Es gibt hier keinen solchen Alarmknopf«, brummte Timur Borissowitsch, und seine Stimme erinnerte schmerzhaft an die

Stimme Gesers. »Ich bin nicht paranoid ... Sie sind vermutlich ein Anderer?«

Aha. Legen wir die Karten also auf den Tisch ... »Ja«, meinte ich lächelnd. »Schön, dass ich auf lange Erklärungen verzichten kann.«

Timur Borissowitsch schnaubte empört. »Was kommt jetzt?«, fragte er. »Muss ich aus der Wanne steigen? Oder können wir das so aushandeln?«

»Es geht auch so«, versicherte ich. »Darf ich mich setzen?«

Der Sprössling des großen Magiers nickte, ich zog einen Sessel heran und nahm Platz, wobei ich erbarmungslos seinen teuren Anzug zerknautschte. »Wissen Sie, warum ich gekommen bin?«, fing ich an.

»Sie sehen nicht wie ein Vampir aus«, meinte Timur Borissowitsch. »Sie sind ein Magier, oder? Ein Lichter?«

Ich nickte.

»Sie sind gekommen, um mich zu initiieren«, vermutete Timur Borissowitsch. »Wäre es so kompliziert gewesen, vorher anzurufen?«

Ach du meine Güte ...

Nichts verstand er.

»Wer hat Ihnen versprochen, Sie zu initiieren?«, fragte ich scharf.

Timur Borissowitsch runzelte die Stirn. »Also ... bringen wir es hinter uns«, murmelte er. »Weshalb sind Sie gekommen?«

»Ich untersuche einen Fall, bei dem es um eine nicht sanktionierte Weitergabe von geheimen Informationen geht«, antwortete ich.

»Aber Sie sind ein Anderer? Sie sind nicht von der Staatssicherheit?«, wollte Timur Borissowitsch nervös wissen.

»Zu Ihrem großen Unglück bin ich nicht von der Staatssicherheit. Erzählen Sie mir in aller Offenheit, wer Ihnen wann das Versprechen gegeben hat, Sie zu initiieren.«

»Eine Lüge würden Sie eh spüren«, erwiderte Timur Borissowitsch nur.

»Natürlich.«

»Mein Gott, ich wollte einfach nur ein paar Stunden meine Ruhe haben!«, rief Timur Borissowitsch mit schmerzerfüllter Stimme. »Hier gibt es Probleme, da Schwierigkeiten ... Und wenn ich mich in der Wanne entspannen will, platzt ein seriöser junger Mensch herein und verlangt Erklärungen!«

Ich wartete ab. Wies ihn nicht darauf hin, dass ich kein »junger Mensch« war.

»Vor einer Woche hat sich jemand mit mir getroffen ...«, begann Timur Borissowitsch stockend. »Unter recht seltsamen Umständen ... ein Herr ...«

»Wie sah er aus?«, wollte ich wissen. »Sie brauchen ihn mir nicht zu beschreiben. Stellen Sie ihn sich einfach kurz vor.«

In Timur Borissowitschs Augen flackerte Neugier auf. Er starrte mich an.

»So?«, fragte ich irritiert.

Was seinen Grund hatte.

Wenn ich dem Bild glauben durfte, das der Geschäftsmann sich eben ins Bewusstsein gerufen hatte (und ich hatte keinen Grund, ihm nicht zu glauben), dann hatte der heute kaum noch bekannte, früher jedoch ausgesprochen populäre Filmschauspieler Oleg Strishenow mit ihm gesprochen.

»Oleg Strishenow«, schnaubte Timur Borissowitsch. »Jung und schön. Ich habe schon geglaubt, mit meinem Kopf stimme irgendetwas nicht. Doch er hat mir mitgeteilt, das sei bloß eine Maskierung ... eine Maske ...«

Natürlich. Geser hatte noch so viel Verstand besessen, sich zu maskieren. Hm ... das erhöhte vielleicht unsere Chancen!

Ich wurde wieder etwas zuversichtlicher. »Fahren Sie fort«, verlangte ich. »Was passierte dann?«

»Dieser Tiermensch«, berichtete Timur Borissowitsch, unfreiwillig all unsere Begriffe verwechselnd, »hat mir bei einer Sache sehr geholfen. Ich war da in eine unangenehme Geschichte hineingeraten ... durch puren Zufall. Wenn er mir nicht bestimmte Dinge gesagt hätte, läge ich jetzt nicht hier.«

»Er hat Ihnen also geholfen?«, hakte ich nach.

»Und wie«, nickte Timur Borissowitsch. »Natürlich wurde dadurch meine Neugier geweckt. Irgendwann haben wir uns unterhalten ... ganz offen. Wir haben uns an das alte Taschkent erinnert, über alte Filme geplaudert ... Dann hat mir dieser falsche Strishenow von den Anderen erzählt. Er hat behauptet, mit mir verwandt zu sein. Deshalb würde er mir gern jeden nur denkbaren Gefallen erweisen. Einfach so, ohne jede Gegenleistung.«

»Und?«, wollte ich weiter wissen.

»Ich bin schließlich kein Dummkopf.« Timur Borissowitsch zuckte mit den Schultern. »Einen goldenen Fisch sollte man nicht um drei Wünsche bitten, sondern um Allmacht. Oder schlimmstenfalls um ein Bassin mit goldenen Fischen. Ich habe ihn gebeten, aus mir ebenfalls einen Anderen zu machen. Daraufhin fing der so genannte Strishenow an herumzudrucksen und wand sich wie ein Fisch in der Pfanne. Er behauptete, das ginge nicht. Doch ich spürte, dass er log. Es ging! Deshalb habe ich ihn gebeten, sich etwas einfallen zu lassen und mich doch zu einem Anderen zu machen ...«

Er log nicht. Nicht bei einem Wort. Sondern sagte einfach nicht alles.

»Sie können kein Anderer werden«, erklärte ich. »Sie sind ein gewöhnlicher Mensch. Es tut mir leid, aber Sie werden nie ein Anderer.«

Timur Borissowitsch schnaubte erneut.

»Das ist ... Das ist eine Frage der Gene, wenn Sie so wollen«, erklärte ich. »Timur Borissowitsch, ist Ihnen klar, dass Ihr Verhandlungspartner aus bestimmten Gründen in eine Falle geraten war? Dass er seinen Vorschlag unglücklich formuliert hat und jetzt gezwungen ist, etwas Unmögliches zu vollbringen?«

Daraufhin konnte mein selbstsicheres Gegenüber nur schweigen.

»Sie haben es gewusst«, schlussfolgerte ich. »Ich sehe doch, dass Sie es gewusst haben. Und trotzdem haben Sie diese Forderung gestellt?«

»Ich habe Ihnen doch bereits gesagt, dass es möglich ist, das zu machen!«, widersprach Timur Borissowitsch mit erhobener Stimme. »Das spüre ich! Ich spüre nicht schlechter als Sie, wenn jemand lügt! Und ich habe niemanden bedroht, sondern nur um etwas gebeten!«

»Vermutlich ist Ihr Vater an Sie herangetreten!«, sagte ich. »Ist Ihnen das klar?«

Timur Borissowitsch erstarrte in seinem sprudelnden Jacuzzi zur Salzsäule.

»Er wollte Ihnen in der Tat helfen«, sagte ich. »Aber das kann er nicht. Ihre Forderung bringt ihn im wörtlichen Sinne um. Begreifen Sie das?«

Timur Borissowitsch schüttelte den Kopf.

»Er hat Ihnen ein viel zu vage formuliertes Versprechen gegeben«, sagte ich. »Sie haben ihn jedoch beim Wort genommen. Wenn er das gegebene Wort nicht einhält, stirbt er. Ist Ihnen das klar?«

»Ist das bei Ihnen so üblich?«

»Das hängt mit der Kraft zusammen«, erwiderte ich. »Jedenfalls bei den Lichten.«

»Wo war er denn früher, mein Papa ...«, fragte Timur Borissowitsch mit deutlicher Wehmut in der Stimme. »Er ist doch noch immer jung, oder? Warum kommt er erst jetzt, wo meine Enkel schon verheiratet sind?«

»Glauben Sie mir, er konnte nicht«, versicherte ich. »Und vermutlich wusste er gar nichts von Ihnen. Das kann vorkommen. Aber jetzt bringen Sie ihn um. Ihren eigenen Vater.«

Timur Borissowitsch schwieg.

Während ich triumphierte. Denn dieser im Jacuzzi liegende Geschäftsmann war kein ausgemachtes Schwein. Und das Wort »Vater« bedeutete für ihn, der er im Orient aufgewachsen war, viel.

Trotz allem.

»Sagen Sie ihm, dass ich ... meine Bitte zurückziehe ...«, murmelte Timur Borissowitsch. »Wenn er nicht will ... ach, zum Teufel mit ihm ... Er hätte doch einfach vorbeikommen und offen mit mir über alles sprechen können. Es gibt doch keinen Grund, dafür einen seiner Angestellten zu schicken.«

»Sind Sie sicher, dass ich einer seiner Angestellten bin?«, hakte ich neugierig nach.

»Ja. Ich weiß nicht, wer mein Vater ist. Aber in Ihrer Wache wird er schon nicht das kleinste Rädchen sein.«

Ich hatte es geschafft! Ich hatte das Damoklesschwert, das über Geser hing, abgenommen.

Ob er mich deswegen ins Assol geschickt hatte? Ob er wusste, dass mir das gelingen würde?

»Ich habe noch eine Bitte, Timur Borissowitsch«, schmiedete ich das Eisen, solange es noch heiß war. »Sie müssen für einige Zeit die Stadt verlassen. Es sind gewisse Umstände bekannt geworden ... Ihre Spur haben noch weitere Andere aufgenommen. Darunter auch die Dunklen. Sie werden Schwierigkeiten bekommen, aber ... aber auch Ihr Vater.«

Abrupt setzte sich Timur Borissowitsch in der Wanne hoch. »Wollen Sie mir nun auch vorschreiben, was ich zu tun habe?«, fragte er.

»Ich könnte es Ihnen befehlen«, erklärte ich. »Genauso leicht, wie ich Ihre Bodyguards ausgeschaltet habe. Sie würden ohne Hosen zum Flughafen stürzen. Aber ich bitte Sie, Timur Borissowitsch. Sie haben bereits einen guten Schritt getan, indem Sie der Rücknahme Ihrer Forderung zugestimmt haben. Machen Sie jetzt auch den nächsten Schritt. Ich bitte Sie.«

»Sie wissen, welche Meinung man sich von einem Geschäftsmann macht, der urplötzlich Gott weiß wohin verschwunden ist?«

»Ich kann es mir denken.«

Timur Borissowitsch grunzte und wirkte von einer Sekunde zur nächsten viel älter. Ich schämte mich. Doch ich wartete.

»Ich möchte gern ... mit ihm reden.«

»Ich glaube, das lässt sich machen«, stimmte ich kurzerhand zu. »Aber zunächst müssen Sie verschwinden.«

»Drehen Sie sich um«, brummte Timur Borissowitsch.

Gehorsam drehte ich mich um. Aus irgendeinem Grund war ich mir sicher, nicht gleich eins mit der verchromten Seifenschale über den Schädel gezogen zu bekommen.

Und dieses durch nichts zu rechtfertigende Vertrauen rettete mich.

Denn ich sah durchs *Zwielicht* auf die Wand, um mich zu überzeugen, dass die beiden Bodyguards noch friedlich vor der Tür schlummerten. Dabei bemerkte ich einen flinken Schatten. Einen Schatten, der zu flink für einen Menschen war.

Außerdem ging dieser Schatten durch Wände. Nicht mit den gewöhnlichen Schritten eines Anderen, sondern mit dem huschenden Gang eines Vampirs.

Als Kostja das Badezimmer betrat, hatte ich meinem Gesicht bereits wieder einen ruhigen und amüsierten Ausdruck gegeben. Wie es sich für einen Lichten Wächter gehört, der vor einem Dunklen am Ort des Geschehens eingetroffen ist.

»Du«, sagte Kostja. Im *Zwielicht* stieg von seinem Körper feiner Dampf auf. Vampire sehen überhaupt in der *Zwielicht*-Welt anders aus, doch Kostja hatte noch viel von einem Menschen. Erstaunlich viel für einen Hohen Vampir.

»Natürlich«, sagte ich. Die Töne schienen in feuchte Watte gepackt. »Warum bist du hierher gekommen?«

Kostja zögerte. »Ich habe gespürt, dass du Kraft einsetzt«, antwortete er dann ehrlich. »Du musstest also etwas gefunden haben ... Jemanden.«

Er blickte zu Timur Borissowitsch hinüber. »Ist das unser Erpresser?«, fragte er.

Es hätte keinen Sinn gehabt, jetzt zu lügen. Oder den Geschäftsmann zu verstecken.

»Ja«, sagte ich. »Ich habe ihn dazu gebracht, von seinen Forderungen abzusehen.«

»Wie?«

»Mit der Lüge, dass die Verwandlung in einen Anderen ihm unvorsichtigerweise sein eigener Vater versprochen hat. Dem deswegen jetzt ernsthafte Schwierigkeiten drohen ... Daraufhin hat er sich geschämt und nicht auf der Einhaltung des Versprechens bestanden.«

Kostja runzelte die Stirn.

»Vorsichtshalber wollte ich ihn möglichst weit wegschicken«, log ich seufzend weiter. »Soll er sich doch irgendwo in der Dominikanischen Republik ansiedeln.«

»Das ist nur die eine Hälfte der Untersuchung«, wandte Kostja finster ein. »Ich glaube, ihr Lichten wollt jemanden aus euren eigenen Reihen decken.«

»Wir oder ich?«

»Du. Den Menschen zu finden ist nicht das Wichtigste. Wir brauchen denjenigen, der unser Geheimnis preisgegeben hat. Der ihm die Initiierung versprochen hat.«

»Aber das weiß er doch nicht!«, empörte ich mich. »Ich habe sein Gedächtnis überprüft, das ist absolut sauber. Der Verräter ist zu ihm in Gestalt eines Filmschauspielers aus dem vorigen Jahrhundert gekommen. Und hat keine Spuren hinterlassen.«

»Das werden wir noch sehen«, verkündete Kostja. »Er soll sich die Hosen anziehen, ich nehm ihn mit.«

Was bildete sich der Kerl bloß ein?!

»Ich habe ihn gefunden, und er kommt mit mir mit!«, brüllte ich.

»Und ich kann mich des Eindrucks nicht erwehren, dass du Spuren vertuschen willst«, meinte Kostja mit leiser, aber drohender Stimme.

Hinter uns trocknete sich Timur Borissowitsch ab, ohne auch nur im Geringsten zu ahnen, welches Gespräch gerade im *Zwielicht* geführt wurde. Wir durchbohrten einander mit Blicken, keiner von uns beiden wollte nachgeben.

»Er kommt mit mir mit«, wiederholte ich.

»Wollen wir uns um ihn schlagen?«, fragte Kostja fast belustigt.

Und mit einer gleitenden Bewegung stand er neben mir, um mir forschend in die Augen zu gucken. Seine Pupillen flackerten im *Zwielicht* wie ein rotes Feuer.

Ja! Er wollte diesen Kampf!

Seit vielen Jahren schon! Um sich endgültig zu überzeugen, dass das Recht auf Seiten des Hohen Vampirs Konstantin war und nicht auf Seiten des naiven Kostja, der davon geträumt hatte, seinem Fluch zu entkommen und wieder ein Mensch zu werden ...

»Ich bringe dich um«, zischte ich.

Kostja grinste nur. »Wollen wir es drauf ankommen lassen?«

Ich sah zu Boden. Mein Schatten ließ sich kaum erkennen, doch ich hob ihn auf und drang in die nächste Schicht des *Zwielichts* ein. Dorthin, wo die Wände des Hauses sich kaum noch im Nebel erahnen ließen, wo den Raum ein alarmierendes tiefes Grollen ausfüllte.

Nur einen kurzen Augenblick lang genoss ich den Vorteil dieser Position.

Dann tauchte auch Kostja in der zweiten *Zwielicht*-Schicht auf. Jetzt sah er stark verändert aus. Sein Gesicht erinnerte an einen Schädel, dem die Haut abgezogen worden war, die Augen lagen tief in den Höhlen, die Ohren ragten lang und spitz auf.

»Ich habe Vieles gelernt«, flüsterte Kostja. »Was ist nun, mit wem geht der Verdächtige mit?«

In dem Moment erklang eine dritte Stimme. »Ich habe einen Vorschlag, der alle zufrieden stellt.«

Im grauen Nebel materialisierte sich Vítĕszlav. Sein Körper war ebenfalls deformiert und gab Dampf ab wie ein Stück Trockeneis in der Sonne. Ein Schauder durchlief mich. Der Prager Vampir kam aus der dritten *Zwielicht*-Schicht, aus jenen Schichten, die mir nicht zugänglich waren. Über welche Kraft musste er verfügen?

Nach Vítĕszlav tauchte Edgar auf. Dem Magier hatte die Reise in die dritte Schicht Mühe bereitet, er schwankte und rang nach Atem.

»Er kommt mit uns«, erklärte Vítĕszlav. »Wir glauben nicht, dass Anton Gorodezki böse Absichten hegt. Doch wir erkennen auch den Verdacht der Tagwache an. Die Untersuchung wird fortan in Händen der Inquisition liegen.«

Kostja sagte kein Wort.

Auch ich schwieg. Was sollte ich tun: Das war Vítĕszlavs gutes Recht. Und ich hatte nichts, was ich ihm entgegensetzen konnte.

»Gehen wir, meine Herren?«, fuhr Vítĕszlav fort. »Hier ist es nicht sehr angenehm.«

In der nächsten Sekunde standen wir wieder in dem geräumigen Badezimmer, in dem Timur Borissowitsch, auf einem Bein hüpfend, versuchte, seine Unterhose anzuziehen.

Vítĕszlav ließ ihm die Zeit, sie anzuziehen. Und erst als sich der Geschäftsmann auf ein Geräusch hin umdrehte, unsere ganze Gesellschaft entdeckte und verwundert aufschrie, sah Vítĕszlav ihn kalt an.

Timur Borissowitsch fiel in Ohnmacht. Edgar sprang ihm bei und bettete den bewusstlosen Körper in den Sessel.

»Du sagst, er kenne den Verräter nicht ...«, meinte Vítěszlav, während er den Geschäftsmann neugierig betrachtete. »Was für ein erstaunlich bekanntes Gesicht ... Mir kommt da ein ausgesprochen interessanter Verdacht.«

Ich schwieg.

»Du kannst stolz auf dich sein, Anton«, fuhr Vítěszlav fort. »Deine Behauptung ist nicht von der Hand zu weisen. Ich glaube, der Vater dieses Menschen arbeitet tatsächlich in der Wache. In der Nachtwache.«

Kostja kicherte. Natürlich gefiel ihm Vítěszlavs Entscheidung nicht. Kostja hätte den Sprössling Gesers viel lieber persönlich in der Tagwache abgeliefert. Dennoch konnte er auch dieser Situation etwas abgewinnen.

»Der ach so weise Geser wird doch nicht einen derartigen Fehler gemacht haben?«, fragte er begeistert. »Ich würde gern wissen ...«

Vítěszlav blickte Kostja an, der daraufhin verstummte.

»Einen Fehler machen kann jeder«, sagte Vítěszlav leise. »Selbst ein Magier außerhalb jeder Kategorie. Aber ...« Er starrte mich an. »Kannst du Geser herrufen?«

Ich zuckte mit den Schultern. Eine dumme Frage. Natürlich konnte ich das. Und auch Vítěszlav konnte es.

»Mir gefällt nicht, was hier vor sich geht ...«, meinte Vítěszlav leise. »Ganz und gar nicht. Irgendjemand hält uns hier sehr geschickt zum Narren.«

Er bedachte uns alle mit einem durchdringenden, unmenschlichen Blick. Etwas hatte seinen Argwohn geweckt. Aber was?

»Ich setze mich mit meinem Chef in Verbindung«, verkündete Kostja in einem Ton, der keinen Widerspruch duldete.

Vítěszlav erhob keine Einwände. Abermals sah er Timur Borissowitsch an und runzelte die Stirn.

Ich holte das Handy heraus und wählte Gesers Nummer.

»Irgendjemand hält uns hier zum Narren ...«, meinte Vítězslav, dessen Wut sich jetzt Bahn brach. »Und dieser Jemand ...«

»Befehlen Sie ihm, sich anzuziehen«, bat ich, während ich auf die langen Klingeltöne lauschte. »Oder muss ein älterer Mensch wirklich so gedemütigt werden? Wollen wir ihn in Unterhosen mitnehmen?«

Vítězslav rührte sich nicht, doch Timur Borissowitsch stand auf und fing gleichsam im Halbschlaf an, sich anzuziehen.

Verunsichert trat Edgar an mich heran. »Antwortet er nicht?«, fragte er teilnahmsvoll. »Ich an seiner Stelle ...«

»Es wird noch lange dauern, bis man dir so eine Stelle anbietet«, bemerkte Vítězslav. »Wenn du nicht begreifst, wie man uns hereingelegt hat ...«

Edgars Gesicht ließ darauf schließen, dass er nichts begriff. Genau wie ich, genau wie Kostja, der mit verdrehten Augen lautlos etwas flüsterte.

»Ja, Anton ...«, meldete sich Geser. »Gibt's was Neues?«

»Ich habe den Mann gefunden, dem man versprochen hat, aus ihm einen Anderen zu machen«, presste ich hervor.

Im Badezimmer senkte sich absolute Stille herab. Vermutlich lauschten alle auf die schwachen Töne aus dem Handy.

»Wunderbar!«, rief Geser aus. »Du bist einfach großartig. Setz dich jetzt unverzüglich mit denjenigen in Verbindung, die von der Tagwache und der Inquisition mit der Untersuchung betraut worden sind. Sie sollen sich den Ermittlungen anschließen. Irgendwo muss dieser tschechische Vampir rumspringen, dieser Vítězslav. Ein kluger Kerl, wenn auch ohne jeden Sinn für Humor ... aber darunter leiden ja alle Vampire.«

Vítězslav wandte sich mir zu. Mit versteinerter Miene und glühenden Augen. Er hatte alles gehört.

Und ich war bereit, einen Kasten tschechischen Biers gegen

ein Fläschchen Kölnischwasser zu wetten, dass Geser nur zu genau wusste, dass Vítěszlav neben mir stand.

»Vítěszlav ist bereits hier«, sagte ich. »Ebenso Edgar und ... ein Vertreter der Dunklen.«

»Hervorragend!«, frohlockte Geser. »Bitte unseren Gast aus Prag doch, mir ein Portal aufzuhängen ... wenn er das bewältigt, natürlich nur. Dann stoße ich zu euch.«

Ich steckte das Handy weg und sah Vítěszlav an. Meiner Ansicht nach hatte Geser es mit seinem Spott ein wenig übertrieben.

Doch woher sollte ich wissen, wie der alte Lichte Magier und der alte Vampir der Inquisition zueinander standen? Und welche Rechnungen sie miteinander zu begleichen hatten?

»Sie haben alles gehört«, lavierte ich.

»Ich möchte es von dir hören«, erwiderte Vítěszlav.

»Das Haupt der Moskauer Nachtwache, der Helllichte Magier Geser, bittet Sie, ihm ein Portal aufzuhängen. Natürlich nur, wenn das in Ihren Kräften liegt.«

Vítěszlav blickte lediglich kurz zur Seite – und über dem sprudelnden Jacuzzi zeichnete sich in der Luft ein feiner heller Rahmen ab. Wer durch diese merkwürdige Tür trat, würde unweigerlich im Wasser landen.

»Kein Problem«, erwiderte Vítěszlav kalt. »Edgar ...«

Der ehemalige Dunkle Magier blickte ihm ergeben in die Augen.

»Das Dossier von diesem ...« Vítěszlav nickte in Timur Borissowitschs Richtung, der mit trägen Bewegungen seine Krawatte band. »Vermutlich liegt es unten, bei der Firma, die für die Sicherheit zuständig ist.«

Edgar verschwand. Um Zeit zu sparen, bewegte er sich durchs *Zwielicht*, um die Mappe zu holen.

Kurz darauf erschien Geser im Badezimmer.

Nur dass er nicht durch das Portal kam, sondern direkt neben diesem das Badezimmer betrat, akkurat über die Bodenfliesen schreitend.

»Ich werde wirklich alt«, seufzte er. »Da komme ich neben der Tür raus ...« Er sah Vítěszlav an und bedachte ihn mit einem freudestrahlenden Lächeln. »Was für eine Begegnung. Warum bist du nicht mal bei mir vorbeigekommen?«

»Arbeit«, erwiderte Vítěszlav einsilbig. »Ich denke, wir sollten die uns interessierenden Fragen so schnell als möglich klären ...«

»Du verbringst zu viel Zeit hinterm Schreibtisch«, seufzte Geser. »Ein richtiger Bürokrat bist du geworden ... Was haben wir denn?«

»Den hier ...«, warf ich ein.

Geser lächelte mich ermutigend an und betrachtete dann Timur Borissowitsch.

Stille senkte sich herab. Selbst Kostja gab Ruhe und beendete sein lautloses Gespräch mit Sebulon, der es nicht sehr eilig hatte, hier aufzutauchen. Vítěszlav schien förmlich zu erstarren. Ich versuchte, die Luft anzuhalten.

»Wie interessant«, meinte Geser. Er trat an Timur Borissowitsch heran, der teilnahmslos vor sich hinstierte, und berührte seine Hand. »Ei, ei, ei ...«, seufzte er.

»Kennen Sie diesen Mann, Helllichter Geser?«, fragte Vítěszlav.

Geser wandte sich uns mit einer Miene zu, die tiefsten Schmerz ausdrückte. »Glaubst du etwa, ich hätte meinen Instinkt völlig eingebüßt?«, fragte er bitter. »Das ist mein Blut, Vítěszlav! Das ist mein Sohn!«

»Tatsächlich?«, fragte Vítěszlav ironisch.

Geser beachtete ihn einfach nicht weiter. Er umarmte den älteren Mann, der nach menschlichem Dafürhalten sein Vater hätte sein können. Zärtlich strich er ihm über die Schulter. »Wo warst du nur all die Jahre, mein Junge ...«, flüsterte er. »Und unter welchen Umständen begegnen wir uns jetzt ... Aber man hat mir gesagt, du seist gestorben... An Diphtherie, hieß es ...«

»Meine aufrichtigen Glückwünsche, Geser«, sagte Vítěszlav. »Aber ich würde gern ein paar Erklärungen bekommen!«

Edgar kehrte ins Badezimmer zurück. Verschwitzt, mit der Mappe unterm Arm.

»Das ist eine einfache Geschichte, Vítěszlav«, erwiderte Geser, der seinen Sohn, diesen alten Mann, noch immer im Arm hielt. »Vor dem Krieg habe ich in Usbekistan gearbeitet. Samarkand, Buchara, Taschkent ... Ich war verheiratet. Dann beorderte man mich nach Moskau. Ich wusste, dass ich Vater eines Jungen geworden war, habe meinen Sohn jedoch nicht ein einziges Mal gesehen. Es war halt ... Krieg. Dann starb die Mutter des Kleinen. Und seine Spuren verloren sich.«

»Und selbst du konntest ihn nicht finden?«, fragte Vítěszlav ungläubig.

»Selbst ich nicht. Aus den Unterlagen ging hervor, dass er gestorben war. An Diphtherie ...«

»Das ist eine mexikanische Telenovela«, platzte Edgar heraus. »Helllichter Geser, wollen Sie uns weismachen, dass Sie diesen Menschen noch nie getroffen haben?«

»Nicht einmal«, meinte Geser traurig.

»Sie haben nie mit ihm gesprochen, ihm nicht – entgegen aller Gesetze – vorgeschlagen, ein Anderer zu werden?«, ließ Edgar nicht locker.

Geser bedachte den Magier mit einem ironischen Blick. »Ihnen sollte doch bekannt sein, verehrter Inquisitor, dass ein Mensch kein Anderer werden kann.«

»Antworten Sie auf die Frage!«, bat – oder befahl – Edgar.

»Ich habe ihn noch nie gesehen, noch nie mit ihm gesprochen und ihm nichts versprochen. Ich habe den Wachen und der Inquisition keinen Brief geschickt! Ich habe niemanden gebeten, sich mit ihm zu treffen oder diese Briefe abzuschicken!

Möge das Licht meine Worte bezeugen!«, skandierte Geser. Er streckte einen Arm aus und auf seinem Handteller flackerte kurz ein weißes Feuer auf. »Wollt ihr meine Worte etwa anzweifeln? Wollt ihr behaupten, ich sei dieser Verräter?«

Er wuchs über sich hinaus, als sei in ihm eine Feder hochgeschnellt. Mit Gesers Blick hätte man jetzt Nägel einschlagen können.

»Wollt ihr mich anklagen?«, fuhr Geser mit erhobener Stimme fort. »Du, Edgar? Oder du, Vítěszlav?«

Kostja wich nicht rechtzeitig aus und bekam ebenfalls eine Portion von dem versengenden Blick ab. »Oder du, kleiner Vampir?«

Selbst ich wollte mich verstecken. Doch in den Tiefen meiner Seele musste ich lachen. Geser hatte alle reingelegt! Wie genau, wusste ich nicht – aber reingelegt hatte er sie!

»Wir würden an dergleichen nicht einmal denken, Helllichter Geser.« Vítěszlav neigte als Erster den Kopf. »Edgar, Ihre Fragen waren unhöflich formuliert.«

»Ich bitte um Entschuldigung.« Edgar ließ den Kopf hängen. »Verzeihen Sie mir, Helllichter Geser. Es tut mir aufrichtig leid.«

Kostja sah sich voller Panik um. Erwartete er Sebulon? Nein, vermutlich nicht. Im Gegenteil, er wünschte, das Haupt der Dunklen möge nicht auftauchen und diesem hagelnden Spott ausgesetzt werden.

Und Sebulon würde nicht auftauchen, das hatte ich bereits begriffen. Der europäische Vampir hatte ungeachtet seiner Kraft und seiner jahrhundertealten Weisheit jede Erfahrung bezüglich fein gesponnener Intrigen eingebüßt und war in eine Falle getappt. Sebulon jedoch hatte sofort begriffen: Geser würde nie so dumm sein und sich derart ausliefern.

»Ihr seid über meinen Sohn hergefallen«, sagte Geser traurig. »Wer hat ihm diese Willenlosigkeit auferlegt? Du, Konstantin?«

»Nein!«, schrie Kostja panisch.

»Das war ich«, bekannte Vítěszlav finster. »Soll ich den Zauber aufheben?«

»Aufheben?«, brüllte Geser. »Ihr habt an meinem Kleinen eine magische Intervention vorgenommen! Könnt ihr euch vorstellen, was für einen Schock das für ihn bedeutet? In seinem Alter? Und wie weiter? Was soll er jetzt werden, nach seiner Initiierung? Ein Dunkler?«

Mir traten die Augen aus den Höhlen. Kostja piepte leise etwas. Edgar klapperte mit den Zähnen.

Und vermutlich sahen wir alle gleichzeitig Timur Borissowitsch durchs *Zwielicht* an.

Die Aura des potenziellen Anderen ließ sich absolut deutlich erkennen.

Timur Borissowitsch brauchte seinen Hals nicht den Eckzähnen eines Vampirs oder eines Tiermenschen darzubieten. Er konnte durchaus ein ordentlicher Magier werden. Vierten oder fünften Grades.

Bedauerlicherweise wohl eher ein Dunkler Magier ... Aber ...

»Was soll ich jetzt tun?«, fragte Geser. »Ihr habt euch auf meinen Jungen gestürzt, ihn erschreckt, ihm euren Willen aufgezwungen ...«

Der angegraute »Junge« fuhr mit tauben Fingern über die Krawatte und versuchte immer noch, den Windsorknoten sorgfältiger zu binden.

»Soll er jetzt ein Dunkler werden?«, empörte sich Geser. »Ja? Das habt ihr doch wohl mit Absicht gemacht! Gesers Sohn ein Dunkler Magier!«

»Ich bin überzeugt davon, dass er in jedem Fall ein Dunkler Magier geworden wäre ...«, gab Vítěszlav zu bedenken. »Bei dem Leben, das er führt ...«

»Du hast ihm seinen Willen genommen, ihn zum Dunkel gedrängt – und jetzt gibst du solche Erklärungen ab?«, zischte Geser in bedrohlichem Ton. »Glaubt die Inquisition, sie habe das

Recht, den Großen Vertrag zu verletzen? Oder geht dieser Angriff auf deine Rechnung? Kannst du Karlsbad immer noch nicht vergessen? Wir können unser Gespräch von damals gern fortsetzen, Vítěszlav. Hier ist nicht das Rote Bad, aber genug Platz für ein Duell haben wir.«

Eine Sekunde lang zögerte Vítěszlav, versuchte, dem Blick Gesers standzuhalten.

Dann kapitulierte er. »Ich bitte um Entschuldigung, Geser. Ich habe nicht geahnt, dass dieser Mensch ein potenzieller Anderer ist. Alles hat auf das Gegenteil hingewiesen ... diese Briefe ...«

»Und jetzt?«, brüllte Geser.

»Die Inquisition erkennt ihr ... ihr voreiliges Verhalten an ...«, sagte Vítěszlav. »Die Moskauer Nachtwache hat das Recht, diesen ... diesen Mann unter ihre Fittiche zu nehmen.«

»Und bei ihm eine Remoralisierung durchzuführen?«, hakte Geser nach. »Um ihn danach so zu initiieren, dass er sich dem Licht zuwendet?«

»Ja ...«, flüsterte Vítěszlav.

»In diesem Fall können wir den Konflikt als beigelegt betrachten.« Geser lächelte und klopfte Vítěszlav auf die Schultern. »Nimm es nicht tragisch. Wir alle machen mitunter Fehler. Die Hauptsache ist doch, dass wir sie wieder korrigieren, oder?«

Eine eiserne Selbstbeherrschung hatte er, dieser alte europäische Blutsauger.

»Gewiss, Geser ...«, räumte er traurig ein.

»Habt ihr den abtrünnigen Anderen eigentlich geschnappt?«, wollte Geser wissen.

Vítěszlav schüttelte den Kopf.

»Was gibt denn das Gedächtnis von meinem Söhnchen her ...«, fragte Geser laut. Er sah Timur Borissowitsch an, der bereits tipptopp angezogen dastand. »Ei, ei, ei ... Oleg Strishenow. Der Filmstar aus den Sechzigern ... Was für eine perfide Tarnung!«

»Der Verräter liebt wohl die alten russischen Filme?«, fragte Vítěszlav.

»Anscheinend. Ich selbst hätte Innokenti Smoktunowski bevorzugt«, erwiderte Geser. »Oder Oleg Dal. Das ist eine aussichtslose Sache, Vítěszlav. Der Verräter hat keine Spuren hinterlassen.«

»Und du hast keine Ahnung, wer er ist?«, fragte Vítěszlav.

»Spekulieren könnte ich«, meinte Geser nickend. »In Moskau gibt es Tausende von Anderen. Jeder von ihnen kann eine fremde Gestalt annehmen. Will die Inquisition etwa von jedem einzelnen Anderen Moskaus das Gedächtnis überprüfen?«

Vítěszlav runzelte die Stirn.

»Eben, das würde nichts bringen«, versicherte Geser. »Ich könnte mich nicht einmal für meine eigenen Mitarbeiter verbürgen, geschweige denn für die Anderen, die nicht in den Wachen arbeiten.«

»Wir werden ihn in einen Hinterhalt locken«, erklärte Edgar. »Und wenn der Verräter erneut auftaucht ...«

»Er wird nicht wieder auftauchen«, erklärte Vítěszlav müde. »Das ist nicht mehr nötig.«

Lächelnd betrachtete Geser den düster dreinblickenden Vampir. Dann verlosch sein Lächeln mit einem Mal. »Ich bitte euch, die Wohnung meines Sohnes zu verlassen. Zur Unterzeichnung des Protokolls erwarte ich euch im Büro. Heute Abend um sieben Uhr.«

Vítěszlav nickte und verschwand. Kurz darauf tauchte er jedoch wieder auf. Leicht konfus.

»Zu Fuß, zu Fuß«, erklärte Geser. »Ich habe das *Zwielicht* hier geschlossen. Vorsichtshalber.«

Ich tappte den Inquisitoren und Kostja hinterher, der über alle Maßen glücklich war, nach Hause zu können.

»Anton«, rief Geser mir nach. »Vielen Dank. Du hast gute Arbeit geleistet. Komm heute Abend zu mir.«

Ich antwortete nicht. Wir gingen an den noch immer völlig teilnahmslosen Bodyguards vorbei, und ich scannte sorgfältig die Aura desjenigen, der mir verdächtig vorgekommen war.

Nein, kein Anderer. Ein Mensch.

Lange würde ich jetzt kein Land sehen ...

Der in seine Gedanken vertiefte Vítěszlav schwieg und überließ Kostja und Edgar den langen Kampf mit den Schlössern. Nur einmal linste er zu mir herüber. »Lädst du mich auf einen Kaffee ein, Wächter?«, fragte er.

Ich nickte. Warum eigentlich nicht?

Schließlich hatten wir denselben Fall bearbeitet. Und hatten uns gemeinsam blamiert – ungeachtet aller Lobesworte, die Geser für mich fand.

Sieben

Eine komische Gesellschaft: ein junger Vampir aus der Tagwache, zwei Inquisitoren und ein Lichter Magier.

Und alle saßen wir friedlich in der großen leeren Wohnung, warteten, bis das Wasser in der Mikrowelle heiß war, um löslichen Kaffee aufzubrühen. Ich hatte sogar Kostja erlaubt einzutreten, und jetzt saß er wieder auf dem Fensterbrett, allerdings auf der Innenseite.

Nur Vítěszlav stand.

»Ich bin nicht mehr an Russland gewöhnt«, sagte er, während er nachdenklich vor dem Fenster auf und ab ging. »Ich bin entwöhnt. Ich erkenne dieses Land nicht wieder.«

»Stimmt, das Land hat sich verändert! Es werden neue Häuser gebaut, neue Straßen ...«, setzte ich begeistert an.

»Verschon mich mit deiner Ironie, Wächter«, fiel Vítěszlav mir ins Wort. »Das meine ich nicht. Vor siebzig Jahren lebten in eurem Land die diszipliniertesten Anderen. Sogar die Wachen agierten im Rahmen des Zulässigen ...«

»Und jetzt lassen alle die Zügel schießen?«, mutmaßte ich.

Vítěszlav schwieg.

Ich fühlte mich nicht wohl in meiner Haut. Was auch immer er sein mochte, dieser Prager Vampir aus der Inquisition, aber heute hatte man ihn mit Schimpf und Schande durch den Dreck gezogen. Zum ersten Mal hatte ich miterlebt, wie die Inquisition sich blamiert hatte. Sogar Geser hatte sie wohl nicht gefürchtet, aber immer als unüberwindbare Kraft anerkannt.

Und plötzlich trickste er sie aus. Leicht und raffiniert.

Was hatte sich auf der Welt verändert? War die Inquisition zur dritten Partei geworden? War sie nur noch eine der an diesem Spiel beteiligten Seiten? Die Dunklen, die Lichten und die Inquisition?

Oder die Dunklen, die Lichten und das *Zwielicht*?

In der Glaskanne brodelte das Wasser. Ich goss die auf dem Fensterbrett aufgestellten Tassen auf. Stellte Kaffeepulver, Zucker und ein Päckchen Milch bereit.

»Gorodezki, du weißt, dass heute der Große Vertrag verletzt worden ist?«, fragte Vítěszlav plötzlich.

Ich zuckte mit den Schultern.

»Du brauchst nicht zu antworten«, sagte Vítěszlav. »Mir ist auch so klar, dass du es verstanden hast. Jemand aus der Nachtwache hat die Inquisition zu dieser unüberlegten Handlung gedrängt ... Und danach hat die Wache das Recht bekommen, diesen einen Menschen auf ihre Seite zu ziehen. Ich glaube nicht, dass er der Nachtwache einen großen Vorteil bringen wird.«

Das glaubte ich auch nicht. Timur Borissowitsch würde nicht lernen, die Kraft des *Zwielichts* zu nutzen. Er würde sein langes Leben bekommen, er würde die Möglichkeit haben, kleine magische Tricks zu vollführen, die geheimen Gedanken seiner Geschäftspartner zu lesen, einer Kugel aus dem Weg zu gehen ... Das würde ihm genügen. Nun, seine Firma dürfte wohl regelmäßig große Summen auf das Konto der Nachtwache überweisen. Und der Geschäftsmann selbst würde gütiger auftreten, würde wohltätige Einrichtungen unterstützen, für den Unterhalt des Eisbären im Zoo und eines Dutzends Waisenkinder im Heim die Verantwortung übernehmen.

Egal. All das war keinen Streit mit der Inquisition wert.

»Gewissenlos«, sagte Vítěszlav bitter. »Die Ausnutzung der beruflichen Stellung zu persönlichen Zwecken!«

Unwillkürlich schnaubte ich.

»Was ist daran so komisch?«, fuhr mich Vítěszlav an.

»Ich glaube, Geser hat Recht. Sie sitzen wirklich schon zu lange hinter Ihrem Schreibtisch.«

»Willst du damit behaupten, für dich sei das alles ganz normal?«, fragte Vítěszlav. »Es gebe keinen Grund, sich zu empören?«

»Ein Mensch, wenn auch nicht der beste auf der Welt, wird zum Lichten«, erwiderte ich. »Nun fügt er niemandem mehr etwas Böses zu. Im Gegenteil. Weshalb sollte ich mich darüber empören?«

»Lass es, Vítěszlav«, riet Edgar mit leiser Stimme. »Gorodezki versteht das nicht. Er ist zu jung.«

Vítěszlav nickte und nippte an seinem Kaffee. »Ich habe geglaubt, du würdest dich von dieser ganzen lichten Zunft unterscheiden«, sagte er dann finster. »Dass dir der Kern wichtig ist, nicht die Schale ...«

»Ja, mir ist der Kern wichtig, Vítěszlav!«, explodierte ich. »Und im Kern bist du ein Vampir! Und du, Edgar, bist ein Dunkler Magier! Ich weiß nicht, worin eurer Meinung nach die Verletzung des Großen Vertrages besteht, aber ich bin sicher, Sebulon wäre nichts zur Last gelegt worden!«

»Lichter Magier ...«, brachte Vítěszlav widerwillig hervor. »Adept des Lichts ... Wir bewahren nur das Gleichgewicht, ist das klar? Und Sebulon müsste sich vor dem Tribunal verantworten, wenn er dergleichen getan hätte!«

Doch ich ließ mich jetzt nicht mehr aufhalten.

»Sebulon hat schon viel angerichtet. Er hat versucht, meine Frau zu ermorden. Er hat versucht, mich zu ermorden. Er drängt die Menschen ständig zum Dunkel! Und du behauptest, irgendjemand von uns habe nicht ehrlich gehandelt, habe einen

Falschspieler ausgetrickst? Kann schon sein, dass er nicht ehrlich gespielt hat. Aber den Regeln gemäß! Ihr regt euch die ganze Zeit darüber auf, wenn man euch auf euer Falschgeld entsprechend herausgibt ... Warum? Das lässt sich doch leicht einwechseln. Lernt endlich, ehrlich zu spielen.«

»Deine und unsere Ehrlichkeit lassen sich nicht vergleichen«, bemerkte Edgar. »Gehen wir, Vítĕszlav ...«

Der Vampir nickte. Stellte seine noch nicht ausgetrunkene Tasse ab.

»Vielen Dank für den Kaffee, Lichter. Ich gebe dir deine Einladung, deine Wohnung zu betreten, zurück.«

Daraufhin verschwanden die beiden Inquisitoren. Nur der schweigsame Kostja blieb noch, der jetzt auf einem Hocker saß und Kaffee trank.

»Moralisten«, sagte ich wütend. »Oder glaubst du auch, dass sie Recht haben?«

»Nein, warum sollte ich?«, meinte Kostja lächelnd. »Sie haben es nicht besser verdient. Es war höchste Zeit, der Inquisition mal ihre Arroganz auszutreiben ... Nur schade, dass es Geser war, der das gemacht hat, und nicht Sebulon.«

»Geser hat nichts gemacht«, widersprach ich. »Das hat er geschworen, das hast du doch gehört.«

Kostja zuckte mit den Achseln. »Ich habe keine Ahnung, wie er es geschafft hat. Aber das ist seine Intrige. Sebulon hatte gute Gründe, sich nicht einzumischen. Schlau ist er, der alte Fuchs, schlau ... Weißt du, was ich mich frage?«

»Na?«, wollte ich angespannt wissen. Kostjas Unterstützung schmeckte mir irgendwie nicht.

»Was ist eigentlich der Unterschied zwischen uns? Wir intrigieren, ziehen die Leute, die wir brauchen, auf unsere Seite. Und ihr macht ganz genau dasselbe. Wenn Geser aus seinem Sohn einen Lichten machen will, dann tut er das. Alle Achtung! Von mir aus, bitte schön.«

Kostja lächelte.

»Was meinst du, wer hatte im Zweiten Weltkrieg Recht?«, wollte ich wissen.

»Was soll die Frage?« Jetzt spannte sich Kostja an, denn er vermutete nicht ohne Grund eine Falle.

»Antworte.«

»Wir hatten Recht«, antwortete Kostja patriotisch. »Übrigens haben auch einige Vampire und Tiermenschen mitgekämpft! Zwei haben sogar den Stern des Helden bekommen!«

»Und warum haben ausgerechnet wir Recht? Stalin hätte doch auch am liebsten ganz Europa geschluckt. Wir haben friedliche Städte bombardiert, Museen geplündert, Deserteure erschossen ...«

»Aber das waren doch unsere Leute! Deshalb waren sie im Recht!«

»Und jetzt sind unsere Leute im Recht. Und unsere Leute – das sind die Lichten.«

»Das heißt, du empfindest es so«, stellte Kostja klar. »Und deswegen erhebst du keine Einwände?«

Ich nickte.

»Ha ...«, meinte Kostja verächtlich. »Dann nenn mir wenigstens ein zündendes Argument dafür.«

»Wir trinken kein Blut«, entgegnete ich.

Kostja stellte die Tasse auf den Boden. Erhob sich. »Ich danke dir für die Gastfreundschaft. Ich gebe dir deine Einladung, deine Wohnung zu betreten, zurück.«

Dann blieb ich allein – in der großen leeren Wohnung, in trauter Zweisamkeit mit den nicht vollständig geleerten Tassen, der offenen Mikrowelle und dem verbliebenen Wasser im Kessel ...

Warum hatte ich es in der Mikrowelle warm gemacht? Eine einzige Handbewegung – und das Wasser hätte direkt in den Tassen gebrodelt.

Ich holte das Handy heraus und wählte Swetlanas Nummer. Sie meldete sich nicht. Vermutlich ging sie gerade mit Nadjuschka spazieren, hatte das Handy aber wie üblich zu Hause liegen lassen ...

In meinem Innern herrschte durchaus nicht diese Unbeschwertheit, die ich vorzutäuschen versucht hatte.

Was machte uns denn nun wirklich zu den besseren Anderen? Intrigierten, kämpften und täuschten wir etwa nicht? Ich brauchte eine Antwort. Wieder mal. Und nicht von dem Schlaukopf Geser, der mich in ein Geflecht aus Worten einzuspinnen verstand. Und nicht von mir selbst, denn ich traute mir nicht mehr. Ich brauchte eine Antwort von einem Menschen, dem ich vertraute.

Und ich musste verstehen, wie Geser die Inquisition ausgetrickst hatte.

Denn wenn er etwas beim Licht geschworen hatte und das eine Lüge war ...

Wofür kämpfte ich dann?

»Soll doch alles ...«, setzte ich an, verstummte dann aber. Du darfst nicht fluchen – das bringt man dir bereits in den ersten Tagen nach der Initiierung bei. Und jetzt hätte ich beinahe die Kontrolle verloren ...

Soll doch alles ... Soll es doch einfach sein.

In dem Moment läutete es an der Tür. Als hätte jemand erraten, dass ich jetzt auf gar keinen Fall allein sein wollte.

»Herein!«, rief ich durchs Zimmer, denn ich erinnerte mich, dass die Tür nicht verschlossen war.

Die Tür ging auf, und Lass steckte den Kopf herein. Mein Nachbar sah sich um. »Störe ich?«, fragte er.

»Nein, komm rein.«

Lass kam ins Zimmer, sah sich um. »So schlimm sieht es hier doch gar nicht aus ...«, kommentierte er. »Noch ein Klo ... Vielleicht könnte ich mich noch mal hier duschen? Jetzt oder heute Abend ... Das war nämlich nicht schlecht.«

Ich steckte die Hand in die Tasche und tastete nach dem Schlüsselbund. Stellte mir vor, wie die Schlüssel anschwollen und sich spalteten ...

Dann warf ich Lass den neu entstandenen Bund zu. »Fang!«

»Warum das?«, fragte Lass, während er die Schlüssel betrachtete.

»Ich muss wegfahren. Du kannst die Wohnung solange nutzen.«

»Wo nun endlich mal ein normaler Mensch hier eingezogen ist«, schmollte Lass. »Das ist echt nicht nett. Fährst du bald weg?«

»Gleich«, antwortete ich. Mit einem Mal war mir klar geworden, wie dringend ich Swetka und Nadja sehen wollte. »Vielleicht komme ich noch mal wieder.«

»Vielleicht aber auch nicht?«

Ich nickte.

»Das ist echt nicht nett«, wiederholte Lass und kam auf mich zu. »Ich habe hier bei dir einen MD-Player gesehen ... Nimm das.«

Ich nahm die kleine Scheibe an mich.

»Kampfprothesen«, erklärte Lass. »Mein Album. Hör sie aber nicht, wenn Frauen und Kinder in der Nähe sind!«

»Gut.« Ich drehte die Scheibe in den Händen. »Vielen Dank.«

»Hast du irgendwelche Probleme?«, fragte Lass. »Entschuldige, ich will mich nicht in deine Angelegenheiten einmischen, aber du siehst wirklich hundserbärmlich aus ...«

»Nein, es ist nichts«, riss ich mich zusammen. »Ich vermisse meine kleine Tochter. Ich fahr jetzt zu ihr ... Meine Frau ist mit ihr auf der Datscha, ich hatte hier noch was zu erledigen ...«

»Das geht vor«, pflichtete Lass mir bei. »Man darf es einem Kind gegenüber nicht an Aufmerksamkeit mangeln lassen. Obwohl: Dass ihre Mutter bei ihr ist, ist natürlich das Wichtigste.«

Ich starrte Lass an.

»Die Mutter ist trotz allem das Wichtigste für ein Kind«, behauptete Lass mit der Miene eines Wigotski, Piaget oder sonstigen Experten für Kinderpsychologie. »Das ist biologisch bedingt. Wir, die Männchen, denken doch in erster Linie an die Weibchen. Und die Weibchen eben an die Kinder.«

In die Wohnung von Timur Borissowitsch ließ man mich ohne Fragen. Die Bodyguards wirkten völlig normal und hatten anscheinend nicht die geringste Vorstellung davon, was hier kürzlich geschehen war.

Geser trank mit seinem frisch gebackenen Sohn Tee im Arbeitszimmer. Das große – fast möchte ich sagen: weitläufige – Arbeitszimmer mit dem massiven Schreibtisch, einem Haufen unnützer Kinkerlitzchen in den Regalen antiker Schränke. Erstaunlich, wie gut sich ihre Geschmäcker vergleichen ließen. Das Arbeitszimmer Timur Borissowitschs glich dem Büro seines Vaters auf ganz bemerkenswerte Weise.

»Komm rein, mein Freund«, lächelte mir Timur Borissowitsch zu. »Siehst du, wie prächtig sich alles gefügt hat.« Er schielte zu Geser hinüber. »Er ist noch jung, hitzköpfig ...«, fügte er dann hinzu.

»Das mit Sicherheit«, pflichtete ihm Geser mit einem Nicken bei. »Was ist passiert, Anton?«

»Wir müssen miteinander reden«, sagte ich. »Unter vier Augen.«

Geser seufzte und sah seinen Sohn an. Der erhob sich. »Ich gehe mal zu meinen Kraftbolzen. Was sollen die sich da die Hosen durchsitzen, die brauchen eine Aufgabe.«

Timur Borissowitsch ging hinaus, Geser und ich blieben allein zurück.

»Raus mit der Sprache, was ist passiert, Gorodezki?«, fragte Geser müde.

»Können wir offen reden?«

»Ja.«

»Sie wollten nicht, dass Ihr Sohn ein Dunkler wird«, fing ich an. »Das stimmt doch, oder?«

»Würdest du denn zusehen wollen, wie deine Nadjuschka eine Dunkle Zauberin wird?«, antwortete Geser mit einer Gegenfrage.

»Aber Timur wäre unweigerlich zu einem Dunklen geworden«, fuhr ich fort. »Sie brauchten das Recht auf eine Remoralisierung. Deshalb mussten die Dunklen, besser noch die Inquisition in Panik geraten und eine nicht zu rechtfertigende Manipulation an Ihrem Sohn vornehmen ...«

»So ist es ja auch gekommen«, sagte Geser. »Also Gorodezki, willst du mir etwas zur Last legen?«

»Nein, ich will das Ganze bloß verstehen.«

»Du warst doch dabei, als ich beim Licht einen Schwur abgelegt habe. Ich habe Timur noch nie zuvor getroffen. Ich habe ihm nichts versprochen, ich habe keine Briefe abgeschickt. Und ich habe niemanden für diese Aufgabe angeworben.«

Nein, Geser rechtfertigte sich nicht. Und versuchte nicht, mich einzulullen. Er legte bloß die Bedingungen der Aufgabe dar und wartete vergnügt, welche Antwort sein Schüler geben würde.

»Vítěszlav hätte nur noch eine weitere Frage stellen müssen«, meinte ich. »Doch diese Frage war wohl allzu menschlich für ihn ...«

Geser zwinkerte, als probe er ein Nicken.

»Seine Mutter«, sagte ich.

»Vítěszlav hat seine eigene Mutter umgebracht«, erklärte Geser. »Nicht aus böser Absicht. Er war ein junger Vampir und hatte sich nicht unter Kontrolle. Aber ... seit dieser Zeit vermeidet er es, dieses Wort auszusprechen.«

»Wer ist Timurs Mutter?«

»Im Dossier müsste ihr Name stehen.«

»Da kann jeder x-beliebige Name stehen. Es heißt, Timurs Mutter sei bei Kriegsende verschwunden ... Aber ich kenne eine Frau, eine Andere, die zu dieser Zeit in einen Vogelkörper gebannt worden ist. Nach dem Dafürhalten der Menschen ist sie gestorben.«

Geser schwieg.

»Konnten Sie ihn wirklich nicht früher finden?«, fragte ich.

»Wir waren davon überzeugt, dass Timur tot ist«, antwortete Geser leise. »Es war Olga, die sich nicht damit abfinden wollte. Und nachdem sie rehabilitiert worden war, machte sie sich wieder auf die Suche ...«

»Sie hat ihren Sohn gefunden. Und ihm das voreilige Versprechen gegeben«, schloss ich.

»Frauen dürfen sich solche Gefühle leisten«, sagte Geser trocken. »Selbst die weisesten Frauen. Aber Männer sind dazu da, ihre Frau, ihr Kind zu verteidigen. Das ist alles sehr rational und überlegt organisiert.«

Ich nickte.

»Verurteilst du mich?«, wollte Geser neugierig wissen. »Anton?«

»Wer bin ich, Sie zu verurteilen?«, entgegnete ich. »Ich habe selbst eine Tochter, eine Lichte. Und die würde ich auch nicht dem Dunkel überlassen.«

»Danke, Anton.« Geser nickte und entspannte sich merklich. »Ich bin froh, dass du mich verstehst.«

»Ich frage mich nur, wie weit Sie für Ihren Sohn und Olga gegangen wären«, bemerkte ich. »Swetlana hat doch etwas gespürt, nicht wahr? Welche Gefahr hat mir gedroht?«

Geser zuckte mit den Schultern. »Vorgefühle, darauf darf man sich nicht verlassen.«

»Wenn ich beschlossen hätte, der Inquisition die Wahrheit zu sagen ...«, fuhr ich fort. »Wenn ich beschlossen hätte, aus der Wache in die Inquisition überzuwechseln ... Was wäre dann gewesen?«

»Du bist nicht übergewechselt«, erwiderte Geser. »Obwohl Vítěszlav sehr um dich geworben hat. Was noch, Anton? Ich spüre, dass dir noch eine Frage auf der Zunge liegt.«

»Wie kommt es, dass Ihr Sohn ein Anderer ist?«, fragte ich. »Das ist doch ein Glücksspiel. Nur selten bekommen Andere auch ein Kind mit den Anlagen zum Anderen.«

»Anton, entweder gehst du jetzt zu Vítěszlav und legst ihm deine Überlegungen dar«, meinte Geser leise, »oder du machst dich auf zu Swetlana, wie du es ohnehin vorhattest. Aber verschon mich mit diesem Verhör.«

»Haben Sie keine Angst, dass die Inquisition noch einmal über alles nachdenkt und Ihnen auf die Schliche kommt?«, fragte ich.

»Nein. In drei Stunden wird Vítěszlav ein Dokument unterschreiben, mit dem diese Untersuchung zu den Akten gelegt wird. Sie werden sich den Fall nicht wieder vornehmen. Sie haben sich sowieso schon bis auf die Knochen blamiert.«

»Viel Glück bei der Remoralisierung von Timur«, wünschte ich ihm.

Dann ging ich zur Tür.

»Du hast noch eine Woche Urlaub, verbring ihn mit deiner Familie!«, rief Geser mir hinterher.

Erst wollte ich ihm stolz antworten, dass ich auf seine Almosen verzichten könnte.

Gerade noch rechtzeitig besann ich mich jedoch.

Welcher Teufel ritt mich jetzt bloß?

»Zwei Wochen«, entgegnete ich. »Allein schon Überstunden habe ich genug, um mir einen ganzen Monat freizunehmen.«

Geser hüllte sich in Schweigen.

Epilog

Ich beschloss, den BMW erst nach dem Urlaub zurückzugeben. Schließlich …

Auf der neu angelegten Schnellstraße – früher gab es hier nur Schlaglöcher, verbunden durch einzelne Abschnitte einer Chaussee, jetzt handelte es sich um eine Chaussee, deren einzelne Abschnitte mitunter durch ein Schlagloch unterbrochen wurden – fuhr der Wagen ruhig mit 120 Stundenkilometern dahin.

Nicht schlecht, ein Anderer zu sein.

Ich wusste, dass ich in keinen Stau geraten würde. Ich wusste, dass mir kein Kipplaster mit besoffenem Fahrer entgegenkommen würde. Wenn das Benzin ausging, konnte ich Wasser in den Tank füllen und es in Brennstoff verwandeln.

Wer würde seinem Kind nicht ein solches Schicksal wünschen?

Hatte ich wirklich das Recht, Geser und Olga zu verurteilen?

Die Stereoanlage des Autos war neu und verfügte über ein MD-Laufwerk. Erst wollte ich die *Kampfprothesen* einlegen, dann merkte ich aber, dass mir der Sinn nach etwas Lyrischerem stand.

Deshalb legte ich *Belaja gwardija* ein.

Ich weiß nicht, hast du eine Frau,
Und weiß nicht, wie's dir geht;

Ein Engel hat mit Fäden blau
Den Himmel zugenäht.

Vergessen der Verlust, ich geb
Dem Bösen seine Ruh,
Doch immer, wenn ich ausgeh, streb
Ich deiner Wärme zu.

Mein Handy klingelte. Sofort drosselte die kluge Anlage den Ton.

»Sweta?«, fragte ich.

»Ich konnte dich nicht erreichen, Anton.«

Swetlanas Stimme klang ruhig, also war alles in Ordnung.

Nur das zählte.

»Ich konnte dich auch nicht erreichen«, meinte ich.

»Das muss an atmosphärischen Fluktuationen liegen«, amüsierte sich Swetlana. »Was ist vor einer halben Stunde passiert?«

»Nichts Besonderes. Ich habe mit Geser gesprochen.«

»Ist alles in Ordnung?«

»Ja.«

»Ich hatte eine Vorahnung. Dass du dich an einer Grenze bewegst.«

Ich nickte und sah auf die Straße. Klug ist sie, meine Frau, Geser. Auf ihre Vorahnungen kann ich mich verlassen.

»Ist jetzt alles in Ordnung?«, hakte ich nach.

»Jetzt ja.«

»Sweta ...«, fragte ich, während ich das Steuer nur mit einer Hand hielt. »Was würdest du tun, wenn du nicht sicher wärst, ob du dich richtig verhalten hast? Wenn dich die Frage quält, ob du Recht hast oder nicht?«

»Zu den Dunklen gehen«, antwortete Swetlana wie aus der Pistole geschossen. »Die quälen sich nie.«

»Ist das alles, was du mir dazu sagen kannst?«

»Ja, das ist die einzige Antwort, die ich dir geben kann. Das ist der einzige Unterschied zwischen den Lichten und den Dunklen. Man kann ihn Gewissen nennen, man kann ihn moralischen Instinkt nennen. Der Kern ist der gleiche.«

»Ich habe den Eindruck«, gestand ich bedrückt, »als gehe die Zeit der Ordnung zu Ende. Verstehst du, was ich meine? Als begänne ... ich weiß nicht, was. Keine dunkle Zeit, keine lichte ... und auch nicht die Stunde der Inquisitoren ...«

»Das ist die Niemandszeit, Anton«, sagte Swetlana. »Das ist lediglich die Niemandszeit. Du hast Recht, das etwas auf uns zukommt. Dass auf der Welt etwas passiert. Aber noch nicht jetzt.«

»Sprich mit mir, Sweta«, bat ich. »Ich muss noch eine halbe Stunde fahren. Sprich diese halbe Stunde mit mir, ja?«

»Meine Handykarte ist fast alle«, erwiderte Swetlana mit zweifelnder Stimme.

»Ich ruf dich jetzt zurück«, schlug ich vor. »Noch bin ich im Dienst, mein Handy ist von der Firma. Soll doch Geser ruhig dafür zahlen.«

»Und dein Gewissen meldet sich da nicht?«, lachte Swetlana.

»Heute ist es gut trainiert.«

»Gut, du brauchst aber trotzdem nicht zurückzurufen, ich verzaubere mein Handy«, meinte Swetlana. Im Spaß oder im Ernst. Nicht immer verstand ich, wann sie einen Scherz machte.

»Dann erzähl mal«, forderte ich sie auf. »Wie es sein wird, wenn ich komme. Was Nadjuschka sagt. Was du sagst. Was deine Mutter sagt. Was wir machen.«

»Alles wird sehr schön werden«, fing Swetlana an. »Ich werde mich freuen, und Nadja auch. Und meine Mutter wird sich freuen ...«

Ich fuhr Auto, während ich unter Verletzung all der strengen Vorschriften der Verkehrspolizei das Handy mit einer Hand ans Ohr presste. Auf der Gegenfahrbahn sausten in einem fort Laster an mir vorbei.

Ich lauschte dem, was Swetlana mir erzählte.

Aus den Lautsprechern erklang immer noch die leise Frauenstimme:

Kommst du zurück, wird alles anders sein,
Wir müssten uns erkennen.
Kommst du zurück, kannst du mich nicht mehr Frau,
Nicht einmal Freundin nennen.
Kommst du zurück zu mir,
Die dich so sehr geliebt vor allen,
Kommst du zurück, du siehst:
Die Würfel sind schon längst gefallen.

Zweite Geschichte
Niemandsraum

Prolog

Schon immer machten im Umland von Moskau entweder arme oder reiche Menschen Urlaub. Dagegen bevorzugt die Mittelklasse türkische Hotels, bei denen »alles inklusive ist, Getränke frei Hahn«, entscheidet sich für die Siesta im brütend heißen Spanien oder für den sauberen Strand Kroatiens. In Mittelrussland verbringt die Mittelklasse ihren Urlaub jedoch nicht gern.

Übrigens ist die Mittelklasse in Russland nicht zahlreich.

Ein Biologielehrer gehört, selbst wenn er an einem renommierten Moskauer Gymnasium unterrichtet, nicht dazu. Wenn der Lehrer dann noch eine Lehrerin ist, deren Schweinehund von Mann sie vor drei Jahren wegen einer anderen hat sitzen lassen und die um ihre Pflicht als Mutter, die beiden Kinder zu erziehen, nicht herumkommt, dann kann sie von türkischen Hotels nur träumen.

Glücklicherweise hatten die Kinder das schreckliche Alter der Pubertät noch nicht erreicht und freuten sich aufrichtig, zu der alten Datscha zu fahren, begnügten sich mit dem kleinen Fluss und dem direkt hinter dem Dorf beginnenden Wald.

Bedauerlicherweise legte die ältere Tochter jedoch zu viel Gewicht auf ihren Status als Ältere. Freilich, mit zehn Jahren kann man schon recht gut auf den fünfjährigen Bruder aufpassen, wenn er in dem Flüsschen herumplanscht, sollte aber immer noch nicht – womöglich im Vertrauen auf die aus dem Schulbuch *Unsere Heimat* erworbenen Kenntnisse – zu tief in den Wald hineingehen.

Bislang war der zehnjährigen Xjuscha freilich nicht einmal bewusst, dass sie beide sich im Wald verlaufen hatten. Fest hielt sie ihren Bruder bei der Hand und ging einen kaum zu erahnenden Pfad entlang. »Und dann haben sie wieder Kiefernpflöcke in ihn hineingehauen!«, erzählte sie. »Einen Pflock in die Stirn, einen in den Bauch! Er ist aus dem Grab auferstanden und hat gesagt: ›Trotzdem werdet ihr mich nicht umbringen! Ich bin schon lange tot! Und ich heiße ...‹«

Ihr Bruder wimmerte leise.

»Schon gut, keine Angst, das war doch nur ein Spaß«, sagte Xjuscha ernst. »Er ist umgefallen und war tot. Man hat ihn begraben und ein Fest gefeiert.«

»Sch-sch-schrecklich«, gab Romka zu. Er stotterte nicht vor Angst, er stotterte immer. »So was er-erzählst du mir nie wiewieder, ja?«

»Versprochen«, erwiderte Xjuscha und sah sich um. Hinter ihnen ließ sich der Pfad noch erkennen, vor ihnen verlor er sich indes unter abgefallenen Tannennadeln und verfaulten Blättern. Unmerklich war der Wald schummrig und dunkel geworden. Er glich hier nicht mehr dem hinter dem Dorf, wo ihre Mutter eine Datscha gemietet hatte, ein altes, aufgegebenes Haus. Sie mussten umkehren, bevor es zu spät war. Als ältere und besorgte Schwester wusste Xjuscha das. »Gehen wir nach Hause, sonst schimpft Mama noch mit uns.«

»Da ist ein Hund«, sagte ihr Bruder plötzlich. »Guck mal, da ist ein Hund!«

Xjuscha drehte sich um.

Hinter ihr stand tatsächlich ein Hund. Ein großer grauer Hund mit Fangzähnen. Der sie ansah und das Maul aufriss, als lächle er.

»So einen Hund möchte ich haben«, sagte Romka ohne zu stocken und sah seine Schwester voller Stolz an.

Xjuscha, ein Stadtkind, hatte Wölfe bisher nur auf Bildern gesehen. Und im Zoo, wo es allerdings nur irgendwelche seltenen Sumatrawölfe gab ...

Jetzt bekam sie es mit der Angst zu tun.

»Gehen wir, komm«, hauchte sie ganz leise und packte Romka fester bei der Hand. »Das ist ein fremder Hund, mit dem dürfen wir nicht spielen.«

Vermutlich erschreckte irgendetwas in ihrer Stimme Romka. Und zwar so, dass er nicht zu heulen anfing, sondern die Schwester von sich aus an der Hand fasste und ihr gehorsam folgte.

Der graue Hund blieb ein Weilchen stehen und lief den Kindern dann langsam hinterher.

»Er ff-folgt uns«, sagte Romka, als er sich einmal umdrehte. »Xjucha, ist da-das ein Wolf?«

»Das ist ein Hund«, erwiderte Xjuscha. »Du darfst nicht wegrennen, hörst du? Wölfe beißen diejenigen, die wegrennen!«

Der Hund stieß einen hüstelnden Laut aus, fast eine Art Lachen.

»Lauf!«, schrie Xjuscha. Und sie rannten los, quer durch den ganzen Wald, durch das dichte pikende Gebüsch, vorbei an einem fürchterlich hohen Ameisenhaufen, der groß wie ein erwachsener Mann war, entlang an einer Reihe moosbewachsener Baumstümpfe; irgendjemand musste hier ein Dutzend Bäume gefällt und abtransportiert haben.

Bald verschwand der Hund, bald tauchte er wieder auf. Hinter ihnen, rechts, links. Von Zeit zu Zeit hüstelnd. Oder lachend.

»Er lacht über uns!«, schrie Romka unter Tränen.

Der Hund war jetzt irgendwohin verschwunden. Xjuscha blieb an einer mächtigen Eiche stehen und drückte Romka an sich. Normalerweise sträubte sich ihr kleiner Bruder seit einiger

Zeit gegen solche Zärtlichkeiten, doch diesmal leistete er keinen Widerstand, presste sich mit dem Rücken gegen seine Schwester und bedeckte die Augen verängstigt mit den Händen. »Ich habe kei-keine Angst«, beteuerte er immer und immer wieder mit kaum hörbarer Stimme. »Hier ist niemand.«

»Nein, hier ist niemand«, versicherte Xjuscha. »Nun heul doch nicht! Der Wol... Hund passt auf seine Jungen auf. Deshalb hat er uns weggejagt. Hast du das verstanden? Wir gehen jetzt nach Hause.«

»Ja«, stimmte Romka erleichtert zu und nahm die Hände vom Gesicht. »Oj, da sind die Jungen!«

Die Angst verschwand, sobald er die aus dem Gebüsch heraustretenden Jungen sah. Drei kleine graue Tiere mit hoher Stirn und dummen Augen.

»Die Ju-Jungen ...«, rief Romka begeistert.

Xjuscha wollte panisch zur Seite springen. Die Eiche, gegen die sie sich pressten, ließ sie jedoch nicht los – das Baumwollkleidchen klebte fest am Harz. Xjuscha zerrte heftiger, der Stoff knisterte, löste sich.

Dann sah sie den Wolf. Er stand hinter ihr und lächelte.

»Wir müssen auf den Baum raufklettern ...«, flüsterte Xjuscha.

Der Wolf lachte auf.

»Ob er nur will, dass wir mit seinen Jungen spielen?«, fragte Romka hoffnungsvoll.

Der Wolf schüttelte den grauen, dunkel gefleckten Kopf. Antwortete gleichsam: nein, nein. Ich möchte, dass meine Jungen mit *euch* spielen.

Dann schrie Xjuscha, so laut und durchdringend, dass selbst der Wolf einen Schritt zurücktrat und die Schnauze verzog. »Hau ab! Hau ab!«, brüllte Xjuscha und vergaß, dass sie ja bereits ein großes und ein tapferes Mädchen war.

»Schreit doch nicht so«, erklang es da in ihrem Rücken. »Ihr weckt ja den ganzen Wald auf ...«

Mit aufkeimender Hoffnung drehten sich die Kinder um. Neben den Wolfsjungen stand eine erwachsene Frau, eine schöne, schwarzhaarige Frau, barfuß und in einem langen Leinengewand.

Der Wolf knurrte drohend.

»Ganz brav«, sagte die Frau. Sie beugte sich vor und packte eines der Jungen beim Fell, das so reglos in ihren Armen hing, als schlafe es. Die anderen waren ebenfalls an ihrem Platz erstarrt. »Wen haben wir denn hier?«

Der Wolf achtete nun nicht mehr auf die Kinder, sondern steuerte finster auf die Frau zu. Die stimmte einen Singsang an:

Wolfsdickicht, Dunkel, Grauen
Niemals werd ich euch vertrauen.

Der Wolf blieb stehen. Den Blick auf ihn gerichtet, beendete die Frau ihr Lied:

Seh die Wahrheit, seh die Lüge,
Erkenn in dir – wessen Züge?

Der Wolf fletschte die Zähne.

»Aj, aj, aj ...«, sagte die Frau. »Und was sollen wir jetzt mit dir machen?«

»Geh ... weg ...«, bellte der Wolf. »Geh ... weg ... He-xe ...«

Die Frau warf das Wolfsjunge ins weiche Moos. Gleichsam als falle die Erstarrung nun von den Jungen ab, rannten sie panisch zu dem Wolf hin, krochen unter seinen Bauch.

Drei Kräuter und Birkenrinde,
Dazu Wolfsbeeren, nicht gelinde,
Ein paar Tropfen Blut, ein paar Tränen
Und Ziegenfell, der Haare Strähnen ...

Gerührt, geknetet, einerlei –
Mein Sud steht mir noch später frei.

Der Wolf wich zurück, seine Jungen taten es ihm nach. Feierlich fuhr die Frau fort:

Für dich da heißt's jedoch,
Dass jeder Zauber sich aus dir verkroch!

Wie vier graue Blitze – ein großer und drei kleine – schossen die Tiere von der Lichtung fort ins Gebüsch. Durch die Luft wirbelten Büschel grauen Fells. Es roch so stark nach Hund, als sei hier nach einem Regenguss ein ganzes Rudel vorbeigekommen.

»Si-sind Sie eine He-hexe, Tante?«, fragte Romka ganz leise.

Die Frau lachte. Sie trat an ihn heran und nahm seine Hand. »Gehen wir.«

Die Hütte stand durchaus nicht auf Hühnerbeinen, was Romka sehr enttäuschte. Ein ganz normales Holzhäuschen mit kleinen Fenstern und einem winzigen Flur.

»Wo ist Ihr Da-dampfbad?«, fragte Romka, während er den Kopf in alle Richtungen drehte.

»Wozu brauchst du ein Dampfbad?«, lachte die Frau. »Möchtest du dich waschen?«

»Sie mü-müssen erst das Da-dampfbad anheizen, dann uns füt-füttern, und erst danach können Sie uns aufessen«, erklärte der Junge völlig ernst.

Xjuscha packte ihn bei der Hand. Doch die Frau war nicht gekränkt. »Verwechselst du mich mit der Hexe Baba-Jaga?«, fragte sie lachend. »Aber vielleicht erlässt du es mir, das Dampfbad anzuheizen? Ich habe sowieso keins. Und essen werde ich euch auch nicht.«

»G-gut«, freute sich Romka.

Auch im Haus erinnerte nichts an das Zuhause der von sich selbst so eingenommenen Baba-Jaga. An der weißen Wand tickte eine Uhr, an der Decke hing eine prachtvolle Lampe mit Samttroddeln, auf einem wackeligen Regal stand ein Fernseher der Marke Philips. Es gab einen russischen Ofen, der jedoch derart mit allerlei Krimskrams zugestopft war, dass kein Zweifel aufkommen konnte: Hier wurden schon seit langer Zeit keine tapferen Recken und kleinen Kinder mehr gebacken. Das Einzige, was solide und geheimnisvoll aussah, war der große Bücherschrank mit den alten Bänden. Xjuscha ging zum Schrank und betrachtete die Rücken. Ihre Mutter sagte stets, ein intelligenter Mensch müsse sich in einer fremden Wohnung zunächst die Bücher des Gastgebers und erst danach den Rest ansehen.

Die Bücher waren abgenutzt, die Titel kaum zu lesen. Und das, was Xjuscha lesen konnte, war zwar auf Russisch geschrieben, aber trotzdem völlig unverständlich. Ihre Mutter hatte ebenfalls solche Bücher: *Helminthologie, Ethnogenese* ... Xjuscha seufzte und ging vom Schrank weg.

Romka hatte sich bereits an den Tisch gesetzt, die Hexe goss ihm gerade mit Wasser aus einem weißen Elektrokessel Tee auf.

»Möchtest du einen Tee?«, fragte sie freundlich. »Der ist lecker, ich mache ihn aus Waldkräutern ...«

»Le-lecker«, bestätigte Romka, obwohl ihm eher daran gelegen war, einen Kringel in Honig zu stippen, als Tee zu trinken. »Ss-setz dich, Xjucha.«

Xjuscha setzte sich, ließ sich höflich eine Tasse geben.

Der Tee schmeckte in der Tat gut. Die Hexe trank ebenfalls davon. Lächelnd betrachtete sie die Kinder.

»Und wir verwandeln uns auch nicht in Ziegen, wenn wir den Tee trinken?«, fragte Romka plötzlich.

»Warum solltet ihr das?«, wunderte sich die Hexe.

»Weil Sie uns verzaubern«, erklärte Romka. »Weil Sie uns in Ziegen verwandeln und dann aufessen.«

Allem Anschein nach brachte er der geheimnisvollen Retterin kein uneingeschränktes Vertrauen entgegen.

»Und warum sollte ich euch erst in stinkende Ziegen verwandeln, bevor ich euch esse?«, empörte sich die Hexe. »Wenn ich euch essen wollte, dann würde ich euch auch ohne jede Verwandlung essen. Du solltest dir weniger von Rou ansehen, mein Junge!«

Romka blähte die Wangen und trat Xjuscha mit dem Fuß. »Wer ist Rou?«, flüsterte er.

Xjuscha wusste es nicht. »Trink deinen Tee und halt den Mund!«, zischte sie. »Das ist irgendein Zauberer ...«

Sie verwandelten sich nicht in Ziegen, der Tee schmeckte gut, der Honig und die Kringel noch besser. Die Zauberin befragte Xjuscha nach ihren Leistungen in der Schule. Sie pflichtete ihr bei, dass die vierte Klasse einfach grauenvoll war, mit der dritten überhaupt nicht zu vergleichen. Sie schimpfte Romka aus, weil er seinen Tee schlürfte. Und sie wollte von Xjuscha wissen, seit wann Romka schon stotterte. Dann erzählte sie, dass sie keine Zauberin sei. Sie sei Botanikerin und sammle im Wald allerlei seltene Kräuter. Und natürlich wisse sie, welche Kräuter Wölfe wie das Feuer fürchteten.

»Und warum hat der Wolf gesprochen?«, fragte der misstrauische Romka.

»Er hat doch nicht gesprochen«, widersprach die Zauberin oder Botanikerin aufs heftigste. »Er hat gebellt, und euch ist es nur so vorgekommen, als habe er etwas gesagt. Meint ihr nicht auch?«

Xjuscha überlegte kurz und kam dann zu dem Schluss, es müsse in der Tat so gewesen sein.

»Ich bringe euch bis zum Waldrand«, erklärte die Frau. »Von dort aus könnt ihr das Dorf schon sehen. Kommt nicht mehr in den Wald, sonst fressen euch die Wölfe doch noch auf!«

Romka dachte nach und schlug der Frau vor, ihr bei der Kräutersuche zu helfen. Damit die Wölfe sie dabei nicht anrührten, müsste die Frau ihm ein spezielles Kraut gegen Wölfe geben. Und vorsichtshalber auch noch gegen Bären. Und vielleicht auch noch gegen Löwen, denn der Wald hier sei ganz genauso wie der in Afrika.

»Du bekommst keine Kräuter!«, widersprach die Frau streng. »Das sind seltene Kräuter, die ins Rote Buch eingetragen sind. Die darf man nicht einfach ausreißen.«

»Ich weiß, was das Rote Buch ist«, freute sich Romka. »Sagen Sie doch bitte ...«

Die Frau sah auf die Uhr und schüttelte den Kopf. Unverzüglich meinte die gut erzogene Xjuscha, es sei jetzt wohl Zeit für sie zu gehen.

Für den Rückweg bekamen die Kinder eine Honigwabe. Die Frau brachte sie bis zum Waldrand, den sie so schnell erreichten, als renne der Pfad ihnen unter den Füßen davon.

»Setzt keinen Fuß mehr in den Wald!«, schärfte die Frau ihnen noch einmal ein. »Wenn ich nicht in der Nähe bin, frisst euch der Wolf.«

Als sie den Hügel zum Dorf hinunterkletterten, blickten die Kinder mehrmals zurück.

Am Anfang stand die Frau noch da und schaute ihnen hinterher. Dann war sie verschwunden.

»Es ist doch eine Hexe, oder, Xjucha?«, wollte Romka wissen.

»Sie ist Botanikerin!«, verteidigte Xjuscha die Frau. Und dann fiel ihr etwas auf. »Du stotterst nicht mehr!«

»Do-do-doch!«, alberte Romka. »Ich konnte auch früher schon ohne zu stottern sprechen, das habe ich nur zum Spaß gemacht!«

Eins

Wer hat eigentlich behauptet, frisch gemolkene Milch sei lecker?

Das geht anscheinend schon in der ersten Klasse los. Mit der *Ersten Fibel,* in der die ach so leckere frische Milch gepriesen wird. Und die naiven Stadtkinder glauben das dann.

Tatsächlich schmeckt frisch gemolkene Milch höchst eigenwillig. Ja, nach einem Tag im Keller, kalt geworden, da sieht die Sache schon anders aus. Dann können sie sogar die Geschlagenen trinken, die an einem Mangel an Verdauungsenzymen leiden. Von denen es im Übrigen gar nicht so wenige gibt. Nach Dafürhalten von Mütterchen Natur bräuchten erwachsene Menschen nämlich keine Milch zu trinken, sondern nur Kinder ...

Doch die Menschen hören selten auf die Meinung der Natur.

Noch seltener tun es die Anderen.

Ich langte nach dem Krug und goss mir ein weiteres Glas ein. Kalte Milch, mit Schaum ... Warum der Schaum durch das Erhitzen wohl so eklig wird, während er bei frischer Milch am besten schmeckt? Ich nahm einen großen Schluck. Genug, für Swetka und Nadjuschka musste auch noch was übrig bleiben. Im ganzen Dorf – keinem kleinen Dorf, sondern einem mit fünfzig Häusern! – gab es nur eine Kuh! Aber immerhin gab es eine ... Und ich hatte den starken Verdacht, dass die alleinstehende Kuh ihren reichen Ertrag Swetlana zu verdanken hatte. Tante Sascha, eine vierzig Jahre alte Bäuerin, Besitzerin der Kuh Raika, des Ebers Borka, des Ziegenbocks Mischka und einer kleinen namenlosen Vogelschar, bildete sich grundlos etwas darauf ein. Swetlana wollte einfach, dass unsere Tochter richtige Milch trank. Deshalb blieb die Kuh von allen Krankheiten verschont. Tante Sascha hätte sie mit Sägespänen füttern können – Raika wäre nichts passiert!

Nein, richtige Milch, das ist schon was Feines. Selbst wenn die Reklamehelden mit Tetrapacks ins Dorf fahren und mit strahlendem Funkeln in den Augen immer wieder »echte Milch!« sagen. Das müssen sie. Dafür bekommen sie ihr Geld. Und auch die Bauern, die schon seit langem und unwiderruflich vergessen haben, wie man Vieh hält, haben es jetzt leichter. Sie können auf Demokraten und Städter schimpfen, brauchen aber keine Kühe zu weiden.

Nachdem ich das leere Glas abgestellt hatte, machte ich es mir in der zwischen Bäumen gespannten Hängematte bequem. Wie ein echter Bourgeois – zumindest aus Sicht der Dorfbewohner. Fährt hier in einem Luxusschlitten vor, schleppt seiner Frau Lebensmittel aus der Stadt an, lümmelt sich den lieben langen Tag mit einem Buch in der Hängematte ... Während hier alle durch die Bank den ganzen Tag durch die Gegend stromern, auf der Suche nach einem Schlückchen, mit dem sie ihren Kater bekämpfen können ...

»Guten Tag, Anton Sergejewitsch«, begrüßte mich – als habe er meine Gedanken gelesen – der Dorftrinker Kolja über den Zaun hinweg. Wie konnte er sich bloß meinen Namen merken? »Hatten Sie eine gute Fahrt?«

»Hallo, Kolja«, begrüßte ich ihn ganz wie ein Lebemann, indem ich nicht mal den Versuch unternahm, die Hängematte zu verlassen. Er würde das ohnehin nicht zu schätzen wissen. Denn deshalb war er nicht gekommen. »Danke, ich kann nicht klagen.«

»Sie brauchen wohl keine Hilfe, im Haushalt oder ...«, fragte Kolja zaghaft. »Ich komme hier vorbei, denke, frag ich doch mal ...«

Ich schloss die Augen. Zwischen meinen Lidern leuchtete blutrot die gerade im Zenit stehende Sonne hindurch.

Nichts konnte ich machen. Nicht das geringste bisschen. Eine Intervention sechsten oder siebten Grades hätte gereicht, um dem armen Kolja seinen Hang zum Alkohol auszutreiben, seine Zirrhose zu heilen und in ihm den Wunsch zu wecken, einer Arbeit nachzugehen, auf Wodka zu verzichten und seine Frau nie wieder zu vermöbeln.

Ich könnte sogar, entgegen dem Großen Vertrag, klammheimlich diese Intervention vornehmen. Eine leichte Bewegung mit der Hand ...

Und weiter? Im Dorf gab es keine Arbeit. Auch in der Stadt brauchte niemand den ehemaligen Mechaniker Kolja. Und Geld, um »etwas Eigenes« aufzuziehen, hatte Kolja nicht. Noch nicht mal ein Ferkel konnte er sich kaufen.

Er würde weiter seinem Selbstgebrannten nachjagen, sich mit Gelegenheitsarbeiten über Wasser halten und seinen Ärger an seiner ebenso versoffenen Frau auslassen, die die Nase von allem gestrichen voll hatte. Man muss nicht den einzelnen Menschen kurieren, sondern die ganze Welt.

Oder wenigstens ein Sechstel der Welt. Mit dem stolzen Namen Rus.

»Anton Sergejewitsch, ich habe einfach keine Kraft mehr ...«, beteuerte Kolja nachdrücklich.

Wer brauchte einen ehemaligen Alkoholiker in einem sterbenden Dorf, in dem der Kolchos abgewickelt worden war und dem einzigen Landwirt drei Mal der Hof abgefackelt wurde, bevor er die Anspielung endlich verstand?

»Kolja«, sagte ich. »Was hast du bei der Armee gemacht? Warst du Panzerfahrer?«

Gibt es bei uns eigentlich Söldner? Sollen die doch in den Kaukasus ziehen, statt ein Jahr lang gepanschtem Wodka hinterherzurennen ...

»Ich habe nicht gedient«, antwortete Kolja kleinlaut. »Sie haben mich nicht genommen. Damals hat man dringend Mechaniker gebraucht, deshalb wurde ich immer wieder zurückgestellt, dann war ich zu alt ... Anton Sergejewitsch, wenn Sie mal jemandem die Fresse polieren müssen – da bin ich wirklich gut! Ganz bestimmt! Ich mach Hackfleisch aus dem!«

»Kolja«, bat ich. »Kannst du dir nicht mal den Motor in meinem Auto angucken? Irgendwas hat da gestern geklackert ...«

»Klar!« Kolja wurde munter. »Ich ...«

»Nimm den Schlüssel.« Ich warf ihm den Bund zu. »Nachher kriegst du eine Flasche von mir.«

Auf Koljas Gesicht breitete sich ein strahlendes Lächeln aus. »Soll ich das Auto auch noch für Sie waschen? Das ist doch ein teurer Wagen ... und bei unseren Straßen ...«

»Vielen Dank«, erwiderte ich. »Da wäre ich dir wirklich sehr dankbar.«

»Aber Wodka will ich nicht«, meinte Kolja plötzlich, und ich zuckte sogar vor Überraschung zusammen. Was bedeutete das? Stand die Welt Kopf? »Der schmeckt nach nichts ... Aber ein Fläschchen Selbstgebrannter ...«

»Abgemacht«, stimmte ich zu. Der glückliche Kolja machte die Pforte auf und ging auf den Schuppen zu, in dem ich gestern das Auto abgestellt hatte.

Aus dem Haus kam Swetlana – die ich nicht sah, sondern spürte. Also musste Nadjuschka sich beruhigt haben und in den süßen Nachmittagsschlaf gefallen sein ... Sweta kam auf mich zu, blieb hinter mir stehen, zögerte kurz und legte mir dann ihre kühle Hand auf die Stirn. »Geht es dir nicht gut?«, fragte sie.

»Hm«, brummte ich. »Ich kann hier nichts machen, Swetka. Nichts. Wie hältst du das aus?«

»Ich bin schon als kleines Mädchen in dieses Dorf gekommen«, antwortete Swetlana. »Ich erinnere mich noch an Onkel Kolja, wie er kein Trinker war. Jung und lustig. Er hat mich Krümel auf dem Traktor mitgenommen. War nüchtern. Und hat Lieder gesungen. Kannst du dir das vorstellen?«

»War es früher besser?«, fragte ich.

»Die Leute haben weniger getrunken«, meinte Swetlana bloß. »Warum remoralisierst du ihn nicht, Anton? Ich habe doch gespürt, dass du das vorhattest, denn durch das *Zwielicht* ist ein Zittern gegangen. Hier gibt es keine Wächter ... außer dir.«

»Willst du das Pferd von hinten aufzäumen?«, erwiderte ich grob. »Entschuldige ... aber ich müsste doch wohl nicht mit Onkel Kolja anfangen.«

»Stimmt«, pflichtete Swetlana mir bei. »Aber eine Einmischung in das Tun der Regierungsbehörden ist durch den Vertrag verboten. *Dem Menschen, was des Menschen ist, den Anderen das Andere ...*«

Ich schwieg. Ja, es war verboten. Weil es die einfachste und sicherste Möglichkeit bot, die Menschenmasse zum Guten oder zum Bösen zu bekehren. Was eine Zerstörung des Gleichgewichts bedeutet hätte. Es hat in der Geschichte Könige und Präsidenten gegeben, die zu den Anderen zählten. Und auch das hat nur mit Kriegen geendet ...

»Du gehst hier ein, Anton«, meinte Swetlana, während sie mir über die Haare strich. »Lass uns nach Moskau zurückfahren.«

»Aber Nadjuschka hat ihren Spaß«, widersprach ich. »Und du wolltest doch auch noch eine Woche länger bleiben, oder?«

»Aber du quälst dich ... Vielleicht willst du allein fahren? In der Stadt würdest du keine Trübsal blasen.«

»Ich könnte fast glauben, du willst mich loswerden«, brummte ich. »Weil du hier einen Liebhaber hast.«

»Kannst du mir auch nur einen Kandidaten nennen?«, schnaubte Swetlana.

»Nein«, bekannte ich nach kurzem Nachdenken. »Aber vielleicht hat jemand, der hier eine Datscha gemietet hat ...«

»Hier herrscht die reinste Weiberwirtschaft«, fiel Swetlana mir ins Wort. »Entweder sind sie alleinstehend, oder die Männer sind den ganzen Tag auf Arbeit, während die Frauen mit den Kindern hier die Landluft genießen ... Übrigens, Anton, hier ist etwas Komisches passiert ...«

»Was denn?«, fragte ich neugierig. Wenn Swetlana schon von »etwas Komischem« sprach ...

»Gestern hat mich doch Anna Viktorowna besucht, nicht wahr?«

»Die Paukerin?«, sagte ich schmunzelnd. Anna Viktorowna war eine so typische Lehrerin, dass sie direkt aus dem Kinderprogramm im Fernsehen entsprungen zu sein schien. »Ich dachte, sie habe deine Mutter besucht.«

»Meine Mutter und mich. Sie hat zwei Kinder, Romka, ihren kleinen fünfjährigen Sohn, und Xjuscha, die schon zehn ist.«

»Sehr löblich«, pries ich Anna Viktorowna.

»Veräppeln kann ich mich selbst. Vor zwei Tagen haben sich ihre Kinder im Wald verlaufen.«

Mit einem Schlag war die Müdigkeit von mir gewichen, ich setzte mich in der Hängematte auf und hielt mich mit der Hand am Baum fest. Sah Swetlana an. »Warum hast du das nicht gleich gesagt? Vertrag hin oder her, aber wenn ...«

»Du brauchst dich nicht aufzuregen, sie haben sich verlaufen, haben aber auch wieder herausgefunden. Am Abend waren sie wieder da.«

»Das kommt in der Tat nicht häufig vor«, platzte ich heraus. »Kinder, die ein paar Stunden im Wald bleiben! Sie mögen doch nicht obendrein auch noch Erdbeeren?«

»Nachdem ihre Mutter ihnen die Leviten gelesen hatte, fingen sie an zu erzählen, dass sie sich verlaufen haben«, fuhr Swetlana unerschütterlich fort. »Und einem Wolf begegnet sind.

Der Wolf hat sie durch den Wald gejagt, direkt zu seinen Jungen hin ...«

»Hm ...«, murmelte ich. Ich spürte, wie etwas bedenklich in meiner Brust schlug.

»Die Kinder hatten natürlich Angst. Dann ist plötzlich eine Frau aufgetaucht, die dem Wolf einen Vers aufgesagt hat, worauf dieser weggerannt ist. Dann hat die Frau die Kinder in ihr Häuschen gebracht, ihnen Tee gemacht und sie dann bis zum Waldrand begleitet. Sie hat behauptet, Botanikerin zu sein und Kräuter zu besitzen, vor denen Wölfe Angst haben ...«

»Das sind kindliche Phantasien«, fiel ich ihr ins Wort. »Ist mit den beiden alles in Ordnung?«

»Absolut.«

»Ich habe schon irgendeine Gemeinheit befürchtet«, sagte ich und streckte mich wieder in der Hängematte aus. »Hast du sie auf Magie überprüft?«

»Sie sind absolut sauber«, informierte Swetlana mich. »Nicht die geringsten Spuren.«

»Phantasien. Oder sie haben tatsächlich vor jemandem Angst gehabt ... vielleicht sogar vor einem Wolf. Und irgendeine Frau hat sie dann aus dem Wald herausgebracht. Die Kinder hatten wirklich Glück, auch wenn eine Tracht Prügel ...«

»Der Kleine, Romka, hat gestottert. Ziemlich stark sogar. Jetzt spricht er absolut flüssig. Er plappert in einem fort, trägt kleine Gedichte vor ...«

Ich dachte kurz nach. »Kann man Stottern heilen?«, fragte ich. »Durch Suggestion oder Hypnose ... oder was es sonst noch so gibt.«

»Das ist nicht zu heilen. Im Unterschied zu Schnupfen. Und jeder Arzt, der dir verspricht, durch Hypnose sei das Stottern wegzukriegen, ist ein Scharlatan. Natürlich, wenn es eine reaktive Neurose wäre, dann ...«

»Verschon mich mit diesen Begriffen«, bat ich. »Es lässt sich also nicht heilen. Und alternative Mittel?«

»Vielleicht könnten wilde Andere tatsächlich etwas ausrichten ... Kannst du Stottern heilen?«

»Und nächtliches Bettnässen auch«, brummte ich. »Dito Einkoten. Aber du hast doch keine Magie gespürt, oder, Sweta?«

»Aber das Stottern ist weg.«

»Das kann nur eins heißen ...«, räumte ich widerwillig ein. Ich seufzte und erhob mich nun doch aus der Hängematte. »Das sieht nicht gut aus, Sweta. Eine Hexe. Noch dazu von einer Kraft, die deine übersteigt. Und du stehst auf der ersten Kraftstufe!«

Swetlana nickte. Ich komme nur selten darauf zu sprechen, dass ihre Kraft meine übersteigt. Denn das ist das, was uns in erster Linie trennt – eines Tages vielleicht für immer.

Und Swetlana hatte extra die Nachtwache verlassen! Sonst ... sonst wäre sie jetzt bereits eine Zauberin außerhalb jeder Kategorie.

»Aber den Kindern ist doch nichts passiert«, fuhr ich fort. »Kein widerlicher Zauberer hat sich an dem Mädchen vergriffen, keine böse Hexe hat aus dem Jungen Suppe gemacht ... Also, wenn das eine Hexe ist, warum legt sie dann ein so gutes Verhalten an den Tag?«

»Hexen müssen nicht immer Menschen fressen oder zu sexueller Aggressivität neigen«, erwiderte Swetlana so ernst, als halte sie einen Vortrag. »Ihr ganzes Verhalten wird von normalem Egoismus bestimmt. Wenn eine Hexe *sehr* hungrig ist, dann könnte sie wohl in der Tat über einen Menschen herfallen. Einfach aus dem Grund, weil sie sich selbst nicht zu den Menschen zählt. Aber sonst ... Warum hätte sie den Kindern nicht helfen sollen? Das kostet sie nichts. Sie hat sie aus dem Wald herausgebracht und das Stottern des Jungen geheilt. Womöglich hat sie selbst Kinder. Du würdest doch auch einen kleinen Hund füttern, der kein Zuhause mehr hat, oder?«

»Das gefällt mir nicht«, versicherte ich. »Eine Hexe von solcher Kraft? Sie erreichen doch nur selten den ersten Grad, nicht wahr?«

»Sehr selten.« Swetlana sah mich forschend an. »Bist du dir genau über den Unterschied zwischen einer Zauberin und einer Hexe im Klaren, Anton?«

»Im Großen und Ganzen, ja«, antwortete ich.

Doch Swetlana ließ nicht locker. »Eine Zauberin arbeitet direkt mit dem *Zwielicht*, aus dem sie ihre Kraft schöpft. Eine Hexe dagegen benutzt materielle Hilfsmittel, die mehr oder weniger stark mit Kraft aufgeladen sind. Alle magischen Artefakte, die es auf der Welt gibt, sind von Hexen oder Hexern geschaffen worden. Das sind ihre ›Prothesen‹, wenn du so willst. Als Artefakte können alle Gegenstände oder Körperorgane aus Horn wie Haare oder lange Fingernägel dienen ... Deshalb ist eine Hexe ungefährlich, wenn du sie ausziehst und rasierst, während du einer Zauberin noch mit einem Knebel den Mund stopfen und die Hände fesseln musst.«

»Dir stopft garantiert niemand den Mund«, feixte ich. »Sweta, wozu hältst du mir diesen Vortrag? Ich bin kein großer Magier, aber die grundlegenden Dinge weiß auch ich, über die musst du mich nicht aufklären ...«

»Tut mir leid, ich wollte dich nicht verletzen«, entschuldigte sich Sweta sofort.

Ich sah sie an – und erkannte den Schmerz in ihren Augen.

Was bin ich doch für ein Schwein!

Warum muss ich meine Komplexe immer an der Frau auslassen, die ich liebe?!

Ich bin mieser als jeder Dunkle ...

»Verzeih mir, Swetka ...«, flüsterte ich und berührte ihre Hand. »Hab Nachsehen mit einem alten Idioten.«

»Ich muss mich wohl auch an die eigene Nase fassen«, räumte Sweta ein. »In der Tat: Warum halte ich dir hier große Vorträge? Du hast es in der Wache jeden Tag mit Hexen zu tun ...«

Der Friede war wiederhergestellt. »Mit solchen starken?«, fragte ich sofort zurück. »Vergiss nicht, in ganz Moskau gibt es eine Hexe ersten Grades, und die hat sich seit langem aus dem Geschäft zurückgezogen ... Was sollen wir jetzt tun, Sweta?«

»Wir haben keinen triftigen Grund zu intervenieren«, meinte Sweta besorgt. »Den Kindern geht es gut, dem Jungen sogar besser. Es bleiben zwei Fragen: Was für ein komischer Wolf hat die Kinder zu seinen Jungen getrieben?«

»Wenn es überhaupt ein Wolf war«, warf ich ein.

»Eben«, stimmte Sweta mir zu. »Aber irgendwie haben die Kinder alles sehr überzeugend berichtet ... Und die zweite Frage: Ist die Hexe hier im Ort registriert, was haben wir über sie ...«

»Das kriegen wir sofort raus«, sage ich, während ich nach meinem Handy langte.

Fünf Minuten später bekam ich die Antwort, dass es nach den Unterlagen der Nachtwache keine Hexen in dieser Gegend gab oder geben dürfte.

Weitere zehn Minuten später verließ ich den Hof, bewaffnet mit den Instruktionen und Ratschlägen meiner Frau, die zugleich eine verhinderte Große Zauberin war. Als ich am Schuppen vorbeiging, linste ich durch die offene Tür hinein. Kolja hing über der offenen Motorhaube, auf einer ausgebreiteten Zeitung lagen verschiedene Schrauben und Teilchen. Oh, oh, ich hatte doch nur was von einem Klopfen im Motor gesagt!

Außerdem sang Onkel Kolja, brummte vor sich hin:

Wir sind keine Heizer, sind keine Zimmerleute,
Wir sind die Kommunistische Garde von heute!

Anscheinend hatte sein Gedächtnis nur diese beiden Zeilen abgespeichert, die er wie aufgezogen wiederholte, während er selbstvergessen am Motor fummelte:

Wir sind keine Heizer, sind keine Zimmerleute,
Wir sind die Kommunistische Garde von heute!

»Ein halber Liter wird hier nicht reichen, Antoscha!«, rief Onkel Kolja fröhlich, sobald er mich sah. »Die Japaner müssen völlig den Verstand verloren haben, was sie in diesen Diesel gestopft haben, ist ja nicht mit anzusehen!«

»Das waren nicht die Japaner, sondern die Deutschen«, korrigierte ich ihn.

»Die Deutschen?«, wunderte sich Onkel Kolja. »Ach, das ist ja ein BMW, und ich habe früher nur den Subaru wieder auf Vordermann gebracht ... Was die sich dabei gedacht haben, die Dinger hier völlig anders zu bauen ... Aber keine Sorge, ich krieg das schon hin! Allerdings dröhnt mir der Schädel, das ist die Pest ...«

»Geh zu Sweta, sie gibt dir ein Schlückchen!«, fand ich mich mit dem Unvermeidlichen ab.

»Nein.« Onkel Kolja schüttelte den Kopf. »Während der Arbeit nie. Sonst verpfusch ich dir das ... Unser erster Vorsitzender, Friede seiner Asche, hat mir eingeschärft: Wenn du schraubst, keinen Tropfen! Geh nur, geh. Ich habe hier noch bis zum Abend zu tun.«

Innerlich nahm ich von dem Wagen Abschied und trat dann auf die staubige heiße Straße hinaus.

Den kleinen Romka machte mein Besuch unsagbar glücklich. Ich kam genau in dem Moment, als Anna Viktorowna eine schändliche Niederlage im Kampf um den Mittagsschlaf hinnehmen musste. Romka, ein magerer und braun gebrannter Junge, sprang auf der Matratze herum. »Schlaf ich an der Wand«, schrie er übermütig. »Krieg ich morgen um mein Knie 'nen Verband!«

»Was soll ich nur mit ihm machen?«, freute sich Anna Viktorowna über mein Erscheinen. »Guten Tag, Anton. Sagen Sie, führt sich Ihre Nadenka auch so auf?«

»Nein«, log ich.

Romka hörte auf zu springen und schaute uns aufmerksam an.

»Dann nehmen sie den hier doch mit«, schlug Anna Viktorowna scheinheilig vor. »Was soll ich mit so einem Rabauken anfangen? Sie sind ein strenger Mann, Sie werden ihn schon erziehen. Er wird auf Nadenka aufpassen, ihre Windeln bügeln, die Böden für Sie wischen, den Müll rausbringen …«

Bei diesen Worten zwinkerte Anna Viktorowna mir heftig zu, als ob ich ihren Vorschlag tatsächlich für bare Münze nehmen und mir kurzerhand einen minderjährigen Sklaven besorgen könnte.

»Ich denk drüber nach«, unterstützte ich ihre pädagogischen Bemühungen. »Wenn er absolut nicht hören will, nehmen wir ihn zur Umerziehung auf. Bei uns haben schon schlimmere Kinder gelernt zu spuren!«

»Sie nehmen mich ja doch nicht!«, meinte Romka keck, fing aber immerhin nicht wieder an zu springen, sondern setzte sich aufs Bett und streckte die Beine auf der Decke aus. »Was sollten Sie mit einem solchen Rabauken schon anfangen?«

»Dann stecke ich dich ins Internat«, drohte Anna Viktorowna.

»Nur herzlose Menschen stecken Kinder ins Internat«, wiederholte Romka einen Satz, den er ohne Frage aufgeschnappt hatte. »Aber du bist nicht herzlos!«

»Was soll ich bloß mit ihm machen?«, stellte Anna Viktorowna noch einmal ihre rhetorische Frage. »Möchten Sie etwas eisgekühlten Kwass?«

»Ich auch, ich auch«, piepste Romka, bevor er unter dem strengen Blick seiner Mutter verstummte.

»Danke«, meinte ich nickend. »Ehrlich gesagt, bin ich wegen dieses Rabauken gekommen …«

»Hat er was angestellt?«, wollte Anna Viktorowna gleich wissen.

»Sweta hat mir vom Abenteuer Ihrer Kinder erzählt ... und von dem Wolf. Ich bin Jäger, aber so etwas ...«

Innerhalb einer Minute saß ich am Tisch und wurde mit kaltem Kwass und allerlei Aufmerksamkeiten bewirtet.

»Eben. Ich bin Lehrerin, ich verstehe was von diesen Dingen«, meinte Anna Viktorowna. »Die Wölfe sind die Sanitäter des Waldes ... Das ist natürlich eine Lüge, denn ein Wolf reißt nicht nur kranke Tiere, sondern durch die Bank alle Tiere ... Trotzdem ist er ein Lebewesen. Der Wolf ist nicht schuld daran, dass er ein Wolf ist ... Aber hier, in der Nähe des Dorfs! Er jagt Kinder! Treibt sie zu seinen Jungen. Wissen Sie, was das bedeutet?«

Ich nickte.

»Er bringt seinen Jungen das Jagen bei.« In Anna Viktorownas Augen loderte Angst oder ein mütterlicher Zorn auf, vor dem sowohl Wölfe wie auch Bären im tiefsten Wald Zuflucht gesucht hätten. »Was ist das? Ein Menschen fressender Wolf?«

»Das kann nicht sein«, erwiderte ich. »Hier hat es noch nie einen Fall gegeben, wo ein Wolf einen Menschen angefallen hätte. Ohnehin gibt es hier schon lange keine Wölfe mehr ... Das war wohl eher ein verwilderter Hund. Aber das möchte ich gern überprüfen.«

»Tun Sie das«, meinte Anna Viktorowna in festem Ton. »Und wenn ... selbst wenn das ein Hund war. Wenn die Kinder sich das nicht ausgedacht haben ...«

Erneut nickte ich.

»Erschießen Sie ihn«, bat Anna Viktorowna. Dann fuhr sie im Flüsterton fort: »Ich schlafe nachts nicht mehr. Wenn ich nur daran denke ... was hätte passieren können.«

»Aber das war ein Hund!«, erklang vom Bett Romkas Stimme herüber.

»Scht!«, fuhr Anna Viktorowna ihn an. »Gut, komm her. Erzähl dem Onkel, wie alles gewesen ist.«

Es bedurfte keiner weiteren Überredungskünste, damit Romka vom Bett sprang, zu uns kam und sich höchst geschäftig auf meinen Schoß setzte. Fordernd sah er mir in die Augen.

Ich zerzauste ihm das störrische, ausgeblichene Haar.

»Also, die Sache war so ...«, begann Romka voller Genugtuung.

Anna Viktorowna blickte Romka irgendwie sehr traurig an. Ich verstand sie. Den Vater dieser Kinder konnte ich jedoch nicht verstehen. Es kann alles Mögliche passieren, die Leute trennen sich – aber die eigenen Kinder danach aus seinem Leben zu verbannen und sie mit Alimenten abzuspeisen?

»Wir sind gelaufen und immer weiter gelaufen, also wir sind spazieren gegangen«, erzählte Romka ermüdend langatmig. »Wir sind spazieren gegangen und in den Wald gekommen. Und dann hat Xjuscha mir schreckliche Geschichten erzählt ...«

Aufmerksam hörte ich mir seinen Bericht an. Die »schrecklichen Geschichten« legten einmal mehr nahe, dass sie sich die ganze Geschichte ausgedacht hatten. Andererseits schilderte der Junge alles absolut klar. Abgesehen von den für sein Alter typischen Wiederholungen einzelner Wörter, verhedderte er sich nicht einmal.

Für alle Fälle scannte ich auch noch die Aura des Jungen. Ein Mensch ... ein kleiner Mensch. Ein guter kleiner Mensch, von dem man glauben möchte, dass er zu einem guten Menschen heranwächst. Nicht die geringsten Hinweise darauf, dass es sich bei ihm um einen potenziellen Anderen handeln könnte. Und nicht die geringsten Spuren einer magischen Manipulation.

Wenn jedoch schon Swetlana nichts bemerkt hatte – was sollte mir mit meinem zweiten Grad dann eigentlich auffallen?

»Und plötzlich hat der Wolf gelacht!«, rief Romka, während er fröhlich mit den Händen fuchtelte.

»Hast du denn keine Angst gehabt?«, fragte ich.

Zu meinem Erstaunen dachte Romka lange darüber nach.

»Doch«, sagte er dann. »Ich bin noch klein, und der Wolf war groß. Außerdem hatte ich keinen Stock – wo kriege ich im Wald einen Stock her? Aber später hatte ich dann keine Angst mehr.«

»Hast du jetzt Angst vor Wölfen?«, hakte ich nach. Nach einem solchen Abenteuer hätte jeder normale Junge angefangen zu stottern. Romka hingegen hatte damit aufgehört!

»Nicht die Spur!«, versicherte der Junge. »Aber wegen Ihnen habe ich jetzt meinen Faden verloren. Wo war ich denn?«

»An der Stelle, wo der Wolf gelacht hat«, meinte ich lächelnd.

»Genau wie ein Mensch«, sagte Romka.

Alles klar. Ich hatte es schon ziemlich lange nicht mehr mit Werwölfen zu tun gehabt. Noch dazu mit solchen hinterhältigen ... Kinder zu jagen, nur hundert Kilometer von Moskau entfernt. Worauf hofften sie? Dass es hier im Dorf keine Wache gab? Dabei ging das regionale Büro jedem Fall von vermissten Menschen nach. Für diese Aufgabe gibt es einen guten und hochspezialisierten Magier. Er macht das mit Methoden, die alle Welt für pure Scharlatanerie hält, sieht sich Fotos an und legt sie dann weg oder ruft die Fahnder an, um besorgt zu klagen: »Irgendwas ist hier ... irgendwas, aber ich weiß nicht, was ...«

Dann würden wir losfahren, im Moskauer Umland ausschweifen, den Wald durchkämmen, Spuren sichern ... schreckliche Spuren, an die wir uns jedoch gewöhnt haben. Die Tiermenschen würden vermutlich bei ihrer Verhaftung Widerstand leisten. Und irgendjemand – möglicherweise wäre ich das – würde mit der Hand wedeln. Daraufhin würde der leuchtende graue Höhenrauch durch das *Zwielicht* kriechen ...

Solche wie sie fangen wir nur selten lebend. Wollen es auch gar nicht.

»Außerdem glaube ich«, fuhr Romka verständig fort, »dass der Wolf etwas gesagt hat. Ich glaube, ich glaube ... Aber er hat doch gar nicht geredet, das weiß ich. Wölfe reden schließlich nicht, oder? Aber ich träume davon, dass er etwas gesagt hat.«

»Und was?«, fragte ich vorsichtig nach.

»Geh ... weg, He-xe!«, meinte Romka, der angestrengt versuchte, den heiseren Bass nachzuahmen.

Also doch. Damit konnte ich eine Razzia anordnen. Oder sogar Hilfe aus Moskau anfordern.

Das war ein Werwolf gewesen, ohne Frage. Und die Kinder konnten von Glück sagen, dass sich auch noch eine Hexe in der Gegend rumtrieb.

Eine starke.

Eine sehr starke.

Die nicht einfach nur den Werwolf vertrieb, sondern auch noch das Gedächtnis der Kinder reinigte, ohne dabei die geringste Spur zu hinterlassen. Indem sie einfach nicht allzu tief eindrang. Sie hatte nicht erwartet, dass in dem Dorf ein aufmerksamer Wächter auftauchen würde ... Bei Bewusstsein erinnerte sich der Junge an nichts – aber im Schlaf, da schon. *»Geh weg, Hexe!«*

Interessant!

»Danke, Romka.« Ich drückte ihm die kleine Hand. »Ich werde mal in den Wald gehen und nachgucken.«

»Haben Sie denn keine Angst? Haben Sie ein Gewehr?«, fragte Romka munter.

»Ja.«

»Zeigen Sie's mir!«

»Es ist zu Hause«, meinte Anna Viktorowna streng. »Gewehre sind außerdem kein Spielzeug für Kinder.«

Romka seufzte. »Aber die kleinen Wölfe erschießen Sie nicht, ja?«, bat er in herzzerreißendem Ton. »Bringen Sie mir lieber einen von ihnen mit, dann erziehe ich ihn wie einen Hund! Oder zwei, einen für mich, einen für Xjucha!«

»Roman!«, wies Anna Viktorowna ihn mit strenger Stimme zurecht.

Xjuscha fand ich am Teich, genau wie ihre Mutter es gesagt hatte. Eine Gruppe Mädchen brutzelte neben einer Horde Jungen in der Sonne, auf beiden Seiten flogen spitze Bemerkungen hin und her. Die männlichen Wasserratten waren in dem Alter, in dem sie die Mädchen bereits nicht mehr an den Zöpfen zogen – aber noch nicht begriffen, was sie mit ihnen anstellen sollten.

Bei meinem Auftauchen verstummten alle, Neugier und Furcht packte sie. Ich war im Dorf noch nicht allzu bekannt.

»Oxana?«, fragte ich ein Mädchen, das ich meiner Ansicht nach schon einmal zusammen mit Romka gesehen hatte und das Xjuscha sein konnte.

Ein sehr ernstes Mädchen mit blauem Badeanzug sah mich an und nickte. »Hallo ... Guten Tag«, sagte sie höflich.

»Guten Tag. Ich bin Anton, der Mann von Swetlana Nasarowa. Kennst du sie?«, fragte ich.

»Wie heißt Ihre Tochter?«, fragte Oxana misstrauisch.

»Nadja.«

»Ich kenne sie«, meinte Oxana nickend und erhob sich aus dem Sand. »Sie wollen mit mir über die Wölfe reden, nicht wahr?«

»Richtig«, meinte ich mit einem Lächeln.

Oxana schielte zu den Kindern hinüber. Genauer, zu den Jungen.

»Ach, das ist ja Nadkas Vater«, bemerkte ein sommersprossiger Bengel, in dem – warum auch immer – der dörfliche Ursprung nicht zu übersehen war. »Mein Vater repariert gerade Ihr Auto.«

Stolz blickte er seine Freunde an.

»Wir können uns auch hier unterhalten«, schlug ich zur Beruhigung der Kinder vor. Es war natürlich schrecklich, dass sich normale, in Familien aufwachsende Kinder in diesem Alter ein solches Misstrauen angewöhnt hatten.

Aber vielleicht war es auch besser so.

»Wir sind im Wald spazieren gegangen«, fing Oxana an zu erzählen, die sich kerzengerade vor mir aufgebaut hatte. Ich dachte kurz nach und setzte mich dann in den Sand, worauf sich auch das Mädchen wieder setzte. Anna Viktorowna hatte ihre Kinder wirklich gut erzogen. »Es war meine Schuld, dass wir uns verirrt haben …«

Einer der Dorfjungen lachte. Wenn auch leise. Vermutlich war Oxana nach diesen Geschichten mit den Wölfen zum beliebtesten Mädchen bei den jüngeren Schulkindern avanciert.

Im Prinzip erzählte Oxana mir nichts Neues. Auch an ihr ließen sich keine Spuren von Magie feststellen. Nur die Erwähnung des Schranks »mit alten Büchern« ließ mich aufhorchen.

»Erinnerst du dich an die Titel?«, fragte ich.

Oxana schüttelte den Kopf.

»Versuch es einmal«, bat ich. Ich sah zu Boden – auf meinen langen, verzerrten Schatten.

Gehorsam kroch mir der Schatten entgegen.

Dann nahm mich das graue, kühle *Zwielicht* auf.

Kinder aus dem *Zwielicht* heraus zu betrachten ist immer ein Vergnügen. Ihre Auren – selbst die der schüchternsten und unglücklichsten – sind noch frei von jener Bosheit und Härte, die die Auren erwachsener Menschen umhüllen.

Innerlich entschuldigte ich mich bei den Kindern, schließlich hatten sie mich nicht um das gebeten, was ich jetzt tat. Mit einer sachten, unmerklichen Berührung glitt ich über sie hinweg. Einfach so. Ich löschte jene Funken des Bösen, die bei ihnen trotz allem schon aufblitzten.

Dann strich ich Oxana über den Kopf. »Erinnere dich, Mädchen …«, flüsterte ich.

Sicher, ich würde die Barriere, die jene unbekannte Hexe errichtet hatte, nicht beseitigen können, wenn sie stärker oder genauso stark war wie ich. Aber zu meinem Glück schien sie an eine Kinderfreundin geraten zu sein. Die Hexe war höchst behutsam mit dem Bewusstsein der beiden umgegangen.

Ich trat aus dem *Zwielicht* heraus. Wie in einem Backofen schlug die heiße Luft über mir zusammen. Was für ein brütender Sommer!

»Jetzt weiß ich es wieder!«, verkündete Oxana stolz. »Ein Buch hieß *Aliada Ansata.*«

Ich runzelte die Stirn.

Von den gewöhnlichen Kräuterbüchern – ich meine von den gewöhnlichen Hexenkräuterbüchern – unterschied sich dieses durch seine besondere Niederträchtigkeit. Dort wurden sogar für Löwenzahn einige abscheuliche Anwendungsformen vorgestellt.

»Dann noch *Kassagar Garsarra*«, sagte Oxana.

Eines der Kinder kicherte. Wenn auch unsicher.

»Wie war der Titel geschrieben?«, fragte ich. »In lateinischen Buchstaben? So wie englisch ... ja? *Kassagar Garsarra?*«

Wozu hatte ich das wiederholt? Als ob man den Unterschied hören könnte ...

»Nein, mit russischen Buchstaben«, meinte Oxana. »Aber mit komischen, alten.«

Noch nie hatte ich von einer Übersetzung dieses selbst für die Dunklen seltenen Werks ins Russische gehört. Es ist verboten, das Buch zu drucken, denn dann büßen die Zaubersprüche ihre Magie ein. Man darf es bloß abschreiben. Ausschließlich mit Blut. Und zwar keinesfalls mit dem Blut einer Jungfrau oder dem unschuldiger Kinder, das sind irrige Ansichten, die später aufkamen; entsprechende Abschriften taugen überhaupt nichts. Bis heute glaubt man, das *Kassagar Garsarra* existiere lediglich auf Arabisch, Spanisch, Latein und Althochdeutsch. Das Blut muss von dem Magier, der das Buch abschreiben möchte, stammen. Für jeden Zauberspruch muss er sich frisches abzapfen. Und das Buch ist dick ...

Außerdem fließt zusammen mit dem Blut die Kraft aus ihm heraus.

Was können wir stolz auf die russischen Hexen sein! Hatte sich doch eine Fanatikerin gefunden!

»Ist das alles?«, fragte ich.

»Noch das *Fuaran*.«

»So ein Buch gibt es nicht, das hast du dir ausgedacht ...«, entgegnete ich unwillkürlich. »Wie war das? *Fuaran?*«

»*Fuaran*«, bestätigte Oxana.

Nein, in diesem Buch gab es nichts Gemeines. Nur wurde es in allen Nachschlagewerken als Phantasieprodukt ausgewiesen. Der Legende nach enthielt das Buch Instruktionen, wie aus einem Menschenkind eine Hexe oder ein Hexer zu machen sei. Genaue und angeblich funktionierende Anweisungen.

Als ob das möglich wäre!

Oder etwa doch, Geser?

»Erstaunliche Bücher«, sagte ich.

»Das sind botanische Bücher, nicht wahr?«, fragte Oxana.

»Hm«, bestätigte ich. »Vergleichbar mit Katalogen. Im *Aliada Ansata* wird beschrieben, wo man verschiedene Kräuter findet ... und so weiter. Vielen Dank, Xjuscha.«

Interessante Dinge taten sich in unserem Wald! Ganz in der Nähe von Moskau sitzt im tiefsten Dickicht – aber was heißt hier Dickicht? –, in einem kleinen Wald eine mächtige Hexe mit einer Bibliothek voll seltenster Bücher zu allen dunklen Gebieten. Ab und an rettet sie Kinder vor idiotischen Werwölfen. Besten Dank auch dafür! Aber die Bücher, die sie besitzt, müssen gemeldet werden, und zwar beiden Wachen und der Inquisition. Denn die Kraft, die hinter ihnen steht, ist enorm, ist gefährlich.

»Du kriegst eine Tafel Schokolade von mir«, versprach ich. »Du hast alles sehr schön erzählt.«

Oxana zierte sich nicht, sondern sagte bloß »danke«. Und

schien das Interesse an unserem Gespräch völlig verloren zu haben.

Offenbar hatte die Hexe ihr als der Älteren das Gedächtnis gründlicher gereinigt. Nur an die Bücher, die das Mädchen gesehen hatte, hatte sie nicht gedacht.

Und das beruhigte mich ein wenig.

Zwei

Geser hörte mir mit ungeteilter Aufmerksamkeit zu. An manchen Stellen hakte er nach, schwieg dann, seufzte und ächzte. Ich lümmelte mich in die Hängematte, das Handy in der Hand, und erstattete ausführlich Bericht ... Nur das *Fuaran*, das die Hexe besaß, verschwieg ich.

»Gute Arbeit, Anton«, meinte Geser schließlich. »Wirklich gut. Du hast dich da nicht auf die faule Haut gelegt.«

»Was soll ich jetzt tun?«, fragte ich.

»Du musst die Hexe finden«, erwiderte Geser. »Sie hat zwar nichts Böses angerichtet, muss sich aber registrieren lassen. Na ja ... die übliche Prozedur, du weißt Bescheid.«

»Und die Werwölfe?«, wollte ich wissen.

»Vermutlich Moskauer, die auf Tournee im Umland sind«, kommentierte Geser gelassen. »Ich werde den Befehl geben, alle Werwölfe zu überprüfen, die mehr als drei Kinder mit Anlagen zum Tiermenschen haben.«

»Es gab insgesamt nur drei Junge«, erinnerte ich ihn.

»Der Werwolf könnte nur die ältesten mit auf Jagd genommen haben«, erklärte Geser. »In der Regel sind es große Familien ... Im Dorf haben sich nicht gerade irgendwelche verdächtigen Leute auf den Datschen einquartiert? Also ein Erwachsener und drei oder mehr Kinder?«

»Nein«, bedauerte ich. »Daran haben Sweta und ich sofort gedacht ... Nur Anna Viktorowna ist mit ihren beiden Kindern gekommen, alle anderen haben entweder keine oder nur ein Kind. Wir haben eine Geburtenkrise im Land ...«

»Von der demographischen Situation ist mir auch schon etwas zu Ohren gekommen«, unterbrach mich Geser amüsiert. »Was ist mit den Dorfbewohnern?«

»Es gibt große Familien, aber Swetlana kennt die aus dem Dorf alle gut. Die sind sauber, das sind ganz gewöhnliche Menschen.«

»Also müssen es Leute von auswärts sein«, schlussfolgerte Geser. »Soweit ich es verstanden habe, ist im Dorf niemand verschwunden. Gibt es in der Nähe vielleicht Pensionen oder Hotels?«

»Ja«, entgegnete ich. »Auf der anderen Seite des Flusses, rund fünf Kilometer entfernt, ist ein Pionierlager ... oder wie die Dinger jetzt heißen. Ich habe schon herausgekriegt, dass dort alles in Ordnung ist und kein Kind vermisst wird. Man lässt sie auch gar nicht zum Fluss hinunter, das ist ein Lager mit militärischer Disziplin, ziemlich streng. Schlafengehen, Aufstehen, fünf Minuten zum Anziehen. Machen Sie sich deswegen keine Sorgen.«

Geser krächzte missmutig. »Brauchst du Hilfe, Anton?«, fragte er.

Ich dachte nach. Das war die entscheidende Frage, auf die ich bislang noch keine Antwort hatte finden können.

»Ich weiß es nicht. Die Hexe ist anscheinend stärker als ich. Aber ich will sie ja nicht ermorden ... und das sollte sie spüren.«

Weit, weit weg, in Moskau, versank Geser tief in Gedanken. »Swetlana soll die Wahrscheinlichkeitslinien überprüfen«, stieß er dann hervor. »Wenn für dich keine große Gefahr besteht ... dann versuch, allein mit der Sache klarzukommen. Wenn sie höher als zehn, zwölf Prozent ist ... dann ...« Er zögerte, fuhr dann aber recht munter fort: »Dann kommen Ilja und Semjon. Oder Danila und Farid. Zu dritt schafft ihr das.«

Ich lächelte. Dein Plan sieht anders aus, Geser. Ganz anders. Du hoffst, dass mich im Notfall Swetlana rettet. Und dann in die Nachtwache zurückkehrt ...

»Außerdem hast du noch Swetlana«, meinte Geser abschließend. »Du überblickst das Ganze. Also mach dich an die Arbeit und gib mir im Notfall Bescheid.«

»Zu Befehl, *mon général*«, konterte ich. Denn Bescheid zu geben – das hatte Geser in ausgesprochenem Befehlston verlangt.

»Militärisch gesprochen, Oberstleutnant«, fuhr mich Geser prompt an, »läge mein Dienstgrad nicht unter dem eines Generalissimus. Genug, mach dich an die Arbeit.«

Nachdem ich das Telefon weggesteckt hatte, verglich ich kurz die Kraftstufen mit den Armeerängen. Siebter Grad einfacher Soldat, sechster Sergeant, fünfter Leutnant, vierter Hauptmann, dritter Major, zweiter Oberstleutnant, erster Oberst.

Gut, wenn man großzügig war und die Unterteilung innerhalb der einzelnen Ränge außer Acht ließ, dann wäre ich ein Oberstleutnant. Während der General für einen gewöhnlichen Magier außerhalb jeder Kategorie zu reservieren war.

Geser jedoch war ein ungewöhnlicher Magier!

Die Pforte klapperte, und Ljudmila Iwanowna trat ein. Meine Schwiegermutter. Die unermüdliche Nadjuschka wirbelte um sie herum. Kaum war sie in den Garten gekommen, warf sie sich johlend in die Hängematte.

Ja, meine Tochter war noch nicht initiiert. Doch sie spürte ihre Eltern. Und ihren Alltag prägte noch vieles mehr, was normale zweijährige Mädchen nicht kennen. Zum Beispiel fürchtete sie sich vor keinem einzigen Tier, während alle Tiere sie mochten. Hunde und Katzen wichen ihr überhaupt nicht von der Seite ...

Mücken bissen sie nicht.

»Papka«, meinte Nadja, während sie auf mich kraxelte. »Wir sind spazieren gewesen.«

»Guten Tag, Ljudmila Iwanowna«, begrüßte ich meine Schwiegermutter. Für alle Fälle: Denn heute Morgen hatten wir uns auch schon begrüßt.

»Du ruhst dich aus?«, fragte meine Schwiegermutter ungläubig. Nein, mein Verhältnis zu ihr war gut. Kein sprichwörtliches. Trotzdem hatte ich den Eindruck, sie wolle mir ständig irgendetwas vorwerfen. Dass ich ein Anderer war, zum Beispiel – wenn sie denn etwas von den Anderen gewusst hätte.

»Ein bisschen«, antwortete ich munter. »Seid ihr weit weg gewesen, Nadja?«

»Ja.«

»Bist du jetzt müde?«

»Ja«, bestätigte Nadka, »aber Oma ist noch mehr müde.«

Ljudmila Iwanowna blieb kurz stehen, als überlege sie, ob sie einem Nichtsnutz wie mir seine eigene Tochter anvertrauen konnte. Offenbar beschloss sie, es zu wagen. Sie ging ins Haus.

»Und wohin gehst du?«, fragte Nadjuschka, wobei sie meine Hand kräftig drückte.

»Habe ich denn gesagt, dass ich irgendwohin gehe?«, wunderte ich mich.

»Nein ...«, räumte Nadka ein und zerzottelte sich mit ihrem kleinen Händchen das Haar. »Aber du gehst doch?«

»Ja«, gab ich zu.

Eben. Wenn ein Kind ein potenzieller Anderer ist – noch dazu von solcher Kraft –, verfügt es von Geburt an über die Gabe, in die Zukunft zu sehen. Vor einem Jahr hatte Nadka eine Woche vor dem Zeitpunkt, als die ersten Zähne durchkamen, angefangen zu weinen.

»La, la, la ...«, fing Nadja an zu singen und guckte zum Zaun hinüber. »Der Zaun muss gestrichen werden!«

»Hat Oma das gesagt?«, wollte ich wissen.

»Ja. Wenn hier ein richtiger Mann wäre, würde er den Zaun

streichen«, wiederholte Nadjuschka inbrünstig die Worte. »Aber hier ist kein richtiger Mann, da muss Oma selbst streichen.«

Ich seufzte.

Zum Teufel mit diesen Datschenfanatikern! Warum müssen Menschen auf ihre alten Tage unbedingt in sich die Leidenschaft entdecken, in der Erde zu buddeln? Ob sie sich schon mal an sie gewöhnen wollen?

»Oma hat einen Spaß gemacht«, sagte ich und klopfte mir auf die Brust. »Hier gibt es einen richtigen Mann, und der wird auch den Zaun streichen! Im Notfall streicht er sogar alle Zäune im ganzen Dorf.«

»Ein richtiger Mann«, wiederholte Nadka und lachte los.

Ich vergrub das Gesicht in ihrem Haar und pustete. Nadjuschka fing gleichzeitig zu kichern und zu strampeln an. Ich blinzelte Swetlana zu, die gerade aus dem Haus kam, und setzte meine Tochter auf der Erde ab. »Lauf zu Mama.«

»Nein, lieber zu Oma«, meinte Swetlana, als sie Nadja auffing. »Milch trinken.«

»Ich will keine Milch!«

»Du brauchst sie«, entgegnete Swetlana.

Darauf widersprach Nadjuschka nicht, sondern steuerte widerspruchslos auf die Küche zu. Selbst bei Menschen gibt es ein seltsames wortloses Verstehen zwischen Mutter und Kind. Was wollte man da erst über uns sagen? Nadja spürte genau, wann sie sich Mätzchen leisten konnte – und wann sie es besser bleiben ließ.

»Was hat Geser gesagt?«, fragte Swetlana, während sie sich neben mich setzte. Die Hängematte schaukelte.

»Er hat mir die Wahl gelassen. Ich kann die Hexe allein suchen oder Hilfe rufen. Was meinst du?«

»Soll ich für dich in die Zukunft schauen?«, wollte Swetlana wissen.

»Hm.«

Swetlana schloss die Augen und streckte sich in der Hängematte aus. Ich zog ihre Beine gerade und legte sie mir über die Knie. Von außen betrachtet die reinste Idylle. Eine attraktive Frau lag in einer Hängematte und entspannte sich. Neben ihr saß ihr Mann, der ihr hingebungsvoll über die Hüfte streichelte ...

Auch ich konnte in die Zukunft sehen. Jedoch viel schlechter als Swetlana, denn das gehörte nicht zu meinem Spezialgebiet. Außerdem brauchte ich dafür weitaus länger, und meine Prognose traf nicht immer zu.

Swetlana schlug die Augen auf. Sah mich an.

»Und?« Ich konnte mich nicht beherrschen.

»Streichel mich ruhig weiter«, lächelte sie. »Es ist alles sauber. Ich sehe keine Gefahr.«

»Anscheinend hat die Hexe genug von ihrem niederträchtigen Tun«, feixte ich. »Na gut. Ich werde ihr einen mündlichen Verweis wegen der nicht erfolgten Registrierung erteilen.«

»Ihre Bibliothek beunruhigt mich«, gab Swetlana zu. »Warum hockt sie mit solchen Büchern tief im Wald?«

»Kann doch sein, dass sie die Stadt einfach nicht mag«, entgegnete ich. »Sie braucht den Wald, die frische Luft ...«

»Warum dann das Moskauer Umland? Sie hätte doch nach Sibirien fahren können, da ist die Umwelt auch noch nicht so verschmutzt, und es gibt dort die seltensten Kräuter. Oder in den Fernen Osten.«

»Sie ist von hier«, meinte ich lächelnd. »Und sie ist ihrer kleinen Heimat treu.«

»Irgendwas stimmt hier nicht«, meinte Swetlana verärgert. »Ich kann die Geschichte mit Geser einfach nicht vergessen ... Und hier hockt eine Hexe!«

»Warum stößt dir die Sache mit Geser immer wieder auf?«, fragte ich achselzuckend. »Er wollte aus seinem Sohn einen

Lichten machen. Ich kann ihn dafür nicht mal verurteilen. Stell dir doch mal vor, welche Schuldgefühle er gegenüber seinem Sohn empfunden haben muss ... Er hat geglaubt, der Junge sei tot ...«

Swetlana setzte ein ironisches Lächeln auf. »Nadjuschka sitzt gerade auf einem Hocker, baumelt mit den Beinen und will, dass die Haut von der Milch abgeschöpft wird.«

»Ja und?« Ich wusste nicht, was sie meinte.

»Ich spüre, wo sie ist und wie es ihr geht«, erklärte Swetlana. »Weil sie meine Tochter ist. Und weil sie eine Andere ist. Dabei bin ich schwächer als Geser oder Olga ...«

»Sie haben geglaubt, ihr Sohn sei gestorben ...«, murmelte ich.

»Das kann nicht sein!«, widersprach Swetlana hart. »Geser ist kein gefühlloser Baumstumpf. Er hätte spüren müssen, dass der Junge noch am Leben ist, verstehst du? Und Olga erst recht. Er ist ihr Fleisch und Blut ... Sie hätte nicht glauben dürfen, dass der Junge gestorben ist. Als sie erst einmal erfahren hatten, dass ihr Sohn am Leben war, stellte alles Weitere kein Problem mehr dar. Geser verfügt jetzt genau wie vor fünfzig Jahren über genügend Kraft, um im ganzen Land das Unterste zuoberst zu kehren und seinen Sohn zu finden.«

»Willst du damit sagen, sie hätten ihn absichtlich nicht gesucht?«, fragte ich. Swetlana schwieg. »Oder ...«

»Oder«, bestätigte Swetlana. »Oder der Junge war in der Tat ein Mensch. Dann ginge das Puzzle auf. Dann mussten sie an seinen Tod glauben und konnten ihn nur absolut zufällig finden.«

»Das *Fuaran*«, meinte ich. »Ob diese Hexe irgendwas mit den Ereignissen im Assol zu tun hat?«

Swetlana zuckte die Schultern. »Ich würde schrecklich gern mit dir in den Wald gehen, Anton«, versicherte sie seufzend. »Um diese gute Frau und Botanikerin zu finden, sie nach allem Möglichen zu fragen ...«

»Aber du kommst nicht mit«, sagte ich.

»Genau. Ich habe geschworen, an keiner Operation der Nachtwache teilzunehmen.«

Ich verstand sie. Teilte Swetlanas Groll auf Geser. Außerdem hätte ich es ohnehin vorgezogen, Swetlana nicht mitzunehmen ... Es war nicht ihre Aufgabe, Hexen im Wald aufspüren.

Aber um wie vieles leichter und einfacher wäre es, wenn wir zusammenarbeiten würden!

Ich stand auf. Seufzte. »Gut, ich will hier nicht rumtrödeln. Die größte Hitze haben wir hinter uns, da werde ich mich mal in den Wald aufmachen.«

»Es ist bald Abend«, bemerkte Swetlana.

»Ich hab es ja nicht weit. Die Kinder haben gesagt, die Hütte sei ganz in der Nähe.«

»Gut«, nickte Swetlana. »Aber wart noch einen Moment, ich mache dir ein paar Brote fertig. Und fülle dir etwas Obstsaft in eine Flasche ab.«

Während ich auf Swetlana wartete, spähte ich vorsichtig in den Schuppen. Mir blieb die Spucke weg. Nicht nur, dass Onkel Kolja den halben Motor auseinander genommen und die Teile auf dem Boden ausgebreitet hatte, nein, neben ihm hing ein weiterer Dorfalkoholiker mit Feuereifer über dem Motor, ein gewisser Andrjucha oder Serjoga. Völlig dem Kampf gegen die deutsche Technik anheim gefallen, hatten die beiden noch nicht einmal den von der mitleidigen Swetlana bereitgestellten Flachmann angerührt. Onkel Kolja brummte vor sich hin:

Springt der Motor mal nicht an,
Lass mich und meinen Kumpel ran.

Auf Zehenspitzen entfernte ich mich vom Schuppen.

Zum Kuckuck mit dem Wagen ...

Swetlana stattete mich aus, als wolle ich nicht einen Waldspaziergang machen, sondern müsse in der Taiga überleben.

Eingepackte Brote, eine Flasche mit Obstsaft, ein gutes Taschenmesser, Streichhölzer, ein Döschen mit Salz, zwei Äpfel und eine kleine Taschenlampe.

Außerdem überprüfte sie, ob mein Handy noch geladen war. Angesichts der bescheidenen Ausmaße des Waldes war das Handy durchaus nicht überflüssig: Im Notfall könnte ich auf einen Baum klettern – von dort würde ich mit Sicherheit eine Verbindung kriegen.

Meinen MD-Player packte ich selbst ein. Während ich jetzt langsam Richtung Wald marschierte, hörte ich *Simowje swerej*.

Die alte Stadt schlief längst schon ein,
Es zittert der gequälte Stein,
Die Nacht, bedroht von Todespein,
Hüllt sich in Schweigen.
Die alte Stadt schlief längst schon ein,
Nun spricht der fahle trübe Schein
Zu euch als Echo – dürft ihm kein
Vertrauen zeigen.

In Bücherein schläft Band an Band,
Voll sind die Scheuern bis zum Rand,
Genies verlieren den Verstand
Des Nachts auf Wacht.
Das Dunkel hat mit schwerer Hand
Die Unterschiede fortgebannt:
Das Kapitol, die Kerkerwand
Sind gleichgemacht.

Große Hoffnungen, noch heute Abend auf die Hexe zu stoßen, hegte ich nicht. Besser sollte ich morgen früh aufbrechen, obendrein mit einem Team. Aber ich wollte die Verdächtige ja unbedingt selbst finden!

Und einen Blick in das Buch *Fuaran* werfen.

Am Waldrand blieb ich kurz stehen, um mir die Welt durchs *Zwielicht* anzusehen. Nichts Besonderes. Nicht die geringste Spur von Magie. Nur in der Ferne, über unserem Haus, blinkte weißer Feuerschein auf. Eine Zauberin ersten Grades ist von weither zu erkennen ...

Gut, weiter.

Ich hob meinen Schatten auf und trat ins *Zwielicht* ein.

Der Wald verwandelte sich in wabbeligen Höhenrauch, in Düsternis. Nur einzelne, nur die größten Bäume hatten in der *Zwielicht*-Welt einen Doppelgänger.

Wo waren die Kinder aus dem Wald gekommen?

Ich fand ihre Spur relativ schnell. In ein paar Tagen würde die zarte Kette von Abdrücken wohl geschmolzen sein, aber jetzt ließ sie sich noch erkennen. Kinder hinterlassen klare Spuren, in denen viel Kraft liegt. Klarer sind nur noch die Spuren von Schwangeren.

Von der Botanikerin fand ich keine Spuren. Freilich, sie konnten auch verschwunden sein. Aber vermutlich achtete diese Hexe seit langem darauf, keine Spuren zu hinterlassen.

Die Spuren der Kinder hatte sie allerdings nicht beseitigt! Warum nicht? Aus Nachlässigkeit? Der berühmte russische Schlendrian? Oder absichtlich?

Aber Rätselraten würde ich hier bestimmt nicht veranstalten.

Ich speicherte die Fußabdrücke der Kinder in meinem Gedächtnis ab und trat aus dem *Zwielicht*. Die Spuren sah ich nun zwar nicht mehr, spürte jedoch, wohin sie führten. Ich konnte mich auf den Weg machen.

Zunächst maskierte ich mich jedoch noch sorgfältig. Natürlich ließ sich das nicht mit jener Schutzhülle vergleichen, die Geser für mich geschaffen hatte. Trotzdem würde mich ein Magier, der schwächer war als ich, für einen Menschen halten. Womöglich überschätzten wir die Kräfte dieser Hexe?

Die erste halbe Stunde sah ich mir meine Umgebung aufmerksam an, betrachtete jedes verdächtige Gebüsch durchs *Zwielicht* und wirkte hin und wieder einen einfachen Suchzauber. Kurzum, ich ging strikt nach Lehrbuch vor, wie ein disziplinierter Anderer, der eine Razzia durchführt.

Dann reichte es mir. Um mich herum war Wald, ein kleiner, nicht ganz gesunder Wald, der aber immerhin noch nicht den Touristen zum Opfer gefallen war. Ob das vielleicht daran lag, dass der ganze Wald nur fünfzig mal fünfzig Kilometer maß? Immerhin trieben sich hier allerlei Waldbewohner wie Eichhörnchen, Hasen und Füchse herum. Wölfe – echte, keine Werwölfe – gab es in ihm natürlich nicht. Auf die können wir allerdings auch gut verzichten. Dafür gab es allerlei Essbares: Einmal setzte ich mich neben einen Strauch mit wilden Himbeeren und pflückte innerhalb von zehn Minuten die bereits leicht vertrockneten, süßen Früchte. Dann stieß ich auf eine ganze Siedlung von Steinpilzen. Aber was heißt Siedlung? Auf eine wahre Metropole! Große, nicht wurmstichige Steinpilze, nicht irgendwelches Murkelzeug, und kein Hallimasch oder Röhrenpilz dazwischen. Nicht einmal geahnt hatte ich, dass ein paar Kilometer vom Dorf entfernt ein solcher Schatz lag!

Einen Moment lang schwankte ich. Ob ich nicht all die Pilze sammeln, nach Hause bringen und zum Erstaunen von meiner Schwiegermutter und zur Freude Swetlanas auf dem Tisch ausbreiten sollte? Und wie Nadka erst vor Begeisterung jauchzen und gegenüber den Nachbarskindern mit ihrem erfolgreichen Papa angeben würde!

Dann fiel mir ein, dass bei einer solchen Beute (schließlich würde ich sie nicht heimlich ins Haus schmuggeln können) das ganze Dorf im Wald auf Pilzjagd gehen würde. Auch die Trinker aus der Gegend, die sich freuen würden, die Pilze am Straßenrand verscherbeln zu können, um sich hinterher Wodka zu kaufen. Und die alten Frauen, die sich hauptsächlich von dem ernährten, was sie fanden. Und alle Kinder aus dem Dorf.

Aber irgendwo hier im Wald trieben sich Werwölfe rum ...

»Sie würden es nicht glauben ...«, sagte ich bitter, während ich auf die Pilzlichtung blickte.

Gebratene Steinpilze, o ja, das wär was. Ich schluckte meine Spucke herunter und folgte meiner Spur.

Keine fünf Minuten später stieß ich auf ein Holzhäuschen.

Genau wie die Kinder es beschrieben hatten. Ein kleines Haus, winzige Fenster, kein Zaun, kein Schuppen, kein Gemüsegarten. Niemals hätte irgendjemand solche Häuser im Wald errichtet. Selbst das kleinste Waldhüterhäuschen hat noch ein hölzernes Vordach.

»He, Hausherren!«, rief ich. »Holla!«

Niemand antwortete.

»Hüttlein, Hüttlein«, murmelte ich. »Den Rücken jetzt zum Walde dreh, damit ich durch die Türe geh ...«

Doch die Hütte rührte sich nicht. Außerdem stand sie ohnehin schon mit dem Gesicht zu mir. Plötzlich fühlte ich mich ungeheuer schlau – ganz wie Stirlitz in den Witzen.

Gut, genug der Dummheiten. Ich gehe da jetzt rein, falls die Frau nicht zu Hause sein sollte, warte ich auf sie ...

Ich ging auf die Tür zu, berührte die verrostete Eisenklinke – und in diesem Moment, als habe jemand nur darauf gewartet, öffnete sich die Tür.

»Guten Tag«, sagte eine etwa dreißigjährige Frau lächelnd.

Eine sehr schöne Frau ...

Aus irgendeinem Grund hatte ich sie mir nach den Erzählungen von Romka und Xjuscha älter vorgestellt. Außerdem hatten sie ihre äußere Erscheinung mit keinem Wort erwähnt – und in meinem Kopf hatte sich das typische Bild einer »einfachen Frau« gebildet. Ich Idiot! »Schön«, das hieß für so kleine Kinder

»ein prachtvolles Kleid«. In ein oder zwei Jahren würde Xjuscha vermutlich begeistert und verzückt berichten: »Und wie schön die Tante war!« Und als Beispiel Natalia Oreiro oder ein aktuelles Mädchenidol nennen.

Die Frau trug jedoch bloß Jeans und ein einfaches kariertes Hemd von der Art, wie sie sowohl Männer als auch Frauen anziehen.

Hochgewachsen, aber nur so, dass ein Mann von mittlerer Größe keine Minderwertigkeitskomplexe entwickelte. Schlank, aber nicht mager. So lange und wohlgeformte Beine, dass man am liebsten losschreien wollte: »Weshalb steckst du in Jeans, du Idiotin, steig sofort in einen Minirock!« Busen – hm, mancher sieht vielleicht lieber zwei Silikonmelonen, mancher bevorzugt eine knabenhaft flache Brust, aber ein normaler Mann hält sich in dieser Frage an die gesunde Mitte. Die Hände ... Ich habe keine Ahnung, ob Hände erotisch sein können. Aber ihre waren es. So, dass dir sofort der Gedanke durch den Kopf schießt, diese Finger müssten dich berühren ...

Bei einer solchen Figur braucht eine Frau kein attraktives Gesicht zu haben. Sie jedoch hatte auch das. Rabenschwarze Haare, große Augen, die lächelten und betörten. Ebenmäßige Gesichtszüge, allerdings mit kleinen Abweichungen vom Ideal, die das Auge zwar gar nicht bemerkte, die es jedoch erlaubten, sie als lebendige Frau zu betrachten und nicht als Kunstprodukt.

»Gu-Guten Tag«, flüsterte ich.

Was war mit mir? Man konnte ja glauben, ich sei auf einer unbewohnten Insel aufgewachsen und hätte noch nie eine Frau gesehen!

»Sie sind Romans Vater, oder?«, wollte die Frau mit strahlendem Lächeln wissen.

»Was?«, fragte ich begriffsstutzig zurück.

Die Frau wurde leicht verlegen. »Entschuldigen Sie ... Hier hat sich vor ein paar Tagen ein Junge im Wald verlaufen, den ich zu seinem Dorf zurückgebracht habe. Er hat ebenfalls gestottert ... leicht. Da habe ich gedacht ...«

Na toll! Einfach großartig!

»Normalerweise stottere ich nicht«, murmelte ich. »Normalerweise plapper ich allerlei Unsinn zusammen. Aber ich habe nicht damit gerechnet, im Wald einer so schönen Frau zu begegnen, das hat mich völlig aus dem Konzept gebracht.«

Die »so schöne Frau« lachte. »Und diese Worte? Sind die auch Unsinn? Oder die Wahrheit?«

»Die Wahrheit«, gestand ich.

»Kommen Sie rein.« Sie machte einen Schritt zur Seite. »Vielen Dank, hier bekomme ich nicht oft Komplimente zu hören ...«

»Hier kommen wohl auch nicht oft Leute vorbei«, bemerkte ich, während ich das Haus betrat und mich umsah.

Keine Spuren von Magie. Eine etwas merkwürdige Einrichtung für ein Haus mitten im Wald, aber warum auch nicht. Und in der Tat: ein Bücherschrank mit alten Folianten ... Aber die Frau hatte nichts von einer Anderen an sich.

»Hier in der Nähe sind zwei Dörfer«, erklärte die Frau. »Das, zu dem ich die beiden Kinder gebracht habe, und eins, das etwas größer ist. Dort mache ich meine Einkäufe, der Laden hat jeden Tag auf. Aber mit Komplimenten werde ich da nicht überschüttet.« Sie lächelte erneut. »Ich heiße Arina. Nicht Irina, sondern Arina.«

»Anton«, stellte ich mich vor. Um dann mit meiner exzellenten Grundschulbildung zu glänzen: »Arina wie die Kinderfrau Puschkins?«

»Genau, ihr zu Ehren wurde ich so genannt«, lächelte die Frau. »Mein Vater hieß Alexander Sergejewitsch, meine Mutter war besessen von Puschkin. Fanatisch, wenn man so will. Und deshalb habe ich diesen Namen bekommen ...«

»Und warum nicht Anna, zu Ehren der Kern? Oder Natalja, zu Ehren der Gontscharowa?«

»Sie stellen Fragen ...« Die Frau schüttelte den Kopf. »Meine Mutter glaubte, all diese Frauen hätten in Puschkins Leben eine verhängnisvolle Rolle gespielt. Sicher, sie dienten ihm als Quelle der Inspiration, aber als Mensch hat er ihretwegen sehr gelitten ... Während seine Kinderfrau ... Sie hat nichts verlangt, hat Sascha hingebungsvoll geliebt ...«

»Sind Sie Philologin?«, ließ ich einen Versuchsballon steigen.

»Was hätte eine Philologin hier im Wald verloren?«, amüsierte sich Arina. »Setzen Sie sich, ich mache Ihnen einen Tee, einen wohlschmeckenden Kräutertee. Alle Welt ist jetzt hinter Mate, Roibosch und diesen ganzen ausländischen Sachen her. Aber ein Russe, das sagen ich Ihnen ganz offen, braucht diesen exotischen Kram nicht. Unsere eigenen Kräuter reichen völlig. Oder normaler Tee, der schwarze, schließlich sind wir keine Chinesen, die grünes Wasser trinken. Oder Waldkräuter. Das können Sie gleich selbst feststellen ...«

»Sie sind Botanikerin«, meinte ich niedergeschlagen.

»Richtig!« Arina lachte. »Und Sie sind bestimmt nicht Romans Vater?«

»Nein, ich ...«, ich geriet ins Stocken und flüchtete zur bequemsten Ausrede. »Ich bin ein Freund seiner Mutter. Vielen Dank, dass sie die Kinder gerettet haben.«

»Nun habe ich sie gleich gerettet«, meinte Arina lächelnd. Sie stand mit dem Rücken zu mir und gab getrocknete Kräuter in die kleine Kanne, in der der Sud aufgebrüht wurde. Hiervon eine Prise, davon ganz wenig, ein Löffel von dem hier ... Unwillkürlich blieb mein Blick an dem Teil der ausgeblichenen Jeans hängen, der den kräftigen Hintern umspannte. Irgendwie wusste ich sofort, dass ihr Hintern straff war und jedes Anzeichen der Lieblingskrankheit städtischer Damen, der Zellulitis, vermissen ließ. »Xjuscha ist ein kluges Mädchen, die beiden hätten auch allein wieder herausgefunden.«

»Und die Wölfe?«, fragte ich.

»Was für Wölfe, Anton?« Erstaunt sah Arina mich an. »Ich habe schon den beiden gesagt: Das war ein streunender Hund. Woher sollten in einem Wäldchen wie diesem Wölfe kommen?«

»Ein wilder Hund, noch dazu mit Jungen, kann ebenfalls gefährlich sein«, bemerkte ich.

»Hm ... vermutlich haben Sie Recht.« Arina seufzte. »Auf alle Fälle glaube ich, dass der Hund sich nicht auf die beiden gestürzt hätte. Hunde fallen Kinder nur selten an, man muss ein Tier schon sehr reizen, damit es dergleichen tut. Menschen sind weitaus gefährlicher als Tiere ...«

Wogegen sich in der Tat nichts einwenden ließ ...

»Langweilen Sie sich nicht, so im tiefen Wald?«, wechselte ich das Thema.

»Ich bin doch nicht hierher verbannt«, amüsierte sich Arina. »Ich bin nur den Sommer über hier, um meine Dissertation zu schreiben. *Die Ethnogenese einiger Kreuzblütler in Mittelrussland.*«

»Sie wollen promovieren?«, fragte ich ein wenig neidisch. Aus irgendeinem Grund bedauerte ich noch immer, dass ich meine Diss nicht zu Ende gebracht hatte. Und zwar deshalb nicht, weil ich ein Anderer geworden war und mich das ganze wissenschaftliche Geplänkel mit einem Mal genervt hatte. Es hatte genervt – dennoch bedauerte ich es jetzt ...

»Ja«, antwortete Arina mit verständlichem Stolz. »Im Winter will ich sie verteidigen ...«

»Haben Sie Ihre wissenschaftliche Bibliothek mit hierher gebracht?«, fragte ich und nickte in Richtung Schrank.

»Ja«, meinte Arina. »Es war natürlich dumm, das alles hier anzuschleppen. Aber ein ... Bekannter hat mich hergebracht. Im Jeep. Die Gelegenheit habe ich genutzt und meine ganze Bibliothek hierher verfrachtet.«

Ich fragte mich, ob ein Jeep durch diesen Wald fahren konnte. Hinter dem Haus schien es einen recht breiten Pfad zu geben ... vermutlich hätte er es also geschafft ...

Ich ging zum Schrank, um mir die Bücher aufmerksam anzusehen.

Das war in der Tat die gut sortierte Bibliothek einer Botanikerin. Alte Wälzer aus dem frühen 20. Jahrhundert, bei denen im Vorwort ein Loblied auf die Partei und den Genossen Stalin höchstselbst angestimmt wurde. Aber auch noch ältere, die aus der Zeit vor der Revolution stammten. Und eine Unzahl einfacher, zerlesener Bände von vor zwanzig, dreißig Jahren.

»Der größte Teil ist Mist«, kommentierte Arina, ohne sich umzudrehen. »Deren Platz ausschließlich im Regal eines Bibliophilen sein sollte. Aber ... ich bringe es einfach nicht übers Herz, sie zu verkaufen.«

Ich lächelte traurig und sah mir den Schrank durchs *Zwielicht* an. Alles sauber. Keine Magie. Alte Bücher über Botanik.

Oder das Ganze war kunstvoll in eine Düsternis gehüllt, die ich nicht zu durchdringen vermochte.

»Setzen Sie sich, der Tee ist fertig«, forderte Arina mich auf.

Ich nahm auf einem knarrenden Wiener Stuhl Platz. Griff nach der Tasse Tee, schnupperte.

Ein betörender Geruch. Irgendwas musste da drin sein, ein wenig normaler Tee, aber auch Zitrone und Minze. Obwohl ich gewettet hätte: Der Tee enthielt weder Teeblätter, noch Zitronenschale oder banale Minze.

»Was ist?«, lächelte Arina. »Probieren Sie ruhig ...«

Sie setzte sich mir gegenüber und lehnte sich etwas vor. Unwillkürlich fiel mein Blick auf den offenen Hemdausschnitt, der die braun gebrannte Brust erkennen ließ. Ob dieser »Bekannte mit Jeep« wohl ihr Liebhaber war? Oder einfach ein Kollege? Ja, klar, ein Botaniker mit Jeep ...

Was war nur mit mir los? Man konnte wirklich glauben, ich käme von einer unbewohnten Insel und hätte seit zehn Jahren keine Frau gesehen!

»Er ist heiß«, erwiderte ich, während ich die Tasse in beiden Händen hielt. »Er muss noch etwas abkühlen …«

Arina nickte.

»Wie bequem, einen Elektrokessel zu haben«, fuhr ich fort. »Das Wasser kocht schnell. Woher haben Sie denn hier Strom, Arina? Ich habe am Haus gar keine Leitungen gesehen.«

Arinas Gesicht erzitterte. »Vielleicht verlaufen die Kabel ja unterirdisch«, meinte sie kläglichen Tones.

»Hm«, erwiderte ich, streckte die Hand mit der Tasse aus und goss den Tee fein säuberlich auf den Fußboden. »Die Antwort lass ich nicht gelten. Denken Sie noch einmal darüber nach.«

»Warum muss ich nur immer so ein Pech haben?« Ärgerlich schüttelte Arina den Kopf. »Wegen solcher Kleinigkeiten …«

»Man stolpert immer über Kleinigkeiten«, meinte ich mitleidig. Und stand auf. »Moskauer Nachtwache, Anton Gorodezki. Ich verlange, die Illusion sofort aufzuheben!«

Arina hüllte sich in Schweigen.

»Ihre Weigerung zu kooperieren wird als Verletzung des Großen Vertrages gewertet«, erinnerte ich sie.

Arina blinzelte. Und verschwand.

Also, das durfte doch nicht …

Mit einem Blick fing ich meinen Schatten ein. Streckte mich nach ihm aus – und das kühle *Zwielicht* nahm mich auf.

Das Häuschen hatte sich nicht im Geringsten verändert!

Arina war weg.

Ich konzentrierte mich. Hier war es zu grau und zu trüb, um meinen Schatten auszumachen. Trotzdem fand ich ihn. Und trat in die zweite Schicht des *Zwielichts* ein.

Der graue Nebel verdichtete sich, den Raum erfüllte ein fernes, lang gezogenes Grollen. Ein Frösteln lief über meine Haut. Jetzt hatte sich das Häuschen verändert, und zwar radikal: Es hatte sich in eine Hütte verwandelt. Mit Wänden aus Holzbalken, die Moos bewucherte. Statt Glas funkelte eine halb durchscheinende, glimmernde Platte in den Fenstern. Die Möbel waren einfacher, älter, der Wiener Stuhl, auf dem ich saß, hatte sich in einen Baumstumpf verwandelt. Nur der teure, hochverehrte Schrank war noch der alte. Ein schöner alter Schrank. In dem die Bücher jedoch rasant ihr Äußeres veränderten. Falsche Buchstaben hagelten zu Boden, die kunstledernen Rücken verlederten ...

Arina war weg. Nur eine vage Silhouette neben dem Schrank ließ sich erkennen, ein geisterhafter, schneller Schatten ... Die Hexe war in die dritte Schicht des *Zwielichts* abgetaucht!

Theoretisch könnte ich ihr dorthin folgen.

Praktisch hatte ich das noch nie ausprobiert. Für einen Magier zweiten Grades bedeutet das eine unsagbare Anspannung der Kräfte.

Doch ich war zu wütend auf die durchtriebene Hexe. Sie hatte versucht, mich zu verzaubern, zu bezirzen ... die alte Vettel!

Ich stand an dem dunklen Fenster und fing die Funken Licht ein, die in die zweite *Zwielicht*-Schicht drangen. Ich fand – glaubte das zumindest – meinen sehr, sehr schwachen Schatten auf dem Boden ...

Das war das Schwierigste: ihn zu bemerken. Danach gehorchte der Schatten, schoss zu mir hoch und gab mir den Weg frei.

Ich trat in die dritte Schicht des *Zwielichts*.

In die Analogie des Hauses, errichtet aus Baumzweigen und dicken Stämmen.

Hier gab es keine Bücher, keine Möbel mehr. Nur ein Nest aus Zweigen.

Und Arina, die mir gegenüberstand.

Wie alt sie war!

Wenn auch nicht bucklig wie die Hexe Baba-Jaga aus dem Märchen. Sondern immer noch schlank und hochgewachsen. Ihre Haut war jedoch faltig wie Baumrinde, die Augen lagen tief in den Höhlen. Sie trug nicht mehr als einen schmutzigen Kittel aus Sackleinen. Wie leere Säcke hingen die welken Brüste in dem tiefen Ausschnitt des Kittels. Außerdem war sie kahl, nur eine Strähne ragte wie bei den Wirbeln von Indianern auf ihrem Schädel auf.

»Die Nachtwache!«, wiederholte ich. Die Worte krochen widerwillig, langsam aus meinem Mund. »Kommen Sie aus dem *Zwielicht*! Das ist die letzte Warnung!«

Was wollte ich ihr, die so leicht in die dritte Schicht der *Zwielicht*-Welt abtauchen konnte, eigentlich anhaben? Keine Ahnung. Möglicherweise gar nichts ...

Doch sie leistete nicht länger Widerstand. Sondern kam auf mich zu – und verschwand.

Mühevoll kehrte ich in die zweite Schicht zurück. Normalerweise ist es leichter, aus dem *Zwielicht* herauszukommen, doch die dritte Schicht hatte meine Kräfte aus mir herausgesaugt wie aus einem diplomierten Looser.

Arina wartete in der zweiten Schicht auf mich. Sie hatte ihr bisheriges Aussehen bereits wieder angenommen. Mit einem Nicken ging sie weiter, der normalen, gemütlichen und ruhigen Welt der Menschen entgegen ...

In kalten Schweiß gebadet, brauchte ich zwei Versuche, um meinen Schatten aufzuheben, bevor mir das endlich gelang.

Drei

Arina saß auf einem Stuhl, die Hände bescheiden auf die Knie gelegt. Sie lächelte nicht mehr, sondern war der Inbegriff des Gehorsams selbst.

»Können wir in Zukunft vielleicht auf diese Tricks verzichten, ja?«, wollte ich wissen, als ich in die reale Welt zurückkam. Mein Rücken war klatschnass, meine Beine zitterten leicht.

»Kann ich diese Gestalt behalten, Wächter?«, fragte Arina leise.

»Wozu?« Diese kleine Rache konnte ich mir nicht verkneifen. »Ich habe Ihre echte Gestalt doch sowieso schon gesehen.«

»Wer entscheidet, was in dieser Welt echt ist?«, entgegnete Arina nachdenklich. »Das kommt doch wohl darauf an, von wo aus man das Ganze betrachtet ... Halten Sie meine Bitte für weibliche Koketterie, Lichter.«

»Und der Versuch, mich zu betören, war der auch Koketterie?«

Arina klimperte mit den Augen. »Ja!«, platzte es aus ihr heraus. »Ich weiß, dass meine *Zwielicht*-Gestalt ... Aber hier und jetzt sehe ich so aus! Und nichts Menschliches ist mir fremd. Eben auch nicht der Wunsch zu gefallen.«

»Gut, bleiben Sie so«, brummte ich. »Allerdings kann ich nicht gerade behaupten, dass ich von einer Wiederholung der Show träume ... Nehmen Sie die Illusion von den magischen Gegenständen!«

»Wie Sie wünschen, Lichter.« Arina fuhr sich mit der Hand übers Haar, um ihre Frisur in Ordnung zu bringen.

Kaum merklich veränderte sich das kleine Haus.

Statt des Kessels stand ein kleiner Topf aus Birkenholz auf dem Tisch. Aus ihm stieg noch Dampf auf. Den Fernseher gab es zwar noch, aber die Leitung führte nicht zu einer imaginären Steckdose, sondern zu einer braunen Tomate.

»Wie originell«, kommentierte ich und nickte in Richtung Fernseher. »Muss man das Gemüse oft wechseln?«

»Tomaten jeden Tag«, antwortete die Hexe achselzuckend. »Ein Kohlkopf reicht zwei oder drei Tage.«

Nie zuvor hatte ich eine derart ausgefallene Form der Stromgewinnung gesehen. Gewiss, theoretisch war so was möglich ... aber in der Praxis ...

Am meisten interessierte mich natürlich der Bücherschrank. Ich trat an ihn heran und zog ein x-beliebiges Buch heraus, einen schmalen Band mit weichem Einband.

Weißdorn. Praktische Anwendung in der häuslichen Zauberei.

Eine Art Rotationsdruck. Vor einem Jahr erschienen. Sogar die Auflage war angegeben: 200 Exemplare. Und die ISBN-Nummer! Die Druckerei sagte mir nichts, irgendeine unbekannte GmbH *TP*.

»Tatsächlich Botanik ... Lassen Sie Ihre Bücher wirklich drucken?«, fragte ich begeistert.

»Gelegentlich«, antwortete die Hexe bescheiden. »Man kann ja nicht alles von Hand abschreiben ...«

»Von Hand, das ist ja noch gar nichts«, entgegnete ich. »Manches muss sogar mit Blut geschrieben werden ...«

Dann holte ich das *Kassagar Garsarra* aus dem Schrank.

»Mit dem eigenen Blut, merken Sie sich das«, brachte Arina scharf hervor. »Mir ist diesbezüglich nichts vorzuwerfen.«

»Dieses Buch überhaupt zu besitzen kann ich Ihnen vorwerfen«, widersprach ich. »Hm, was haben wir denn hier ... ›Aufwiegelung der Menschen gegeneinander ohne übergroße Anstrengung‹.«

»Was wollen Sie mir eigentlich zur Last legen?«, fragte Arina nun ärgerlich. »Das sind ... wissenschaftliche Ausgaben. Antiquarische. Ich habe niemanden aufgehetzt.«

»Wirklich nicht?«, erwiderte ich, während ich das Buch durchblätterte. »›Linderung bei Nierenleiden und Heilung von Wassersucht‹ ... Also das ist ...«

»Wollen Sie jemandem, der de Sade liest, sadistische Absichten unterstellen?«, knurrte Arina. »Das ist unsere Geschichte. Verschiedene Zauber. Ohne Unterscheidung in destruktive und positive.«

Ich brummte etwas. Im Prinzip hatte sie Recht. Dass sie hier die unterschiedlichsten magischen Rezepte zusammengetragen hatte, stellte nun wirklich keinen Straftatbestand dar. Außerdem ... was sollte ich nun wieder davon halten: »Wie man bei einer Gebärenden die Schmerzen tilgt, ohne dem Kind zu schaden«. Und gleich danach »Wie man die Frucht abtreibt und der Schwangeren nicht schadet« und »Wie man die Frucht zusammen mit der Schwangeren auslöscht«.

Für Dunkle nichts Ungewöhnliches.

Doch trotz dieser widerwärtigen Anleitungen und dem eben erst unternommenen Versuch Arinas, mich zu täuschen, nahm irgendetwas an der Hexe mich für sie ein. Vor allem wohl, wie sie sich den Kindern gegenüber verhalten hatte. Ohne Frage hätte die weise alte Hexe ihnen die grausamsten Dinge antun können. Außerdem ... außerdem strahlte sie eine gewisse Melancholie und Einsamkeit aus, ungeachtet ihrer Stärke, ungeachtet ihrer wertvollen Bibliothek und ihrer attraktiven Menschengestalt.

»Was soll ich denn angestellt haben?«, fragte Arina streitsüchtig. »Nun mal raus mit der Sprache, Zauberkundiger!«

»Sind Sie registriert?«, wollte ich wissen.

»Bin ich etwa eine Vampirin oder eine Tierfrau?«, fragte Arina zurück. »Wenn du mir einen Stempel aufdrücken willst ... das schlag dir aus dem Kopf.«

»Vom Siegel rede ich nicht«, beruhigte ich sie. »Die Sache ist einfach die, dass alle Magier vom ersten Grad an verpflichtet sind, dem regionalen Büro ihren Wohnort bekannt zu geben. Damit ihnen ein Umzug nicht als feindliche Handlung ausgelegt wird ...«

»Ich bin keine Zauberin, sondern eine Hexenmeisterin.«

»Magier und sonstige Andere von gleichwertiger Kraft ...«, wiederholte ich müde. »Sie befinden sich auf dem Territorium der Moskauer Wache. Sie hätten sich bei uns melden müssen.«

»Früher hat es dergleichen nicht gegeben«, murmelte die Hexe. »Hohe Zauberkundige haben sich übereinander informiert, Vampire und Tiermenschen wurden erfasst ... aber um uns hat sich niemand gekümmert.«

Hm ...

»Was heißt *früher*?«, wollte ich wissen.

»1931«, gab die Hexe widerwillig preis.

»Sie leben seit 31 hier?«, hakte ich ungläubig nach. »Arina ...«

»Ich lebe erst seit zwei Jahren hier. Davor ...« Sie runzelte die Stirn. »... das spielt keine Rolle, wo ich davor war. Ich habe jedenfalls nichts von diesen neuen Gesetzen gehört.«

Vielleicht sagte sie sogar die Wahrheit. Bei alten Anderen, vor allem bei denjenigen, die nicht in den Wachen arbeiten, kann so was vorkommen. Sie verkriechen sich irgendwo, im Wald oder in der Taiga, und hocken da jahrzehntelang, bis Sehnsucht sie überwältigt.

»Und vor zwei Jahren haben Sie beschlossen, hierher zu ziehen?«, hakte ich nach.

»Ja. Was hatte ich dummes Weib auch in der Stadt verloren?« Arina lachte. »Jetzt sitze ich hier, gucke fern und lese meine Bücher. Hole das Versäumte nach. Ich habe eine alte Freundin gefunden ... die mir Bücher aus Moskau schickt.«

»Gut«, meinte ich. »Dann kommt jetzt die übliche Prozedur. Haben Sie ein Blatt Papier?«

»Ja.«

»Schreiben Sie eine Erklärung. Name, Eltern, Geburtsjahr, Initiierungsjahr, ob Sie einmal den Wachen angehört haben, auf welcher Kraftstufe Sie stehen ...«

Gehorsam nahm Arina Blatt und Bleistift zur Hand. Ich runzelte die Stirn, bot ihr aber keinen Kugelschreiber an. Sollte sie doch mit einer Gänsefeder schreiben.

»Wann Sie sich das letzte Mal angemeldet oder Ihren Wohnsitz einem offiziellen Organ der Wachen mitgeteilt haben ... Wo Sie sich danach aufgehalten haben.«

»Ich werde das nicht schreiben.« Arina legte den Stift beiseite. »Was soll neuerdings dieses Geschreibsel ... Wen geht es etwas an, wo ich meine alten Knochen wärme?«

»Hören Sie doch auf, wie eine Dorfalte zu sprechen, Arina!«, bat ich. »Sie haben sich doch vorhin ganz normal ausgedrückt!«

»Da habe ich mich verstellt«, erklärte Arina, ohne mit der Wimper zu zucken. »Gut, wie Sie wollen. Nur verzichten Sie dann auch auf diesen Armeeton.«

Mit einer peniblen, engen Schrift schrieb sie rasch das ganze Blatt voll. Reichte es mir.

Sie war jünger, als ich vermutet hatte. Noch nicht einmal zweihundert Jahre alt. Ihre Mutter war eine Bäuerin, ihr Vater unbekannt, in ihrer Familie gab es keine Anderen. Mit elf Jahren wurde das Mädchen von einem Dunklen Magier oder, wie Arina die Magier hartnäckig nannte, von einem Zauberkundigen initiiert. Einem Zugereisten aus Deutschland. Nebenbei entjungferte er sie, worauf Arina hinweisen zu müssen glaubte, wobei sie sich ein »geiler Bock« nicht verkneifen konnte. Ach – so war das! Der Deutsche hatte das Mädchen in seine Dienste genommen und es ausgebildet – in jeder Hinsicht des Wortes. Offenbar war er weder besonders klug noch besonders sensibel: Mit dreizehn Jahren verfügte das Mädchen über so viel Kraft, dass sie in einem fairen Duell siegte und ihren Lehrer dematerialisierte. Bei dem es sich übrigens um einen Magier vierten Grades handelte. Danach fiel sie den damaligen Wachen auf. Weitere Straftaten hatte sie nicht begangen, schenkte man ihrer Erklärung Glauben. Städte mochte sie nicht, sie lebte auf dem Lande und bestritt ihren Lebensunterhalt mit kleinen Zaubereien. Nach der Revolution wollte man sie mehrmals enteignen ... Die Bauern wussten, dass es sich bei ihr um eine Hexe handelte, und beschlossen irgendwann, ihr die Tscheka auf den Hals zu hetzen. Mauser gegen Magie, das muss man sich mal vorstellen! Die Magie siegte, aber das konnte natürlich nicht ewig so weitergehen. Im Jahre 1934 beschloss Arina daher ...

Ich sah die Hexe an. »Wirklich?«, fragte ich.

»Ich hielt Winterschlaf«, gab Arina gelassen Auskunft. »Ich wusste, dass die rote Pest lange dauern würde. Den Umständen gemäß kann der Schlaf auf sechs, achtzehn oder sechzig Jahre festgelegt werden. Wir Hexen haben gelernt, alles Mögliche zu bedenken ... Sechs oder achtzehn Jahre, das reicht bei Kommunisten nicht. Deshalb schlief ich für sechzig Jahre ein.« Sie zögerte kurz. »Ich habe hier geschlafen«, gestand sie dann schließlich. »Ich habe die Hütte so gut umzäunt, wie ich konnte, damit weder ein Mensch noch ein Anderer an sie herankam ...«

Nun passte alles. Eine wirre Zeit, in der Andere fast so oft wie gewöhnliche Menschen starben. So mancher ging da verloren ...

»Und Sie haben niemandem gesagt, dass Sie hier schlafen?«, hakte ich nach. »Keiner Freundin ...«

»Wenn ich etwas verraten hätte«, amüsierte sich Arina, »dann würden wir beide jetzt nicht miteinander reden, Lichter.«

»Warum nicht?«

Sie nickte in Richtung Schrank. »Das ist mein Reichtum. Und das ist nicht wenig.«

Ich faltete die Erklärung zusammen und steckte sie in die

Tasche. »Stimmt«, meinte ich. »Trotzdem habe ich hier ein seltenes Buch nicht entdeckt.«

»Welches?«, wunderte sich die Hexe.

»Das *Fuaran.*«

»So ein großer Junge, und glaubt noch an Märchen ...«, schnaubte Arina. »Dieses Buch gibt es nicht.«

»Na klar. Das Mädchen hat sich die Bezeichnung ganz allein ausgedacht.«

»Ich habe ihr Gedächtnis nicht gesäubert«, seufzte Arina. »Lohnt es sich denn nicht mehr, Gutes zu tun?«

»Wo ist das Buch?«, fragte ich scharf.

»Drittes Regal von unten, viertes Buch von links«, antwortete Arina ärgerlich. »Hast du deine Augen zu Hause vergessen?«

Ich ging zum Schrank und bückte mich.

Das *Fuaran*!

Große Goldbuchstaben auf schwarzem Leder.

Ich zog das Buch heraus, sah die Hexe triumphierend an.

Arina lächelte.

Ich starrte auf den Titel auf dem Einband. *Fuaran. Phantasie oder Wahrheit?* Das Wort Fuaran war in großer, der Rest in kleiner Schrift gedruckt.

Ich schaute mir den Rücken an ...

Hm. Die kleinen Buchstaben waren ausgeblichen, abgeblättert.

»Ein seltenes Buch«, räumte Arina ein. »Es wurden nur dreizehn Exemplare davon gedruckt, in St. Petersburg, 1913, in der Druckanstalt Seiner Kaiserlichen Hoheit. Und zwar in einer Neumondnacht, wie es sich gehört. Ich habe keine Ahnung, wie viele davon noch existieren.«

Ob das verängstigte kleine Mädchen nur das Wort registriert hatte, das in großer Schrift geschrieben worden war?

Gut möglich!

»Was geschieht jetzt mit mir?«, fragte Arina betrübt. »Welche Rechte habe ich?«

Ich seufzte, setzte mich an den Tisch und blätterte das vermeintliche *Fuaran* durch. Ein interessantes Buch, ohne Frage ...

»Nichts geschieht mit Ihnen«, versicherte ich. »Sie haben den Kindern geholfen, die Nachtwache erkennt das an.«

»Warum sollte ich Menschen nur um des Schreckens willen erschrecken?«, murmelte die Hexe. »Damit würde ich doch nur mir selbst schaden ...«

»Unter Berücksichtigung dieser Tatsache sowie der besonderen Umstände Ihres Lebens ...« Ich grub in meinem Gedächtnis, rief mir die Paragraphen, Kommentare und Anmerkungen in Erinnerung. »Unter Berücksichtigung all dessen werden Sie nicht bestraft werden. Nur eine Frage ... Auf welcher Kraftstufe stehen Sie?«

»Weiß ich nicht, das habe ich doch auch schon geschrieben«, antwortete Arina gelassen. »Gibt es denn eine Möglichkeit, das zu messen?«

»Aber so in etwa?«

»Als ich mich schlafen gelegt habe, bekleidete ich den ersten Rang«, teilte Arina mir nicht ohne Stolz mit. »Jetzt dürfte ich wohl außerhalb jedes Ranges sein.«

Das stimmte. Eben deshalb hatte ich auch ihre Illusion nicht durchbrechen können.

»Wollen Sie nicht in der Tagwache arbeiten?«

»Was hätte ich dort verloren?«, empörte sich Arina. »Vor allem, da es Sebulon inzwischen in die obersten Etagen geschafft hat, oder?«

»Ja«, bestätigte ich. »Wundert Sie das? Glauben Sie etwa, er sei nicht stark genug dafür?«

»Kraft hat er immer genug gehabt«, knurrte Arina. »Nur opfert er seine Leute zu leicht. Seine Freundinnen ... mit keiner hat er länger als zehn Jahre zusammengelebt, immer ist irgendetwas passiert ... Trotzdem hüpfen diese dummen blutjungen Dinger zu ihm ins Bett. Und wie er die Ukrainer und Litauer hasst! Sobald Drecksarbeit anfällt, lässt er unter irgendeinem Vorwand eine Brigade aus der Ukraine kommen, und die Kohlen holt er auch nie selbst aus dem Feuer. Braucht er einen Prügelknaben, fällt ihm als Erstes jemand aus Litauen ein ... Nie hätte ich gedacht, dass er sich mit diesen Allüren auf so einem Posten halten könnte.« Plötzlich lachte Arina. »Allerdings – einem Schlag ausweichen, das hat er offensichtlich gelernt! Tüchtig!«

»Und wie«, meinte ich bitter. »Wenn Sie also nicht die Absicht haben, innerhalb der Tagwache zu arbeiten, sondern Ihr bürgerliches Leben fortsetzen wollen, dann erhalten Sie das Recht, bestimmte magische Handlungen durchzuführen ... zu persönlichen Zwecken. Pro Jahr zwölf Handlungen siebten Grades, sechs sechsten, drei fünften und eine vierten Grades. Alle zwei Jahre dürfen sie eine Handlung dritten Grades vornehmen, alle vier eine zweiten Grades.«

Ich verstummte.

»Und eine Handlung ersten Grades?«, wollte Arina wissen.

»Die maximale Kraft, die Andere, die nicht in den Wachen arbeiten, einsetzen dürfen, wird durch ihr früheres Niveau bestimmt«, teilte ich ihr süffisant mit. »Wenn Sie eine Untersuchung und Registrierung als Hexe außerhalb jeder Kategorie vornehmen lassen, dürfen Sie einmal in sechzehn Jahren Magie ersten Grades einsetzen. Natürlich unter Abstimmung mit den Wachen und der Inquisition. Magie ersten Grades, das ist eine zu ernste Sache.«

Die Hexe grinste. Ein seltsames Grinsen, durch und durch altweiberhaft und unangenehm auf diesem schönen jungen Gesicht.

»Ich werde auch ohne den ersten Grad vorzüglich zurechtkommen. Soweit ich es verstehe, betrifft die Einschränkung nur Magie, die auf Menschen zielt?«

»Auf Menschen und Andere«, bestätigte ich. »Mit sich selbst und unbelebten Gegenständen können Sie machen, was Sie wollen.«

»Na immerhin«, meinte Arina. »Entschuldige übrigens, Lichter, dass ich versucht habe, dich zu täuschen. Du bist eigentlich ganz in Ordnung. Fast wie wir.«

Dieses zweifelhafte Kompliment ließ mich erschauern.

»Noch eine Frage«, sagte ich. »Wer waren diese Tiermenschen?«

Arina hüllte sich in Schweigen. »Was soll das?«, fragte sie dann. »Ist das Gesetz etwa abgeschafft worden?«

»Welches Gesetz?«, versuchte ich, mich dumm zu stellen.

»Ein altes Gesetz. Dass ein Dunkler einen Dunklen nicht zu verraten braucht, ein Lichter keinen Lichten ...«

»Es gibt so ein Gesetz«, gab ich zu.

»Dann finde deine Tiermenschen selbst. Ob sie nun Dummköpfe sind oder blutrünstig, ich werde sie nicht ausliefern.«

Sie hatte das voll Überzeugung, voll Entschlossenheit gesagt. Druck auf sie ausüben konnte ich nicht. Schließlich hatte sie den Werwölfen nicht geholfen. Im Gegenteil.

»Die magischen Handlungen gegen mich ...« Ich dachte kurz nach. »Sei's drum, die verzeihe ich Ihnen.«

»Einfach so?«, hakte die Hexe nach.

»Einfach so. Es hat mich gefreut, dass ich Ihnen widerstehen konnte.«

»Er hat mir widerstanden ...«, schnaubte die Hexe. »Deine Frau ist eine Zauberin. Was ist, glaubst du, dass ich blind bin und das nicht wittere? Sie hat dich verzaubert. Damit kein Weibsbild dich verführen kann.«

»Du lügst«, entgegnete ich gelassen.

»Ja«, gab die Hexe zu. »Unglaublich! Zauberei ist hier keine im Spiel, du liebst sie einfach. Grüß deine Frau von mir, und deine Tochter auch. Wenn du Sebulon triffst, sag ihm, dass er schon immer ein Esel war und auch immer einer bleiben wird.«

»Gern«, versprach ich. Was für eine Hexe! Traute sich sogar, Sebulon frech zu kommen! »Und was soll ich Geser ausrichten?«

»Dem lasse ich überhaupt nichts ausrichten«, sagte Arina respektlos. »Was sollen wir alten Landpomeranzen uns schon um die großen tibetischen Magier scheren!«

Ich stand da und starrte die seltsame Frau an, die in ihrer menschlichen Gestalt so schön, tatsächlich aber so widerwärtig aussah. Eine Hexe, eine mächtige Hexe. Doch ob auch eine böse? Bestimmt eine, die in keinen Rahmen passte ...

»Bist du nicht einsam hier allein, Alte?«, fragte ich.

»Willst du mich beleidigen?«, antwortete Arina mit einer Gegenfrage.

»Nein, keinesfalls. Ein wenig habe ich aber doch begriffen.«

Arina nickte, hüllte sich jedoch in Schweigen.

»Du hattest nämlich überhaupt nicht die Absicht, mich zu verführen, denn fleischliche Lust kennst du nicht mehr«, fuhr ich fort. »Bei Hexen ist das nicht so wie bei Zauberinnen. Du bist alt und fühlst dich alt, Männer interessieren dich nicht die Bohne. Allerdings kannst du noch tausend Jahre eine Alte bleiben. Deshalb hast du mich bloß aus rein sportlichem Interesse heraus zu verführen versucht.«

Ein Moment – und Arina hatte sich erneut verwandelt. In eine propere Alte, mit roten Wangen, leicht gebückter Haltung, wachen forschenden Augen, einem Mund, dem schon einige Zähne fehlten, und grauen, streng zurückgekämmten Haaren. »Ist es so besser?«, fragte sie.

»Ja, vermutlich schon«, gab ich mit leichtem Bedauern zu. Trotz allem hatte sie bisher einfach toll ausgesehen.

»So habe ich ausgesehen ... vor hundert Jahren«, erklärte die Hexe. »Und so, wie ich dir die Tür aufgemacht habe, auch ... irgendwann mal. Und wie ich erst mit sechzehn ausgesehen habe! Ach, Lichter, was war ich für ein lustiges, hübsches junges Ding! Wenn auch eine Hexe ... Weißt du, wie und warum wir altern?«

»Irgendwas habe ich mal darüber gehört«, gab ich zu.

»Das ist der Preis, den wir für einen höheren Rang zahlen.« Schon wieder benutzte sie dieses altmodische Wort, das in den letzten Jahren vollständig von dem aus Computerspielen übernommenen »Grad« verdrängt worden war. »Auch eine Hexe könnte einen jungen Körper behalten. Nur würde sie sich dann auch mit dem dritten Rang abfinden müssen. Unsere Beziehung zur Natur ist sehr stark, und die Natur liebt eben keine Fälschungen. Verstehst du das?«

»Ja«, sagte ich.

»Gut, Lichter ...« Arina nickte. »Freu dich also, Lichter, dass deine Frau eine Zaubermeisterin ist. Du hast dich mir gegenüber freundlich verhalten, das will ich gar nicht abstreiten. Darf ich dir ein Geschenk mitgeben?«

»Nein.« Ich schüttelte den Kopf. »Ich bin im Dienst. Und ein Geschenk von einer Hexe ...«

»Das weiß ich doch. Aber das Geschenk ist nicht für dich, sondern für deine Frau!«

Das verwirrte mich. Arina humpelte munter zu einer mit Eisenbeschlägen versehenen Truhe hinüber (vorher hatte hier eine unauffällige Kommode gestanden), öffnete sie und ließ die Hand darin verschwinden. Schon im nächsten Moment kam sie mit einem kleinen beinernen Kamm zu mir zurück.

»Nimm das, Wächter. Ohne Hintergedanken, ohne Verschlagenheit meinerseits, weder zu deinem Schaden noch Kummer. Will zum Schatten werden, wenn ich lüge, dass ich spurlos mit dem Wind verfliege ...«

»Was ist das?«, fragte ich.

»Ein Kleinod.« Arina runzelte die Stirn. »Oder, wie es jetzt heißt ... ein Artefakt.«

»Und wozu?«

»Deine Kraft reicht wohl nicht, um das zu erkennen?«, fragte Arina mitleidig. »Deine Frau wird es wissen. Und wozu brauchst du Erklärungen, Lichter? Ich könnte schließlich auch lügen, das würde mir nicht schwer fallen. Könnte lügen, und du würdest mir glauben. Schließlich bist du schwächer als ich, das weißt du selbst.«

Ich schwieg, biss mir auf die Lippe. Hm ... Immerhin hatte ich sie ein paar Mal ziemlich angefahren. Nun zahlte sie es mir heim.

»Nimm das, keine Angst«, wiederholte Arina. »Auch Baba-Jaga ist zwar schlecht, hilft aber guten jungen Männern.«

Warum eigentlich nicht?

»Besser würdest du mir die Werwölfe ausliefern«, meinte ich, während ich den Kamm an mich nahm. »Ich nehme dein Geschenk nur als Überbringer entgegen, und diese Gabe bedeutet für niemanden irgendein Versprechen.«

»Du abgebrühter Kerl«, nuschelte Arina. »Und die Wölfe ... tut mir leid. Ihr werdet sie schon kriegen, das weiß ich. Aber ich werde sie nicht ausliefern. Übrigens kannst du das Buch mitnehmen. Vorübergehend. Um es zu prüfen. Dazu hast du doch das Recht, oder?«

Erst jetzt bemerkte ich, dass ich immer noch das vermaledeite *Fuaran. Phantasie oder Wahrheit?* in der linken Hand hielt.

»Zum Studium, zeitweilig, im Rahmen meiner Rechte als Wächter«, meinte ich finster.

Trotzdem machte diese Frau mit mir, was sie wollte! Wenn ihr der Sinn danach gestanden hätte, wäre mir erst zu Hause aufgefallen, dass ich das Buch zufällig mitgenommen hatte. Dann hätte sie mit Fug und Recht bei den Wachen Beschwerde einlegen können: wegen Diebstahls eines wertvollen »Kleinods«.

Als ich das Haus verließ, sah ich, dass es bereits tiefe Nacht geworden war. Und ich musste noch mindestens zwei, drei Stunden durch den Wald marschieren.

Doch kaum war ich die paar Stufen zum Haus hinunter, als vor mir ein geisterhaftes blaues Feuer aufleuchtete. Ich seufzte und linste zur Hütte hinüber, in deren Fenster grelles elektrisches Licht brannte. Arina würde mich nicht begleiten. Das Feuerchen tanzte auffordernd vor mir in der Luft.

Ich folgte ihm.

Fünf Minuten später hörte ich das träge Kläffen der Hunde.

Weitere zehn Minuten später gelangte ich zum Waldrand.

Was mir am meisten zu schaffen machte: Die ganze Zeit über hatte ich nicht die geringste Spur von Magie gespürt.

Vier

Das Auto im Schuppen hatte sein früheres Äußeres bereits zurückgewonnen. Allerdings wagte ich es nicht, mich ans Steuer zu setzen, um zu testen, ob der vielgeplagte Motor, nachdem russische Mechaniker, Spezialisten für landwirtschaftliche Maschinen, an ihm herumhantiert hatten, auch funktionierte. Mucksmäuschenleise schlich ich ins Haus, wobei ich lauschte: Meine Schwiegermutter schlief bereits in ihrem Zimmer, während in unserem matt das Nachtlicht brannte.

Ich öffnete die Tür und trat ein.

»Hat alles geklappt?«, wollte Swetlana wissen. Der fragende Ton in ihrer Stimme ließ sich übrigens kaum wahrnehmen. Sie spürte auch ohne Worte alles ganz genau.

»Mehr oder weniger«, nickte ich. Ich sah zu Nadjuschkas Bett hinüber. Meine Tochter schlief fest. »Die Werwölfe habe ich nicht gefunden. Mit der Hexe habe ich geredet.«

»Erzähl mal«, forderte Swetlana mich auf. Sie saß nur im Nachthemd im Bett, neben ihr lag das dicke Buch *Die Mumins*. Entweder hatte sie Nadja daraus vorgelesen – der war es noch egal, was sie vor dem Einschlafen hörte, es konnte auch ein Lehrbuch zur Festigkeitslehre sein, solange sie nur die Stimme ihrer Mutter vernahm –, oder sie hatte sich selbst vor dem Einschlafen mit einem guten Kinderbuch entspannen wollen.

Ich zog meine Schuhe aus und setzte mich neben sie. Dann fing ich zu erzählen an.

Ein paar Mal verzog Swetlana das Gesicht. Ein paar Mal lächelte sie. Als ich die Worte der Hexe, »deine Frau hat dich verzaubert« wiederholte, wurde Swetlana ganz verlegen.

»Hör auf damit!«, rief sie völlig hilflos. »Frag Geser ... er sieht jeden meiner Zauber ... Ich bin noch nicht mal auf den Gedanken gekommen!«

»Ich weiß«, beruhigte ich sie. »Die Hexe hat zugegeben, dass sie gelogen hat.«

»Freilich, darüber nachgedacht habe ich schon«, lachte Swetlana plötzlich. »Wer kann seinen Gedanken schon entkommen ... Aber das war nur Spinnerei, nicht ernst gemeint. Als Olga und ich mal über Männer gesprochen haben ... vor ewigen Zeiten ...«

»Sehnst du dich nach der Wache?«, platzte ich heraus.

»Ja«, gab Swetlana zu. »Aber lass uns nicht darüber reden ... Anton, du bist fabelhaft! Du bist wirklich in die dritte Schicht des *Zwielichts* vorgedrungen?«

Ich nickte.

»Erste Kategorie ...«, sagte Swetlana unsicher.

»Das ist eine Nummer zu groß für mich«, widersprach ich. »Zweite. Eine solide zweite. Das ist meine Grenze. Und auch darüber werden wir nicht weiter sprechen, ja?«

»Lass uns lieber über die Hexe reden.« Swetlana lächelte. »Sie hat sich also in Winterschlaf gelegt? Von so etwas habe ich schon gehört, aber es ist unglaublich selten. Du könntest einen Artikel darüber schreiben.«

»Für wen? Für die Zeitung *Argumente und Fakten*? Hexe gefunden, die sechzig Jahre lang in einem Wald bei Moskau geschlafen hat?«

»Für die Informationsbroschüre der Nachtwache«, schlug Swetlana vor. »Überhaupt, wir sollten unsere eigene Zeitung herausbringen. Für Menschen müsste sie einen zweiten Text enthalten ... worüber auch immer. Irgendwas Hochspezielles. *Der russische Aquarianer* zum Beispiel. Wie man Skalare hält und in seiner Wohnung ein Aquarium mit Wasserabfluss aufstellt.«

»Woher weißt du das alles?«, wunderte ich mich. Und erstarrte. Mir fiel wieder ein, dass ihr erster Mann, den ich nie gesehen hatte, sich für Aquarien begeisterte.

»Ach, das ist mir einfach so eingefallen«, meinte sie stirnrunzelnd. »Auf alle Fälle müsste jeder Andere, selbst der schwächste, den richtigen Text sehen können.«

»Mir schwebt bereits eine erste Überschrift vor«, sagte ich. »*Für progressive Magie*. Im Zweifelsfall kann das erste R in *progressive* auch wegfallen«

Wir lächelten beide.

»Zeig mir mal dieses *Artefakt*«, bat Swetlana.

Ich griff nach meiner Jacke und holte den in ein Taschentuch gewickelten Kamm heraus. »Ich kann darin keine Magie erkennen«, gab ich zu.

Swetlana hielt den Kamm eine Zeit lang in Händen.

»Und?«, fragte ich. »Was musst du tun? Ihn über die Schulter werfen, damit dort ein Wald entsteht?«

»Du solltest sie auch gar nicht sehen«, erklärte Swetlana mit einem Lächeln. »Das liegt nicht an der Kraft, da hat die Hexe dich hinters Licht geführt. Vermutlich würde selbst Geser nichts erkennen ... Das ist nichts für Männer.«

Sie führte den Kamm zum Haar und fing an, sich mit gleichmäßigen Bewegungen zu kämmen. »Stell dir mal vor ...«, sagte sie beiläufig. »Es ist Sommer, heiß, du bist müde, hast die Nacht über nicht geschlafen, den ganzen Tag gearbeitet ... Und dann schwimmst du im kühlen Wasser, wirst massiert, isst vorzüglich und trinkst ein Glas guten Wein. Danach geht es dir richtig gut ...«

»Er macht, dass es dir besser geht?«, begriff ich. »Nimmt dir die Müdigkeit?«

»Nur bei Frauen«, lächelte Swetlana. »Er ist schon alt, dreihundert Jahre mindestens. Anscheinend ein Geschenk eines mächtigen Magiers für seine Geliebte. Bei der es sich möglicherweise sogar um eine Menschenfrau handelte ...«

Sie sah mich an, ihre Augen leuchteten. »Außerdem soll er eine Frau anziehend machen«, sagte sie sanft. »Unwiderstehlich. Betörend. Funktioniert es?«

Ich sah sie eine Sekunde lang an. Dann löschte ich mit einem Blick das Nachtlicht.

Den magischen Baldachin, der alle Geräusche erstickte, hatte Swetlana selbst über uns geworfen.

Ich wachte früh auf, es war noch nicht einmal fünf Uhr morgens. Erstaunlicherweise fühlte ich mich jedoch völlig frisch, ganz wie die Herrin des magischen Kamms, die sich ordentlich gekämmt hatte. Große Taten wollte ich vollbringen. Und ein anständiges Frühstück zu mir nehmen.

Ohne jemanden zu wecken, schlich ich leise in die winzige Küche, brach mir ein paar Stücke Weißbrot ab und fand ein Päckchen mit Wurstaufschnitt. In einen großen Becher goss ich mir selbstgemachten Kwass – und mit all dieser Pracht ging ich nach draußen.

Es tagte bereits, doch über dem Dorf lag noch Stille. Niemand musste hier früh die Kühe melken, der Stall stand seit fünf Jahren leer. Überhaupt musste niemand dringend irgendwohin ...

Seufzend setzte ich mich ins Gras unter einen Apfelbaum, der schon lange einfach wild wucherte und nicht mehr trug. Ich aß ein riesiges Stück Brot mit Wurst und trank den Kwass. Und, um meinem Wohlbefinden noch eins drauf zu geben, beförderte ich das Buch über das *Fuaran* auf magische Weise durchs Fenster. In der Hoffnung, dass meine Schwiegermutter noch schlief und das levitierende Ding nicht sah ...

Beim zweiten Stück Brot vertiefte ich mich in die Lektüre.

Die, ehrlich gesagt, höchst aufschlussreich war!

Zu jener Zeit, als das *Fuaran* geschrieben worden war, gab es all die gelehrten Ausdrücke wie »Gene«, »Mutation« samt der ganzen biologischen Schlauheit, die heutzutage die Natur der Anderen erklären soll, noch nicht. Deshalb hat das Hexenkollektiv, das das Buch verfasst hatte (insgesamt fünf Autorinnen, die nur mit Vornamen aufgezählt wurden) auf Formulierungen wie »Neigung zu Zauberkunst«, »Veränderung der Natur« und dergleichen zurückgegriffen. Zu den Autorinnen gehörte auch Arina, worüber sich die Hexe gestern jedoch in aller Bescheidenheit ausgeschwiegen hatte!

Im ersten Kapitel diskutierten die belesenen Hexen lange über die Natur der Anderen selbst. Sie gelangten zu folgendem Schluss: In jedem Menschen findet sich »eine Neigung zur Zauberei«. Das Niveau dieser »Neigung« ist bei allen unterschiedlich. Als Bezugsgröße kann man das natürliche Niveau der Magie nehmen, die über die ganze Welt ausgebreitet ist. Wenn die »Neigung« bei einem Menschen *stärker* ist als das Niveau der Magie in seiner Umwelt, dann wächst er zu einem ganz gewöhnlichen Menschen heran! Er wird nicht ins *Zwielicht* eintreten können und nur in seltenen Ausnahmen, wenn es zu Schwankungen des natürlichen magischen Niveaus kommt, wird er etwas Seltsames wahrnehmen. Wenn die »Neigung« in einem Menschen jedoch *schwächer* ist als in seiner Umwelt, wird er sich das *Zwielicht* zunutze machen können!

Das klang höchst merkwürdig. Ich selbst hatte immer angenommen, die Anderen seien Menschen mit stark entwickelten magischen Anlagen. Die Hexen vertraten genau den entgegengesetzten Standpunkt.

Als Beispiel führten sie eine komische Analogie an: Einmal angenommen, die Temperatur betrüge weltweit 36,5 °C. Dann würden die meisten Menschen, deren Körpertemperatur ja höher ist, Wärme abgeben und damit »die Natur aufheizen«. Die wenigen jedoch, deren Körpertemperatur aus irgendeinem Grund unter 36,5 °C liegen sollte, würden die Wärme *aufnehmen*. Wenn nun der permanente Strom von Kraft auf sie stößt, können sie diese Kraft nutzen, während die wärmeren Menschen ziellos »die Natur aufheizen«.

Eine interessante Theorie. Ich hatte mich mit verschiedenen möglichen Erklärungen zu unserer Entstehung und den Unterschieden zu den Menschen auseinander gesetzt. Auf diese war ich bislang nicht gestoßen. Sie hatte etwas Demütigendes ...

Doch was spielte das für eine Rolle! Am Ergebnis änderte sie nichts! Es gab Menschen, und es gab Andere ...

Ich las weiter.

Das zweite Kapitel war den Unterschieden zwischen »Magiern und Zauberinnen« einerseits und »Hexen und Hexenmeistern« andererseits gewidmet. Zu dieser Zeit wurden mit dem Wort »Hexenmeister« nicht Dunkle Magier bezeichnet, sondern alle »Hexen männlichen Geschlechts«, also alle Anderen, die Artefakte verwendeten. Das Kapitel war interessant, und ich hatte den Eindruck, Arina habe es geschrieben. Es lief darauf hinaus, dass es im Prinzip keine Unterschiede gebe. Eine Zauberin operiert unmittelbar mit dem *Zwielicht*, aus dem sie Kraft abzieht, um verschiedene magische Handlungen zu vollführen. Die Hexe schafft zunächst ein »Kleinod«, das die Kraft des *Zwielichts* speichert und über einen langen Zeitraum eigenständig funktioniert. Der Vorteil der Zauberinnen und Magier ist der, dass sie keine Utensilien, Stäbe oder Ringe, Bücher oder Amulette brauchen. Der Vorteil der Hexen und Hexenmeister ist der, dass sie, nachdem sie ein brauchbares Artefakt kreiert haben, in ihm einen derartigen Vorrat an Kraft speichern können, wie man ihn nur mit äußerster Anstrengung auf einen Schlag aus dem *Zwielicht* abziehen könnte. Die Schlussfolgerung drängte sich von selbst auf, doch Arina formulierte sie auch explizit: Ein vernünftiger Magier wird sich nicht gegen Artefakte sperren, ein kluger Hexenmeister versuchen zu lernen, auch direkt mit dem *Zwielicht* zu arbeiten. Nach Auffassung der Autorin werden wir »in hundert Jahren erleben, wie die größten und hochmütigsten Magier sich nicht mehr zu schade sind, Amulette zu benutzen, während es durch und durch orthodoxen Hexen nicht mehr zum Nachteil gereicht, ins *Zwielicht* einzutreten«.

Mit dieser Prognose lag sie absolut richtig, daran ließ sich nicht rütteln. In der Nachtwache arbeiten hauptsächlich Magier. Aber Artefakte benutzen wir ständig ...

Ich ging in die Küche, brach mir noch Brot ab und goss mir Kwass ein. Sah auf die Uhr: sechs Uhr morgens. Irgendwo bellten zwar schon die ersten Hunde, aber das Dorf schlief noch.

Das dritte Kapitel behandelte die zahlreichen Versuche von Anderen, einen Menschen in einen Anderen zu verwandeln – in der Regel trieben Liebe oder der eigene Vorteil die Anderen dazu –, aber auch die Versuche von Menschen, zu einem Anderen zu werden, nachdem sie auf die eine oder andere Weise hinter die Wahrheit gekommen waren.

Ausführlich wurde auf die Geschichte von Gilles de Rais eingegangen, dem Waffengefährten von Jeanne d'Arc. Jeanne war eine sehr schwache Dunkle, eine »Hexe siebten Ranges«, was sie im Übrigen nicht daran hinderte, größtenteils edle Taten zu vollbringen. Über Jeannes Tod wurde höchst nebulös berichtet, selbst eine Andeutung, sie habe den Blick der Inquisitoren abgelenkt und sich vom Scheiterhaufen retten können, fehlte nicht. Ich hegte da so meine Zweifel: Jeanne hatte den Großen Vertrag verletzt, indem sie ihre menschlichen Beziehungen magisch geregelt hatte, sodass auch unsere Inquisition ein Auge auf die Vollstreckung der Strafe gehabt hatte. Und deren Blick lenkt niemand ab ... Die Geschichte des unglückseligen Gilles de Rais wurde dagegen weitaus detaillierter wiedergegeben. Sei es aus Liebe, sei es aus Verschrobenheit oder Nachlässigkeit, jedenfalls hatte Jeanne ihm alles über die Natur der Anderen erzählt. Der junge Ritter, für seine Kühnheit und seinen Edelmut berühmt, geriet auf Abwege. Man konnte also, so sinnierte er, magische Kraft bei ganz normalen Menschen sammeln, bei jungen und gesunden Menschen. Dafür müsste man sie nur peinigen, dem Kannibalismus frönen und die dunklen Kräfte um Hilfe bitten ... Kurzum, der Mann wollte ein Dunkler Anderer werden. Er quälte mehrere hundert Frauen und Kinder, wofür er – ebenso wie für unterlassene Zinszahlungen – am Ende ebenfalls auf dem Scheiterhaufen landete.

Aus dem Text ging hervor, dass selbst die Hexen dieses Vorgehen nicht billigen konnten. Die empörten Seitenhiebe gegen die Klatschbase Jeanne ließen sich nicht überlesen, die nicht druckreifen Beinamen für ihren übergeschnappten Waffengefährten sprachen für sich. Die Schlussfolgerung dagegen fiel trocken und wissenschaftlich aus: Es gebe absolut keine Möglichkeit, die »Neigung zur Zauberei« bei einem gewöhnlichen Menschen zu nutzen, um ihn in einen Anderen zu verwandeln. Denn ein Anderer zeichnet sich nicht durch seine größere »Neigung« aus, die der blutrünstige und dumme Gilles de Rais zu erreichen hoffte, sondern durch seine geringere! Daher machten alle grausamen Experimente ihn nur mehr und mehr zum Menschen ...

Das klang überzeugend. Ich kratzte mir den Nacken. Also ... meine magische Veranlagung war also weitaus geringer als die des Alkoholikers Onkel Kolja? Und nur deshalb konnte ich mir das *Zwielicht* zunutze machen? Na so was ...

Swetlana hätte demnach wohl eine noch geringere »Neigung«?

Und sollte Nadjuschka dann theoretisch überhaupt nicht magisch veranlagt sein? Weshalb die Kraft sich schier in sie ergoss? Ungehemmt, ohne jedes Problem?

So sind sie, die Hexen, immer für einen Spaß zu haben!

Das nächste Kapitel diskutierte die Frage, ob es möglich sei, das Niveau der Kraft der Natur anzuheben, damit sich eine höhere Zahl von Menschen in Andere verwandelte. Das Ergebnis bot nicht viel Trost: nein. Denn die Kraft nutzen nicht nur die Anderen, die im Prinzip zeitweise auf Magie verzichten konnten. Auch das blaue Moos, die einzige bekannte Pflanze, die in der ersten *Zwielicht*-Schicht wächst, fraß begeistert Kraft. Je mehr Kraft es gab, desto stärker würde das *Zwielicht*-Moos wachsen. Möglicherweise gab es in tieferen Schichten weitere Kraftverbraucher ... Daher stellt das Kraftniveau eine Konstante dar. Als ich diesen Ausdruck in dem alten Buch las, musste ich schmunzeln.

Danach folgte die Geschichte des *Fuaran*. Der Titel ging auf den Namen einer alten orientalischen Zaubermeisterin zurück, die unbedingt aus ihrer Tochter eine Andere machen wollte. Lange Zeit hatte die Zaubermeisterin experimentiert. Zunächst schlug sie den Weg von Gilles de Rais ein, dann erkannte sie ihren Fehler und versuchte, das Kraftniveau der Natur anzuheben ... Kurzum, sie irrte in alle denkbaren falschen Richtungen. Am Ende verstand sie, dass es nötig war, die »Neigung der Tochter zu Zauberei herabzusenken«. Ihre entsprechenden Versuche sollen Gerüchten zufolge im *Fuaran* beschrieben sein. Das Ganze wurde zusätzlich dadurch erschwert, dass die Natur der »Neigung« zu dieser Zeit nicht bekannt war. An dieser Situation hatte sich weder bis zum Erscheinungsjahr des Buches noch bis heute etwas geändert. Dennoch hatte die Hexe mit der Methode von Versuch und Irrtum Erfolg und machte aus ihrer Tochter eine Andere!

Zum Pech der Hexe interessierte eine dermaßen bedeutende Entdeckung ausnahmslos alle Anderen. Damals gab es noch keinen Großen Vertrag und keine Wachen, keine Inquisition ... Kurzum, dem Zauberspruch jagten alle nach, die gerüchteweise von diesem Wunder gehört hatten. Eine Zeit lang wehrten sich Fuaran und ihre Tochter erfolgreich gegen alle Angriffe. Anscheinend hatte die ohnehin schon mächtige Hexe nicht nur aus ihrer Tochter eine starke Andere gemacht, sondern auch ihre eigene Kraft noch gesteigert. Die erbitterten Anderen formierten sich zu einer ganzen Armee von Magiern, ohne in Dunkle und Lichte zu unterscheiden, schlugen gemeinsam zu und vernichteten in einer schrecklichen Schlacht die kleine Familie der Hexe. In ihrer letzten Stunde kämpfte Fuaran verzweifelt um ihr Leben, verwandelte sogar ihre menschlichen Diener in Andere. Diese gewannen zwar tatsächlich Kraft, waren aber zu verzweifelt und ungeschickt. Nur ein Diener stellte sich als klüger als die übrigen heraus, indem er sich nicht blindlings in den Kampf stürzte, sondern das Buch an sich nahm und Fersengeld gab. Als die siegreichen Magier merkten, dass der »Laborbericht« der Hexe verschwunden war (denn beim *Fuaran* handelte es sich schlicht um die Laboraufzeichnungen der Hexe), hatten sich die Spuren des Flüchtlings bereits verloren. Danach suchte man lange und erfolglos nach dem Buch. Ab und an versicherte jemand, dem flüchtigen Diener, der inzwischen zu einem recht starken Anderen geworden war, begegnet zu sein und das Buch gesehen und durchgeblättert zu haben. Fälschungen tauchten auf – teilweise stammten sie aus der Hand verrückter Anhänger der Hexe, teilweise von abenteuerlustigen Anderen. Alle Fälle wurden sorgfältig untersucht und dokumentiert.

Das letzte Kapitel beschäftigte sich mit dem Thema »Worauf war Fuaran gestoßen?«. Die Autorinnen bezweifelten nicht, dass die Frau wirklich Erfolg gehabt hatte, hielten das Buch jedoch für unwiederbringlich verloren. Sie zogen einen traurigen Schluss: Ihre Entdeckung muss so zufällig und außergewöhnlich gewesen sein, dass sich ihre Natur nicht mehr rekonstruieren lässt.

Am meisten erstaunte mich das kurze Resümee. Falls das *Fuaran* heute noch existieren sollte, dann sei es die Pflicht jedes einzelnen Anderen, es zu vernichten, und zwar »aus allgemein einsichtigen Gründen, ungeachtet der außerordentlichen Versuchung und des eigenen Vorteils …«

Ach, diese Dunklen! Wie sie an ihrer Macht kleben!

Ich schloss das Buch und schlenderte durch den Garten. Abermals schaute ich in den Schuppen, wagte es aber auch diesmal nicht, den Motor anzulassen.

Fuaran und ihr Buch waren real. Daran hegten die Hexen keinen Zweifel. Ich ließ die Möglichkeit einer Mystifizierung zu, glaubte im tiefsten Herzen jedoch nicht daran.

Damit gab es also theoretisch die Möglichkeit, einen Menschen in einen Anderen zu verwandeln!

Das warf auch ein völlig neues Licht auf die Ereignisse im Assol. Der Sohn von Geser und Olga war ein Mensch gewesen – wie es üblicherweise bei Anderen der Fall ist. Deshalb konnten die beiden Großen ihn nicht finden. Sobald sie ihn jedoch gefunden hatten, machten sie einen Anderen aus ihm, erst dann zogen sie das ganze Theater auf. Bei dem sie noch nicht einmal davor zurückschreckten, die Inquisition zu täuschen.

Ich legte mich in die Hängematte, griff nach meinem MD-Player. Stellte den Zufallsgenerator ein und schloss die Augen. Ich wollte mich aus der Welt ausklinken, meine Ohren mit irgendetwas Sinnlosem zustopfen …

Doch ich hatte kein Glück. Es kam *Piknik*.

Mir ist gar nicht mehr zum Lachen,
Tür und Fenster sind verschwommen,
Ist der Große Inquisitor
Mich zu foltern doch gekommen.

Mich bedrängt der Inquisitor
Er sortiert die Instrumente:
»Sag mir, was du weißt, sag alles,
weil es dir nur nützen könnte.«

Glaubt, er kriegt mich auf, als ob ich
Irgend so ein Koffer wär,
Weiß, da ist ein Doppelboden,
Scheint der Koffer noch so leer.

Solche Zufälle mag ich nicht! Selbst ganz gewöhnliche Menschen können die Realität beeinflussen, sie sind bloß nicht in der Lage, ihre Kraft zu lenken. Jeder Mensch kennt das: Der Autobus, der genau im richtigen Moment kommt – oder eben hartnäckig nicht kommt; ein Lied aus dem Radio, das hundertprozentig zu deinen Gedanken passt; ein Anruf von jemandem, an den du gerade gedacht hast ... Es gibt übrigens eine sehr einfache Möglichkeit, um herauszubekommen, ob du nah an den Möglichkeiten eines Anderen bist. Wenn du mehrere Tage hintereinander bei einem zufälligen Blick auf die Uhr die Ziffern 11:11, 22:22 oder 00:00 siehst, heißt das, dass deine Beziehung zum *Zwielicht* an Bedeutung gewinnt. In diesen Tagen solltest du auf deine Vorgefühle und Ahnungen hören ...

Aber das sind Lappalien, die Menschen betreffen. Für Andere ist die Beziehung mit dem *Zwielicht* genauso unbewusst wie für Menschen, wirkt sich aber weitaus stärker aus. Und mir gefiel überhaupt nicht, dass ausgerechnet jetzt das Lied vom Großinquisitor kam.

Wenn ich noch bei Kräften wäre,
Sagte ich zu ihm: »Mein Herr,
Ich weiß gar nicht, was hier vorgeht,
Wo ich bin und was und wer;

So verwirrt sind alle Straßen,
dass ich kaum noch gehen kann.«
Doch das will er mir nicht glauben,
Zieht die Daumenschraube an.

Glaubt, er kriegt mich auf, als ob ich
Irgend so ein Koffer wär,
Weiß, da ist ein Doppelboden,
Scheint der Koffer noch so leer.

Hm. Auch ich hätte zu gern gewusst, was die Welt im Innersten zusammenhält ...

Jemand klopfte mir sanft auf die Schulter.

»Ich schlafe nicht, Sweta«, sagte ich. Und öffnete die Augen.

Der Inquisitor Edgar schüttelte den Kopf und deutete ein Lächeln an. Von seinen Lippen las ich: »Tut mir leid, Anton, aber ich bin nicht Sweta.« Trotz der Hitze trug Edgar Anzug, Krawatte und schwarze Lackschuhe, auf denen sich nicht ein einziges Staubkörnchen niedergelassen hatte. In dieser Stadtkleidung wirkte er noch nicht mal albern. Das nenne ich baltisches Blut!

»Ja, woher ...!«, rief ich und wälzte mich aus der Hängematte. »Edgar?«

Edgar wartete geduldig. Ich stöpselte die Kopfhörer aus den Ohren, atmete durch. »Ich habe Urlaub«, sagte ich. »Einen Mitarbeiter der Nachtwache in der arbeitsfreien Zeit zu stören ist laut Vorschrift ...«

»Anton, ich wollte Sie nur mal besuchen«, versicherte Edgar. »Haben Sie etwas dagegen?«

Edgar war mir nicht unsympathisch. Niemals würde aus ihm ein Lichter werden, doch sein Wechsel zur Inquisition hatte mir Respekt abgenötigt. Wenn Edgar mit mir reden wollte, würde ich mich jederzeit mit ihm treffen.

Aber nicht auf der Datscha, wo Sweta und Nadjuschka Urlaub machten!

»Ja«, erwiderte ich eisern. »Wenn Sie keine offizielle Verfügung haben, dann verlassen Sie mein Territorium!«

Mit einer unsagbar albernen Geste wies ich auf den schiefen Zaun. Territorium – das Wort war mir einfach so herausgerutscht.

Edgar seufzte. Und griff langsam in die Innentasche seines Jacketts.

Ich wusste, was er herausholen würde. Doch es war zu spät, um jetzt einen Rückzieher zu machen.

Die Verfügung des Moskauer Büros der Inquisition teilte mir mit, dass »wir im Rahmen einer dienstlichen Aufklärung dem Mitarbeiter der Moskauer Nachtwache Anton Gorodezki, Lichter Magier zweiten Ranges, gebieten, er möge dem Inquisitor dritten Ranges Edgar alle nur denkbare Hilfe gewähren«. Eine Verfügung der Inquisition hatte ich nie zuvor gesehen, und auch jetzt fielen mir nur Kleinigkeiten auf: Die Inquisition maß die Kraft weiterhin in den altmodischen »Rängen«, genierte sich nicht, ein Wort wie »gebieten« zu gebrauchen und nannte die eigenen Mitarbeiter selbst in offiziellen Dokumenten nur mit dem Vornamen.

Dann bemerkte ich das Wesentliche. Unten prangte der Stempel der Nachtwache und in Gesers Schrift: »Zur Kenntnis genommen, stattgegeben«.

Das wurde ja immer schöner!

»Und wenn ich ablehne?«, fragte ich. »Sie müssen wissen, es gefällt mir nicht, wenn mir jemand etwas *gebietet*.«

Edgar runzelte die Stirn und linste zu dem Formular hinunter. »Unsere Sekretärin ist schon dreihundert Jahre alt«, erklärte er. »Nehmen Sie es nicht übel, Anton. Das ist nur ihre archaische Ausdrucksweise. So wie *Rang*.«

»Ist es auch Tradition, ohne Familiennamen auszukommen?«, hakte ich nach. »Nur interessehalber.«

Verständnislos sah Edgar auf das Blatt Papier. Abermals runzelte er die Stirn. »Ach, die alte Blausocke ...«, meinte er ärgerlich. »Sie hat meinen Familiennamen vergessen, und mich danach zu fragen, hat der Stolz ihr verboten.«

»Das würde mir das Recht geben, die Verfügung in den Komposthaufen zu werfen.« Meine Augen suchten die Datscha nach besagtem Haufen ab, fanden ihn jedoch nicht. »Oder ins Klo. Wenn in der Anordnung kein Familienname steht, heißt das, sie ist nicht rechtskräftig. Oder etwa nicht?«

Edgar hüllte sich in Schweigen.

»Und was droht mir, wenn ich die Zusammenarbeit verweigere?«, wiederholte ich meine Frage.

»Nichts Schlimmes«, meinte Edgar bedrückt. »Selbst wenn ich eine neue Verfügung bringe. Eine Beschwerde an Ihren unmittelbaren Vorgesetzten, eine Strafe nach seinem Ermessen ...«

»Damit läuft das strenge Papier also auf eine einfach Bitte um Hilfe hinaus?«

»Ja.« Edgar nickte.

Eine Situation ganz nach meinem Geschmack. Die schreckliche Inquisition, mit der Neulinge einander Angst einjagen, stellte sich als zahnlose alte Blausocke heraus!

»Was ist denn überhaupt passiert?«, wollte ich wissen. »Ich bin schließlich im Urlaub. Mit meiner Frau und meiner Tochter. Und meiner Schwiegermutter. Ich bin nicht im Dienst.«

»Das hat Sie aber nicht daran gehindert, Arina zu besuchen«, antwortete Edgar, ohne mit der Wimper zu zucken.

Das hatte ich nun davon! Wieso musste ich das Ganze auch auf die leichte Schulter nehmen ...

»Das gehört zu meinen unmittelbaren dienstlichen Verpflichtungen«, konterte ich. »Menschen zu schützen, Dunkle zu kontrollieren. Immer und überall. Woher weiß die Inquisition übrigens von Arina?«

Jetzt war die Reihe an Edgar zu grinsen und die Antwort hinauszuzögern. »Geser hat es uns mitgeteilt«, sagte er schließlich. »Sie haben ihn doch gestern angerufen und ihm alles berichtet, oder? Da es eine ungewöhnliche Situation ist, hielt Geser es für seine Pflicht, die Inquisition in Kenntnis zu setzen. Als Zeichen unserer unverändert freundschaftlichen Beziehungen.«

Das sollte einer verstehen!

Wenn die Hexe irgendwie in die Geschichte mit Gesers Sohn verwickelt war ... Oder war sie es am Ende doch nicht?

»Ich muss ihn anrufen«, sagte ich und ging demonstrativ zum Haus. Edgar blieb gehorsam neben der Hängematte stehen. Er linste zwar zu dem Plastikstuhl hinüber, hielt ihn aber nicht für sauber genug.

Ich wartete, das Handy ans Ohr gepresst.

»Hallo, Anton.«

»Edgar ist zu mir gekommen ...«

»Ja, ja, ja«, sagte Geser zerstreut. »Nach deinem Bericht gestern habe ich es für nötig erachtet, die Inquisition über die Hexe zu informieren. Wenn du willst, hilf ihm. Wenn nicht, jag ihn sonst wohin. Seine Verfügung ist nicht rechtskräftig, ist dir das aufgefallen?«

»Ja«, antwortete ich, während ich zu Edgar hinüberschielte. »Was ist mit diesen Werwölfen, Chef?«

»Die überprüfen wir«, erwiderte Geser nach kurzem Zögern. »Noch haben wir nichts.«

»Und noch einmal zu dieser Hexe ...« Ich linste zu dem Buch über das Buch. »Ich habe bei ihr ein erstaunliches Buch beschlagnahmt ... *Fuaran. Phantasie oder Wahrheit?*«

»Das kenn ich, das kenn ich«, sagte Geser in gutmütigem Ton. »Wenn du das echte *Fuaran* gefunden hättest ... Darauf hättest du dir was einbilden können. Ist das alles, Anton?«

»Ja«, gab ich zu. Und Geser unterbrach die Verbindung.

Edgar wartete geduldig.

Ich ging zu ihm, legte eine Kunstpause ein. »Welches Ziel hat Ihre Untersuchung?«, fragte ich dann. »Und was soll ich dabei tun?«

»Sie werden mit mir zusammenarbeiten, Anton?« Edgar freute sich aufrichtig. »Meine Untersuchung betrifft die Hexe Arina, die Sie entdeckt haben. Sie müssten mir den Weg zu ihr zeigen.«

»Und was will die Inquisition von der Alten?«, wollte ich wissen. »Meiner Ansicht nach hat sie nicht das geringste Verbrechen begangen. Auch nicht aus Sicht der Nachtwache.«

Edgar geriet in Verlegenheit. Er wollte lügen – und gleichzeitig wusste er, dass ich die Lüge spüren könnte. Von der Kraft her konnten wir beide uns ungefähr messen. Und seine inquisitorischen Tricks mussten nicht immer funktionieren.

»Es geht da um eine alte Sache«, gab der Dunkle Magier zu. »Die seit den dreißiger Jahren anhängig ist. Die Inquisition hat eine Reihe von Fragen an sie ...«

Ich nickte. Von Anfang an hatte mich die Geschichte von den Ermittlungen des bösen NKWD gestört. Gewiss, die Bauern hätten durchaus versuchen können, die Hexe hintenrum loszuwerden. Aber eben nur versuchen. Mit einem Anderen niedrigen Grades konnte eine solche Sache durchaus noch klappen. Aber nicht mit einer so mächtigen Hexe ...

»Gut, ich zeig Ihnen, wo sie wohnt«, stimmte ich zu. »Wollen Sie noch etwas frühstücken, Edgar?«

»Da sage ich nicht nein.« Der Magier zierte sich nicht. »Und ... Ihre Gattin hat nichts dagegen?«

»Das werden wir gleich in Erfahrung bringen«, meinte ich.

Ein interessantes Frühstück. Trotz allem fühlte sich der Inquisitor nicht ganz wohl in seiner Haut, versuchte krampfhaft, lustig zu sein, machte Swetlana und Ljudmila Iwanowna Komplimente, plapperte mit Nadjuschka in der Kindersprache und lobte das einfache Spiegelei.

Nadjuschka, meine kleine Kluge, sah den »Onkel Edgar« aufmerksam an und schüttelte den Kopf. »Du bist ein anderer«, sagte sie.

Danach wich sie ihrer Mutter nicht von der Seite.

Swetlana amüsierte Edgars Besuch. Sie stellte Edgar verschiedene unverfängliche Fragen, erinnerte ihn an die »Geschichte mit dem Spiegel« und verhielt sich insgesamt so, als ob ein Arbeitskollege oder guter Bekannter gekommen sei.

Dafür zeigte sich Ljudmila Iwanowna schier entzückt von Edgar. Ihr gefiel seine Art, sich zu kleiden, zu reden, selbst dass er die Gabel in der linken Hand hielt und das Messer in der rechten, begeisterte meine Schwiegermutter. Man hätte glauben können, alle übrigen äßen mit Fingern ... Als Edgar dann auch noch ganz entschieden ein Schnäpschen ablehnte, erntete ich einen derart gouvernantenhaften Blick, als ob ich die Angewohnheit hätte, mir jeden Morgen erst mal ein oder zwei Gläschen Wodka hinter die Binde zu kippen.

Deshalb machten Edgar und ich uns satt, aber leicht verärgert auf den Weg. Ich über die Begeisterung meiner Schwiegermutter, er anscheinend über ihre Aufmerksamkeit.

»Können Sie mir sagen, was Sie der Hexe vorzuwerfen haben?«, fragte ich, während wir auf den Wald zusteuerten.

»Eigentlich haben wir doch Brüderschaft getrunken«, erinnerte mich Edgar. »Wollen wir wieder zum Du übergehen? Oder steht meine neue Arbeit ...«

»Die ist nicht schlechter als die Arbeit in der Tagwache«, unterbrach ich ihn. »Gut, duzen wir uns.«

Zufrieden drückte sich Edgar nicht länger um die Antwort. »Arina ist eine starke und ehrenwerte Hexe ... innerhalb ihrer engen Kreise. Wie du weißt, Anton, hat jede Gruppe ihre eigene Hierarchie. Geser kann sich noch so sehr über Vítĕszlav lustig machen, aber unter den Vampiren ist er der stärkste. Bei den Hexen nimmt Arina eine vergleichbare Position ein. Eine sehr hohe.«

Ich nickte. O nein, sie war keine einfache Hexe, meine neue Bekannte ...

»Die Tagwache hat sie mehrmals zur Mitarbeit aufgefordert«, fuhr Edgar fort. »Genauso hartnäckig, wie ihr um Swetlana gekämpft habt ... Nimm's mir nicht übel, Anton!«

Das tat ich nicht.

»Die Hexe lehnte entschieden ab. Gut, das ist ihr Recht! Vor allem, da sie sich verschiedentlich auf eine zeitweilige Zusammenarbeit eingelassen hat. Aber zu Beginn des letzten Jahrhunderts, genauer, nach der sozialistischen Revolution, geschah etwas Unangenehmes …«

Er verstummte, zögerte. Wir gingen in den Wald, wobei ich Edgar, wenn auch mit einer gewissen aufgesetzten Sicherheit, führte. Der Dunkle Magier stapfte, so albern er in seiner Stadtkleidung auch wirkte, ungerührt durch Büsche und über holprigen Boden. Noch nicht mal die Krawatte lockerte er.

»Damals haben die Nacht- und die Tagwache um das Recht auf ein gesellschaftliches Experiment gerungen …«, berichtete Edgar. »Den Kommunismus haben sich ja bekanntlich die Lichten ausgedacht …«

»Und die Dunklen verdorben«, konnte ich mir nicht verkneifen.

»Hör doch auf, Anton«, meinte Edgar beleidigt. »Wir haben gar nichts verdorben. Die Menschen haben frei entschieden, welche Gesellschaft sie aufbauen wollen! Doch zurück zum Thema: Die Wachen haben Arina um Hilfe gebeten. Sie hat sich einverstanden erklärt … eine kleine Mission zu übernehmen. An ihr hatten sowohl die Dunklen wie auch die Lichten ein Interesse, aber auch die Hexe selbst. Jede Seite war mit … mit dieser Mission einverstanden. Jede Seite hoffte darauf, am Ende zu gewinnen. Die Inquisition schaute sich das Ganze an, einen Grund zum Eingreifen gab es jedoch nicht. Alles lief ja mit Zustimmung beider Wachen …«

Eine interessante Neuigkeit! Was das wohl für eine Mission sein mochte, die sowohl die Dunklen wie auch die Lichten guthießen?

»Arina hat ihre Mission brillant erfüllt«, fuhr Edgar fort. »Die Wachen haben sie sogar belobigt … Wenn ich mich nicht irre, haben ihr die Lichten das Recht auf dunkle Magie zweiten Grades eingeräumt.«

Eine Geschichte, mit der nicht zu spaßen war. Mit einem Nicken nahm ich die Information zur Kenntnis.

»Mit der Zeit kamen der Inquisition jedoch Zweifel an der Rechtmäßigkeit von Arinas Vorgehen«, berichtete Edgar in sachlichem Ton. »Es tauchte der Verdacht auf, sie sei im Zuge ihrer Arbeit von einer der beiden Seiten beeinflusst worden und habe dann in deren Interesse gehandelt.«

»Und von welcher Seite?«

»Der lichten«, antwortete Edgar finster. »Eine Hexe hilft den Lichten – das klingt unwahrscheinlich, nicht wahr? Ebendeshalb hat man sie auch lange Zeit überhaupt nicht in Verdacht gehabt, doch irgendwann gab es zu viele indirekte Hinweise auf einen Verrat ... Die Inquisition beorderte Arina ... zu einem Gespräch. Daraufhin verschwand diese. Eine Zeit lang suchte man nach ihr, aber in jenen Jahren, na ja, du weißt selbst, wie das damals gewesen ist ...«

»Worin bestand denn eigentlich ihre Aufgabe?«, fragte ich, ohne wirklich mit einer Antwort zu rechnen.

Edgar seufzte. »Manipulation des Bewusstseins von Menschen ...«, sagte er dann aber. »Eine vollständige Remoralisation.«

Ich schnaubte. Welches Interesse sollten die Dunklen denn daran gehabt haben?

»Das erstaunt dich?«, brummte Edgar. »Hast du eigentlich eine Ahnung, was so eine Remoralisation bedeutet?«

»Ich habe sie sogar durchgeführt. Bei mir selbst.«

Ein paar Sekunden lang sah Edgar mich überrascht an. Dann nickte er. »Ach ... ja. Natürlich. Dann ist es nicht schwer, das Ganze zu erklären. Eine Remoralisation ist ein relativer Prozess, kein absoluter. Letzten Endes gibt es in der Welt eben keine allgemein gültige Moral. Deshalb zwingt die Remoralisation einen Menschen zwar, sich absolut ethisch zu verhalten, jedoch nur im Rahmen seiner moralischen Grundwerte. Grob gesagt, wird ein papuanischer Kannibale, der das Verspeisen seines Feindes nicht für ein Verbrechen hält, sein Gelage seelenruhig fortsetzen. Aber das, was die Moral ihm verbietet, wird er dann in der Tat unterlassen.«

»Das ist mir klar«, sagte ich.

»Siehst du, und diese Remoralisation damals war eben nicht ganz relativ. Bestimmten Menschen – von etlichen hast du sicher gehört, aber Namen tun hier nichts zur Sache – ist die kommunistische Ideologie ins Bewusstsein gepflanzt worden.«

»Der moralische Kodex zum Aufbau des Kommunismus«, brummte ich.

»Der war damals noch nicht erfunden«, antwortete Edgar sehr ernst. »Aber etwas in der Art wird es wohl gewesen sein. Diese Menschen fingen an, in völliger Übereinstimmung mit den Normen zu handeln, die als kommunistische Ethik deklariert worden sind.«

»Ich kann mir vorstellen, welches Interesse die Nachtwache daran hatte«, sagte ich. »Die kommunistischen Prinzipien haben viel für sich ... Aber das Interesse der Dunklen?«

»Die Dunklen wollten sich überzeugen, dass eine oktroyierte, lebensunfähige Ethik zu nichts Gutem führt. Dass die Opfer des Experiments entweder den Verstand verlieren, sterben oder anfangen, entgegen der Remoralisation zu handeln.«

Ich nickte. Was für ein Experiment! Was waren da schon die Naziärzte, die Körper verstümmelten! Hier kamen die Seelen unters Messer ...

»Empört dich das Verhalten der Lichten?«, fragte Edgar einschmeichelnd.

»Nein.« Ich schüttelte den Kopf. »Ich bin überzeugt, dass sie diesen Menschen nichts Böses wollten. Sondern darauf hofften, dass ein solches Experiment zum Aufbau einer neuen, einer glücklichen Gesellschaft führt.«

»In der KPdSU bist du nicht gewesen?« Edgar grinste.

»Nur bei den Pionieren. Gut, den Kern des Experiments habe ich verstanden. Aber warum wurde dafür ausgerechnet eine Hexe herangezogen?«

»In diesem Fall war die Anwendung von Hexerei weitaus ökonomischer als der Einsatz von Magie«, erklärte Edgar. »Das Objekt des Experiments waren Tausende von Menschen unterschiedlichen Alters und mit unterschiedlichem gesellschaftlichem Status. Kannst du dir vorstellen, welche Kräfte Magier hätten sammeln müssen? Eine Hexe konnte das jedoch mit einem Kräutertrank bewerkstelligen ...«

»Hat sie den ins Trinkwasser gemischt?«

»Ins Brot. Für Arina wurde eine Stelle in einer Brotfabrik besorgt.« Edgar lächelte. »Sie hat eine neue, ökonomische Art des Brotbackens vorgeschlagen, bei der verschiedene Kräuter dazugegeben wurden. Dafür hat sie sogar eine Prämie bekommen.«

»Alles klar. Und welches Interesse hatte Arina daran?«

Edgar schnaubte. Behände sprang er über einen umgestürzten Baum. »Du kannst Fragen stellen, Anton!« Er sah mir in die Augen. »Wer wollte nicht mit Magie von dieser Kraft herumspielen, noch dazu mit der Erlaubnis der Wachen und der Inquisition!«

»Schon möglich ...«, murmelte ich. »Das war das Experiment ... Und das Ergebnis?«

»Wie es zu erwarten war«, sagte Edgar, wobei in seinen Augen Ironie auffunkelte. »Einige haben den Verstand verloren, sind dem Alkohol verfallen oder haben sich umgebracht. Einige fielen der Verfolgung zum Opfer – weil sie ihren Idealen die Treue hielten. Die Dritten haben schließlich eine Möglichkeit gefunden, die Remoralisation zu umgehen.«

»Die Sichtweise der Dunklen hat also gesiegt?«, staunte ich und blieb sogar stehen. »Trotzdem glaubt die Inquisition, die Hexe habe ihren Zauber auf Befehl der Lichten abgewandelt?«

Edgar nickte.

»Quatsch«, sagte ich und ging weiter. »Absoluter Müll! Die Dunklen haben ihre Sicht faktisch bewiesen. Und ihr behauptet, die Lichten hätten sich etwas zu Schulden kommen lassen.«

»Nicht alle Lichten«, entgegnete Edgar ungerührt. »Nur einer ... möglicherweise eine kleine Gruppe. Weshalb, das weiß ich nicht. Aber die Inquisition ist unzufrieden. Die Reinheit des Experiments wurde nicht gewahrt, das Gleichgewicht der Kräfte geriet ins Wanken, irgendeine sehr langfristige und undurchsichtige Intrige ist damit eingeleitet worden ...«

»Na klar«, meinte ich nickend. »Haben wir erst mal eine Intrige, können wir auch alles auf Geser abwälzen.«

»Ich habe keine Namen genannt«, meinte Edgar rasch. »Ich kenne sie auch gar nicht! Außerdem möchte ich dich daran erinnern, dass der verehrte Geser damals in Zentralasien gearbeitet hat, sodass es absurd wäre, ihm irgendetwas anzulasten ...«

Er seufzte. Ob er an die Ereignisse im Assol dachte?

»Aber ihr wollt hinter die Wahrheit kommen?«, fragte ich.

»Unbedingt!«, erwiderte Edgar entschieden. »Tausende von Menschen wurden gewaltsam zum Licht bekehrt – das ist ein Verbrechen gegen die Tagwache. All diese Menschen haben gelitten – das ist ein Verbrechen gegen die Nachtwache. Die Erlaubnis der Inquisition für ein gesellschaftliches Experiment wurde missbraucht – das ist ein Verbrechen ...«

»Schon verstanden«, unterbrach ich ihn. »Mir gefällt diese Geschichte ja auch ganz und gar nicht ...«

»Hilfst du mit, die Wahrheit herauszubekommen?«, fragte Edgar. Und lächelte.

»Ja«, antwortete ich ohne zu zögern. »Denn das ist in der Tat ein Verbrechen.«

Edgar streckte mir die Hand hin, ich ergriff sie.

»Ist es noch weit?«, wollte der Inquisitor wissen.

Ich sah mich um. Und erkannte voller Freude die bekannten Umrisse der Lichtung wieder, in der ich gestern die Pilzmetropole entdeckt hatte.

Heute waren übrigens keine Pilze mehr da.

»Es ist ganz in der Nähe«, beruhigte ich den Dunklen Magier. »Hauptsache, die Frau ist überhaupt zu Hause ...«

Fünf

Die Hexe Arina braute einen Kräutertrank – ganz wie es sich für eine praktizierende Hexe in ihrem Häuschen im Wald gehört. Sie stand an ihrem russischen Ofen mit einer Zange in der Hand, die einen gusseisernen, in grünliche Wolken gehüllten Topf umspannte. Dabei murmelte sie:

Weißer Ginster, Spindelbaum,
Sand, vom Hang gebrochen,
Vom Abszess noch Eiterschaum,
Farnkraut, Finkenknochen …

Edgar und ich gingen ins Haus, blieben aber an der Tür stehen. Die Hexe tat so, als bemerke sie uns nicht. Sie stand mit dem Rücken zu uns, schüttelte den Topf und murmelte weiter:

Wieder Ginster, Spindelbaum,
Adlerfedern drei …

Edgar hüstelte und fuhr dann fort:

Phosphor, Selters, Fiebertraum,
Kurze Gerten zwei?

»Heiliger Strohsack aber auch!«, rief Arina und hüpfte von einem Fuß auf den anderen.

Das klang absolut echt ... Dennoch begriff ich mit unumstößlicher Sicherheit, dass die Hexe uns erwartet hatte.

»Guten Tag, Arina«, sagte Edgar ausdruckslos. »Die Inquisition. Ich bitte Sie, die Zauberei einzustellen.«

Behänd schob Arina den Topf in den Ofen. Erst danach drehte sie sich um. Sie wirkte jetzt wie eine vierzigjährige Frau, wie eine kräftige, korpulente schöne Bäuerin. Und wie eine sehr wütende. »Tagchen auch Ihnen, Herr Inquisitor!«, polterte sie bärbeißig los, die Hände in die Hüften gestemmt. »Die Zauberei stört Sie wohl, ja? Und ich? Ich darf mir dann meine Finken wohl noch mal fangen und den Adlern noch mal ein paar Federn ausrupfen?«

»Ihre Knittelverse sind nichts weiter als eine Stütze, um die Menge der Zutaten und die Abfolge der einzelnen Schritte im Gedächtnis zu behalten«, erwiderte Edgar ungerührt. »Ihren Trank der unbeschwerten Fortbewegung haben Sie schon längst gebraut, meine Worte konnten daran nichts ändern. Setzen Sie sich, Arina. Schließlich steckt die Wahrheit nicht in den Beinen, oder?«

»In den Beinen nicht, und weiter oben auch nicht«, antwortete Arina patzig und ging zum Tisch. Setzte sich und strich mit der Hand über die fröhlich mit Kamillen und Kornblumen bedruckte Schürze. Dann schielte sie zu mir hinüber.

»Guten Tag, Arina«, sagte ich. »Herr Edgar hat mich gebeten, ihn hierher zu bringen. Sie haben doch nichts dagegen?«

»Wenn ich etwas dagegen hätte, hättet ihr euch im Moor verlaufen!«, ließ sich Arina leicht beleidigt vernehmen. »Ich bin ganz Ohr, Herr Inquisitor Edgar. Was führt Sie denn zu mir?«

Edgar nahm Arina gegenüber Platz. Er griff mit der Hand unter sein Jackett und zog eine kleine Ledermappe hervor. Wo hatte er die denn versteckt gehabt?

»Ihnen wurde eine Vorladung zugesandt, Arina«, sagte der Inquisitor höflich. »Haben Sie die bekommen?«

Arina versank in Nachdenken. Edgar öffnete seine Mappe, um Arina einen schmalen Streifen gelben Papiers zu zeigen.

»Von 1931!«, stöhnte die Hexe. »Was für ein alter Wisch ... Nein, den habe ich nicht bekommen. Ich habe schon dem Herrn von der Nachtwache erklärt, dass ich mich schlafen gelegt habe. Die Tschekisten wollten mir was anhängen ...«

»Die Tscheka ist nicht das Schlimmste im Leben eines Anderen«, wandte Edgar ein. »Bei weitem nicht ... Also, Sie haben diese Vorladung bekommen ...«

»Nein«, widersprach Arina prompt.

»Sie haben sie nicht bekommen«, korrigierte sich Edgar. »Belassen wir es dabei. Der Bote ist nicht zurückgekehrt ... Natürlich, dem angeheuerten Mitarbeiter kann in den finsteren Moskauer Wäldern alles Mögliche passiert sein.«

Arina hüllte sich in Schweigen.

Ich stand an der Tür und beobachtete. Interessant. Die Arbeit des Inquisitors ließ sich zwar mit der eines x-beliebigen Wächters vergleichen, dennoch war die Situation nicht alltäglich. Ein Dunkler Magier verhörte eine Dunkle Hexe. Die obendrein weitaus stärker war als er – das musste Edgar klar sein.

Andererseits stand hinter ihm die Inquisition. Und damit konnte er auf die Hilfe »seiner« Wache verzichten.

»Nehmen wir einmal an, Sie bekämen die Vorladung jetzt«, fuhr Edgar fort. »Mir ist aufgetragen, mit Ihnen ein erstes Gespräch zu führen, bevor wir eine endgültige Entscheidung treffen. Also ...«

Er holte ein weiteres Blatt Papier heraus. »Im März 1931 haben Sie im Ersten Moskauer Brotkombinat gearbeitet?«, fragte Edgar mit Blick auf das Blatt.

»Ja«, nickte Arina.

»Mit welchem Ziel?«

Arina sah zu mir herüber.

»Er weiß Bescheid«, sagte Edgar. »Antworten Sie.«

»Sowohl die Leitung der Nacht- wie auch die der Tagwache Moskaus hatten sich an mich gewandt«, meinte Arina seufzend. »Die Anderen wollten sehen, wie sich Menschen verhalten, wenn sie in strenger Übereinstimmung mit den kommunistischen Idealen leben. Da beide Wachen dasselbe wollten und die Inquisition ihr Anliegen unterstützte, habe ich zugestimmt. Städte habe ich nie gemocht, da ist es immer ...«

»Weichen Sie nicht vom Thema ab ...«, bat Edgar.

»Ich habe meine Aufgabe erfüllt«, kam Arina kurzerhand zum Ende. »Ich habe ein Elixier gebraut, das ich in den folgenden zwei Wochen in den Brotteig gegeben habe. Das war's! Die Wachen haben mich ihrer Dankbarkeit versichert, ich habe die Brotfabrik verlassen und bin in mein Dorf zurückgekehrt. Und da sind die Tschekisten völlig ...«

»Über ihre komplizierte Beziehung zur Staatssicherheit können Sie sich in Ihren Memoiren auslassen«, fuhr Edgar sie plötzlich an. »Ich will wissen, warum Sie sich nicht an das Rezept gehalten haben!«

Langsam erhob sich Arina. Ihre Augen funkelten wütend, ihre Stimme dröhnte, als stünde in dieser Hütte nicht eine Frau, sondern das Weibchen von King Kong. »Merken Sie sich eins, junger Mann! Arina irrt sich niemals bei einem Rezept! Niemals!«

Edgar beeindruckte sie damit nicht im Mindesten.

»Ich habe ja nicht gesagt, dass Sie sich geirrt hätten. Sie haben sich absichtlich nicht an das Rezept gehalten. Mit dem Ergebnis ...« Er legte eine Pause ein.

»Mit welchem Ergebnis?«, empörte sich Arina. »Der fertige Trunk ist getestet worden! Er hatte genau die Wirkung, die er haben sollte!«

»Mit dem Ergebnis, dass die Wirkung des Kräutertranks unverzüglich einsetzte«, sagte Edgar. »Die Nachtwache ist noch nie eine Sammelstätte für dumme Idealisten gewesen. Die Lichten haben genau gewusst, dass alle zehntausend Versuchspersonen, die mit einem Schlag die kommunistische Moral übernehmen, verloren sind. Die Wirkung des Kräutertranks hätte allmählich einsetzen müssen, damit die Remoralisation in vollem Umfang erst in zehn Jahren zum Tragen gekommen wäre, also im Frühjahr 1941.«

»Sicher«, erwiderte Arina vernünftig. »Mein Trank war ja auch entsprechend.«

»Der Kräutertrank hat praktisch sofort gewirkt«, widersprach Edgar. »Wir haben nicht gleich durchschaut, was da vor sich ging, doch bereits nach einem Jahr hatte die Zahl der Probanden um die Hälfte abgenommen. Weniger als einhundert Menschen haben bis 1941 überlebt, nämlich diejenigen, die die Remoralisation überwinden konnten … indem sie eine gewisse moralische Flexibilität an den Tag legten.«

»Och, wie betrüblich.« Arina hob bedauernd die Hände. »Schlimm, schlimm, schlimm … die armen kleinen Menschen …« Sie setzte sich wieder. Schielte zu mir herüber. »Was ist, Lichter?«, fragte sie. »Glaubst du auch, dass ich den Dunklen in die Hände gearbeitet habe?«

Sollte sie lügen, dann tat sie das ausgesprochen überzeugend. Ich zuckte mit den Achseln.

»Ich habe alles genau richtig gemacht«, meinte Arina stur. »Die Hauptzutaten wurden ins Mehl gemischt … Wissen Sie eigentlich, wie schwierig in jenen Jahren Sabotage gewesen ist? Als Verzögerungsmittel für das Elixier diente einfacher Zucker …« Abermals hob sie die Hände. Dann sah sie Edgar triumphierend an. »Daran muss es gelegen haben! Hungerjahre, die Menschen haben den Zucker geklaut … Deshalb hat das Elixier zu schnell gewirkt …«

»Eine interessante Version«, kommentierte Edgar, während er seine Papiere durchblätterte.

»Mich trifft keine Schuld«, erklärte Arina fest. »Der Operationsplan ist abgesegnet worden. Wenn die Weisen der Wachen derart simple Sachen nicht bedenken, wessen Schuld ist das dann?«

»Das ist ja alles schön und gut«, versicherte Edgar und hielt ein Blatt Papier hoch. »Allerdings haben Sie das erste Experiment an den Arbeitern der Brotfabrik vorgenommen. Hier ist Ihr Bericht, erkennen Sie ihn? Danach hätten sie keinen Zucker mehr stehlen dürfen. Damit bleibt nur eine Möglichkeit: Sie haben die Operation mit Absicht in den Sand gesetzt.«

»Lassen Sie uns wenigstens noch eine weitere Versionen durchspielen«, sagte Arina kläglichen Tones. »Zum Beispiel ...«

»Zum Beispiel die Aussagen Ihrer Freundin Luisa gegen sie«, schlug Edgar vor. »Darüber, dass sie zufällig beobachtet hat, wie Sie an den Tagen, an denen die Operation durchgeführt wurde, mit einem bislang noch nicht identifizierten Lichten Magier Kontakt gehabt haben, mit dem sie sich bei den Tribünen der Pferderennbahn getroffen haben. Darüber, dass sie beide lange miteinander gestritten und gefeilscht haben, bis der Lichte Ihnen schließlich ein Päckchen aushändigte und Sie nickten. Anschließend haben sie beide sich die Hand geschüttelt. Luisa konnte sogar einen Satz aufschnappen: ›Ich mache es, und es wird kein Jahr vergehen ...‹ Mir ist erinnerlich, dass es Ihnen während der Dauer des Experiments verboten war, mit Anderen Kontakt aufzunehmen. Das stimmt doch, oder?«

»Ja«, sagte Arina und senkte den Kopf. »Lebt Luschka noch?«

»Leider nicht«, antwortete Edgar. »Doch ihre Aussagen sind zu Protokoll genommen worden ...«

»Schade ...«, murmelte Arina. Worauf sie dieses ›schade‹ bezog, erklärte sie nicht. Aber man brauchte nicht viel Phantasie, um darauf zu kommen, dass Luisa noch einmal Glück gehabt hatte.

»Können Sie uns sagen, mit welchem Lichten Sie in Kontakt gestanden haben, was Sie zu tun versprochen und was Sie von ihm bekommen haben?«

Arina hob den Kopf und lächelte mich bitter an. »Zu dumm ...«, bemerkte sie. »In was für dumme Situationen ich immer gerate ... wegen Kleinigkeiten. Wie mit dem Teekessel ...«

»Arina, ich bin gezwungen, Sie zwecks weiterer Befragungen mitzunehmen«, erklärte Edgar. »Im Namen der Inquisition ...«

»Versuch es doch mal, Zweitrangiger«, entgegnete Arina amüsiert.

Und verschwand.

»Sie ist ins *Zwielicht* eingetaucht!«, rief ich, während ich mich von der Wand abstieß und mit dem Blick meinen Schatten suchte. Edgar zögerte jedoch noch eine Sekunde: Er prüfte erst, ob die Hexe nicht unseren Blick abgelenkt hatte.

Wir tauchten fast gleichzeitig in die erste Schicht ein. Leicht verängstigt sah ich zu Edgar hinüber. In wen er sich wohl in der *Zwielicht*-Welt verwandelt hatte?

Gut, das ging. Nur minimale Veränderungen. Bloß weniger Haare.

»Tiefer!« Energisch fuchtelte ich mit der Hand. Edgar schüttelte den Kopf, hob die Hand vors Gesicht – die ihn förmlich aufzusaugen schien.

Beeindruckend, diese Tricks der Inquisitoren.

In der zweiten Schicht, in der das Häuschen sich in eine Holzhütte verwandelt hatte, blieben wir stehen und sahen uns an. Arina war auch hier natürlich nirgends zu entdecken.

»Sie ist weiter in die dritte Schicht ...«, flüsterte Edgar. Er hatte jetzt überhaupt keine Haare mehr, dafür einen lang gestreckten Schädel, der wie ein Entenei aussah. Sonst war alles in Ordnung, das Gesicht fast menschlich.

»Kannst du das auch?«, fragte ich.

»Einmal habe ich es schon geschafft«, antwortete Edgar ehrlich. Unser Atem wölkte auf. Obwohl es uns nicht sehr kalt vorkam, kroch ein eisiger Schauder heran ...

»Ich habe es auch schon einmal geschafft«, gestand ich.

Wir drucksten herum wie selbstbewusste Schwimmer, denen plötzlich klar wird, dass der Fluss vor ihnen zu stürmisch und zu kalt ist. Keiner wollte den ersten Schritt machen.

»Anton ... hilfst du mir?«, fragte Edgar schließlich.

Ich nickte. Wozu hatte ich mich denn sonst ins *Zwielicht* gestürzt?

»Gehen wir ...«, sagte der Inquisitor, wobei er konzentriert zu Boden sah.

Kurz darauf traten wir in die dritte Schicht ein, in die normalerweise nur Magier ersten Grades vordringen dürfen.

Die Hexe war nirgends zu sehen.

»Ein komischer Sinn ... für Humor ...«, flüsterte Edgar, während er sich umsah. Die Hütte aus Zweigen war in der Tat beeindruckend. »Anton ... sie hat es selbst gebaut ... sie kann sich hier lange aufhalten ...«

Langsam – der Raum um mich herum widersetzte sich abrupten Bewegungen – ging ich zur »Wand«. Bog die Zweige auseinander. Schaute hindurch.

Das sah absolut nicht wie die Menschenwelt aus.

Am Himmel zogen gleißende Wolken – Stahlspäne, in Glyzerin getaucht. Statt der Sonne loderte weit, weit oben eine glutrote Feuerwolke, der einzige Farbfleck im grauen Höhenrauch. Um uns herum erstreckten sich bis zum Horizont jene knorrigen, flachen Bäume, aus denen die Hexe ihr Haus gebaut hatte. Doch ob das wirklich Bäume waren? So blattlos, nur mit diesem eigenartig verflochtenen Geäst ...

»Anton, sie ist noch tiefer gegangen. Anton, sie steht außerhalb jeder Kategorie«, sagte Edgar hinter mir. Ich drehte mich um und sah den Magier an. Dunkelgraue Haut, ein kahler, langgezogener Schädel, eingefallene Augen ... Immerhin Menschenaugen. »Wie sehe ich aus?« Edgar bleckte die Zähne zu einem Lächeln. Was er nicht hätte tun sollen: Er hatte spitze kegelförmige Zähne. Wie ein Hai.

»Nicht sehr gut«, gab ich zu. »Aber vermutlich sehe ich auch nicht besser aus, oder?«

»Das ist nur äußerlich«, antwortete Edgar ungerührt. »Kannst du dich halten?«

Das konnte ich. Das zweite Abtauchen in diese Tiefe des *Zwielichts* fiel mir schon leichter.

»Wir müssen in die vierte Schicht gehen!«, sagte Edgar. In seinen Augen – da konnten es hundertmal die eines Menschen sein – glühte das Feuer des Fanatismus.

»Stehst du außerhalb jeder Kategorie?«, fragte ich zurück. »Edgar, mir wird schon die Rückkehr schwer fallen!«

»Wir können unsere Kräfte vereinigen, Wächter!«

»Wie?« Ich war verwirrt. Sowohl Dunkle als auch Lichte kennen den Kraftkreis. Aber das ist eine gefährliche Sache, die mindestens drei oder vier Andere erfordert ... Außerdem: Wie sollten lichte und dunkle Kraft vereinigt werden?

»Lass das meine Sorge sein!« Edgar schüttelte energisch den Kopf. »Anton, sie verschwindet! Sie verschwindet in die vierte Schicht! Vertrau mir!«

»Einem Dunklen?«

»Einem Inquisitor!«, fuhr mich der Magier an. »Ich bin Inquisitor, klar? Anton, vertrau mir, ich befeh...« Edgar verstummte, um dann in freundlicherem Ton hinzuzufügen: »Ich bitte dich!«

Keine Ahnung, was mich packte. Jagdeifer? Der Wunsch, diese Hexe zu erwischen, die Tausende von Menschen in den Tod getrieben hatte? Dass ein Inquisitor mich bat?

Oder vielleicht schlicht der Wunsch, die vierte Schicht zu sehen? Die geheimsten Tiefen des *Zwielichts*, die auch Geser nicht oft zu Gesicht bekam und in der Swetlana niemals gewesen war?

»Was soll ich tun?«, fragte ich.

Auf Edgars Gesicht erstrahlte ein Lächeln. Er streckte mir die Hand entgegen – die Finger endeten in stumpfen, hakenförmigen Krallen. »Im Namen des Großen Vertrages, des Gleichgewichts, das ich bewahre ... rufe ich das Licht und das Dunkel an ... erbitte ich Kraft ... im Namen des Dunkels!«

Auf seinen fordernden Blick hin streckte ich ebenfalls die Hand aus. »Im Namen des Lichts ...«, sagte ich.

Das Ganze ließ sich in gewisser Weise mit einem Eid vergleichen, den ein Dunkler und ein Lichter sich schwören. Aber nur in gewisser Weise. In meiner Hand loderte kein Flammenzüngchen auf, auf Edgars ballte sich kein Krumen Dunkelheit. Alles lief ohne unser Zutun ab: Die graue, verschwommene Welt um uns herum gewann plötzlich an Schärfe. Nein, die Farben kehrten nicht zurück, wir befanden uns noch immer im *Zwielicht*. Schatten bildeten sich. Wie auf einem Fernsehbildschirm, bei dem man zuvor die Farbe so weit wie möglich herausgenommen hatte und auf dem man dann wieder ein buntes und kontrastreiches Bild einstellte.

»Unser Recht wird anerkannt ...«, flüsterte Edgar, während er sich umsah. In seinem Gesicht spiegelte sich echtes Glück wider. »Sie erkennen unser Recht an, Anton!«

»Und wenn sie es nicht anerkannt hätten?«, hakte ich nach.

Edgar runzelte die Stirn. »Das hätte sein können ... Aber schließlich haben sie es doch anerkannt, oder? Gehen wir!«

In diesem neuen, »kontrastreichen« *Zwielicht* fiel jede Bewegung entschieden leichter. Ich hob meinen Schatten genauso mühelos auf wie in der gewöhnlichen Welt.

Und gelangte dorthin, wo nur Magier außerhalb jeder Kategorie hindurften.

Bäume – wenn es denn Bäume waren – gab es hier nicht mehr. Die ganze Welt um uns herum war eben, flach, ganz wie im Mittelalter der Fladen der Erde, den drei Wale trugen. Kein Relief, bloß eine endlose Sandebene ... Ich bückte mich, ließ eine Hand voll Sand durch meine Finger rieseln. Der war grau, wie im *Zwielicht* nicht anders zu erwarten. Doch in diesem Grau ließen sich die ersten Farben erkennen, ein rauchiges Perlmutt, bunte Funken, goldschimmernde Körner ...

»Da läuft sie...«, sagte Edgar mir direkt ins Ohr. Und streckte die Hand aus, die überraschend lang und dünn war.

Ich schaute in die angezeigte Richtung. Und sah in der Ferne – nur in einer Ebene kann man so weit sehen – eine sich rasch entfernende graue Silhouette. Die Hexe bewegte sich mit riesigen Sprüngen vorwärts, schwang sich in die Luft auf, flog gut zehn Meter über die Erde hinweg, mit ausgebreiteten Armen und komisch schlenkernden Beinen, einem fröhlichen Kind gleich, das über eine Frühlingswiese hüpft.

»Sie hat ihr Elixier ausgetrunken?«, erriet ich. Sonst konnte ich mir diese Sprünge nicht erklären.

»Ja. Das hat sie nicht umsonst gebraut«, sagte Edgar. Er holte aus und schleuderte Arina etwas hinterher.

Eine Reihe kleiner Feuerbälle schoss auf die Hexe zu. Der Geschwader-Fireball, ein ganz gewöhnlicher Kampfzauber bei den Wachen, allerdings in einer besonderen Version der Inquisition.

Einige Kugeln platzten, bevor sie die Hexe erreichten. Eine beschleunigte enorm, traf sie aber dennoch, schnappte nach ihrem Rücken, explodierte und hüllte die Hexe in Feuer. Die Flamme erlosch jedoch augenblicklich wieder, während die Hexe ohne sich umzusehen etwas über ihre Schulter warf – worauf sich dort eine Pfütze aus funkelnder, quecksilbriger Flüssigkeit bildete. Sobald die übrigen Geschosse über diese Lache flogen, verloren sie an Tempo und Höhe, stürzten in die Flüssigkeit und verschwanden.

»Hexentricks ...«, presste Edgar angewidert hervor. »Anton!«

»Ja? Was?«, fragte ich, ohne die am Horizont verschwindende Arina aus den Augen zu lassen.

»Wir müssen zurückgehen. Uns war nur Kraft für die Festnahme der Hexe zugeteilt worden, aber die Jagd ist zu Ende. Wir haben sie nicht gekriegt.«

Ich sah nach oben. Die glutrote Wolke, die in der vorigen *Zwielicht*-Schicht geleuchtet hatte, gab es hier nicht. Der ganze Himmel strahlte in einem gleichmäßigen Rosaweiß.

Wie seltsam. Hier gab es also wieder Farben ...

»Gibt es noch mehr Schichten, Edgar?«, fragte ich.

»Die gibt es immer.« Edgar machte sich offenbar langsam Sorgen. »Gehen wir, Anton! Gehen wir, sonst sitzen wir hier fest.«

Die Welt um uns herum verlor ihre Schärfe, hüllte sich in grauen Rauch. Doch nach wie vor gab es Farben, den perlmuttfarbenen Sand, den rosaweißen Himmel ...

Während ich bereits das kalte Prickeln des *Zwielichts* auf meiner Haut spürte, folgte ich Edgar zurück in die dritte Schicht. Als hätte die Welt nur auf diesen Moment gewartet, blich sie endgültig aus, ergraute, füllte sich mit kaltem tosendem Wind. Wir packten uns bei den Händen – nicht, um Kraft auszutauschen, das ist hier praktisch unmöglich, sondern um uns auf den Beinen zu halten – und versuchten wieder und wieder, in die zweite Schicht zurückzukehren. Die »Bäume« um uns barsten mit einem kaum hörbaren Knistern, das Baumzelt der Hexe krachte seitwärts ein – doch wir konnten unsere Schatten einfach nicht finden. Ich erinnerte mich nicht einmal mehr an den Augenblick, als sich das *Zwielicht* vor mir öffnete und ich in die zweite Schicht trat – die fast gewöhnlich wirkte, überhaupt nicht schrecklich.

Schwer atmend saßen wir auf dem sauberen, abgeschabten Fußboden. Uns beiden ging es gleichermaßen schlecht, uns, dem Dunklen Inquisitor und dem Lichten Wächter.

»Puh.« Edgar schob die Hand ungeschickt in die Tasche seines Jacketts und holte eine Tafel Schokolade der Marke Gardist heraus. »Iss ...«

»Und du?«, fragte ich, während ich die Verpackung aufriss.

»Ich habe noch ...« Edgar kramte lange in seinen Taschen, bis er schließlich eine weitere Tafel fand. Diesmal eine der Marke Inspiration, bei der jeder Riegel einzeln eingepackt war. Er wickelte sie einen nach dem anderen aus.

Danach aßen wir bloß gierig. Das *Zwielicht* saugt einem alle Kräfte aus, und zwar nicht nur die magische Kraft, sondern auch ganz banal die Glukose im Blut. Das ist eines der wenigen Details, die mit Hilfe der modernen Wissenschaft bezüglich des *Zwielichts* festgestellt werden konnten. Der Rest ist nach wie vor ein Rätsel.

»Edgar, wie viele Schichten hat das *Zwielicht*?«, fragte ich.

Edgar kaute einen weiteren Riegel Schokolade. »Ich weiß von fünf«, antwortete er. »In der vierten bin ich eben zum ersten Mal gewesen.«

»Und was ist dort? In der fünften?«

»Ich weiß nur, dass es sie gibt, Wächter. Mehr nicht. Ich habe auch über die vierte Schicht vorher nichts gewusst.«

»Dort gibt es wieder Farben«, sagte ich. »Sie ... sie ist völlig anders, nicht wahr?«

»Hm«, murmelte Edgar. »Das ist sie. Aber darüber brauchen wir uns nicht den Kopf zu zerbrechen, Anton. Das geht über unsere Kräfte. Sei stolz, dass du in der vierten Schicht gewesen bist, das können nicht mal alle Magier ersten Grades von sich behaupten.«

»Ihr könnt also dahin?«

»Wenn die Arbeit es erfordert«, bestätigte Edgar. »Zur Inquisition kommen nicht unbedingt die stärksten Anderen. Und wir müssen doch einem durchgedrehten Magier außerhalb jeder Kategorie etwas entgegenzusetzen haben, oder?«

»Wenn Geser oder Sebulon durchdrehen, werdet ihr ihnen nichts entgegenzusetzen haben«, bemerkte ich. »Es hat ja nicht mal bei der Hexe geklappt ...«

Nach kurzem Nachdenken pflichtete Edgar mir bei, dass das Moskauer Büro der Inquisition wenig gegen Geser oder Sebulon ausrichten könne. Allerdings nur in dem Falle, wenn beide gleichzeitig den Großen Vertrag verletzten. Sonst ... sonst dürfte Geser wohl mit Freuden dabei helfen, Sebulon zu neutralisieren, und umgekehrt. Auch darauf gründet sich die Inquisition.

»Was passiert jetzt mit der Hexe?«, fragte ich.

»Wir werden sie suchen«, antwortete Edgar geschäftig. »Ich habe mich schon mit meinen Leuten in Verbindung gesetzt. Der Bezirk wird abgesperrt. Kann ich auch in Zukunft auf dich rechnen?«

Ich überlegte.

»Nein, Edgar. Arina ist eine Dunkle. Irgendwas hat sie bestimmt gemacht ... damals, vor rund siebzig Jahren. Aber wenn die Lichten sie benutzt haben ...«

»Du hältst also an deiner Seite fest«, konstatierte Edgar angewidert. »Verstehst du das denn wirklich nicht, Anton? Es gibt weder Licht noch Dunkel in reiner Form. Die beiden Wachen sind doch letzten Endes wie die Demokraten und die Republikaner in den USA. Sie streiten sich, hetzen gegeneinander – und treffen sich abends zur Cocktailparty.«

»Noch ist nicht Abend.«

»Es ist immer Abend«, entgegnete Edgar finster. »Glaube mir, ich bin ein gesetzestreuer Dunkler gewesen. Bis man mich in die Enge getrieben hat ... bis ich zur Inquisition gegangen bin. Und weißt du, was ich jetzt denke?«

»Sag's mir.«

»Die Kraft der Nacht und die Kraft des Tages – die kannst du beide gleichermaßen vergessen. Ich sehe zwischen Sebulon und Geser keinen Unterschied mehr. Dich mag ich ... als Mensch.

Trätest du der Inquisition bei, würde ich gern mit dir zusammenarbeiten.«

»Wirbst du mich gerade an?«, amüsierte ich mich.

»Ja. Jeder Wächter hat das Recht, zur Inquisition zu kommen. Niemand hat das Recht, dich daran zu hindern. Man darf dir deine Entscheidung noch nicht einmal ausreden!«

»Vielen Dank, aber mir braucht auch niemand etwas auszureden. Ich habe nicht die Absicht, zur Inquisition überzuwechseln.«

Ächzend stand Edgar vom Boden auf. Er strich über seinen Anzug – auf dem freilich weder ein Stäubchen noch ein Fältchen zu sehen war.

»Dein feiner Anzug ist verzaubert«, konstatierte ich.

»Ich verstehe ihn nur zu tragen. Und es ist gutes Tuch.« Edgar ging zum Bücherschrank, holte ein Buch heraus und blätterte darin. Dann ein zweites, ein drittes ... »Was für eine Bibliothek!«, brachte er voller Neid hervor. »Hochspeziell, aber ...«

»Ich habe gedacht, dass sie auch das *Fuaran* hat«, gab ich zu.

Edgar lachte nur.

»Was machen wir mit der Hütte?«, fragte ich.

»Siehst du, du denkst immer noch wie mein Partner!«, bemerkte Edgar prompt. »Ich wirke ein paar Schutz- und Wachzauber ... Hm, was noch? In zwei, drei Stunden müssten die Experten hier sein. Die sollen dann alles gründlich untersuchen. Gehen wir?«

»Willst du denn nicht selbst alles inspizieren?«, fragte ich.

Edgar sah sich aufmerksam um und meinte dann, nein, das wolle er nicht. Denn in dem Häuschen könnten eine Unmenge böser Überraschungen warten, die die durchtriebene Hexe hinterlassen habe. Außerdem sei es gesundheitsgefährdend, in den Sachen einer Hexe außerhalb jeder Kategorie herumzuwühlen ... sollten sich damit ruhig diejenigen beschäftigen, deren Pflicht das sei.

Ich wartete, bis Edgar um die Hütte ein paar Wachzauber gelegt hatte. Hilfe brauchte er dabei nicht. Danach machten wir uns auf zum Dorf.

Der Rückweg kam uns wesentlich länger vor. Als ob ein nicht zu fassender Zauber verschwunden sei, der uns geholfen hatte, zum Haus der Hexe zu gelangen. Dafür gab sich Edgar jetzt entschieden gesprächiger. Ob meine Unterstützung zu dieser Offenheit geführt hatte?

Er erzählte mir von seiner Ausbildung, davon, wie man ihm beigebracht hatte, nicht nur dunkle Kraft, sondern auch lichte zu nutzen. Berichtete von weiteren Auszubildenden bei der Inquisition, darunter waren zwei Lichte Zauberinnen aus der Ukraine, ein Werwolf aus Ungarn, ein holländischer Magier und viele weitere, höchst unterschiedliche Andere. Erklärte mir, die Gerüchte von den Sonderdepots der Inquisition, die angeblich von magischen Artefakten bersten würden, seien pure Übertreibung: Es gebe zwar viele Artefakte, die meisten hätten ihre magische Kraft jedoch längst eingebüßt und taugten nun nichts mehr. Schilderte gesellige Abende und Partys, die die Auszubildenden in ihrer Freizeit veranstalteten ...

All das war sehr komisch, doch ich wusste genau, worauf Edgar zielte. Deshalb fing ich an, mich mit überzogener Begeisterung an die Jahre meiner Ausbildung zu erinnern, an diverse lustige Ereignisse in der Geschichte der Nachtwache, die historischen Erzählungen von Semjon ...

Edgar seufzte und ging nicht weiter auf das Thema ein. Außerdem waren wir zum Dorf gelangt. Edgar blieb am Waldrand stehen. »Ich warte hier auf meine Leute«, sagte er. »Sie müssen gleich hier sein. Vítěszlav hat sogar seine Abreise verschoben und versprochen herzukommen.«

Ich hatte nicht die Absicht, den Inquisitor in mein Haus einzuladen. Vor allem nicht in Gesellschaft eines Hohen Vampirs.

Deshalb nickte ich nur. »Was meinst du, wie geht es weiter?«, wollte ich aber noch wissen.

»Ich habe rechtzeitig Alarm gegeben, die Hexe wird die Gegend nicht verlassen«, erklärte Edgar sachlich. »Jetzt kommen die Experten von der Spurensicherung, wir werden alles überprüfen, wir werden Arina festnehmen. Sie verurteilen. Wenn du gebraucht wirst, wird man dich als Zeugen einbestellen.«

Ich teilte Edgars Optimismus nicht uneingeschränkt, nickte aber dennoch. Er wusste besser, was die Inquisition fertig brachte.

»Und die Werwölfe?«

»Auf die hat die Nachtwache das Vorrecht, oder?«, antwortete Edgar mit einer Gegenfrage. »Wenn wir auf sie stoßen, geben wir Bescheid, aber wir werden nicht extra im Wald Jagd auf sie machen. Woher willst du überhaupt wissen, ob sie noch hier sind? Vielleicht sind es die üblichen Städter, die ins Umland gefahren sind, um zu jagen. Du solltest die Augen besser aufhalten, Anton.«

»Irgendwie habe ich den Eindruck, dass sie noch hier sind«, murmelte ich. Das stimmte, obwohl ich nicht erklären konnte, woher ich diese Überzeugung nahm. Im Dorf war alles sauber ... Und Werwölfe stromern selten länger als einen Tag in ihrem Wolfskörper herum.

»Überprüf die Nachbardörfer«, riet Edgar mir. »Zumindest das, in dem die Hexe ihre Einkäufe gemacht hat. Obwohl ... das wird nichts bringen. Nach einer erfolglosen Jagd ziehen sie sofort den Schwanz ein und verstecken sich ... Ich kenne ihre Natur.«

Ich nickte. Der Rat hatte, obwohl reichlich elementar, etwas für sich. Ich hätte gleich die Gegend abklappern sollen, statt hinter einer harmlosen Hexe herzujagen. Ein toller Detektiv – den das *Fuaran* interessierte ... nicht die alltägliche, öde Arbeit. Verbrechensvorbeugung, wie es zu Sowjetzeiten so schön hieß.

»Viel Glück, Edgar«, sagte ich.

»Dir auch, Anton.« Nach kurzem Nachdenken fügte Edgar hinzu: »Ach, übrigens, die Situation ist ganz interessant, weil in den Fall mit der Hexe beide Wachen involviert sind. Du vertrittst sozusagen die Interessen der Nachtwache. Aber ich glaube, dass Sebulon auch jemanden schickt ... solange die Lage noch nicht geklärt ist.«

Ich seufzte. Mit jeder Stunde wurde das Ganze verzwickter.

»Ich kann mir schon vorstellen, wen er schickt«, erwiderte ich. »Sebulon genießt es, mir kleine gemeine Überraschungen zu bereiten.«

»Du solltest dich lieber darüber freuen, dass er sich keine großen gemeinen Überraschungen ausdenkt«, blaffte Edgar. »Die kleinen musst du halt ertragen. Niemand kann die Natur eines Menschen ändern, wenn dein Freund ein Dunkler ist, dann wird er auch als Dunkler sterben.«

»Kostja ist längst tot. Und er ist kein Mensch, sondern ein Vampir. Ein Anderer.«

»Was macht das für einen Unterschied?«, fragte Edgar finster. Er steckte die Hände in die Taschen seiner teuren Hosen, die er so vorzüglich zu tragen verstand, sackte leicht in sich zusammen und betrachtete die am Horizont untergehende rote Sonne. »Alles ist eins in dieser Welt, Wächter ...«

Hm! Die Arbeit bei der Inquisition wirkt sich doch seltsam auf die Anderen aus! Lässt sie einen nihilistischen Blick aufs Leben werfen. Nimmt ihnen alle Ideale ...

»Viel Glück«, wiederholte ich und machte mich daran, den Hügel hinabzusteigen. Während Edgar sich ohne Rücksicht auf seinen Anzug ins Gras legte und in den Himmel starrte.

Sechs

Auf halbem Weg zum Haus traf ich Xjuscha und Romka. Die beiden Kinder gingen zügig die staubige Straße entlang, hielten sich bei den Händen. Ich winkte ihnen zu.

»Ihre Nadjuschka ist mit ihrer Omi zum Fluss hinuntergegangen!«, rief Xjuscha mir sofort entgegen.

Ich musste grinsen. Alles in allem bekam Ljudmila Iwanowna nur selten ein »Oma« zu hören – doch wie jede Moskauer Frau um die fünfzig hasste sie diese Bezeichnung.

»Schön, sollen sie ruhig noch spazieren gehen«, sagte ich.

»Haben Sie die Wölfe schon gefunden?«, rief Romka.

»Nein, deine Wölfe sind verschwunden«, erwiderte ich.

Oder hätte ich aus psychotherapeutischen Gründen sagen sollen, ich hätte die Wölfe gefangen und einem Zoo übergeben? Allerdings hatte ich nicht den Eindruck, dass der Junge nach seiner Begegnung mit den Tiermenschen irgendwie verängstigt war. Arina hatte wirklich gute Arbeit geleistet.

Auf dem Weg nach Hause begrüßte ich noch ein paar weitere Dorfbewohner. Swetlana hatte meine Hängematte okkupiert – mit einer Flasche Bier und dem *Fuaran. Phantasie oder Wahrheit?* in der Hand, dessen letzte Seite sie bereits erreicht hatte.

»Interessant, oder?«, fragte ich.

»Hm«, nickte Swetlana. Das Bier trank sie ohne Umschweife direkt aus der Flasche. »Lustiger als *Mumins wundersame Insel-*

abenteuer von Tove Jansson. Mir ist jetzt klar, warum früher nicht alle Geschichten der Mumins gedruckt worden sind. Die letzten sind absolut nichts für Kinder. Tove Jansson muss in einem tiefen Loch gesteckt haben, als sie sie geschrieben hat.«

»Auch eine Schriftstellerin hat das Recht auf Niedergeschlagenheit«, erklärte ich.

»Wenn sie Kinderbücher schreibt, dann nicht«, widersprach Swetlana scharf. »Kinderbücher sollen gut sein. Sonst ist es wie bei einem Traktorfahrer, der das Feld schief pflügt und dann sagt: ›Ich bin heute so traurig, da war es für mich verlockender, Kreise zu fahren.‹ Oder ein Arzt, der einem Patienten ein Abführmittel und Schlaftabletten verschreibt und erklärt: ›Ich bin schlechter Stimmung und will mich auf diese Weise mal entspannen.‹«

Sie beugte sich zum Tisch vor und legte das vermeintliche *Fuaran* weg.

»Du bist streng, Mutter.« Ich schüttelte den Kopf.

»Ich bin Mutter, deshalb bin ich streng«, erwiderte Swetlana. Dann lachte sie. »Ich mache nur Spaß. Die Bücher sind einfach wunderbar. Nur die letzten sind sehr traurig.«

»Nadjuschka ist mit deiner Mutter zum Fluss runtergegangen«, sagte ich.

»Hast du sie getroffen?«

»Nein, Oxana hat es mir erzählt. ›Ihre Nadja ist mit ihrer Omi spazieren gegangen‹ ...«

Swetlana prustete los. Gleich darauf setzte sie jedoch wieder ein ernstes Gesicht auf. »Sag das ja nicht in Gegenwart meiner Mutter! Das verkraftet sie nicht.«

»Für wen hältst du mich? Für einen Kamikaze?«

»Erzähl mir lieber, was euer Ausflug gebracht hat.«

»Die Hexe ist uns entwischt«, berichtete ich. »Wir haben sie bis in die vierte Schicht des *Zwielichts* verfolgt, aber sie ist uns trotzdem entkommen ...«

»Bis in die vierte?« Swetlanas Augen funkelten auf. »Schwindelst du auch nicht?«

Ich setzte mich neben sie. Die Hängematte schaukelte empört, die Bäume knarzten, hielten aber stand. Mit knappen Worten gab ich unsere Abenteuer wieder.

»Ich bin noch nie in der vierten Schicht gewesen ...«, meinte Swetlana nachdenklich. »Wie es da wohl ... Dort gibt es also wieder Farben?«

»Ich glaube, es gibt da sogar Gerüche.«

Abwesend nickte Swetlana. »Ja, solche Gerüchte kursieren ... Interessant.«

Ein paar Sekunden schwieg ich. »Swetlana, du musst in die Wache zurückkehren«, sagte ich dann.

Entgegen ihrer Gewohnheit schwieg Swetlana. Was mich ermutigte fortzufahren. »Du darfst nicht nur mit halber Kraft leben. Früher oder später wirst du ...«

»Lassen wir das, Anton. Ich möchte keine Große Zauberin werden.« Swetlana grinste. »Kleine Alltagsmagie, das ist alles, was ich brauche.«

Die Pforte ging, und Ljudmila Iwanowna kam zurück. Ich sah flüchtig zu ihr hinüber, wollte schon wieder woanders hinsehen – als sich mein Blick verständnislos an ihr festhakte.

Meine Schwiegermutter strahlte. Man hätte glauben können, sie habe gerade eine impertinente Verkäuferin erfolgreich zur Schnecke gemacht, auf der Straße hundert Rubel gefunden oder den Fernsehstar Jakubowitsch, ihren Liebling, mit Handschlag begrüßt.

Sie ging noch nicht mal wie sonst, sondern leichten Schrittes, mit geraden Schultern und hocherhobenem Kinn. Und mit einem absolut entrückten Lächeln auf den Lippen. »Wir sind geboren, damit das Märchen Wahrheit wird ...«, sang sie leise vor sich hin.

Ich schüttelte den Kopf. Meine Schwiegermutter lächelte uns sanft an, winkte und ging weiter in Richtung Haus.

»Mama!«, rief Swetlana ihr hinterher und sprang auf. »Mama!«

Meine Schwiegermutter blieb stehen und sah Sweta an – wobei auf ihrem Gesicht immer noch jenes entrückte Lächeln lag.

»Ist mit dir alles in Ordnung, Mama?«, fragte Swetlana.

»Aber sicher«, erwiderte Ljudmila Iwanowna zärtlich.

»Mama, wo ist Nadjuschka?«, brachte Swetlana mit leicht erhobener Stimme hervor.

»Sie geht mit einer Freundin spazieren«, antwortete meine Schwiegermutter ungerührt.

Ich erschauerte.

»Was sagst du da, Mama?«, schrie Swetlana. »Es ist schon Abend ... die Kinder sind allein unterwegs ... mit was für einer Freundin?«

»Mit einer Freundin von mir«, erklärte meine Schwiegermutter, nach wie vor lächelnd. »Mach dir keine Sorgen. Ich bin doch kein dummes Weibsbild, dass ich die Kleine allein lassen würde!«

»Mit was für einer Freundin von dir?«, fuhr Swetlana sie an. »Mama! Was ist mit dir? Wer ist bei Nadja?«

Langsam kroch das Lächeln vom Gesicht meiner Schwiegermutter, um einem verlegenen Ausdruck Platz zu machen.

»Mit jener ... dieser ...« Sie runzelte die Stirn. »Mit Arina. Meine Freundin ... Arina ... meine Freundin?«

Was genau Swetlana tat, konnte ich nicht erkennen, doch über meine Haut huschte ein Kälteschauder aus dem zerspaltenen *Zwielicht*. Swetlana hatte sich nur leicht zu ihrer Mutter vorgebeugt – die daraufhin mit offenem Mund erstarrte und in kleinen Schlucken nach Luft schnappte.

Die Gedanken von Menschen zu lesen ist recht schwierig, weitaus leichter ist es, sie zum Reden zu bringen. Doch von nahen Verwandten kann man Informationen auf die gleiche Weise bekommen, die wir unter uns anwenden, um Zeit zu sparen.

Im Grunde brauchte ich diese Informationen jedoch gar nicht.

Ich hatte auch so alles verstanden.

Und nicht Angst packte mich – sondern Leere. Als ob die ganze Welt um mich herum zu Eis erstarrt und stehen geblieben sei.

»Geh schlafen!«, rief Swetlana ihrer Mutter zu. Ljudmila Iwanowna drehte sich um und stakste zombiegleich aufs Haus zu.

Swetlana sah mich an. Ihr Gesicht war sehr ruhig – was mich selbst enorm hinderte, mich zu konzentrieren. Letzten Endes fühlt sich ein Mann einfach stärker, wenn seine Frau verängstigt wirkt.

»Sie ist auf die beiden zugekommen. Hat sie angepustet. Dann hat sie Nadenka bei der Hand genommen. Ist mit ihr in den Wald gegangen«, presste Swetlana heraus. »Und sie, diese ausgemachte Obernärrin ... geht noch eine Stunde lang spazieren!«

In diesem Moment begriff ich, dass Swetlana kurz davor stand, hysterisch zu werden.

Und konnte mich selbst konzentrieren.

»Was sollte sie gegen eine Hexe schon ausrichten?« Ich packte Swetlana bei den Schultern und schüttelte sie. »Deine Mutter ist nur ein Mensch!«

In Swetlanas Augen schimmerten Tränen, die jedoch gleich wieder verschwanden. Plötzlich stieß sie mich sanft weg. »Geh zur Seite, Anton, ich hake mich bei ihr an ...«, sagte sie. »Und du kannst mir sowieso nicht helfen ...«

Ich ließ mich auf keinen Streit ein. Nach Edgars und meinem Abenteuer war ich keine große Hilfe mehr. Auch über Kraft, die ich mit Swetlana hätte teilen können, verfügte ich kaum noch.

Ich lief ein paar Schritte weg, umfasste den Stamm des kümmerlichen Apfelbaums, der bald absterben würde. Dann schloss ich die Augen.

Die Welt um mich herum erbebte.

Ich spürte, wie das *Zwielicht* sich bewegte.

Swetlana sammelte keine Kraft aus der Umgebung, wie ich es getan hätte. Ihr reichte die eigene, die sie so hartnäckig ignorierte, ungenutzt ließ – und von der sie dabei nur immer mehr anhäufte. Angeblich sollen weibliche Andere nach einer Geburt einen enormen Kraftzustrom verspüren, doch bei Swetlana hatte ich damals keine Veränderung gespürt. Alles war irgendwohin verschwunden, hatte sich verkrochen, angesammelt. Für einen schwarzen Tag – wie sich jetzt zeigte.

Die Welt verlor ihre Farbe. Ich begriff, dass ich ins *Zwielicht* gefallen war, in die erste Schicht. Die Magie drängte dermaßen auf alles ein, dass nichts, was nur ein wenig magisch war, sich in der menschlichen Realität halten konnte. Das Buch *Fuaran. Phantasie oder Wirklichkeit?* fiel durch den Holztisch und schlug hart auf dem Boden auf. In der Nachbarschaft, drei Häuser weiter, loderten auf dem Dach Klumpen blauen Mooses – diese im *Zwielicht* lebenden Parasiten unserer Emotionen – auf, die sofort verbrannten.

Ein weißes Leuchten hüllte Swetlana ein. Sie fuhr rasch mit den Händen auf und ab, als spinne sie unsichtbares Garn. Im nächsten Augenblick tauchte dieses »Garn« auf, dünne, spinnenwebartige Fäden lösten sich von ihren Fingern und flogen davon, getrieben von einem nicht vorhandenen Wind. Um Swetlana herum tobte ein Schneesturm. Der sich legte, sobald die funkelnden Fäden in alle Richtungen davongeweht waren.

»Was tust du?«, schrie ich. »Sweta!«

Ich kannte den Zauber, den sie gerade eben gewirkt hatte. Selbst ich hätte das »Schneeige Spinnennetz« aufwerfen können, eventuell nicht so effektiv, nicht so schnell, aber trotzdem ...

Swetlana antwortete nicht. Wie bei einem Gebet reckte sie die Arme zum Himmel. Dabei glauben wir weder an Götter noch an Gott. Wir sind unsere eigenen Götter und unsere eigenen Dämonen.

Von Swetlanas Hand riss sich eine regenbogenfarbige, überballgroße Kugel los, eine Seifenblase, die voller Grandezza am Himmel dahinsegelte. Die Blase vergrößerte sich und begann, sich langsam um die eigene Achse zu drehen. Ein dunkelroter Fleck auf der durchscheinenden regenbogenfarbigen Hülle gemahnte an den Planeten Jupiter. Als der rote Fleck mir bei einer Drehung gegenüberstand, nahm ich eine kalte sengende Berührung wahr, gleichsam als streife mich eisiger Wind.

Swetlana hatte das »Auge des Magiers« geschaffen. Abermals Magie ersten Grades. Und das sofort nach dem »Schneeigen Spinnennetz«!

Beim dritten Zauber, den sie so unfassbar schnell wirkte, dass ich vermutete, Swetlana habe ihn seit langer Zeit für ebensolche Fälle eingeübt, schickte sie eine Schar mattweißer, geisterhafter Vögel aus ihren Handflächen gen Himmel. Man hätte sie als Tauben bezeichnen können – wären die Schnäbel dieser Geistervögel nicht reichlich groß und spitz gewesen. Schnäbel von Raubvögeln.

Diesen Zauber kannte ich nicht einmal.

Swetlana ließ die Arme sinken. Worauf sich das *Zwielicht* beruhigte. Zu uns zurückkroch, unsere Haut mit einer leichten beißenden Kälte berührte.

Ich kehrte in die normale Welt zurück.

Swetlana folgte mir.

Hier hatte sich nichts verändert. Selbst das zu Boden segelnde Buch, im Fallen aufgegangen, hatte sich noch nicht wieder geschlossen.

Nur die Hunde winselten, kläfften, jaulten im ganzen Dorf.

»Sweta, was hast du gemacht?«, fragte ich, während ich auf sie zustürzte.

Sie drehte sich mir zu, mit verschleierten Augen. Ihre unsichtbaren magischen Abgesandten, die sich noch nicht in alle

Winde zerstreut hatten, überbrachten gerade, Dutzende oder Hunderte Kilometer von uns entfernt, ihre Botschaften.

Ich wusste, welche.

»Nichts ...«, flüsterte Swetlana. »Überall Leere. Keine Nadjuschka ... keine Hexe ...«

In ihre Augen kehrte das Leben zurück. Was bedeutete: Das magische Spinnennetz löste sich auf, die weißen Vögel fielen zu Boden und schmolzen, am Himmel platzte die regenbogenfarbige Kugel.

»Überall Leere«, wiederholte Swetlana. »Anton ... wir dürfen uns nicht verrückt machen.«

»Sie kann nicht weit sein«, erwiderte ich. »Und sie hat Nadja nichts Schlimmes getan, glaub mir!«

»Geiselnahme?«, fragte Swetlana. Auf ihrem Gesicht spiegelte sich Hoffnung wider.

»Die Inquisition hat das Gebiet abgesperrt. Und die hat ihre eigenen Methoden. Selbst Arina wird nicht unbemerkt an ihnen vorbeikommen.«

»Also ...«, flüsterte Swetlana. »Gut.«

»Um zu fliehen, braucht sie Hilfe von außen«, meinte ich – sei es zu Swetas Beruhigung, sei es zu meiner eigenen. »Freiwillig wird die ihr niemand anbieten. Also hat sie sich auf Erpressung verlegt.«

»Können wir ihre Forderung erfüllen?«, packte Swetlana den Stier gleich bei den Hörnern. Ohne auch nur darauf einzugehen, ob wir sie erfüllen wollten ... Was blieb uns denn übrig? Wir würden alles erfüllen – wenn wir es konnten.

»Wir müssen die Forderungen abwarten.«

Swetlana nickte. »Gut ... warten wir. Worauf genau? Auf einen Anruf?«

Im nächsten Moment riss sie eine Hand hoch und visierte das Schlafzimmerfenster an.

Prompt kam, die Scheibe zerschlagend, aus dem Schlafzimmer der Kamm angeflogen, den Arina ihr geschenkt hatte. Swetlana nahm ihn in die Hand, so angewidert, als handle es sich um ein ekliges Insekt. Ein paar Sekunden lang sah sie den Kamm an, bis sie die Stirn runzelte und sich damit durchs Haar fuhr.

Ein leises, gutmütiges Lachen ließ sich vernehmen. Und irgendwo um Swetas Kopf herum erklang Arinas Stimme: »Guten Tag auch, meine Liebe. So lernen wir uns also kennen. Ein nützliches Geschenk, nicht wahr?«

»Merk dir eins, du alte Kröte ...«, setzte Swetlana an, während sie den Kamm vor sich hielt.

»Ich weiß, ich weiß, meine Schwester. Alles weiß ich, nichts vergesse ich. Wenn Nadenka nur ein Haar gekrümmt wird, verfolgst du mich bis ans Ende der Welt, ziehst mich aus der fünften Schicht, reißt mir jede Ader einzeln aus, hackst mich in Stückchen und verfütterst mich an die Schweine. Alles weiß ich, was du sagen willst. Und ich bin überzeugt, dass du genau das machen würdest.«

Arinas Stimme klang ernst. Sie machte sich nicht über Swetlana lustig, sondern erklärte uns völlig ernsthaft, wie wir ihrer Meinung nach mit ihr verfahren müssten. Swetlana schwieg, hielt den Kamm jedoch in der Hand gepackt. Erst als die Hexe verstummte, sagte sie etwas. »Gut. Dann lass uns keine Zeit vergeuden. Ich möchte mit Nadjuschka sprechen.«

»Nadenka, sag deiner Mama Hallo«, bat Arina.

Wir vernahmen ein ungetrübt lustiges Stimmchen. »Hallo!«

»Geht es dir gut, Nadjuscha?«, fragte Swetlana besorgt.

»Hm ...«, antwortete Nadja.

Dann mischte sich Arina wieder ein. »Zauberin, ich werde deiner Tochter kein Leid zufügen. Wenn du keine Dummheiten machst. Ich brauche eine Kleinigkeit von euch: Bringt mich durch die Sperren, und ihr bekommt eure Tochter zurück.«

»Arina«, sagte ich, während ich nach Swetlanas Hand griff,

»die Inquisition hat den Bezirk abgesperrt. Du weißt, was das heißt?«

»Sonst hätte ich nicht um Hilfe gebeten«, blaffte Arina trocken. »Lass dir was einfallen, Zauberkundiger! In jedem Zaun gibt es eine lockere Latte, in jedem Netz ein Loch. Bring mich hier raus, dann gebe ich dir deine Tochter zurück.«

»Und wenn ich das nicht kann?«

»Dann ist mir alles einerlei«, drohte Arina. »Dann werde ich versuchen, mit Gewalt durchzubrechen. Und euer Mädchen werde ich ohne Diskussion umbringen.«

»Wozu?«, fragte ich mit äußerster Ruhe. »Was würde dir das bringen?«

»Wie, was würde mir das bringen?«, wunderte sich Arina. »Wenn ich durchbreche, ist jedem sofort klar, dass mit mir nicht zu spaßen ist. Außerdem ... weiß ich genau, wer sich freuen würde, wenn jemand die Drecksarbeit für ihn erledigt. Für den Tod eurer Tochter würde er mich gut bezahlen.«

»Wir werden alles versuchen«, versicherte Swetlana und drückte mir fest die Hand. »Hörst du, Hexe? Rühr das Kind nicht an, wir werden dich retten!«

»Abgemacht«, meinte Arina offenkundig erleichtert. »Denkt darüber nach, wie ihr mich durch die Sperren bringt. Ihr habt drei Stunden Zeit. Wenn dir früher etwas einfällt, Zaubermeisterin, dann nimm den Kamm und kämm dich.«

»Aber rühr Nadjuschka nicht an!«, schrie Swetlana mit bebender Stimme.

Dann führte sie mit der linken Hand Passes aus.

Der Kamm überzog sich mit einer Eiskruste. Swetlana knallte ihn auf den Tisch. »Dieses blöde alte Ding ...«, murmelte sie. »Anton?«

Eine Sekunde sahen wir einander an. Als würfen wir uns gegenseitig den Ball zu, um nicht selbst die Initiative zu ergreifen.

»Es ist sehr riskant, Sweta«, sagte ich schließlich. »In einem offenen Kampf zieht sie gegen uns den Kürzeren. Deshalb bringt sie sich in Gefahr, wenn sie Nadja zurückgibt.«

»Wir bringen sie durch die Sperre ... finden einen Weg ...«, flüsterte meine Frau. »Soll sie doch aus dem Sperrgebiet rauskommen und Nadenka irgendwo außerhalb zurücklassen. Ich finde sie sofort. Soll sie doch in irgendeine Stadt fahren und Nadja dort lassen! Ich bahne einen Weg ... ich weiß, wie. Ich kann das! Und in einer Minute wäre ich dort!«

»Richtig«, nickte ich. »In einer Minute. Und dann? Die Hexe wäre noch nicht weit. Und sobald Nadja bei uns ist, würdest du Arina finden und sie dematerialisieren wollen.«

»Zerreißen, nicht dematerialisieren ...«, meinte Swetlana nickend. »Genau das hätte diese Hexe verdient: Sie beansprucht unsere Hilfe, ermordet Nadja aber trotzdem. Was sollen wir bloß machen, Anton? Geser rufen?«

»Was, wenn sie das wittert?«, fragte ich zurück.

»Und ein Anruf?«, schlug Swetlana vor.

Ich überlegte. Nickte. Arina hatte sich zu lange aus dem Leben ausgeklinkt. Ob sie überhaupt wusste, dass wir uns mit Geser nicht nur auf magische Weise, sondern auch mit einem simplen Funktelefon in Verbindung setzen konnten?

Swetlana hatte ihr Handy im Haus gelassen. Sie beförderte es mit denselben beiläufigen Passes herbei wie den Kamm. Dann sah sie mich noch einmal an. Ich nickte.

Es war Zeit, um Hilfe zu bitten. Zeit, Hilfe zu fordern. Die gesamte Moskauer Nachtwache. Schließlich knüpfte Geser an Nadenka seine eigenen, uns nicht bekannten Hoffnungen ...

»Wartet!«, rief uns jemand von der Pforte her zu.

Wir drehten uns um, wobei wir – vermutlich überflüssiger Weise – die Hände abrupt hochrissen und Kampfstellung einnahmen. Die Welt war für uns nicht die normale Menschenwelt. Wir lebten jetzt in der Welt der Anderen, einer gefährlichen

Welt, in der die Kraft der Zauber und das Reaktionsvermögen alles entscheiden.

Doch wir brauchten uns nicht in den Kampf zu stürzen.

An der Pforte stand ein junger Mann, hinter ihm drei Kinder, zwei Jungen und ein Mädchen. Sowohl der Mann wie auch die Kinder trugen eine grau-grüne paramilitärische Kluft, die an die Uniform einer zerschlagenen Armee erinnerte. Der Mann mochte fünfundzwanzig sein, die Kinder zehn. Ihr Vater konnte er nicht sein, ihr Bruder wohl auch nicht, dazu sahen die vier Gesichter zu unterschiedlich aus.

Nur eins verband sie: die dunkle Aura. Eine wilde, zottelige Aura, die in keiner Weise zu den freundlichen Gesichtern und den ordentlich geschnittenen Haaren passte.

»Da hätten wir also auch unsere Werwölfe«, murmelte ich.

Der Mann senkte kurz den Kopf und gab mir Recht.

Was bin ich nur für ein Blödmann!

Ich suche einen Erwachsenen mit drei Kindern, denke aber nicht an das Pionierlager!

»Seid ihr gekommen, um euch zu stellen?«, fragte Swetlana kalt. »Dazu ist es zu spät!«

Wie schwach diese Anderen auch sein mochten, sie mussten den Kraftwirbel gespürt haben, der sich hier eben erhoben hatte. Und auch die von Swetlana ausgehende Kraft, die Tiermenschen, Vampiren und sonstigem magischem Kleinvieh keine Chance lässt. Mit einer einzigen Handbewegung könnte Swetlana die vier jetzt bis zum Hals in die Erde stampfen.

»Warten Sie!«, sagte der Mann rasch. »Hören Sie uns an! Ich heiße Igor. Ich bin ... ich bin ein registrierter Dunkler sechsten Grades.«

»Stadt?«, fragte Swetlana knapp.

»Sergijew Possad.«

»Die Kinder?«, fuhr sie mit ihrem Verhör fort.

»Petja aus Swenigorod, Anton aus Moskau, Galja aus Kolomna ...«

»Registriert?«, fragte Swetlana weiter. Ohne Zweifel wollte sie ein Nein hören – womit das Schicksal Igors besiegelt gewesen wäre.

Wortlos hoben die Jungen ihr Hemd hoch. Das Mädchen genierte sich ein wenig, öffnete dann aber doch den obersten Knopf.

Alle hatten ihr Siegel.

»Das wird dir nicht viel nützen«, murmelte Swetlana. »Geht in den Schuppen und wartet dort auf die Einsatzgruppe. Du kannst dem Tribunal erklären, warum du deine Jungen Jagd auf Menschen machen lässt.«

Abermals schüttelte Igor den Kopf. Auf seinem Gesicht spiegelte sich unverfälschte Angst wider, und zwar – was erstaunlich war! – nicht um sich.

»Warten Sie! Ich bitte Sie! Das ist wichtig! Sie haben doch eine Tochter, oder? Eine Andere, eine Lichte von zwei oder drei Jahren?«

»Wir haben gesehen, wohin die Frau sie gebracht hat«, sagte mein kleiner Namensvetter leise.

Ich schob Swetlana zur Seite. Trat vor. »Was wollt ihr?«, fragte ich.

Wir wussten, was diese Tiermenschen wollten. Und die Werwölfe wussten, dass wir das wussten. Was am traurigsten war: Sie zweifelten nicht im Mindesten daran, dass wir uns auf den Handel einlassen würden.

Doch es gibt immer Details, die besprochen werden müssen.

»Eine Anklage auf geringfügige Fahrlässigkeit«, brachte Igor schnell hervor. »Während eines Spaziergangs haben uns die Kinder zufällig entdeckt und sind erschrocken.«

»Du hast sie gejagt, du Tier!«, konnte Swetlana sich nicht verkneifen. »Du hast mit deinen Jungen Jagd auf Menschenkinder gemacht!«

»Nein!« Igor schüttelte den Kopf. »Die Kinder haben herumgetobt und wollten mit den kleinen Menschenkindern spielen. Als ich dazugekommen bin, habe ich sie weggezogen. Es ist meine Schuld, denn ich habe nicht richtig aufgepasst.«

Er hatte alles genau kalkuliert. Ich konnte die Augen nicht völlig vor dem verschließen, was geschehen war, selbst wenn ich das noch so sehr wollte. Denn der Stein war bereits ins Rollen gebracht. Es blieb nur die Frage, wie man den Vorfall klassifizierte. Als Mordversuch – was mit an Sicherheit grenzender Wahrscheinlichkeit für Igor Dematerialisierung und für die Wolfsjungen strengste Kontrolle bedeutet hätte? Oder als Fahrlässigkeit in minder schwerem Fall – was nur ein Protokoll, eine Strafe und eine »besondere Kontrolle« von Igors zukünftigem Verhalten nach sich ziehen würde?

»Gut«, sagte ich. Rasch, damit Swetlana mir nicht ins Wort fiel. »Wenn ihr uns helft, belassen wir es bei geringfügiger Fahrlässigkeit.«

Und dafür werde ich auch geradestehen.

Igor entspannte sich. Vermutlich hatte er mit zäheren Verhandlungen gerechnet.

»Erzähl alles, Galja«, verlangte er. Uns erklärte er: »Sie hat sie gesehen ... unsere Galja hat Hummeln im Hintern, nie kann sie stillsitzen ...«

Swetlana ging zu dem Mädchen. Ich forderte Igor mit einer Geste auf, zu mir zu kommen. Abermals verkrampfte er sich, folgte mir aber gehorsam ein Stück zur Seite.

»Ich habe einige Fragen«, erklärte ich. »Und ich empfehle dir, ehrlich zu antworten.«

Igor nickte.

»Wie hast du das Recht bekommen, drei fremde Kinder zu initiieren?«, wollte ich wissen, wobei ich den Wunsch runterschluckte, »du Schwein« an meine Frage anzuhängen.

»Alle drei waren zum Tode verdammt«, erklärte Igor. »Ich

habe Medizin studiert. Mein Praktikum habe ich auf einer Station für krebskranke Kinder gemacht ... Die drei wären an Leukämie gestorben. Ein Arzt dort war ebenfalls ein Anderer. Ein Lichter. Er hat mir vorgeschlagen ... die drei zu beißen und sie in Tiermenschen zu verwandeln, damit sie gesund werden. Im Gegenzug würde er dafür das Recht erhalten, ebenfalls einige Kinder zu heilen.«

Ich schwieg. Ich erinnerte mich an diesen Fall von vor einem Jahr. Ein idiotischer, klarer Handel zwischen einem Dunklen und einem Lichten, den beide Wachen lieber unter den Teppich gekehrt hätten. Der Lichte hatte zwei Dutzend Kinder gerettet, obwohl es im Grunde über seine Kräfte ging, sie zu heilen. Doch er wollte die seltene Chance nicht ungenutzt lassen – und gerettet hat er sie dann ja auch. Die Dunklen bekamen drei Werwölfe. Ein kleiner Tausch. Alle waren glücklich, die Kinder und ihre Eltern inbegriffen. Wieder einmal wurden danach einschränkende Bestimmungen in den Großen Vertrag aufgenommen, um solche Fälle in Zukunft zu vermeiden. Und diesen Präzedenzfall wollte man so schnell wie möglich vergessen ...

»Verurteilst du mich?«, fragte Igor.

»Es ist nicht an mir, dich zu verurteilen«, flüsterte ich. »Gut. Was auch immer dein Motiv war ... lassen wir das. Zweite Frage: Warum hast du sie mit auf die Jagd genommen? Lüg nicht, lüg jetzt bloß nicht! Denn du hast Jagd auf die Kinder gemacht! Du wolltest den Vertrag verletzen!«

»Es ist mit mir durchgegangen«, antwortete Igor gelassen. »Warum sollte ich lügen. Ich bin mit den Kleinen draußen herumgepirscht. Ich habe extra die ruhigste Gegend ausgesucht. Und plötzlich tauchen diese Kinder auf ... Lebendige Kinder. Die gut riechen. Mit mir geht es durch, es packt mich. Und dann meine Kleinen ... Sie haben in diesem Jahr ihr erstes Kaninchen gefangen, den Geschmack von Blut kennen gelernt.«

Und er lächelte – schuldbewusst, gequält, sehr aufrichtig. »Dein Kopf funktioniert ganz anders, wenn du in einem Tierkörper steckst«, erklärte er mir. »Nächstes Mal werde ich besser aufpassen.«

»Gut«, meinte ich.

Was hätte ich auch sonst sagen sollen? Jetzt, wo Nadjuschkas Leben an einem seidenen Faden hing? Selbst wenn er log, würde ich ihn nicht in die Mangel nehmen.

»Anton!«, rief Sweta mir zu. »Fang!«

Ich sah sie an – und in meinem Kopf wirbelten unzählige Bilder durcheinander.

Eine schöne Frau in einem langen altmodischen Gewand, mit einem groß geblümten Tuch ...

Ein Mädchen, das neben ihr einhergeht ... stehen bleibt ... die Frau nimmt es bei der Hand ...

In der Nähe ein Fluss ...

Gras ... hohes Gras ... Warum ist es so hoch? ... Es reicht ihr bis über den Kopf ...

Ich springe über einen Bach, auf vier Pfoten, mit der Nase am Boden, wittere die Spur ...

Ein kahler Wald, der in höckeriges Feld übergeht ... Gräben, Rinnen ...

Geruch ... ein seltsamer Geruch steigt von dieser Erde auf ... er wühlt mich auf ... zwingt mich, den Schwanz einzuziehen ...

Die Frau mit dem Mädchen an der Hand steigt in einen tiefen Graben hinab ...

Zurück ... zurück ... das ist genau die Hexe, das ist die Hexe, ihr Geruch ...

»Was bedeutet das?«, fragte Swetlana. »Wenn es so dicht ist, warum habe ich die beiden dann nicht gefunden?«

»Ein Schlachtfeld«, flüsterte ich, während ich aus meinem Kopf die Bilder von dem Mädchen und dem Wolf vertrieb. »Dort verlief die Front, Sweta. Der ganze Boden ist mit Blut getränkt. Dort muss man gezielt suchen, um wenigstens etwas zu finden. Es ist, als wolltest du den Kreml auf magische Weise sondieren.«

Igor trat an uns heran, taktvoll hüstelnd. »Ist alles in Ordnung?«, fragte er. »Sollen wir im Lager auf das Verhör warten? Oder können wir das Ganze auch ruhiger angehen? In einer Woche ist meine Zeit hier zu Ende, dann melde ich mich selbst bei der Nachtwache und erkläre alles ...«

Ich überlegte. Versuchte das, was ich gesehen hatte, auf einer Karte der Umgebung zu orten, die ich mir ins Gedächtnis rief. Zwanzig Kilometer – da war die Hexe mit Nadjuschka nicht zu Fuß hingekommen. Sie hatte den Weg abgekürzt, Hexen können so was. Mit dem Auto würden wir sie nicht erwischen, denn ich hatte keinen Jeep und im ganzen Dorf gab es keinen Niwa, keinen Uas. Vielleicht käme man mit einem Traktor über solche Wege ...

Natürlich könnte ich ins *Zwielicht* gehen.

Oder noch besser: Mich in es hineinstürzen.

»Sweta.« Ich sah ihr in die Augen. »Du bleibst hier.«

»Was?« Diese Worte warfen sie um.

»Die Hexe ist nicht dumm. Sie gibt uns keine drei Stunden zum Nachdenken. Sie setzt sich früher mit uns in Verbindung. Mit dir, besser gesagt, denn von mir verspricht sie sich nichts. Du bleibst hier, und wenn die Hexe sich meldet, redest du mit ihr. Sag ihr, dass ich einen Weg durch die Absperrung bahnen würde ... lüg irgendwas zusammen. Ich rufe dich später und lenke sie ab.«

»Das schaffst du nicht«, sagte Swetlana. »Anton, du hast nicht die Kraft, um sie zu überwältigen! Und ich habe keine Ahnung, wie schnell ich ein Portal öffnen kann. Ich weiß nicht mal, ob ich das überhaupt kann. Ich habe das noch nie versucht, sondern nur darüber gelesen! Anton!«

»Ich bin nicht allein«, erwiderte ich. »Nicht wahr, Igor?«

Er erbleichte und schüttelte den Kopf. »He, he, Wächter ... das haben wir aber nicht vereinbart.«

»Wir haben abgemacht, dass du mir hilfst«, erinnerte ich ihn. »Wie die Hilfe aussieht, haben wir nicht gesagt. Stimmt's?«

Igor schielte zu seinen Schützlingen hinüber. Runzelte die Stirn. »Du bist ein Schwein, Wächter ...«, seufzte er. »Es wäre für mich einfacher, mich mit einem Magier als mit einer Hexe anzulegen! Ihre Magie kommt ausschließlich aus der Erde! Sie weiß auf Anhieb, wo sie dich am schmerzlichsten trifft ...«

»Keine Angst, wir sind ja zusammen«, beruhigte ich ihn. »Zu fünft.«

Die Jungen – ich zwang mich, in ihnen ausschließlich Wolfsjungen zu sehen – wechselten Blicke. Galja stieß Petja die Faust in die Seite und flüsterte etwas.

»Was haben sie dir getan?«, fragte Igor mit erhobener Stimme. »Wächter! Das sind Kinder!«

»Junge Werwölfe«, korrigierte ich ihn. »Die beinahe Kinder gerissen hätten. Möchtest du dich von deiner Schuld freikaufen? Mit einer Verwarnung davonkommen? Dann hör auf, hier sinnlos herumzukläffen!«

»Wir haben keine Angst, Onkel Igor«, sagte plötzlich der Junge, der Petja hieß.

»Wir bleiben bei dir!«, stieß mein Namensvetter ins gleiche Horn.

Mich sahen sie gelassen an, ohne mir etwas übel zu nehmen. Anscheinend hatten sie genau das von mir erwartet.

»Sie können noch gar nichts ...«, sagte Igor. »Wächter ...«

»Keine Bange, sie werden die Hexe ablenken. Dafür wäre ich ihnen dankbar. Mutiert jetzt!«

Swetlana drehte sich um. Sagte aber kein Wort.

Wortlos fingen die Werwölfe an, sich auszuziehen. Nur das Mädchen sah sich in ihrer Scham um – und verschwand hinter einem Johannesbeerstrauch, die übrigen scherten sich nicht um uns.

Aus den Augenwinkeln heraus bemerkte ich eine Bauersfrau mit einem Eimer voll Kartoffeln, die den Weg entlangkam. Vermutlich hatte sie die auf dem Feld der Kolchose gesammelt. Als sie sah, was jenseits des Zauns vor sich ging, blieb sie kurz stehen, doch ich konnte mich jetzt nicht weiter um sie kümmern. Ich war sowieso nicht in Hochform, geschweige denn, dass ich noch Kraft an eine zufällige Zeugin vergeuden konnte. Ich musste rennen lernen. Schnell rennen, damit die Werwölfe mich nicht abhängten.

»Lass mich dir helfen«, sagte Swetlana. Sie fuhr mit der Hand durch die Luft, und ich spürte, wie mein Körper angenehm aufheulte und Kraft in meine Beinmuskeln schoss. Sofort wurde mir dermaßen heiß, als sei ich in eine überheizte Sauna gekommen. Der »Lauf«, ein einfacher Zauber, der jedoch nur äußerst vorsichtig angewendet werden darf. Wenn du außer den Beinen den Herzmuskel erwischst, erleidest du einen Infarkt.

Neben mir stöhnte Igor heiser auf und krümmte sich auf allen vieren, wobei das Rückgrat, als sei es in zwei Hälften gebrochen, zum Himmel zeigte. Daher rühren alle die Märchen von der Notwendigkeit, über einen morschen Baumstumpf zu springen ... Die Haut dunkelte ein, ein grellroter Ausschlag überzog sie, der sich in kleinen Klumpen zu einem feuchten, rasch wachsenden Fell aufblähte.

»Schneller!«, schrie ich. Heiß und feucht quoll mir die Luft aus dem Mund, ich meinte sogar, wie im Winter den Dampf von meinem Atem zu sehen. Zu stehen fiel mir unglaublich schwer – mein Körper jieperte nach Bewegung.

Einen Trost hatte ich: Den Werwölfen erging es genauso.

Der große Wolf fletschte die Zähne. Aus irgendeinem Grund mutierten seine Zähne als Letztes. In der Wolfsschnauze sahen die Menschenzähne komisch und zugleich schrecklich aus. Mir schoss plötzlich der seltsame Gedanke durch den Kopf, dass Werwölfe ohne Plomben und Kronen leben müssen.

Allerdings ist ihr Organismus auch wesentlich stärker als der eines Menschen. Werwölfe kriegen keine Karies.

»Ge-he-hen wir ...«, bellte der Wolf vernuschelt. »Es ... bre-re-rennt.«

Winselnd rannten die Wolfsjungen zum Wolf, auch sie nass, wie schweißgebadet. Eines hatte noch Menschenaugen, aber mir war nicht klar, ob es sich dabei um einen der Jungen oder um das Mädchen handelte.

»Los«, sagte ich.

Und schoss davon, ohne mich noch einmal zu Swetlana umzudrehen, ohne darüber nachzudenken, ob man uns sah oder nicht. Damit würde ich mich später auseinander setzen. Oder Swetlana würde die Spuren beseitigen.

Auf den Straßen war niemand, nicht einmal die Frau mit dem Eimer. Ob Swetlana die Menschen in die Häuser getrieben hatte? Falls ja, war das nur gut. Denn es ist ein komischer Anblick: Ein Mensch, der schneller läuft, als die Natur es ihm erlaubt, und vier Wölfe, die ihm folgen.

Meine Beine trugen mich wie von selbst vorwärts. Die Siebenmeilenstiefel aus den Kindermärchen, der Schnellläufer, der der Gefährte des Barons Münchhausen war – so spiegelt sich diese kleine Magie in den Mythen der Menschen wider. Nur wird in den Märchen nicht gesagt, wie schmerzhaft der Asphalt gegen die Fußsohlen schlägt ...

Innerhalb einer Minute gelangten wir zum Fluss, und über die weiche Erde zu laufen war entschieden angenehmer. Ich hielt mich mit dem Wolf auf gleicher Höhe, ein taktvoller Iwan Zarewitsch, der seinen grauen Freund nicht ermüden will. Die Jungen blieben etwas zurück, denn ihnen machte die Rennerei mehr zu schaffen. Werwölfe sind sehr stark, doch ihre Schnelligkeit wird nicht durch Magie hervorgerufen.

»Was … hast … du … dir … überlegt?«, bellte der Wolf. »Was … willst … du … tun?«

Wenn ich darauf eine Antwort wüsste!

Ein Kampf zwischen Anderen, das ist eine Manipulation der Kraft, die im *Zwielicht* liegt. Ich bin ein Magier zweiten Grades, was nicht zu verachten ist. Arina fällt gänzlich aus dem Klassifikationsschema. Aber Arina ist eine Hexe, das ist ein Plus und ein Minus zugleich. Sie hat keinen Talisman oder Glücksbringer, keinen Trank und kein Amulett mitnehmen können … oder allenfalls etwas ganz Kleines. Dafür kann sie unmittelbar aus der Natur Kraft schöpfen. In der Stadt sinken ihre Möglichkeiten, hier steigen sie. Für ernsthafte Magie müsste sie irgendein Amulett einsetzen, das kostet Zeit … Andererseits könnte im Amulett ein Kraftvorrat von unglaublicher Stärke gespeichert sein.

Ich weiß nicht. Zu viele Wenn und Aber. Ich würde mir nicht einmal zutrauen, den Ausgang eines Kampfs zwischen Geser und Arina zu prognostizieren. Vermutlich würde der Große Magier gewinnen, doch einfach wäre es nicht.

Was konnte ich der Hexe entgegensetzen?

Schnelligkeit?

Dann tritt sie ins *Zwielicht* ein, wo sie sich weitaus sicherer fühlt. Und mit jeder tieferen *Zwielicht*-Schicht würde ich für sie langsamer und langsamer werden.

Das Überraschungsmoment?

Teilweise. Denn trotz allem hoffte ich, dass Arina nicht mit meinem Erscheinen rechnete.

Schlichte Körperkraft? Ihr mit einem Stein eins überbraten?

Dafür musste ich erst mal an sie rankommen.

Alles in allem lief es darauf hinaus, dass ich so dicht wie möglich an sie heran musste. Um auf die Hexe loszugehen, sobald sie abgelenkt war. Um hart und ohne jede Raffinesse auf sie einzudreschen.

»Hör zu!«, rief ich dem Wolf zu. »Wenn wir in ihre Nähe kommen, gehe ich ins *Zwielicht*. Ich überhol dich und pirsch mich an die Hexe ran. Ihr geht offen auf sie zu. Wenn sie mit euch spricht und abgelenkt ist, stürze ich mich auf sie. Dann helft mir.«

»Gu-gut«, knurrte der Wolf, ohne im Geringsten anzudeuten, wie er zu dem Plan stand.

Sieben

Ob dieser Ort auf den Karten des Zweiten Weltkriegs vermerkt ist? Vielleicht ist das ein den Historikern bekanntes, in Büchern besungenes Schlachtfeld, wo sich einst zwei Armeen in blutigem Kampf ineinander verbissen haben – sodass die ins Stocken geratene Maschinerie des Blitzkrieges zurückrollte?

Vielleicht ist dies aber auch eines jener namenlosen Felder unserer Schande, wo die Eliteeinheiten der Deutschen die ihnen entgegengeworfenen, nicht ausgebildeten und schlecht bewaffneten Landwehrsoldaten niedertrampelten? Sodass der Ort nur noch in den Archiven des Verteidigungsministeriums seinen Platz hat?

Ich bin in Geschichte nicht sehr bewandert. Aber vermutlich trifft das zweite zu. Denn hier ist es schmerzlich leer, finster, tot. Vergessene, aufgegebene Erde, auf die noch nicht einmal Kolchose scharf waren.

In unserem Land errichtet man auf den Feldern der Niederlage nicht gern Denkmäler.

Ob vielleicht deshalb auch mit den Siegen nicht alles so glatt läuft?

Ich stand am Ufer des kleinen Flusses und sah auf das tote Feld. Es war nicht sehr groß: ein Streifen Erde zwischen dem Wald und dem Fluss, einen Kilometer breit, zehn Kilometer lang. Hier konnten nicht so viele Menschen gefallen sein. Eher Hunderte als Tausende.

Falls man das wirklich wenig nennen kann ...

Das Feld war absolut leer. Mit meinem gewöhnlichen Blick sah ich niemanden, auch ein Blick durchs *Zwielicht* brachte nichts.

Als ich meinen Schatten aufnahm, brannte die untergehende Sonne in meinem Rücken. Ich trat ins *Zwielicht* ein.

In der ersten Schicht bedeckte blaues Moos den Boden, jedoch nicht sehr dicht. Die üblichen dicken Klumpen, die sich gierig auf die Echos menschlicher Gefühle stürzen.

Doch etwas ließ mich aufmerken. Das Moos schien einen bestimmten Punkt ringförmig einzukreisen. Ich wusste, dass das Moos kriechen kann – um sich langsam, aber sicher seiner Nahrung zu nähern.

Hier konnte es nur einen Grund geben, warum es Kreise bildete.

Ich ging durch den wolkigen grauen Rauch, um mich herum schimmerte die Menschenwelt durch wie eine unscharfe, überbelichtete Schwarzweißfotografie. Es war kalt und ungemütlich – mit jeder Sekunde verlor ich hier mehr Energie. Was jedoch auch ein Plus bedeutete. Selbst Arina kann sich nicht permanent im *Zwielicht* aufhalten. Sie kann aus der Menschenwelt in die erste Schicht blicken, doch auch das kostet Kraft.

Und momentan befindet sie sich nicht in der Lage, unüberlegt den Vorrat von Jahren zu vergeuden.

In der ersten Schicht entsprach das Profil der Landschaft fast dem der realen Welt. Hier gab es Erde, Bodenrinnen und kleinere Hügel. Aber auch noch was. Ich sah – besser erahnte – in der Erde alte Waffen. Nicht alle, natürlich nicht, sondern nur die, die jemanden getötet hatten. Halb verrostete Maschinenpistolen, kaum besser erhaltene Gewehre ... Die Gewehre überwogen.

Hundert Meter vor Arina ging ich in die Hocke und lief im Entengang weiter. Swetlanas Zauber wirkte noch, sonst wär mir ziemlich bald die Puste ausgegangen. Fünfzig Meter vor ihr legte ich mich hin und robbte weiter. Der Boden war feucht, ich saute mich sofort ein. Nur gut, dass dieser Dreck abbröckeln würde, sobald ich aus dem *Zwielicht* heraustrat. Das blaue Moos wogte, wusste nicht, was es jetzt tun sollte: auf mich zukriechen oder sich in Sicherheit bringen. Das war nicht gut. Arina könnte ahnen, weshalb das Moos in Aufregung geriet ...

Und ganz in der Nähe, fünf Meter vor mir, erhob sich langsam ein schwarzhaariger Kopf. Es sah aus, als wachse Arina direkt aus der Erde heraus. Zu eng und zu dicht bewachsen war dieser Graben ...

Ich erstarrte.

Aber Arina blickte nicht in meine Richtung. Ganz, ganz langsam richtete sie sich zu voller Größe auf. Zuvor musste sie am Boden eines dieser alten Schützengräben gesessen haben. Elegant schirmte sie die Augen mit der Hand ab. Mir war klar, dass sie durchs *Zwielicht* spähte.

Zum Glück nicht zu mir hin.

Meine unfreiwilligen Rekruten näherten sich.

Wie schön sie rannten! Selbst aus dem *Zwielicht* heraus sah ihr Lauf schnell aus, nur bei den Sprüngen hingen sie etwas zu lange in der Luft. Vorneweg das alte, weise Leittier, hinter ihm die Wolfsjungen.

Ein Mensch hätte Angst bekommen.

Arina lachte. Sie stand da, die Hände in die Hüften gestemmt, eine junge kräftige Ukrainerin, die beobachtet, wie ein leichtsinniger Mann samt seinen Zechkumpanen auf sie zustürmt. Als sie anfing zu reden, schwangen tiefe, hohle Töne durch die Luft. Sie hatte keine Eile, ins *Zwielicht* einzutreten.

Ich begab mich jetzt ebenfalls in die Menschenwelt.

»... Kläffhälse!«, klang es zu mir herüber. »Habe ich euch etwa schlecht gefüttert?«

Die Wölfe trabten jetzt nur noch. Sie hielten zwanzig Meter vor Arina an.

Der Leitwolf trat vor. »Hexe!«, bellte er. »Reden ... wir müssen reden!«

»Sprich, Grauer«, sagte Arina gutmütig.

Lange würde Igor die Hexe nicht ablenken können, das wurde mir klar. Jeden Augenblick könnte sie ins *Zwielicht* abtauchen und sich ordentlich umsehen.

Wo war Nadjuschka?

»Gib ... das Mädchen ... raus«, stieß der Wolf in einer Mischung aus Gebrüll und Heulen heraus. »Der Lichte ... tobt ... Gib das Mädchen raus ... sonst wird alles schlimmer ...«

»Du willst mir doch nicht irgendwie drohen?«, wunderte sich Arina. »Du bist ja völlig verrückt geworden. Wer würde schon Wölfen ein Mädchen anvertrauen? Macht lieber, dass ihr fortkommt!«

Komisch, sie schien irgendwie auf Zeit zu spielen.

»Das Kind ... ist in Ordnung?«, brachte der Wolf etwas deutlicher hervor.

»Nadenka, ist mit dir alles in Ordnung?«, fragte Arina, wobei sie nach unten spähte. Dann beugte sie sich hinunter und hob das Mädchen aus dem Graben, um es oben auf dem Boden abzusetzen.

Mir stockte der Atem. Nadjuschka sah überhaupt nicht verschreckt oder müde aus. Ihr schien zu gefallen, was hier passierte – und zwar weitaus besser als die Spaziergänge mit ihrer Oma.

Aber sie stand nah, viel zu nah an der Hexe!

»Ein kleiner Wolf«, sagte Nadja und betrachtete den Tiermenschen. Sie streckte die Patschhand nach ihm aus und lachte fröhlich.

Der Werwolf wedelte mit dem Schwanz!

Freilich, das dauerte nur ein paar Sekunden. Dann spannte Igor sich an, sträubte sein Fell – und vor uns stand wieder ein wildes Tier, kein Schoßhund. Trotzdem hatte es diesen Moment gegeben, in dem der Werwolf vor einem zweijährigen Mädchen, vor einer nicht initiierten Anderen, scharwenzelt hatte!

»Ein Wolf«, pflichtete Arina ihr bei. »Nadenka, guck doch mal, wer noch da ist. Mach die Augen zu und guck. So, wie ich es dir beigebracht habe.«

Bereitwillig deckte Nadjuschka die Augen mit den Händen ab. Und drehte sich in meine Richtung um.

Auf die Weise würde sie sie ja initiieren!

Wenn Nadjuschka tatsächlich gelernt haben sollte, durchs *Zwielicht* zu sehen ...

Meine Tochter drehte sich zu mir um. Lächelte. »Papka ...«

Zwei Dinge gingen mir im nächsten Moment auf.

Erstens: Arina wusste ganz genau, dass ich in der Nähe war! Die Hexe spielte mit mir.

Zweitens: Nadjuschka sah nicht durchs *Zwielicht*! Sie hatte die Finger gespreizt und linste durch sie hindurch.

Sofort trat ich ins *Zwielicht* zurück. Meine Nerven waren so angespannt, dass ich prompt in der zweiten Schicht landete, in dieser dumpfen wattigen Stille, in jenem fahlen grauen Schatten.

Arinas Aura loderte orangefarben und türkis. Nadjuschka hüllte eine reine weiße Aureole ein, gleichsam als hämmere ein Leuchtturm seine Botschaft in den Raum: eine potenzielle Andere! Eine Lichte! Von enormer Kraft!

Und die Werwölfe, die losrasten, rote und purpurne Klumpen, Wut und Bosheit, Hunger und Angst ...

»Swetlana!«, schrie ich hochschnellend. Hinein in den grauen Raum, hinein in die weiche Stille. »Komm!«

Eine Stelle für das Portal markierte ich problemlos, indem ich einfach reine Kraft ins *Zwielicht* schleuderte, als wollte ich eine Lichterkette spannen, eine Landebahn schaffen. Zwischen mir und Arina.

Gleichzeitig rannte ich los, damit Nadjuschka Arina nicht gegen mich abschirmte, und feuerte aus meinen Fingerspitzen vor langer Zeit gelernte Zauber ab.

Den »Freeze«, mit dem die Zeit vor Ort angehalten wird.

»Opium«, der Schlaf bringt.

Die »Dreifachschneide«, der gröbste und einfachste Kraftzauber.

»Thanatos«, den Tod.

Von keinem von ihnen versprach ich mir viel. All das konnte funktionieren, wenn du es mit einem sehr schwachen Anderen zu tun hast. Ein Anderer, dessen Kraft deine übersteigt, pariert alle Schläge, egal, ob er sich im *Zwielicht* oder in der Menschenwelt aufhält.

Ich musste die Hexe jedoch nur ablenken und aufhalten. Sie zwingen, ihre Verteidigung zu verpulvern, die vermutlich aus Amuletten und Talismanen bestand. All diese imposanten Feuerwerksspiele sollten nur die Lücke in ihrem Schutz ausfindig machen.

Der »Freeze« schien im Nichts zu verpuffen.

Der Schlafzauber verfehlte sein Ziel und schoss in den Himmel hinauf. Hoffentlich flog über uns nicht gerade ein Flugzeug.

Die »Dreifachschneide« versagte nicht: Die funkelnden Klingen bohrten sich in die Hexe. Nur dass sie auf die drei Schneiden schiss.

Mit der Anrufung des Todes erlebte ich ein Desaster! Es hat seinen Grund, dass ich diese Magie nicht mag, die den Zaubern der Dunklen so gefährlich ähnelt. Arina konnte, da sie sich in der Menschenwelt befand, die Hand heben. Ein Klumpen grauen Dunkels, der den Willen tötet und das Herz stillstehen lässt, legte sich ihr gehorsam auf den Handteller.

Arina sah mich durchs *Zwielicht* an und lächelte. Ihre Hand schwebte über Nadjuschkas Kopf, die graue Masse sickerte langsam durch die Finger der Hexe.

Ich sprang zu den beiden hin. Abwehren konnte ich den Schlag nicht – aber ihn auf mich umlenken, das ja ...

Doch Arina, die schnelle und blendend schöne, war bereits in der zweiten *Zwielicht*-Schicht. Mit einer Bewegung ihrer Finger knüllte sie meinen Zauber zusammen – und warf ihn achtlos gegen die Wölfe.

»Überstürze nichts ...«, riet die Hexe mir, jede Silbe in die Länge ziehend. In der Stille der zweiten Schicht dröhnten ihre Worte – und meine Beine ließen mich im Stich. Einen Schritt vor Arina und Nadjuschka fiel ich auf die Knie.

»Rühr sie nicht an!«, schrie ich.

»Ich habe dich doch gebeten ...«, sagte die Hexe leise. »Willst du mir nicht raushelfen ... Was habe ich alte Hexe dir denn getan?«

»Ich glaube dir nicht!«

Arina nickte. »Und Recht hast du ...«, sagte sie mit müder, bitterer Stimme. »Aber was soll ich denn machen, Zauberkundiger?«

Sie huschte mit einer Hand über den Rocksaum und zog einen kleinen Zweig getrockneter Trauben daraus hervor. Als sie ihn in die lodernden weißen Feuer warf, stiegen Wolken schwarzen Rauchs auf. Und die Markierung für das Portal verschwand.

Swetlana hatte es nicht geschafft!

»Du lässt mir keine Wahl, Lichter ...« Arina setzte ein schiefes Lächeln auf. »Hast du verstanden? Ich werde dich ermorden müssen, und deine Tochter wird niemandem mehr nützen. Was willst du mit deinem zweiten Grad schon ausrichten?«

In diesem Moment traf ein lodernder weißer Keil Arina im Rücken. Einen Moment lugte er aus ihrer Brust heraus, dann zog er sich langsam, einer unsichtbaren Hand gehorchend, zurück.

»Ah, ah, ah ...«, stöhnte die Hexe, die unwillkürlich nach vorn stürzte.

Die Feuerschneide loderte im *Zwielicht*.

Dann verzog sich die graue Finsternis und gab Swetlana frei.

Die Hexe schien sich bereits von dem Schlag erholt zu haben. Tänzelnd wich sie zurück, ohne Swetlana aus den Augen zu lassen. Von dem angesengten Riss in ihrem Kleid stieg Rauch auf, Blut floss jedoch nicht. In ihren Augen stand eher Respekt als Hass zu lesen.

»Ach du ... Große ...« Arina stieß ein krächzendes Gelächter aus. »Habe ich dich übersehen?«

Swetlana antwortete nicht. Nie hätte ich mir einen solchen Hass in ihren Augen vorstellen können: Ein Mensch wäre gestorben, wenn er sie bloß angesehen hätte. In ihrer rechten Hand hielt sie ein weißes Schwert, die Finger ihrer linken fuhrwerkten in der Luft herum, als drehten sie an einem unsichtbaren Zauberwürfel.

Das *Zwielicht* dunkelte ein. Um Nadjuschka herum bildete sich eine regenbogenfarbene Kugel. Die nächsten Passes Swetlanas galten mir: Mein Körper bekam seine Beweglichkeit zurück. Ich sprang auf und lief hinter die Hexe. In diesem Krieg spielte ich nur eine Nebenrolle.

»Aus welcher Schicht bist du gekommen, du Irrlichternde?«, fragte die Hexe fast gutmütig. »Doch wohl nicht aus der vierten? Aber die dritte habe ich abgesucht ...«

Ich spürte, dass ihr sehr, sehr viel an der Antwort lag.

»Aus der fünften«, sagte Swetlana plötzlich.

»Das ist nicht gut ...«, murmelte die Hexe. »Das schafft sie, die Wut einer Mutter ...« Sie linste aus den Augenwinkeln zu mir herüber, richtete den Blick dann jedoch wieder auf Swetlana. »Behalte besser für dich, was du dort gesehen hast ...«

»Spar dir deine klugen Ausführungen«, meinte Swetlana.

Die Hexe nickte. Abrupt krempelte sie die Ärmel hoch und

riss sich ein paar Haare aus. Ich weiß nicht, ob Swetlana damit gerechnet hatte – ich hielt es jedoch für geboten wegzuspringen. Woran ich gut tat: Um die Hexe herum toste ein schwarzer Schneesturm los, als ob sich jedes einzelne Haar in eine dünne, feine Klinge aus schwarzem Stahl verwandelt hätte. Die Hexe ging auf Swetlana zu. Diese schleuderte das weiße Schwert gegen die Hexe. Die Klingen zerstückelten es jedoch, löschten es aus. Daraufhin bildete sich vor Swetlana ein durchscheinender, durch die Luft gleitender Schild.

Ich glaube, er heißt »Lushin-Verteidigung«.

Lautlos und fast unverzüglich zerbrachen die Klingen an dem Schild.

»Ach, diese Mamotschkas ...«, sagte Arina kläglich. Komisch, aber ich hegte keinen Zweifel daran, dass sie das ernst meinte. Gleichzeitig war es theatralisch, für ein Publikum gedacht.

In dem Fall für mich.

»Ergib dich, du Miststück«, sagte Swetlana. »Noch biete ich dir das an: dich zu ergeben!«

»Und wenn ... wenn ich tatsächlich ...«, meinte Arina plötzlich. »Was dann?«

Diesmal hatte sie nicht nach ihren Amuletten gelangt. Sondern nur in einer Art Singsang ihre Knittelverse vorgetragen.

Staub, zu andrem Staub gerafft,
In den Händen spüre Kraft,
Diener sollst du sein und Halt,
Sonst verstreue ich dich bald!

Von Arina hatte ich alles Mögliche erwartet. Aber nicht das. Selbst bei den Dunklen trifft man nur selten echte Nekromanten an.

Langsam stiegen die Toten aus der Erde!

Die deutschen Soldaten aus dem Zweiten Weltkrieg zogen abermals in den Kampf!

Vier in Lumpen gehüllte Skelette. Zwischen den Knochen klebte Erde, das Fleisch war längst zerfallen. Sie stellten sich im Kreis um Arina herum auf. Einer torkelte blind auf mich zu, fuchtelte ungeschickt mit den fingerlosen Händen; die Fingerknochen waren vollständig verrottet. Bei jedem Schritt des plumpen Zombies fielen Erdklumpen herunter. Die drei anderen unglückseligen Monster bewegten sich auf Swetlana zu. Einer von ihnen hielt sogar eine schwarze Maschinenpistole in den Händen, deren Magazin jedoch fehlte.

»Kannst du die Rote Armee auferstehen lassen?«, schrie Arina keck.

Das hätte sie besser nicht getan. Swetlana schien zu versteinern. »Mein Großvater hat den Krieg mitgemacht«, presste sie zwischen den Zähnen hervor. »Glaubst du, du kannst mir damit Angst einjagen?«

Was sie tat, kriegte ich nicht mit. Ich hätte die »graue Andacht« eingesetzt, doch sie griff auf höhere Magie zurück, die mir verschlossen war. Die Zombies zerfielen zu Staub.

Swetlana und Arina starrten sich feindselig an.

Der Spaß hatte ein Ende.

Jetzt würden die Zauberin und die Hexe ihre Kräfte in einem offenen Zweikampf messen.

Ich nutzte die kurze Pause, um ebenfalls Kraft zu sammeln. Sollte Swetlana überraschend ins Hintertreffen geraten, würde ich zuschlagen ...

Doch es war Arina, die das Nachsehen hatte.

Als Erstes fiel ihr das Gewand vom Körper. Einen Mann hätte das sicher demoralisiert.

Dann fing die Hexe an, mit ungeheurem Tempo zu altern. Das prächtige schwarze Haar verwandelte sich in einen erbärmlichen weißgrauen Mopp. Die Brüste fielen ein, Arme und Beine trockneten aus. Sie sah aus wie die Hexe Gingema aus den Märchen von Wolkow, wie die Gagool von Rider Haggard.

Schluss mit den schönen Effekten.

»Name!«, schrie Swetlana.

Arina zögerte nur kurz.

Der zahnlose Mund bewegte sich. »Arina ...«, nuschelte sie. »Ich bin in deiner Macht, Zaubermeisterin ...«

Erst jetzt entspannte sich Swetlana – und schien förmlich in sich zusammenzusacken. Ich ging um die ruhig gestellte Arina herum, um meine Frau zu stützen.

»Schon gut ... ich halte mich.« Swetlana lächelte. »Es hat geklappt.«

Die Alte – meine Zunge weigerte sich, sie Arina zu nennen – sah uns traurig an.

»Erlaubst du ihr, ihr bisheriges Aussehen wieder anzunehmen?«, fragte ich.

»War das etwa ansprechender?«, versuchte Swetlana zu scherzen.

»Sie kann jeden Augenblick an Altersschwäche sterben«, sagte ich. »Schließlich ist sie über zweihundert Jahre alt ...«

»Soll sie doch verrecken ...«, murmelte Swetlana. Von unten herauf sah Swetlana Arina an. »Hexe! Ich erlaube dir, jünger zu werden!«

Zügig richtete sich Arinas Körper auf, strömte Leben in ihn. Gierig rang die Hexe nach Luft. Sie sah mich an. »Danke, Zauberkundiger ...«, sagte sie.

»Gehen wir hier raus«, befahl Swetlana. »Und keine Dummheiten ... Ich habe dir nur das Recht eingeräumt, das *Zwielicht* zu verlassen!«

Die ganze Kraft der Hexe – jener Teil, der nicht mit der Kleidung und den Amuletten verschwunden war – unterlag jetzt der uneingeschränkten Kontrolle Swetlanas. Bildlich gesprochen hatte sie die Hand am Hebel.

»Zauberkundiger ...«, brachte Arina heraus, ohne den Blick von mir zu wenden. »Nimm als Erstes die Schilde von deiner

Tochter. Unter ihr liegt eine Granate mit herausgezogenem Sicherungssplint. Die kann jede Sekunde hochgehen.«

Swetlana schrie auf.

Ich stürzte zu der regenbogenfarbigen Kugel. Zerschlug sie und drang in die Negationssphäre ein. Unter ihr lagen noch zwei Schilde, die ich mit roher Gewalt zerstörte, ausschließlich mit Körperkraft.

Von der zweiten Schicht aus ließ sich nichts erkennen.

Ich fand meinen Schatten, stürzte mich in die erste Schicht. Hier war alles sauber, keine Spuren des blauen Mooses. Der Kampf hatte alles verbrannt.

Fast sofort sah ich die alte Handgranate, die unter Nadjuschka lag. Arina hatte sie im *Zwielicht* dorthin gepackt. Gut abgesichert hatte sie sich, das Luder ...

Der Sicherungssplint war herausgezogen. Irgendwo in der Granate brannte langsam der Zündkanal. In der Menschenwelt waren bereits drei, vier Sekunden vergangen ...

Die Reichweite lag bei zweihundert Metern.

Sollte die Granate unter den Schilden explodieren, würde von Nadjuschka nur blutiger Staub übrig bleiben ...

Ich bückte mich, griff nach der Granate. Solange man sich im *Zwielicht* aufhält, ist es sehr schwierig, mit Gegenständen der realen Welt zu hantieren. Immerhin besaß die Granate einen gut erkennbaren Doppelgänger im *Zwielicht*: ein genauso geripptes Ding, verdreckt und verrostet ...

Ob ich es wegschmeißen sollte?

Nein.

In der Menschenwelt würde die Granate nicht weit fliegen. Holte ich sie ins *Zwielicht*, würde sie hier explodieren.

Mir fiel nichts Klügeres ein, als die Granate zu halbieren. Als schälte ich den Kern aus einer Avocado heraus. Und teilte die Frucht dann noch in mehrere Stückchen. Wobei ich zwischen dem Splitterkörper und dem Sprengstoff den glühenden Strang des Verzögerers suchte. Mit einer imaginären Klinge, einem Keil reiner Kraft, zerschnitt ich die Granate, als handle es sich um eine reife Tomate.

Schließlich entdeckte ich das winzige Feuerchen, das schon an den Zünder herangekrochen war. Ich erstickte es mit den Fingern.

Und stürzte zurück in die Menschenwelt. Schweißgebadet, mich kaum auf den zitternden Beinen haltend, meine Hand wild schüttelnd: Die verbrannten Finger schmerzten.

»Männern braucht man doch bloß was zum Rumschrauben zu geben«, bemerkte Arina, die hinter mir auftauchte, giftig. »Hättest du sie doch unter den Schilden gelassen, selbst wenn sie dann in die Luft gegangen wäre! Oder sie mit Eis überzogen, damit sie bis morgen gefroren bleibt ...«

»Papka, du musst mir beibringen, mich auch so zu verstecken«, sagte Nadjuschka, als ob nichts gewesen wäre. Als sie Arina sah, empörte sie sich lautstark: »Bist du denn verrückt, Tante? Hier nackig herumzulaufen!«

»Wie oft habe ich dir schon gesagt, dass du so nicht mit Erwachsenen reden sollst«, mischte sich Swetlana ein. Um im selben Augenblick Nadjuschka auf den Arm zu nehmen und sie zu küssen.

Was für ein Irrenhaus ...

Fehlte nur noch meine Schwiegermutter mit ihren Kommentaren ...

Ich setzte mich an den Rand des Grabens. Wollte rauchen. Und trinken. Und essen. Und schlafen. Oder wenigstens rauchen.

»Ich mache es nie wieder«, murmelte Nadja wie üblich. »Der Wolf ist ja krank!«

Erst jetzt fielen mir die Werwölfe wieder ein. Ich drehte mich um.

Der Wolf lag am Boden und zappelte kraftlos mit den Pfoten. Die Jungen wuselten um ihn herum.

»Tut mir leid, Zauberkundiger«, sagte Arina. »Ich habe deinen Todeszauber gegen den Werwolf geschleudert. Die Zeit war zu knapp, um mir etwas Besseres einfallen zu lassen.«

Ich sah Swetlana an. »Thanatos«, das bedeutet nicht unbedingt den sicheren Tod. Der Zauber konnte noch aufgehoben werden.

»Ich bin leer ...«, sagte Swetlana leise. »Ich habe alles gegeben.«

»Wenn ihr wollt, rette ich den Dreckskerl«, schlug Arina vor. »Ich hab damit keine Probleme.«

Wir sahen uns an.

»Warum hast du mir von der Granate erzählt?«, fragte ich.

»Was hätte es mir gebracht, wenn das Kind gestorben wäre?«, erwiderte Arina gleichmütig.

»Sie wird eine Große Lichte«, sagte Swetlana. »Die Allergrößte!«

»Von mir aus.« Arina lächelte. »Vielleicht erinnert sie sich ja an Tante Arina, mit der sie über Kräuter und Blumen gesprochen hat ... Keine Angst, niemand wird aus ihr eine Dunkle machen. Bei diesem Kind ist das nicht so einfach, ohne Magie kommt man hier nicht weiter ... Was wollen wir jetzt mit dem Wolf machen?«

»Rette ihn«, sagte Swetlana bloß.

Arina nickte. »Dort im Graben«, wandte sie sich plötzlich an mich, »steht eine Tasche ... In ihr ist was zu rauchen und was zu essen. Ich habe schon vor langer Zeit für Proviant gesorgt ...«

Für Igor brauchte die Hexe zehn Minuten. Zunächst vertrieb sie die brüllenden Wolfsjungen. Diese liefen zur Seite, versuchten sich in Kinder zurückzuverwandeln, was ihnen jedoch nicht gelang, worauf sie sich in die Büsche legten. Dann flüsterte sie etwas und pflückte währenddessen bald dieses, bald jenes Kraut. Die Wolfsjungen herrschte sie an, endlich Ruhe zu geben, woraufhin diese in alle Richtungen auseinander stoben und nach einer Weile, das Maul voller Zweige und Wurzeln, zurückkehrten.

Swetlana und ich sahen einander an. Ohne ein Wort zu sagen. Auch so war alles klar. Ich rauchte meine zweite Zigarette zu Ende, zerquetschte die dritte in meiner Hand und holte aus der schwarzen Stofftasche eine Tafel Schokolade. Abgesehen von den Zigaretten, der Schokolade und einem Bündel englischer Pfund – die vorausplanende Hexe! – befand sich nichts in der Tasche.

Dabei hatte ich aus irgendeinem Grund immer noch auf das *Fuaran* gehofft ...

»Hexe!«, schrie Swetlana, als der Werwolf, nach wie vor leicht zitternd, auf die Beine kam. »Komm her!«

Arina kehrte zu uns zurück – sich graziös in den Hüften wiegend und sich ihrer Nacktheit in keiner Weise genierend. Der Werwolf legte sich ebenfalls in unserer Nähe hin. Er atmete schwer. Die Jungen gruppierten sich um ihn herum und fingen an, ihn zu belecken. Als Swetlana die Szene betrachtete, machte sie ein angewidertes Gesicht. Dann richtete sie den Blick auf Arina. »Was wirft man dir vor?«

»Auf Befehl eines nicht identifizierten Lichten vom Rezept für das Elixier abgewichen zu sein. Damit hätte ich ein gemeinsames Experiment der Inquisition, der Nacht- und der Tagwache hintertrieben.«

»Und stimmt das?«, hakte Swetlana nach.

»Ja«, gab Arina ohne Umschweife zu.

»Weshalb?«

»Vom ersten Tag der Revolution an wollte ich den Roten schaden.«

»Lüg nicht.« Swetlana verzog das Gesicht. »Ob Rot, Weiß oder sonst wer, das ist dir doch ganz egal. Weshalb bist du das Risiko eingegangen?«

»Welchen Unterschied macht das denn für dich aus, Zaubermeisterin?« Arina seufzte.

»Es macht einen aus. Vor allem für dich.«

Die Hexe warf den Kopf in den Nacken. Sah erst mich an, dann Swetlana. Ihre Lider zitterten.

»Bist du traurig, Tante Arina?«, fragte Nadjuschka. Sie schielte zu ihrer Mutter hinüber und legte von sich aus die Hand vor den Mund.

»Ja«, antwortete die Hexe.

Arina wollte auf gar keinen Fall der Inquisition in die Hände fallen.

»Alle Anderen haben das Experiment unterstützt«, berichtete Arina. »Die Dunklen haben geglaubt, dass es nichts ändern würde, wenn an der Spitze des Landes – und die Brotfabrik produzierte in erster Linie für den Kreml und das Volkskommissariat – Tausende von überzeugten Kommunisten stünden. Im Gegenteil, die ganze übrige Welt würde sich gegen die Sowjetunion zusammenschließen. Die Lichten haben geglaubt, dass die UdSSR nach einem harten, aber gewonnenen Krieg gegen Deutschland – die Wahrscheinlichkeit, dass es zu einem solchen Krieg kommen würde, haben die Seher schon damals klar erkannt – zu einer wirklich attraktiven Gesellschaft werden würde. Es gab da einen geheimen Bericht, wonach ... kurzum, die Menschen würden den Kommunismus bis zum Jahr 1980 aufgebaut haben.«

»Und Mais würde zur Hauptnahrungsquelle werden«, schnaubte Swetlana.

»Spotte nicht, Zaubermeisterin«, wies die Hexe Sweta gelassen zurecht. »An den Mais erinnere ich mich nicht mehr. Aber eine Stadt auf dem Mond sollte bereits in den siebziger Jahren errichtet sein. Wir wollten zum Mars fliegen und außerdem ... Ganz Europa sollte kommunistisch werden. Und zwar nicht durch die Knute. Heute sollte es auf der Welt nur noch eine riesige Sowjetunion und das riesige Reich der Vereinigten Staaten geben ... zu denen Großbritannien, Kanada und Australien gehören sollten ... Als weiteres selbstständiges Land würde noch China existieren.«

»Sind die Lichten denn von falschen Voraussetzungen ausgegangen?«, fragte ich.

»Nein.« Arina schüttelte den Kopf. »Das sind sie nicht. Sicher, Blut wäre in Strömen geflossen. Aber das, was am Ende herausgekommen wäre, hätte sie zufrieden gestellt. Es wäre weitaus besser als alle heutigen Regime ... Die Lichten haben aber eins nicht bedacht: Wenn alles nach Plan gelaufen wäre, hätten die Menschen etwa jetzt von der Existenz der Anderen erfahren!«

»Verstehe«, meinte Swetlana. Nadjuschka zappelte unruhig auf ihrem Schoß herum. Das Stillsitzen reichte ihr, sie wollte zu »dem Wolf«.

»Deshalb ist dieser ... nicht identifizierte Lichte ...« Arina lächelte. »... der die Zukunft eben besser als jeder sonst vorhersehen konnte, zu mir gekommen. Wir haben uns ein paar Mal getroffen und die Situation durchgesprochen. Das Unglück bestand darin, dass das Experiment nicht nur Große Magier geplant hatten, die einschätzen konnten, welche Gefahren unsere Demaskierung mit sich brachte, sondern auch etliche Magier der ersten oder zweiten Kategorie ... sogar einige der dritten und vierten. Das Projekt ist ausgesprochen populär gewesen ... Um es offiziell zu kippen, hätte man Tausende von Anderen umfassend informieren müssen. Darauf konnten wir es nicht ankommen lassen.«

»Ich verstehe«, sagte Swetlana.

Was ich von mir nicht behaupten konnte!

Wir verbergen unsere Existenz vor den Menschen, weil wir Angst haben. Letzten Endes sind wir zu wenige, und keine Magie würde uns retten, wenn eine neue »Hexenjagd« einsetzte. Aber drohte uns wirklich auch in einer guten und glücklichen Zukunft, die Arinas Worten zufolge inzwischen schon längst hätte aufgebaut sein können, noch Gefahr?

»Deshalb haben wir beschlossen, das Experiment zu sabotieren«, fuhr Arina fort. »Das erhöhte die Zahl der Opfer im Zweiten Weltkrieg, verringerte jedoch die der Opfer, die mit dem Export der Revolution nach Europa und Nordafrika verbunden war. Mehr oder weniger hielt sich das die Waage ... Natürlich ist das Leben in Russland heute nicht so schön und angenehm, wie es sein sollte. Doch wer sagt, dass sich Glück in einem vollen Bauch zeigt?«

»In der Tat«, konnte ich mich nicht beherrschen zu sagen. »Jeder Lehrer aus dem Wolgagebiet oder jeder Kumpel aus der Ukraine wird dir Recht geben.«

»Glück muss man im geistigen Reichtum suchen!«, fuhr Arina mich an. »Nicht in einer Badewanne voll Seifenschaum oder in einem beheizten Klo. Dafür wissen die Menschen wenigstens nichts von den Anderen!«

Ich hüllte mich in Schweigen. Die vor uns sitzende Frau hatte keine geringe Schuld auf sich geladen. Sie gehörte vors Tribunal und in die Mangel genommen, so eine durfte man nicht mit Glacéhandschuhen anfassen! Was heißt hier Stadt auf dem Mond? Gut, wir haben keine Städte auf dem Mond. Und brauchen sie auch nicht. Aber dass die normalen Städte nur noch dahinsiechen, dass die ganze Welt bis heute mit Schrecken auf uns blickt ...

»Du Arme«, sagte Swetlana. »Hast du sehr gelitten?«

Im ersten Moment glaubte ich, sie mache sich über Arina lustig.

Den gleichen Gedanken muss die Hexe gehabt haben.

»Hast du Mitleid mit mir oder verarschst du mich?«, fragte sie.

»Ich habe Mitleid«, antwortete Swetlana.

»Die Menschen tun mir nicht leid, das brauchst du nicht zu denken«, fuhr die Hexe fort. »Das Land ja, das tut mir leid. Es ist mein Land, wie auch immer es sein mag, aber es ist meins! Und so, wie alles gekommen ist, ist es besser. Das Leben geht weiter. Die Menschen werden neue Menschen zur Welt bringen, neue Städte bauen, neue Felder pflügen.«

»Du hast dich nicht wegen der Tscheka in den Winterschlaf gelegt«, sagte Swetlana plötzlich. »Und auch nicht wegen der Inquisition. Denen hättest du irgendeinen Unsinn erzählt, das weiß ich ... Nein, du wolltest nicht sehen, was nach deiner Sabotage aus Russland wird.«

Arina schwieg.

Swetlana sah mich an. »Was sollen wir jetzt tun?«, fragte sie.

»Entscheide du«, antwortete ich, da ich nicht genau wusste, worauf die Frage abzielte.

»Wohin wolltest du fliehen?«, wollte Swetlana wissen.

»Nach Sibirien«, sagte Arina gelassen. »Das ist in Russland doch so üblich: Entweder wird man nach Sibirien verbannt oder man flieht dorthin. Ich werde mir ein sauberes Dorf suchen und mich etwas abseits davon niederlassen. Für meinen Unterhalt kann ich sorgen ... Ich werde einen Mann finden.« Lächelnd strich sie mit der Hand über die volle Brust. »Dann warte ich noch zwanzig Jährchen, gucke mir an, was geschieht. Und ich werde mir Gedanken darüber machen, was ich der Inquisition sage, wenn sie mich schnappt.«

»Allein kommst du nicht durch die Sperren«, murmelte Swetlana. »Und wir dürften dich kaum rauskriegen.«

»Ich ... verstecke ... dich ...«, hüstelte der Werwolf heiser. »Bin ... dir ... noch ... was ... schuldig.«

Arina kniff die Augen zusammen. »Weil ich dich gerettet habe?«, fragte sie.

»Nein ... nicht dafür ...«, antwortete der Werwolf nebulös. »Ich bringe ... dich durch den Wald ... ins Lager ... dort verstecke ich dich ... später ... gehst du ...«

»Niemand wird irgendwohin ...«, setzte ich an. Doch Swetlanas Hand berührte sanft meine Lippen – ganz so, als bringe sie Nadjuschka zum Schweigen.

»Es ist besser so, Anton. Arina sollte besser gehen. Schließlich hat sie Nadenka nicht angerührt, oder?«

Ich schüttelte den Kopf. Das war doch alles Mist. Unsinn. Quatsch. Ob die Hexe es fertig gebracht hatte, Sweta ihrem Willen zu unterwerfen?

»Es ist besser so!«, wiederholte Swetlana nachdrücklich.

Dann wandte sie sich an Arina. »Hexe! Schwöre, dass du nie wieder einem Menschen oder einem Anderen das Leben nehmen wirst!«

»Einen solchen Schwur kann ich nicht leisten.« Arina schüttelte den Kopf.

»Schwöre, dass du in den nächsten hundert Jahren weder einem Menschen noch einem Anderen das Leben nimmst, sofern er dein Leben nicht bedroht ... und dir keine sonstigen Möglichkeiten zu deiner Verteidigung bleiben«, sagte Swetlana nach kurzem Zögern.

»Das hört sich schon besser an!« Arina lächelte. »Man merkt gleich, dass du jetzt eine Große bist ... Ein Jahrhundert zahnlos zu verbringen ist keine Freude. Trotzdem beuge ich mich. Möge das Dunkel mein Zeuge sein!«

Sie hob die Hand, auf der sich im nächsten Moment ein Klumpen Dunkelheit bildete. Die Tiermenschen, sowohl der Erwachsene wie auch die Kinder, winselten leise.

»Ich gebe dir deine Kraft zurück«, sagte Swetlana, noch bevor ich sie daran hindern konnte.

Daraufhin verschwand Arina.

Ich sprang auf und stellte mich neben die ruhig dasitzende Swetlana. Ein wenig Kraft war mir noch geblieben ... Für ein paar Schläge würde es reichen, nur dass die Hexe diese Schläge ...

Abermals tauchte Arina vor uns auf. Bereits angezogen, anscheinend sogar gekämmt. Lächelnd.

»Ich kann dir auch schaden, ohne dich zu töten«, sagte sie gemein. »Dich lähmen oder in ein Monster verwandeln.«

»Stimmt«, pflichtete Swetlana ihr bei. »Das streite ich nicht ab. Nur, was hättest du davon?«

Einen kurzen Moment loderte in Arinas Augen eine solch durchdringende Wehmut auf, dass etwas in meiner Brust zu schmerzen begann.

»Nichts, Zaubermeisterin. Gut, lebe wohl. Gutes vergesse ich, aber ich bin mir nicht zu fein, dir zu danken ... Danke, Große. Du wirst es schwer haben ... jetzt.«

»Das habe ich bereits verstanden«, meinte Swetlana leise.

Arinas Blick blieb auf mir ruhen. Sie lächelte kokett. »Und auch du leb wohl, Zauberkundiger. Bedauere mich nicht, das mag ich nicht. Ach ... schade, dass du deine Frau liebst ...«

Sie hockte sich hin und streckte die Hand nach Nadjuschka aus.

Und Swetlana griff nicht ein!

»Auf Wiedersehen, mein Mädchen«, sagte die Hexe fröhlich. »Ich bin eine böse Tante, aber dir wünsche ich alles Gute. Derjenige, der dein Schicksal schon frühzeitig bestimmt hat, war nicht dumm ... O nein, das war er nicht ... Vielleicht gelingt dir das, was wir nicht geschafft haben? Nimm auch du ein kleines Geschenk von mir ...« Sie linste zu Swetlana hinüber.

Swetlana nickte!

Arina fasste Nadjuschka bei einem ihrer kleinen Finger. »Soll ich dir Kraft wünschen?«, murmelte sie. »Davon hast du ohnehin viel. Man hat dir alles gegeben ... im Übermaß ... Aber du liebst Blumen, nicht wahr? Nimm von mir die Gabe, Blumen und Kräuter zu nutzen. Das schadet auch einer Lichten Zauberin nicht.«

»Auf Wiedersehen, Tante Arina«, sagte Nadjuschka leise. »Vielen Dank.«

Die Hexe sah mich noch einmal an. Ich war wie vom Donner gerührt, verwirrt, verstand nichts. Dann drehte sie sich zu den Tiermenschen um.

»Was ist nun? Los, Grauer!«, rief sie.

Die Wolfsjungen stürzten hinter der Hexe und ihrem Lehrer her. Einer dieser Dreckskerle blieb sogar stehen, scharrte mit der Pfote vor einem Busch und pisste los – den Blick demonstrativ auf uns gerichtet. Nadjuschka kicherte.

»Swetlana ...«, flüsterte ich. »Sie gehen ...«

»Sollen sie«, erwiderte sie. »Sollen sie.«

Dann drehte sie sich mir zu.

»Was ist passiert?«, fragte ich, indem ich ihr in die Augen sah. »Was und wann?«

»Lass uns nach Hause gehen«, bat Swetlana. »Wir ... wir müssen miteinander reden, Anton. Ein ernstes Gespräch führen.«

Wie ich diese Worte hasse!

Die verheißen nie etwas Gutes!

Epilog

Meine Schwiegermutter schnatterte in einem fort, während sie Nadjuschka schlafen legte. »Ach du Schwindlerin, ach du Märchentante …«

»Wir sind mit der Tante spazieren gegangen …«, beharrte meine Tochter mit müder Stimme.

»Ja, ja, spazieren gegangen …«, bestätigte meine Schwiegermutter fröhlich.

Swetlana verzog schmerzlich das Gesicht. Früher oder später müssen alle Anderen das Gedächtnis ihrer Verwandten manipulieren.

Was keine angenehme Sache ist.

Natürlich haben wir die Wahl. Wir könnten uns nahe stehenden Menschen auch die Wahrheit enthüllen – oder einen Teil der Wahrheit.

Doch was brächte das?

»Gute Nacht, mein Töchterchen«, sagte Swetlana.

»Geht jetzt, raus hier«, schnaubte meine Schwiegermutter. »Ihr habt mir meine Kleine schon ganz müde gemacht, meine Süße …«

Wir verließen das Zimmer. Swetlana schloss die Tür fest zu. Alles war ruhig, nur die alte Uhr an der Wand tickte.

»Diese ewigen dutzi, dutzi«, murrte ich. »So kann man doch nicht mit einem Kind …«

»Mit einem Mädchen schon«, winkte Swetlana ab. »Vor allem, wenn es erst drei Jahre alt ist. Anton ... gehen wir in den Garten.«

»Ab in den Garten, ich kann's kaum erwarten«, stimmte ich munter zu. »Gehen wir.«

Ohne ein Wort zu sagen, steuerten wir auf die Hängematte zu. Wir setzten uns nebeneinander in sie hinein, wobei ich spürte, dass Swetlana gern etwas abgerückt wäre – so schwierig das in einer Hängematte auch sein mochte.

»Fang ganz von vorn an«, riet ich ihr.

»Also von Anfang an ...« Swetlana seufzte. »Aber das klappt nicht. Dazu ist das Ganze zu verworren.«

»Dann erklär mir, warum du die Hexe hast laufen lassen?«

»Sie weiß zu viel, Anton. Und wenn sie vor Gericht kommt ... wenn all das herauskommt ...«

»Aber sie ist eine Verbrecherin!«

»Arina hat uns doch nichts getan«, brachte Swetlana so leise hervor, als wolle sie sich selbst davon überzeugen. »Ich glaube, sie ist nicht wirklich blutrünstig. Die meisten Hexen sind richtig böse, aber es gibt eben auch welche ...«

»Ich geb's auf!« Ich hob die Hände. »Und die Werwölfe hat sie auch zurechtgewiesen und Nadenka hat sie nicht angerührt. Die reinste Arina Rodionowna, die Amme Puschkins! Und was ist mit dem missglückten Experiment?«

»Das hat sie doch erklärt.«

»Was hat sie erklärt? Dass es mit der Geschichte Russlands in knapp hundert Jahren gewaltig bergab gegangen ist? Dass man statt einer normalen Gesellschaft eine bürokratische Diktatur aufgebaut hat ... mit allen daraus resultierenden Konsequenzen?«

»Du hast es doch gehört: Am Ende hätten die Menschen von uns erfahren!«

Schwer seufzend versuchte ich, meine Gedanken zu ordnen.

»Sweta ... was sagst du denn da? Vor fünf Jahren bist du selbst noch ein Mensch gewesen! Außerdem bleiben wir Menschen ...

nur eben fortschrittlichere. Eine neue Stufe in der Evolution. Sollen die Menschen doch von uns erfahren, das ist doch nicht schlimm!«

»Wir sind nicht fortschrittlicher!« Swetlana schüttelte den Kopf. »Anton, als du mich gerufen hast ... habe ich geahnt, dass die Hexe das *Zwielicht* observieren würde. Ich bin sofort in die fünfte Schicht gesprungen. Ich glaube, außer Geser und Olga ist noch keiner von unseren Leuten dort gewesen ...«

Sie verstummte. Und ich begriff: Genau darüber wollte Swetlana sprechen. Über etwas unendlich Grauenvolles.

»Was ist dort, Sweta?«, flüsterte ich.

»Ich bin relativ lange dort gewesen«, fuhr Swetlana fort. »Also ... ich habe etwas verstanden. Im Moment spielt es keine Rolle, auf welche Weise.«

»Und?«

»Was in diesem Hexenbuch steht, stimmt alles, Anton. Wir sind keine richtigen Magier. Wir verfügen über keine größeren Fähigkeiten als die Menschen. Wir sind genau wie das blaue Moos aus der ersten Schicht. Erinnerst du dich noch an das Beispiel in dem Hexenbuch, bei dem es um die Körpertemperatur und die Temperatur der Umwelt ging? Bei allen Menschen liegt die magische Temperatur bei 36,6 °C. Wenn jemand großes Glück oder großes Unglück hat, bekommt er Fieber. Die Temperatur dieser Menschen ist also höher. Und all diese Energie, all diese Kraft wärmt die Welt. Unsere Körpertemperatur liegt unter der Norm. Wir schöpfen fremde Kraft und können sie umverteilen. Wir sind Parasiten. Bei einem schwachen Anderen wie Jegor liegt die Temperatur bei 34 °C. Bei dir beträgt sie beispielsweise 20 °C. Bei mir 10 °C.«

Wie aus der Pistole geschossen antwortete ich. Darüber hatte ich nämlich schon nachgedacht, als ich das Buch gelesen hatte. »Ja und, Sweta? Was folgt daraus? Die Menschen können ihre Kraft nicht nutzen. Wir schon. Wo ist da der Unterschied?«

»Der Unterschied besteht darin, dass die Menschen sich damit niemals zufrieden geben würden. Selbst anständige, selbst gute Menschen schielen immer ein wenig neidisch auf diejenigen, denen mehr gegeben ist. Auf Sportler, schöne Männer und Frauen, geniale und talentierte Menschen. Darüber muss man sich nicht beklagen ... Das ist Schicksal, Zufall. Aber jetzt stell dir mal vor, du seist ein ganz gewöhnlicher Mensch. Absoluter Durchschnitt. Plötzlich erfährst du, dass jemand hundert Jahre alt wird, die Zukunft voraussagen kann, Krankheiten heilt und Unheil anrichtet. Und zwar richtig, ohne Pfusch! Und all das auf deine Kosten! Wir sind Parasiten, Anton. Genau wie die Vampire. Genau wie das blaue Moos. Wenn das herauskommt, wenn jemand einen Apparat erfindet, um Menschen und Andere voneinander zu unterscheiden, dann beginnt die Jagd auf uns, dann wird man uns ausrotten. Vereinzelt würden wir inmitten der Menschen leben und irgendwann von ihnen erwischt werden. Oder wir würden uns zu Gruppen zusammenschließen und einen eigenen Staat gründen. Mit Atombomben werfen.«

»Abgrenzen und schützen ...«, flüsterte ich die Hauptlosung der Nachtwache.

»Richtig. Abgrenzen und schützen. Und zwar nicht Menschen vor Dunklen, sondern Menschen vor Anderen überhaupt.«

Ich lachte. Sah in den Nachthimmel hinauf und lachte, erinnerte mich daran, wie ich selbst gewesen war, vor nicht allzu langer Zeit, als ich eine dunkle Straße entlangging, den Vampiren entgegen. Mit heißem Herzen, sauberen Händen und einem leeren, kühlen Kopf ...

»Wie oft haben wir darüber gesprochen, wodurch wir uns von den Dunklen unterscheiden ...«, sagte Swetlana leise. »Einmal bin ich auch auf folgende Formulierung gestoßen: Wir sind die guten Hirten. Wir kümmern uns um die Herde. Das ist vermutlich nicht mal wenig. Nur sollten wir weder uns selbst noch anderen etwas vormachen. Niemals werden alle Menschen Andere werden. Niemals werden wir uns den Menschen zu erkennen geben. Und niemals werden wir den Menschen erlauben, eine mehr oder weniger anständige Gesellschaft aufzubauen. Kapitalismus, Kommunismus – darum geht es doch gar nicht. Was wir wollen, ist eine Welt, in der die Menschen sich einzig um die Größe der Futtertröge und die Qualität des Heus Sorgen machen müssen. Denn sobald sie den Kopf aus dem Futtertrog ziehen, sich umsehen und uns erblicken, wäre das unser Ende.«

Ich sah in den Himmel – und streichelte Swetlanas Hand auf meinen Knien. Nur ihre Hand, diese warme und schlaffe Hand – die vor kurzem Blitz und Donner gegen eine schädliche verräterische Hexe geschleudert hatte ...

Die hilflose Hand einer Großen Zauberin, in der nur halb so viel Magie steckte wie in mir.

»Und wir könnten nichts machen«, flüsterte Swetlana. »Die Wachen werden die Menschen niemals aus dem Stall lassen. In den Staaten gibt es große und gut gefüllte Futtertröge, in die du gern den Kopf steckst. In Uruguay gibt es nur ab und an etwas Grün an einem Abhang, sodass dir keine Zeit bleibt, in den Himmel zu schauen. Alles, was wir tun können, ist, einen möglichst freundlichen Viehstall auszusuchen und ihn in einer fröhlichen Farbe anzustreichen.«

»Was, wenn du das den Anderen erzählst?«

»Die Dunklen schert das nicht. Die Lichten würden sich damit abfinden. Ich habe etwas erfahren, was ich nie erfahren wollte, Anton – und mich damit abgefunden. Vielleicht sollte ich dir nichts davon erzählen? Aber das wäre nicht fair. Es würde dich quasi zu einem Teil der Herde machen.«

»Sweta ...« Ich sah zu dem schwachen Schein des Nachtlichts im Fenster hinüber. »Sweta, welche magische Temperatur hat unsere Nadjuschka?«

Sie zögerte, bevor sie antwortete. »Null.«

»Die Größte der Großen ...«, sagte ich.

»Absolut frei von jeder Magie ...«, versicherte Swetlana noch einmal.

»Was sollen wir jetzt tun?«

»Leben«, sagte Swetlana bloß. »Ich bin eine Andere ... und es ist zu spät, die Unschuldige zu mimen. Ich kriege meine Kraft von den Menschen, ziehe sie aus dem *Zwielicht*, doch auch das ist fremde Kraft. Aber das ist nicht meine Schuld.«

»Ich gehe zu Geser, Sweta. Gleich jetzt. Ich verlasse die Wache.«

»Ich weiß. Fahr.«

Ich erhob mich, hielt die schaukelnde Hängematte an. Es war dunkel, nicht einmal Swetlanas Gesicht konnte ich erkennen.

»Fahr, Anton«, wiederholte sie. »Es wird uns schwer fallen, einander in die Augen zu sehen. Wir werden Zeit brauchen, um uns daran zu gewöhnen.«

»Was ist dort? In der fünften Schicht?«, fragte ich.

»Das solltest du besser nicht wissen.«

»Gut. Dann frage ich Geser.«

»Soll er dir antworten ... wenn er will.«

Ich beugte mich vor und berührte ihre Wange – die tränenfeucht war.

»Es ist widerwärtig ...«, flüsterte sie. »Widerwärtig ... ein Parasit zu sein.«

»Halte durch ...«

»Das tu ich.«

Als ich in den Schuppen ging, fiel eine Tür zu. Swetlana war ins Haus gegangen. Ohne Licht anzuschalten, setzte ich mich ins Auto und schlug die Tür hinter mir zu.

Was hatte Onkel Kolja hier wohl angestellt? Ob ich losfahren konnte?

Der BMW sprang sofort an, leise und ruhig surrte der Motor.

Ich schaltete die Scheinwerfer an und fuhr aus dem Schuppen.

Die Regeln der Maskierung?

Scheiß drauf. Was soll sich ein Hirte vor seinem Schaf verstecken!

Mit leichten Passes öffnete ich das Tor, ohne aus dem Auto zu steigen. Ich fuhr auf die Straße und gab Gas. Das Dorf wirkte leer und tot. Man hatte den Schafen Schlafmittel ins Futter geschüttet ...

Das Auto ließ den Ort hinter sich. Ich schaltete das Fernlicht ein, drückte weiter aufs Gas. Durch das offene Fenster schlug der Wind herein. Ich tastete auf dem Armaturenbrett nach der Fernbedienung, stellte den MD-Player ein.

Ohne Mantel kam ich in die winddurchwehte Stadt,
Die sich mir wie Efeu um den Hals geschlungen hat.
Schlangenringe schnüren mir die Seele ein,
Der ich unter schwarzer Sonne keine Träne wein.
Dreist geworden, tu ich oft, was nicht richtig ist;
Was wohl das Kaninchen hofft, das die Schlange frisst?
Wenn man sich gewöhnt hat, stören Schlangenringe kaum,
Eine schwarze Sonne seh ich, einen schwarzen Traum.
Tugend, Laster klar zu trennen, kannst du nicht verlangen;
Jene, die die Wahrheit kennen, macht man wohl zu
Schlangen.
Unter jeder Flagge bin ich willens, hinzusiechen,
Und bereit, im Zickzack auf dem Boden langzukriechen,
Und von Liebe singen, bis mir zum Kotzen ist,
Wenn es für mein Vaterland denn von Nutzen ist.

Vor mir, an der Autobahneinfahrt, brannte ein Licht. Mit zusammengekniffenen Augen spähte ich durchs *Zwielicht*. Quer über der Straße stand ein Sperrgitter der Miliz. Daneben warteten zwei Menschen und zwei Andere.

Dunkle Andere.

Lächelnd drosselte ich die Geschwindigkeit.

Ameisen statt Bienenschwärme wimmeln mir im Sinn,
Das Geschoss hat eine Unwucht zu der Liebe hin.
Doch die Schlangenringe sind eine feste Wehr,
Eine schwarze Sonne seh ich, und sie hasst mich sehr.
Kampflos könnte ich dem Teufel in den Rachen springen,
Doch ich werde stehend sterben in den Schlangenringen.
Denn die Ringe machen, dass ich starr und reglos steh.
Stets die schwarze Sonne sehen tut den Augen weh.

An der Sperre hielt ich an, wartete, bis der Polizist zu mir kam, der eine Maschinenpistole vor die Brust gepresst hielt. Die Inquisition hat noch nie Probleme damit gehabt, bei der Abriegelung eines Gebiets Menschen einzusetzen.

Ich hielt dem Polizisten meinen Führerschein und die Fahrzeugpapiere hin und stellte den Ton ab.

Dann sah ich mir die Anderen an.

Den einen Inquisitor kannte ich nicht, ein hagerer, älterer Asiat. Ich würde schätzen, er stand auf der zweiten oder dritten Kraftstufe, doch bei Inquisitoren lässt sich so was immer schwer sagen.

Der zweite war ein gewöhnlicher Dunkler aus der Moskauer Tagwache. Der Vampir Kostja.

»Wir suchen eine Hexe«, sagte der Inquisitor. Die Polizisten ignorierten die beiden völlig, denn ihnen war befohlen worden, nichts zu sehen.

»Bei mir ist Arina nicht«, sagte ich. »Leitet Edgar die Razzia?«

Der Inquisitor nickte.

»Fragen Sie ihn nach mir. Anton Gorodezki, Nachtwache.«

»Ich kenne ihn«, murmelte Kostja, während er sich zum Inquisitor beugte. »Alles in Ordnung. Ein gesetzestreuer Lichter ...«

»Fahren Sie weiter.« Der Polizist gab mir meine Papiere zurück.

»Ja, Sie können weiterfahren«, nickte der Inquisitor. »Es kommen noch mehr Straßensperren.«

Ich nickte und fuhr auf die Autobahn.
Kostja stand da und sah mir nach.
Ich stellte den Ton wieder an.

Bin nicht gut, nicht böse, nein; ich bin für alles offen.
Heimat, hast es doch mit mir mächtig gut getroffen!
Deine Schlangenringe sind mir Wohnung und Verschlag.
Und so werd ich weiterkriechen
Unter dieser Teufelssonne,
Hin und her, hin und her,
Bis zum Jüngsten Tag.

Dritte Geschichte
Niemandskraft

Prolog

Er träumte selten.

Momentan schlief er nicht einmal. Und trotzdem kam ihm das alles fast wie ein Traum vor, eine Phantasie, kurz vor dem Aufwachen …

Eine leichte, reine, nahezu kindliche Phantasie …

»Treibstoff … Oxydationsmittel … Start …«

Der silbrige Körper einer Rakete in leichtem Nebel.

Aus den Düsen herausschlagende Flammen.

Jedes Kind träumt davon, Kosmonaut zu werden, bis es dann zum zehnten Mal gefragt wird: »Was möchtest du werden? Kosmonaut?«

Andere hören auf, vom Kosmos zu träumen, sobald sie Andere werden.

Das *Zwielicht* ist interessanter als fremde Planeten. Die neue Kraft verlockender als der Ruhm des Kosmonauten.

Doch jetzt phantasierte er wieder von einer Rakete – einer alten, plumpen Rakete, die in den Himmel aufstieg.

Die Erde zog unter den Füßen oder über dem Kopf vorbei.

Dicke Fensterscheiben aus Quarzglas.

Seltsame Träume für einen Anderen, oder?

Die Erde … der Wolkenschleier … die Lichter in den Städten … die Menschen.

Millionen. Milliarden.

Und er, der aus dem Orbit auf sie herunterblickte.

Ein Anderer im Weltall – was könnte es Absurderes geben? Vielleicht ein Anderer im Kampf gegen einen Außerirdischen. Als er einmal einen Science-Fiction-Film gesehen hatte, war ihm plötzlich der Gedanke gekommen, dass es für die tapfere Ripley allerhöchste Zeit war, ins *Zwielicht* einzutreten. Und zuzuschlagen, wieder und wieder auf diese behäbigen, hilflosen Mistwesen einzuschlagen.

Bei dem Gedanken hatte er lachen müssen.

Es gab keine Außerirdischen.

Aber es gab den Kosmos. Nur dass früher nicht klar war, wozu.

Jetzt hatte er es verstanden.

Mit geschlossenen Augen stand er da und hing seiner Phantasie von der kleinen, sich langsam unter ihm drehenden Erde nach.

Jedes Kind träumt davon, ein Riese zu werden – solange es nicht darüber nachdenkt, wozu das nötig ist.

Jetzt wusste er alles.

Die Teile des Puzzles passten zusammen.

Sowohl seine Vorherbestimmung als Anderer.

Als auch sein alberner Traum vom Kosmos.

Wie auch das schmale Buch, gebunden in Menschenhaut, geschrieben in akkurater Schnörkelschrift.

Er hatte das Buch genommen, das direkt auf dem Holzfußboden lag.

Die erste Seite aufgeschlagen.

Dort prangten unversehrt die Buchstaben, die eine leichte, aber zuverlässige Magie schützte.

Schon seit langer Zeit erklang diese Sprache nicht mehr auf der Erde. Einen Indologen hätte sie an Sanskrit erinnert, doch nur wenige wussten, was es mit Paisaci auf sich hatte.

Ein Anderer indes versteht selbst eine tote Sprache.

»Möge euch der Elefantengesichtige schützen, der mit dem Kopf nickt, ihn nach oben reißt, ihn nach unten drückt, gleich

Shiva, wie er auf Uma auf und ab wippt! Und möge Ganapati in mich den süßen Saft der Weisheit gießen!

Mein Name ist Fuaran, ich bin eine Frau aus der ruhmreichen Stadt Kanakapura.

Der Erfüller aller Wünsche und Gatte der Parvati hat mich in den Tagen meiner Jugend reich bedacht, als er mir das Vermögen schenkte, in der Welt der Gespenster zu wandeln. Während in unserer Welt ein Blütenblatt, sich im Winde drehend, von einem blühenden Baum herabsegelt, vergeht in jener Welt ein Tag. Denn das ist ihre Natur. Und es ist in jener Welt dort eine große Kraft verborgen …«

Er schloss das *Fuaran.*

Das Herz hämmerte ihm in der Brust.

Eine große Kraft!

Ihm aus den Händen einer Hexe zugefallen, die vor fast zweitausend Jahren umgekommen war.

Eine herrenlose, verwahrloste, selbst den Anderen verborgene Kraft.

Eine Niemandskraft.

Eins

Kurz nach sieben Uhr morgens fuhr ich am Gebäude der Nachtwache vor. Da ist am wenigsten los – es ist die Zeit zwischen den Schichten. Die Fahnder, die nachts durch die Straßen patrouilliert sind, haben bereits ihren Bericht abgeliefert und sind nach Hause gegangen. Die Mitarbeiter aus dem Innendienst tauchen den Moskauer Gewohnheiten gemäß nicht vor neun auf der Bildfläche auf.

Schichtwechsel gab es auch im Raum der Wachleute. Die Kollegen, die Feierabend machten, unterschrieben irgendwelche Papiere, diejenigen, die den Dienst antraten, warfen einen Blick ins Dienstbuch. Ich begrüßte alle mit Handschlag und betrat ohne die vorgeschriebene Kontrolle das Haus. Eigentlich eine Nachlässigkeit der Wachhabenden – auch wenn sie in erster Linie für Menschen zuständig sind.

Im zweiten Stock hatte der Wachtposten bereits gewechselt. Jetzt schob Garik Dienst, der mir nichts durchgehen ließ: Er betrachtete mich durchs *Zwielicht* und forderte mich mit einem Nicken auf, das Amulett zu berühren, eine verspielte Hahnendarstellung aus Golddraht. Bei uns hieß das Ding nach dem Zaren in Puschkins Märchen »Gruß dem Dadon«: Theoretisch sollte der Hahn anfangen zu krähen, sobald ein Dunkler ihn berührte. Einige Witzbolde behaupteten sogar, der Hahn würde mit menschlicher Stimme »Widerling!« quäken, wenn er einen Dunklen spürte.

Erst danach lächelte Garik mich zur Begrüßung an und gab mir dir Hand.

»Ist Geser in seinem Büro?«, fragte ich.

»Wer weiß das schon?«, antwortete Garik mit einer Gegenfrage.

In der Tat, die Frage hätte ich mir schenken können! Den Hohen Magiern stehen viele Wege offen.

»Hast du nicht noch Urlaub ...?« Meine seltsame Frage schien Garik aufmerken zu lassen.

»Ich hab genug vom Urlaub. Wie heißt es doch so schön: *Der Montag beginnt ...*«

»Aber du bist völlig fertig ...«, fuhr der Magier immer misstrauischer fort. »Fass den Hahn noch mal an!«

Abermals begrüßte ich Dadon, stand dann unbeweglich da, bis Garik meine Aura mit Hilfe eines ausgebufften Amuletts aus Buntglas kontrolliert hatte.

»Entschuldige«, sagte Garik, als er das Amulett wegsteckte. Verunsichert fügte er hinzu: »Du bist nicht wie sonst.«

»Ich habe mit Swetka in einem Dorf Urlaub gemacht, wo eine alte Hexe aufgetaucht ist«, erklärte ich. »Außerdem eine Horde Werwölfe, die die Gegend unsicher gemacht haben. Ich musste die Wölfe jagen, die Hexe ...« Ich winkte ab. »Nach einem solchen Urlaub musst du dich eigentlich krankschreiben lassen.«

»Wenn das so ist«, meinte Garik gleich ruhiger, »reich einen Antrag ein, wir haben anscheinend noch Reserven zur Wiederherstellung der Kraft.«

Erschauernd schüttelte ich den Kopf. »Ich schaff das schon selbst, vielen Dank.«

Ich verabschiedete mich von Garik und ging in den dritten Stock hoch. Blieb vor Gesers Vorzimmer stehen. Klopfte.

Als mir niemand antwortete, trat ich ein.

Die Sekretärin war natürlich nicht da, die Tür zu Gesers Arbeitszimmer fest verschlossen. Allerdings blinkte am Kaffeeautomaten fröhlich das Stand-by-Lämpchen, lief der Computer, und sogar der Fernseher brachte ganz leise die Nachrichten. Der Sprecher berichtete, dass ein Sandsturm die amerikanischen Truppen erneut an einer ihrer Friedensmissionen gehindert, einige Panzerwagen umgeworfen und sogar zwei Hubschrauber zum Absturz gebracht habe.

»Außerdem hat er den Soldaten die Fresse poliert und einige gefangen genommen«, fügte ich unwillkürlich hinzu.

Was hatten einige Andere doch für eine komische Angewohnheit beim Fernsehen? Entweder glotzten sie irgendwelche hirnlosen Seifenopern oder die Lügenmärchen in den Nachrichten. Mit einem Wort: Menschen ...

Mit einem anderen Wort: Vieh?

Die sind daran aber nicht schuld. Sie sind schwach und zersplittert. Sie sind Menschen, kein Vieh!

Das Vieh sind wir.

Die Menschen sind das Gras.

Ich stand da, gestützt auf den Schreibtisch der Sekretärin, und schaute zum Fenster hinaus, in die über der Stadt dahinziehenden Wolken. Warum hängt der Himmel über Moskau so tief? Nirgendwo sonst habe ich einen so tiefen Himmel gesehen ... höchstens noch im Moskauer Winter ...

»Gras kann man mähen«, ließ sich hinter mir eine Stimme vernehmen. »Oder mit der Wurzel ausreißen. Was gefällt dir besser?«

»Guten Morgen, Chef«, sagte ich und drehte mich um. »Ich habe geglaubt, Sie seien nicht da.«

Geser gähnte. Er trug einen Morgenmantel und Pantoffeln. Unter dem Morgenmantel lugte ein Pyjama hervor.

Niemals hätte ich gedacht, dass der Große Geser einen Pyjama trägt, den Walt-Disney-Figuren zieren! Angefangen bei Mickey Maus und Donald Duck bis hin zu Lilo und Stitch. Wie kann ein Großer, der schon Tausende von Jahren alt ist und ohne Probleme fremde Gedanken liest, einen solchen Pyjama tragen?

»Ich habe geschlafen«, erklärte Geser finster. »Ich habe süß und selig geschlafen. Allerdings bin ich erst um fünf Uhr morgens ins Bett gekommen.«

»Entschuldigen Sie, Chef«, sagte ich. Aus irgendeinem Grund kam mir als Anrede bloß »Chef« in den Sinn. »Ist heute Nacht viel los gewesen?«

»Ich habe ein interessantes Buch gelesen«, sagte Geser und setzte den Kaffeeautomaten in Betrieb. »Für mich schwarz mit Zucker, für dich mit Milch und ohne Zucker ...«

»Irgendwas Magisches?«, wollte ich wissen.

»Nein, zum Kuckuck, SF von Golowatschew!«, schnaubte Geser. »Ich werde in Rente gehen und ihn fragen, ob er mich als Koautor nimmt, damit wir zusammen Bücher schreiben! Hier, dein Kaffee.«

Ich nahm die Tasse und folgte Geser in sein Arbeitszimmer.

Hier empfingen mich noch mehr Kuriositäten als beim letzten Mal. In einem der Schränke tummelten sich jetzt unzählige kleine Mäusefiguren aus Glas, Zinn und Holz, standen Porzellantassen und lagen Stahlmesser. An die Innenwand des Schranks war eine alte Broschüre der Freiwilligen Gesellschaft zur Zusammenarbeit mit Armee, Luftwaffe und Flotte der UdSSR geheftet, auf deren Umschlag eine Jury abgebildet war, die einen Fallschirm begutachtete, daneben lehnte eine einfache Lithographie mit einer grünen Waldlandschaft gegen die Wand.

Aus irgendeinem Grund – mir war absolut nicht klar, aus welchem – ließ mich das an eine Grundschulklasse denken.

An der Decke hing außerdem ein goldfarbener Hockeyhelm, der verblüffend an einen Glatzkopf erinnerte. Im Helm steckten einige Dartpfeile.

Mit einem Blick auf all diese Dinge – die irgendeine wichtige Bedeutung haben mochten, genauso gut aber auch nichts zu bedeuten brauchten – nahm ich in einem der Besuchersessel Platz. Und bemerkte, dass in dem Papierkorb aus Metall ein

Buch mit einem bunten Einband lag. Ob Geser wirklich Golowatschew gelesen hatte? Dann beschloss ich, einen Blick drauf zu werfen, und kam zu dem Schluss, dass ich mich geirrt hatte: Da hieß es nämlich *Meisterwerke der internationalen Science Fiction*.

»Trink deinen Kaffee, morgens muss man das Hirn durchspülen«, brummte Geser immer noch in diesem unzufriedenen Ton. Er selbst trank seinen Kaffee geräuschvoll, schlürfte, und ich dachte schon, wenn ich ihm eine Untertasse und Würfelzucker brächte, würde er auch daraus trinken.

»Ich brauche Antworten auf ein paar Fragen, Chef«, sagte ich. »Auf viele Fragen.«

»Die bekommst du«, meinte Geser nickend.

»Die Anderen sind in magischer Hinsicht viel schwächer als Menschen.«

Geser runzelte die Stirn.

»Quatsch. Das ist ein Widerspruch in sich.«

»Aber die magische Kraft der Menschen ...«

Geser hob den Finger und drohte mir. »Stopp! Verwechsel jetzt nicht die potenzielle Energie mit der kinetischen!«

Jetzt war die Reihe an mir, mich in Schweigen zu hüllen. Während Geser mit der Tasse in der Hand durchs Arbeitszimmer schritt und geduldig dozierte: »Erstens: Ja, alle Lebewesen sind in der Lage, magische Kraft zu produzieren. Alle Lebewesen, nicht nur Menschen! Sondern auch Tiere, sogar Pflanzen. Ob diese magische Kraft eine physische Grundlage hat? Ob man sie mit wissenschaftlichen Methoden messen kann? Das weiß ich nicht. Möglicherweise wird das niemals irgendjemand herausfinden. Zweitens: Niemand kann die eigene magische Kraft lenken. Sie verteilt sich im Raum, wird vom *Zwielicht* aufgesaugt, teilweise vom blauen Moos gefressen, teilweise von den Anderen aufgenommen. Verstehst du? Es sind zwei Prozesse: die Ausstrahlung der eigenen magischen Kraft und die Aufnahme fremder. Der erste ist unfreiwillig und nimmt zu, je weiter wir ins *Zwielicht* eintauchen. Der zweite ist in gewisser Weise ebenfalls für alle typisch, für Menschen und Andere. Ein krankes Kind bittet seine Mutter: ›Setz dich zu mir, streich mir über den Bauch!‹ Die Mutter streichelt es – und der Schmerz verschwindet! Eine Mutter möchte ihrem Kind helfen, und ihre Kraft wirkt zumindest teilweise zielgerichtet. Die so genannten übersinnlichen Menschen – kastrierte Andere, wenn du so willst – können ihre Kraft nicht nur bei ihnen nahe stehenden Menschen einsetzen und nicht nur in einem Zustand psychischer Erregung, sondern auch fremde Menschen heilen oder verfluchen. Die aus ihnen herausströmende Kraft ist bereits stärker geformt. Kein Dampf mehr, aber auch noch kein Eis, sondern Wasser. Drittens: Wir sind die Anderen. Bei uns ist das Gleichgewicht zwischen Abgabe und Aufnahme zugunsten der Absorption verschoben.«

»Was?«, rief ich aus.

»Du hast wohl gedacht, alles sei so einfach wie bei den Vampiren?« Geser lächelte belustigt. »Du glaubst wohl, die Anderen nehmen nur, ohne im Gegenzug etwas zu geben? Nein, wir alle geben die Kraft ab, die wir produzieren. Aber während sich der Prozess von Aufnahme und Abgabe bei einem normalen Menschen in einem dynamischen Gleichgewicht befindet, das nur selten – in Fällen innerer Anspannung – gestört wird, liegen die Dinge bei uns anders. Bei uns ist das Gleichgewicht prinzipiell gestört. Wir schöpfen aus unserer Umwelt mehr, als wir abgeben.«

»Und über die Differenz können wir frei verfügen?«, fragte ich. »Ja?«

»Wir arbeiten mit den Unterschieden zwischen den einzelnen Potenzialen.« Geser drohte mir abermals mit dem Finger. »Es ist nicht wichtig, welche *magische Temperatur* du hast ... Diesen Ausdruck haben früher die Hexen benutzt. Du könntest sehr viel Kraft generieren, aber dann würde das Tempo ihrer Abgabe in einer geometrischen Progression wachsen. Es gibt solche Andere ... Sie stecken sogar mehr Kraft als die Menschen in die allgemeine Sparbüchse, nehmen aber auch verstärkt Kraft auf. Diesen Unterschied zwischen den Potenzialen machen sie sich bei ihrer Arbeit zunutze.«

Geser verstummte kurz, um dann selbstkritisch hinzuzufügen: »Das sind allerdings Einzelfälle, das gebe ich zu. Viel öfter bleiben die Anderen hinter den Menschen zurück, wenn es um die Produktion magischer Kraft geht, sind ihnen dafür bei der Aufnahme von Kraft aber ebenbürtig oder überlegen. Dinge wie eine Durchschnittstemperatur bei Kranken gibt es nicht, Anton. Wir sind keine banalen Vampire. Wir sind eben auch noch Spender.«

»Warum klärt uns darüber niemand auf?«, wollte ich wissen. »Warum nicht?«

»Weil wir, simpel betrachtet, eben doch nur fremde Kraft verbrauchen!«, polterte Geser. »Was kreuzt du hier überhaupt in aller Herrgottsfrühe auf? Warum kommst du mir mit diesen wüsten Beschimpfungen? Hach Gottchen, wir verbrauchen die Kraft, die die Menschen erarbeitet haben! Dabei musstest du sie dir sogar schon mal direkt holen! Sie wie ein richtiger Vampir absaugen! Das war nötig, und damals hat dir das auch keine schlaflosen Nächte bereitet! Du bist losgezogen, die Unschuld selbst, und Traurigkeit stand dir auf die edle Stirn geschrieben! Während hinter dir kleine Kinder geweint haben!«

Natürlich hatte er Recht. Teilweise.

Doch ich hatte schon lange genug in der Wache gearbeitet, um zu verstehen: Eine Halbwahrheit ist auch eine Lüge.

»Lehrer ...«, sagte ich leise, worauf Geser zusammenzuckte.

Ich hatte mich genau an dem Tag geweigert, sein Schüler zu sein, als ich mir von den Menschen Kraft holte.

»Was ist, Schüler?«, erwiderte er, indem er mir in die Augen sah.

»Es kommt doch nicht darauf an, wie viel Kraft wir verbrauchen und wie viel wir abgeben«, meinte ich. »Ist das Ziel der Nachtwache, abzugrenzen und zu schützen, Lehrer?«

Geser nickte.

»Abzugrenzen und zu schützen bis zu dem Tag, an dem die Moral der Menschen eine bessere ist und neue Andere sich nur noch dem Licht zuwenden?«

Abermals nickte Geser.

»Und alle Menschen in Andere zu verwandeln?«

»Quatsch.« Geser schüttelte den Kopf. »Wer hat dir diesen Bären aufgebunden? Gibt es auch nur in einem Dokument der Wachen einen solchen Satz? Oder im Großen Vertrag?«

Ich schloss die Augen, um die gehorsam auflodernden Zeilen zu betrachten.

»Wir sind die Anderen ...«

»Nein, darüber steht nirgends ein Wort«, gab ich zu. »Aber unsere gesamte Ausbildung, all unsere Handlungen ... sind so aufgebaut, dass genau dieser Eindruck entsteht.«

»Ein falscher Eindruck.«

»Aber dieser Selbstbetrug ist doch gewollt!«

Geser seufzte schwer. Sah mir in die Augen. »Jeder braucht einen Sinn im Leben, Anton«, sagte er. »Einen höheren Sinn. Sowohl die Menschen als auch die Anderen. Selbst wenn dieser Sinn eine Lüge ist.«

»Aber das ist eine Sackgasse ...«, flüsterte ich. »Das ist eine Sackgasse, Lehrer. Wenn wir die Dunklen besiegen ...«

»Dann besiegen wir das Böse. Egoismus, Selbstherrlichkeit, Gleichgültigkeit.«

»Aber unsere Existenz an sich, die ist ebenfalls Egoismus und Selbstherrlichkeit.«

»Was hast du für Vorschläge?«, wollte Geser wissen.

Ich schwieg.

»Hast du gegen die operative Arbeit der Wachen etwas einzuwenden? Dagegen, dass wir die Dunklen kontrollieren? Oder den Menschen helfen? Versuchen, das Gesellschaftssystem zu verbessern?«

Hier sah ich eine Gelegenheit zur Revanche.

»Was genau haben Sie Arina 1931 übergeben, Lehrer? Als Sie sich mit ihr im Hippodrom getroffen haben?«

»Ein Stück chinesischer Seide«, antwortete Geser gelassen. »Schließlich ist und bleibt sie eine Frau, die gern schöne Kleider trägt ... Und die Jahre damals waren schwer. Ein Bekannter aus der Mandschurei hatte mir den Stoff geschickt, und was sollte ich schon damit anfangen ... Verurteilst du mich dafür?«

Ich nickte.

»Ich bin von Anfang an gegen dieses globale Experiment an Menschen gewesen, Anton«, sagte Geser mit offenem Ekel. »Eine idiotische Idee, die bereits im 19. Jahrhundert ausgeheckt worden ist. Die Dunklen hatten schon ihre Gründe, als sie dem Experiment zugestimmt haben. Es hätte keine positiven Ergebnisse gebracht. Nur Blut, Kriege, Hunger, Repressionen ...«

Er verstummte und öffnete polternd eine Schublade seines Schreibtischs. Holte eine Zigarre heraus.

»Aber Russland wäre jetzt ein glückliches Land ...«, setzte ich an.

»Bla, bla, bla ...«, murmelte Geser. »Nicht Russland, sondern die Eurasische Union. Ein satter sozialdemokratischer Staat. Der gegen die Asiatische Union mit China an der Spitze und die Konföderation englischsprachiger Länder mit den USA vorneweg kämpft. Fünf, sechs lokal begrenzte atomare Konflikte pro Jahr ... in Ländern der Dritten Welt. Ein Kampf um Ressourcen, ein Wettrüsten, das schlimmer wäre als heute ...«

Ich war geschlagen und vernichtet. Am Boden zerstört. Zappelte aber noch. »Arina hat gesagt ... eine Stadt auf dem Mond ...«

»Ja, sicher«, meinte Geser nickend. »Städte auf dem Mond hätten wir jetzt. Um Basen mit Atomraketen herum. Liest du hin und wieder Science Fiction?«

Ich zuckte mit den Schultern und schielte zu dem Buch im Mülleimer hinüber.

»Das, was die amerikanischen Schriftsteller in den fünfziger Jahren geschrieben haben, das wäre passiert«, erklärte Geser. »Ja, Raumschiffe mit Atomantrieb ... militärische. Du musst wissen, Anton, für den Kommunismus in Russland gab es drei Wege. Erstens: Es konnte eine wunderbare, herrliche Gesellschaft entstehen. Doch das widerspricht der Natur der Menschen. Zweitens: Er konnte verkommen und untergehen. Das ist dann ja auch passiert. Drittens: Er konnte die Form einer sozialdemokratischen Gesellschaft skandinavischen Typs annehmen und sich einen großen Teil Europas und Nordafrikas unterwerfen. Leider hätte dieser letzte Weg auch eine Aufteilung der Welt in drei Blöcke bedeutet, die einander gegenüberstehen würden und früher oder später einen Weltkrieg angezettelt hätten. Doch zuvor hätten die Menschen noch von unserer Existenz erfahren und die Anderen entweder vernichtet oder unterjocht. Verzeih, Anton, aber ich bin der Ansicht gewesen, dass Städte auf dem Mond und hundert Wurstsorten im Jahre 1980 diesen Preis nicht wert sind.«

»Dafür ist jetzt Amerika ...«

»Du mit deinem Amerika«, blaffte Geser. »Warte bis 2006, dann reden wir noch mal darüber.«

Ich schwieg. Fragte noch nicht einmal, was Geser für das gar nicht mehr so ferne Jahr 2006 vorausgesehen hatte ...

»Ich verstehe deine Gewissensqualen«, meinte Geser, während er nach dem Feuerzeug langte. »Es ist doch nicht zu zynisch, wenn ich jetzt rauche?«

»Von mir aus können Sie auch Wodka trinken, Lehrer«, konterte ich.

»Morgens trinke ich keinen Wodka.« Geser steckte sich die Zigarre an und paffte. »Deine Qualen ... deine Zweifel ... kann ich wirklich gut verstehen. Mir selbst passt die heutige Situation auch nicht. Aber was würde passieren, wenn wir in eine Depression fallen und unsere Arbeit aufgeben würden? Ich werd's dir sagen! Die Dunklen würden nur zu gern die Rolle der Hirten für die menschliche Herde übernehmen! Keine Sekunde würden sie zögern! Freuen würden sie sich, dass sie es am Ende doch noch geschafft haben ... Also triff deine Entscheidung.«

»Welche?«

»Du bist doch hergekommen, um den Dienst zu quittieren!« Geser hatte die Stimme erhoben. »Also entscheide dich, ob du in der Wache bleiben willst oder ob dir unsere Ziele nicht licht genug sind.«

»In der Nachbarschaft von Schwarz erscheint Grau weiß«, antwortete ich.

Geser schnaubte. »Was ist mit Arina?«, fragte er etwas ruhiger. »Ist sie entkommen?«

»Ja. Sie hat Nadjuschka als Geisel genommen und von Swetlana und mir verlangt, dass wir ihr helfen.«

In Gesers Gesicht zuckte nicht ein Muskel.

»Die alte Vettel hat ihre eigenen Prinzipien, Anton. Sie kann so viel bluffen, wie sie will, aber sie würde sich nie an einem Kind vergreifen. Glaub mir das, ich kenne sie.«

»Und wenn sie die Nerven verloren hätte?«, fragte ich in Erinnerung an die durchlebte Angst. »Die Wachen und die Inquisition sind ihr völlig schnuppe! Sie hat noch nicht mal vor Sebulon Angst.«

»Vor Sebulon vielleicht schon ...«, meinte Geser lächelnd. »Ich habe die Inquisition über die Hexe informiert, mich aber auch mit Arina in Verbindung gesetzt. Übrigens absolut offiziell. Das ist alles protokolliert. Was deine Familie angeht, da habe ich die Hexe gewarnt. Und zwar aufs Schärfste.«

Das war neu für mich.

Ich sah Geser in das ruhige Gesicht und wusste nicht, was ich sagen sollte.

»Arina und mich verbindet eine langjährige, von gegenseitigem Respekt geprägte Beziehung«, erklärte Geser.

»Wie schaffen Sie das?«, wollte ich wissen.

»Was meinst du damit?«, fragte Geser. »Den gegenseitigen Respekt? Weißt du ...«

»Jedes Mal, wenn ich zu der felsenfesten Überzeugung gekommen bin, dass Sie ein mieser Intrigant sind, beweisen Sie mir innerhalb von zehn Minuten, dass ich Unrecht habe. Wir sind Parasiten, die die Menschen ausnutzen? – Na, das ist doch nur zu ihrem Besten. Das Land liegt am Boden? – Es könnte noch viel schlimmer sein. Meine Tochter ist in Gefahr gewesen? – Aber nein, sie war so sicher behütet wie der kleine Sascha Puschkin in der Obhut seiner alten Kinderfrau ...«

Gesers Blick wurde weicher. »Vor langer, langer Zeit, Anton, da war ich ein schmächtiges Kerlchen mit ewig laufender Nase ...« Gedankenversunken sah er durch mich hindurch. »Ja. Schmächtig und verrotzt. Und ich habe mich mit meinen Mentoren gestritten, deren Namen dir nichts sagen werden, denn ich war überzeugt davon, dass sie miese Intriganten sind. Dann haben sie mich vom Gegenteil überzeugt. Jahrhunderte sind vergangen, ich habe selbst Schüler bekommen ...«

Er stieß eine Rauchwolke aus und verfiel in Schweigen. Was hätte er auch noch sagen sollen?

Jahrhunderte? Ha! Tausende von Jahren! Und das ist ein ausreichender Zeitraum, um zu lernen, jeden Angriff der eigenen Schützlinge zu parieren. Damit sie, wenn sie vor Empörung kochend zu ihm kommen, voller Liebe und Hochachtung für ihren Chef wieder von dannen ziehen. Erfahrung ist eine gewaltige Kraft. Beängstigender als jede magische.

»Ich würde Sie gern mal ohne Maske sehen, Chef«, sagte ich.

Geser lächelte großmütig.

»Sagen Sie mir wenigstens, ob Ihr Sohn wirklich ein Anderer gewesen ist?«, fragte ich. »Oder haben Sie ihn zu einem Anderen gemacht? Ich verstehe ja, dass Sie das Geheimnis nicht preisgeben dürfen, sollen doch ruhig alle glauben ...«

Krachend schlug Gesers Faust auf den Tisch. Geser selbst erhob sich. Beugte sich über den Tisch. »Wie oft willst du das Thema noch durchkauen?«, brüllte er. »Ja, Olga und ich haben die Inquisition ausgetrickst, um das Recht auf eine Remoralisation für Timur zu bekommen! Er sollte ein Dunkler werden, was mir nicht gepasst hat! Verstehst du? Wenn du willst, schmier mich bei der Inquisition an! Aber lass mich mit diesem Mist zufrieden!«

Einen Moment lang bekam ich es mit der Angst zu tun. Dann tigerte Geser wieder durchs Zimmer, permanent aus seinen Pantoffeln rutschend und wild gestikulierend. »Man kann aus einem Menschen keinen Anderen machen! Niemals! Unter keinen Umständen! Soll ich dir die Wahrheit über deine Frau und deine Tochter sagen? Olga hat sich in Swetlanas Schicksal eingemischt! Für sie hat sie die zweite Hälfte der Schicksalskreide gebraucht! Doch selbst mit der Schicksalskreide wäre es nicht möglich gewesen, aus deiner ungeborenen Tochter eine Andere zu machen, wenn sie nicht als Andere auf die Welt gekommen wäre! Wir haben sie nur noch stärker gemacht, ihr absolute Kraft gegeben!«

»Ich weiß«, meinte ich nickend.

»Woher?«, wunderte sich Geser.

»Arina hat das angedeutet.«

»Sie ist eine kluge Frau«, sagte Geser. Dann erhob er abermals die Stimme. »Das reicht! Jetzt weißt du alles, was dieses Thema angeht! Ein Mensch kann kein Anderer werden. Mit Hilfe sehr starker Artefakte kann man ihn im Anfangsstadium oder noch früher stärker oder schwächer machen, ihn zum Licht oder zum Dunkel bringen ... In einem eng gesteckten Rahmen, Anton! Wenn der kleine Jegor nicht von Anfang an neutral gewesen wäre, hätten wir die Initiierung durch die Dunklen nicht rückgängig machen können. Wenn deine Tochter nicht als Große Zauberin hätte auf die Welt kommen sollen, hätten wir sie nicht zur Allergrößten machen können! Um ein Gefäß mit Licht oder Dunkel zu füllen, muss es erst mal da sein, dieses Gefäß! Von uns hängt ab, was hineingegossen wird, aber das Gefäß selbst können wir nicht herstellen! Wir müssen uns mit Kleinigkeiten, mit den geringsten Kleinigkeiten begnügen! Und du glaubst, man könne einen Menschen in einen Anderen verwandeln!«

»Boris Ignatjewitsch ...« Ich wusste selbst nicht, warum ich Geser mit seinem russischen Namen ansprach. »... entschuldigen Sie, wenn ich Unsinn rede. Aber ich kann einfach nicht verstehen, warum Sie Timur nicht schon früher gefunden haben. Schließlich ist er der Sohn von Ihnen und Olga! Und Sie sollen ihn nicht gespürt haben? Selbst wenn Sie räumlich getrennt gewesen sind?«

In dem Moment knickte Geser überraschend ein. Auf seinem Gesicht spiegelten sich zugleich ein Schuldgefühl und Verzweiflung wider.

»Anton, ich mag ja ein alter Intrigant sein ...« Er verstummte. »Aber du kannst doch nicht ernsthaft glauben, dass ich meinen Sohn in einem Waisenhaus hätte aufwachsen lassen? In Armut und Leid? Glaubst du etwa, ich würde nicht auch gern ein bisschen Wärme und Zärtlichkeit genießen? Mich als Mensch fühlen? Mein Baby wiegen, mit meinem kleinen Sohn zum Fußball gehen, meinem heranwachsenden Jungen das Rasieren beibringen und den jungen Mann in die Wache aufnehmen? Nenn mir nur einen Grund, warum ich hätte zulassen sollen, dass mein Sohn allein in der Fremde lebt und alt wird? Bin ich ein schlechter Vater? Ein herzloser Kerl? Vielleicht. Aber warum hätte ich dann einen Anderen aus ihm machen sollen? Warum hätte ich mir diese Probleme aufhalsen sollen?«

»Aber warum haben Sie ihn nicht früher gefunden?«, konterte ich.

»Weil er bei seiner Geburt ein stinknormaler Junge war! Ohne die geringsten Anlagen zum Anderen!«

»Das könnte sein«, sagte ich unsicher.

»Du kannst dir das nicht vorstellen?«, fragte Geser. »Siehst du, ich auch nicht ... Andererseits hätte ich in Timur die Kraft spüren müssen! Da war aber keine ...«

Er breitete die Arme aus. Setzte sich. »Aber schreib nicht mir diese Heldentat zu«, murmelte er. »Ich kann aus einem Menschen keinen Anderen machen.« Geser verstummte. Um mit einem Mal aufgewühlt hinzuzufügen: »Aber du hast Recht. Ich hätte ihn früher spüren müssen! Man kann in einem fremden Menschen erst im Alter den Anderen erkennen. Aber in dem eigenen Sohn? Den du auf deinen Armen gehalten hast? In dem du unbedingt den Anderen erkennen willst? Ich weiß nicht. Seine Anlagen müssen zu schwach gewesen sein ... oder ich einfach zu blöd.«

»Es gibt noch eine Variante«, brachte ich unsicher hervor.

Geser sah mich von unten herauf an und zuckte mit den Schultern. »Varianten gibt es immer mehr als eine. Was meinst du genau?«

»Irgendjemand kann Menschen in Andere verwandeln. Und dieser Jemand hat Timur gefunden und zu einem potenziellen Anderen gemacht. Danach haben Sie ihn dann gespürt ...«

»Olga hat ihn gespürt«, brummte Geser.

»Gut, Olga. Dann haben Sie angefangen zu handeln. Sich überlegt, wie Sie die Inquisition und die Dunklen täuschen. Dabei sind Sie es, der getäuscht worden ist.«

Geser schnaubte.

»Nehmen Sie doch wenigstens für einen Augenblick an, dass man einen Menschen in einen Anderen verwandeln kann!«, bat ich.

»Und weshalb sollte jemand das getan haben?«, fragte Geser. »Ich bin bereit, alles zu glauben, wenn du mir die Gründe dafür nennst. Wollte man Olga und mich in irgendwas hineinreiten? Das kann nicht sein. Schließlich ist alles reibungslos über die Bühne gegangen.«

»Ich weiß es nicht«, gab ich zu. Und während ich aufstand, fügte ich rachsüchtig hinzu: »Aber ich an Ihrer Stelle würde mich noch nicht zurücklehnen. Sie sind daran gewöhnt, dass Ihre Intrige immer die raffinierteste ist. Aber es gibt immer mehr als eine Variante.«

»Kluger Junge ...« Geser verzog das Gesicht. »Geh jetzt zu Sweta ... Nein, warte.«

Er steckte die Hand in die Tasche seines Morgenmantels und holte sein Handy heraus. Das klingelte nicht, vibrierte aber nervös.

»Ich mach's kurz ...«, meinte Geser, während er mir zunickte. »Hallo«, sagte er dann ins Mobiltelefon, bereits mit seiner Telefonstimme.

Taktvoll ging ich zu den Schränken und guckte mir den magischen Nippes an. Gut, die Figuren von Ungeheuern dürften der Anrufung von Monstern dienen. Zum Beispiel. Aber wofür war die Peitsche nötig? War das eine Art Geißel des Schaab?

»Wir sind gleich da«, meinte Geser knapp. Dann klappte er sein Handy zu. »Anton!«

Als ich mich zu Geser umdrehte, war er gerade mit dem Umziehen fertig. Er hatte sich einfach mit den Händen über den Körper gestrichen, worauf Morgenmantel samt Pyjama Farbe und Stoff änderten, sich in einen streng geschnittenen grauen Anzug verwandelten. Mit einer letzten Handbewegung legte Geser eine Krawatte um seinen Hals. Bereits komplett mit strengem Windsorknoten. All das war keine Illusion, sondern Geser hatte tatsächlich einen Anzug aus seinem Pyjama gemacht.

»Wir müssen eine kleine Reise machen, Anton ... In das Häuschen dieser bösen Zauberin.«

»Ist sie gefasst worden?«, fragte ich, wobei ich versuchte, mir über meine Gefühle klar zu werden. Ich trat an Geser heran.

»Nein, schlimmer. Gestern Abend ist im Zuge einer Hausdurchsuchung bei Arina ein Geheimversteck entdeckt worden.« Geser fuchtelte mit der Hand, worauf in der Luft ein Portal entstand. »Es sind schon ... ein paar Leute da«, fügte er nebulös hinzu. »Gehen wir.«

»Was war in dem Versteck?«, rief ich.

Aber Gesers Hand schubste mich bereits in das weiße leuchtende Oval hinein.

»Geh in Position«, vernahm ich seinen Rat.

Der Weg durch ein Portal braucht seine Zeit. Mal Sekunden oder Minuten, manchmal auch Stunden. Das hängt nicht von der Entfernung ab, sondern von der Präzision der Einstellung. Ich wusste nicht, wer das Portal in Arinas Haus geöffnet hatte, ich wusste auch nicht, wie lange ich in der milchweißen Leere bleiben musste.

Ein Geheimversteck in Arinas Haus. Ja und? Jeder Andere konnte in seinem Haus ein Versteck für magische Gegenstände anlegen.

Was hatte Geser so beunruhigt? Denn ich war überzeugt davon, dass der Chef beunruhigt und irritiert war – zu steinern und gelassen wirkte seine Miene!

Aus irgendeinem Grund stellte ich mir fürchterliche Dinge vor, zum Beispiel Kinderleichen im Keller. Das würde Gesers Panik erklären, der so überzeugt gewesen war, dass Arina Nadjuschka nicht angerührt hätte!

Aber nein, das konnte nicht sein ...

Mit diesem Gedanken stürzte ich aus dem Portal, mitten hinein in das kleine Zimmer.

Da waren in der Tat reichlich viele Leute.

»Aus dem Weg!«, schrie Kostja und packte mich bei der Hand. Ich hatte kaum einen Schritt zur Seite getan, als Geser aus dem Portal trat.

»Ich grüße dich, Großer«, sagte Sebulon erstaunlich freundlich, ganz ohne seine sonstige Gehässigkeit.

Ich blickte mich um. Sechs unbekannte Inquisitoren, in Kitteln, die Kapuzen auf dem Kopf, alles so, wie es sich gehört. Edgar, Sebulon und Kostja – das war nicht weiter verwunderlich. Aber Swetlana! Voller Angst sah ich sie an, doch zu meiner Beruhigung schüttelte sie sofort den Kopf. Mit Nadja war also alles in Ordnung.

»Wer leitet die Untersuchung?«, fragte Geser.

»Ein Triumvirat«, antwortete Edgar knapp. »Ich von der Inquisition, Sebulon von den Dunklen und ...« Er sah Swetlana an. »... wen ihr bestimmt.«

»Ich«, nickte Geser. »Vielen Dank, Swetlana. Ich weiß das sehr zu schätzen.«

Erklärungen brauchte ich nicht. Was auch immer hier geschehen war, Swetlana war als erste Lichte eingetroffen – und hatte im Namen der Nachtwache gehandelt.

Der Dienst hatte sie zurück, wenn man so wollte.

»Sollen wir Sie informieren?«, fragte Edgar.

Geser nickte.

»Und Gorodezki?«, fragte Edgar.

»Bleibt bei mir.«

»Das ist Ihr gutes Recht.« Edgar nickte mir zu. »Also, wir haben es hier mit einem außergewöhnlichen Zwischenfall zu tun ...«

Warum verständigte er sich mit Worten?

Ich versuchte Swetlana danach zu fragen, streckte mich gedanklich nach ihr aus ...

Und schlug gegen eine blinde Mauer.

Die Inquisition hatte die Gegend blockiert. Deshalb hatte man Geser angerufen, statt sich telepathisch mit ihm in Verbindung zu setzen. Worum es hier auch gehen mochte, sollte geheim bleiben.

Die nächsten Worte Edgars bestätigten meinen Gedanken.

»Da das, was hier geschehen ist, strengster Geheimhaltung unterliegt«, sagte Edgar, »bitte ich alle Anwesenden, ihren Schutz aufzugeben und sich für die Markierung mit dem Straffeuer bereitzuhalten.«

Ich schielte zu Geser hinüber, der bereits sein Hemd aufknöpfte. Sebulon, Swetlana, Kostja und sogar Edgar – alle entkleideten sich!

Ich fand mich damit ab und zog meinen Pullover aus. Kriegte also auch ich jetzt das Straffeuer ...

»Wir, die hier Anwesenden, schwören, niemals irgendwo jemanden darüber zu informieren, was wir im Zuge der Untersuchung dieses Vorfalls in Erfahrung bringen, abgesehen vom obersten Tribunal der Inquisition als einziger Ausnahme«, sagte Edgar. »Ich schwöre!«

»Ich schwöre«, sagte Swetlana und fasste mich bei der Hand.

»Ich schwöre«, flüsterte ich.

»Ich schwöre, ich schwöre, ich schwöre ...«, erklang es von allen Seiten.

»Wenn ich dieses Geheimnis preisgebe, möge mich die Hand des Straffeuers vernichten!«, schloss Edgar.

Seine Finger loderten in blendend roten Strahlen auf. In der Luft schien der brennende Abdruck einer Hand zu hängen, die in einzelne Schichten zerfiel, um flackernd zwölffach auf uns zuzukommen. Sehr langsam – und nichts jagte mir eine derartige Angst ein wie diese Bedächtigkeit.

Als Ersten berührte das Zeichen des Straffeuers Edgar selbst. Das Gesicht des Inquisitors verzog sich, auf seiner Haut leuchteten für einen kurzen Moment noch weitere solcher glutroten Abdrücke auf.

Offenbar tat das weh ...

Geser und Sebulon nahmen die Einbrennung des Zeichens stoisch hin. Wenn meine Augen mich nicht täuschten, überzog bereits ein dichtes Netz dieser Zeichen ihren Körper.

Einer der Inquisitoren winselte auf.

Offenbar tat das sehr weh ...

Dann kam ich an die Reihe und begriff, dass ich mich geirrt hatte. Das tat nicht sehr weh – das war unerträglich! Als ob man mich mit einem glühenden Brandeisen kennzeichnete. Und mich dabei nicht nur an einer Stelle brandmarkte, sondern das Feuer durch meinen ganzen Körper jagte.

Sobald sich der blutige Schleier vor meinen Augen gehoben hatte, bemerkte ich zu meinem Erstaunen, dass ich mich – im Gegensatz zu zwei Inquisitoren – immer noch auf den Beinen hielt.

»Und da heißt es, eine Geburt sei schmerzhaft ...«, sagte Swetlana leise, während sie ihre Bluse zuknöpfte. »Ha ...«

»Ich möchte daran erinnern ... Wenn das Zeichen zum Einsatz kommt, wird es weitaus schmerzhafter sein ...«, murmelte Edgar. In den Augen des Dunklen standen Tränen. »Das ist zum Wohle der Allgemeinheit.«

»Genug der schönen Worte!«, unterbrach ihn Sebulon. »Wenn du hier nun schon mal das Sagen hast, dann benimm dich auch entsprechend.«

In der Tat, wo war Vítěszlav?

War er trotz allem nach Prag abgeflogen?

»Wenn Sie mir jetzt bitte folgen wollen«, meinte Edgar, der immer noch ein gequältes Gesicht machte. Dann ging er zur Wand.

Ein Geheimversteck kann man auf verschiedene Weise anlegen. Ganz banal als magisch maskierten Safe in der Wand, aber auch im *Zwielicht*, gesichert durch etliche mächtige Zauber.

Dieses Versteck war recht originell. Als Edgar in die Wand schlüpfte, tat sich vor ihm für einen kurzen Moment ein schmaler, irgendwie nicht für einen Menschen gedachter Spalt auf. Sofort erinnerte ich mich an jene heimtückische und komplizierte Methode, diese Mischung aus Magie der Illusion und Magie der Verschiebung. Aus einem begrenzten Raum, zum Beispiel aus einem Zimmer, wird ein Stück entfernt – hier schmale Streifen aus der Wand – und magisch zu einer einzigen »Kammer« verbunden. Eine recht komplizierte und gefährliche Sache, aber Edgar trat ruhig in das Geheimversteck ein.

»Alle passen da nicht rein«, murmelte Geser und schielte zu den Inquisitoren hinüber. »Wenn ich es richtig verstanden habe, sind Sie bereits drinnen gewesen? Dann können Sie jetzt warten.«

In der Sorge, man könne auch mich zurückhalten, machte ich einen Schritt nach vorn – und die Wand öffnete sich gehorsam vor mir. Die Verteidigungszauber waren bereits durchbrochen.

Die Kammer erwies sich als gar nicht so klein: drei mal drei Meter, mindestens. Darin gab es sogar ein Fenster, das ebenfalls aus Stücken der übrigen Fenster »zusammengeschnitten« worden war. Durch das Fenster ließ sich eine phantasmagorische Landschaft erkennen: ein Waldstreifen, ein halber Baum, ein Fetzen Himmel – alles völlig chaotisch miteinander kombiniert.

Es gab in der Kammer aber noch etwas, das weit größere Aufmerksamkeit verdiente.

Ein guter Anzug aus festem grauem Stoff, ein schickes Hemd (weiß, aus Seide, mit Spitze am Kragen und an den Manschetten), eine elegante Krawatte (silbergrau mit einem rot glänzenden Streifen), ein Paar herrlicher schwarzer Lederschuhe, aus denen weiße Socken hervorlugten. All das lag mitten in der Kammer auf dem Boden. Im Anzug würde sich mit Sicherheit seidene Unterwäsche mit handgesticktem Monogramm finden.

Allerdings verspürte ich nicht den Wunsch, in der Kleidung des Hohen Vampirs Vítěszlav herumzuwühlen. Denn die homogene graue Asche in der Kleidung und um sie herum – das war alles, was von dem Inspektor des Europabüros der Inquisition noch übrig war.

Swetlana, die die Kammer nach mir betreten hatte, seufzte nur und nahm mich bei der Hand. Geser grunzte finster. Sebulon seufzte, anscheinend sogar aufrichtig.

Kostja, der als Letzter hereinkam, brachte keinen Laut heraus. Sondern stand wie angewurzelt da und betrachtete die traurigen Überreste seines Artgenossen.

»Wie Sie verstehen, meine Herren«, sagte Edgar leise, »ist das, was hier geschehen ist, schon an sich grauenvoll. Ein Hoher Vampir ist ermordet worden. Schnell und ohne jede Kampfspuren. Ich vermute, dass selbst den verehrten Hohen, die hier anwesend sind, das nicht möglich wäre.«

»Die hier anwesenden Hohen sind nicht so dumm, einen Mitarbeiter der Inquisition anzugreifen«, presste Geser angewidert heraus. »Sollte die Inquisition jedoch auf einer Überprüfung bestehen ...«

Edgar schüttelte den Kopf. »Nein. Gerade weil ich nicht den geringsten Verdacht gegen Sie hege, habe ich Sie hierher gerufen. Bevor ich das Europabüro in Kenntnis setze, hielt ich es für angebracht, Ihren Rat einzuholen. Schließlich ist das hier das Territorium der Moskauer Wachen.«

Sebulon hockte sich neben die Überreste, nahm ein wenig Asche auf, rieb sie zwischen den Fingern, roch daran und berührte sie anscheinend sogar mit der Zunge. Mit einem Seufzer erhob er sich. »Vítěszlav ...«, murmelte er. »Ich kann mir nicht vorstellen, wer ihn umgebracht haben könnte. Ich würde ...« Er zögerte. »... ich würde es mir dreimal überlegen, bevor ich mich auf einen Kampf mit ihm einließe. Und Sie, Kollege?«

Er sah Geser an. Der ließ sich mit der Antwort Zeit, sah sich die Asche mit der Begeisterung eines jungen Naturwissenschaftlers an.

»Geser?«, fragte Sebulon.

»Ja, ja ...«, meinte Geser nickend. »Ich hätte es gekonnt. Ehrlich gesagt, hatten wir schon die Gelegenheit ... es gab da verschiedentlich Missverständnisse. Aber so schnell ... und so sauber ...« Geser breitete die Arme aus. »Nein, das hätte ich nicht geschafft. Leider nicht. Man könnte fast neidisch werden.«

»Das Siegel«, erinnerte ich vorsichtig. »Vampire bekommen bei einer temporären Registrierung ein Siegel ...«

Edgar sah mich an, als rede ich Unsinn. »Aber nicht die Mitarbeiter der Inquisition.«

»Und nicht die Hohen Vampire!«, fügte Kostja streitlustig hinzu. »Das Kleinvieh kriegt ein Siegel, das sich nicht unter Kontrolle hat, Vampire und Tiermenschen in ihrer Lehrzeit.«

»Eigentlich wollte ich schon lange die Frage zur Diskussion stellen, ob wir diese diskriminierende Behandlung nicht abschaffen«, warf Sebulon ein. »Vampire und Tiermenschen sollten kein Siegel bekommen, sobald sie den zweiten, besser noch den dritten Grad erlangt haben.«

»Lass uns noch die Registrierung bei der jeweils anderen Wache am Wohnort abschaffen«, schlug Geser amüsiert vor.

»Schluss mit dem Streit!«, ließ sich Edgar in überraschend herrischem Ton vernehmen. »Gorodezkis Unwissenheit ist kein Grund, hier einen Disput vom Zaun zu brechen! Außerdem ... ist das Ende der Existenz des Vampirs Vítěszlav noch nicht das schlimmste.«

»Was könnte denn noch schlimmer sein als ein Anderer, der spielend einen Hohen umbringt?«, fragte Sebulon.

»Das *Fuaran*«, antwortete Edgar nur. »Das *Fuaran*, dessentwegen er ermordet worden ist.«

Zwei

Sebulon grinste. Die Worte Edgars, das war nicht zu übersehen, nahm er auch nicht ansatzweise für bare Münze.

Geser wiederum schien wütend zu werden. Kein Wunder. Erst war ich ihm mit dem *Fuaran* gekommen, jetzt der Inquisitor.

»Verehrter ... europäischer Inquisitor.« Nach kurzem Zögern hatte der Chef doch noch eine in Maßen bösartige Anrede gefunden. »Ich interessiere mich nicht weniger als Sie für Mythologie. Unter Hexen sind die Erzählungen über das *Fuaran* sehr verbreitet, aber wir sind uns doch wohl einig, dass dies nur ein Versuch ist, der eigenen ... Kaste mehr Glanz zu verleihen. Vergleichbare folkloristische Erzählungen sind auch bei Werwölfen, Vampiren und sonstigen Anderen im Umlauf, deren Schicksal es ist, eine untergeordnete Rolle in unserer Gemeinschaft zu spielen. Doch wir stehen hier vor einem realen Problem und sollten uns nicht im Dickicht alten Aberglaubens verlieren ...«

»Ich verstehe Ihren Standpunkt, Geser«, unterbrach Edgar ihn. »Aber die Sache ist die, dass Vítěszlav sich vor zwei Stunden mit mir in Verbindung gesetzt hat, indem er mich auf meinem Handy angerufen hat. Er hatte Arinas Sachen überprüft und war dabei unversehens über das Geheimversteck gestolpert. Kurz gesagt ... Vítěszlav war völlig aufgelöst. Er hat behauptet, im Versteck liege das *Fuaran*. Und dass es echt sei. Ich ... muss zugeben, dass ich das Ganze mit Skepsis aufgenommen habe. Vítěszlav ließ sich leicht beeindrucken.«

Geser schüttelte zweifelnd den Kopf.

»Ich bin nicht sofort hergekommen«, fuhr Edgar fort. »Vor allem weil Vítěszlav gesagt hatte, dass er Mitarbeiter der Inquisition aus der Absperrung abziehen werde.«

»Hat er denn vor etwas Angst gehabt?«, fragte Sebulon scharf.

»Vítěszlav? Ich glaube, vor nichts Konkretem. Das ist einfach die übliche Prozedur, wenn derart starke Artefakte entdeckt werden. Ich hatte gerade die Überprüfung der Posten beendet und mit Konstantin gesprochen, als unsere Mitarbeiter uns darüber informierten, dass sie sich um das Haus herum aufgestellt hätten, Vítěszlavs Anwesenheit aber nicht spürten. Daraufhin habe ich sie angewiesen, ins Haus zu gehen. Sie haben mir mitgeteilt, dass im Haus niemand sei. Das hat mich ...« Edgar stockte. »... leicht irritiert. Warum sollte sich Vítěszlav vor seinen Kollegen verstecken? Ich habe mir Kostja geschnappt, und wir beide sind so schnell wie möglich hergekommen. Es hat etwa vierzig Minuten gedauert, denn wir wollten nicht durchs *Zwielicht* gehen, da wir möglicherweise all unsere Kraft brauchen würden. Und unsere Kollegen konnten für uns kein ordentliches Portal aufhängen, da es hier nur so von magischen Artefakten strotzt ...«

»Verstehe«, sagte Geser. »Weiter.«

»Das Haus war abgeriegelt worden, zwei Mitarbeiter hatten drinnen Posten bezogen. Zusammen mit diesen beiden haben wir das Geheimversteck betreten und dort die Überreste von Vítěszlav entdeckt.«

»Wie lange ist Vítěszlav ohne Schutz gewesen?«, erkundigte sich Geser. Immer noch ungläubig, doch jetzt zumindest mit einem Anflug von Interesse.

»Etwa eine Stunde.«

»Und dann haben die Inquisitoren noch vierzig Minuten lang seine Leiche bewacht. Sie sind zu sechst gewesen, alle vierte und dritte Kraftstufe.« Geser runzelte die Stirn. »Ein starker Magier hätte an ihnen vorbeigehen können.«

»Wohl kaum.« Edgar schüttelte den Kopf. »Ja, sie stehen auf der vierten und dritten Stufe, nur Roman schafft es mitunter, wenn er sich anstrengt, auf die zweite. Aber sie sind mit *unseren* Wachamuletten ausgerüstet. Selbst ein Großer wäre nicht an ihnen vorbeigekommen.«

»Also muss der Mörder vor ihnen hier gewesen sein, oder?«

»Vermutlich«, gab Edgar ihm Recht.

»Und zwar ein Magier, der relativ stark sein muss, damit er einen Hohen Vampir so schnell ermorden kann ...«, Geser schüttelte den Kopf. »Ich habe nur einen Kandidaten.«

»Die Hexe«, murmelte Sebulon. »Wenn sich das *Fuaran* tatsächlich in ihrem Besitz befand, dann könnte sie deswegen zurückgekehrt sein.«

»Erst lässt sie es hier, und dann kommt sie deswegen zurück?«, rief Swetlana aus. Mir war klar, dass sie versuchte, Arina zu verteidigen. »Das ist unlogisch!«

»Anton und ich haben sie verfolgt«, antwortete Edgar treuherzig. »Sie ist in Panik davongerannt. Offenbar ist sie jedoch nicht gleich geflohen, wie wir angenommen haben, sondern hat sich in der Nähe versteckt. Als Vítĕszlav das Buch gefunden hat, hat sie das gespürt und es mit der Angst zu tun bekommen.«

Geser blickte Swetlana und mich finster an. Sagte aber kein Wort.

»Vielleicht ist Vítĕszlav ja auch ohne Fremdverschulden gestorben«, ließ Swetlana nicht locker. »Er hat das Buch gefunden, hat versucht, einen der darin beschriebenen Zauber zu wirken ... und ist gestorben. Solche Fälle hat es schließlich bereits gegeben!«

»Ach ja«, höhnte Sebulon. »Und in der Zwischenzeit sind dem Buch Beinchen gewachsen, und es ist weggelaufen.«

»Selbst diese Version würde ich nicht ausschließen.« Jetzt ergriff Geser Swetlanas Partei. »Vielleicht sind ihm ja welche gewachsen. Vielleicht ist es ja weggelaufen.«

Stille senkte sich herab, und in dieser Stille erschall Sebulons Lachen besonders laut. »Köstlich! Glauben wir jetzt also an das *Fuaran*?«

»Ich glaube daran, dass jemand mühelos einen Hohen Vampir ermordet hat«, sagte Geser. »Und dieser Jemand fürchtet weder die Wachen noch die Inquisition. Allein deswegen sollte der Fall schnell und gründlich untersucht werden. Meinen Sie nicht auch, Kollege?«

Gegen seinen Willen musste Sebulon nicken.

»Gehen wir doch mal einen Moment lang davon aus, dass das *Fuaran* tatsächlich hier aufbewahrt worden ist ...« Geser schüttelte den Kopf. »Dass alle Gerüchte über dieses Buch stimmen ...«

Sebulon nickte erneut.

Die beiden Großen erstarrten. Sahen einander an. Vielleicht, um sich mit Blicken zu messen, vielleicht, um ungeachtet sämtlicher Schutzmaßnahmen irgendein magisches Gespräch zu führen.

Ich ging zu den Überresten des Vampirs und hockte mich hin.

Ein unangenehmer Typ. Selbst für einen Vampir.

Und trotzdem einer von uns.

Ein Anderer.

Hinter mir brummte Edgar etwas von der Notwendigkeit, neue Leute anzufordern und davon, dass es jetzt lebenswichtig geworden sei, Arina zu fangen. Diesmal würde die Hexe nicht entkommen. Die Verletzung des Großen Vertrages – mochte sie auch noch so schwerwiegend sein, so war sie doch immerhin recht lange her – war eine Sache. Der Mord an einem Inquisitor eine andere.

Und alle Fakten sprachen gegen sie. Wer sonst wäre so stark, einen Hohen Vampir abzumurksen?

Trotzdem glaubte ich aus irgendeinem Grund nicht an Arinas Schuld ...

Vítěszlavs Überreste riefen nicht den geringsten Ekel in mir hervor. Vielleicht, weil ihnen so gar nichts Menschliches anhaftete und selbst Knochen völlig fehlten. Graue Asche, ähnlich der von einer feucht gewordenen Zigarette, die die Form bewahrt hatte, aber eine absolut homogene Struktur aufwies. Ich berührte etwas, das vage an eine geballte Faust erinnerte – und wunderte mich nicht im Geringsten, als die Asche zerfiel und ein zerknülltes weißes Blatt freigab.

Grabesstille senkte sich herab. Da niemand Einwände erhob, nahm ich das Blatt, drehte es um und las es. Erst danach schaute ich die Magier an.

Alle hatten so angespannte Gesichter, als erwarteten sie zu hören: »Vítěszlav hat vor seinem Tod den Namen seines Mörders aufgeschrieben ... Sie waren es!«

»Das hat nicht Vítěszlav geschrieben«, sagte ich. »Das ist Arinas Handschrift. Sie hat mir eine Erklärung geschrieben ...«

»Lies vor«, verlangte Edgar.

»An die Herren Inquisitoren!«, las ich laut. »Wenn Sie das lesen, heißt das, Sie haben sich an Vergangenes erinnert und geben keine Ruhe. Ich schlage Ihnen vor, die Angelegenheit friedlich beizulegen. Sie bekommen das Buch, das Sie suchen. Ich bekomme eine Begnadigung.«

»Sie haben also danach gesucht?«, fragte Geser in sehr ruhigem Ton.

»Die Inquisition sucht alle Artefakte«, erwiderte Edgar gelassen. »Auch die, die als mythisch eingestuft werden.«

»Wäre sie begnadigt worden?«, fragte Swetlana plötzlich.

Missmutig sah Edgar sie an. »Wenn das *Fuaran* hier gewesen wäre?«, meinte er. »Ich treffe diese Entscheidung zwar nicht, aber vermutlich schon. Wenn es das echte *Fuaran* gewesen wäre.«

»Allmählich neige ich der Auffassung zu, dass es das echte war ...«, sagte Geser leise. »Edgar, ich möchte mich gern mit meinen Mitarbeitern beratschlagen.«

Edgar breitete nur die Arme aus. Möglicherweise war er nicht sonderlich erpicht darauf, mit Sebulon und Kostja allein zu bleiben, doch die Miene des Inquisitors verriet nichts.

Swetlana und ich folgten Geser aus dem Geheimversteck hinaus.

Die Inquisitoren empfingen uns mit dermaßen misstrauischen Blicken, als verdächtigten sie uns, alle Dunklen umgebracht zu haben. Geser nahm es gelassen hin.

»Wir ziehen uns zu einem Gespräch zurück«, warf er ihnen achtlos hin, während er sich zur Tür wandte. Die Inquisitoren wechselten beredte Blicke, erhoben jedoch keine Einwände. Nur einer steuerte auf das Geheimversteck zu. Doch da hatten wir das Haus der Hexe bereits verlassen.

Hier, in der Tiefe des Waldes, kam es mir vor, als sei es noch nicht einmal Morgen. Ein geheimnisvolles Halbdunkel, ganz wie in den frühen Dämmerstunden. Verwundert blickte ich nach oben. Und bemerkte, dass der Himmel in der Tat unnatürlich grau aussah, als blicke ich ihn durch eine Sonnenbrille an. So wirkte sich in unserer Welt also der magische Schutzschild aus, den die Inquisitoren aufgestellt hatten.

»Alles geht den Bach runter ...«, murmelte Geser. »Alles ganz falsch ...«

Sein Blick huschte von mir zu Swetlana und zurück. Als könne er sich nicht entscheiden, wen von uns beiden er jetzt brauchte.

»Hat sie das *Fuaran* wirklich gehabt?«, fragte Swetlana.

»Anscheinend ja. Anscheinend existiert dieses Buch.« Geser verzog das Gesicht. »Wie dumm ... wie unschön ...«

»Wir müssen die Hexe finden«, sagte Swetlana. »Wenn Sie wollen ...«

Geser schüttelte den Kopf.

»Nein, das will ich nicht. Arina muss entkommen.«

»Das weiß ich.« Ich fasste nach Swetlanas Hand. »Wenn man Arina fasst, könnte sie sagen, wer dieser Lichte war ...«

»Arina weiß nicht, wer dieser Lichte gewesen ist«, fiel Geser mir ins Wort. »Dieser Lichte kam in einer Maskierung zu ihr. Sie könnte einen Verdacht haben, etwas ahnen, vielleicht sogar überzeugt sein, aber sie hat keine Beweise. Nein, was weitaus schlimmer ist …«

Plötzlich durchschaute ich alles.

»Das *Fuaran*?«

»Ja«, meinte Geser nickend. »Deshalb würde ich euch bitten …«

Bevor er den Satz beendete, sagte ich schnell: »Wir wissen nicht, wo Arina ist. Das stimmt doch, oder, Swetlana?«

Swetlana blickte finster drein, nickte aber.

»Danke«, sagte Geser. »Das war das Erste. Jetzt zum Zweiten. Wir müssen das *Fuaran* finden. Um jeden Preis. Vermutlich wird ein Suchtrupp gebildet. Ich möchte, dass von unserer Seite Anton daran teilnimmt.«

»Ich bin stärker«, sagte Swetlana leise.

»Das spielt in dem Fall keine Rolle.« Geser schüttelte den Kopf. »Nicht die geringste. Außerdem brauche ich dich hier, Swetlana.«

»Wozu?«, wollte Swetlana misstrauisch wissen.

Einen Moment lang zögerte Geser. Dann sagte er: »Um im Notfall Nadja zu initiieren.«

»Das kommt überhaupt nicht in Frage!«, sagte Swetlana mit eisiger Stimme. »In ihrem Alter und mit ihrer Kraft kann sie noch keine Andere werden!«

»Möglicherweise bleibt uns nichts anderes übrig«, murmelte Geser. »Swetlana, die Entscheidung triffst du. Ich bitte dich nur, dass du in der Nähe des Kindes bleibst.«

»Da mach dir mal keine Gedanken«, zischte Swetlana. »Ich werde sie nicht aus den Augen lassen.«

»Richtig so.« Geser lächelte und ging wieder zum Haus zurück. »Kommt, jetzt beginnt unser Rat in Fili.«

Kaum hatte sich die Tür hinter ihm geschlossen, als Swetlana sich mir zudrehte. »Kannst du dir einen Reim darauf machen?«, fragte sie mit allem Nachdruck.

»Geser hat seinen Sohn nicht finden können«, meinte ich. »Der ist nämlich wirklich nur ein Mensch gewesen! Und erst vor kurzem zum Anderen geworden.«

»Arina?«

»Sieht so aus. Sie ist aus ihrem Winterschlaf erwacht und hat sich orientiert. Hat in Erfahrung gebracht, wer jetzt der Chef bei welcher Wache ist ...«

»Und hat das *Fuaran* benutzt, um Geser insgeheim ein kleines Geschenk zu machen? Um seinen Sohn in einen Anderen zu verwandeln?« Swetlana zuckte die Achseln. »Das glaub ich nicht. Weshalb hätte sie das tun sollen? So dick ist ihre Freundschaft doch wohl nicht, oder?«

»Was heißt, weshalb? Jetzt wird Geser alles daransetzen, damit Arina nicht gefunden wird. Das ist ihre Rückversicherung, oder etwa nicht?«

Swetlana kniff die Augen zusammen. Dann nickte sie. »Aber was ist, wenn die Tagwache ...«

»Woher wollen wir wissen, was sie im Hinblick auf Sebulon unternommen hat?« Ich zuckte mit den Schultern. »Irgendwie glaube ich, dass auch die Tagwache es mit der Suche nach der Hexe nicht übertreiben wird.«

»Das ist doch ein durchtriebenes Weibsbild«, sagte Swetlana ohne jede Häme. »Ich hätte Hexen nicht so unterschätzen dürfen! Durchschaust du auch die Geschichte mit Nadja?«

Ich schüttelte den Kopf.

Das, was Geser gesagt hatte, war in der Tat völliger Quatsch. Manchmal wurden Andere im Alter von fünf oder sechs Jahre initiiert. Aber niemals früher. Ein Kind, das die Fähigkeiten eines Anderen erhält, das diese aber noch nicht kontrolliert einsetzen kann, wäre eine wandelnde Bombe. Vor allem eine so starke Andere wie Nadjuschka. Selbst Geser würde das Mädchen nicht aufhalten können, wenn es übermütig wird und seine Kraft einsetzt.

Nein, die Worte Gesers ergaben einfach keinen Sinn!

»Ich reiße ihm die Beine aus und pflanze sie ihm an Stelle der Arme wieder an!«, versprach Swetlana völlig gelassen. »Sobald er noch einmal darauf zu sprechen kommt, dass Nadja initiiert werden soll. Was ist, wollen wir gehen?«

Hand in Hand – wir beide hatten im Moment das starke Bedürfnis, einander nahe zu sein – gingen wir zum Haus zurück.

Die Inquisitoren, die durch eine Laune des Zufalls in das Geheimnis eingeweiht worden waren, sollten erneut eine Kette rund um das Haus bilden. Wir sechs setzten uns an den Tisch.

Geser trank Tee. Er hatte ihn selbst aufgebrüht, wobei er nicht nur normalen Sud benutzt, sondern auch Kräuter aus den reichen Vorräten der Hexe hinzugegeben hatte. Auch ich nahm eine Tasse. Der Tee roch nach Minze und Wachholder, war bitter und streng, machte mich aber munter. Sonst konnte er niemand verführen: Swetlana murmelte freundlich etwas und stellte ihre Tasse weg.

Auf dem Tisch lag der Brief.

»Vor zweiundzwanzig, dreiundzwanzig Stunden«, meinte Sebulon mit einem Blick auf das Blatt Papier. »Sie hat den Brief vor Ihrem Besuch geschrieben, Inquisitor!«

Edgar nickte. »Schon möglich ...«, fügte er widerwillig hinzu. »Möglicherweise sogar während unseres Besuchs. Wir hatten Probleme, sie in den tiefen Schichten des *Zwielichts* zu verfolgen. Ihr wäre also genug Zeit geblieben, sich in aller Ruhe hinzusetzen und den Brief zu schreiben.«

»Damit haben wir keinen Grund, die Hexe zu verdächtigen«, murmelte Sebulon. »Sie hat das Buch dagelassen, um sich freizukaufen. Arina hätte also keine Veranlassung gehabt, deswegen zurückzukommen und einen Inquisitor umzubringen.«

»Einverstanden«, meinte Geser zögerlich.

»Welch erstaunliche Übereinstimmung zwischen Dunklen und Lichten ...«, bemerkte Edgar. »Sie machen mir Angst, meine Herren.«

»Das ist nicht die Zeit für Unstimmigkeiten«, erwiderte Sebulon. »Wir müssen den Mörder und das Buch finden.«

O ja, er hatte seine Gründe, Arina zu verteidigen!

»Gut.« Edgar nickte. »Kommen wir zum Anfang zurück. Vítěszlav hat mich angerufen und mir vom *Fuaran* erzählt. Das Gespräch hat niemand mitgehört.«

»Alle Gespräche über Handy werden abgehört und aufgezeichnet ...«, warf ich ein.

»Was du nicht sagst, Anton!« Edgar bedachte mich mit einem ironischen Blick. »Ermitteln etwa Geheimdienste der Menschen gegen die Anderen? Um dann, sobald sie etwas von dem Buch gehört haben, einen Agenten hierher zu schicken? Der dann einen Hohen Vampir ermordet?«

»Anton hat so Unrecht nicht«, sprang Geser mir zur Seite. »Ihnen ist doch bekannt, Edgar, dass wir jedes Jahr Schritte der Menschen zu unterbinden haben, die auf unsere Entdeckung zielen. Und was die Spezialabteilungen der Geheimdienste angeht ...«

»Dort sitzen welche von uns«, warf Edgar ein. »Doch selbst wenn wir davon ausgehen, dass wieder einmal nach Anderen gefahndet wird, dass irgendwo Informationen nach außen dringen, bleibt Vítěszlavs Tod ein Rätsel. Nicht einmal James Bond könnte unbemerkt zu ihm vordringen.«

»James Bond? Wer ist denn das?«, wollte Sebulon wissen.

»Das gehört in den Bereich der Mythologie«, meinte Geser schmunzelnd. »Der modernen Mythologie. Lassen Sie uns hier nicht sinnlos unsere Zeit vergeuden, meine Herren. Die Situation ist doch völlig klar: Vítěszlav ist von einem Anderen ermordet worden. Einem starken Anderen. Und aller Wahrscheinlichkeit nach von jemandem, dem der Inquisitor vertraut hat.«

»Er hat niemandem vertraut, noch nicht einmal mir«, murmelte Edgar. »Vampire nehmen das Misstrauen einfach mit dem Mutterblut auf ... wenn Sie den Scherz entschuldigen wollen.«

Niemand lächelte. Kostja schielte finster zu Edgar hinüber, sagte jedoch kein Wort.

»Willst du von allen Anwesenden das Gedächtnis überprüfen lassen?«, erkundigte sich Geser höflich.

»Würden Sie dem denn zustimmen?«, wollte Edgar wissen.

»Nein«, entgegnete Geser. »Ich weiß die Arbeit der Inquisition zu schätzen, aber alles hat seine Grenzen.«

»Damit wären wir in einer Sackgasse gelandet.« Edgar breitete die Arme aus. »Meine Herren, wenn Sie nicht kooperationsbereit sind ...«

Swetlana hüstelte taktvoll. »Darf ich vielleicht etwas dazu sagen?«, fragte sie.

»Aber ja, sicher.« Edgar nickte freundlich.

»Ich glaube, wir schlagen einen falschen Weg ein«, sagte Swetlana. »Sie sind der Ansicht, wir sollten den Mörder suchen, dann würden wir auch das Buch finden. Das stimmt, aber den Mörder kennen wir nicht. Warum versuchen wir nicht einfach, das Buch aufzuspüren? Über das *Fuaran* kommen wir dann auch an den Mörder.«

»Und wie würdest du das Buch suchen, Lichte?«, fragte Sebulon in ironischem Ton. »Willst du James Bond anrufen?«

Swetlana streckte die Hand aus und berührte vorsichtig Arinas Brief. »Also ... Soweit ich es verstanden habe, hat die Hexe den auf das Buch gelegt, möglicherweise sogar zwischen die Seiten gesteckt. Eine gewisse Zeit lang lagen diese beiden Gegenstände also zusammen. Das Buch selbst ist eine magische, eine mächtige Sache. Wenn wir ein Ebenbild herstellen ... Sie wissen schon, in der Weise, wie man es den jungen Magiern beibringt ...«

Unter den Blicken der Hohen wurde sie unsicher und geriet aus dem Konzept. Doch sowohl Sebulon wie auch Geser blickten Swetlana wohlwollend an.

»Ja, stimmt, es gibt eine solche Magie«, murmelte Geser. »Wie ist das gleich, jetzt fällt's mir wieder ein ... Einmal ist mir ein Pferd gestohlen worden, ich hatte dann nur noch das Zaumzeug ...«

Er verstummte. Schielte zu Sebulon hinüber. »Ich bitte Sie, Dunkler«, sagte er in ausgesucht freundlichem Ton. »Erschaffen Sie das Ebenbild!«

»Ich würde es lieber sehen, wenn Sie das täten«, erwiderte Sebulon nicht weniger höflich. »Damit mir nicht unterstellt wird, ich sei unehrlich gewesen.«

Irgendwas stimmte hier nicht! Aber was?

»Nun, wie heißt es doch im Volksmund so schön: Den ersten Peitschenhieb für den Denunzianten!«, meinte Geser fröhlich. »Swetlana, dein Vorschlag ist angenommen. Stell das Ebenbild her.«

Gequält sah Swetlana Geser an. »Boris Ignatjewitsch ... Es tut mir leid, das ist eine so einfache Sache ... die habe ich schon lange nicht mehr gemacht. Vielleicht könnten wir einen Magier mit niedrigerem Grad bitten?«

Daran hakte es also. Die Großen Magier beherrschten das ABC der Magie, das allen neuen Anderen beigebracht wird, nicht mehr. Hatten es vergessen – wie ein Akademiker das kleine Einmaleins oder Schönschrift!

»Wenn Sie nichts dagegen haben«, sagte ich. Ohne die Antwort abzuwarten, streckte ich eine Hand nach dem Brief aus. Ich kniff die Augen zusammen, damit der Schatten meiner Wimpern auf meine Augen fiel, und sah durchs *Zwielicht* auf das graue Blatt Papier. Ich stellte mir ein Buch vor, einen dicken Schmöker, gebunden in Menschenhaut, das Tagebuch einer von Menschen und Anderen verfluchten Hexe ...

Langsam formte sich das Bild. Das Buch sah fast so aus, wie ich es mir vorgestellt hatte, nur die Ecken des Einbands waren mit goldfarbenen Metalldreiecken beschlagen. Anscheinend waren sie erst später angebracht worden, von einem der Besitzer des *Fuaran,* der nicht wollte, dass das Buch beschädigt wurde.

»Da ist es!«, sagte Geser mit lebhaftem Interesse. »In der Tat, in der Tat ...«

Die Magier erhoben sich, beugten sich über den Tisch, betrachteten das nur für Andere sichtbare Bild des Buchs. Das Papier auf dem Tisch erzitterte leicht, als gehe hier ein Luftzug.

»Kann man es nicht öffnen?«, fragte Kostja.

»Nein, das ist nur ein Bild, das die Sache selbst nicht in sich birgt ...«, sagte Geser freundlich. »Weiter, Anton. Fixiere es ... und überleg dir einen Suchmodus.«

Das Bild des Buchs zu fixieren gelang mir ohne weiteres. Aber die Bitte, mir einen Suchmodus zu überlegen, hatte mich kalt erwischt. Am Ende entschied ich mich für eine groteske Kompass-Analogie: ein riesiger, tellergroßer Kompass mit einer Nadel, die sich um die eigene Achse drehte. Ein Ende der Nadel leuchtete heller – es musste das *Fuaran* anzeigen.

»Lad ihn mit Energie auf«, bat Geser. »Er muss mindestens eine Woche funktionieren ... für alle Fälle.«

Ich lud ihn auf.

Völlig erschöpft, aber zufrieden entspannte ich mich.

Wir starrten auf den im *Zwielicht* hängenden »Kompass«. Die Nadel wies direkt auf Sebulon.

»Was soll das, Gorodezki?«, wollte Sebulon wissen. Er stand auf und trat zur Seite.

Die Nadel rührte sich nicht.

»Gut«, meinte Geser zufrieden. »Edgar, deine Mitarbeiter sollen reinkommen.«

Rasch ging Edgar zur Tür, rief sie und kam an den Tisch zurück.

Einer nach dem anderen betraten die Inquisitoren das Zimmer.

Die Nadel rührte sich nicht. Sondern wies ins Leere.

»Was zu beweisen war«, brachte Edgar beruhigt hervor. »Keiner der hier Anwesenden hat etwas mit dem Diebstahl des Buches zu tun.«

»Sie zittert«, sagte Sebulon, indem er auf den »Kompass« guckte. »Die Nadel zittert. Aber da wir bei dem Buch keine Beinchen entdecken konnten ...«

Er brach in ein unschönes, böses Gelächter aus. Er schlug Edgar auf die Schulter. »Was nun, alter Genosse?«, fragte er. »Brauchst du Hilfe bei der Festnahme?«

Edgar fixierte den »Kompass« ebenfalls aufmerksam. »Wie genau arbeitet das Gerät, Anton?«, fragte er dann.

»Ich glaube, nicht sehr genau«, gestand ich. »Schließlich war die Spur des Buchs nur sehr schwach.«

»Die Genauigkeit!«, wiederholte Edgar.

»Auf hundert Meter genau«, vermutete ich. »Vielleicht auf fünfzig. Soweit wie ich es verstehe, wird das Signal in größerer Nähe zu stark, und die Nadel fängt dann an, sich nur noch chaotisch um sich selbst zu drehen. Tut mir leid.«

»Keine Sorge, Anton, du hast alles richtig gemacht«, lobte mich Geser. »Bei einer so schwachen Verbindung hätte das niemand besser machen können. Hundert Meter sind hundert Meter ... Kannst du die Entfernung zum Ziel bestimmen?«

»Annähernd, anhand der Helligkeit des Leuchtens ... Hundertzehn, hundertzwanzig Kilometer.«

Geser blickte finster drein. »Das Buch ist bereits in Moskau. Wir verschwenden hier unsere Zeit, meine Herren. Edgar!«

Der Inquisitor steckte die Hand in die Tasche und holte eine gelblich-weiße Kugel aus Knochen heraus. Äußerlich sah sie wie eine gewöhnliche Billardkugel aus, nur etwas kleiner. Außerdem überzogen willkürlich eingravierte, unverständliche Piktogramme ihre Oberfläche. Edgar nahm die Kugel in beide Hände und konzentrierte sich.

Im nächsten Moment spürte ich, wie sich etwas veränderte. Als habe bis eben in der Luft ein mit bloßem Auge nicht zu erkennender, aber dennoch wahrnehmbarer Schleier gehangen – der jetzt verschwand, zusammenschrumpfte, in die beinerne Kugel kroch.

»Ich habe gar nicht gewusst, das die Inquisition noch minoische Kugeln in ihrem Besitz hat«, bemerkte Geser.

»Kein Kommentar«, sagte Edgar, zufrieden mit seinem Auftritt, lächelnd. »Gut, die Barrieren werden aufgelöst. Hängen Sie ein Portal auf, Große!«

Natürlich. Ein direktes Portal, das vorher »drüben« nicht markiert wird, das ist eine Aufgabe für Große. Edgar selbst konnte das entweder nicht oder wollte Kraft sparen ...

Geser schielte zu Sebulon hinüber. »Vertrauen Sie mir noch einmal?«, fragte er.

Sebulon fuchtelte schweigend mit der Hand – und in der Luft öffnete sich ein im Dunkel klaffender Spalt. Sebulon trat als Erster hinein, danach, uns mit einem Zeichen auffordernd, ihm zu folgen, Geser. Ich nahm den wertvollen Brief Arinas zusammen mit dem unsichtbaren »Kompass« an mich und folgte Swetlana.

Obwohl das direkte Portal äußerlich anders aussah, war im Innern alles wie sonst. Ein milchiger Nebel, der Eindruck, sich schnell fortzubewegen, der vollständige Verlust des Zeitgefühls. Ich versuchte mich zu konzentrieren – gleich würden wir in die Nähe des Verbrechers kommen, des Mörders eines Hohen Vampirs. Geser und Sebulon würden natürlich das Kommando übernehmen. Swetlana war ihnen, wenn auch nicht an Erfahrung, so doch an Kraft sogar noch überlegen. Kostja mochte jung sein, war aber bereits ein Hoher. Und dann hatten wir noch Edgar mit seinem Team und den Taschen voller Artefakte aus den Beständen der Inquisition. Trotzdem konnte ein Kampf lebensgefährlich sein.

Im nächsten Moment begriff ich allerdings, dass es keinen Kampf geben würde.

Zumindest nicht gleich.

Wir standen auf dem Bahnsteig des Kasaner Bahnhofs. Unmittelbar um uns herum gähnende Leere – die Menschen spüren, wenn in ihrer Nähe ein Portal geöffnet wird, und ziehen sich unwillkürlich etwas zurück. Ansonsten herrschte ein Gedränge, wie es selbst in Moskau nur im Sommer und nur auf einem Bahnhof denkbar ist. Die Menschen eilten zur Eisenbahn, stiegen aus Fernzügen, zogen Gepäck hinter sich, rauchten im Wartesaal an der Anzeigetafel, bis ihr Zug darauf erschien, tranken Bier oder Limonade, aßen die schrecklichen Bahnhofspiroggen und die nicht weniger suspekten Schawarma. Vermutlich befanden sich im Radius von hundert Metern nicht weniger als zwei-, dreitausend Menschen.

Ich blickte auf den imaginären »Kompass«. Langsam drehte sich die Nadel.

»Wir sollten umgehend Aschenbrödel anheuern«, sagte Geser, während er sich umsah. »Wir müssen einen Mohnsamen in einem Sack Hirse finden.«

Einer nach dem anderen tauchten die Inquisitoren neben uns auf. Edgars Gesicht, der sich bereits auf einen harten Kampf eingestellt und vorbereitet hatte, spiegelte seine Verwirrung wider.

»Er versucht, sich zu verstecken«, sagte Sebulon. »Schön, soll er …«

Doch auch in seinem Gesicht stand keine besondere Freude geschrieben.

Unserer Gruppe näherte sich eine schwer befrachtete Frau mit gestreiften Plastiktaschen auf einem Handwagen. In dem verschwitzten roten Gesicht zeigte sich jene Entschlossenheit, wie sie nur eine russische Frau haben kann, die als so genanntes Shuttle arbeitet, indem sie Sachen aus dem Ausland heranschafft und sie hier verkauft, um ihren nichtsnutzigen Mann sowie drei oder vier Kinder durchzufüttern.

»Der Zug nach Uljanowsk ist noch nicht ausgerufen, oder?«, wollte sie wissen.

Swetlana schloss kurz die Augen. »In sechs Minuten auf Gleis 1, fährt mit drei Minuten Verspätung ab«, antwortete sie dann.

»Vielen Dank«, meinte die Frau, die sich über die Präzision der Auskunft nicht im Mindesten wunderte. Dann ging sie zu Gleis 1.

»Das ist sehr freundlich, Swetlana«, murmelte Geser. »Aber welchen Vorschlag hast du, damit wir das Buch finden?«

Swetlana breitete nur die Arme aus.

Das Café war so gemütlich und so sauber, wie ein Bahnhofscafé gemütlich und sauber sein kann. Vielleicht, weil es etwas komisch lag, im Souterrain, neben den Schließfächern. Hierher kamen kaum Bahnhofspenner, anscheinend hatten die Betreiber des Cafés ihnen das abgewöhnt. Eine ältere russische Hausfrau stand hinter dem Tresen, aus der Küche brachten einsilbige, freundliche Kaukasier das Essen herbei.

Ein komischer Ort.

Ich holte für Sweta und mich trockenen Wein aus einem Dreiliter-Tetrapack. Der zu meinem Erstaunen billig und zu meinem noch größeren Erstaunen gut war. Damit kehrte ich zu dem Ecktisch zurück, an den wir beide uns gesetzt hatten.

»Es ist noch immer hier«, sagte Swetlana, indem sie in Richtung Arinas Brief nickte. Die Nadel des »Kompasses« drehte sich langsam.

»Vielleicht ist das Buch in einem Schließfach versteckt«, schlug ich vor.

Swetlana nippte an ihrem Wein und nickte – entweder meinem Vorschlag zustimmend oder sich mit dem Merlot aus Krasnodar abfindend.

»Ist irgendwas nicht in Ordnung?«, fragte ich vorsichtig.

»Warum der Bahnhof?«, antwortete Swetlana mit einer Gegenfrage.

»Um zu fliehen. Sich zu verstecken. Der Täter muss damit gerechnet haben, dass wir ihn verfolgen.«

»Der Flughafen. Ein Flugzeug. Egal wohin«, entgegnete Swetlana lakonisch, wobei sie ihren Wein in kleinen Schlucken trank.

Ich breitete die Arme aus.

In der Tat, das war seltsam. Ein Anderer – wer auch immer er sein mochte – konnte, nachdem er das *Fuaran* gestohlen hatte, versuchen unterzutauchen oder zu fliehen. Unser Kandidat wählte die zweite Variante. Aber warum mit dem Zug? Im 21. Jahrhundert eine Flucht per Zug?

»Vielleicht hat er Angst vorm Fliegen«, mutmaßte Swetlana.

Ich schnaubte nur. Natürlich hätte auch ein Anderer kaum Chancen, einen Flugzeugabsturz zu überleben. Aber er könnte sich drei, vier Stunden vorher die Wahrscheinlichkeitslinien ansehen, klären, ob bei einem Flug eine Katastrophe droht. Dazu ist sogar ein schwacher Anderer in der Lage.

Und der Mörder von Vítěszlav war nicht schwach.

»Er muss irgendwohin, wo keine Flugzeuge hinfliegen«, schlug ich vor.

»Immerhin könnte er Moskau erst mit dem Flugzeug verlassen, um seine Verfolger abzuschütteln.«

»Nein«, korrigierte ich Swetlana voller Vergnügen. »Das würde ihm nichts bringen. Wir könnten seinen Aufenthaltsort annähernd bestimmen, würden ahnen, in welchem Flugzeug der Täter sitzt, die Passagiere befragen, die Aufzeichnungen der Überwachungskameras im Flughafen auswerten und seine Identität feststellen. Dann würde Geser oder Sebulon ein Portal öffnen ... und zwar genau da, wo er hin wollte. Damit hätte er im Vergleich zur jetzigen Situation nichts gewonnen, wir aber würden unseren Feind persönlich kennen.«

Swetlana nickte. Sah auf die Uhr. Schüttelte den Kopf. Einen Moment lang schloss sie die Augen und lächelte gelassen.

Mit Nadjuschka war also alles in Ordnung.

»Warum sollte er überhaupt fliehen ...«, meinte Swetlana nachdenklich. »Die Durchführung des Rituals, das im *Fuaran* beschrieben wird, dürfte kaum viel Zeit in Anspruch nehmen. Die Zauberin hat schließlich noch eine große Zahl ihrer Dienstboten in Andere verwandelt, als sie angegriffen wurde. Für den Mörder wäre es viel leichter gewesen, das Buch zu benutzen und ein Großer zu werden ... der Allergrößte. Dann könnte er sich entweder auf einen Kampf mit uns einlassen oder das *Fuaran* vernichten und untertauchen. Wenn er nämlich stärker als wir geworden wäre, könnten wir ihn einfach niemals enttarnen.«

»Vielleicht ist er jetzt bereits stärker als wir«, bemerkte ich. »Wo Geser schon die Sprache auf die Initiierung von Nadja gebracht hat ...«

Swetlana nickte. »Keine sehr verlockende Perspektive. Ob Edgar selbst vielleicht das *Fuaran* benutzt hat? Und jetzt diese Komödie aufzieht und so tut, als suche er den Täter? Sein Verhältnis zu Vítĕszlav war ausgesprochen kompliziert, Edgar ist sehr verschlossen ... und jetzt wollte er eben der stärkste Andere weltweit werden ...«

»Wozu bräuchte er dann das Buch?«, konterte ich. »Er hätte es vor Ort lassen können, und Schluss! Wir hätten nicht mal mitgekriegt, dass Vítĕszlav ermordet worden ist. Sondern alles den Verteidigungszaubern zugeschrieben, die der Vampir nicht beachtet hat.«

»Du bringst mich auf einen Gedanken«, meinte Swetlana. »Der Mörder hat offensichtlich nicht die Kraft gebraucht. Oder nicht nur die Kraft. Er braucht auch das Buch.«

Plötzlich fiel mir Semjon ein. »Es muss jemanden geben, den der Mörder zum Anderen machen will!«, sagte ich. »Er hat gewusst, dass man ihm nicht erlauben würde, das Buch zu benutzen. Deshalb hat er Vítěszlav umgebracht ... Im Moment spielt keine Rolle, wie. Er hat das Ritual vollzogen und ist zu einem sehr starken Anderen geworden. Dann hat er das Buch versteckt ... irgendwo hier, auf dem Bahnhof. Und jetzt hofft er, es rauszubringen.«

Swetlana streckte die Hand nach mir aus, und wir drückten uns über den Tisch hinweg triumphierend die Hände.

»Nur, wie bringt er es raus?«, hakte Swetlana nach. »Hier und jetzt sind die beiden stärksten Magier Moskaus vor Ort ...«

»Drei«, korrigierte ich sie.

Swetlana runzelte die Stirn. »Dann sogar vier«, entgegnete sie. »Kostja ist immerhin ein Hoher ...«

»Ein Rotzbengel ist er, wenn auch ein Hoher ...«, murmelte ich. Irgendwie wollte mir nicht in den Kopf, dass der Junge innerhalb weniger Jahre ein Dutzend Menschen umgebracht hatte.

Noch widerwärtiger war, dass wir ihm dafür die Lizenz erteilt hatten.

Swetlana wusste, woran ich dachte. Sie streichelte meine Hand. »Nimm's nicht so schwer«, sagte sie leise. »Er kann nicht gegen seine Natur handeln. Was hättest du tun sollen? Ihn ermorden?«

Ich nickte.

Natürlich hätte ich das niemals fertig gebracht.

Aber das wollte ich nicht einmal mir selbst eingestehen.

Leise ging die Tür auf, und Geser, Sebulon, Edgar und Kostja kamen herein. Und Olga. Angesichts der Tatsache, dass sie alle lebhaft miteinander diskutierten, musste Olga schon im Bilde sein.

»Edgar hat erlaubt, Reserveleute hinzuzuziehen ...«, sagte Swetlana leise. »Die Sache sieht nicht gut aus.«

Die Magier kamen an unseren Tisch. Mir fiel auf, wie alle rasch den Blick über den »Kompass« gleiten ließen. Kostja ging zum Tresen und bestellte ein Glas Rotwein. Die Frau dahinter lächelte ihn an. Ob er seinen vampirischen Charme spielen ließ oder ob er ihr einfach gefiel? Ach, Frau ... du solltest diesen Jungen nicht anlächeln, der sonst was bei dir hervorruft: Mutterinstinkte oder durch und durch weibliche Gefühle. Denn dieser Junge kann dich so küssen, dass dir das Lächeln für ewig auf dem Gesicht gefriert ...

»Kostja und die Inquisitoren haben alle Schließfächer durchsucht«, sagte Geser. »Nichts.«

»Wir haben den ganzen Bahnhof durchkämmt«, berichtete Sebulon mit freundlichem Lachen. »Sechs Andere, die ganz klar nichts mit der Sache zu tun haben.«

»Und ein nicht initiiertes Mädchen ...«, fügte Olga hinzu, das Lächeln erwidernd. »Ja, ja, das habe ich bemerkt. Um sie werden wir uns später noch kümmern.«

Sebulon lächelte noch breiter – ich musste im Café des Lächelns gelandet sein.

»Tut mir leid, Große, aber um sie kümmert man sich *gerade*.«

In einer normalen Situation wäre das Gespräch an diesem Punkt erst richtig losgegangen!

»Es reicht, Ihr Großen!«, brüllte Edgar. »Es geht hier nicht um eine potenzielle Andere. Es geht hier um unsere Existenz!«

»Völlig richtig«, pflichtete ihm Sebulon bei. »Wollen Sie mir nicht helfen, Boris Ignatjewitsch?«

Geser und er rückten einen weiteren Tisch an unseren heran. Kostja schleppte schweigend Stühle herbei, und dann saßen wir alle beieinander. Eine ganz normale Sache: Menschen fahren in den Urlaub oder gehen auf Geschäftsreise, schlagen vorher im Bahnhofscafé die Zeit tot ...

»Entweder ist er nicht hier, oder er kann sich sogar vor uns tarnen«, sagte Swetlana. »So oder so würde ich darum bitten, mich zurückziehen zu dürfen. Wenn etwas sein sollte, ruft mich einfach.«

»Mit deiner Tochter ist alles in Ordnung«, krächzte Sebulon. »Da gebe ich dir mein Wort drauf.«

»Wir könnten dich brauchen«, unterstützte Geser ihn.

Swetlana seufzte.

»Geser, wirklich, lassen Sie Swetlana gehen«, bat ich. »Ihnen ist doch klar, dass es nicht Kraft ist, die wir jetzt brauchen.«

»Sondern?«, wollte Geser wissen.

»Gerissenheit und Geduld. Was das Erste angeht, da sind Sie und Sebulon unschlagbar. Und das Zweite dürfen Sie von einer besorgten Mutter niemals erwarten.«

Geser schüttelte den Kopf und schielte zu Olga hinüber. Die kaum merklich nickte.

»Fahr zu deiner Tochter, Sweta«, sagte Geser. »Du hast Recht. Wenn was ist, ruf ich dich und hänge dir ein Portal auf.«

»Dann gehe ich mal«, sagte Swetlana. Kurz beugte sie sich zu mir rüber, berührte mit den Lippen meine Wange – und löste sich in Luft auf. Das Portal war so winzig, dass ich es nicht mal bemerkt hatte.

Die Menschen im Café hatten das Verschwinden Swetlanas überhaupt nicht mitbekommen. Für sie waren wir unsichtbar, denn sie wollten uns nicht sehen.

»Sie ist stark«, sagte Sebulon. Er streckte die Hand aus, nahm sich Kostjas Glas, das der Vampir nicht angerührt hatte, und nippte daran. »Du wirst wissen, was du tust, Geser ... Was weiter, Herr Inquisitor?«

»Wir warten«, antwortete Edgar bloß. »Er wird kommen, um das Buch zu holen.«

»Oder sie«, korrigierte Sebulon ihn. »Oder sie ...«

Wir bildeten keinen operativen Stab. Sondern saßen einfach im Café, aßen etwas, tranken etwas. Kostja bestellte Fleisch à la Tatar. Die Tresenfrau wollte sich schon wundern, flitzte aber nur sofort in die Küche. Kurz darauf sprang ein junger Mann heraus und lief los, um Fleisch zu besorgen.

Geser bestellte Hühnchen nach Kiewer Art. Die übrigen begnügten sich mit Wein, Bier und Kleinigkeiten wie getrockneten Tintenfischringen und Pistazien.

Ich saß da, beobachtete, wie Kostja das fast rohe Fleisch verputzte, und dachte über das Verhalten des unbekannten Täters nach. »Suchen Sie das Motiv!«, hatte Sherlock Holmes uns beigebracht. Wenn wir das Motiv finden, haben wir auch den Täter. Sein Ziel besteht nicht darin, der allerstärkste Andere zu werden. Das war er schon oder konnte er jeden Moment werden. Was sonst? Erpressung? Das wäre dumm. Er würde nicht beiden Wachen und der Inquisition seinen Willen aufzwingen können, sondern das gleiche Schicksal erleiden wie Fuaran ... Vielleicht wollte der Täter eine eigene, alternative Organisation von Anderen gründen? In Petersburg war in diesem Frühling die Organisation der »Wilden Dunklen« zerschlagen worden ... Mit großer Mühe. Das schlechte Beispiel könnte Schule gemacht, ansteckend auf jemanden gewirkt haben. Und das Schlimmste: Das konnte sogar ein Lichter sein. Der eine neue Nachtwache gründen wollte. Eine Superwache. Um die Dunklen samt und sonders zu vernichten, die Inquisition zu zerschlagen und einen Teil der Lichten auf die eigene Seite zu ziehen ...

Schlecht. Sehr schlecht – falls es stimmen sollte. Die Dunklen würden sich nicht ohne Kampf ergeben. In der Welt von heute, die mit Massenvernichtungswaffen, Chemiefabriken und Kernkraftwerken gespickt ist, könnte ein Schlag von ihnen die ganze Welt vernichten. Die Zeiten, in denen der Stärkere gesiegt hat, sind vorbei. Vielleicht hatte es sie auch nie gegeben, diese Zeiten ...

»Die Nadel«, sagte Edgar. »Seht doch mal!«

Mein »Kompass« hörte auf, sich wie ein Ventilator aufzuführen. Die Nadel verlangsamte ihre Drehungen. Erstarrte, zitterte – und drehte sich langsam, um dann eine Richtung anzuzeigen.

»Yes!«, rief Kostja und stand auf. »Jetzt schnappen wir ihn uns!«

Den Bruchteil einer Sekunde erkannte ich in ihm wieder den kleinen Vampir, der noch kein Menschenblut gekostet hatte und überzeugt war: Für die Kraft muss man niemals irgendwas bezahlen ...

»Dann los, meine Herren.« Edgar sprang auf. Sah auf die Nadel, folgte der Richtung mit dem Blick – und stieß auf die Wand. »Zu den Zügen«, verkündete er voller Überzeugung.

Drei

Eine typische Bahnhofsszene: Über die Bahnsteige hastete eine Hand voll Menschen, die versuchten herauszukriegen, von wo ihr Zug abfährt – wenn er nicht schon längst abgefahren war. Aus irgendeinem Grund übernahmen die Rolle der Zuspätkommenden am häufigsten entweder als Shuttles arbeitende Frauen, die mit gestreiften Plastiktaschen beladen waren, oder – das absolute Gegenteil von ihnen – intelligente Menschen, die lediglich einen Aktenkoffer von Samsonite und ein ledernes Handtäschchen bei sich trugen.

Wir gehörten zu einer exotischen Unterart der zweiten Kategorie: Gepäck hatten wir überhaupt nicht, äußerlich wirkten wir in erster Linie seltsam, dabei aber respekteinflößend.

Auf dem Bahnsteig fing die Nadel wieder an, sich zu drehen: Wir näherten uns dem Buch.

»Er versucht abzuhauen«, verkündete Sebulon triumphierend. »Also ... klären wir als Erstes, welche Züge abfahren ...«

Der Blick des Dunklen verschleierte sich, als er in die Zukunft sah, um festzustellen, welcher Zug als nächster abfahren würde.

Ich studierte die Informationstafel, die hinter mir hing. »Jetzt fährt der Zug Moskau – Almaty ab. In fünf Minuten. Von Gleis 2.«

Sebulon kehrte aus seinen seherischen Gefilden zurück. »Ein Zug nach Kasachstan von Gleis 2«, teilte er uns mit. »In fünf Minuten.«

Er machte eine sehr zufriedene Miene.

Kostja schnaubte kaum hörbar.

Geser starrte demonstrativ auf die Tafel. »Ja, du hast Recht, Sebulon ...«, sagte er. »Der nächste geht dann erst in einer halben Stunde.«

»Halten wir den Zug auf und durchkämmen alle Abteile«, schlug Edgar schnell vor. »Ja?«

»Sind deine Jungs imstande, den Anderen zu finden?«, fragte Geser. »Wenn er sich maskiert? Wenn er ein Magier außerhalb jeder Kategorie ist?«

Von einer Sekunde zur nächsten fiel Edgar in sich zusammen. Er schüttelte den Kopf.

»Siehst du«, meinte Geser nickend. »Das Buch ist im Bahnhof gewesen. Er ist im Bahnhof gewesen. Doch wir haben weder das *Fuaran* noch den Täter aufspüren können. Woher nimmst du die Gewissheit, dass es im Zug leichter wäre?«

»Wenn er im Zug ist, wäre es am einfachsten, den Zug in die Luft zu sprengen«, bemerkte Sebulon. »Dann hätten unsere Probleme ein Ende.«

Stille senke sich herab.

Geser schüttelte den Kopf.

»Mir ist klar, dass das eine unangenehme Entscheidung ist«, meinte Sebulon. »Mir gefällt sie ja auch nicht. Weshalb sollten wir einfach so Tausende von Menschenleben auslöschen ... Aber haben wir denn eine Wahl?«

»Was schlägst du vor, Großer?«, fragte Edgar.

»Wenn ...« Sebulon betonte dieses Wort ausdrücklich. »... das *Fuaran* tatsächlich im Zug ist, müssen wir einen Moment abpassen, in dem der Zug durch eine unbewohnte Gegend fährt. Die kasachische Steppe böte sich an. Alles Weitere würde dann ... entsprechend den Plänen ablaufen, die die Inquisition für solche Fälle bereithält.«

Edgar schüttelte nervös den Kopf. Wie immer, wenn er sich

aufregte, schlug ein leichter baltischer Akzent bei ihm durch. »Das ist kein guter Plan, Großer. Außerdem kann ich ihn nicht allein bewilligen, den müsste das Tribunal sanktionieren.«

Sebulon zuckte mit den Achseln und brachte durch sein ganzes Gebaren zum Ausdruck: Er wollte ja bloß einen Vorschlag machen.

»Auf alle Fälle müssen wir uns überzeugen, dass das Buch im Zug ist«, meinte Geser. »Ich schlage vor ...« Er schaute zu mir hinüber und deutete ein Nicken an. »Ich schlage vor, Anton von der Nachtwache, Konstantin von der Tagwache und jemanden von der Inquisition in den Zug zu setzen. Damit sie ihn überprüfen. Eine große Gruppe ist dafür nicht nötig. Wir ... wir würden morgen früh dazustoßen. Und dann entscheiden, was wir weiter unternehmen.«

»Fahr, Kostja«, sagte Sebulon zärtlich und klopfte dem jungen Vampir auf die Schulter. »Geser hat Recht. Das ist eine gute Gruppe, ihr habt einen langen Weg vor euch, eine interessante Sache – das wird dir gefallen.«

Der amüsierte Blick in meine Richtung fiel kaum auf.

»Das ... gibt uns Zeit«, stimmte Edgar dem Vorschlag zu. »Ich werde selbst mitfahren. Und meine Leute nehme ich ebenfalls mit. Alle.«

»Es bleibt noch eine Minute«, sagte Olga leise. »Wenn ihr das tun wollt, müsst ihr jetzt los.«

Edgar winkte seinen Trupp heran, und wir rannten zum Zug. Am ersten Waggon sagte Edgar etwas zum Waggonbetreuer, einem jungen Kasachen mit Schnurrbart. Seine Gesichtszüge wurden weich, spiegelten Müdigkeit wider – aber auch Fröhlichkeit. Dann trat der Mann einen Schritt zur Seite, um uns einsteigen zu lassen. Wir zwängten uns rein. Ich drehte mich noch einmal um. Sebulon, Geser und Olga standen auf dem Bahnsteig und blickten uns nach. Olga sagte leise etwas.

»In der jetzigen Situation werde ich die Gesamtleitung übernehmen«, erklärte Edgar. »Gibt es Einwände dagegen?«

Ich schielte zu den sechs Inquisitoren hinüber, die hinter ihm standen, und schwieg. Kostja konnte sich jedoch nicht beherrschen. »Kommt auf die Befehle an. Ich bin nur der Tagwache zu Gehorsam verpflichtet.«

»Ich wiederhole noch einmal: Die Operation leite ich«, sagte Edgar kalt. »Wenn Sie nicht einverstanden sind, schlage ich vor, dass Sie abziehen.«

Kostja schwankte nur eine Sekunde, dann senkte er den Kopf. »Verzeihen Sie, Inquisitor. Das war ein dummer Scherz. Natürlich übernehmen Sie das Kommando. Aber wenn es nötig sein sollte, würde ich mich mit meinem Chef in Verbindung setzen.«

»Erst wirst du springen, dann die Erlaubnis erbitten.« Edgar machte Nägel mit Köpfen.

»Gut«, sagte Kostja. »Verzeihen Sie, Inquisitor.«

Damit war jeder Aufstand im Keim erstickt. Edgar nickte und lehnte sich zur Tür hinaus, um den Waggonbetreuer zu rufen.

»Wann fahren wir ab?«

»Jetzt!«, antwortete der Mann, der Edgar mit der Begeisterung eines treu ergebenen Hundes anschaute. »Jetzt! Wir müssen einsteigen!«

»Dann steig ein.« Edgar gab die Tür frei.

Der Mann stieg ein, immer noch den Ausdruck freudiger Unterwürfigkeit im Gesicht. Langsam setzte sich der Zug in Bewegung. Um Gleichgewicht ringend, stand der Waggonbetreuer in der offenen Tür.

»Wie heißt du?«, fragte Edgar.

»Ashat. Ashat Kurmangalijew.«

»Schließ die Tür. Gehe deiner Arbeit entsprechend deinen Anweisungen nach.« Edgar runzelte die Stirn. »Wir sind deine besten Freunde. Wir sind deine Gäste. Du musst uns in diesem Zug unterbringen. Verstanden?«

Die Tür schlug zu, Ashat schloss sie ab und wandte sich wieder Edgar zu. »Ja. Wir müssen zum Zugführer. Ich habe kaum Platz. Nur noch vier freie Plätze.«

»Gehen wir zu deinem Chef«, stimmte Edgar zu. »Anton, was ist mit dem ›Kompass‹?«

Ich hob den Brief an und schaute auf den im *Zwielicht* hängenden »Kompass«.

Die Nadel drehte sich langsam.

»Offensichtlich ist das Buch im Zug.«

»Um sicher zu sein, werden wir noch ein bisschen warten«, verkündete Edgar.

Doch auch nachdem wir den Bahnhof gut einen Kilometer hinter uns gelassen hatten, drehte die Nadel sich immer noch. Der Täter, wer immer es auch sein mochte, saß mit uns im Zug.

»Er ist im Zug, das Schwein«, sagte Edgar. »Wartet hier auf mich. Ich geh zum Zugführer, wir müssen irgendwo unterkommen.«

Zusammen mit dem zufrieden lächelnden Ashat ging er den Gang hinunter. Ein zweiter Waggonbetreuer sagte, sobald er seinen Kollegen sah, etwas auf Kasachisch und fuchtelte wütend mit den Armen. Doch dann fing er Edgars Blick auf und verstummte.

»Wir können uns auch gleich ein Schild umhängen: *Wir sind die Anderen*«, bemerkte Kostja. »Was denkt er sich denn? Wenn in dem Zug wirklich ein Hoher Anderer sein sollte, spürt er die Magie ...«

Kostja hatte Recht. Weitaus klüger wäre es, alles mit Geld zu regeln – dessen Magie ist bei Menschen nicht weniger effektiv. Aber Edgar war vermutlich zu konfus ...

»Und du? Spürst du die Magie?«, fragte plötzlich einer der niedrigeren Inquisitoren.

Irritiert drehte sich Kostja zu ihm um. Dann schüttelte er den Kopf.

»Auch sonst spürt sie niemand. Edgar hat ein Gehorsamsamulett. Es wirkt nur aus der Nähe.«

»Die Tricks der Inquisition …«, murmelte Kostja eingeschnappt. »Trotzdem sollten wir besser nicht auffallen, oder, Anton?«

Widerwillig nickte ich.

Zwanzig Minuten später kam Edgar zurück. Auf welche Weise er sich mit dem Zugführer geeinigt hatte – mit Geld oder, was wahrscheinlicher war, unter Zuhilfenahme seines mysteriösen Gehorsamsamuletts –, fragte ich nicht. In Edgars Gesicht standen Zufriedenheit und Beruhigung geschrieben.

»Wir teilen uns in zwei Gruppen.« Sofort übernahm er das Kommando. »Ihr« – er nickte in Richtung der Inquisitoren – »bleibt in diesem Waggon. Ihr bekommt den Raum der Waggonbetreuer und dazu noch das Abteil 1, das sind genau sechs Plätze. Ashat wird es euch zeigen … Überhaupt, zögert nicht, euch an ihn zu wenden, falls etwas sein sollte. Handelt nicht auf eigene Faust, spielt nicht Detektiv. Benehmt euch wie … wie Menschen. Liefert mir alle drei Stunden persönlich einen Bericht über die Lage … oder wann immer es sonst nötig ist. Wir sind im Waggon 7.«

Schweigend folgten die Inquisitoren dem lächelnden Waggonbetreuer zu ihrem Abteil. Edgar drehte sich zu Kostja und mir um. »Wir sind in Waggon 7, Abteil 4. Das können wir als unsere zeitweilige Basis betrachten. Gehen wir.«

»Haben Sie irgendeinen Plan, Chef?«, fragte Kostja in einer Mischung aus Ironie und Aufrichtigkeit.

Edgar sah ihn kurz an. Offenbar versuchte er, sich darüber klar zu werden, was in dieser Frage überwog, das Interesse oder die Frechheit, auf die er dann nicht antworten müsste. »Wenn ich einen Plan habe, werdet ihr es erfahren«, sagte er schließlich doch. »Alles zu seiner Zeit. Im Moment möchte ich nur einen Kaffee trinken und zwei, drei Stunden schlafen. In dieser Reihenfolge.«

Kostja und ich folgten Edgar. Der Vampir grinste. Wohl oder übel zwinkerte ich ihm daraufhin zu. Letzten Endes verband uns die untergeordnete Stellung ja doch – ungeachtet dessen, was ich über Kostja dachte.

Der Waggon, in dem der Zugführer mitfährt, ist der beste im ganzen Zug. Die Klimaanlage fällt hier nie aus. Es gibt immer heißes Wasser für Tee und beim Waggonbetreuer auch Sud. Außerdem ist es hier sauber, selbst in den asiatischen Zügen, die Bettwäsche wird in verschweißten Päckchen ausgegeben und tatsächlich nach jeder Fahrt gewaschen. Beide Toiletten funktionieren, und man kann sie beherzt ohne Gummistiefel betreten.

Zur Krönung des anspruchslosen Glücks eines Reisenden liegt der Waggon direkt zwischen Speisewagen und Schlafwagen – falls es den überhaupt gibt.

Im Zug Moskau–Almaty gab es einen Schlafwagen. Während wir durch ihn hindurchgingen, betrachteten wir neugierig die Passagiere. Bei den meisten handelte es sich um wichtige, wohlgenährte Kasachen. Fast alle trugen ein Aktenköfferchen in der Hand, von dem sie sich auch nicht trennten, wenn sie mal in den Gang hinaustraten. Einige tranken bereits Tee aus bunten Porzellanschalen, einige breiteten ihren Wurstaufschnitt aus, stellten Flaschen auf und tranchierten gekochtes Huhn. Die meisten standen jedoch noch im Gang, um auf die vorbeiziehenden Moskauer Vororte zu schauen.

Was sie wohl empfinden mögen, die Bürger des heute unabhängigen Landes, wenn sie auf ihre ehemalige Hauptstadt blicken? Ob ihnen die Unabhängigkeit wirklich Genugtuung verschafft? Oder ob sie nicht doch Nostalgie befällt?

Keine Ahnung. Fragen kannst du sie nicht, und selbst wenn du fragst, wäre nicht gesagt, dass du eine ehrliche Antwort bekommst. Und in ihr Bewusstsein eindringen, sie zwingen, die Wahrheit zu sagen, das ist nicht mein Ding.

Sollen sie sich ruhig freuen und stolz sein – auf ihre Unabhängigkeit, ihren eigenen Staat, ihre Korruption. Als man vor kurzem in St. Petersburg das dreihundertjährige Bestehen der Stadt gefeiert hat, machte ein Wort die Runde: »Sollen sie uns doch nach Strich und Faden bestehlen – immerhin sind es unsere Diebe, keine Moskauer.« Warum sollten Kasachen und Usbeken, Ukrainer und Tadschiken nicht dieselben Gefühle hegen? Wenn schon innerhalb eines Landes ein Graben zwischen den Republiken und Städten verläuft, was sollte man dann den Nachbarn aus der einstigen Wohngemeinschaft vorwerfen? Man sondert sich ab, wenn man ein Zimmer mit Fenster zur Ostsee hat, die stolzen Georgier und die Kirgisen mit der einzigen Hochgebirgs-Kriegsflotte der Welt – alle spalten sich fröhlich voneinander ab. Am Ende bleibt dann nur eine große Küche übrig, Russland nämlich, wo früher einmal in einem einzigen imperialen Kessel die verschiedenen Völker gekocht wurden. Ach ja. Was will man da schon machen. Wir haben zu Hause Gas. – Und ihr, werdet ihr da nicht ganz blass?

Sollen sie sich doch freuen. Sollen es sich doch alle gut gehen lassen. Sowohl die mit ihrem Jubiläum beglückten Petersburger – denn ein solches Fest reicht bekanntlich für ein ganzes Jahrhundert – wie auch die Kasachen und Kirgisen, die jetzt erstmals ihren eigenen Staat haben, wobei sie natürlich eine Unmenge an Beweisen für ihre Staatlichkeit in der Vergangenheit vorgebracht haben. Und auch unsere slawischen Brüder sollen es sich gut gehen lassen, die so unter der Existenz des großen Bruders gelitten haben, und nicht zuletzt wir, die Russen, die wir uns mit Feuereifer verachten: die Moskauer die Provinzler und umgekehrt.

Einen Moment lang empfand ich zu meiner eigenen Überraschung Ekel. Nein, nicht vor den hier mitfahrenden Kasachen oder meinen russischen Mitbürgern. Vor den Menschen. Vor allen Menschen auf der Welt. Womit beschäftigen wir von der Nachtwache uns denn? Abgrenzen und schützen? Quatsch! Nicht ein Dunkler, nicht eine Tagwache fügt den Menschen so viel Böses zu wie sie sich selbst. Was ist schon ein hungriger Vampir im Vergleich zu einem stinknormalen Verrückten, der in Fahrstühlen kleine Mädchen vergewaltigt und ermordet? Was ist eine mitleidlose Hexe, die gegen Geld Unheil wirkt, im Vergleich mit einem humanen Präsidenten, der Langstreckenraketen losschickt – wegen Öl?

Verflucht seien sie alle ...

Ich blieb vor der Waggontür stehen, ließ Kostja vorbei. Erstarrte, glotzte auf den vollgerotzten Boden, wo sich bereits das erste Dutzend stinkender Kippen angesammelt hatte.

Was war nur mit mir los?

Hatte ich diese Gedanken?

O nein, ich brauchte mir da nichts vorzumachen. Das waren meine, keine fremden. Niemand kroch in meinen Kopf hinein, selbst ein Hoher Anderer hätte das nicht unbemerkt geschafft.

Das war ich. Pur.

Ein ehemaliger Mensch.

Ein sehr müder, von allem auf der Welt enttäuschter Lichter.

In diesen Fällen gehen Andere zur Inquisition. Wenn du den Unterschied zwischen Lichten und Dunklen nicht mehr bestimmen kannst. Wenn die Menschen für dich nicht mal mehr eine Hammelherde sind, sondern eine Hand voll Spinnen im Glas. Wenn du nicht mehr daran glaubst, dass alles besser wird, sondern nur noch eins willst: den Status quo erhalten. Für dich. Für die wenigen, an denen dir noch liegt.

»Ich will nicht«, sagte ich, gleichsam als rezitiere ich einen Zauberspruch, als höbe ich einen unsichtbaren Schild gegen meinen Feind – der ich selbst war. »Ich will nicht! Du hast ... keine Macht ... über mich ... Anton Gorodezki!«

Zwei Türen und vier dicke Scheiben weiter drehte Kostja sich um und sah mich verständnislos an. Hatte er etwas gehört? Oder konnte er sich einfach keinen Reim darauf machen, warum ich nicht nachkam?

Mit einem verkrampften Lächeln öffnete ich die Tür und ging in den rumpelnden Ziehharmonikadurchgang zwischen den beiden Waggons.

Der Waggon des Zugführers genoss in der Tat eine Vorzugsstellung. Saubere kleine Teppiche auf dem Fußboden, ein Läufer im Gang. Weiße Vorhänge vor den Fenstern, weiche Matratzen, die nicht an jenen mit Maiskolben gestopften Sack des Negers Jim denken ließen.

»Wer schläft unten? Wer oben?«, erkundigte sich Edgar geschäftig.

»Mir ist es egal«, antwortete Kostja.

»Ich würde lieber oben schlafen«, sagte ich.

»Ich auch«, meinte Edgar. »Dann wäre das klar.«

Höflich klopfte jemand an der Tür.

»Herein!« Der Inquisitor wandte nicht einmal den Kopf um.

Es war der Zugführer – mit einem Tablett in der Hand, auf dem ein vernickelter Kessel mit heißem Wasser, eine kleine Kanne mit Teesud, Tassen, Waffelgebäck und sogar ein Päckchen Kondensmilch standen. Ein ernster Mann, kräftig, mit einem prächtigen Schnurrbart und einer Uniform, die wie angegossen saß.

Das Gesicht war jedoch so einfältig wie bei einem neugeborenen Hündchen.

»Lassen Sie sich den Tee schmecken, meine lieben Gäste!«

Alles klar. Die Wirkung des Amuletts. Letzten Endes drückte die Tatsache, dass Edgar ein Dunkler war, seiner Arbeitsweise eben doch einen Stempel auf.

»Vielen Dank. Informieren Sie uns bitte über alle, die in Moskau eingestiegen sind und vor Almaty aussteigen, mein Bester«, bat Edgar, während er dem Mann das Tablett abnahm. »Vor allem über diejenigen, die nicht an ihrem Ziel aussteigen, sondern früher.«

»Wird gemacht, Euer Wohlgeboren«, meinte der Zugführer mit einem Nicken.

Kostja kicherte.

Ich wartete, bis der arme Kerl wieder draußen war. »Euer Wohlgeboren – was soll das?«, fragte ich dann.

»Woher soll ich das wissen?« Edgar zuckte mit den Schultern. »Das Amulett zwingt die Menschen zu Gehorsam. Aber es ist einzig und allein ihre Sache, wen sie dann in mir sehen: einen gestrengen Revisor, den heißgeliebten Opa, einen Schauspieler, den sie verehren, oder den Generalissimus Stalin. Der da muss Akunin gelesen haben. Oder sich alte Filme anschauen.«

Kostja schnaubte.

»Das ist nicht lustig«, blaffte Edgar. »Aber auch nicht schrecklich. Es ist die Methode, die die Psyche der Menschen am meisten schont. Die Hälfte der Geschichten, wie jemand den Fernsehmoderator Jakubowitsch im Auto mitnimmt oder Gorbatschow seinen Platz in einer Schlange anbietet, ist solchen Manipulationen zuzuschreiben.«

»Deswegen lache ich ja gar nicht«, erklärte Kostja. »Ich habe Sie mir in der Uniform eines weißgardistischen Offiziers vorgestellt ... Chef. Sie flößen wirklich Respekt ein.«

»Lach nur, lach ...«, sagte Edgar, während er sich Kaffee einschenkte. »Was macht der ›Kompass‹?«

Schweigend legte ich den Brief auf den Tisch. Das *Zwielicht*-Bild hing in der Luft – ein runder »Kompass«, eine sich langsam drehende Nadel.

Ich goss mir Tee ein und trank einen Schluck. Der Tee war gut. Mit Liebe gemacht, wie es sich gehört, wenn man ihn »Wohlgeboren« serviert.

»Er ist also im Zug, der Mistkerl ...«, seufzte Edgar. »Meine Herren, ich werde euch unsere Alternativen nicht vorenthalten. Entweder wir fassen den Täter oder wir müssen den Zug eliminieren. Zusammen mit allen Passagieren.«

»Wie?«, wollte Kostja sachlich wissen.

»Es gibt verschiedene Varianten. In der Nähe des Zuges könnte eine Gasleitung explodieren, ein Jagdflugzeug könnte versehentlich eine Rakete abwerfen ... im Extremfall wird diese Rakete einen Atomsprengkopf haben.«

»Edgar!« Alles in mir wollte glauben, dass er bloß in allzu dicken Farben auftrug. »Im Zug sitzen mindestens fünfhundert Menschen.«

»Leicht darüber«, korrigierte mich der Inquisitor.

»Das dürfen wir nicht tun!«

»Wir dürfen das Buch nicht verlieren. Wir dürfen nicht zulassen, dass ein prinzipienloser Anderer sich eine Garde aufbaut und sich daran macht, die Welt nach seinem Gusto umzubauen.«

»Aber wir wissen doch gar nicht, was er will!«

»Wir wissen, dass er ohne zu zögern einen Inquisitor umgebracht hat. Wir wissen, dass er sehr stark ist und ein uns nicht bekanntes Ziel verfolgt. Was hat er in Zentralasien verloren, Gorodezki?«

Ich zuckte mit den Achseln.

»Dort gibt es eine Reihe von alten Kraftzentren ...«, murmelte Edgar. »Ein paar spurlos verschwundene Artefakte, einige schlecht zu kontrollierende Gebiete ... Was noch?«

»Eine Milliarde Chinesen«, mischte sich Kostja plötzlich ein.

Die Dunklen starrten einander an.

»Du bist ja völlig verrückt geworden ...«, brachte Edgar unsicher hervor.

»Eine Milliarde und ein paar Zerquetschte«, präzisierte Kostja amüsiert. »Was, wenn er vorhat, sich von Kasachstan aus nach China durchzuschlagen? Eine Armee könnte er da aufbauen! Eine Milliarde Andere! Dann gibt es noch Indien ...«

»Nun krieg dich mal wieder ein«, winkte Edgar ab. »Kein Idiot würde so etwas versuchen. Woher will er Kraft schöpfen, wenn er ein Drittel der Bevölkerung zu Anderen macht?«

»Vielleicht ist er ein Idiot?«, gab Kostja nicht nach.

»Deshalb greifen wir ja auch zu extremen Maßnahmen«, fuhr Edgar ihn an.

Was sie sagten, meinten sie ernst. Ohne jeden Zweifel: Sie durften diese manipulierten Waggonbetreuer, dickwangigen Geschäftsreisenden und die armen Menschen in den Waggons dritter Klasse ermorden. Was sein muss, muss sein. Ein Landwirt, der das an Maul- und Klauenseuche erkrankte Vieh schlachten muss, leidet schließlich auch darunter.

Irgendwie stand mir der Sinn nicht mehr danach, Tee zu trinken. Ich erhob mich und verließ das Abteil. Edgar schickte mir einen wissenden, aber keinesfalls mitfühlenden Blick hinterher.

Im Waggon war es bereits ruhiger geworden, die Leute bereiteten sich auf die Nacht vor. Einige Abteiltüren standen zwar noch offen, irgendjemand drückte sich im Gang zwischen zwei Waggons herum und wartete, bis die Toilette frei wurde, irgendwo war zu hören, wie Leute anstießen; die meisten Mitreisenden aber hatte Moskau sehr müde gemacht.

Ungerührt ließ ich mir den Gedanken durch den Kopf gehen, dass nach allen Gesetzen des Melodramas jetzt engelsgleiche Kinderchen mit unschuldigen Gesichtern durch den Gang rennen müssten. Damit mir die Perversität von Edgars Plan so richtig aufginge ...

Kinder kamen keine vorbei. Stattdessen spähte aus einem Abteil ein fetter Kerl in verwaschener Trainingshose und ausgeleiertem Hemd heraus. Das rote, verschwitzte Gesicht war durch den bereits genossenen Alkohol schon aufgedunsen. Der Mann schaute mit trübem Blick durch mich hindurch, hickste und zog sich ins Abteil zurück.

Meine Hände griffen ganz von selbst nach dem MD-Player. Ich stöpselte mir die Kopfhörer in die Ohren, legte aufs Geratewohl eine Scheibe ein und presste mich ans Fenster. Ich sah nichts, ich hörte nichts. Und – aber das verstand sich von selbst – ich sagte nichts.

Eine leise, sanfte Melodie erklang, eine zarte Stimme sang.

Du kannst dich nicht mehr in die Büsche schlagen,
Wenn dich erst der Schuss aus der Flinte fällt.
Es ist nun mal das Schönste auf der Welt,
Morphinbeflügelt allem zu entsagen.

Ach ja, von Lass, meinem Bekannten aus dem Assol. Die Scheibe hatte er mir geschenkt. Grinsend stellte ich den Ton lauter. Das war's, was ich jetzt brauchte ...

Die Seele kehrt zurück zu Kindertagen,
Man schmilzt das Eisen, das das Blut enthält,
Es ist nun mal das Schönste auf der Welt,
Morphinbeflügelt allem zu entsagen.

Wow, das ging ab ... Oberpunk. Da konnte selbst *Schnur* mit den überdrehten Schreihälsen abstinken ...

Eine Hand schlug mir auf die Schulter.

»Jeder entspannt auf seine Weise, Edgar«, murmelte ich.

Jemand pikte mich leicht in die Rippen.

Ich drehte mich um.

Und erstarrte.

Vor mir stand Lass. Zufrieden grienend und im Takt tanzend: Hatte ich die Musik also doch zu laut eingestellt.

»Ach nee!«, rief er begeistert, sobald ich die Kopfhörer ausgestöpselt hatte. »Da gehst du so durch den Waggon, nichts Böses ahnend – und plötzlich hört da jemand deine Songs! Was machst du denn hier, Anton?«

»Ich fahr weg ...«, konnte ich nur herausbringen, während ich den MD-Player ausschaltete.

»Wirklich?«, rief Lass begeistert. »Ich wär im Leben nicht darauf gekommen, dich hier zu treffen! Wohin fährst du?«

»Nach Alma-Ata.«

»Das heißt jetzt Almaty!«, dozierte Lass. »Aber gut, setzen wir unser Gespräch fort. Warum fliegst du nicht?«

»Warum fliegst du nicht?« Allmählich ging mir auf, dass das Ganze mich an ein Verhör erinnerte.

»Ich bin aerophob«, verkündete Lass stolz. »Gut, wenn es unbedingt sein muss, hilft mir ein Liter Whisky, an die Aerodynamik zu glauben. Aber das kommt nur äußerst selten vor, wenn ich nach Japan muss oder in die Staaten ..., wo keine Züge hinfahren.«

»Bist du geschäftlich unterwegs?«

»Zum Vergnügen«, grinste Lass. »In der Türkei oder auf den Kanaren kann man doch wohl keinen Urlaub machen, oder? Und du? Bist du auf Geschäftsreise?«

»Hm.« Ich nickte. »Ich will in Moskau einen Handel für Kumys und Schubat aufziehen.«

»Was ist denn Schubat?«, wollte Lass wissen.

»Das ist ... Kefir aus Kamelmilch.«

»Cool«, begeisterte sich Lass. »Bist du allein unterwegs?«

»Mit Freunden.«

»Wollen wir zu mir gehen? Mein Abteil ist leer. Schubat habe ich zwar nicht, aber deine Stutenmilch werden wir schon auftreiben.«

Eine Falle?

Ich betrachtete Lass durchs *Zwielicht*. So aufmerksam wie möglich.

Nicht das kleinste Zeichen eines Anderen.

Entweder war er ein Mensch – oder ein Anderer von unvorstellbarer Kraft. Imstande, sich in allen Schichten des *Zwielichts* zu tarnen.

Sollten wir doch Glück haben? Stand hier, vor mir, der mysteriöse Dieb des *Fuaran*?

»Gleich. Ich hol nur noch schnell was«, antwortete ich lächelnd.

»Aber ich hab doch alles!«, protestierte Lass. »Bring deine Freunde ruhig mit. Ich bin im nächsten Waggon, Abteil 2.«

»Sie haben sich schon schlafen gelegt«, tischte ich ihm eine grobe Lüge auf. »Also, es dauert nicht lange ...«

Nur gut, dass Lass seitlich von mir stand und nicht sehen konnte, wer im Abteil saß. Ich öffnete die Tür nur einen Spalt und schlüpfte hinein. Lass musste denken, hinter der Tür verberge sich eine halb nackte Frau.

»Was ist passiert?« Edgar sah mich forschend an.

»Da ist jemand aus dem Assol«, berichtete ich schnell. »Der Musiker, vielleicht erinnert ihr euch noch an ihn, den wir auch in Verdacht hatten, aber anscheinend ist er kein Anderer ... Er hat mich auf ein Gläschen in sein Abteil eingeladen.«

Auf Edgars Gesicht zeichnete sich Jagdfieber ab. Kostja sprang sogar auf. »Schnappen wir ihn uns?«, rief er. »Der wird singen ...«

»Stopp.« Edgar schüttelte den Kopf. »Überstürzen wir nichts. Das kann alles Mögliche bedeuten. Anton, nimm das.«

Ich erhielt ein kleines gläsernes Fläschchen, das mit einem kupfernen oder einem bronzenen Draht umwickelt war. Es sah furchtbar alt aus. In der Flasche schwappte eine dunkelbraune Flüssigkeit.

»Was ist das?«

»Allergewöhnlichster Armagnac, zwanzig Jahre alt. Aber die Flasche hat es in sich. Die kann nur ein Anderer öffnen.« Edgar grinste. »Im Grunde ist das Firlefanz. Irgendwann vor langer Zeit hat ein Magier all seine Flaschen auf diese Weise verzaubert, damit seine Diener sie ihm nicht stahlen. Wenn dein Bekannter sie öffnen kann, dann ist er ein Anderer.«

»Aber ich spüre keine Magie ...«, sagte ich, während ich die Flasche in den Händen drehte.

»Darum geht es ja gerade«, meinte Edgar zufrieden. »Es ist ein einfacher und zuverlässiger Test.«

Ich nickte.

»Und hier habt ihr noch eine Kleinigkeit, die ihr dazu essen könnt.« Edgar holte aus der Innentasche seines Mantels eine dreieckige Stange Toblerone. »Das ist alles, mach dich an die Arbeit. Halt! Welches Abteil?«

»Der Schlafwagen, Abteil 2.«

»Wir werden euch im Auge behalten«, versprach Edgar. Er stand auf und schaltete das Licht im Abteil aus. »Kostja, unter die Decke!«, kommandierte er. »Wir schlafen schon!«

So lagen meine Reisegefährten kurz darauf, als ich mit der Flasche und der Schokolade in den Gang hinaustrat, wirklich friedlich unter der Decke.

Lass schaute übrigens taktvoll an der geöffneten Tür vorbei – offenbar hatte er in der Tat seine eigenen Vorstellungen, was das Geschlecht meiner Freunde anging.

»Kognak?«, fragte Lass, als er die Flasche in meiner Hand sah.

»Besser. Zwanzig Jahre alter Armagnac.«

»Der ist nicht von schlechten Eltern«, stimmte Lass mir zu. »Manch andere kennen noch nicht einmal das Wort.«

»Andere?«, hakte ich nach, während ich Lass in den Nachbarwaggon folgte.

»Hm. Irgendwie ernste Menschen, durch deren Hände Millionen gehen und deren Wissen im Bereich der Trinkkultur sich auf das *Weiße Pferd* und *Napoléon* beschränkt. Mich hat der enge Horizont unserer politischen und wirtschaftlichen Elite immer erstaunt. Warum ist bei uns das Symbol für Erfolg ein 600er-Mercedes? Du unterhältst dich mit einem ernsten, seriösen Menschen, und plötzlich platzt der voller Stolz heraus: ›Mein Benz ist Schrott, ich muss jetzt eine Woche lang mit dem 500er fahren!‹ Und in seinen Augen liegt sowohl die Selbstbeherrschung des Asketen, der sich mit einem 500er begnügt, wie auch der Stolz des Besitzers eines 600er! Früher habe ich gedacht, solange die neureichen Russen nicht auf den ihnen angemessenen Bentley oder Jaguar umsteigen, wird es mit diesem Land nicht bergauf gehen. Jetzt sitzen sie in den Schlitten, aber geändert hat sich trotzdem nichts! Die roten Jacketts schimmern immer noch unter den Hemden von Versace durch ... Übrigens ... einen tollen Modemacher haben sie da für kultig erklärt ...«

Ich folgte Lass in ein gemütliches Abteil des Schlafwagens. Hier gab es nur zwei Betten, einen kleinen Ecktisch, ein darunter verstecktes dreieckiges Waschbecken und einen hochklappbaren Stuhl.

»Ehrlich gesagt ist es hier kleiner als in einem normalen Abteil«, bemerkte ich.

»Hm. Dafür funktioniert die Klimaanlage. Und dann das Waschbecken ... eine Vorrichtung, die in vielen Situationen des Lebens gute Dienste leistet ...«

Lass zog unter einer Bank seinen Aluminiumkoffer hervor und fing an, darin herumzukramen. Im Handumdrehen stand eine Einliterflasche aus Plastik auf dem Tisch. Ich langte danach, um mir das Etikett anzugucken. Tatsächlich: Kumys.

»Hast du gedacht, ich mach Spaß?«, grinste mein ›Nachbar‹. »Das ist ein sehr gesundes Getränk. Damit willst du handeln?«

»Ja, genau damit«, brummte ich.

»Daraus wird nichts, das Zeug ist kirgisisch. Du solltest sowieso besser nach Ufa fahren. Das ist näher, und du hast keine Probleme mit dem Zoll. Die machen Kumys und Busa. Hast du schon mal Busa probiert? Das ist eine Mischung aus Kumys und Haferschleim. Absolut widerlich! Macht dich aber schlagartig nüchtern!«

Auf dem Tisch waren in der Zwischenzeit eine Wurst, Karbonade, ein angeschnittenes Brot, eine Literflasche französischer Kognak der Marke Polignac, die ich nicht kannte, und eine Flasche französisches Evian-Wasser erschienen.

Ich schluckte und ergänzte das kulinarische Angebot um meine bescheidene Gabe. »Lass uns als Erstes den Armagnac probieren«, schlug ich vor.

»Gut«, meinte Lass, während er Plastikbecher für Wasser und zwei kleine Becher aus Neusilber für den Kognak hinstellte.

»Öffne du.«

»Deinen Armagnac musst du schon selbst aufmachen«, parierte Lass mühelos.

Stimmt schon, irgendwie klang da was faul!

»Mach du das lieber!«, verlangte ich ganz direkt. »Bei mir kriegen nie alle gleich viel.«

Lass guckte mich an, als sei ich ein Idiot. »Du nimmst das Ganze aber ernst«, konstatierte er. »Genehmigst dir wohl oft ein Gläschen mit Freunden?«

Trotzdem nahm er die Flasche an sich und machte sich daran, den Verschluss aufzudrehen.

Ich wartete.

Lass keuchte und verzog das Gesicht. Hörte auf, an dem Verschluss zu drehen, um ihn stattdessen sorgfältig zu inspizieren. »Er muss eingetrocknet sein ...«, murmelte er.

Von wegen ein maskierter Anderer!

»Gib mal her«, sagte ich.

»Nein, jetzt warte«, empörte sich Lass. »Was ist das? Erhöhter Zuckergehalt? Gleich ...«

Er packte den Saum seines T-Shirts, wickelte ihn um den Verschluss und drehte so heftig daran, dass seine Adern hervortraten. »Er kommt!«, rief er hitzig. »Er kommt!«

Etwas splitterte.

»Er kommt ...«, wiederholte Lass unsicher. »Oh ...«

Bedripst streckte er mir die Hände hin. In der einen hielt er die gläserne Flasche, in der anderen den Verschluss – der fest in dem abgebrochenen Hals steckte.

»Tut mir leid ... so ein Mist ...«

Doch schon im nächsten Moment flackerte in Lass' Blick so etwas wie Stolz auf. »Mann, hab ich Kräfte! Niemals hätte ich gedacht ...«

Ich schwieg, während ich mir Edgars Gesicht vorstellte, der sein kostbares Artefakt eingebüßt hatte.

»War das eine wertvolle Flasche?«, fragte Lass schuldbewusst. »Antiquarisch oder so?«

»Quatsch«, murmelte ich. »Um den Armagnac tut es mir leid. Da ist jetzt Glas drin.«

»Das macht nichts«, versicherte Lass munter. Er stellte die lädierte Flasche auf dem Tisch ab und kramte abermals in seinem Koffer herum. Schließlich beförderte er ein Taschentuch zu Tage und riss theatralisch das Etikett ab. »Das ist sauber. Nicht einmal gewaschen. Und kein chinesisches, sondern ein tschechisches, sodass wir keine Lungenentzündung befürchten müssen!«

Er faltete das Taschentuch zweimal, legte es über die Flaschenöffnung und goss den Armagnac ungerührt in die Becher. Dann hob er seinen. »Auf die Reise!«

»Auf die Reise!«, wiederholte ich.

Der Armagnac war mild, aromatisch und leicht süß, fast wie warmer Traubensaft. Er trank sich gut, ließ nicht mal den Gedanken aufkommen, man müsse etwas dazu essen – und explodierte bereits irgendwo tief in meinem Innern, so human und präzise, dass jede amerikanische Rakete vor Neid erblassen könnte.

»Ein ausgezeichnetes Tröpfchen«, lobte Lass und atmete tief aus. »Aber wie ich schon gesagt habe, ein zu hoher Zuckergehalt! Mir schmeckt armenischer Kognak gerade deshalb besser, weil er ein Minimum an Zucker enthält, dafür aber das ganze Aromaspektrum bewahrt ... Lass uns noch einen trinken.«

Die zweite Runde kam in die Becher. Lass guckte mich herausfordernd an.

»Auf die Gesundheit?«, schlug ich unsicher vor.

»Auf die Gesundheit«, stimmte Lass zu. Er trank aus und schnüffelte an dem Taschentuch. Dann schaute er zum Fenster hinaus und zuckte zusammen. »Mannomann ... das Zeug haut dich um.«

»Was ist?«

»Du wirst denken, ich spinne, aber ich glaube, neben dem Waggon fliegt eine Fledermaus!«, rief Lass aus. »Eine riesige, so groß wie ein Schäferhund. Br, rr, rr ...«

Ich nahm mir vor, mit Kostja mal ein paar freundliche Takte zu reden. »Das ist keine Fledermaus«, versuchte ich das Ganze als Scherz abzutun. »Sondern vermutlich ein Eichhörnchen.«

»Ein fliegendes Eichhörnchen«, grummelte Lass. »Ja, ja, keiner entkommt seinem Schicksal ... Nein, das ist eine riesige Fledermaus, Ehrenwort!«

»Die ist bloß ziemlich dicht an die Scheibe herangeflogen«, vermutete ich. »Da du nur kurz hingeschaut hast, konntest du die Entfernung nicht richtig einschätzen, und da ist dir das Tier viel größer vorgekommen, als es eigentlich ist.«

»Hm, kann schon sein ...«, meinte Lass nachdenklich. »Und was macht sie hier? Warum fliegt sie neben dem Zug her?«

»Dafür gibt es eine ganz einfache Erklärung«, sagte ich, griff mir die Flasche und schenkte die dritte Runde aus. »Eine Lok, die sich mit hoher Geschwindigkeit vorwärts bewegt, schafft vor sich eine Art Luftschild. Dieser Schild schlägt Mücken, Schmetterlinge und alles mögliche fliegende Getier k. o. und stößt es in die Luftstrudel hinein, die auf allen Seiten um den Zug herumwirbeln. Daher lieben Fledermäuse es, nachts neben einem fahrenden Zug herzufliegen und die ausgeschalteten Mücken zu fressen.«

Lass dachte darüber nach. »Und warum fliegen dann tagsüber nicht Vögel neben den Zügen her?«

»Das ist genauso einfach!« Ich hielt ihm den Becher hin. »Vögel sind viel dümmere Geschöpfe als Säugetiere. Daher haben

Fledermäuse bereits mitgekriegt, wie sie einen Zug zur Nahrungsbeschaffung ausnutzen können, und Vögel eben noch nicht! In hundert, zweihundert Jahren wird auch zu den Vögeln vorgedrungen sein, wie sie von Zügen profitieren können.«

»Und warum bin ich nicht selbst dahintergekommen?«, wunderte sich Lass. »Das ist in der Tat höchst simpel! Also dann ... auf einen guten Gedanken!«

Wir tranken auf ex.

»Tiere sind eine erstaunliche Sache«, sagte Lass tiefsinnig. »Viel klüger, als Darwin es darstellt. Bei mir lebte mal ...«

Was mal bei ihm gelebt hatte, ein Hund, eine Katze, ein Hamster oder ein Aquariumsfisch, bekam ich nicht mehr zu hören. Lass schaute erneut aus dem Fenster und wurde ganz grün im Gesicht.

»Da ist wieder ... diese Fledermaus!«

»Sie fängt Fliegen«, erinnerte ich ihn.

»Aber was für Fliegen! Sie fliegt hinter dem Zug her wie auf Befehl! Ich sage dir, groß wie ein ausgewachsener Schäferhund!«

Lass stand auf und zog mit einer energischen Bewegung das Rollo herunter. »Zum Teufel mit ... Ich weiß ja, man soll abends nicht King lesen ... Das nenn ich Fledermaus! Der reinste Pterodaktylus! Die fängt Eulen und Uhus, aber keine Mücken!«

Kostja ist doch ein Monster! Freilich, ein Vampir in Tiergestalt ist ebenso wie ein Werwolf ein Schwachkopf, der sich nicht mehr unter Kontrolle hat. Vermutlich gefiel es ihm, so um den nächtlichen Zug herumzufliegen, durch die Fenster zu spähen und auf Lichtmasten Pause zu machen. Aber die grundlegenden Vorsichtsmaßnahmen durfte er dabei doch nicht einfach außer Acht lassen!

»Das sind Mutationen«, hatte Lass inzwischen befunden. »Strahlenbelastung, Risse im Reaktor, elektromagnetische Wellen, Funktelefone ... Und wir lachen die ganze Zeit darüber, sagen, das ist Science Fiction ... Dann noch die ständigen Lügen in den Boulevardblättern. Wenn ich das jemandem erzählen würde, würde der doch denken, ich sei entweder besoffen oder lüge wie gedruckt!«

Entschlossen öffnete er seinen Kognak. »Glaubst du eigentlich an Mystik?«, fragte er.

»Das tu ich«, antwortete ich würdevoll.

»Ich auch«, gab Lass zu. »Jetzt. Früher nicht ...« Ängstlich schaute er zu dem verhangenen Fenster hinüber. »Du lebst so vor dich hin, dann triffst du irgendwo im Moor von Pskow einen lebenden Yeti und drehst völlig durch! Oder du siehst eine meterlange Ratte. Oder ...« Er wedelte mit der Hand und goss Kognak in unsere Becher. »Vielleicht leben ja wirklich in deiner Nachbarschaft Hexen, Vampire oder Tiermenschen? Schließlich gibt es keine zuverlässigere Tarnung, als das eigene Erscheinungsbild in die Populärkultur einzuschleusen. Eine Beschreibung in einem belletristischen Werk, eine Darstellung im Film – und schon hörst du auf, schrecklich und geheimnisvoll zu sein. Echter Horror braucht die mündliche Rede, braucht einen alten Opa, der vor seinem Häuschen hockt und mit Angst einflößender Stimme anfängt: ›Und dann hat der Herr sich ihm gezeigt und gesagt: Ich lass dich nicht laufen, ich fessel dich, ich schnür dich zusammen, du wirst im Windbruch verfaulen!‹ So ist dann auch die echte Angst vor anormalen Erscheinungen entstanden! Kinder spüren das übrigens, deshalb erzählen sie auch so gern Geschichten wie die von der Schwarzen Hand und dem Sarg auf Rädern. Die moderne Literatur und vor allem das Kino höhlen diesen instinktiven Horror aus. Wie soll man vor Dracula Angst haben, wenn er schon hundert Mal getötet worden ist? Wie soll man sich vor Außerirdischen fürchten, wenn unsere Leute sie immer in Staub verwandeln? Nein, Hollywood – das ist der große Betäuber der menschlichen Wachsamkeit! Trinken wir auf den Tod von Hollywood, das uns die gesunde Angst vor dem Unbekannten nimmt!«

»Darauf immer!«, sagte ich begeistert. »Was treibt dich eigentlich wirklich nach Kasachstan, Lass? Da kann man doch nicht etwa tatsächlich gut Urlaub machen?«

Lass zuckte mit den Schultern. »Ich weiß es selbst nicht«, antwortete er. »Plötzlich wollte ich was Exotisches, Kumys im Melkeimer, Kamelreiten, Hammelkämpfe, Hammeleintopf aus einem Kupfernapf, Schönheiten mit ungewöhnlichen Gesichtszügen, baumartige Haschpflanzen in den städtischen Grünanlagen ...«

»Was?«, fragte ich begriffsstutzig. »Was für Hasch?«

»Baumartiger. Hasch ist eigentlich ein Baum, nur dass niemand ihn so hoch wachsen lässt«, erklärte Lass mit einem ebenso ernsten Gesicht, wie ich es bei meiner Geschichte über Fledermäuse und sonstiges fliegendes Getier aufgesetzt hatte. »Mir ist das völlig egal, ich versau mir mit Tabak die Gesundheit, aber ich will ein bisschen Exotik ...«

Er holte eine Packung Belomor heraus und zündete sich eine Zigarette an.

»Gleich kommt der Waggonbetreuer«, warnte ich.

»Der kommt nicht, ich habe ein Kondom über den Rauchmelder gezogen.« Mit einer Kopfbewegung deutete Lass nach oben. Über den aus der Wand herauslugenden Melder war tatsächlich ein leicht aufgeblasenes Kondom gestülpt. Zartrosa, mit Plastiknoppen.

»Trotzdem glaube ich, dass du dir falsche Vorstellungen von der kasachischen Exotik machst«, sagte ich.

»Jetzt ist es zu spät, um darüber nachzudenken, schließlich sitz ich ja schon im Zug«, brummte Lass. »Heute Morgen ist es mir so durch den Kopf geschossen, warum ich eigentlich nicht mal nach Kasachstan fahre. Dann habe ich meine Sachen zusammengepackt, meinen Stellvertreter instruiert – und ab in den Zug.«

Ich merkte auf.

»Du bist einfach so los? Bist du immer so spontan?«

Lass dachte nach. Schüttelte den Kopf. »Eigentlich nicht. Aber diesmal hat es mich irgendwie angepikt ... Ach, lassen wir das. Genehmigen wir uns lieber noch ein letztes Schlückchen ...«

Während er eingoss, schaute ich ihn mir abermals durchs *Zwielicht* an.

Selbst jetzt, da ich wusste, wonach ich suchte, nahm ich nur mit Mühe die Spur wahr – so elegant und leicht war die Berührung des unbekannten Anderen gewesen. Eine Spur, die bereits verlosch, die fast erkaltet war.

Eine einfache Intervention, zu der selbst der schwächste Andere in der Lage ist. Aber unglaublich akkurat!

»Gut«, stimmte ich zu. »Mir fallen die Augen auch schon zu ... Aber ich hoffe, wir quatschen noch mal miteinander.«

In der nächsten Stunde durfte ich an Schlaf allerdings nicht denken. Mir stand ein Gespräch mit Edgar bevor, möglicherweise auch eins mit Geser.

Vier

Betrübt blickte Edgar auf die Scherben der Flasche. Leider eignete sich seine Aufmachung jedoch so gar nicht, schweren Kummer auszudrücken: weite, fröhlich bedruckte Unterhosen, ein ausgeleiertes Hemd und ein zwischen Unterhose und Hemd hervorlugendes Bäuchlein. Um ihr körperliches Erscheinungsbild sorgen sich Inquisitoren nicht sehr, sie vertrauen offenbar ganz auf kraftvolle Magie.

»Du bist hier nicht in Prag«, versuchte ich ihn zu trösten. »Das ist Russland. Wenn sich eine Flasche nicht ergibt, wird ihr hier der Hals umgedreht.«

»Jetzt muss ich eine Erklärung schreiben«, sagte Edgar finster. »Die Bürokraten in Tschechien sind nicht besser als die in Russland.«

»Dafür wissen wir jetzt aber, dass Lass kein Anderer ist.«

»Nichts wissen wir«, brummte der Inquisitor mürrisch. »Ein positives Resultat wäre eindeutig gewesen. So ist es ein negatives ... nun, es könnte schließlich sein, dass er als sehr starker Anderer die Falle gespürt hat. Und sich dann einen Scherz erlaubt hat ... zumindest was er dafür hält.«

Ich hüllte mich in Schweigen. Diese Möglichkeit durften wir in der Tat nicht außer Acht lassen.

»Er wirkt nicht wie ein Anderer«, bemerkte Kostja leise. Er saß bloß in Unterhose im Bett, schweißgebadet und schwer atmend.

Offenbar hatte er zu lange im Körper einer Fledermaus Unfug getrieben. »Ich habe ihn im Assol überprüft. Mit allen Mitteln. Und jetzt auch ... Er wirkt nicht wie ein Anderer.«

»Wir beide haben auch noch ein Wörtchen miteinander zu reden«, fuhr ihn Edgar an. »Warum bist du direkt vor seinem Fenster herumgeflattert?«

»Ich habe ihn beobachtet.«

»Hättest du nicht an die Decke fliegen und dich kopfüber da hinhängen können?«

»Bei einer Geschwindigkeit von hundert Stundenkilometern? Ich bin zwar ein Anderer, aber die Gesetze der Physik kann ich nicht ändern. Es hätte mich fortgerissen!«

»Aber die Physik hindert dich nicht daran, mit einer Geschwindigkeit von hundert Stundenkilometern zu fliegen? Du kannst dich halt bloß nicht auf das Dach des Zuges setzen, ja?«

Kostja zog die Brauen zusammen und hüllte sich in Schweigen. Er langte nach seinem Jackett und beförderte eine kleine Flasche zu Tage. Und trank einen Schluck, irgendein dickes dunkelrotes, fast schwarzes Zeug.

Edgar runzelte die Stirn. »Was ist? Brauchst du bald was ... zu essen?«

»Wenn ich mich nicht mehr transformieren muss, erst morgen Abend.« Kostja schüttelte die Flasche. Etwas gluckerte träge. »Zum Frühstück reicht es noch.«

»Ich könnte ... angesichts der besonderen Umstände ...« Edgar schielte zu mir herüber. »... dir eine Lizenz geben.«

»Nein«, sagte ich schnell. »Das würde den derzeitigen Status quo zerstören.«

»Konstantin steht jetzt in Diensten der Inquisition«, erinnerte mich Edgar. »Die Lichten werden entsprechend Kompensation erhalten.«

»Nein«, wiederholte ich.

»Er braucht Nahrung. Und die Menschen in diesem Zug sind vermutlich eh alle verdammt. Alle, bis auf den letzten.«

Kostja schwieg. Sah mich an. Ohne zu lächeln, völlig ernst ...

»Dann verlasse ich den Zug«, sagte ich. »Dann könnt ihr machen, was ihr wollt.«

»Jetzt spricht die Nachtwache aus dir«, brachte Kostja leise heraus. »Du wäschst deine Hände in Unschuld, nicht wahr? Das macht ihr ja immer. Ihr selbst weist uns die Menschen zu – um dann abfällig das Gesicht zu verziehen.«

»Ruhe jetzt!«, brüllte Edgar, indem er sich erhob und sich zwischen uns stellte. »Und zwar alle beide! Wenn ihr euch streiten wollt, verschiebt das auf später! Kostja, brauchst du eine Lizenz? Oder kannst du noch durchhalten?«

»Ich brauche keine Lizenz«, antwortete Kostja kopfschüttelnd. »In Tambow machen wir Halt, da verschwinde ich kurz und fang mir ein paar Katzen.«

»Warum gerade Katzen?«, wollte Edgar wissen. »Warum nicht ... äh ... beispielsweise Hunde?«

»Es würde mir leid tun, einen Hund zu töten«, erklärte Kostja. »Bei Katzen ist es eigentlich genauso ... aber wo kriege ich denn in Tambow eine Kuh oder ein Schaf her? Und auf den kleinen Bahnhöfen hält der Zug nicht lange.«

»Du bekommst in Tambow einen Hammel«, versprach Edgar. »Wir brauchen ... der Mythenbildung keine neue Nahrung zu geben. So hat schließlich einmal alles angefangen: Jemand findet eine blutlose Tierleiche, schreibt einen Artikel für ein Boulevardblatt ...«

Er holte sein Handy heraus und wählte eine eingespeicherte Nummer. Er musste lange warten, bis der friedlich schlafende Mensch endlich ranging.

»Dmitri? Spar dir das Gejammer, zum Schlafen ist jetzt keine Zeit, die Heimat ruft ...« Er schielte zu uns herüber. »Einen ganz herzlichen und hochoffiziellen Gruß von Solomon«, sagte Edgar dann betont.

Eine Zeit lang schwieg Edgar, entweder um dem Menschen Zeit zu lassen, zu sich zu kommen, oder um sich die Antwort anzuhören.

»Ja. Edgar. Erinnerst du dich noch? Genau der«, sagte Edgar. »Wir haben dich nicht vergessen. Und jetzt bräuchten wir deine Hilfe. In vier Stunden macht in Tambow der Zug Moskau–Almaty Halt. Wir brauchen einen Hammel. Was?«

Eine Sekunde lang hielt Edgar das Handy vom Ohr weg und legte die Hand darüber. »Was für Esel, diese angeheuerten Leute!«, empörte sich Edgar.

»Einen Esel würde ich auch nehmen«, feixte Kostja.

Dann sprach Edgar wieder ins Handy. »Nein, nicht du. Ja, ein Hammel. Ein Tier. Oder ein Schaf. Oder eine Kuh. Das ist mir egal. In vier Stunden wartest du mit dem Tier in der Nähe des Bahnhofs. Nein, ein Hund geht nicht! Weil es eben nicht geht! Nein, niemand wird ihn essen. Das Fleisch und das Fell kannst du mitnehmen. Das war's, ich melde mich wieder, kurz bevor wir ankommen.«

Damit beendete Edgar das Gespräch. »In Tambow müssen wir mit einem sehr bescheidenen ... Kontingent zurechtkommen«, erklärte er. »Momentan gibt es dort keine Anderen, nur Menschen, die wir angeheuert haben.«

»Oh, oh«, konnte ich nur sagen. In den Wachen haben noch nie Menschen gearbeitet.

»Manchmal kommt man da nicht drum herum«, meinte Edgar nebulös. »Aber keine Sorge, er wird das schon schaffen. Schließlich wird er dafür bezahlt. Du kriegst deinen Hammel, Kostja.«

»Danke«, erwiderte Kostja friedlich. »Ein Schaf wäre natürlich besser gewesen. Aber ein Hammel tut's auch.«

»Habt ihr die kulinarische Diskussion jetzt beendet?«, konnte ich mir nicht verkneifen.

»Unsere Kampffähigkeit ist ebenfalls ein wichtiger Faktor ...«, brachte Edgar mit Nachdruck hervor. »Du bleibst also dabei, dass bei diesem … Lass … eine magische Intervention vorgenommen worden ist?«

»Ja. Heute Morgen. Ihm ist der Wunsch eingegeben worden, mit dem Zug nach Alma-Ata zu fahren.«

»Sinnvoll wäre das schon«, meinte Edgar. »Wenn du die Spur nicht entdeckt hättest, hätten wir ihn vermutlich für unseren Mann gehalten. Und hätten jede Menge Kraft und Zeit mit ihm vergeudet. Aber das heißt …«

»Dass der Täter mit den Fällen der Wachen aufs Beste vertraut ist«, meinte ich nickend. »Er weiß über die Ermittlungen im Assol Bescheid, weiß, wen wir in Verdacht hatten. Das heißt …«

»Jemand von ganz oben«, pflichtete mir Edgar bei. »Fünf, sechs Andere aus der Nachtwache, genauso viele aus der Tagwache. Sagen wir mal insgesamt zwei Dutzend … Das sind immer noch sehr, sehr wenige.«

»Oder jemand von der Inquisition«, gab Kostja zu bedenken.

»Nun mach mal halb lang! Und nenn mir einen Namen, Freundchen! Einen Namen!« Edgar grinste. »Wer?«

»Vítěszlav.« Kostja schwieg kurz und fügte dann hinzu: »Zum Beispiel.«

Ein paar Sekunden lang glaubte ich, der normalerweise so unerschütterliche Dunkle Magier würde aufs Übelste losschimpfen. Obendrein mit baltischem Akzent. Doch Edgar riss sich zusammen. »Nach deiner Transformation musst du doch sehr müde sein, oder, Konstantin? Vielleicht solltest du dich schlafen legen?«

»Edgar, ich bin jünger als du, aber wir beide, du und ich, sind die reinsten Wickelkinder im Vergleich zu Vítěszlav«, erwiderte Kostja gelassen. »Was haben wir denn gesehen? Einen Anzug voller Asche. Haben wir die Asche persönlich überprüft?«

Edgar hüllte sich in Schweigen.

»Ich bin nicht sicher, dass man die Überreste eines Vampirs bestimmen kann …«, warf ich ein.

»Weshalb sollte Vítěszlav ...«, setzte Edgar an.

»Macht«, sagte Kostja lakonisch.

»Was hat Macht damit zu tun? Wenn er das Buch hätte stehlen wollen, warum hat er dann seinen Fund erst bekannt gegeben? Er hätte es klammheimlich an sich nehmen und verschwinden können. Als er es gefunden hat, war er allein! Verstehst du? Allein!«

»Vielleicht hat er nicht gleich begriffen, was er da gefunden hatte«, parierte Kostja. »Oder sich nicht sofort zu dem Verbrechen durchgerungen. Aber den eigenen Tod zu inszenieren und mit dem Buch unterzutauchen, während wir seinen Mörder jagen, ist ein brillanter Schachzug!«

Edgars Atem beschleunigte sich. »Gut«, meinte er. »Ich werde darum bitten, das man dem nachgeht. Ich setze mich gleich mit ... mit den Hohen in Moskau zusammen und bitte sie, die Asche zu überprüfen.«

»Vorsichtshalber solltest du auch Geser und Sebulon bitten, die Überreste zu prüfen«, riet Kostja. »Wir können nicht sicher sein, dass die beiden nichts mit der Sache zu tun haben.«

»Bring einer Henne nicht das Eierlegen bei ...«, brummte Edgar. Er setzte sich bequemer hin – und klinkte sich aus dem Geschehen aus.

O ja, Geser und Sebulon dürften diese Nacht auch kein Auge zutun.

Ich gähnte. »Meine Herren, machen Sie, was Sie wollen, aber ich leg mich jetzt schlafen«, verkündete ich.

Edgar antwortete nicht, da er gerade telepathisch mit einem der Großen kommunizierte. Kostja nickte und verschwand ebenfalls unter der Bettdecke.

Ich kletterte zur oberen Liege, zog mich aus und stopfte Jeans und Hemd in das Fach über dem Bett. Dann nahm ich die Uhr ab und legte sie neben mich, denn ich schlafe nicht gern mit dem Ding. Unter mir kippte Kostja den Schalter vom Nachtlicht um – es wurde dunkel.

Edgar saß reglos da. Die Räder ratterten gemütlich. In Amerika sollen in die langen, in einem Stück gegossenen Schienen angeblich spezielle Rillen eingelassen sein, um das Rattern zu imitieren und dieses gemütliche Geklopfe der Räder zu erzeugen ...

Ich konnte nicht einschlafen.

Jemand hatte einen Hohen Vampir ermordet. Oder dieser Vampir hatte seinen Tod selbst inszeniert. Das spielte keine Rolle. In beiden Fällen verfügte da jemand über unvorstellbare Kraft.

Warum hatte er fliehen müssen? Sich in einem Zug verstecken – und dabei das Risiko eingehen, dass der ganze Zug gesprengt oder beispielsweise von Hunderten von Hohen umstellt wird, die jeden Einzelnen überprüfen? Das ist dumm, unnötig und riskant. Wenn du erst mal der stärkste Andere geworden bist, fällt dir die Macht früher oder später sowieso zu. In hundert Jahren, in zweihundert, wenn alles vergessen ist, was die Hexe Arina und das mythenumwobene Buch angeht. Wenn auch nicht jedem, aber Vítěszlav wäre das klar gewesen.

Das sieht zu sehr ... nach einem Menschen aus. Verworren und unlogisch. Überhaupt nicht wie die Tat eines weisen starken Anderen.

Doch nur ein solcher Anderer konnte Vítěszlav ermordet haben.

Schon wieder passten nicht alle Teile zusammen ...

Unten rührte sich Edgar. Seufzte, raschelte mit der Decke und kletterte ebenfalls auf seine Liege hinauf.

Ich schloss die Augen und versuchte mich so gut es ging zu entspannen.

Ich stellte mir vor, wie sich die Gleise hinter dem Zug dahinzogen ... von einem großen Bahnhof zu einem kleinen, vorbei an Städten und Städtchen, bis hin nach Moskau, wo fächerförmig vom Bahnhof Straßen abgingen, um hinter der Ringautobahn zu einer Berg- und Talbahn zu werden, um sich hundert Kilometer weiter in holprige kleine Wege zu verwandeln, die zu einem gotterbärmlichen Dörflein führten, zu einem alten Holzhaus ...

»Swetlana?«

»Ich hab dich schon erwartet, Anton. Was macht ihr?«

»Wir sind im Zug. Hier ist was Merkwürdiges passiert ...«

Ich versuchte, mich ihr maximal zu öffnen ... na ja, fast maximal. Ich rollte mein Gedächtnis aus wie eine Stoffbahn auf dem Tisch einer Schneiderin. Der Zug, die Inquisitoren, das Gespräch mit Lass, das Gespräch mit Edgar und Kostja ...

»Komisch«, sagte Swetlana nach einer kurzen Pause. *»Sehr komisch. Ich habe den Eindruck, als ob jemand mit euch spielt. Das gefällt mir nicht, Anton.«*

»Mir auch nicht. Wie geht es Nadja?«

»Sie schläft schon lange.«

In einem Gespräch wie diesem, das nur Andere verstehen können, fehlt jede Intonation. Allerdings wird sie durch irgendwas ersetzt. Und ich spürte eine leichte Unsicherheit Swetlanas.

»Du bist nicht zu Hause, oder?«

»Stimmt. Ich bin zu Besuch bei einer alten Frau.«

»Swetlana!«

»Ich bin wirklich zu Besuch, also mach dir keine Sorgen! Ich wollte mit ihr die ganze Situation durchgehen ... und etwas über das Buch erfahren.«

Ich hätte doch gleich wissen müssen, dass nicht nur die Sorge um unsere Tochter Swetlana gezwungen hat, uns zu verlassen.

»Und was hast du rausbekommen?«

»Es war das Fuaran. *Ebendas. Das echte. Und ... was Gesers Sohn anging, da hatten wir Recht. Unsere Alte war mit sich und der Welt zufrieden ... und hat nützliche Kontakte wiederhergestellt.«*

»Und dann hat sie das Buch geopfert?«

»Ja. Sie hat es in der hundertprozentigen Überzeugung zurückgelassen, dass das Geheimversteck schnell gefunden wird und man dann die Fahndung nach ihr einstellt.«

»Und was hält sie von dem, was passiert ist?« Angestrengt versuchte ich, Namen zu vermeiden – als ob so ein Gespräch abgehört werden könnte.

»Ich glaube, sie ist in Panik geraten. Obwohl sie versucht, sich nichts anmerken zu lassen.«

»Swetlana, wie schnell kann das Fuaran einen Menschen in einen Anderen verwandeln?«

»Fast sofort. Man braucht etwa zehn Minuten, um alle Zaubersprüche aufzusagen, dann sind noch ein paar Zutaten nötig ... oder genauer gesagt eine – das Blut von zwölf Menschen. Selbst wenn von jedem nur ein Tropfen gebraucht wird, aber es müssen zwölf verschiedene Menschen sein.«

»Weshalb?«

»Das musst du Fuaran fragen. Ich bin überzeugt, dass statt Blut auch jede andere Flüssigkeit ginge, aber die Hexe hat den Zauberspruch an Blut gebunden ... Also zehn Minuten Vorbereitung, zwölf Tropfen Blut, und du kannst aus einem Menschen einen Anderen machen. Oder aus einer ganzen Gruppe von Menschen. Hauptsache, sie sind alle in deinem Blickfeld.«

»Und wie stark werden sie sein?«

»Das variiert. Aber schwache Andere können mit dem nächsten Zauberspruch auf eine höhere Stufe gezogen werden. Theoretisch kannst du aus jedem Menschen einen Hohen Magier machen.«

Etwas hatte sie gesagt. Etwas Wichtiges. Nur kriegte ich diesen Faden im Moment noch nicht zu fassen ...

»Und was fürchtet ... die Alte, Sweta?«

»Eine Massenverwandlung der Menschen in Andere.«

»Will sie nicht herkommen und ein Geständnis ablegen?«

»Nein, sie will die Beine in die Hand nehmen. Und ich verstehe sie.«

Ich seufzte. Arina sollte eigentlich schon zur Verantwortung gezogen werden ... wenn die Inquisition sie dann nicht wegen Sabotage anklagen würde. Und wieder einmal hatte Geser seine Finger im Spiel ...

»Sweta, frage sie doch … frage sie, weshalb der Dieb nach Osten fahren könnte? Hat das Fuaran *vielleicht mehr Kraft an dem Ort, wo es geschrieben worden ist?«*

Pause. Zu dumm, dass das kein Handy war, dass ich mit der Hexe nicht persönlich sprechen konnte. Denn ein direktes Gespräch ist nur zwischen Anderen möglich, die sich nahe stehen. Oder zumindest Gleichgesinnte sind.

»Nein … Sie wundert sich sehr darüber. Sie sagt, dass es keine Verbindung zwischen dem Fuaran *und dieser Gegend gebe. Das Buch würde auch im Himalaja funktionieren oder an der Antarktis oder der Elfenbeinküste.«*

»Dann … dann frag sie, ob Vítěszlav es benutzen könnte. Immerhin ist er ein Vampir, ein niederer Anderer …«

Abermals Pause.

»Er könnte. Ob Vampir oder Tiermensch, das spielt keine Rolle. Auch nicht, ob Dunkler oder Lichter. Es gibt keine Einschränkungen. Bis auf die, dass Menschen das Buch nicht benutzen können.«

»Das ist klar … Sonst noch was?«

»Nein, Anton. Ich hatte gehofft, sie könne uns einen Hinweis geben … Aber ich habe mich geirrt.«

»Gut. Vielen Dank. Ich liebe dich.«

»Ich dich auch. Schlaf gut. Ich bin überzeugt, dass morgen früh alles besser aussieht …«

Das dünne Fädchen, das zwischen uns gespannt gewesen war, riss. Ich zuckte zusammen, dann machte ich es mir gemütlich. Schließlich hielt ich es nicht mehr aus und schaute zum Tisch hinunter.

Die Nadel des »Kompasses« drehte sich nach wie vor. Das *Fuaran* war im Zug.

Nachts wachte ich zwei Mal auf. Einmal, als einer der Inquisitoren zu Edgar kam, um ihm zu berichten, dass sie bestimmte

Beweise nicht hatten entdecken können. Das zweite Mal, als der Zug in Tambow hielt und Kostja sich leise aus dem Abteil schlich.

Erst nach zehn stand ich auf.

Edgar trank Tee. Kostja, rosig und frisch, kaute ein Wurstbrot. Die Nadel drehte sich. Alles wie gehabt.

Ich zog mich gleich im Bett an und sprang nach unten. Zu meinem Bettzeug gehörte ein winziges Stück Seife – das war jedoch alles, was mir für meine Körperpflege zur Verfügung stand.

»Nimm das«, brummte Kostja und reichte mir eine Plastiktüte. »Ich habe was besorgt ... in Tambow ...«

In der Tüte entdeckte ich ein Päckchen Einwegrasierklingen und eine kleine Flasche mit Rasiercreme von Gillette, eine Zahnbürste und Zahncreme der Marke Neue Perle.

»Eau de Cologne habe ich vergessen«, fügte Kostja hinzu. »Ich habe nicht daran gedacht.«

Kein Wunder, dass er es vergessen hatte. Vampire und Tiermenschen haben etwas gegen starke Gerüche. Ob vielleicht auch die Wirkung des Knoblauchs, der im Grunde für Vampire absolut unschädlich ist, darauf beruht, dass er Vampire daran hindert, ihre Opfer zu wittern?

»Danke«, sagte ich. »Was kriegst du?«

Kostja winkte ab.

»Ich habe ihm schon Geld gegeben«, teilte Edgar mit. »Du bekommst übrigens auch Tagegeld für eine Dienstreise. Fünfzig Dollar pro Tag plus die Summe für die Verpflegung, die du mit Quittungen nachweisen kannst.«

»Die Inquisition lebt nicht schlecht«, stichelte ich. »Gibt es Neuigkeiten?«

»Geser und Sebulon versuchen, alles über die Gebeine von Vítĕszlav herauszubekommen.« So drückte er sich aus, die Gebeine, feierlich und offiziell. »Es ist schwierig, etwas zu sagen.

Du weißt ja: Je älter ein Vampir, desto weniger bleibt von ihm nach dem Tod übrig ...«

Kostja kaute konzentriert sein Brot.

»Ja«, pflichtete ich ihm bei. »Ich geh mich mal waschen.«

Im Waggon waren bereits fast alle wach, nur bei ein paar Abteilen, wo es gestern Abend heiß hergegangen war, waren die Türen noch geschlossen. Nachdem ich in der kurzen Schlange angestanden hatte, zwängte ich mich in das Zugklo mit seinem Armeekomfort. Das warme Wasser kam in einem dünnen Strahl träge aus dem Hahn. Die polierte Stahlfolie, die den Spiegel ersetzte, war seit langem über und über mit kleinen Spritzern übersät. Während ich mir die Zähne mit der harten Zahnbürste aus China putzte, ließ ich mir mein nächtliches Gespräch mit Sweta noch einmal durch den Kopf gehen.

Irgendwas Wichtiges hatte sich zwischen ihren Worten versteckt. Es war da – aber weder Swetlana noch ich verstanden es.

Dabei musste ich es verstehen.

Als ich ins Abteil zurückkehrte, war ich der Wahrheit zwar kein Stück näher gekommen, hatte aber eine Idee, die mir Erfolg versprechend schien. Meine Reisegefährten hatten ihr Frühstück bereits beendet. Ich schloss die Tür und packte den Stier gleich bei den Hörnern. »Edgar, ich habe eine Idee. Deine Jungs sollen auf einem langen Streckenabschnitt die Waggons abkoppeln. Einen nach dem anderen. Einer von ihnen soll den Maschinisten kontrollieren, damit der Zug nicht anhält. Wir behalten den ›Kompass‹ im Auge. Sobald der Waggon mit dem Buch abgekoppelt ist, zeigt die Nadel uns das an.«

»Ja und?«, fragte Edgar desinteressiert.

»Wir orten das Buch. Mit der Genauigkeit von einem Waggon. Dann können wir den Waggon umstellen und jeden Fahrgast einzeln mit seinem Gepäck herauslotsen. Sobald wir den Mörder haben, wird die Nadel uns das zeigen. Das war's! Dann brauchen wir den Zug nicht zu sprengen!«

»Ich habe auch schon darüber nachgedacht«, gab Edgar ungern zu. »Es gibt ein einziges Argument dagegen, das ist jedoch ausschlaggebend. Der Täter wird merken, was im Gange ist. Und könnte als Erster zuschlagen.«

»Dann kommen eben auch Geser, Sebulon, Swetlana, Olga ... haben die Dunklen noch weitere starke Magier?« Ich sah Kostja an.

»Die werden sich finden«, wich Kostja aus. »Reichen unsere Kräfte denn?«

»Gegen einen einzigen Anderen?«

»Der nicht irgendein Anderer ist«, erinnerte mich Edgar. »Der Legende zufolge haben sich mehrere hundert Magier zusammengefunden, um Fuaran zu töten.«

»Dann werden auch wir unsere Kräfte zusammenziehen. Die Nachtwache hat fast zweihundert Mitarbeiter, in der Tagwache sind es nicht weniger. Hinzu kommen noch Hunderte von Reservisten. Jede Seite kann mindestens tausend Andere aufstellen.«

»Die in der Regel schwach sind, sechster, siebter Grad. Die echten Magier, vom dritten Grad an aufwärts, zählen nicht mehr als ein paar Hundert.« Edgar sprach so überzeugt, dass kein Zweifel aufkommen konnte: Er hatte die Variante eines direkten Kräftemessens tatsächlich schon in Gedanken durchgespielt. »Das könnte reichen, wenn die Dunklen und die Lichten durch Inquisitoren unterstützt werden, die Amulette einsetzen und beide Kräfte vereinen. Aber es muss nicht reichen. Dann würden die stärksten Kämpfer sterben, und der Täter hätte freie Hand. Meinst du nicht, dass er genau darauf hofft?«

Ich schüttelte den Kopf.

»Darüber habe ich nämlich schon nachgedacht«, meinte Edgar mit düsterer Genugtuung. »Der Täter kann den Zug als Falle benutzen, in die alle starken Magier Russlands tappen. Er könnte den ganzen Zug mit Zaubern beladen haben, die wir nicht spüren.«

»Warum machen wir uns dann überhaupt noch die Mühe?«, fragte ich. »Warum sind wir dann hier? Eine Atombombe – und alle unsere Probleme wären gelöst.«

»Ja«, meinte Edgar nickend. »Wir bräuchten eine Atombombe, denn sie geht durch alle Schichten des *Zwielichts* hindurch. Aber zunächst müssen wir sicherstellen, dass uns das Zielobjekt nicht im letzten Moment entwischt.«

»Schlägst du dich jetzt auf Sebulons Seite?«, wollte ich wissen.

Edgar seufzte. »Ich schlage mich auf die Seite des gesunden Verstandes. Bei einer vollständigen Überprüfung des Zuges unter Hinzuziehung etlicher Kräfte droht uns ein magisches Gemetzel. Die Menschen sterben jedoch so oder so. Sprengen wir den Zug – ja, dann würden mir die Menschen leid tun. Aber immerhin würden wir auf diese Weise weltweite Konflikte vermeiden.«

»Aber wenn es noch eine Chance gibt ...«, setzte ich an.

»Die gibt es«, pflichtete Edgar mir bei. »Deshalb schlage ich vor, unsere Suche fortzusetzen. Kostja und ich schnappen uns meine Jungs als Hilfe und durchkämmen den Zug – gleichzeitig vom ersten und vom letzten Waggon aus. Wir werden Amulette einsetzen und gegebenenfalls versuchen, den Verdächtigen durchs *Zwielicht* zu überprüfen. Und du sprich noch mal mit Lass. Schließlich gehört er immer noch zu unseren Verdächtigen.«

Ich zuckte mit den Schultern. All das erinnerte mich bloß schrecklich an die Imitation einer Suche. Im tiefsten Herzen hatte Edgar bereits kapituliert.

»Wann ist die Stunde X?«, fragte ich.

»Morgen Abend«, antwortete Edgar. »Wenn wir durch die menschenleeren Landstriche bei Semipalatinsk kommen. Dort sind sowieso schon Bomben gezündet worden ... ein taktischer Sprengkörper mehr richtet dort keinen großen Schaden an.«

»Erfolgreiche Jagd«, sagte ich und ging aus dem Abteil.

Das war doch Wahnsinn. Das alles war nur eine Zeile in einem Bericht, an dem Edgar innerlich schon schrieb. »Ungeachtet der ergriffenen Maßnahmen konnten weder der Täter lokalisiert noch das *Fuaran* sichergestellt werden ...«

Ab und zu hatte ich schon mal darüber nachgedacht, ob die Inquisition nicht eine reale Alternative zu den Wachen ist. Womit beschäftigen wir uns denn schon? Wir grenzen Menschen und Andere voneinander ab. Achten darauf, dass die Menschen durch die Handlungen der Anderen nur minimal betroffen sind. Gewiss, praktisch ist das unmöglich, denn einige Andere sind von Natur aus Parasiten. Und die Widersprüche zwischen Dunklen und Lichten sind nun mal so, dass Konfrontationen unvermeidlich sind.

Aber es gibt noch die Inquisition, sie steht über den Wachen, sie bewahrt das Gleichgewicht, sie ist die dritte Kraft und die abgrenzende Struktur einer höheren Ordnung, sie korrigiert die Fehler der Wachen ...

Und jetzt stellte sich heraus: Dem ist nicht so.

Es gibt keine dritte Kraft. Es gibt sie nicht – und hat sie nie gegeben.

Die Inquisition ist das Werkzeug, um Dunkle und Lichte voneinander abzugrenzen. Mehr nicht. Sie achtet auf die Einhaltung des Großen Vertrages, aber nicht im Interesse der Menschen, sondern ausschließlich im Interesse der Anderen. Die Inquisition, das sind die Anderen, die wissen: Wir sind alle Parasiten, ein Lichter Magier ist um keinen Deut besser als ein Vampir.

Und in der Inquisition zu arbeiten heißt, sich damit abzufinden. Es heißt, endgültig erwachsen zu werden, den naiven jugendlichen Maximalismus gegen einen gesunden erwachsenen Zynismus einzutauschen. Anzuerkennen, dass es Menschen gibt und dass es Andere gibt – und das die beiden nichts miteinander verbindet.

Bin ich bereit, das anzuerkennen?

Ja, vermutlich.

Aber aus irgendeinem Grund will ich nicht in die Inquisition wechseln.

Lieber reiß ich in der Nachtwache meine Stunden ab. Gehe meiner absolut überflüssigen Arbeit nach, die darin besteht, absolut überflüssige Menschen zu schützen.

Und warum überprüfte ich dann nicht jetzt unseren einzigen Verdächtigen? Noch hatte ich Zeit.

Lass war bereits wach. Er saß in seinem Abteil, schaute finster auf die erbärmliche Landschaft draußen. Der Tisch war hochgeklappt, im Waschbecken kühlte er unter dem dünnen Wasserstrahl eine Flasche Kumys.

»Hier fehlt ein Kühlschrank«, sagte er traurig. »Selbst im besten Waggon ist kein Kühlschrank im Abteil vorgesehen. Willst du Kumys?«

»Ich habe bereits gefrühstückt.«

»Wann?«

»Na gut, ein klitzekleines Schlückchen ...«, stimmte ich zu.

Den Kognak goss Lass in der Tat tröpfchenweise ein, gerade so viel, um die Lippen zu befeuchten. Wir tranken ex. »Was hat mich nur gestern gepikt?«, meinte Lass nachdenklich. »Sag mir mal ganz ehrlich, warum ein normaler Mensch plötzlich auf die Idee kommt, in Kasachstan Urlaub zu machen? Spanien, gut. Türkei, ja. Peking, ja – zum Kussfestival, falls du auf Extremtourismus stehst. Aber Kasachstan?«

Ich zuckte mit den Schultern.

»Das muss eine merkwürdige Fluktuation meines Bewusstseins gewesen sein«, sagte Lass. »Ich habe einfach gedacht ...«

»Und jetzt willst du aussteigen«, fuhr ich fort.

»Richtig. Und dann steige ich in den nächsten Zug wieder ein. In die entgegengesetzte Richtung.«

»Eine kluge Entscheidung«, sagte ich ehrlich. Erstens waren wir damit einen Verdächtigen los. Zweitens würde ein anständiger Mensch gerettet.

»In ein paar Stunden sind wir in Saratow«, überlegte Lass laut. »Da steige ich aus. Ich rufe jetzt meinen Geschäftspartner an und bitte ihn, mich abzuholen. Saratow ist eine schöne Stadt.«

»Und was ist daran schön?«, wollte ich wissen.

»Nun ...« Abermals füllte Lass unsere Becher, diesmal etwas großzügiger. »Im Gebiet von Saratow leben seit Jahrhunderten Menschen. Das unterscheidet es auch aufs Vorteilhafteste von den Gebieten im Hohen Norden und ähnlichen Gegenden. Zur Zarenzeit gab es dort ein Gouvernement, das jedoch in der Entwicklung etwas hinterherhinkte. Nicht umsonst hat Tschazki gesagt: ›Auf in die Wildnis, auf nach Saratow!‹ Heute ist es das Industrie- und Kulturzentrum der Region, ein großer Eisenbahnknotenpunkt.«

»Nun übertreib mal nicht«, merkte ich vorsichtig an. Mir war nicht klar, ob er das ernst meinte oder einfach Unsinn faselte, bei dem er Saratow leicht durch Kostroma, Rostow am Don oder jede x-beliebige andere Stadt hätte austauschen können.

»Das Wichtigste dort ist der Eisenbahnknotenpunkt«, erklärte Lass. »Ich werde in einem McDonald's essen – und dann ab nach Hause. Außerdem gibt es dort noch eine alte Kathedrale, die werde ich bestimmt besichtigen. Damit habe ich die Reise nicht umsonst gemacht, oder?«

Ach ja, hatte unser unbekannter Gegner am Ende doch nicht richtig aufgepasst. Die Intervention war zu schwach und verflog innerhalb von vierundzwanzig Stunden.

»Und weshalb wolltest du nun unbedingt nach Kasachstan?«, fragte ich noch einmal.

»Ich habe es dir doch schon gesagt: einfach so«, seufzte Lass.

»Wirklich einfach so?«

»Na ja … ich habe so rumgesessen, nichts Böses ahnend, die Saiten meiner Gitarre gewechselt. Plötzlich klingelt das Telefon. Jemand hatte sich verwählt, wollte irgendeinen Kasachen sprechen … den Namen habe ich schon wieder vergessen. Kaum hatte ich den Hörer aufgelegt, fing ich an darüber nachzudenken, wie viele Kasachen in Moskau leben. Auf meiner Gitarre waren gerade genau zwei Saiten aufgezogen, wie bei einer Dombra, so einer Art kasachischer Balalaika. Ich spannte sie und fing an zu klimpern. Das war komisch. Denn es kam irgendeine Melodie heraus … die sich in mir festsetzte und mich betörte. Da habe ich gedacht: Jetzt fahre ich nach Kasachstan!«

»Eine Melodie?«, hakte ich nach.

»Hmm. Eine betörende, lockende. Die Steppe, Kumys, all das …«

Ob es doch Vítěszlav gewesen war? Ein normaler Mensch bemerkt die Magie in der Regel nicht. Aber die Magie der Vampire steht zwischen richtiger Magie und sehr starker Hypnose. Sie ist auf Blickkontakt angewiesen, auf Geräusche, eine Berührung – auf einen wenn auch minimalen Kontakt zwischen Vampir und Mensch. Und sie hinterlässt Spuren: Der Mensch meint, einen Blick zu spüren, eine Berührung, ein Geräusch zu hören …

Ob der alte Vampir uns alle betrogen hatte?

»Anton«, sagte Lass nachdenklich. »Du handelst doch nicht wirklich mit Milch, oder?«

Ich schwieg.

»Wenn da irgendwas wäre, was den FSB interessieren könnte, dann würde ich mir vor Angst in die Hosen pinkeln«, fuhr Lass fort. »Nur glaube ich, dass auch der FSB in meiner Situation Angst hätte.«

»Wir wollen diese Frage nicht weiter vertiefen, ja?«, schlug ich vor. »Das ist besser.«

»Hmm«, stimmte Lass mir schnell zu. »Gut. Was ist? Kann ich in Saratow aussteigen?«

Ich nickte. »Steig aus und fahr nach Hause. Danke für den Kognak.«

»Zu Befehl«, entgegnete Lass. »Ich helfe immer gern.«

Mir war nicht klar, ob er mich verarschte. Bei manchen Menschen ergibt sich diese Art zu sprechen wohl von selbst.

Lass und ich drückten uns recht feierlich die Hand, ich trat in den Gang hinaus und steuerte auf meinen Waggon zu.

Also doch Vítěszlav? Ach ja, dieser schlaue Kerl ... dieser verdiente Mitarbeiter der Inquisition!

Jagdfieber packte mich. Natürlich konnte Vítěszlav sich die Unvorstellbarkeit des Ganzen zunutze machen und sich als sonst wer tarnen. Als dieser Rotzbengel von zwei Jahren, der vorsichtig aus einem Abteil herausspähte. Als diese dicke junge Frau mit den geschmacklosen, großen goldenen Ohrringen. Als Waggonbetreuer, der um Edgar herumscharwenzelte. Warum nicht?

Sogar als Edgar oder Kostja ...

Ich blieb stehen, sah auf den Vampir und den Inquisitor, die vor unserer Abteiltür im Gang standen. Und wenn er wirklich ...

Nein, stopp. Langsam werde ich wahnsinnig. Alles ist möglich – aber nicht alles geschieht auch. Ich bin ich, Edgar ist Edgar, Vítěszlav ist Vítěszlav. Sonst könnte ich gar nicht arbeiten.

»Es gibt was Neues«, sagte ich, als ich zwischen Kostja und Edgar trat.

»Ja?«, meinte Edgar.

»Lass ist von einem Vampir manipuliert worden. Er erinnert sich ... dass er so etwas wie Musik gehört hat, die ihn zur Reise aufgefordert hat.«

»Wie poetisch«, schnaubte Edgar. Er lächelte jedoch nicht, lobte mich aber: »Musik? Das klingt sehr nach einem Blutsau... entschuldige, Kostja. Nach einem Vampir.«

»Du könntest dich auch einer politisch korrekten Ausdrucksweise bedienen: nach einem Hämoglobinabhängigen«, meinte Kostja, wobei er die Lippen zu einem Lächeln verzog.

»Das Hämoglobin hat damit nichts zu tun, das weißt du selbst«, fuhr Edgar ihn an. »Gut, das ist eine Spur.« Plötzlich lächelte er und klopfte mir auf die Schultern. »Du bist hartnäckig. Nun denn, so hat der Zug eine Chance. Wartet hier auf mich.«

Mit schnellen Schritten ging Edgar den Gang hinunter. Ich glaubte schon, er wolle zu seinen Kämpfern, aber Edgar betrat das Abteil des Zugführers und schloss hinter sich die Tür.

»Was er wohl vorhat?«, fragte Kostja.

»Woher soll ich das wissen?« Ich schielte zu ihm hinüber. »Vielleicht gibt es ja spezielle Zaubersprüche, mit denen man einen Vampir erkennen kann.«

»Nein«, entgegnete Kostja scharf. »Das ist so wie bei allen Anderen. Wenn Vítěszlav sich als Mensch tarnt, können wir ihn mit keinem Zauberspruch aufdecken. Das ist zu dumm ...«

Er wurde nervös. Ich verstand ihn. Es ist schwer, der am stärksten diskriminierten Minderheit der Anderen anzugehören – und dann den eigenen Artgenossen zu jagen. Was hatte er mir mal gesagt ... als ich noch ein junger, kühner Vampirjäger war: *»Wir sind nur sehr wenige, Anton. Wenn einer von uns stirbt, spüren wir das sofort.«*

»Kostja, hast du Vítěszlavs Tod gespürt?«

»Was meinst du, Anton?«

»Du hast mal gesagt, dass ihr spürt, wenn ... einer von euch stirbt.«

»Wir spüren es, wenn es ein Vampir mit Lizenz ist. Wenn ihn das Registrierungssiegel tötet – dann fühlen alle in der Nähe ein schmerzhaftes Echo. Vítěszlav hatte kein Siegel.«

»Aber Edgar hat doch offenbar etwas vor?«, murmelte ich. »Ist das irgendein Trick der Inquisition?«

»Vermutlich.« Kostja kniff die Augen zusammen. »Warum, Anton? Warum sind wir die einzigen, die permanent gejagt werden ... selbst von den eigenen Leuten? Die Dunklen Magier morden schließlich auch!«

Plötzlich redete er mit mir genauso wie früher. Als er noch ein unschuldiger Vampirjunge gewesen war ... Obwohl: Wie kann ein Vampir unschuldig sein?

Und das war schrecklich, das stellte alles auf den Kopf. Verfluchte Fragen und verfluchte Vorherbestimmung, das alles präsentiert von jemandem, der diese Grenze bereits überschritten hatte. Der jagte und mordete ...

»Ihr mordet ... um an Nahrung zu kommen«, sagte ich.

»Aber für Macht, für Geld, zum Spaß – das ist anständiger?«, fragte Kostja bitter. Er wandte sich mir zu und schaute mich an. »Warum ... widert es dich so an, mit mir zu reden? Wir sind doch mal Freunde gewesen. Was hat sich bloß geändert?«

»Du bist ein Hoher Vampir geworden.«

»Ja, und?«

»Ich weiß, wie Vampire zu Hohen Vampiren werden, Kostja.«

Einige Sekunden lang sah er mir in die Augen. Dann zeichnete sich ein Lächeln auf seinen Lippen ab. Ein Vampirlächeln – bei dem du im Mund die Eckzähne zwar noch nicht sehen kannst, du die Dinger aber schon an deinem Hals spürst.

»Ach ja ... Man muss das Blut unschuldiger junger Frauen und Kinder trinken, sie ermorden ... Das alte, klassische Rezept. So ist Vítěszlav ein Hoher Vampir geworden ... Willst du damit sagen, du hättest niemals einen Blick in mein Dossier geworfen?«

»Ja«, bestätigte ich.

Er sackte förmlich in sich zusammen. Sein Lächeln wirkte mit einem Mal mitleidheischend und verwirrt.

»Nicht einmal?«

»Genau«, antwortete ich, obwohl mir bereits schwante, dass ich einen Fehler gemacht hatte.

Ungeschickt breitete Kostja die Arme aus – und dann legte er los, wobei er ausschließlich mit Konjunktionen, Interjektion und Pronomen auskam. »Ah ... ha ... wie ... du ... dabei ... ich ... aber du ...«

»Ich schaue nicht gern in das Dossier eines Freundes«, sagte ich und fügte dummerweise hinzu: »Selbst wenn es ein ehemaliger Freund ist.«

»Und ich habe gedacht, du hättest es dir angesehen«, sagte Kostja. »Gut. Wir leben im 21. Jahrhundert, Anton. Also ...« Er griff in die Tasche seines Jacketts und zog sein Fläschchen heraus. »Das ist ein Konzentrat ... Spenderblut. Zwölf Menschen haben ihr Blut gegeben ... Man muss niemanden umbringen. Hämoglobin hat in der Tat nichts damit zu tun! Wichtiger sind die Emotionen, die ein Mensch empfindet, wenn er Blut spendet. Du kannst dir ja gar nicht vorstellen, wie viele Menschen eine Todesangst davor haben und trotzdem zum Arzt gehen, um Blut für ihre Verwandten zu spenden. Mein persönliches Rezept ... das Sauschkin-Rezept. Meist spricht man jedoch vom Sauschkin-Cocktail. Vermutlich steht das im Dossier.«

Triumphierend sah er mich an – und konnte einfach nicht begreifen, warum ich nicht lächelte. Warum ich nicht schuldbewusst murmelte: »Kostja, verzeih mir, ich habe dich für ein Arschloch und einen Mörder gehalten ... dabei bist du ein ehrlicher Vampir, ein guter Vampir, ein moderner Vampir ...«

Ja, auch das war er. Ehrlich, gut und modern. Nicht umsonst hatte er in einem Wissenschaftlichen Forschungsinstitut für Hämatologie gearbeitet.

Aber warum hatte er die Zusammensetzung erwähnt? Das Blut von zwölf Menschen?

Obwohl schon klar war, warum. Woher sollte ich den Inhalt des *Fuaran* kennen? Woher sollte ich wissen, dass für den Zauber eben das Blut von zwölf Menschen nötig ist?

Vítĕszlav standen keine zwölf Menschen zur Verfügung. Er konnte den Zauber aus dem *Fuaran* nicht wirken und seine Kraft auf diese Weise nicht erhöhen.

Aber Kostja hatte sein Fläschchen.

»Anton, was hast du?«, fragte Kostja. »Warum sagst du denn nichts?«

Gerade trat Edgar aus dem Abteil des Zugführers, sagte etwas, drückte dem Mann die Hand und kam auf uns zu, auf den Lippen immer noch ein zufriedenes Lächeln.

Ich starrte Kostja an. Und las alles in seinen Augen.

Er hatte verstanden, dass ich verstanden hatte.

»Wo hast du das Buch versteckt?«, fragte ich. »Sag's. Das ist deine letzte Chance. Deine einzige Chance. Mach dich nicht unglücklich ...«

In dem Augenblick schlug er zu. Ohne jede Magie – wenn man die übermenschliche Kraft eines Vampirs nicht als Magie betrachtet. Mit einem weißen Blitz explodierte die Welt, in meinem Mund knackten die Zähne, und mein Kiefer schien wie gelähmt. Ich flog bis ans eine Ende des Ganges und prallte auf einen Mitreisenden, der nicht rechtzeitig aus dem Weg gegangen war. Vermutlich sollte ich mich bei ihm bedanken, dass ich nicht das Bewusstsein verloren hatte – an meiner Stelle wurde er ohnmächtig.

Kostja stand da und rieb sich die Faust. Sein Körper flimmerte, weil er immer wieder kurz ins *Zwielicht* eintrat, weil er zwischen den Welten hin und her huschte. Wie hatte mich diese Besonderheit der Vampire einst fasziniert: Gennadi, Kostjas Vater, war über den Hof auf mich zugekommen, Kostjas Mutter Polina hatte dem damals noch so jungen Vampir den Arm um die Schulter gelegt ... wir sind gesetzestreu ... wir ermorden niemanden ... was müssen wir auch ausgerechnet mit einem Lichten Magier Tür an Tür leben!

»Kostja?!«, rief Edgar und blieb stehen.

Langsam drehte ihm Kostja den Kopf zu. Ich sah nicht, spürte aber, wie er die Zähne fletschte.

Edgar riss die Hände hoch, worauf den Gang eine trübe Mauer versperrte, die an Bergkristall erinnerte. Möglicherweise durchschaute er noch nicht hundertprozentig, was hier vor sich ging – doch die Instinkte des Inquisitors funktionierten einwandfrei.

Kostja stieß ein tiefes Heulen aus und drückte mit den Händen gegen die Mauer. Die gab nicht nach. Der Waggon erbebte, hinter mir fing eine Frau an, langsam und gedehnt zu kreischen. Kostja schwankte hin und her und versuchte, Edgars Verteidigung zu durchbrechen.

Ich hob die Hand und schickte eine »graue Andacht« auf Kostja, jenen alten Zauber gegen die Untoten. Jeden Organismus, der sich aus seinem Grab erhoben hat, kein Bewusstsein besitzt, sondern nur durch den Willen eines Zauberers lebt, hackt die »graue Andacht« kurz und klein. Vampiren nimmt sie die Schnelligkeit und Stärke.

Kostja drehte sich um, als die dünnen grauen Fäden ihn im *Zwielicht* umwickelten. Er kam auf mich zu und schüttelte sich – worauf der Zauber sich sofort auflöste. Niemals hatte ich eine derart grobe, aber effektive Arbeit gesehen.

»Stör mich nicht!«, brüllte er. Kostjas Gesicht war spitz geworden, die Eckzähne hatten sich jetzt wirklich gebildet. »Ich will dich nicht ... ich will dich nicht umbringen ...«

Ich konnte mich hochrappeln und kroch über den zu Boden gegangenen Mann in ein Abteil. Auf den oberen Liegen fingen irgendwelche Männer mit beeindruckenden Fratzen an zu winseln, und zwar keinesfalls schlechter als jene Frau, die vor der Toilettentür stand und schrie. Über den Fußboden rollten Gläser und Flaschen.

Mit einem Sprung tauchte Kostja in der Türfüllung auf. Er bedachte die Männer mit einem einzigen Blick – und sie verstummten.

»Ergib dich ...«, flüsterte ich, während ich mich vor dem Tisch auf den Boden setzte. Mit meinem Kiefer stimmte was nicht – er schien zwar nicht ausgerenkt, aber jede Bewegung tat mir weh.

Kostja lachte. »Ich erledige euch alle hier ... Wenn ich will. Komm mit mir, Anton. Komm! Ich will nichts Böses! Was hast du bei der Inquisition verloren? Was bei den Wachen? Wir werden alles verändern!«

Er sprach absolut aufrichtig. Sogar bittend.

Warum musste er der Allerstärkste werden, um sich diese Schwäche zu leisten?

»Wach auf ...«, flüsterte ich.

»Du bist ein Idiot! Ein Oberidiot!«, brüllte Kostja, während er einen Schritt auf mich zumachte. Er streckte die Hand aus. Seine Finger mündeten bereits in Krallen. »Du ...«

Eine offene Flasche *Posolskaja*, aus der träge der Wodka tropfte, fiel mir von selbst in die Hände.

»Es ist an der Zeit, Brüderschaft zu trinken«, sagte ich.

Er schaffte es zwar auszuweichen, doch ein paar Spritzer trafen sein Gesicht dennoch. Kostja heulte auf und warf den Kopf in den Nacken. Selbst wenn du der Allerhöchste Vampir bist – Alkohol ist und bleibt Gift für dich.

Ich stand auf, griff mir vom Tisch ein nicht ausgetrunkenes Glas und holte aus. »Nachtwache!«, schrie ich. »Du bist verhaftet! Hände hinter den Kopf! Zieh die Eckzähne ein!«

Genau in diesem Moment zwängten sich drei Inquisitoren durch die Tür herein. Ob Edgar sie gerufen hatte? Oder ob sie selbst gespürt hatten, dass etwas nicht stimmte? Sie stürzten sich auf Kostja, der sich immer noch das blutüberströmte Gesicht rieb. Einer versuchte Kostja eine graue Metallscheibe an den Hals zu drücken, ein Ding, das bis zum Anschlag magisch aufgeladen sein musste ...

Im nächsten Moment stellte Kostja unter Beweis, wozu er in der Lage war.

Mit dem Fuß trat er mir das Glas aus der Hand und presste mich mit dem Rücken gegen das Fenster. Der Rahmen knackte. Dort, wo eben noch Kostja gestanden hatte, erhob sich jetzt ein grauer Wirbel – und mit einer unsagbaren, nur Kinohelden eigenen Schnelligkeit hagelten Fausthiebe und Tritte auf mich ein. Von allen Seiten spritzte Blut und flogen Fleischfetzen durch die Luft, so, als ob jemand Frischfleisch mit einem Mixer püriere.

Dann sprang Kostja in den Gang, sah sich um – und schlüpfte durchs Fenster, als bemerke er die dicke Doppelglasscheibe gar nicht.

Umgekehrt bemerkte die Scheibe ihn auch nicht.

Kostja tauchte noch einmal kurz im Fenster auf, dann schlüpfte er seitlich nach unten weg – der Zug hatte ihn hinter sich gelassen.

Wann immer ich von diesem Vampirtrick gehört hatte, hatte ich ihn als reines Phantasieprodukt abgetan. Selbst in Nachschlagewerken stand unter dem Eintrag zu den Möglichkeiten »in der realen Welt durch Wände und Fenster zu gehen«, ein verschämtes »n. b.«, ein »nicht bewiesen«.

Im Abteil lagen zwei Inquisitoren in einem formlosen Haufen. Sie waren derart zerfetzt, dass niemand auf die Idee kam, ihren Puls zu fühlen.

Der dritte hatte Glück gehabt, er saß auf einer Liege und hielt sich eine Bauchwunde.

Der Boden schwamm in Blut.

Die Reisenden in den oberen Liegen schrien nicht mehr. Der eine hatte den Kopf unter ein Kissen gesteckt, der zweite sah mit starren Augen nach unten und kicherte leise.

Ich kroch unter dem Tisch hervor und trat auf wackligen Beinen in den Gang hinaus.

Fünf

Wie sagt der Held in einem bösen alten Witz: »Aber das Leben richtet sich jetzt wieder ein!«

Die Mitreisenden in unserem Waggon saßen in ihren Abteilen und starrten mit leeren Augen zum Fenster hinaus. Die Menschen, die durch unseren Waggon liefen, beschleunigten aus irgendeinem Grund den Schritt und blickten stur geradeaus. In einem abgeschlossenen Abteil lag – zusammen mit den in schwarze Plastiksäcke verpackten Körpern – der verletzte Inquisitor, den ein Kollege bereits seit einer Viertelstunde mit Heilzaubern behandelte. Zwei weitere Inquisitoren standen an der Tür zu unserem Abteil Wache.

»Wie bist du darauf gekommen?«, fragte Edgar.

Nachdem er zunächst seinem verletzten Kollegen geholfen hatte, kurierte er meinen Kiefer binnen drei Minuten. Ich fragte nicht, was ich gehabt hatte, eine schlichte Quetschung, einen Riss oder einen Bruch. Er war wieder in Ordnung, das genügte. Allerdings fehlten mir zwei Vorderzähne, und die Stelle mit der Zunge zu berühren war unangenehm.

»Ich habe mich an etwas aus dem *Fuaran* erinnert ...«, sagte ich. In den chaotischen ersten Minuten nach Kostjas Flucht hatte ich genug Zeit gehabt, mir eine Erklärung zu überlegen. »Die Hexe ... also, Arina ... sie hat gesagt, dass der Legende zufolge die Zauber aus dem *Fuaran* wirken, wenn man das Blut von zwölf Menschen hat. Selbst wenn es nur sehr wenig Blut ist ...«

»Warum bist du nicht schon früher damit herausgerückt?«, fragte Edgar scharf.

»Ich habe dem keine Bedeutung beigemessen. Damals hielt ich die ganze Geschichte mit dem *Fuaran* für ein reines Phantasieprodukt ... Dann hat Kostja mir erzählt, dass sein Cocktail aus dem Blut von zwölf Spendern besteht ... und da habe ich zwei und zwei zusammengezählt.«

»Verstehe. Vítĕszlav hatte kein Dutzend Menschen zur Hand«, meinte Edgar. »Wenn du das gleich gesagt hättest ... wenn du das doch bloß gesagt hättest ...«

»Kennst du die Zusammensetzung des Cocktails?«

»Ja, natürlich. In der Inquisition ist über den Sauschkin-Cocktail diskutiert worden. Das Zeug vollbringt keine Wunder, du wirst damit nicht stärker, als es dir von der Natur gegeben ist. Aber es erlaubt einem Vampir in der Tat, sich voll zu entfalten, ohne Menschen töten zu müssen ...«

»Sich zu entfalten oder sich gehen zu lassen?«, fragte ich.

»Wenn kein Mord nötig ist, kann man ohne Bedenken von Entfaltung sprechen«, antwortete Edgar sachlich. »Nun sag bloß nicht, du hättest ... davon nichts gewusst ...«

Ich schwieg.

Nein, ich hatte es nicht gewusst. Denn ich hatte es nicht wissen wollen. Ich wollte ein Held sein. Mit dem Ergebnis, dass jetzt zwei Inquisitoren in schwarzen Plastiksäcken liegen, denen niemand mehr helfen kann ...

»Lassen wir das«, meinte Edgar. »Was hat er nur jetzt ... Er fliegt, siehst du?«

Ich schielte zum »Kompass« hinüber. Ja ... ganz offenbar. Der Abstand zu Kostja – genauer zum Buch – blieb konstant, obwohl der Zug mit einer Geschwindigkeit von mindestens 70 bis 80 Stundenkilometern dahinraste. Er flog uns also nach. Floh nicht!

»Anscheinend hat er in Zentralasien wirklich etwas vor ...«, sagte Edgar irritiert. »Nur was ...«

»Wir müssen die Großen rufen«, sagte ich.

»Die kommen von selbst«, winkte Edgar ab. »Ich habe ihnen alles berichtet, ein Portal aufgehängt ... sie werden selbst entscheiden, was sie tun.«

»Ich weiß schon, was sie entscheiden werden«, murmelte ich. »Sebulon verlangt, dass ihm Kostja ausgeliefert wird, damit er ihn bestrafen kann. Und vor allem wird er das *Fuaran* haben wollen.«

»Das Buch wird niemand bekommen, da mach dir keine Sorgen.«

»Außer der Inquisition?«

Edgar hüllte sich in Schweigen.

Ich setzte mich bequemer hin. Betastete meinen Kiefer.

Er tat nicht mehr weh.

Aber um meine Zähne tat es mir leid. Entweder musste ich zum Zahnarzt oder zu einem Heiler. Doch selbst die besten Lichten Heiler können Zähne nicht schmerzlos heilen! Sie können es nicht – Punkt, aus, Ende.

Die Nadel des »Kompasses« zitterte, hielt aber die Richtung. Der Abstand veränderte sich nicht: zehn, zwölf Kilometer. Kostja musste sich ausgezogen und in eine Fledermaus verwandelt haben. Oder in sonst ein Tier. In eine gigantische Ratte, einen Wolf. Egal. Er hatte sich in eine Fledermaus verwandelt und flog dem Zug hinterher, dabei das Bündel mit seinen Sachen und das Buch in den Pfoten haltend. Wo hatte er es eigentlich versteckt gehabt, der Dreckskerl? Am Körper? In einer geheimen Tasche in seiner Kleidung?

Ein Dreckskerl, sicher ... aber wie abgebrüht! Wie mies und wie mutig – auf sich selbst Jagd zu machen, sich Versionen auszudenken, zu beratschlagen ...

Alle hatte er zum Besten gehalten.

Aber wozu? Wollte er absolute Macht? Letzten Endes standen die Chancen für einen Sieg nicht gut, und Kostja hatte sich noch nie durch besonderen Ehrgeiz ausgezeichnet. Das heißt: Er war ehrgeizig, erhob jedoch keine verrückten Ansprüche, die Weltherrschaft zu erlangen.

Weshalb floh er jetzt eigentlich nicht? An seinen Händen klebte das Blut von drei Inquisitoren. Das wird man ihm nie verzeihen, selbst wenn er mit einem Geständnis ankommt, selbst wenn er das Buch rausrückt. Er müsste fliehen ... und sicherheitshalber das Buch vernichten, an das der Suchzauber gekoppelt ist. Aber nein, er schleppt das Buch mit sich rum und folgt dem Zug. Was für ein Wahnsinn ... Oder hoffte er immer noch auf einen Dialog?

»Wie wolltest du Vítězslav unter den Mitreisenden ausmachen?«, fragte ich Edgar.

»Wie bitte?«, erwiderte der in seine Gedanken versunkene Inquisitor nach einer Weile. »Eine dumme Frage. Natürlich auf die gleiche Weise, wie es dir gelungen ist: mit der Unverträglichkeit von Alkohol. Wir hätten uns weiße Kittel angezogen und wären als medizinische Inspektoren durch alle Waggons gegangen. Mit der Begründung, Kranke mit einer atypischen Lungenentzündung zu suchen. Jedem hätten wir ein Thermometer gegeben, das tief in Alkohol getaucht worden war. Wer es nicht in den Händen halten konnte oder Verbrennungen davontrug, wäre unser Verdächtiger gewesen.«

Ich nickte. Freilich, es hätte auch schief gehen können. Und natürlich wären wir dabei ein Risiko eingegangen – aber etwas zu riskieren, das ist unsere Arbeit. Die Großen wären in der Nähe gewesen, »auf Abruf«, um im Notfall mit ganzer Kraft zuzuschlagen.

»Das Portal öffnet sich ...« Edgar packte mich beim Arm und zog mich auf die Liege. Wir setzten uns nebeneinander hin, mit untergeschlagenen Beinen. Im Abteil breitete sich ein flackerndes weißes Licht aus. Ein leiser Aufschrei war zu hören: Geser hatte sich beim Verlassen des Portals den Kopf an einer der Liegen gestoßen.

Nach ihm tauchte Sebulon auf, der im Unterschied zum Chef rundum zufrieden wirkte und lächelte.

Geser rieb sich den Schädel und sah uns böse an. »Warum habt ihr das Portal nicht gleich in einem Auto aufgehängt ...«, brummte er. »Wie ist die Lage?«

»Die Reisenden haben sich beruhigt, das Blut ist aufgewischt, der Verletzte ist behandelt«, berichtete Edgar. »Der Verdächtige Konstantin Sauschkin bewegt sich parallel zum Zug mit einer Geschwindigkeit von 70 Stundenkilometern.«

»Jetzt ist er also ... unser *Verdächtiger* ...«, brachte Sebulon giftig hervor. »Dabei war er so ein begabter Junge ... so aussichtsreich.«

»Du hast kein Glück mit den Aussichtsreichen, Sebulon«, bemerkte Edgar leise. »Irgendwie kannst du sie nicht halten.«

Die beiden Dunklen Magier maßen sich mit kalten Blicken. Edgar hatte mit Sebulon noch eine Rechnung zu begleichen, die auf die Geschichte mit Fafnir und der finnischen Sekte zurückging. Niemand macht gern den Bauern.

»Sparen Sie sich Ihre Sticheleien, meine Herren«, bat Geser. »Sonst hätte ich dazu auch noch etwas zu sagen ... was sowohl dich beträfe, Sebulon, als auch dich, Edgar ... Wie stark ist er?«

»Sehr stark«, antwortete Edgar, den Blick unverwandt auf Sebulon gerichtet. »Der Junge war ohnehin schon ein Hoher ...«

»Vampir.« Sebulon grinste verächtlich.

»Ein Hoher Vampir. Sicher, es mangelte ihm an Erfahrung ... da konnte er mit Ihnen nicht mithalten. Aber mit Hilfe des Buches ist er stärker als Vítěszlav geworden. Und das will etwas heißen. Ich neige der Auffassung zu, dass Vítěszlav mit Ihnen auf einer Stufe stand, verehrte Große.«

»Wie hat er Vítěszlav getötet?«, fragte Sebulon. »Gibt es dafür schon eine Erklärung?«

»Jetzt ja«, meinte Edgar. »Vampire haben ihre eigene Hierarchie. Der Junge hat ihn zu einem Duell um die Führungsposition herausgefordert. Das ist ... kein Vergnügen. Ein Zweikampf des Verstandes, ein Duell des Willens. Etwas in der Art wie das Ausguckspiel. Ein paar Sekunden lang starren sich die beiden in die Augen, dann gibt einer nach und unterwirft sich vollständig dem Willen des Gegners. Wann immer die Inquisition es mit Vampiren zu tun bekam, hat Vítěszlav sie sich alle problemlos gefügig gemacht. Aber dieses Mal hat er das Spiel verloren.«

»Und ist daran gestorben«, sagte Sebulon.

»Was nicht zwangsläufig so sein musste«, stellte Edgar fest. »Kostja hätte ihn auch zu seinem Sklaven machen können. Aber ... entweder hatte er Angst, die Kontrolle über ihn zu verlieren, oder er wollte die Sache bis zum bitteren Ende durchziehen. Kurzum, er hat Vítěszlav befohlen, sich zu dematerialisieren. Und der musste ihm gehorchen.«

»Ein talentierter Junge«, bemerkte Geser in ironischem Ton. »Ich kann nicht behaupten, dass der endgültige Tod Vítěszlavs mich sonderlich betrübt ... Aber gut, Konstantin ist jetzt stärker als Vítěszlav. Schätz mal seine Kraft ein!«

Edgar zuckte mit den Achseln. »Wie denn? Er ist stärker als ich. Vermutlich stärker als jeder von Ihnen. Möglicherweise sogar stärker als wir alle zusammen.«

»Nur keine Panik«, murmelte Sebulon. »Er ist unerfahren. Magie ist kein bloßes Kräftemessen, Magie ist eine Kunst. Wenn du einen Degen in Händen hältst, ist es wichtig, präzise zuzustoßen, nicht, mit aller Wucht zuzuschlagen ...«

»Ich kriege keine Panik«, meinte Edgar leise. »Ich schätze nur seine Kraft ein. Sie ist sehr hoch. Ich habe den ›Kristallschild‹ gegen ihn eingesetzt – und Kostja hätte ihn beinahe eingedrückt.«

Die Großen wechselten beredte Blicke.

»Den ›Kristallschild‹ drückt niemand ein«, bemerkte Geser.

»Wie kommst du überhaupt zu ... ach ja, klar. Die Artefakte aus den Spezialdepots.«

»Er hätte den ›Schild‹ beinahe zerquetscht«, wiederholte Edgar.

»Und wie hast du das überlebt?«, fragte Geser mich. Vielleicht bildete ich es mir nur ein, vielleicht schwang in seiner Stimme aber tatsächlich ein Hauch von Mitleid mit.

»Kostja wollte mich nicht umbringen«, erklärte ich schlicht. »Er hat sich auf Edgar gestürzt ... Als Erstes habe ich mit der ›grauen Andacht‹ auf ihn eingeschlagen« – Geser nickte zustimmend –, »dann habe ich eine Flasche Wodka zu fassen gekriegt und ihm davon etwas ins Gesicht gespritzt. Kostja ist ausgerastet. Trotzdem wollte er mich nicht umbringen. Dann hat er sich die Inquisitoren vorgenommen, sie zerfetzt und ist geflohen.«

»Typisch Russe: Probleme mit einem Glas Wodka zu lösen«, kommentierte Geser finster. »Weshalb? Weshalb hast du ihn so auf die Palme gebracht? Er ist schließlich kein Anfänger mehr. Ist dir denn wirklich nicht klar, dass du gegen ihn keine Chance gehabt hättest? Dass ich dann Swetlana deine Überreste hätte bringen können?«

»Ich bin genauso ausgerastet wie er«, gab ich zu. »Das kam alles zu überraschend. Und dann wollte Kostja mich auf seine Seite ziehen: ›Komm mit mir mit, ich will dir nichts Böses‹«.

»Ich will dir nichts Böses«, echote Geser bitter. »Ein reformorientierter Vampir. Ein progressiver Herrscher über die Welt ...«

»Geser, wir müssen eine Entscheidung treffen«, sagte Sebulon leise. »Ich kann Jagdflugzeuge vom Militärflughafen aus losschicken.«

Die Magier schwiegen.

Ich stellte mir vor, wie reaktive Jagdflugzeuge über den Nachthimmel einer Fledermaus nachsetzten, sie beschossen und Raketen auf sie abfeuerten ...

Eine Phantasmagorie.

»Dann eher Hubschrauber ...«, sagte Geser nachdenklich. »Nein, das ist Quatsch, Sebulon. Er wird die Menschen aus dem Weg räumen.«

»Also doch die Bombe?«, wollte Sebulon neugierig wissen.

»Nein!« Geser schüttelte den Kopf. »Nein. Nicht hier. Außerdem kann ihm das nichts anhaben ... er ist vorsichtig. Man muss ihn mit Magie schlagen.«

Sebulon nickte. Und lachte plötzlich leise los.

»Was ist?«, fragte Geser.

»Davon träume ich schon mein ganzes Leben lang«, sagte Sebulon. »Glaubst du das, alter Feind? Ich träume davon, einmal mit dir zusammenzuarbeiten! Offenbar ist doch was dran ... vom Hass zur Liebe ...«

»Du bist und bleibst doch ein hoffnungsloser Fall«, bemerkte Geser leise.

»Ganz in Ordnung ist das Oberstübchen ja bei keinem von uns«, kicherte Sebulon. »Was ist? Du· und ich? Oder sollen wir *unsere* Leute noch dazuziehen? Sollen sie uns Kraft nachliefern, während wir die Speerspitze bilden.«

Geser schüttelte den Kopf.

»Nein, Sebulon. Wir brauchen uns nicht auf Konstantin zu stürzen. Ich wüsste eine Alternative ...«

Er sah mich an.

Ich tastete mit der Zunge nach der Zahnlücke. Wie dumm doch alles gelaufen war ...

»Ich bin bereit, Geser.«

»Das könnte eine Chance sein«, meinte Sebulon zustimmend. »Wenn Kostja noch irgendwelche sentimentalen Gefühle hegt ... Aber wirst du auch zuschlagen können, Anton?«

Ich antwortete nicht gleich. Denn ich musste wirklich erst darüber nachdenken.

Es ging hier nicht um eine Verhaftung. Vermutlich würde ich tödlich zuschlagen müssen. Zur Spitze werden, zum Zentrum der Kraft, die Geser, Sebulon, Edgar und möglicherweise noch weitere Magier in mich hineinpumpen würden. Sicher, ich besitze weniger Erfahrung als die Großen. Doch ich hatte die Chance, mich Kostja ohne Kampf zu nähern.

Wenn man von jenen »sentimentalen Gefühlen« ausgeht.

Die Alternative sähe einfach aus: Die Großen würden alle Kraft in eine Faust legen. Selbst Nadjuschkas Kraft würden sie brauchen. Geser würde von Swetlana verlangen, unsere Tochter zu initiieren ...

Also gab es keine Alternative.

»Ich werde Kostja umbringen«, sagte ich.

»Nicht so«, sagte Geser leise. »Rede nicht so, Wächter.«

»Ich werde einen Vampir töten«, flüsterte ich.

Geser nickte.

»Denk nicht zu viel darüber nach, Gorodezki«, fügte Sebulon hinzu. »Zeig jetzt Rückgrat. Den netten Jungen Kostja, den gibt es nicht. Und es hat ihn nie gegeben. Gewiss, er hat keine Menschen umgebracht, um an ihr Blut zu kommen. Aber er ist ein Vampir. Ein Untoter.«

Geser nickte zustimmend.

Einen Augenblick lang schloss ich die Augen.

Ein Untoter.

Der nicht über das verfügt, was wir der Einfachheit halber Seele nennen.

Über eine selbst für uns, die Anderen, nicht fassbare Komponente. Nicht einmal in der frühesten Kindheit, dafür hatten seine Eltern gesorgt. Er wuchs auf, der Bezirksarzt hörte sein Herz ab und lobte die Gesundheit des Jungen. Von einem Jungen verwandelte er sich in einen jungen Mann, und keine Frau hätte behauptet, seine Lippen seien beim Küssen kalt. Er hätte Kinder haben können – ganz normale Kinder von einer ganz normalen Menschenfrau.

Aber all das ist ein Nicht-Leben. Ist Ersatz, ist gestohlen. Und wenn Kostja stirbt, zerfällt sein Körper schlagartig zu Asche ... denn er ist schon seit langer, seit sehr langer Zeit tot.

Wir alle sind von Geburt an zum Tod verurteilt.

Doch zumindest leben wir bis zum Tod.

»Lasst mich mit Anton allein«, sagte Geser. »Ich werde versuchen, ihn vorzubereiten.«

Ich hörte, wie Sebulon und Edgar aufstanden. Sie gingen in den Gang hinaus und schlossen die Tür hinter sich. Etwas raschelte, anscheinend schirmte Geser uns gegen jede Beobachtung ab. Dann fragte er: »Nimmt es dich mit?«

»Nein.« Ich schüttelte den Kopf, ohne jedoch die Augen zu öffnen. »Ich denke nach. Schließlich hat Kostja versucht, sich nicht wie ein Vampir zu verhalten ...«

»Und zu welchem Schluss bist du gekommen?«

»Er wird es nicht aushalten.« Ich öffnete die Augen und sah Geser ins Gesicht. »Er wird es nicht aushalten, er wird zusammenbrechen. Den physischen Bedarf nach Menschenblut konnte er ersticken, aber alles andere ... Er ist ein Nicht-Lebender unter Lebenden und leidet darunter. Früher oder später wird Kostja zusammenbrechen.«

Geser wartete ab.

»Einmal ist das schon passiert«, fuhr ich fort. »Als er Vítĕszlav und die Inquisitoren ermordet hat ... Einer der Inquisitoren war ein Lichter, oder?«

Geser nickte.

»Ich werde tun, was nötig ist«, versprach ich. »Kostja tut mir leid, aber das ändert nichts.«

»Ich glaube dir, Anton«, sagte Geser. »Und jetzt stell mir die Frage, die du eigentlich stellen willst!«

»Was hält Sie in der Nachtwache, Chef?«, fragte ich.

Geser lächelte.

»Wir haben doch alle mehr oder weniger den gleichen Dreck am Stecken«, sagte ich. »Wir kämpfen nicht gegen die Dunklen, sondern wir kämpfen gegen diejenigen, die auch von den Dunklen verachtet werden ... gegen Psychopathen, Verrückte, Größenwahnsinnige. Aus verständlichen Gründen gibt es bei Vampiren und Tiermenschen mehr davon. Und das sind halt Dunkle ... Die Tagwache fängt die Lichten, die mit einem Schlag die ganze Menschheit glücklich machen wollen ... also letzten Endes diejenigen, die den Menschen unsere Existenz enthüllen. Die Inquisition ... sie sollte irgendwie über dem Kampf stehen, achtet aber eigentlich nur darauf, dass die Wachen ihre Aufgabe nicht übertrieben ernst nehmen. Dass die Dunklen nicht nach der förmlichen Macht über die Menschenwelt streben, dass die Lichten die Dunklen nicht vollständig ausrotten ... Geser, die Nachtwache und die Tagwache – das sind zwei Hälften eines Ganzen.«

Geser schwieg. Sah mich an und schwieg.

»Hat ... hat man das mit Absicht so gemacht?«, fragte ich. Und gab mir gleich darauf selbst die Antwort: »Vermutlich schon. Die Jugend, die frisch initiierten Anderen würden niemals eine gemeinsame Wache aus Lichten und Dunklen anerkennen. Wie sähe das denn aus, wenn es hieße: Geh mit einem Vampir auf Patrouille! Ich selbst würde mich auch darüber aufregen. Deshalb wurden zwei Wachen geschaffen. Und die unteren Ränge bekriegen sich heute mit Feuereifer, während die Chefs ihre Intrigen spinnen, aus Langeweile und um die Form zu wahren. Aber über beiden Wachen steht eine gemeinsame Leitung!«

Geser seufzte und holte sich eine Zigarre raus. Schnitt das Ende ab und zündete sie an.

»Ich bin ein Idiot, dass ich die ganze Zeit grüble«, murmelte ich, ohne den Blick von Geser zu wenden. »Wie können wir überhaupt existieren? Hier die Wache in Samara, hier die in Groß Nowgorod, hier die im Dorf Kirejewski im Tomsker Gebiet. Alle scheinen irgendwie selbstständig zu sein. Aber im Grunde kommen bei Problemen alle zu uns gerannt, nach Moskau ... Freilich, de jure ist nichts festgelegt, aber de facto ist es so: Die Moskauer Nachtwache leitet die Nachtwachen in ganz Russland.«

»Und von noch drei GUS-Staaten ...«, murmelte Geser. Er stieß Rauch aus. Der Qualm ballte sich in der Luft zu einer dichten, schweren Wolke, die im Abteil hängen blieb.

»Gut, und wie weiter?«, fragte ich. »Wie können denn dann die unabhängigen Wachen Russlands und beispielsweise die Litauens zusammenarbeiten? Oder die Russlands, Litauens, der USA und Ugandas? In der Menschenwelt ist das alles klar: Wer den größeren Knüppel und das dickere Portemonnaie hat, der bestellt auch die Musik. Aber die russischen Wachen sind größer als die amerikanischen! Ich glaube sogar ...«

»Die stärkste Wache ist die französische«, erklärte Geser mit gelangweilter Stimme. »Stark, aber extrem faul. Ein erstaunliches Phänomen. Wir können nicht begreifen, worauf es zurückzuführen ist – doch wohl nicht auf den Genuss von trockenem Wein und Austern in unvorstellbaren Mengen ...«

»Die Inquisition regiert die Wachen«, sagte ich. »Sie entscheidet keine Streitigkeiten, bestraft keine Aussteiger, sondern regiert. Sie gibt die Erlaubnis für verschiedene gesellschaftliche Experimente, bestimmt und entlässt die Chefs ... versetzt jemanden von Usbekistan nach Moskau ... Es gibt eine Inquisition, und die hat zwei Arbeitsorgane. Die Nachtwache und die Tagwache. Und das einzige Ziel der Inquisition besteht im Erhalt des gegenwärtigen Status quo. Deshalb wäre ein Sieg der Dunklen genauso wie einer der Lichten eine Niederlage für die Inquisition als solche.«

»Und weiter, Anton?«, fragte Geser.

Ich zuckte mit den Achseln.

»Weiter? Nichts weiter. Die Menschen leben ihr kleines Menschenleben. Freuen sich an den kleinen Menschenfreuden. Ernähren uns mit ihrer Energie ... und liefern neue Andere. Die Anderen, die nicht so ehrgeizig sind, führen weiterhin ein fast normales Leben. Nur dass es satter, gesünder und länger ist als das von normalen Menschen. Wer unbedingt Auseinandersetzungen und Abenteuer braucht, Ideale und Kampf in seinem Leben haben will, kommt in die Wache. Wer sein Vertrauen in die Wache verliert, geht zur Inquisition.«

»Ja und?«, ermunterte mich Geser.

»Was machen Sie dann noch in der Nachtwache, Chef?«, fragte ich. »Haben Sie es nicht über ... nach Tausenden von Jahren?«

»Nehmen wir einmal an, dass mir die Auseinandersetzungen und Abenteuer immer noch gefallen«, gab Geser zu bedenken. »Was dann?«

Ich schüttelte den Kopf. »Nein, Boris Ignatjewitsch. Das glaube ich nicht. Ich habe Sie schon ... anders gesehen. Zu müde. Zu enttäuscht.«

»Dann gehen wir halt davon aus, dass ich trotz allem noch mit Sebulon abrechnen will«, sagte Geser ruhig.

Ich dachte kurz darüber nach. »Das kann auch nicht sein. In all den Jahrhunderten ... da hätte einer von Ihnen den anderen schon längst erledigt haben können. Sebulon hat gerade gesagt, dass die Magie wie ein Stoß mit einem Degen ist. Sie kämpfen jedoch gar nicht mit Degen, sondern mit Sportfloretts. Sie deuten den Stoß an, spießen den Feind aber nicht auf.«

Nach kurzem Zögern nickte Geser. Abermals ergoss sich dichter Qualm in die nebelgraue Rauchwolke.

»Was denkst du, Anton, kann man Jahrtausende leben und die Menschen nach wie vor bedauern?«

»Bedauern?«, fragte ich zurück.

Geser nickte. »Ja, bedauern. Nicht lieben, denn es steht nicht in unseren Kräften, die ganze Welt zu lieben. Nicht bewundern, denn wir wissen nur zu gut, was das ist, ein Mensch.«

»Bedauern kann man sie vermutlich«, sagte ich. »Aber wozu brauchen sie Ihr Mitleid, Chef? Es ist leer und unfruchtbar. Die Anderen machen diese Welt nicht besser.«

»Das machen wir, Anton. Wie auch immer sie jetzt ist, aber genau das tun wir. Glaub einem alten Mann, der schon viel gesehen hat.«

»Aber trotzdem ...«

»Ich warte auf ein Wunder, Anton.«

Fragend sah ich Geser an.

»Ich weiß nicht, auf was für eins. Dass alle Menschen die Fähigkeiten von Anderen bekommen. Dass die Anderen wieder zu Menschen werden. Dass irgendwann die Teilung nicht nach ›Mensch oder Anderer‹ vorgenommen wird, sondern nach ›gut oder schlecht‹.« Geser lächelte sanft. »Ich kann mir nicht einmal ansatzweise vorstellen, wie das vor sich gehen sollte und ob es irgendwann dazu kommt. Aber wenn ..., dann würde ich es vorziehen, auf der Seite der Nachtwache zu stehen. Und nicht in der Inquisition zu sein, dieser starken, weisen, gerechten, allmächtigen Inquisition.«

»Ob Sebulon auf dasselbe wartet?«, fragte ich.

»Vielleicht«, antwortete Geser. »Ich weiß es nicht. Aber lieber habe ich es mit einem alten Feind zu tun, den ich kenne, als mit einem jungen, unberechenbaren Dummkopf. Halte mich für konservativ, aber die Sportfloretts und Sebulon sind mir lieber als ein Baseballschläger und ein progressiver Dunkler Magier.«

»Und was raten Sie mir?«

»Was ich dir rate?« Geser breitete die Arme aus. »Dass du selbst eine Entscheidung triffst. Du kannst uns verlassen und ein normales Leben führen. Du kannst in die Inquisition wechseln ... Ich würde dich nicht daran hindern. Und du kannst in der Nachtwache bleiben.«

»Und warten?«

»Und warten. In dir das Menschliche bewahren, das noch da ist. Dich weder zu Ekstase noch zu Rührung hinreißen lassen, indem du den Menschen ein Licht bringst, das sie nicht wollen. Nicht in Zynismus und Misstrauen verfallen und dich nicht selbst für rein und vollkommen halten. Und das Schwierigste: nicht verzagen, den Glauben nicht verlieren, nicht gleichgültig werden.«

»Keine große Auswahl …«, sagte ich.

»Ha!« Geser lächelte. »Sei froh, dass du überhaupt eine hast.«

Draußen blitzte der Stadtrand von Saratow auf. Der Zug wurde langsamer.

Ich saß in einem leeren Abteil und sah auf die kreisende Nadel.

Kostja folgte uns weiter.

Worauf wartete er?

In den Kopfhörern erklang die Stimme von Arbenin:

Zwischen Verrat und Ruchlosigkeit
Nur Manna vom Himmel schneit.
Von einer Siesta zur nächsten
Man uns abfüttert mit Manifesten.

Einer stirbt, einer verschwindet,
Damit meine Wahl auch schon endet.
Doch mein siebter Sinn, der flüstert mir:
Wir sind nicht wie alle, Anders sind wir.

Ich schüttelte den Kopf. Wir sind die Anderen. Doch selbst wenn es uns nicht gäbe, würden die Menschen sich und andere gegeneinander abgrenzen. Was auch immer diese Anderen dann ausmachen würde.

Die Menschen können ohne Andere nicht auskommen. Setze zwei Menschen auf einer unbewohnten Insel aus, dann wird einer ein Mensch und einer ein Anderer. Und der Unterschied besteht darin, dass der Andere immer unter seinem Anderssein leidet. Die Menschen haben es leichter. Sie haben keine Komplexe. Sie wissen, dass sie Menschen sind – und das auch sein sollen. Dass alle das sein sollen. Alle. Für immer.

Wir stehen in der Mitte der Gleise,
Verbrennen als Lagerfeuer auf dem Eise.
Dabei wollten wir nur Wärme schmecken,
Doch das Ziel wir hinter den Mitteln verstecken.
So brennen wir nieder bis zur Seele Grund
Bei diesem Blick in der Ödnis Schlund.

Die Tür öffnete sich, und Geser kam ins Abteil. Ich stöpselte die Kopfhörer aus.

»Schau mal.« Geser legte einen Palm auf den Tisch. Auf dem Display des Organizers kroch ein Punkt über eine Karte, unser Zug. Geser sah flüchtig auf den »Kompass«, nickte und zog selbstsicher mit dem Metallstift eine dicke Linie auf dem Display.

»Was heißt das?«, fragte ich, während ich das Rechteck betrachtete, in dem Kostjas Flugbahn lag. Und gab mir selbst die Antwort: »Der Flughafen?«

»Genau. Er rechnet nicht mit Verhandlungen.« Geser grinste. »Er fliegt auf kürzestem Weg zum Flughafen.«

»Ist das ein Militärflughafen?«

»Nein, ein ziviler. Aber was macht das für einen Unterschied? Das Modul mit den Pilotenkenntnissen ist in ihm abgespeichert.«

Ich nickte. Alle Fahnder verfügen »auf Vorrat« über eine Auswahl nützlicher Fähigkeiten: Sie können mit Autos, Flugzeugen und Hubschraubern umgehen, erste Hilfe leisten, beherrschen den Nahkampf ... Natürlich ersetzt ein solches Modul die entsprechenden Fähigkeiten nur ansatzweise. Ein erfahrener Autofahrer hängt einen Anderen mit seinen Modulkenntnissen ab, ein guter Arzt operiert unvergleichlich besser. Aber jedes x-beliebige Fluggerät in die Luft bringen, das konnte Kostja.

»Das ist doch ganz gut«, sagte ich. »Wir schnappen uns ein paar Jagdflugzeuge und ...«

»Und die Passagiere?«, fragte Geser scharf.

»Im Vergleich zum Zug ist das trotzdem besser«, sagte ich leise. »Es würde weniger Opfer geben.«

In diesem Moment zog sich etwas in mir schmerzhaft zusammen. Zum ersten Mal wog ich auf der unsichtbaren Waage der Rationalität die menschlichen Opfer aus – und befand die eine Schale für leichter.

»Das würde nichts bringen ...«, sagte Geser. Und fügte hinzu: »Zum Glück. Was sollte ihm die Zerstörung des Flugzeugs schon anhaben? Er würde sich in eine Fledermaus verwandeln und entwischen.«

Draußen kam der Bahnsteig in Sicht. Schnaufend fuhr die Lok in den Bahnhof ein.

»Atomare Abfangraketen«, sagte ich ganz offen.

Erstaunt sah mich Geser an. »Was ist denn mit dir los?«, fragte er. »Was für Kernsprengköpfe ... die sind längst abgerüstet. Möglicherweise gibt es um Moskau noch einen Raketenabwehrgürtel ... Aber Kostja wird nicht nach Moskau kommen.«

»Sondern?«, hakte ich nach.

»Woher soll ich das wissen? Es ist deine Aufgabe, dass er nirgendwo hingeht«, entgegnete Geser scharf. »Aha! Er hält an!«

Ich sah auf den »Kompass«. Der Abstand zwischen uns und Kostja begann sich zu vergrößern. Ob er wie eine Fledermaus geflogen oder wie der Graue Wolf aus dem Märchen gerannt war – jetzt hielt er jedenfalls an.

Geser hatte interessanterweise noch nicht einmal auf den »Kompass« geschaut.

»Der Flughafen«, sagte er voller Genugtuung. »Schluss jetzt, der Worte sind genug gewechselt. Geh. Schnapp dir jemanden mit einem guten Auto und sieh zu, dass du zum Flughafen kommst.«

»Aber ...«, setzte ich an.

»Keine Artefakte, das würde er wittern«, widersprach Geser

gelassen. »Und keine Partner. Momentan spürt er uns alle, verstehst du? Alle! Los!«

Die Bremsklötze zischten, der Zug hielt an. Einen Moment lang blieb ich in der Tür stehen und hörte: »Ja, mit der ›grauen Andacht‹. Nur nichts Kompliziertes. Wir pumpen dich so voll, dass es ihn auf dem Flugfeld zu Brei zerquetscht.«

In Ordnung. Der Chef war anscheinend der Ansicht, ich bräuchte nicht mehr mit ihm zu reden. Er hörte meine Gedanken, bevor ich sie in Worte gebracht hatte.

Im Gang ging ich an Sebulon vorbei – und zuckte unwillkürlich zusammen, als der mir aufmunternd auf den Rücken klopfte.

Sebulon nahm es nicht krumm. »Viel Erfolg, Anton!«, wünschte er mir. »Du bist unsere Hoffnung.«

Die Menschen saßen friedlich in ihren Abteilen. Nur der Zugführer, der etwas in ein Mikrofon sprach, begleitete mich mit gläsernem Blick.

Ich öffnete die Zugtür selbst, ließ das Trittbrett herunter und sprang auf den Bahnsteig. Alles irgendwie ziemlich schnell. Zu schnell ...

Auf dem Bahnhof herrschte das übliche Gedränge. Eine laute Reisegesellschaft, die aus dem Nachbarwaggon ausstieg, fragte grölend: »Wo bleiben denn die Omas mit unserm guten Tröpfchen?«

Die »Omas« im Alter von zwanzig bis siebzig Jahren kamen bereits auf den Ruf herbeigeeilt. Jetzt würde es Bier und Wodka und gebratenen Schinken und Piroggen mit zweifelhafter Füllung geben.

»Anton!«

Ich drehte mich um. Neben mir stand Lass mit einer Tasche über der Schulter. In seinem Mund steckte eine nicht angezündete Papirossa, er machte einen zufriedenen und aufgeräumten Eindruck.

»Steigst du auch aus?«, fragte Lass. »Kann ich dich vielleicht irgendwo absetzen? Mein Auto wartet hier.«

»Ist es ein gutes Auto?«, hakte ich nach.

»So was wie ein VW.« Lass runzelte die Stirn. »Geht der? Oder fährst du nur im Cadillac?«

Ich drehte mich zurück zum Fenster unseres Waggons. Geser, Sebulon und Edgar sahen mich an.

»Der geht«, sagte ich finster. »Also ... tut mir leid. Ich hab's wirklich ziemlich eilig, da bräuchte ich ein Auto. Ich bekehre dich zum ...«

»Was stehen wir dann hier rum, wenn du es eilig hast? Gehen wir«, meinte Lass und ließ mich damit die Standardformel zur Anwerbung eines Freiwilligen nicht zu Ende sprechen.

Er fädelte sich so geschickt in die Menge ein, dass mir nichts weiter übrig blieb, als ihm zu folgen.

Wir schlugen uns durch die Menschenmenge und erreichten den Platz vor dem Bahnhofsgebäude. Ich schloss zu Lass auf, packte ihn bei der Schulter. »Ich bekehre dich zum ...«

»Da, ich seh ihn schon!« Lass schüttelte meine Hand ab. »Hallo, Roma!«

Auf uns kam ein Mann zu – am liebsten hätte ich ihn, warum auch immer, »Bürger« genannt –, der relativ groß und irgendwie kindlich pummelig war: Alles an ihm war rund, weich und leicht eingeschnürt. Der Mund war klein, die Lippen wie ein Hühnerhintern, die Augen waren ebenfalls winzig und wirkten selbst hinter der Brille ausdruckslos und gelangweilt.

»Hallo, Alexander«, begrüßte der Bürger Lass ausgesprochen zeremoniell und streckte ihm eine schlaffe Hand entgegen. Dann richtete er den Blick auf mich.

»Das ist Anton, ein Freund von mir. Können wir ihn mitnehmen?«, sagte Lass.

»Warum nicht?«, meinte Roma melancholisch. »Die Räder sind in Ordnung, die Straße ebenfalls.«

Daraufhin wandte er sich um und steuerte auf einen neuen VW Bora zu.

Erst stieg er ins Auto ein, dann wir. Rücksichtslos wählte ich den Beifahrersitz. Lass schnaubte, nahm aber gehorsam hinten Platz. Roman ließ den Motor an. »Wohin müssen Sie, Anton?«

Er redete sogar rund und weich, als spreche er nicht, sondern schreibe die Wörter in die Luft.

»Zum Flughafen, und zwar schnell«, sagte ich finster.

»Wohin?«, fragte Roman ehrlich erstaunt. Dann sah er Lass an. »Sollen wir nicht lieber ein Taxi für deinen Freund suchen?«

Bedripst sah Lass mich an. Dann richtete er seinen Blick – genauso bedripst – auf Roman.

»Gut«, sagte ich. »Ich bekehre dich zum Licht. Verleugne das Dunkel, verteidige das Licht. Ich verleihe dir den Blick, um das Gute vom Bösen zu unterscheiden. Ich verleihe dir den Glauben, dem Licht zu folgen. Ich verleihe dir die Kühnheit, gegen das Dunkel zu kämpfen.«

Lass kicherte. Und verstummte gleich darauf.

Natürlich sind hier nicht die Worte entscheidend. Worte können nichts ändern, selbst wenn jedes Einzelne so ausgesprochen würde, als sei es in Großbuchstaben geschrieben. Das ist wie bei den Zaubersprüchen der Hexen. Es ist bloß eine Formel, die das in meinem Gedächtnis abgelegte Modul aktiviert. Ich hätte mir einen Menschen auch selbst gefügig machen können, aber so ... so war es irgendwie richtiger. Denn so kam ein vor langer Zeit abgesegneter Mechanismus zum Tragen.

Roman nahm eine würdevolle Haltung an, sogar die Rundlichkeit seiner Wangen schien zu verschwinden. Eben noch saß neben mir ein dicker und etwas verwöhnter Junge, jetzt ein Mann! Ein Kämpfer!

»Das Licht sei mit dir!«, beendete ich die Formel.

»Zum Flughafen!«, rief Roman begeistert aus.

Der Motor heulte auf, und wir schossen davon, indem wir aus

dem deutschen Wagen alles rausholten, was in ihm steckte. Ich hätte schwören können, dass dieser sportive Kasten noch nie gezeigt hatte, wozu er in der Lage war!

Ich schloss die Augen und sah durchs *Zwielicht* in das von bunten Fäden durchzogene Dunkel. In dieses verknäulte Bündel von Lichtröhren, in grüne, gelbe, rote. Ich kann die Wahrscheinlichkeitslinien nicht sehr gut ausmachen, doch jetzt fiel es mir überraschend leicht. Ich spürte, dass ich in Form war wie nie zuvor.

Was bedeutete, dass bereits fremde Kraft in mich hineinströmte. Die Kraft von Geser und Sebulon, von Edgar und den Inquisitoren. Möglicherweise erstarrten ja gerade in ganz Moskau Andere, Lichte wie Dunkle, alle, von denen Geser und Sebulon etwas *nehmen* durften.

Nur einmal hatte ich bislang etwas Vergleichbares gespürt. Und zwar damals, als ich mir von den Menschen Kraft geholt hatte.

»An der dritten Kreuzung nach links, sonst kommen wir in einen Stau«, sagte ich. »Dann biegen wir nach rechts ab, in einen Hof rein, wir fahren durch das Tor ... dort ist eine Gasse ...«

Ich war noch nie in Saratow gewesen. Aber das spielte jetzt keine Rolle mehr.

»Zu Befehl!«, salutierte Roman munter.

»Gib Gas!«

»Wird gemacht!«

Ich sah Lass an. Der hatte ein Päckchen Papirossy herausgeholt und sich eine angesteckt. Das Auto raste durch die verlassenen Straßen. Roman saß hinterm Steuer mit dem Eifer eines Straßenbahnfahrers, der die Chance bekommen hatte, Schumacher bei einem Formel-1-Rennen zu besiegen.

Lass seufzte. »Und was wird jetzt mit mir?«, fragte er. »Holst du eine Taschenlampe heraus und sagst ›Das war eine Sumpfgasexplosion‹?«

»Du siehst doch, dass eine Taschenlampe dafür gar nicht nötig ist«, erwiderte ich.

»Aber ich werde das doch überleben?«, ließ Lass nicht locker.

»Das wirst du«, beruhigte ich ihn. »Aber du wirst dich an nichts erinnern. Tut mir leid, aber das ist eben die übliche Prozedur.«

»Alles klar«, sagte Lass traurig. »Mist ... Was soll das bloß alles ... Aber wo ich jetzt schon mit drinhänge, könntest du mir wenigstens sagen ...«

Das Auto raste ohne Rücksicht auf Verluste durch die Gasse und hüpfte über Schlaglöcher hinweg. Lass machte die Papirossa aus. »Wer bist du?«, fragte er.

»Ein Anderer.«

»Was für ein Anderer?«

»Ein Magier. Aber keine Angst, ich bin ein Lichter Magier.«

»Du bist erwachsen geworden, Harry Potter ...«, bemerkte Lass. »Was man nicht alles mitmacht. Oder bin ich vielleicht verrückt geworden?«

»Da besteht leider keine Hoffnung ...«, sagte ich und stemmte die Hand gegen die Decke. Roman mühte sich gewaltig, jagte über Blumenbeete und schnitt Kurven. »Pass auf, Roman! Wir müssen schnell *und* sicher ankommen!«

»Dann sag mir auch noch eins«, fing Lass wieder an. »Diese Jagd ... autsch ... hängt die mit dieser anormalen Riesenfledermaus zusammen, die wir gestern Nacht gesehen haben?«

»Du wirst darüber lachen – aber das tut sie!«, bestätigte ich. Die Kraft brodelte in mir, machte mich trunken wie Champagner. Ich wollte albern sein, meinen Spaß haben. »Hast du Angst vor Vampiren?«

Lass holte eine Flasche Whisky aus seiner Tasche, schraubte sie mit einer heftigen Bewegung auf und setzte sie an den Mund. »Kein bisschen!«, behauptete er munter.

Sechs

Auf halber Strecke hängte sich ein Polizeiwagen an uns an. Ich wirkte für den Bora einen Zauber, der die Aufmerksamkeit der Menschen ablenkt, und sofort entfernten die Polizisten sich. Normalerweise schützen Andere ihre Autos mit diesem Zauber gegen Diebstahl – jetzt freute ich mich, eine neue Anwendung für ihn gefunden zu haben. Allerdings wäre kurz darauf beinah ein LKW in uns reingefahren, worauf ich den Zauber umgehend wieder aufhob.

»In fünfzehn bis zwanzig Minuten sind wir am Flughafen«, erstattete Roma Bericht, der wild mit dem Lenkrad hantierte. »Welche Instruktionen haben Sie dann, Chef?«

Aus den Augenwinkeln heraus bemerkte ich, wie Lass den Kopf schüttelte und einen weiteren Schluck trank. Wir waren bereits aus der Stadt raus und rasten über die Straße zum Flughafen dahin. Eine ziemlich gute Straße – für die Verhältnisse in Mittelrussland.

»Schalte das Radio an«, bat ich. »Sonst macht die Fahrt keinen Spaß.«

Roma schaltete das Radio ein. Wir erwischten gerade noch die letzten Nachrichten. »... zur Freude von Millionen von Lesern hat das Warten nach drei Jahren nun ein Ende«, verkündete die Sprecherin. »Zum Abschluss noch eine Mitteilung vom Kosmodrom Baikonur, wo in Kooperation von Russen und Amerikanern eine Rakete ins All geschickt werden soll. Der Start ist für 18.32 Uhr Moskauer Zeit geplant. Und jetzt setzen wir unser Musikprogramm fort ...«

»Willst du auch einen Whisky?«, fragte Lass.

»Nein, ich muss noch arbeiten.«

»Reiß dich zusammen, Alexander, das ist nicht die Zeit zum Trinken!«, rief Roman munter. »Wir haben noch Arbeit!«

Dieser gutmütige Mann, der normalerweise wohl keiner Fliege etwas zuleide tun konnte, hielt sich jetzt für James Bond. Oder seinen Assistenten.

Irgendwie haben wir alle in unserer Kindheit nicht genug gespielt.

»Du wirst das Auto bewachen«, sagte ich ihm. »Das ist eine sehr verantwortungsvolle Aufgabe. Wir zählen auf dich.«

»Ich diene dem Licht!«, schrie Roman.

»Niemals hätte ich geglaubt ...«, stöhnte Lass auf der Rückbank. »Soll ich auch auf das Auto aufpassen?«

»Ja«, meinte ich. »Nur ... ich habe eine große Bitte: Versuch nicht wegzurennen.«

Von hinten war abermals ein Gluckern zu hören. Ob ich auch Lass dem Licht empfehlen sollte? Das wäre humaner ... Warum sollte ich den Menschen unnötig quälen?

Zeit zum Nachdenken blieb mir jedoch nicht. Das Auto raste auf den Platz vor dem Flughafengebäude zu und hielt mit quietschenden Bremsen vor dem Eingang an. Niemand achtete besonders auf uns: Jemand, der zu spät zu seinem Flug kam, nichts Außergewöhnliches.

Ich holte Arinas Brief heraus. Sah auf den »Kompass«.

Die Nadel bewegte sich leicht hin und her, gab aber noch keine Richtung an.

Ob Kostja meine Ankunft spürte? Zumindest Geser war überzeugt davon.

Was würde nun auf mich zukommen?

Seltsamerweise empfand ich bis jetzt keine Angst. Innerlich war ich nicht bereit, Kostja als Feind zu sehen – noch dazu als einen Feind, der fähig ist zu morden. Ich bin ein Magier zweiten Grades, das ist nicht schlecht. Hinter mir stand die gesamte Kraft der Nachtwache und nun auch – was noch nie da gewesen war – die der Tagwache. Was sollte mir ein einziger Vampir da schon anhaben? Selbst wenn er ein Hoher war.

Doch dann fiel mir das verzerrte Gesicht Vítězlavs wieder ein.

Kostja hatte ihn ermordet. Ihn überwältigt.

»Lass«, sagte ich. »Ich hätte eine kleine Bitte ... Komm hinter mir her. In gewissem Abstand. Wenn was passiert ... Wenn du etwas bemerkst, sagst du es mir.«

Lass nahm den letzten Schluck Whisky und warf die leere Flasche auf die Rückbank. »Warum sollte ich nicht mitkommen?«, sagte er vernünftig. »Vorwärts, bleichgesichtiger Blade.«

Ihm war jetzt anscheinend alles schnuppe. Er hatte sich einen angetrunken – was auch eine gute Methode ist, um sich gegen einen Vampir zu schützen. Das Blut eines angetrunkenen Menschen bekommt ihm nicht, das eines stark betrunkenen kann ihn sogar umbringen. Ob sich Vampire deswegen immer lieber in Europa rumgetrieben haben als in Russland?

Aber ein Vampir ist keinesfalls gezwungen, das Blut eines getöteten Menschen zu trinken. Futter ist Futter, und Dienst ist Dienst.

»Komm mir nicht zu nah«, wiederholte ich. »Halte Abstand!«

»Passen Sie auf sich auf, Chef!«, bat Roman. »Viel Erfolg. Sie sind unsere Hoffnung!«

Ich sah ihn an und erinnerte mich an die Abschiedsworte Sebulons.

Wie ähnlich wir uns doch sind.

Wie ähnlich wir uns doch alle sind. Menschen und Andere, Dunkle und Lichte.

»Leise, geduldig, ohne Aggression«, sagte ich vor mich hin, während ich die vor dem Eingang zum Flughafengebäude rauchenden Männer anstarrte. Überwiegend intelligente Menschen mit Krawatte. Eine Putzfrau in einer orangefarbenen Jacke, die eine Prima qualmte, sah neben ihnen völlig wild aus. »Leise und friedlich ...«

Ich steuerte auf das Gebäude zu. Die Raucher wichen mir aus, denn in mir steckte jetzt zu viel Kraft, sogar normale Menschen konnten das spüren.

Und sobald sie es spürten, brachten sie sich klugerweise in Sicherheit.

Als ich hineinging, sah ich mich um. Lass kam mit einem gutmütigen Lächeln hinter mir hergetrottet.

Wo bist du, Kostja?

Wo bist du, Hoher Vampir, der nie einen Menschen um der Kraft willen umgebracht hat?

Wo bist du, der du davon träumst, wie in einem billigen Hollywoodstreifen der Herrscher über die Welt zu werden?

Dort, wo auch der kleine Vampir ist, der versucht hat, sein Schicksal zu überlisten ...

Ich werde dich töten.

Nicht »Ich muss töten«, nicht »Ich kann töten«, nicht »Ich will töten«. Genug mit den Präzisierungen. Ich habe das »Müssen«, habe Rotz und Tränen hinter mir, die intellektuelle Selbstzerfleischung und Selbstrechtfertigung. Ich habe das »Können«, habe die Komplexe und Qualen eines Magiers dritten Grades hinter mir, die Anspannung eines Anderen, der seine Grenze erreicht hatte. Ich habe das »Wollen«, habe die Emotionen und Leidenschaften hinter mir, den Zorn und das Mitleid.

Jetzt tue ich nur, was getan werden muss.

Falsche Ideale und Pseudoziele, fiebrige Losungen und doppeldeutige Postulate interessieren mich nicht mehr. Ich glaube nicht mehr an das Licht und nicht mehr an das Dunkel. Das

Licht, das ist nur ein Photonenstrom. Das Dunkel nichts weiter als die Abwesenheit von Licht. Die Menschen sind unsere kleinen Brüder. Die Anderen sind das Salz der Erde.

Wo bist du, Kostja Sauschkin?

Wo auch immer du hingerannt bist – zu den alten Artefakten des Ostens, zu einer milliardenstarken Armee aus chinesischen Magiern – ich werde deinen Sieg nicht zulassen.

Wo bist du?

In der Mitte der Halle – der nicht allzu großen Halle eines Provinzflughafens – blieb ich stehen. Ich hatte den Eindruck, ihn zu spüren ...

Ein verschwitzter Mann mit einem Koffer stolperte in mich hinein, entschuldigte sich und ging weiter. Ich erhaschte einen kurzen Blick auf seine Aura: ein nicht initiierter Anderer, ein Lichter, der Angst vor dem Fliegen hatte, der aber gerade glücklich gelandet war und sich entspannte. Ein zufriedener Mann – der eben deshalb auffiel.

Im Moment interessierte mich das nicht.

Kostja?

Ich drehte mich um, als habe jemand meinen Namen gerufen. Ich starrte auf das Schild »Personaleingang« und auf das Codeschloss.

Im Lärm des Flughafens erhob sich eine für niemanden hörbare Melodie.

Offenbar rief er mich.

Die Knöpfe des Codeschlosses leuchteten gehorsam auf, als ich meine Hand danach ausstreckte. Vier, drei, zwei, eins. Ein wirklich schlauer Code ...

Ich öffnete die Tür, sah mich um und nickte Lass zu, um die Tür dann vorsichtig, damit sie nicht wieder ins Schloss fiel, anzulehnen.

Leere, in einem trostlosen Grün gestrichene Gänge. Durch die ich jetzt ging.

Die Melodie schwoll an, schlingerte durch die Luft, schwang sich empor und sank wieder. Wie eine versponnene Melodie auf einer klassischen Gitarre. Dazu die zarten Klänge einer Geige.

Das ist er also, der richtige Ruf eines Vampirs, der Ruf, der dir gilt.

»Ich komme ja schon«, murmelte ich, während ich auf eine weitere Tür mit Codeschloss zusteuerte. Hinter mir ging eine Tür: Lass folgte mir.

Ein neues Schloss, ein neuer Code. Sechs, drei, acht, eins.

Ich öffnete die Tür – und fand mich auf dem Rollfeld wieder.

Langsam kroch ein dickbäuchiger Airbus über den Beton. Weiter hinten heulten die Turbinen einer Tupolew, die auf die Startbahn zusteuerte.

Fünf Meter vor der Tür stand Kostja. In der Hand hielt er einen kleinen, piekfeinen Aktenkoffer aus Hartplastik. Mir war klar, dass er das *Fuaran* enthielt. Kostjas Hemd war eingerissen – als ob es ihm zwischendurch zu klein gewesen sei.

Offenbar war er aus dem Zug gesprungen und hatte mit der Transformation begonnen, bevor er sich vollständig ausgezogen hatte.

»Hallo«, sagte Kostja.

Die Musik verstummte, riss mitten im Ton ab.

»Hallo«, erwiderte ich. »Du bist schnell hergeflogen.«

»Geflogen?« Kostja schüttelte den Kopf. »Nein ... eine Fledermaus schafft diese Strecke kaum.«

»Und in was hast du dich dann verwandelt? In einen Wolf?«

Kostjas Antwort setzte der absurden Profanität unseres Gesprächs die Krone auf: »In einen Hasen. Einen großen grauen Hasen. Sprung für Sprung ...«

Ich konnte nicht an mich halten – und kicherte los, als ich mir den gigantischen Hasen vorstellte, der durch Gärten rannte, mit riesigen Sprüngen über Bäche und Zäune setzte.

»Stimmt ...« Kostja breitete die Arme aus. »Es war wirklich

komisch. Ist mit dir alles in Ordnung? Habe ich dich nicht ... zu sehr ...? Sind die Zähne in Ordung?«

Ich versuchte, so breit wie möglich zu lächeln.

»Entschuldige.« Kostja wirkte ehrlich bedrückt. »Das lag daran, dass alles so überraschend kam. Wie bist du dahinter gekommen, dass ich das Buch habe? Der Cocktail?«

»Ja. Für den Zauber ist das Blut von zwölf Menschen nötig.«

»Woher weißt du das?«, fragte Kostja gedankenversunken. »Euch ist doch gar nicht bekannt, was im *Fuaran* steht ... Na ja, egal. Ich möchte mit dir reden, Anton.«

»Ich mit dir auch«, sagte ich. »Gib auf. Noch kannst du dein Leben retten.«

»Ich lebe seit langem nicht mehr.« Kostja lächelte. »Hast du das etwa vergessen?«

»Du weißt, was ich meine.«

»Lüg mich nicht an, Anton. Du glaubst ja selbst nicht, was du da sagst. Ich habe vier Inquisitoren ermordet!«

»Drei«, korrigierte ich ihn. »Vítěszlav und zwei im Zug. Der dritte hat überlebt.«

»Ein gewaltiger Unterschied.« Kostja runzelte die Stirn. »Schon einen würden sie mir niemals verzeihen.«

»Das ist ein besonderer Fall«, entgegnete ich. »Ich sage es ganz offen, die Großen haben es mit der Angst zu tun bekommen. Sie könnten dich umbringen, doch der Preis für ihren Sieg wäre sehr hoch. Die Großen würden sich auf Verhandlungen einlassen.«

Kostja schwieg und sah mich unverwandt an.

»Wenn du das *Fuaran* zurückgibst, wenn du dich freiwillig ergibst, krümmen sie dir kein Haar«, fuhr ich fort. »Du bist doch ein gesetzestreuer Vampir. Das liegt alles an dem Buch, du hast im Affekt gehandelt ...«

Kostja schüttelte den Kopf. »Das habe ich nicht. Edgar hat die Worte Vítěszlavs nicht für voll genommen. Aber ich habe sie geglaubt. Ich bin umgekehrt und zur Hütte zurückgeflogen.

Vítěszlav hat nicht mit einer Falle gerechnet ... Er hat mir das Buch gezeigt und alles erklärt. Als ich das von dem Blut von zwölf Menschen gehört habe ... da war mir klar, dass das meine Chance ist. Er hat noch nicht einmal Einwände gegen das Experiment erhoben. Vermutlich wollte er so schnell wie möglich herauskriegen, ob es sich wirklich um das echte Buch handelt. Erst in dem Moment hat er begriffen, dass ich stärker geworden bin ... und dann hat er seine Kräfte angespannt. Aber es war bereits zu spät.«

»Wozu?«, fragte ich. »Das ist doch Wahnsinn, Kostja! Wozu brauchst du die Weltherrschaft?«

Kostja zog die Brauen hoch. Eine Zeit lang sah er mich an – dann lachte er los. »Wovon redest du, Anton? Was für eine Herrschaft? Du hast ja rein gar nichts verstanden!«

»Ich verstehe sehr wohl«, sagte ich trotzig. »Du fliehst nach China, oder? Bringst eine Milliarde Magier unter deine Macht?«

»Idioten«, sagte Kostja leise. »Ihr seid alle Idioten. Ihr könnt immer nur an eins denken ... Macht und Kraft ... Ich brauche diese Macht nicht! Ich bin ein Vampir! Verstehst du? Ich bin ein Ausgestoßener! Mieser als jeder sonstige Andere! Ich will nicht der stärkste Ausgestoßene werden! Ich will ganz normal werden! Ich will so sein wie alle!«

»Aber mit dem *Fuaran* kannst du einen Anderen nicht in einen Menschen umwandeln ...«, murmelte ich.

Kostja kicherte. »Ach!« Er schüttelte den Kopf. »Schalt mal dein Hirn ein, Anton! Die haben dich mit Kraft aufgetankt und losgeschickt, um mich umzubringen, das weiß ich. Aber denk vorher wenigstens nach, Anton! Mach dir klar, was ich will!«

Hinter mir quietschte die Tür. Lass kam herein. Verwirrt sah er mich an, dann schielte er zu Kostja hinüber.

Kostja schüttelte den Kopf.

»Ich störe wohl?«, sagte Lass, nachdem er die Situation abgeschätzt hatte. »Tut mir leid, ich bin schon wieder weg ...«

»Stopp«, meinte Kostja sachlich. »Du kommst gerade recht.«

Lass erstarrte. Ich hatte in Kostjas Stimme keinen Befehl herausgehört, aber da war wohl doch einer gewesen.

»Ein kleines Experiment zur Veranschaulichung«, sagte Kostja. »Schau dir an, wie es gemacht wird ...«

Heftig schüttelte er seinen Aktenkoffer, worauf die Schlösser gehorsam aufsprangen, der Koffer sich öffnete und aus ihm ein schweres, solides Buch herausflog.

Das *Fuaran*.

Der Einband war in der Tat aus Leder, aus grau-gelbem Leder. Kupferne Dreiecke schützten die Ecken. Außerdem gab es noch eine sinnreiche Schließe, die verhinderte, dass das Buch sich öffnete.

Kostja fing das Buch mit einer Hand und schlug es mit so erstaunlicher Leichtigkeit auf, als hantiere er nicht mit einem mehrere Kilogramm schweren Folianten, sondern blättere eine Zeitung durch. Er ließ den Aktenkoffer fallen, der auf den Beton krachte.

»Hier steht größtenteils Gewäsch drin«, amüsierte sich Kostja. »Eine Chronik missglückter Experimente. Die Anleitung kommt am Ende ... Es ist ganz einfach.«

Mit der freien Hand holte Kostja aus der Gesäßtasche seiner Jeans die kleine Metallflasche. Schraubte den Verschluss ab und gab einen Tropfen direkt auf die aufgeschlagene Seite.

Worauf wartete ich noch?

Was hatte er vor?

Alles in mir schrie: Greif ihn an! Schlag mit voller Kraft zu, solange er abgelenkt ist!

Doch ich wartete, von dem Anblick wie gebannt.

Der Blutstropfen verschwand von der Seite. Schmolz dahin, gab braunen Rauch ab. Und das Buch ... das Buch fing an zu singen. Es stieß einen Laut aus, der einem kehligen Gesang ähnelte, an eine menschliche Stimme erinnerte. Es lag nichts Artikuliertes darin.

»Beim Dunkel und beim Licht ...«, sagte Kostja, während er auf die aufgeschlagenen Seiten blickte. Er sah etwas, das mir verborgen blieb. »Om ... Mrigankandata gauri ... Auchitya dhvani ... Nach meinem Willen ... Mokscha gauri ...«

Die Stimme des Buches – und ich hegte nicht den geringsten Zweifel, dass hier das Buch sprach – schwoll an. Erstickte Kostjas Stimme, erstickte die Worte des Zauberspruchs, sowohl die russischen als auch die jener alten Sprache, in der das *Fuaran* abgefasst worden war.

Kostja hob die Stimme, als versuche er das Buch zu überschreien.

Ich verstand nur das letzte Wort, wieder ein Om.

Der Gesang riss mit einem scharfen, dissonanten Ton ab.

Hinter mir fluchte Lass. »Was war das denn?«, fragte er.

»Ein Meer«, amüsierte sich Kostja. Er bückte sich, hob den Aktenkoffer auf und legte sowohl das Buch als auch die Flasche hinein. »Ein ganzes Meer neuer Möglichkeiten.«

Ich drehte mich um – obwohl ich bereits wusste, was ich sehen würde. Kniff die Augen zusammen und fing mit den Pupillen den Schatten meiner Wimpern auf.

Ich betrachtete Lass durchs *Zwielicht*.

Die Aura eines nicht initiierten Anderen war absolut klar zu erkennen. Herzlich willkommen in unserem Freundeskreis ...

»So funktioniert es bei Menschen«, sagte Kostja. Auf seiner Stirn standen jetzt zwar Schweißtropfen, dennoch wirkte er rundum zufrieden. »Genau so.«

»Was hast du jetzt vor?«, fragte ich.

»Ich möchte ein Anderer unter Anderen sein«, sagte Kostja. »Ich möchte, dass das alles aufhört ... Lichte und Dunkle, Menschen und Andere, Magier und Vampire. Alle sollen zu Anderen werden, begreifst du das? Alle Menschen auf der Welt.«

Ich lachte. »Kostja ... du brauchst zwei oder drei Minuten pro Mensch. Wie steht's mit deinen Kenntnissen in Arithmetik?«

»Hier hätten auch zweihundert Menschen stehen können«, erklärte Kostja. »Dann wären sie jetzt alle Andere geworden. Hier hätten zweitausend Menschen stehen können. Der Zauber wirkt auf alle, die sich in meinem Blickfeld befinden.«

»Trotzdem ...«

»In anderthalb Stunden startet vom Kosmodrom Baikonur die nächste Rakete zur Internationalen Raumstation«, sagte Kostja. »Ich glaube, der deutsche Weltraumtourist wird mir seinen Platz überlassen müssen.«

Einen Moment lang schwieg ich und wog seine Worte ab.

»Ich werde ganz ruhig am Fenster sitzen und auf die Erde glotzen«, verkündete Kostja. »Wie es sich für einen Weltraumtouristen gehört. Ich werde auf die Erde schauen, etwas Blut aus der Flasche auf den Seiten verschmieren und den Zauberspruch flüstern. Und weit unter mir werden die Menschen zu Anderen. Alle Menschen, verstehst du? Vom Säugling in der Wiege bis zum Greis im Rollstuhl.«

Jetzt wirkte er fast wie ein Lebender. Durch und durch. In seinen Augen loderte etwas, das nicht der Vampirkraft entsprang, sondern normalem menschlichem Eifer.

»Anton, du hast doch selbst auch schon davon geträumt, oder? Dass es keine Menschen mehr gibt! Dass alle gleich sind!«

»Ich habe davon geträumt, dass alle zu Anderen werden«, sagte ich. »Aber nicht davon, dass es keine Menschen mehr gibt.«

Kostja verzog das Gesicht. »Hör doch auf! Das sind Wortklaubereien ... Wir haben die Chance, die Welt zum Guten zu verändern, Anton. Fuaran konnte das nicht, denn zu ihrer Zeit gab es noch keine Raumschiffe. Geser und Sebulon können das nicht, denn sie haben das Buch nicht. Aber wir, wir können es! Ich will keinc Macht, versteh mich doch! Ich will Gleichheit! Freiheit!«

»Glück für alle, und umsonst?«, fragte ich. »Und dass niemand gekränkt fortgeht?«

Er verstand mich nicht.

»Ja, Glück für alle! Die Erde den Anderen! Und keine Kränkungen! Ich will, dass du mit mir kommst, Anton. Dass du dich auf meine Seite stellst.«

»Das ist eine vorzügliche Idee«, rief ich und sah ihm in die Augen. »Kostja, du bist einfach fabelhaft!«

Lügen konnte ich noch nie. Und einen Vampir zu täuschen, das ist fast unmöglich. Aber offenbar wollte Kostja unbedingt hören, dass ich ihm zustimmte.

Er lächelte. Entspannte sich.

In dem Moment hob ich die Hand und schlug mit der »grauen Andacht« zu.

Das hatte nichts mehr mit dem Schlag zu tun, den ich ihm im Zug versetzt hatte. Die Kraft brodelte in mir, strömte aus meinen Fingerspitzen heraus! Ohne Ende! Wer kann schon wissen, dass er eine Leitung ist, solange kein Strom fließt?

Der Zauber ließ sich sogar in der Menschenwelt erkennen. Schlingernde graue Fäden schossen aus meinen Händen, spannen Kostja ein, zogen sich um ihn zusammen, schnappten ihn sich, bildeten einen zuckenden grauen Kokon um ihn. Im *Zwielicht* geschah etwas Unvorstellbares: Ein tosender grauer Schneesturm brandete durch die Welt, im Vergleich zu dem der normale graue Nebel direkt farbenfroh wirkte. Jedem normalen, registrierten Vampir in einem Radius von mehreren Kilometern, so schoss es mir durch den Kopf, dürfte es jetzt auch nicht gerade prächtig gehen. Einzelne abprallende Zauberfragmente würden ihn wegfegen und dematerialisieren ...

Kostja fiel auf ein Knie. Er hielt sich, versuchte zu entkommen, aber die »graue Andacht« saugte die Kraft schneller aus ihm heraus, als er dem Zauber entgehen konnte.

»Mein lieber Schieber!«, rief Lass begeistert hinter mir.

Nie zuvor war so viel Kraft durch mich hindurchgeströmt.

Mit der Welt um mich herum geschah etwas Seltsames. Das Flugzeug auf der Startbahn verlor seine Farbe, verwandelte sich in einen grauen steinernen Klotz. Der Himmel bleichte aus, wurde fahl und hing jetzt tief. Die Ohren schienen mit Watte zugestopft.

Anscheinend drängte das *Zwielicht* in unsere Welt ...

Aber ich konnte nicht aufhören. Ich spürte: Sollte ich auch nur eine Sekunde erlahmen, würde Kostja sich losreißen, würde zum Gegenschlag ausholen. Und dann so zuschlagen, dass mir Hören und Sehen verging ... Dann würde ich und nicht Kostja da auf dem Asphalt liegen, zu Brei zerquetscht ...

Er hob den Kopf. Sah mich an. Nicht böse, sondern eher verletzt und ungläubig. Ganz langsam breitete er die Arme aus ...

Sollte er tatsächlich noch Kraftreserven haben?

Um Kostja herum zeichnete sich ein hellblaues, durchscheinendes Prisma in der Luft ab. Es zerschnitt die grauen Fäden des Zaubers, kreiste und schrumpfte zu einem Punkt zusammen. Dann verschwand es.

Zusammen mit dem Vampir.

Kostja war durch ein Portal geflohen.

Nach wie vor brandete die Kraft in mir. Die Kraft von Tausenden von Anderen, die Geser und Sebulon mir zugeleitet hatten, eine überbordende, unkontrollierte Kraft, die nach Anwendung verlangte. Menschenkraft, die durch dritte Hand zu mir gelangt war ...

Es reichte ...

Ich führte meine Hände zusammen und ballte die grauen Fäden zu einem festen Knäuel.

Es reichte ...

Der Feind stand nicht mehr vor mir.

Es reichte ...

Ein Duell der Magier – das bedeutet zu fechten, nicht mit einem Knüppel zuzuhauen.

Es reichte.

Kostja hatte sich als der Raffiniertere erwiesen.

Ein leichtes Zittern schüttelte mich, trotzdem hörte ich auf. Der Himmel gewann seine Farbe zurück, auf der Startbahn raste das Flugzeug los.

Kostja war weg.

Geflohen?

Nein, er war einfach weg. Noch nie hatte ich von Vampiren gehört, die imstande sind, ein direktes Portal zu öffnen. Und die Großen hatten offenbar ebenfalls nicht erwartet, dass Kostja uns mit einer solchen Finte täuschen würde.

Als er zum Flughafen gekommen war, hatte er damit gerechnet, dass alle nur an Flugzeuge und Hubschrauber denken würden. Sich entspannen würden, denn ihnen blieb noch genug Zeit, sie konnten den Vampir ja in der Luft abfangen, Jagdflugzeuge losschicken, sie konnten Raketen abfeuern ...

Kostja hatte sich jedoch von Anfang an auf einen Sprung in ein direktes Portal vorbereitet. Anderthalb Stunden vor dem Start der Rakete ... Niemals hätte er es geschafft, mit einem Flugzeug pünktlich in Baikonur einzutreffen! Außerdem flog da sowieso keins hin, schließlich gab es in dem Gebiet – wozu auch immer es jetzt erklärt sein mochte – noch eine Luftabwehr. Und nur deshalb hatte er den Sprung selbst unter dem Druck der »grauen Andacht« geschafft: Der Zauber für das Portal war bereits gewirkt, bereits »aufgehangen« – genau wie die Kampfzauber bei uns Fahndern.

Also hatte er doch nicht geglaubt, dass ich zu ihm überlaufen würde. Oder zumindest ernsthafte Zweifel daran gehabt. Trotzdem war es für ihn wichtig – sehr wichtig –, mich zu besiegen. Und zwar nicht durch reine Kraft. Was bedeutet schon Kraft, wenn er nun ein Hoher und ich immer noch ein Magier zweiten Grades war, selbst wenn man noch so viel geliehene Kraft in mich gepumpt hatte. Nein, der reinste, der überzeugendste Sieg ist der, wenn der Gegner deine Wahrheit anerkennt. Sich kampflos ergibt. Sich unter deine Fahne stellt.

Letzten Endes bin ich doch ein Dummkopf. Ich hatte ihn für einen Freund oder einen Feind gehalten. Doch er war keins von beiden. Er gedachte lediglich seine Wahrheit zu beweisen. Und wie es der Zufall so wollte, sollte ich als Mittel der Beweisführung dienen. Schon kein Freund mehr, aber noch kein Feind. Sondern nur der Träger einer alternativen Wahrheit.

»Hat er sich mit Teleportation davongemacht?«, fragte Lass.

»Was?« Ich drehte mich um und sah ihn an. »Nun ... etwas in der Art. Er hat ein Portal geöffnet und ist verschwunden. Wie bist du dahintergekommen?«

»In einem Computerspiel habe ich mal etwas gesehen, das kam dem hier ziemlich nahe ...«, sagte Lass leicht zweifelnd. Um dann verärgert zu präzisieren: »Sehr nahe!«

»Diese Spiele werden nicht nur von Menschen gemacht ...«, erklärte ich. »Ja, er ist verschwunden. Nach Baikonur. Er möchte einen Weltraumtouristen ersetzen ...«

»Das habe ich gehört«, sagte Lass. »So ein Idiot.«

»Ist dir klar, warum er ein Idiot ist?«, fragte ich.

Lass schnaubte. »Wenn alle Menschen Magier werden ... Heute pöbelt man dich in der Straßenbahn an, und morgen verbrennt man dich auf der Stelle zu Asche. Heute zerkratzt man einem unangenehmen Nachbarn die Tür mit einem Nagel oder denunziert dich beim Finanzamt, morgen wirkt man irgendein Unheil oder saugt ihm das Blut aus. Ein Affe auf einem Motorrad ist nur im Zirkus amüsant, nicht im Straßenverkehr ... Und schon gar nicht, wenn der Affe eine Maschinenpistole in der Hand hat.«

»Glaubst du, dass die Mehrheit aus Affen besteht?«, wollte ich wissen.

»Wir alle sind Affen.«

»Dein Weg führt in die Wache«, murmelte ich. »Wart mal gerade ... ich muss mir Rat holen.«

»Was für eine Wache?«, fragte Lass misstrauisch. »Vielen Dank auch! Glücklicherweise bin ich nämlich kein Magier!«

Ich schloss die Augen und lauschte. Stille.

»Geser!«

Stille.

»Geser! Lehrer!«

»Wir beratschlagen gerade, Anton.«

In einem telepathischen Gespräch fehlt jede Intonation. Und trotzdem ... trotzdem witterte ich einen Hauch von Müdigkeit in Gesers Worten.

»Er ist nach Baikonur unterwegs. Das Fuaran *funktioniert wirklich. Er will alle Menschen auf der Welt in Andere verwandeln!«*

Ich verstummte, weil ich begriff: Geser wusste bereits Bescheid. Er hatte alles, was passiert war, angesehen und angehört – ob mit meinen Augen und meinen Ohren oder mit sonstigen magischen Methoden, was spielte das für eine Rolle.

»Du musst ihn aufhalten, Anton. Folge ihm und halte ihn auf.«

»Und Sie?«

»Wir halten den Kanal aufrecht, Anton. Versorgen dich mit Kraft. Weißt du, wie viele Andere ihre Kraft für die ›graue Andacht‹ gegeben haben?«

»Ich ahne es.«

»Anton, ich kann mich nicht mit ihm messen. Sebulon auch nicht. Und auch Swetlana nicht. Wir können jetzt nur noch eins machen: dich mit Energie versorgen. Wir ziehen aus allen Anderen Moskaus Kraft. Falls nötig, fangen wir an, sie direkt bei den Menschen abzupumpen. Wir haben keine Zeit, jetzt noch was umzuorganisieren oder weitere Magier als Leiter hinzuzuziehen. Du bist es, der Kostja aufhalten muss ... mit unserer Hilfe. Die Alternative wäre ein Atomangriff auf Baikonur.«

»Ich kann kein direktes Portal öffnen, Geser.«

»Doch. Das Portal ist noch nicht endgültig wieder geschlossen. Du musst den Eingangsschacht finden und es erneut aktivieren.«

»Überschätzen Sie mich nicht, Geser! Selbst mir Ihrer Hilfe bin ich nur ein Magier zweiten Grades!«

»Wach auf, Anton. Du hast Sauschkin gegenübergestanden, als er den Zauberspruch rezitiert hat. Du bist über den zweiten Grad hinaus.«

»Und welchen ...?«

»Über dem ersten gibt es nur noch eine Kategorie. Die höchste. Schluss jetzt mit dem Gerede! Folge ihm!«

»Aber wie kann ich ihn besiegen?«

»Wie du willst.«

Ich öffnete die Augen.

Lass stand vor mir und fuchtelte mit der Hand vor meinem Gesicht herum.

»Oh! Er lebt noch!«, freute er sich. »Was ist das für eine Wache? Und soll das heißen, dass ich jetzt auch ein Magier bin?«

»Fast.« Ich machte einen Schritt nach vorn.

Hier hatte Kostja gestanden ... er war hingefallen ... hatte die Arme ausgebreitet ... das Portal war entstanden ...

Die Menschenwelt war leer.

Wind ging, die zerknüllte Zellophanhülle einer Zigarettenschachtel raschelte über den Beton ...

Das *Zwielicht* war leer.

Die graue Finsternis, die steinernen Klötze anstelle des elastischen, wabernden Geflechts aus blauem Moos ...

Die zweite Schicht des *Zwielichts.*

Der schwere schieferfarbene Nebel ... das gespenstische tote Licht unter schweren Wolken ... ein winziger blauer Funken, wo das Portal gewesen war ...

Ich streckte die Hand aus –

in der Menschenwelt,

in der ersten Schicht des *Zwielichts,*

in der zweiten Schicht des *Zwielichts* ...

Und erfasste mit den Fingern den ersterbenden blauen Funken.

Halt! Erlisch nicht! Hier bekommst du es mit einer Kraft, mit einer wütenden Energie zu tun, die die Grenzen zwischen den

Welten aufhebt. Von meinen Fingern regneten brennende Tropfen. Herab auf die verlöschende Glut ...

Wachse, öffne dich, kriech unter die heiße Sonne, denn du musst noch arbeiten! Ich nahm die Spur desjenigen wahr, der das Portal geöffnet hatte. Sah, wie er es gemacht hatte. Konnte seinen Weg nachgehen.

Und ich brauchte dazu nicht einmal mehr Zauber, nicht all diese komischen Formeln in unverständlichen alten Sprachen. Auf die auch die Hexe Arina nicht angewiesen ist, wenn sie ihren Kräutertrunk braut. Auf die auch Geser und Swetlana nicht angewiesen sind.

Ist es das, was einen Hohen Magier ausmacht?

Dass er keine Schemata mehr lernen muss, sondern die Bewegung der Kraft spürt?

Wie erstaunlich – und wie einfach.

Dabei sind noch nicht einmal die Möglichkeiten das Erstaunlichste, nicht die beeindruckende Kraft des Fireballs oder die Stärke des »Freeze«. Denn mit abgezapfter fremder Kraft oder mit kunstvoll angesammelter eigener kann selbst ein gewöhnlicher Magier so loslegen, dass er einen Hohen Mores lehrt. Nein, alles steht und fällt mit der Freiheit. Ein Unterschied wie zwischen einem Schwimmer – und möge er noch so begabt sein – und einem Delphin – selbst wenn dieser extrem träge ist.

Wie schwer muss es für Swetlana gewesen sein, mit mir zusammenzuleben, ihre Kraft zu vergessen, ihre Freiheit zu vergessen? Das lässt sich nicht mit dem Unterschied zwischen stark und schwach vergleichen, sondern nur mit dem zwischen einem Gesunden und einem Invaliden ...

Aber die gewöhnlichen Menschen leben doch auch, oder? Zusammen mit Blinden und Lahmen. Denn das Wichtigste ist eben nicht die Freiheit. Freiheit – das ist eine Rechtfertigung für Arschlöcher und Idioten. Wenn die von Freiheit sprechen, denken sie nicht an die Freiheit der anderen, sondern an die eigene Sklaverei.

Und selbst Kostja – der kein Idiot und kein Arschloch ist – hängt an jenem Haken, an dem sich schon die Revolutionäre aller Couleur die Lippen aufgerissen haben – von Spartakus bis Trotzki, vom Bürger Robespierre bis zum Commandante Che Guevara, von Jemelka Pugatschow bis zum namenlosen Selbstmordattentäter.

Wäre ich selbst nicht auch daran hängen geblieben? Noch vor fünf oder zehn Jahren?

Wenn man mir gesagt hätte: »Man kann alles auf einen Schlag ändern – und zwar zum Guten!«

Aber das hat zum Glück keiner.

So bin ich noch einmal davongekommen, zusammen mit denjenigen, die mir etwas bedeuten. Die bei den Worten »Freiheit und Gleichheit« immer voller Zweifel den Kopf schütteln.

Vor mir öffnete sich das Portal: ein hellblaues Prisma, leuchtende Schnüre als Rippen, eine glimmernde Hülle als Grenze ...

Ich schob die Schnüre mit den Händen auseinander und trat in das Portal.

Sieben

Was an Portalen nicht gut ist: Man hat keine Möglichkeit, sich auf den neuen Ort einzustellen. Ein Zug ist in dieser Hinsicht ideal. Du betrittst dein Abteil, wechselst die Jeans gegen Trainingshosen und die Schuhe gegen Gummilatschen, entspannst dich bei Speis und Trank und kommst – falls du das Pech hast, allein zu fahren – mit deinen Mitreisenden ins Gespräch. Die Räder rattern, der Bahnsteig entschwindet. Das war's, du bist unterwegs. Du bist ein anderer Mensch. Du teilst deine geheimsten Sorgen mit Unbekannten, streitest über Politik, obwohl du dir gelobt hast, nie über sie zu streiten, trinkst fragwürdigen, auf einem kleinen Bahnhof erworbenen Wodka. Du bist nicht hier und nicht da. Du bist unterwegs. Unternimmst deine eigene kleine *Queste*, in dir steckt etwas von Frodo und etwas von Paganel, dann noch ein Tröpfchen Robinson und ein ganz klein wenig von Radischtschew. Vielleicht dauert deine Reise nur ein paar Stunden, vielleicht ein paar Tage. Das Land ist groß, und es zieht vor den Fenstern deines Abteils vorbei. Du bist nicht hier. Du bist nicht da. Du bist ein Reisender.

Bei einem Flugzeug sieht die Sache schon anders aus. Trotzdem bereitest du dich auch hier auf deine Reise vor. Du kaufst ein Ticket, stehst in aller Herrgottsfrühe auf, setzt dich in ein Taxi und fährst zum Flughafen. Die Räder schlucken die Kilometer, du guckst in den Himmel, bist in Gedanken bereits in der

Luft. Das nervöse Durcheinander im Wartesaal, löslicher Kaffee im Restaurant, das Einchecken, die Sicherheitskontrolle, wenn du ins Ausland fliegst der Zoll und der Duty-free-Shop, die kleinen Freuden der Reise vor den engen Flugzeugsitzen, dem Heulen der Turbinen und dem optimistischen Slogan der Stewardess. »Die Notausgänge befinden sich ...« Und dann verschwindet die Erde bereits unter dir, die Hinweisschilder gehen aus, die Raucher verdrücken sich schamhaft in die Toilette, die Stewardessen übersehen sie taktvoll, das Mittagessen wird in kleinen Plastikschüsseln gebracht, denn aus irgendeinem Grund schlagen sich bei Flügen immer alle den Magen voll. Das ist keine Reise im eigentlichen Sinne. Das ist ein Ortswechsel. Aber ... aber trotzdem siehst du unter dir Städte und Flüsse dahinschwinden, blätterst im Reiseführer oder überprüfst, ob die Bestätigung deiner Dienstreise in Ordnung ist, denkst darüber nach, wie du die Geschäftsverhandlungen führen sollst oder wie du den zehntägigen Urlaub im gastfreundlichen Land Türkei/Spanien/Kroatien am vergnüglichsten verbringen kannst. So oder so, du bist unterwegs.

Ein Portal ist ein Schock. Ein Portal ist ein Wechsel im Bühnenbild, ist eine Drehbühne im Theater. Du bist hier – und du bist da. Ohne unterwegs zu sein.

Und ohne Zeit zum Nachdenken.

Ich stürzte aus dem Portal. Mit einem Bein schlug ich auf dem gefliesten Boden auf, mit dem anderen landete ich im Klosett.

Nur gut, dass es ein recht sauberes Klo war. Als ob ich in einem anständigen amerikanischen Film wäre, wo sich die Helden auf der Toilette die Fresse polieren. Trotzdem zog ich mein Bein heraus – und Schmerz ließ mich das Gesicht verziehen.

Eine winzige Kabine. An der Decke eine Minilampe und ein Lüftungsgitter, ein Halter mit einer Rolle Klopapier. Ein tolles Portal! Aus irgendeinem Grund hatte ich erwartet, dass Kostja das Portal direkt an der Startrampe aufhängen würde, an der Einstiegsluke der Rakete.

Mit immer noch schmerzverzerrtem Gesicht öffnete ich die Tür einen Spalt und lugte vorsichtig hinaus. Anscheinend war die Toilette leer. Kein Geräusch war zu hören, nur an einem der Waschbecken tropfte der Hahn ...

In diesem Augenblick prallte mir etwas mit voller Wucht in den Rücken, sodass ich aus der Kabine flog, indem ich die Tür mit dem Kopf aufstieß. Ich stürzte auf den Rücken und riss eine Hand hoch, bereit zuzuschlagen.

In der Kabine stand Lass – der, gegen die Wand gelehnt, mit den Armen ruderte und sich verdutzt umsah.

»Was machst du denn hier?«, brüllte ich. »Warum bist du mir gefolgt?«

»Du hast mir doch selbst gesagt, ich soll dir nachkommen!«, schmollte Lass. »Du hundsmiserabler Zauberer!«

Ich stand auf. Jetzt zu streiten wäre in der Tat dumm.

»Ich muss einen durchgedrehten Vampir aufhalten«, sagte ich. »Den heute stärksten Magier der Welt. Es ... es wird hier sehr heiß hergehen ...«

»Wo sind wir? In Baikonur?«, fragte Lass, der nicht die geringste Angst zeigte. »Wow! Einfach klasse! Aber war es unbedingt nötig, für die Teleportation die Kanalisation zu wählen?«

Ich winkte bloß ab. Hörte in mich hinein. Ja, Geser war in der Nähe. Geser und Sebulon ... und Swetlana ... und noch Hunderte oder Tausende von Anderen. Sie alle warteten.

Sie hofften auf mich.

»Wie kann ich dir helfen?«, fragte Lass. »Soll ich vielleicht Stöcke aus Espenholz suchen? Übrigens werden Streichhölzer aus Espenholz gemacht, wusstest du das? Ich habe mich immer gefragt, warum ausgerechnet aus diesem Holz. Das brennt doch wohl nicht besser, oder? Jetzt ist mir klar, dass man es macht, um Vampire zu bekämpfen. Du spitzt einfach ein Dutzend Streichhölzer an ...«

Ich sah Lass an.

Der breitete die Arme aus. »Schon gut, schon gut ... War ja bloß ein Vorschlag.«

Ich ging zur Toilettentür und spähte nach draußen. Ein langer Gang, Neonlicht, keine Fenster. Am Ende des Gangs stand ein Mann in Uniform mit einer Pistole am Gürtel. Ein Wachtposten? Ja, vermutlich dürfte es hier Wachen geben. Sogar in der heutigen Zeit.

Aber warum war der Mann in dieser unnatürlichen Pose erstarrt?

Ich ging den Gang hinunter, auf den Soldaten zu. »Entschuldigen Sie bitte«, sprach ich ihn leise an. »Dürfte ich Sie kurz stören?«

Der Soldat erwiderte nichts. Er starrte in den Raum – und lächelte. Ein junger Mann, noch keine dreißig. Völlig reglos. Und sehr blass.

Ich legte ihm die Finger an die Halsschlagader. Der Puls ließ sich kaum noch spüren. Die Bissspuren waren fast nicht zu sehen, nur am Kragen entdeckte ich ein paar Blutstropfen. Ja, Kostja musste nach der Flucht sehr müde gewesen sein. Er hatte sich stärken müssen – und eine Katze war ihm nicht über den Weg gelaufen.

Wenn der Soldat jetzt noch am Leben war, hatte er übrigens Chancen, das Ganze zu überstehen.

Ich zog die Pistole aus seinem Halfter – offenbar hatte er nach ihr greifen wollen, als der Befehl des Vampirs ihn zwang zu erstarren – und legte den Mann sorgfältig auf den Fußboden. Sollte er ruhig ein bisschen liegen. Dann drehte ich mich um.

Natürlich war Lass mir gefolgt. Jetzt betrachtete er schweigend den reglosen Wachtposten.

»Kannst du schießen?«, fragte ich.

»Ich werde es versuchen.«

»Falls nötig, schieß ihm ins Herz und in den Kopf. Wenn du triffst, haben wir Chancen, ihn aufzuhalten.«

Selbstverständlich machte ich mir nichts vor. Selbst wenn Lass das ganze Magazin in Kostja abfeuerte – was ihm wohl kaum gelingen dürfte –, würden die Kugeln den Hohen Vampir nicht aufhalten. Besser rechneten wir mit dem Schlimmsten.

Und Hauptsache, er schoss mir nicht vor lauter Angst in den Rücken ...

Kostja zu finden war nicht schwer, selbst ohne Magie anzuwenden. Wir stießen noch auf drei weitere Männer, einen Wachtposten und zwei Zivilpersonen, die erstarrt und gebissen waren. Vermutlich bewegte sich Kostja in dieser Vampirmanier fort, bei der jede Bewegung unfassbar schnell wird und der Prozess des »Essens« nur ein paar Sekunden in Anspruch nimmt.

»Werden sie jetzt zu Vampiren?«, wollte Lass wissen.

»Nur wenn er das gewollt hat. Und nur wenn sie selbst einverstanden waren.«

»Ich hätte nicht gedacht, dass man noch die Wahl hat.«

»Man hat immer die Wahl«, antwortete ich, während ich die nächste Tür öffnete.

Und begriff, dass wir am Ziel angelangt waren.

Ein weitläufiger heller Saal. Voller Menschen, mindestens zwanzig Menschen. Darunter auch Kosmonauten, der russische Kommandant des Raumschiffs, ein Amerikaner und der Weltraumtourist, ein Schokoladenfabrikant aus Deutschland.

Natürlich wiesen alle die gleiche wonnige Starre auf – mit Ausnahme von zwei Technikern in weißen Kitteln, deren Augen zwar ebenso ausdruckslos waren, deren Hände Kostja jedoch mit gewohnter Leichtigkeit in den Skaphander halfen. Keine leichte Aufgabe, denn die Raumanzüge sind maßgeschneidert und Kostja war etwas größer als der Deutsche.

Der glücklose Tourist saß völlig nackt – Kostja war sich nicht zu fein gewesen, sogar seine Unterwäsche anzuziehen – etwas abseits und nuckelte an seinem Zeigefinger.

»Ich habe nur noch zwei, drei Minuten«, sagte Kostja fröhlich. »Halt mich also nicht auf, Anton. Wenn du versuchst, dich mir in den Weg zu stellen, bring ich dich um.«

Natürlich überraschte ihn mein Auftauchen nicht.

»Die Rakete bekommt keine Starterlaubnis«, sagte ich. »Worauf hoffst du eigentlich? Die Hohen wissen, was du vorhast.«

»Die Rakete wird starten, da kannst du machen, was du willst«, antwortete Kostja gelassen. »Die Luftverteidigung hier ist durchaus akzeptabel, das kannst du mir glauben. Und der Chef der Wachtposten vom Kosmodrom hat gerade eben alle notwendigen Befehle gegeben. Willst du mir weismachen, ihr würdet zum massiven Angriff mit ballistischen Raketen gegen mich blasen?«

»Ja.«

»Du bluffst«, antwortete Kostja ungerührt. »Ein Schlag seitens der Chinesen oder Amerikaner ist ausgeschlossen, das würde einen Weltkrieg auslösen. Unsere Raketen sind nicht auf Baikonur gerichtet. Flugzeuge mit taktischen Geschossen kommen hier nicht rein. Euch bleibt kein Ausweg. Lehnt euch zurück und genießt das Ganze.«

Vielleicht hatte er Recht.

Aber vielleicht hatten die Großen auch einen Plan, wie sie Baikonur durch einen Atomschlag vernichten konnten, ohne einen Weltkrieg zu provozieren.

Das spielte keine Rolle.

Das Wichtigste war, dass Kostja für sich schon alles entschieden hatte. Er würde sich nicht aufhalten lassen. Gleich würde man ihn zur Rakete bringen, ihn hineinsetzen ... Und dann?

Was könnte er tun, wenn er in diesem Eisenfass saß und ein Dutzend Hohe ihre Portale im Raumfahrtzentrum öffnen würden? Wenn sie im Handumdrehen das Gedächtnis des Chefs der Wachtposten reinigen würden und von all denjenigen, die auf einen Startknopf drücken müssen? Wenn sie den Befehl zur Sprengung der Rakete geben oder »aus der Hüfte« mit einem transportablen Kernsprengkopf schmeißen oder ihn mit einem Röntgenlaser abknallen würden?

Nichts könnte er da machen!

Ein Raumschiff ist kein Automobil, das man einfach klauen kann! Bei einem Raketenstart müssen Tausende von Menschen Hand anlegen, und in jeder Phase gibt es genügend »Knöpfchen zu drücken«, damit das Raumschiff auf gar keine Umlaufbahn kommt.

Selbst wenn Kostja ein Idiot wäre – er ist jetzt ein Hoher Vampir und sollte die Realitätslinien lesen, die Zukunft voraussagen können und begreifen, dass wir ihn aufhalten würden.

Oder ...

Oder das Kosmodrom, die Menschen, die er unter seine Kontrolle gebracht beziehungsweise betäubt hatte – all das musste eine Finte sein. Eine Finte, wie der Flughafen in Saratow.

Er brauchte keine Rakete! Genau wie er kein Flugzeug brauchte!

Er würde das Portal direkt im Kosmos öffnen.

Aber warum war er dann erst nach Baikonur gekommen? Für den Skaphander? Quatsch. Das Zentrum zur Ausbildung von Kosmonauten wäre weitaus näher gewesen, und dort hätte er mit Sicherheit einen passenden Skaphander gefunden.

Also war er nicht nur wegen des Anzugs hier ...

»Ich muss die Zaubersprüche lesen«, sagte Kostja. »Blut über die Seite verteilen. Im Vakuum geht das nicht.«

Er erhob sich und schob die Techniker beiseite, die gehorsam strammstanden.

»Ich muss das Portal in der Raumstation öffnen. Dafür muss ich die genaue Lage kennen. Trotzdem kann ich Fehler machen ... Manche lassen sich gar nicht vermeiden.«

Ich hatte nicht gespürt, wie er meine Gedanken gelesen hatte. Obwohl er genau das getan hatte.

»Du hast alles richtig verstanden, Anton. Ich bin bereit, jede Sekunde zur Station zu starten. Bevor ihr noch irgendwas dagegen unternehmen könnt. Und selbst wenn Geser und Sebulon sich gewaltig ins Zeug legen würden, würden eure Kräfte nicht ausreichen. Ich habe meine Kraft nämlich maximal entfaltet. Ich habe die absolute Kraft erlangt! Darüber gibt es nichts mehr! Geser hat davon geträumt, dass deine Tochter die erste Zauberin mit einer solchen Kraft wird ...« Kostja grinste. »Aber jetzt bin ich es geworden!«

»Eine Zauberin?« Ich gestattete mir ein Grinsen.

»Ein absoluter Magier«, entgegnete Kostja scharf. »Deshalb werdet ihr mich nicht besiegen. Denn ihr werdet nicht mehr Kraft zusammenbekommen, als ich habe, das ist euch doch klar, oder? Ich bin absolut!«

»Du bist eine absolute Null«, sagte ich. »Du bist ein absoluter Vampir.«

»Ein Vampir, ein Magier ... was macht das schon für einen Unterschied? Ich bin ein absoluter Anderer.«

»Stimmt, es gibt keinen Unterschied. Wir leben nämlich alle auf Kosten der menschlichen Kraft. Und du bist mit Sicherheit nicht der Stärkste, du bist der Schwächste. Du bist die absolute Leere, in die fremde Kraft strömt.«

»Von mir aus auch das.« Kostja ließ sich auf keinen Streit ein. »Das ändert nämlich gar nichts, Anton! Ihr werdet mich nicht aufhalten, und ich werde das tun, was ich vorhabe.« Er zögerte kurz, dann fügte er hinzu: »Und du schlägst dich sowieso nicht auf meine Seite ... Worüber denkst du nach?«

Ich antwortete nicht. Ich schöpfte Kraft.

Von Geser und Sebulon, von den Dunklen und den Lichten, von den Guten und den Bösen. Irgendwo dort, weit weg von mir, gaben mir diejenigen, die ich liebte, ihre Kraft. Und auch diejenigen, die ich hasste. Jetzt spielte es für mich keine Rolle mehr, ob die Kraft licht oder dunkel war. Wir alle saßen im selben Boot ... in einem Raumschiff, das in die absolute Leere flog ...

»Was ist? Schlag schon zu«, sagte Kostja amüsiert. »Überraschen wirst du mich sowieso nie wieder.«

»Schlag«, flüsterte Geser. *»Schlag mit dem ›weißen Höhenrauch‹.«*

Das Wissen, was es mit dem »weißen Höhenrauch« auf sich hatte, kroch mit der lichten Kraft in mich hinein. Ein schreckliches Wissen, ein beängstigendes – deshalb hatte selbst Geser diesen Zauber nur ein einziges Mal angewendet und danach geschworen, es nie wieder zu tun ...

»Schlag«, riet Sebulon. *»Am besten mit dem ›Schatten der Herrscher‹.«*

Das Wissen, was es mit dem »Schatten der Herrscher« auf sich hatte, huschte mit der dunklen Kraft in mich hinein. Ein ekelhafter Zauber, der Entsetzen verbreitete – deshalb hatte selbst Sebulon es nie riskiert, diesen Schatten aus der fünften Schicht des *Zwielichts* aufzuheben ...

»Schlag«, sagte Edgar. *»Mit dem ›Sarkophag der Zeiten‹. Unbedingt mit dem ›Sarkophag der Zeiten‹.«*

Das Wissen, was es mit dem »Sarkophag der Zeiten« auf sich hatte, sprudelte mit der Kraft der Inquisitoren in mich. Ein kaltes Wissen, ein tödliches – denn derjenige, der den Zauber wirkte, blieb zusammen mit seinem Opfer im Sarkophag. Für immer, bis ans Ende des Universums ...

»Und wenn wir ihm den Skaphander durchlöchern?«, fragte Lass, der mit der Pistole in der Tür stand.

Ein absoluter Anderer.

Eine absolute Null.

Der Stärkste, der Schwächste ...

Ich sammelte die mir verliehene Kraft – und legte sie in einen

Zauber siebten Grades, einen der einfachsten Zauber, die jeder Andere beherrscht.

Den »Schild des Magiers«.

Vermutlich wurde noch nie so viel Kraft so sinnlos vergeudet.

Und vermutlich war noch nie ein Magier auf der Welt so gut abgeschirmt.

Gegen alles.

Ein weißer netzartiger Kokon entstand um mich herum. Die durch die Fäden des Kokons strömende Energie ließ sie leise knistern. Der Kokon verlor sich im Nirgendwo, tief im Universum, dort, wo man aufhört, die Schichten des *Zwielichts* zu zählen, wo es keine Materie mehr gibt, keinen Raum, keine Zeit, rein gar nichts, was ein Mensch oder ein Anderer verstehen könnte.

»Was ... machst du da?«, fragte Kostja – und sein Gesicht nahm einen kindlich verletzten Ausdruck an. »Was machst du, Anton?«

Ich schwieg. Stand da und sah ihn an. Nicht einmal der Schatten eines Gedankens durfte über mein Gesicht huschen. Sollte Kostja doch denken, was er wollte.

Sollte er doch.

»Hast du Angst bekommen?«, fragte Kostja. »Du ... ja ... du bist ein Angsthase, Anton!«

Ich schwieg.

Und die Hohen schwiegen. Nein, vermutlich schwiegen sie nicht. Sie schrien, schimpften, verfluchten mich – weil ich die von ihnen gesammelte Kraft zum absoluten Schutz von mir selbst verschwendete.

Wenn in diesem Moment über Baikonur eine Wasserstoffbombe abgeworfen werden würde, würde ich heil und unversehrt bleiben. In einer Wolke aus Plasma schwimmend, eingeschmolzen in einen kochenden Stein, aber absolut unversehrt.

»Ich weiß gar nicht, was ich sagen soll ...« Kostja breitete die

Arme aus. »Ich wollte dich doch nicht umbringen! Ich weiß doch noch, dass du einmal mein Freund gewesen bist!«

Ich schwieg.

Verzeih mir, aber ich kann dich jetzt nicht mehr als meinen Freund bezeichnen. Denn du darfst nicht das verstehen, was ich verstanden habe. Du darfst meine Gedanken nicht lesen.

»Leb wohl, Anton«, sagte Kostja.

Die Techniker kamen zu ihm und ließen die Scheibe des Druckhelms herunter. Er sah mich noch einmal durch das Glas an – verständnislos, gekränkt. Dann drehte er sich um.

Ich dachte, er würde das Portal in den Kosmos jetzt gleich öffnen. Aber Kostja hatte sich in der Tat gründlich auf den Sprung vorbereitet. Gewiss, ich habe nie zuvor auch nur von dem Versuch gehört, sich an Bord eines in der Luft befindlichen Flugzeugs zu katapultieren. Geschweige denn auf eine Raumstation.

Kostja ließ die Kosmonauten und Techniker einfach in ihrer Erstarrung zurück und ging aus dem Saal. Lass wich ihm aus, schielte zu mir hinüber und deutete mit dem Blick auf die Pistole.

Ich schüttelte den Kopf, und er schoss nicht.

Wir folgten ihm nur.

Im Koordinationsraum saßen die Techniker und Programmierer irgendwie schlaftrunken hinter ihren Computern.

Wann hatte er es geschafft, sie alle seinem Willen zu unterwerfen?

Doch nicht gleich in dem Moment, als er in Baikonur angekommen war?

Ein normaler Vampir bringt leicht ein oder zwei Menschen unter seiner Kontrolle. Ein Hoher kann es mit ein paar Dutzend aufnehmen.

Aber Kostja war in der Tat zu einem absoluten Anderen geworden – der gesamte Betrieb des riesigen Raumfahrtzentrums drehte sich jetzt um ihn.

Man brachte ihm irgendwelche Listen. Zeigte ihm etwas auf

den Bildschirmen. Er hörte zu, nickte – und blickte noch nicht einmal in unsere Richtung.

Ein kluger Junge. Mit solider Bildung. Er hatte erst Physik studiert, dann Biologie, aber Physik und Mathematik konnte er anscheinend immer noch etwas abgewinnen. Mir hätten diese Schemata und Graphiken nichts gesagt, aber er bereitete alles vor, um im Orbit ein Portal aufzuhängen. Mit magischen Mitteln in den Kosmos zu gelangen, das ist ein kleiner Schritt für einen Anderen, aber ein großer Sprung für die ganze Menschheit ...

Wenn er jetzt bloß nicht trödelte.

Wenn Geser bloß keine Panik bekam.

Wenn sie bloß auf einen atomaren Schlag verzichteten, denn der brachte nichts und war überflüssig. Völlig überflüssig!

Kostja sah mich erst an, als er das Prisma des Portals öffnete. Blickte mich herablassend und beleidigt an. Die Lippen hinter der Scheibe seines Helms bewegten sich. »Lebe wohl«, las ich.

»Lebe wohl«, wünschte auch ich ihm.

Mit dem Behälter der Lebenserhaltungssysteme in der einen Hand und dem Aktenkoffer mit dem *Fuaran* in der anderen betrat Kostja das Portal.

In dem Moment erlaubte ich mir, den Schild zu senken. Die fremde Kraft brandete in den Raum, ergoss sich überall hin.

»Wie willst du das alles erklären?«, fragte Geser.

»Was meinen Sie?« Ich nahm auf dem nächstbesten Stuhl Platz. Ich zitterte am ganzen Körper. Wie lange reicht der Sauerstoff in einem leichten Skaphander, der nicht für einen Ausstieg im Weltall gedacht ist? Ein paar Stunden? Bestimmt nicht länger.

Kostja Sauschkin würde nicht mehr lange leben.

»Warum bist du sicher ...«, setzte Geser an. Um dann zu verstummen. Ich meinte sogar, ein Gespräch zwischen ihm und Sebulon aufzuschnappen. In dem es um Befehle ging, die geändert werden müssten, um die Bomber, die ins Kosmodrom zurückkehren müssten. Um ein Team von Magiern, das die Spuren

des Wahnsinns in Baikonur beseitigen sollte. Um eine offizielle Version für den geplatzten Start.

»Was ist passiert?«, fragte Lass, während er sich zu mir setzte. Der Techniker, den er ohne zu fackeln von seinem Stuhl vertrieben hatte, sah sich begriffsstutzig um. Die Menschen in unserer Nähe kamen wieder zu sich.

»Schluss«, sagte ich. »Jetzt ist alles aus. Fast.«

Aber ich wusste, dass das noch nicht das Ende war. Denn irgendwo weit oben am Himmel, über den Wolken, in der kalten Sternenwelt, purzelte der absolute Andere Kostja Sauschkin in einem gestohlenen Skaphander herum. Er wollte ein Portal öffnen – und schaffte es nicht. Wollte die an ihm vorbeiziehende Weltraumstation erreichen – und schaffte es nicht. Wollte zur Erde zurückkehren – und schaffte es nicht.

Denn er war eine Absolute Null.

Denn wir alle sind Vampire.

Und dort, jenseits der warmen, lebenden Erde, weit weg von Mensch und Tier, von Pflanzen und Mikroben, von allem, was atmet, sich bewegt, leben will – dort werden wir alle zu absoluten Nullen. Dort sind wir jener Gratiskraft beraubt, die es uns erlaubt, uns gegenseitig mit so schönen und grellen Blitzen zu befeuern, Krankheiten zu heilen und Unheil anzurichten, ein Ahornblatt in eine Banknote zu verwandeln und saure Milch in alten Whisky.

Unsere ganze Kraft ist eine fremde.

Unsere ganze Kraft liegt in unserer Schwäche.

Und das war das, was der brave Junge Kostja Sauschkin nicht verstehen konnte und wollte.

Ich hörte Sebulons Gelächter, weit, weit weg, in der Stadt Saratow, wo er in einem Gartencafé mit einem Glas Bier unter einem Sonnenschirm stand und in den Abendhimmel hinaufschaute – an dem er einen neuen, schnell dahinziehenden Stern suchte, der seine Bahn klar, aber nur kurz beschreiben würde.

»Ich glaube, du weinst«, sagte Lass. »Nur ohne Tränen.«

»Stimmt«, antwortete ich. »Ich habe keine Tränen, und ich habe keine Kraft. Ich kann kein Portal für den Rückweg öffnen. Wir müssen fliegen. Oder auf die Gruppe von Putzmagiern warten, vielleicht kann die uns helfen.«

»Wer sind denn Sie?«, fragte ein Techniker. »Was geht hier eigentlich vor?«

»Wir sind Inspektoren vom Gesundheitsministerium«, sagte Lass. »Und Sie sollten uns lieber mal erklären, wer auf die Idee gekommen ist, abgeernteten Hanf im Luftfänger des Entlüftungssystems zu verbrennen!«

»W-was für Hanf?«, fing der Techniker an zu stottern.

»Baumartigen!«, gab ich scharf zurück. »Gehen wir, Lass. Ich schulde dir noch ein paar Erklärungen.«

Wir verließen den Saal. Ein paar Mitarbeiter und ein paar Soldaten mit Maschinenpistolen kamen uns entgegengerannt. Bei der enormen Aufregung achtete niemand auf uns. Vielleicht schützten uns aber auch die Reste des magischen Schilds. Am Ende des Ganges leuchtete kurz der rosarote Hintern des deutschen Weltraumtouristen auf: Hüpfend rannte er davon, den Finger immer noch im Mund. Ihm folgten zwei Männer in weißen Kitteln.

»Hör mal«, sagte ich zu Lass. »Außer der normalen Menschenwelt, die du mit dem Auge sehen kannst, gibt es noch die Welt des *Zwielichts*. Und ins *Zwielicht* eintreten können nur diejenigen ...«

Ich schluckte und stockte. Ein Bild von Kostja tauchte wieder auf. Kostja, wie er vor langer Zeit einmal gewesen war, dieser Vampirjunge, der nichts zustande brachte ...

»Guck mal, ich verwandel mich! Ich bin eine schreckliche Fledermaus! Ich fliege! Ich fliege!«

Leb wohl. Du hast es in der Tat geschafft.

Du fliegst.

»Ins *Zwielicht* eintreten können nur diejenigen, die über etwas verfügen, das ...«, fuhr ich fort.

Epilog

Semjon betrat das Arbeitszimmer zusammen mit Lass, den er vor sich herstieß, als sei er ein kleiner Dunkler Zauberer, den er auf frischer Tat ertappt hatte. Lass fuchtelte mit einer fest zusammengerollten Papierröhre in den Händen herum und versuchte, sie hinter seinem Rücken zu verstecken.

Semjon ließ sich in einen Sessel fallen. »Das ist doch dein Protegé, Anton, oder?«, brummte er. »Dann kümmer dich gefälligst auch um ihn.«

»Was ist passiert?«, fragte ich alarmiert.

Lass blickte nicht im Mindesten schuldbewusst drein. Eher leicht verwirrt.

»Den zweiten Tag im Praktikum«, sagte Semjon. »Die simpelsten und elementarsten Aufgaben. Die noch nicht mal was mit Magie zu tun haben ...«

»Was denn?«, wollte ich wissen.

»Ich habe ihn gebeten, Herrn Sisuke Sasaki von der Tokioer Wache am Flughafen abzuholen ...«

Ich schnaubte.

Semjon wurde puterrot. »Das ist ein völlig normaler japanischer Name! Auch nicht lustiger als Anton Sergejewitsch!«

»Schon verstanden«, beschwichtigte ich ihn. »Ist das der Sasaki, der 1994 den Fall mit den Tierfrauen geleitet hat?«

»Genau der.« Semjon rutschte nervös im Sessel hin und her.

Lass stand nach wie vor neben der Tür. »Er ist auf der Durchreise nach Europa, will aber etwas mit Geser besprechen.«

»Was ist denn nun passiert?«

Semjon warf Lass einen wütenden Blick zu. Hüstelte. »Der Herr Praktikant hat sich höchst angelegentlich bei mir erkundigt, ob der verehrte Sasaki Russisch könne«, sagte er dann. »Ich habe ihm erklärt, dass er es nicht kann. Daraufhin hat der Herr Praktikant an seinem Rechner ein Plakat ausgedruckt und ist nach Scheremetjewo gefahren, um den Japaner abzuholen ... Nun zeig dein Plakat schon!«

Seufzend entrollte Lass das Papier.

In sehr großer Schrift standen dort die Hieroglyphen eines japanischen Namens. Lass hatte sich alle Mühe gegeben und sogar einen Treiber für Japanisch installiert.

Darüber stand in einer etwas kleineren Schrift: »Zweiter Moskauer Kongress der Opfer von zwangsweiser Cholerainfektion«

Es kostete mich gewaltige Mühe, eine steinerne Miene beizubehalten.

»Weshalb hast du das geschrieben?«, fragte ich.

»Ich mache das immer, wenn ich Ausländer abhole«, sagte Lass beleidigt. »Sowohl bei meinen Geschäftspartnern wie auch bei Verwandten ... ich habe noch Familie im Ausland ... Wenn sie kein Wort Russisch verstehen, schreibe ich ihren Namen ganz groß in ihrer Muttersprache und etwas kleiner irgendwas Komisches auf Russisch. Zum Beispiel: ›Konferenz Transsexueller mit nicht traditioneller Orientierung‹, ›Europäisches Festival taubstummer Musiker und Sänger‹, ›Forum der Aktivisten der Weltbewegung für vollständige sexuelle Enthaltsamkeit‹ ... Dann warte ich also mit meinem Plakat ... drehe mich mit dem Ding nach allen Seiten um, damit alle Ankommenden es sehen ...«

»Den Teil habe ich verstanden«, sagte ich. »Was ich wissen will, ist, weshalb du das alles schreibst.«

»Wenn der Mensch dann durch den Zoll kommt, interessiert sich bereits die ganze Halle für ihn«, erklärte Lass unerschütterlich. »Sobald er auftaucht, lächeln ihn alle an, viele klatschen, pfeifen und winken. Der Mensch versteht sowieso nicht, was diese Reaktion ausgelöst hat! Er sieht nur, dass alle sich über sein Erscheinen freuen, bemerkt seinen Namen und kommt zu mir. Ich rolle das Plakat dann schnell ein und bringe ihn zum Auto. Danach wird dieser Mensch allen erzählen, wie einzigartig und gastfreundlich die Russen sind! Alle haben ihn mit einem Lächeln auf den Lippen empfangen!«

»Du Dummerjan«, meinte ich voller Mitleid. »Das sind Menschen. Aber Sasaki ist ein Anderer. Ein Hoher Anderer übrigens! Er kann zwar kein Russisch, aber den Sinn des Plakats nimmt er über die reine Bedeutungsebene auf!«

Lass seufzte. »Das habe ich inzwischen ja begriffen ...«, meinte er mit gesenktem Kopf. »Also, wenn ich mir etwas habe zu Schulden kommen lassen, schmeißt mich halt raus!«

»Ist Herr Sasaki denn beleidigt?«, fragte ich.

Semjon zuckte mit den Schultern.

»Als ich ihm alles erklärt hatte, hat Herr Sasaki geruht, lange darüber zu lachen«, verkündete Lass.

»Trotzdem«, bat ich, »lass das in Zukunft sein, ja?«

»Generell?«

»Zumindest bei Anderen!«

»Klar, ich tu's nicht mehr«, versprach Lass. »Der Spaß verliert sowieso seinen Sinn.«

Ich breitete die Arme aus. Sah Semjon an.

»Warte draußen auf mich«, befahl Semjon. »Und das Plakat bleibt hier.«

»Aber eigentlich sammel ich ...«, setzte Lass an, ließ das Plakat dann aber doch da und ging hinaus.

Sobald die Tür zu war, grinste Semjon, griff nach dem Plakat und entrollte es noch einmal. »Ich geh mit dem Ding mal durch die Abteilungen und heiter unsere Leutchen ein bisschen auf ...«, verkündete er. »Wie geht's dir?«

»So lala.« Ich lehnte mich im Sessel zurück. »Ich bin dabei, mich einzugewöhnen.«

»Ein Hoher ...« Semjon betonte jede Silbe. »Ha ... Und dabei heißt es immer, man solle nicht nach den Sternen greifen. Ein Hoher Magier ... Was für eine Karriere du gemacht hast, Gorodezki!«

»Semjon ... das ist nicht mein Verdienst. Es ist einfach so passiert.«

»Ich weiß ja, ich weiß ...« Semjon erhob sich und tigerte durch mein Arbeitszimmer. Ein kleiner Raum, aber immerhin mein eigenes Arbeitszimmer. »Stellvertretender Personalchef ... ha. Wer weiß, was die Dunklen jetzt wieder aushecken? Mit dir und Swetlana sind wir vier Hohe. Und in der Tagwache ist nach dem Verlust Sauschkins nur noch Sebulon übrig ...«

»Sollen sie doch jemanden aus der Provinz rekrutieren«, sagte ich. »Ich hätte nichts dagegen. Oder wir warten auf das Auftauchen eines neuen Spiegels.«

»Wir sind jetzt klüger«, meinte Semjon. »Wir lernen immer aus unseren Fehlern.«

Er ging zur Tür und kratzte sich den Bauch durch sein ausgeblichenes T-Shirt hindurch. Ein weiser, guter, müder Lichter Magier. Wir alle werden weise und gut, wenn wir müde sind. An der Tür blieb er noch einmal stehen und sah mich nachdenklich an. »Sauschkin tut mir leid. Er war ein prima Kerl, soweit das möglich ist ... bei einem Dunklen. Machst du dir große Vorwürfe?«

»Ich hatte keine Wahl«, erwiderte ich. »Er hatte keine ... und ich auch nicht.«

»Und um das *Fuaran* ist es auch schade ...«, fügte Semjon hinzu.

Kostja war in der Atmosphäre verbrannt, vierundzwanzig Stunden nach seinem Sprung in den Orbit. So präzise war seine Umlaufbahn dann eben doch nicht berechnet.

Zusammen mit ihm war sein Aktenkoffer verbrannt. Bis zum letzten Moment waren sie im Ortungsgerät zu erkennen. Die Inquisition hatte verlangt, ein Shuttle loszuschicken, um das Buch zu retten, aber dafür hatte die Zeit nicht gereicht.

Was meiner Meinung nach nur zu begrüßen war.

Vielleicht hatte er sogar noch gelebt, als in einer Höhe von mehreren hundert Kilometern sein Skaphander unter den feurigen Küssen der Atmosphäre in Flammen aufging. Immerhin war er ein Vampir, und Sauerstoffmangel konnte ihm nicht so viel anhaben wie einem normalen Anderen. Auch die Überhitzung oder die Unterkühlung oder sonstige Lieblichkeiten des Weltalls nicht, die einen nur mit einem Skaphander ausgestatteten Kosmonauten erwarten. Ich weiß das nicht, aber ich werde deswegen keine Lexika wälzen. Und sei es auch nur, weil niemand wissen kann, was schlimmer ist: Tod durch Ersticken oder Tod durch Feuer. Denn niemand stirbt zweimal, selbst ein Vampir nicht.

»Guck mal, ich bin ein schrecklicher, unsterblicher Vampir! Ich kann mich in einen Wolf oder in eine Fledermaus verwandeln! Ich kann fliegen!«

Semjon ging hinaus, ohne ein weiteres Wort zu sagen. Lange saß ich da und sah aus dem Fenster. Hinaus in den reinen wolkenlosen Himmel.

Der Himmel ist nichts für uns.

Es ist uns nicht gegeben zu fliegen.

Und alles, was wir tun können, ist zu versuchen, nicht zu fallen.

Die WÄCHTER-Romane
von Sergej Lukianenko

Vampire, Gestaltwandler, Hexen, Magier – seit ewigen Zeiten leben die sogenannten »Anderen« unerkannt in unserer Mitte. Und seit ewigen Zeiten stehen sich die Mächte des Lichts und die Mächte der Finsternis unversöhnlich gegenüber, zurückgehalten nur durch einen vor Jahren geschlossenen Waffenstillstand. Zwei Organisationen – den »Wächtern der Nacht« und den »Wächtern des Tages« – obliegt es, das empfindliche Gleichgewicht der Kräfte aufrechtzuerhalten. Doch nun droht dieses Gleichgewicht zu kippen und die Welt ins Chaos zu stürzen …

Erster Band:
Wächter der Nacht

Als der Nachtwache-Ermittler Anton Gorodezki den Auftrag erhält, ein Vampirpaar zu verhaften, begegnet er einer Frau, die mit einem mächtigen Fluch belegt wurde. Seine Versuche, der Frau zu helfen und den Fluch zu brechen, scheitern. Schließlich kommt es zum Kampf mit dem Vampirpaar. Sowohl das Opfer der Vampire, ein mysteriöser Junge, als auch die Vampirin können entkommen. Nun muss Anton nicht nur den Jungen finden, sondern auch die verfluchte Frau, die er um jeden Preis beschützen soll. Denn der auf ihr lastende Fluch ist so stark, dass durch ihn ganz Moskau zerstört werden könnte.

Zweiter Band:
Wächter des Tages

Eines Tages wird eine uralte Sekte von Dunklen Anderen, die sich abseits der geschlossenen Vereinbarungen hält, aktiv, um den vor vielen Jahrhunderten umgekommenen Magier Fafnir ins Leben zurückzurufen. Sowohl Geser, der Chef der Moskauer Nachtwache, als auch sein Dunkler Gegenspieler Sebulon versuchen, daraus für ihre Pläne Kapital zu schlagen, und schrecken dabei auch nicht davor zurück, eigene Leute zu opfern.

Dritter Band:
Wächter des Zwielichts

Anonyme Hinweise tauchen auf, dass ein vermögender Mann einen Anderen durch Erpressung zwingen will, ihn selbst in einen Anderen zu verwandeln – was als unmöglich gilt. Die Nachtwache wird mit der Untersuchung beauftragt und findet heraus, dass der Erpresser ein Sohn Gesers und Olgas ist, von dessen Existenz sie erst vor Kurzem erfahren haben. Wer aber ist der Andere, der ihm die Verwandlung versprochen hat? Ein Wettlauf gegen die Zeit beginnt.

Vierter Band:
Wächter der Ewigkeit

Anton Gorodezki, inzwischen zur Nummer zwei in der Moskauer Nachtwache aufgestiegen, wird nach Schottland entsandt, um ein rätselhaftes Verbrechen aufzuklären. Die Spur führt zu einer Verschwörung Lichter und Dunkler Anderer, die sich des »Kranzes der Schöpfung« bemächtigen wollen – eines magischen Artefakts, das der Zauberer Merlin vor Jahrtausenden in der tiefsten, siebten Schicht des Zwielichts verborgen hat. Doch in die siebte Schicht vorzudringen ist die größte Herausforderung, der sich ein Anderer stellen kann.

Fünfter Band:
Wächter des Morgen

Eines Tages trifft Anton Gorodezki auf den zehnjährigen Kescha, den er als Propheten ausmacht. Bei ihrer ersten Begegnung macht der Junge eine vage und unvollständige Prophezeiung. Außerdem taucht ein mysteriöser Unbekannter auf, der die Nachtwache vor ein Rätsel stellt. Der sogenannte »Tiger« ist ein Zwielicht-Geschöpf, das für Kescha eine große Gefahr darstellt, sollte der Junge nicht reden. Die Wache beschließt daher, Kescha mitzunehmen und ihn zum Aussprechen der Prophezeiung zu bewegen. Doch das hat furchtbare Folgen.

Sechster Band:
Die letzten Wächter

Längst ist der fragile Waffenstillstand zwischen den Mächten des Lichts und der Dunkelheit nichtig geworden – auf den Straßen herrscht offener Krieg. Die Balance zwischen Gut und Böse ist aus dem Lot geraten, und eine Prophezeiung kündigt das Ende der Menschheit an. Die Apokalypse kann nur aufgehalten werden, wenn sich die »Sechste Wache« bildet. Anton macht sich auf die Suche, um das Rätsel der Prophezeiung zu lösen. Das Opfer, das er für die Rettung der Menschheit erbringen muss, stellt ihn vor eine schwerwiegende Entscheidung ...

Siebter Band:
Die Wächter – Licht & Dunkelheit

Der junge Magier Dmitri Drejer arbeitet als Lehrer an einer Schule für die Anderen, auf der Vampire, Magier, Hexen und Gestaltwandler in gegenseitigem Respekt und Toleranz ausgebildet werden. Sein alltägliches Leben gerät jedoch völlig aus den Fugen, als er eines Tages seltsame Vorgänge auf dem Schulhof beobachtet. Was er zunächst für einen harmlosen Streich seiner Schüler hält, entpuppt sich schon bald als gewaltige Verschwörung, die weit über die Grenzen Russlands hinausgeht. Eine Verschwörung, die das sensible Gleichgewicht zwischen den Mächten des Lichts und den Mächten der Dunkelheit für immer zerstören könnte ...

Achter Band:
Die Wächter – Dunkle Verschwörung

So hatte sich Alexej Romanow, frisch gebackenes Mitglied der Nachtwache, seinen Dienstantritt nicht vorgestellt: Die ganze Stadt ist in Aufruhr, und das Gleichgewicht zwischen den Mächten des Lichts und der Dunkelheit droht ins Wanken zu geraten, denn im Spiel der größten Magier der Welt ist ein geheimnisvoller Unbekannter aufgetaucht – ein Unbekannter, dessen Kräfte die der Tag- und Nachtwache bei Weitem übersteigen. Ehe er sichs versieht findet sich Alexej in einem Geflecht aus Intrigen, Lügen und Verbrechen wieder ...

Weitere Romane von Sergej Lukianenko

Spektrum

Als eines Tages auf der Erde ein von Außerirdischen installiertes Teleportationssystem entdeckt wird, beginnt für die Menschheit eine neue Ära: Sieben Welten können durch den Transporter in Sekundenschnelle erreicht werden. Eine perfekte Möglichkeit also für jene, die den Zuständen auf der Erde entfliehen wollen – aus welchen Gründen auch immer. Privatdetektiv Martin Dugin hat sich auf diese Art des Reisens spezialisiert und verdient so seinen Lebensunterhalt. Als er den vermeintlichen Routineauftrag übernimmt, die verschwundene Tochter eines Kunden aufzuspüren, ahnt er noch nicht, dass sich der Auftrag zu einer Jagd entwickeln wird, die ihn bis an die Grenzen der Galaxis führt.

Die Ritter der vierzig Inseln

Eigentlich hatte Dima geglaubt, er würde eine ganz normale Jugend verleben. Jedenfalls bis zu dem Tag, als ihn ein Fotograf im Park um ein Bild für die Zeitung bittet. Dima stellt sich in Positur, der Fotoapparat klickt – und plötzlich findet sich der Junge in einer völlig anderen Welt wieder: Ein Archipel aus vierzig kleinen Inseln, umgeben von einem endlosen Meer. Auf jeder dieser Inseln steht eine Burg, von der sich Brücken zu den jeweiligen Nachbarinseln spannen. Und jede dieser Inseln beherbergt ein Dutzend andere Jugendliche, die alle auf dieselbe Weise hierhergeholt wurden wie Dima. Zwischen den Inselbewohnern findet ein »Spiel« statt: Sie treffen sich auf den Verbindungsbrücken und bekämpfen sich mit Schwertern – denn es heißt, derjenige, der alle Inseln erobert, darf zur Erde zurück.

Drachenpfade

Viktor führt in Moskau ein ganz normales Leben. Doch als er eines Tages ein unbekanntes Mädchen verletzt vor seiner Wohnungstür entdeckt, wird sein Leben von einem Tag auf den anderen auf den Kopf gestellt. Denn das Mädchen nimmt ihn mit in eine magische Welt, deren Völker von der Rückkehr eines Drachen bedroht werden. Viktor wird klar, dass er sich dem Drachen mit all seiner Kraft entgegenstellen muss ... Sergej Lukianenko und seinem Co-Autor Nick Perumov ist mit »Drachenpfade« ein wunderbares Fantasy-Abenteuer gelungen.

DIE WELTENGÄNGER-ROMANE

Erst sieht es aus wie ein böser Scherz: Als Kirill eines Abends nach Hause kommt, ist seine Wohnung nicht wiederzuerkennen, und eine ihm völlig unbekannte Frau behauptet, sie lebe hier schon seit Jahren. Doch damit nicht genug: Auch an seinem Arbeitsplatz ist Kirill niemandem bekannt, und sogar seine Verwandten und Freunde können sich nicht mehr an ihn erinnern – als hätte es ihn nie gegeben. Was ist geschehen? Wie kann es sein, dass manche Menschen einfach aus ihrer Existenz herausfallen? Und aus welchem Grund? Für Kirill beginnt das Abenteuer seines Lebens ...

Erster Band: Weltengänger

Von einem mysteriösen Anrufer wird Kirill zu einem alten Moskauer Bahnhof geleitet, wo man ihm das nahezu Unglaubliche erklärt: Er ist jetzt zu einem Funktional geworden – zu einem Wächter an der Schwelle zu parallelen Welten. Der Wasserturm ist die Zollstation, in der er die Übergänge zu den anderen Welten bewachen soll, und schon bald tauchen die ersten Grenzgänger auf, die auf scheinbar paradiesische Planeten hinüberwechseln. Doch eine Frage lässt Kirill nicht los: Wer hat diese Welten erschaffen? Wer hat ihn zu einem Funktional gemacht?

Zweiter Band: Weltenträumer

Kirill will sich nicht damit abfinden, dass sein altes Leben einfach so zu Ende ist. Seine Suche nach den Verantwortlichen jedoch, die ihn zum Funktional gemacht haben, wird zunehmend gefährlicher. Kirill flieht von Welt zu Welt, nur um jedes Mal vor neue Rätsel gestellt zu werden. Denn die Mächte hinter der Erschaffung der Parallelwelten, die auch auf der Erde den Gang der Geschichte maßgeblich beeinflusst haben, wollen sich auf keinen Fall in die Karten schauen lassen. Aber sie haben nicht mit Kirills Hartnäckigkeit gerechnet – und am Ende liegt die Antwort viel näher, als er denkt.

DIE STERNENSPIEL-ROMANE

Nachdem man auf der Erde das Reisen mit Überlichtgeschwindigkeit entdeckt hat, bricht die Menschheit ins All auf – und gerät in Kontakt mit dem sogenannten Konklave, einer interstellaren Organisation, in der etliche außerirdische Spezies versammelt sind. Diese Organisation wurde geschaffen, um den Völkern der Galaxis ihre jeweilige Rolle zuzuweisen und den Frieden zu bewahren. Doch nicht alle Völker sind mit der Rolle zufrieden, die das Konklave ihnen zugedacht hat – und nicht alle Völker lösen Konflikte mit friedlichen Mitteln ...

Erster Band: Sternenspiel

Eines Tages entdeckt der Kosmonaut Pjotr Chrumow in seinem Raumschiff einen blinden Passagier, einen Vertreter einer kleinwüchsigen Reptilienrasse, die sich gegen das Konklave verschworen hat. Zunächst glaubt Pjotr, die Angelegenheit still und leise bereinigen zu können. Doch sein Passagier hat andere Pläne: Er verlangt ein heimliches Treffen mit Andrej Chrumow, Pjotrs 72-jährigem Großvater, der auf der Erde lebt. Doch warum gerade sein Großvater? Welches Geheimnis verbirgt sich hinter alldem? Und überhaupt: Wie soll Pjotr unbemerkt zur Erde gelangen?

Zweiter Band: Sternenschatten

Nach etlichen Abenteuern beschließt Pjotr, zum Galaxiskern zu fliegen und dort nach dem »Schatten« zu suchen, einer uralten Zivilisation, die lange vor dem Konklave existiert hat.

Er landet auf dem einzigen Planeten des »Schattens«, der von Erkundungsflügen her bekannt ist und sich als unbewohnte Quarantänestation erweist, von der aus man durch ein Dimensionstor weiterkommt. Als Pjotr durch dieses Tor hindurchgeht, erschließt sich ihm eine Welt, die er sich in seinen kühnsten Träumen nicht hätte vorstellen können.

DIE SPIEGEL-ROMANE

Labyrinth der Spiegel

»Die Tiefe« – so heißt eine geheimnisvolle virtuelle Welt, in der Träume Realität werden. Doch ohne Hilfe eines in der Realität verankerten Timers können die Nutzer Deeptowns in der »Tiefe« ihres virtuellen Paradieses verloren gehen und die Träume zu Albträumen werden. Leonid, ein genialer Hacker und Computerexperte, besitzt die einzigartige Fähigkeit, allein durch sein Bewusstsein den virtuellen Raum wieder zu verlassen. In der »Tiefe« stößt er auf eine tödliche Gefahr, die nicht nur sein Leben für immer verändern könnte ...

Der falsche Spiegel

Längst gehören Computer zu unserem Alltag, und das Internet scheint uns absolute Freiheit und unendliche Möglichkeiten zu bieten. Aber für einige ist das Netz zum Albtraum geworden, denn sie sind gefangen im virtuellen Raum, der sogenannten »Tiefe«. Nur wenige Menschen, die »Diver«, sind in der Lage, die Tiefe aus eigener Kraft wieder zu verlassen. Einer von ihnen ist Leonid – geradezu meisterhaft beherrscht er den virtuellen Raum mit all seinen Tücken. Doch dann muss er sich auf ein Spiel einlassen, das ihm alles abverlangt. Ein Spiel, das tödlich enden könnte.